현대 러시아문학과 포스트모더니즘

Постмодернизм в контексте современной русской литературы:
60~90-е годы XX века - начало XXI века
(Russian Modern Literature and Postmodernism : from 1960s to early 2000s)
by Olga Bogdanova

한국연구재단총서 학술명저번역 **563**
Academic Library of NRF

현대 러시아문학과
포스트모더니즘 ① 소설

1960년대부터 2000년대 초기까지

Постмодернизм в контексте современной русской литературы
60~90-е годы XX века - начало XXI века

O. V. 보그다노바 지음 | 김은희 옮김

1권
차례

2권
차례

서장

현대 러시아문학과 포스트모더니즘

이거 큰일이군, 포스트모더니즘이라니!
　　　　　　　　　　　　　　－O. 쿠즈니친
우리의 포스트모더니즘은 이렇게도 다양하다.
　　　　　　　　　　　　　　－M. 리포베츠키

　현대문학은 향후 30년 동안의 러시아문학 발전을 결정하는 기본적인 경향들이 드러나기 시작한 1950년대 말부터 현대까지 긴 시간적 간격을 포괄하는 개념이다. 그러나 이 기간 전체를 아우르는 동질성과 통일성은 존재하지 않지만, 그 안에서는 하나의 경향성들이 지배적이던 1950년대 말부터 1980년대 중반까지와, 포스트모더니즘적이라는 명칭을 얻은 다른 경향들이 전면에 등장하던 1980년대 중반부터 2000년대 초반까지의 두 시기로 분명하게 나누어볼 수 있다.

　분석 대상을 정의하고 특징을 명확히 밝히기 위해 '포스트모더니즘'에 대한 사전적 정의를 포함하는 논문들 중에서 몇 개를 발췌하여 인용해보자.

　포스트모더니즘은 폭넓은 문화 개념이다. 포스트모더니즘의 범주에는 최근 20년 동안의 철학, 미학, 예술, 인문학이 포함된다. 포스트모더니즘적인 지적 경향은 르네상스와 계몽주의의 사상 및 가치들에 대한 절망의 결과를 지니고 있다. 다시 말해서 이성의 진보와 승리, 인간의 가능성이 무한하다고 믿는 제 사고에 대한 절망의 결과인 것이다. 여러 나라들에서 나타나는 포스트모더니즘 유형들은 '지친', '엔트로피'의 문화 시대라는 공통점을 가진다. 그 특징들로는 종말론적 분위기, 미학적 격변, 대(大)문체들의 파편화, 예술적 언어들의 절충적 혼합 등을 지적할 수 있다. (…) 세계를 혼돈으로 인식하는 현대성에 대한 성찰은 이 혼돈을 유희로 간주하면서 그것을 문화라는 인간 거주 영역으로 바꾸려는 노력으로 이어진다. (…) 고전적 로고스의 범위를 넘어서는 포스트모더니즘 미학은 원칙적으로 체계성과 독단성에 반기를 들며, 개념 형성의 엄격성과 폐쇄성을 거부한다. (…)

포스트모더니즘은 생태학적이고 산술적인 개념에 입각하여 미를 인식함으로써 개념적이고 도덕적인 감정들이 서로 융합하는 것을 미로 규정하는, 이전과는 전적으로 다른 새로운 미적 관점을 낳는다. 또한 화음과 비대칭의 미를 지향하고, 이차 질서의 부조화의 조화와 통일성을 포스트모던의 미학적 기준으로 삼는다. (…) 무질서한 것에 대한 집중된 관심은 무질서한 것을 아름답게 만들어가면서 점차 "길들이는 것"으로 표상되며, 무질서한 것의 차별적 특징들을 희석하는 것으로 귀결된다. 고상한 것이 경이로운 것으로, 비극적인 것이 역설적인 것으로 바뀐다. 아이러니 형태의 희극적인 것이 중심적 위치를 차지한다. 아이러니는 모자이크적인 포스트모더니즘 예술의 중요한 원칙이 된다.

포스트모더니즘 미학의 또 다른 특징은 예술에 대한 존재론적 해석이다. 그것은 고전 미학과는 달리 공개성, 인식할 수 없는 것에 대한 지향성, 불확실성 (막연함) 등을 그 특징으로 한다. 비(非)고전적 존재론은 대립된 상징체계를 붕괴시키고, 현실-상상 / 원문-복사본 / 낡은-새로운 / 자연적인-인공적인 / 외적인-내적인 / 표면적인-깊은 / 남성적인-여성적인 / 개인적인-집단적인 / 부분-

전체 / 동방-서방 / 존재-부재 / 주체-객체 등과 같은 기존의 전형적인 이항 대립을 부정한다. 관념 체계의 중심이자 창작의 원천으로서의 주체는 흩어져버리고 그 자리는 무의식적 **언어 구조**들이 차지한다. (…) **의식의** 절충주의는 포스트모더니즘 예술의 수단과 기법들을 공급하는 자양분이며, 미학적으로 "자유로운 양식"을 제공하는 원천이다.

철학적 표제성, 공개성, 서술성, 무가치성이라는 포스트모더니즘의 원칙들은 고전적인 미학적 가치 체계를 흔들어놓았다. 포스트모더니즘은 예술이 교훈적이어야 하며 사회에 긍정적인 이익을 양산해야 한다는 예술 평가의 기준을 거부한다. 포스트모더니즘은 대중문화의 제 요소와 기존에는 주변부에 머물던 미학적 현상들을 포용하면서 가치의 진보를 이끌어내고 있다.

고급 예술-대중 예술 / 과학적 인식-일반적 인식과 같은 이항 대립은 포스트모더니즘 미학의 당면 문제로 인식되지 않는다.

포스트모더니즘의 실험들은 전통적인 예술형식들과 장르 간의 경계를 씻어내고, 이를 혼합하려는 경향들을 자극하였다. 또한 창작의 독창성과 개인적 행위로서의 예술의 '순수성'이라는 창작의 관점에 대해 의문을 제기한다. 이러한 회의는 창작의 디자인화로 귀결되었다. 다시 말해서 창조와 파괴, 질서와 혼돈, 예술에서의 진지함과 유희 등에 대한 고전적 관념들을 재검토함으로써 포스트모더니즘은 예술 창작에 대한 고전적 이해로부터 예술적 사실들을 조립하는 것으로 의식적인 방향 전환을 이루어내고 있는 것이다. (…)

포스트모더니즘의 가장 본질적인 철학적 특성은 고전적 인간 중심의 인문학에서 현대의 종합적 인문학으로 이행했다는 것이다. 현대의 종합적 인문학은 모든 생물, 즉 인간, 자연, 우주, 만유를 포괄하는 생태학적 관점을 지향한다.[1]

⋮

1) *Культурология: XX века: Словарь.* СПб.: 1997. C. 348~351.

위에서 인용한 포스트모더니즘 정의는 대단히 일반론적이며 따라서 문학 특히 현대문학에 이를 적용하기는 힘들다. 그러므로 우리는 이러한 정의를 포스트모더니즘의 제 특징을 아우르는 전체적인 관점에서 수용해야 할 것이다. 그러나 그 정의의 몇몇 입장들을 명확히 규명하고 포스트모더니즘 현상과 관련해서 그 입장들이 타당한지를 검토해야만 한다. 이런 점에서 문학 이론가이자 철학자인 미하일 엡슈테인[2]의 포스트모더니즘에 대한 정의는 문학에 좀 더 '가까운' 것으로 간주될 수 있다.

일반적으로 포스트모더니즘은 문화 형태를 지칭하기도 하며, 특정 역사적 시기에 적용되기도 하고, 또는 이론적 · 예술적 운동의 총체로 정의되기도 한다. 이렇듯 다양하게 적용 · 정의되는 포스트모더니즘은 절충주의와 파편화, 모든 것을 포괄하는 세계관과 서술에 대한 거부라는 면에서 공통된 특징을 보인다. 이상에 대한 계몽주의적 지향, 그 어떤 종합적이고 이성적으로 인지 가능한 진리에 대한 탐구는 유토피아주의 및 전체주의의 위험성들과 동일시된다. 세계는 텍스트로서, 끝없는 재기호화로서, 기호들의 유희로서 생각된다. 그 경계 너머로 '진리' 그 자체나, 또는 있는 그대로의 기표로서의 '사물들'이 드러날 수는 없다. 텍스트는 의식적 · 무의식적 차용, 인용, 진부한 문구들의 유희로서 '상호 텍스트적'으로 인식된다. 현실성 개념은 개념적 도식과 텍스트 전략에 따라 형성된다. 그 개념적 도식과 텍스트 전략들은 연구자의 인종적, 민족적, 성적 경향

∶∶

2) 〔역주〕 Михайл Наумович Епштейн, 1950~. 러시아 출신의 철학자, 문화학자, 문학비평가, 에세이스트이다. 모스크바국립대학교 인문학부를 졸업하였다. 메타리얼리즘의 미학, 소련의 이데올로기와 철학, 일상의 기호학, 언어와 사상의 발전 전망에 대해 400편 이상의 논문과 18권의 책을 저작하였다. 1990년부터 에모리대학교(미국 애틀랜타)의 러시아문학과 교수로 재직하고 있다. 러시아 펜클럽과 러시아 현대문학 아카데미 회원이다. 1991년 안드레이 벨리 상, 1999년 잡지 《별(Звезда)》상, 2000년 '자유(Liberty)'상 등을 수상하였다.

에 의해 좌우되고, 그가 지향하는 입장과 의도들에 의해 결정된다. 통일과 대립이라는 범주들의 자리에는 차이와 구별이라는 범주들이 등장하고 그 범주들은 이 체계의 한계를 넘는 '다른', 별개의 가치를 설정한다. 다시 말하면 자기 가치적이며 자기만족적이고 독립적인 다양한 문화적 모델들과 규범들의 존재를 인정함으로써 '엘리트'와 '대중'/'중심'과 '주변'/'전 세계적'과 '국지적' 등의 대조를 비롯한 모든 가치들의 위계성, 사회에 대한 급진적 저항, 전통에 대한 아방가르드적 도전 등이 뒤로 물러선다. 이전에 주변부에 머물던 문화 그룹들과 하위문화들, 즉 글쓰기 전략과 사회운동으로서의 페미니즘, 동성애, 신(新)식민주의 등은 정치적 활동과 이론적 자기표현의 주체들로서 담론의 수면 위로 등장한다. 개인, 독창성, 저작권 등은 의식의 환상이나 구조의 일개 조건으로 검토된다. 왜냐하면 그 너머에는 개인들 간의 역할을 분배하는 기호 체계, 언어, 무의식, 시장, 국제적 독점, 권력 구조 등과 같은 메커니즘이 작용하기 때문이다.

포스트모더니즘 문화를 규정하는 용어와 개념들로는 '기의 없는 기표', '시뮬라크르(원본 없는 모사본)', '상호 텍스트성', '인용', '해체', '결과의 유희', '현실의 실종', '저자의 죽음', '불확실성', '존재의 형이상학 비판', '(세계관을 일반화하는 모델들의) 초서술성의 죽음', '반유토피아주의와 후기 유토피아주의', '이성주의와 보편주의의 붕괴', '이성 중심주의와 남성 중심주의(남성적 쇼비니즘)의 붕괴', '단편성', '절충주의', '다원주의', '상대주의', '의미들의 분산', '이항 대립 항의 붕괴', '차이', '다름', '다문화성', '회의론', '아이러니', '패러디', '패스티시'[3](또는 '센톤',[4]

3) [역주] 포스트모더니즘의 대표적 기법으로 패스티시(혼성 모방)는 비판하거나 풍자하려는 의도 없이 기존의 텍스트를 무작위적으로 모방하는 것이다. 패러디가 기존의 텍스트를 비판하거나 풍자하려는 의도로 고치면서 모방하는 기법이라면 패스티시는 이러한 의도를 갖지 않는다. 패스티시에는 아무런 신념도 없고 우연의 논리만이 살아 있다. 패러디와 패스티시는 각각 모더니즘과 포스트모더니즘의 대표적 기법인데 포스트모던 시대에는 모더니즘 시대에서와 같은 확실한 본보기나 정상(正常)이라는 개념이 없기 때문에 패스티시가 가능한

패러디를 목적으로 한 인용들로 이루어진 예술 구조) 등을 거론할 수 있다.[5]

위에서 언급한 정의들(물론 더 많이 인용[6] 할 수도 있었지만)에 근거하면 1980~1990년대 러시아문학에서 포스트모던이 발생하고 그 구조적 특징들이 발현되는 과정이 어느 정도 간략해진다. 그러나 "포스트모더니즘에 대한 정확하고 일률적인 정의를 내리기는 어렵다"[7]라고 한 M. 엡슈테인을 인용하면서 그의 의견에 동의할 수도 있다.

＊＊＊

학계에 잘 알려진 '포스트모더니즘'이란 용어는 어떤 방향이나 흐름을 의미하기 위해서 사용되기에는 모호한 개념이다. '포스트모더니즘'처럼 수많은 논쟁, 비난, 불일치, 해석의 차이를 낳은 용어도 찾아볼 수 없을 것이다.

∴

것이다.

4) 〔역주〕라틴어 'cento(여러 색깔의 조각들로 된 옷이나 이불)'에서 나온 말로 한 작가나 여러 명의 작가들의 다양한 작품들에서 차용한 시구들로 구성된 시를 지시한다. 차용과 혼합이라는 의미에서 센톤은 패스티시와 동일하다. 그러나 센톤이 시 장르에 국한되어 사용되는 반면, 패스티시는 기법으로서의 혼용에 가깝다.

5) Эпштейн М. *Постмодерн в России: Литература и теория.* М. : Изд-во Р. Элинина. 2000. С. 5~6.

6) 최근에 출간된 사전류 중에서 다음의 저작들을 참조할 것. Ильин И. *Постмодернизм: Словарь терминов.* М.: ИНИОН РАН; *Литературная энциклопедия терминов и понятий* / Гл. ред. и сост. А. Н. Николюкин. М.: НПК "Интелвак". 2001; *Постмоденрнизм : Энциклопедия.* Минск: Интерпрессервис; Книжный дом. 2001; Руднев В. *Словарь культуры XX века: Ключевые понятия и тексты.* М.:1999.

7) Эпштейн М. *Постмодерн в России.* С. 5~6.

그것은 한편으로는 이 단어 자체의 의미가 처음부터 어떤 비논리성을 포함하고 있기 때문이다. '포스트-'는 '이후'란 말이고 '모던'은 '현대'를 의미한다. A. 굴리가는 이에 대해 "현대 이후에는 새로운 현대가 발생하고 다른 어떤 것도 있을 수 없다"[8]라고 지적한다.

다른 한편으로는 '모던'이란 음절 단위의 의미를 세기 초 문학 경향의 의미로 받아들인다면, '포스트-모던'의 정의는 현상의 진정한 본질을 반영하지 못하는 것이다. 왜냐하면 '포스트모던'이란 용어는 마치 모던에서 분리된, 모던에서 멀어진, 모던과는 독립적인, 모던에 거리를 두는, 모던의 고갈을 상정하는 어떤 현상에 대한 관념을 불러일으키는 것 같기 때문이다.[9] 그러나 그것은 그렇지 않거나 적어도 완전히 그런 것은 아니다. 왜냐하면 포스트모던의 본질은 다른 데 있기 때문이다. 그리고 다른 것에 대한 어떤 것의 우월이나 다른 것에 대한 어떤 것의 선호에 있는 것이 아니라 잡식성에, 다원주의에, 복수성에 그 본질이 있기 때문이다. 포스트모더니즘은 모던에 대립하지도 않고 또 대립되지도 않는다. 포스트모더니즘은 모더니즘을 전통들 중의 하나로, 가능한 문화적 코드들 중의 하나로 흡수한다.[10] 포스트모던은 예외성을 주장하는 것이 아니라 보편성과 포괄성을

∙∙

8) Гулыга А. Что такое постсовременность? //*Вопросы философии.* 1988. No. 12. C. 153.

9) 모더니즘과 포스트모더니즘의 연관성에 대해서 M. 리포베츠키는 이렇게 말하고 있다. "러시아 포스트모더니즘은 발생에서부터 러시아 모더니즘에 거리를 두었다기보다는 오히려 모더니즘이 중단하고 금지한 경험에 눈을 돌렸다. 러시아 포스트모더니즘의 초기 텍스트들은 모더니즘적 문맥에서도 똑같이 성공적으로 분석할 수 있다." Липовецкий М. *Голубое сало поколения. или Два мифа об одном кризисе //Знамя.* 1999. No. 11. C. 209.

10) "'예술적 사고를 비롯한 사고 수단으로서 모더니즘은 포스트모더니즘과 어떤 차이가 있는가?'라는 단순한 질문을 던진다면, 그것은 '역사에 대한 태도'라는 간결한 답변으로 귀결될 것이다. 모더니즘은 반역사주의적이고, 역사와 투쟁을 하며, 역사 외적·시간 외적인 형태들을 찾는 데 주력한다. 포스트모더니즘은 비역사주의적이다. 역사에 무관심하고 '역사'(단

주장한다. 벨시(W. Welsch)는 다음과 같이 말했다. "지금이 바로 모던과 포스트모던의 단순한 대립을 거부할 때다. 이 대립은 내용 면에서 안티-모던으로서 포스트모던을 잘못 이해하고 형식 면에서 트랜스-모던으로 포스트모던을 잘못 이해하는 데서 기인했다. 이것도 저것도 포스트모던의 진정한 사상, 내용적 핵심과는 양립할 수 없으며, 원칙적 다원주의와도 양립할 수 없다."[11]

이렇듯 '포스트모던/포스트모더니즘'이란 용어는 단순히 잘못된 용어일 뿐만 아니라 정의하기 어렵고 다양하게 해석되며 변하기 쉽고 불안정하다. 이것은 "글쓰기의 취약함 때문이 아니라 대상의 유동성 때문이다."[12] "이런 복잡한 현상을 연구한 저작들에서 어느 정도라도 완전한 정의를 찾을 수 없다는 사실이 놀라운 일도 아니다."[13] 그러나 "포스트모던이란 개념이 수많은 잘못된 관념들을 형성했다는 사실에도 불구하고, 우리는 그에 대한 더 나은 대체 용어를 찾을 수 없었고,"[14] "이 용어는 이미 널리 알려졌

수)보다는 '역사들'(복수)을 선호한다. 포스트모더니즘은 그의 면전에서 보관 단위로서 동일한 가치를 가지는 시간적·역사적 형태들에만 관심을 가진다. 모더니즘의 주인공은 '역사의 악몽에서 깨어나길' 소원했지만, 포스트모더니즘의 주인공은 이런 '악몽들'을 수집한다. (…) 그러나 이 모든 것을 근거로 해서 (사고 수단으로서) 포스트모더니즘이 연대적으로 모더니즘 이후라고, 또는 발생학적으로 모더니즘에서 나온 것이라고 규정해서는 안 된다." Кириллов П. Жизнь после смерти: новые пути// *Новое литературное обозрение*. 2000. No. 41. C. 322. 참조.

11) Вельш В. ""Постмодерн": Генеалогия и знечение одного спорного понятия" // *Путь*. 1992. No.1. C. 132.

12) Курыцын В. *Русский литературный постмодернизм*. М.: ОГИ. 2001. C. 27.

13) Зыбайлов Л. Шапинский В. *Постмодернизм: Учебное пособие*. М.: Прометей. 1993. C. 5.

14) Klotz H. *Moderne und Postmoderrne. Architektur der Gegenwart. 1960~1980*. Braunschweig: Wiesbaden. 1984. P. 16.

다."[15)

W. 벨시에 따르면, 이 용어는 독일 철학자 루돌프 판비츠[16)]가 1917년 『유럽 문화의 위기』란 저작에서 처음 사용하였다. 이 저작에서 '포스트모던'이란 형용사가 처음 등장하였지만 그것은 문화 영역에 관계된 것이 아니라, 사회의 몰락을 극복하는 '새로운 사람'에 대한 것이었다. 다시 말해서 F. 니체의 '초인'에서 유래한 '포스트모던한 사람'을 지칭하기 위해서 사용되었다.

이후 이 용어는 (R. 판비츠와는 다른 맥락하에서) 다른 학자들의 저서에서도 등장했다. 그러나 다양한 영역에서 산발적이고 우연하게 사용되었고 다양한 현상들을 의미했다. 그 용어를 사용함에 있어서도 인과적, 내용—맥락적 연관은 찾을 수 없었다.[17)]

그러나 단어 사용에서의 불일치에도 불구하고, '포스트모던'이란 개념의 외형들은 점차적으로 뚜렷해지면서 모습을 갖추어갔다. 연구자들은 포스트모더니즘 시대의 시작을 대략적으로 1940년대 중반, 즉 제2차 세계대전 말로 보고 있다.

1960년대 중반 레슬리 피들러(Leslie A. Fiedler)의 저작들은 포스트모던이라는 용어를 확산하고 정착시키는 데 결정적으로 기여했다. 특히 「경계를 넘어서고 간극을 메우며」(1969)라는 논문에서 피들러는 다음과 같이 지적한다. "1955년 이후 오늘날의 모든 독자들과 작가들은 모던 문학이 임

..

15) Гулыга А. Указ. соч. С. 153.
16) 〔역주〕 Rudolf Pannwitz, 1881~1969. 독일의 작가이자 시인, 고대와 독일 신화학의 해석자, 문화철학자, 에세이스트이다. 베를린 등에서 철학, 고전문학, 산스크리트어 등을 공부하였다. 니체의 영향을 받았고 발터 베냐민에게 강한 영향을 끼쳤다. 대표적 저서는 『유럽 문화의 위기』(1917)이다.
17) 이에 대한 자세한 사항은 Вельш В. Указ. соч. 참조.

종을 고하고 포스트모던 문학이 산통을 겪고 있음을 분명하게 인식하고 있다. '모던', '현대적', '새로운'이란 수식어의 사용권을 주장한 문학, (…) 그 문학의 승리 행진은 제1차 세계대전 직전에 시작되었고 제2차 세계대전 종전 후 곧 끝이 났다. 그 문학은 이미 죽었고 다른 말로 하자면, 그 문학은 현실이 아닌 역사에 속한다."[18] L. 피들러는 처음으로 포스트모더니즘을 '긍정적으로' 규정하였고, 새로운 문학의 중요한 특징들 중의 하나를 다구조성으로 명명했다. 그것은 이후에 다원주의라는 정의로 이어진다. 그는 엘리트와 대중문화의 새로운 결합 속에서, 현실과 환상 간의 경계가 붕괴되는 지점에서, 그리고 예술가의 위치 변화와 그 위치 결정의 부재 속에서 문학에서 다원주의(다구조성)가 발생하고 있었음을 발견하였다.[19]

W. 벨시의 연구에 따르면, 바로 이 순간부터 우연적이고 매우 부정확한 표현 – 용어였던 '포스트모던'이, "문학 논쟁에서 실제 개념의 외형들을 획득하고, (…) 쇠퇴 현상들을 기록하던 부정적 상표를 가진 단어에서 현재와 미래의 상황을 지칭하면서 급진적 다원주의의 보유자라는 긍정적 뉘앙스를 가진 어휘–단위로 격상되었다."[20]

포스트모더니즘 경향은 이탈리아, 프랑스, 독일, 오스트리아, 영국 등에서 먼저 발견되었고, 이후 미국에서도 다양한 영역에서 매우 활발하게 전개되었다.

••

18) *Современная западная культурология: Самоубийство дискурса.* М.: 1993. С. 217.
19) "여러 작품에서뿐만 아니라 한 작품 내에서 언어, 모델, 방법 등이 서로 씨줄, 날줄로 교직(交織)하면서 의식적 다원주의가 실행되는 곳에서 포스트모던을 만날 수 있다. (…) 포스트모던은 접근 방법의 형식성이나 차이를 없애려는 성질이 있기 때문이 아니라 다양한 개념들과 계획들이 명백한 가치를 가진다는 것을 인식하기 때문에 급진적인 다원주의이다. 포스트모던의 시각은 다원론적이다." Вельш В. Указ. соч. С. 115, 129.
20) Там же. С. 115.

현재 서구와 러시아에서 포스트모더니즘 경향은 그 의미의 폭을 확장해 가면서 다양한 영역을 포괄하고 있다. 다시 말해서 건축,[21] 회화, 조각, 문학, 철학, 사회학, 정치, 신학 등 제 학문 및 예술 영역에서 포스트모더니즘의 경향이 나타나고 있는 것이다. "아마도 오늘날 이 바이러스가 침투하지 않은 분야는 없는 것 같다."[22] 그러나 반복하자면, 포스트모더니즘 경향이 가장 분명하게 표현되고 구현된 것은 예술 영역이다.

서구에서 포스트모더니즘은 다음의 이름들과 작품들로 대변된다. 문학에서는 B. 비앙,[23] U. 에코, H.-L. 보르헤스, A. 로브그리예, J. 애시베리,[24] 음악에서는 J. 케이지, K. 슈토크하우젠, Ph. 글래스,[25] T. 라일리, 건축에서는 O. M. 웅거스,[26] J. 스털링,[27] H. 콜레인, 영화에서는 J. L. 고

∴

21) "대중 의식은 건축에서 가장 먼저 포스트모던을 접하게 되었다." Там же. С. 117.

22) Там же. С. 109.

23) 〔역주〕 Boris Vian, 1920~1959. 프랑스의 소설가, 시인, 재즈 음악가이자 가수이다. 1960년대 프랑스의 문학 경향을 예고했던 모더니즘적이고 획기적인 여러 작품들의 저자이다. 본명뿐만 아니라 24개의 필명으로 작품을 썼다.

24) 〔역주〕 John Ashbery, 1927~. 미국 시인. 매사추세츠의 사립학교와 하버드대학교를 졸업하였다. 아방가르드 시인으로 분류된다. 풀리처상, 뉴욕주상 등 다수의 상을 수상하였다. 대표작으로는 『투란도트와 다른 시들(Turandot and Other Poems)』(1953), 『나무 몇 그루(Some Trees)』(1956), 『세 편의 시(Three Poems)』(1972) 등이 있다.

25) 〔역주〕 Philip Morris Glass, 1937~. 미국의 작곡가이다. 시카고대학과 줄리어드에서 공부하고, 유럽에 건너가서 나디아 불랑제(Nadia Boulanger)와 일하고, 1967년에 뉴욕에 돌아와 이듬해 필립 글래스 앙상블을 조직해 그들을 위해 그의 초기 작품들을 창작했다. 대표적 음반으로는 〈해변의 아인슈타인〉(CBS M4 38875)이 알려져 있고, 〈댄스 1 & 3〉(TOMATO 8029)와 그의 대중적 성공을 알린 음반으로 〈GLASSWORKS〉(CBS 37265) 등이 있다. 크로노스 4중주단과 린다 론스태트와 더글러스 페리와 같은 가수가 연주한 〈SONGS FROM LIQUID DAYS〉(CBS FM 39564)가 있다. 미니멀리즘을 응용한 신음악의 작곡가로 알려져 있다.

26) 〔역주〕 Oswald Mathias Ungers, 1926~2007. 독일의 건축가이며 신이성주의의 대표자이다.

27) 〔역주〕 James Sterling, 1926~1993. 전후 영국 건축계를 대표하는, 건축 브루털리즘과 포스트모더니즘 건축가로 평가받고 있다.

다르, E. 워홀, 회화에서는 M. 메르츠, Y. 쿠넬리스, M. 팔라디노 등이 서구 포스트모더니즘 경향을 주도하고 있다.

포스트모더니즘의 기본 이론은 주로 포스트모더니즘 사상을 연구한 철학자, 사회학자, 문화학자들에 의해 다듬어졌다. I. 일린[28]에 의하면, "포스트모더니즘은 후기구조주의 이론, 해체주의의 문학비평적 분석 경험, 현대 예술의 경험을 종합하면서 '세계에 대한 새로운 시각'을 바탕으로 이를 설명하려고 하였다." 1970~1990년대 인문학의 다양한 영역을 포괄하는 서구 문화에서 폭넓게 영향력을 행사하는 상호 규범적인 흐름으로서 포스트모더니즘은 우리로 하여금 "후기구조주의-해체주의-포스트모더니즘을 하나의 공통된 사고이자 그 표출의 복합체로서 규정할 수 있도록 해준다."[29]

포스트모더니즘은 다양한 국적의, 다양한 분야의 이론가 및 학자들에 의해서 그 이론화 작업이 수행되었다. 포스트모더니즘 이론의 기반을 쌓은 후기구조주의 학자들 중에서는 롤랑 바르트, 미셸 푸코, 자크 데리다, 질 들뢰즈와 펠릭스 가타리, 장 보드리야르, 장프랑수아 리오타르 등으로 대변되는 프랑스의 철학자들, 사회학자들, 문화 연구자들, 문학 이론가들의 이름을 찾아볼 수 있다.[30]

:.

28) 〔역주〕Иван Александрович Ильин, 1883~1954. 러시아의 기독교 철학자, 작가, 평론가이다. 백군 운동 지지자였고 이후 러시아의 공산주의 정권에 대한 비판가였다. 1922년 러시아에서 독일로 추방되었다가 이후 스위스로 망명하였고 거기서 생을 마쳤다. 그는 보수적인 군국주의자이자 슬라브주의자였고 공산주의와 볼셰비즘의 비판자였다. 일린의 사상은 솔제니친과 같은 20세기 보수적 경향의 러시아 인텔리들에게 많은 영향을 끼쳤다.

29) Ильин И. *Постмодернизм* // *Литературная энциклопедия терминов и понятий* / Гл. ред. и сост. А. Н. Николюкин. М.: НПК "Интелвак". 2001. С. 764.

30) 열거된 프랑스 철학자들과 사회학자들의 저작들이 러시아어로 번역되었으며 현대 비평 분야에서 포스트모던에 대한 그들의 연구 저작들이 꼼꼼하게 요약 보고되고 있다는 사실은

또한 D. 바트, V. 제임스, F. 제임슨, C. 젠크스,[31] B. 존슨, R. 로티, E. 사이드, A. 후이센,[32] I. 하산[33] 등과 같은 미국 출신의 학자들이나 W. 벨시, D. 캄퍼,[34] H. 키웅, J. 하버마스와 같은 독일 출신의 학자들 역시 포스트모더니즘의 이론적 정초에 상당한 기여를 했다. 그리고 이탈리아 출신의 U. 에코와 D. 바티모, 영국 태생인 J. 버틀러, T. 이글턴, D. 로지,[35] M. 페인, 그리고 V. 포도로가,[36] I. 일린, A. 퍄티고르스키,[37] M. 엡슈테인, N. 만콥스키 등의 러시아 학자들 역시 포스트모더니즘과 관련하여 빼놓을 수 없는 이름들이다.[38]

모더니즘의 철학적 개념 및 이에 대비되는 포스트모더니즘 철학의 기본 개념들은 I. 하산에 의해 정리되었다.[39] 비록 그의 연구들이 포스트모던에

∙∙

그들 입장에 대해 상세히 서술할 필요성을 제거해주고, 단순히 참고 도서만 인용해도 된다는 입장을 타당하게 해준다.

31) 〔역주〕 Charles Alexander Jencks, 1939~. 현대 건축학에서 포스트모더니즘 이론을 연구하고 확립한 미국의 건축가이다.

32) 〔역주〕 Andreas Huyssen, 1942~. 현재 컬럼비아대학교 독문과 교수이며 *New German Critique*의 편집자이다. 주요 저서로는 *The Technological Imagination*(1980), *After the Great Divide: Modernism, Mass Culture, Postmodernism*(1986) 등이 있다.

33) 〔역주〕 Ihab Hassan, 1925~. 위스콘신대학교의 영문학과 및 비교문학과 교수이다. 주요 저서로는 *Radical Innocence*(1961), *The Literature of Silence*(1967), *The Dismemberment of Orpheus: Toward a Postmodern Culture*(1971), *Paracriticism*(1975) 등이 있다.

34) 〔역주〕 Dietmar Kamper, 1936~2001. 독일의 철학자, 사회학자, 예술 역사학자이자 인류학자이다.

35) 〔역주〕 David Lodge, 1935~. 미국의 작가이자 문학 이론가이다.

36) 〔역주〕 Валерий Александрович Подорога, 1946~. 러시아의 철학자이자 인류학자이다.

37) 〔역주〕 Александр Моисеевич Пятигорский, 1929~2009. 러시아의 철학자이자 동방학 연구가, 철학자, 작가이다. 타르투-모스크바 기호학파의 창시자들 중 한 명이다.

38) 포스트모더니스트 학자들의 노작들은 어떤 하나의 완전한 체계 또는 이론으로 귀결되지 않는다는 사실을 강조할 필요가 있다. 어떤 점에서 그들은 상호 보완적이기도 하지만 어떤 점에서는 완전히 나뉜다.

39) Hassan J. *The Dismemberment of Orpheus*. New York. 1982.

관한 여러 저작들에서 자주 인용되고 있더라도 여기서 다시 한 번 그의 연구 성과를 인용해볼 필요가 있다. 왜냐하면 그의 연구들이 보여주는 도식화, 범주 설정, 간결함 등은 포스트모더니즘 현상의 특징들을 잘 드러내주기 때문이다.

모더니즘(구조주의)	포스트모더니즘(후기구조주의)
닫히고 폐쇄된 형식	열리고 개방된 반(反)형식
목적	유희
의도	우연
위계	무질서
기술 연마	고갈
(로고스)	(침묵)
예술의 대상	과정
(완성된 작품)	(퍼포먼스)
거리 두기	참여
창작, 총체성, 종합	해체, 반(反)종합
존재	부재
집중	분산
장르, 경계	텍스트, 상호 텍스트
의미론	수사학
계열체	통합체
은유	환유
선택	조합
뿌리	리좀
(깊이)	(표층)
해석	역(逆)해석

(해석)	(믿지 못할 해석)
기의	기표
읽기	글쓰기
서사	반(反)서사
〔대(大)서사〕	〔소(小)서사〕
기본 코드	이디올렉트(개인 방언)[40]
증후군	욕망
유형	돌연변이
남성 중심주의	다형주의, 자웅동체
편집증	정신분열증
기원, 원인	차이, 흔적
성부	성령
형이상학	아이러니
확정성	불확정성
초월적	내재적

　결국 러시아문학 현실에 서구 포스트모더니즘 이론들을 적용하는 것은 더 복잡한 문제이다. 아무리 서구 전통과 친근하고 그것을 지향한다고 하더라도 러시아문학의 포스트모더니즘은 독특하고 매우 특별한 형식으로 발전하고 있으며,[41] 이에 대해서는 아래에서 기술할 것이다.

∵

40) 〔역주〕 индивидуальный(개별적, 개인적)와 диалект(방언, 언어, 말)의 합성어로서 개인들에 의해 사용되는 특징적 개인 방언을 뜻한다.

41) 이에 대해 S. 비류코프는 이렇게 말하고 있다. "러시아 시에서는(그리고 러시아문학 전체에서－O. V.) 서구 전통에서처럼 일반적인 경향들이 급격하게 분리되는 현상이 본질적으로는 존재하지 않았다(바로크는 완전한 바로크가 아니었고, 고전주의도 완전한 고전주의가 아니었고, 미래주의도 완전한 미래주의는 아니었다)." Бирюков С. *Зевгма: Русская поэзия от маньеризма до постмодернизма.* М.: 1994. С. 10.

I. 스코로파노바(Скоропанова)는 다음과 같이 말하고 있다. "우리는 포스트모더니즘(강조는 저자)의 서구(미국과 서유럽)적 변형 형태와 동구(동유럽과 러시아)의 변형 형태에 대해서 말할 권리가 있듯이, 다양한 모델의 특징들이 혼합되는 혼용 지역들에 대해서도 말할 수 있다고 생각된다."[42]

포스트모더니즘의 서구 모델에서 I. 스코로파노바는 후기구조주의-포스트모더니즘 이론의 연관성, 언어에서 대중문화 지향성, 상대적 낙관론을 특징으로 꼽았다.

I. 스코로파노바는 동구, 소위 러시아의 모델에서는 짙은 정치색을 강조하며, 사회주의리얼리즘의 언어를 해체의 언어로 부르고, 러시아 포스트모더니즘의 특징적 요소를 백치성(白痴性, юродствование)으로 간주하였다.[43] 그러나 우리는 마지막 부분에는 완전히 동의할 수는 없다.

러시아에서 포스트모더니즘의 시작은 서구보다 늦다. 이것은 (문학과 관련해서) 외적인 성격의 문제들, 즉 소비에트러시아의 사회 정치적 특성들과 밀접하게 연관된다. 러시아에서는 정치적, 사회적 원인들 때문에 이 과정이 왜곡되었다.[44] 그러나 1917년 10월에 발생해, 이전과 역사적으로 단절을 보여준 러시아 사회주의혁명도 문학사 과정 자체에서는 변혁의 경계로 여겨지지는 않았다. (···) 내전 시대나 이후 10년 동안에도 엄청난 양의 작품들이 창작되었고 작가들은 바로 모더니즘 체계의 언어로 국내 생활

∴

42) Скоропанова И. *Русская постмодернисткая литература: Учебное пособие.* 2-е изд. испр. М.: Флинта; Наука. 2000. С. 70.

43) Там же. С. 71.

44) Зыбайлов Л. Шапиский В. Указ. соч. С. 23.

의 혁명적 급변에 대한 자신의 감정을 표현하려고 노력하였다.[45] (…) 그러나 소비에트 정권이 수립되고, '여러 나라를 병합하여' 1917년 가을 소비에트 국가를 선포한 것은 1920년대 발전해가던 모더니즘-아방가르드 예술을 인위적으로(강제로) 중단시킨 원인이 되었다.[46] 자연스러운 문학의 발전 과정을 경험하던 모더니즘-아방가르드 예술은 1930년대 초에 들어서면서 '소실점'으로 귀착된다.[47] 그리하여 1930년대 초에 이르러서는 인간 세계를 조정하는 메커니즘들을 찾고, 일상을 결정한다는 예술적 전략을 목표로 '명확함과 균형'이라는 경향이 문학사의 전면에 등장했다.[48]

그 외에도 사회적·문화적 고립 정책(소위 '철의 장막')은 러시아를 서구 문화와 단절시켰고, 포스트모더니즘 이론을 접하고 새로운 예술적 원칙들을 실현하려는 노력이 현실에서는 지연되고 완전한 모습을 갖출 수 없었다.

A. 비토프[49]는 "스탈린의 죽음은 장막에 첫 구멍을 냈다. 거기로부터 물이

:·

45) Лейдерман Н. Липовецкий М. *Современная русская литература: В 3 кн.* М.: УРСС. 2001. Кн. 1. С. 13.

46) "1920년대에서 1930년대로 넘어가는 길목에서 러시아문학은 문화의 포스트모더니즘 철학을 예고하고 준비하던 작품들을 잉태하였다. 그 예로 O. 만텔슈탐의 『이집트 우표』(1928), K. 바기노프의 『스비스토노프의 노동과 나날들』(1929), D. 하름스의 『우연』(1933~1939) 등을 지적할 수 있다. 1955년에 이미 러시아 작가인 V. 나보코프에 의해 (비록 처음에는 영어로 썼지만) 세계 포스트모더니즘의 고전이 된 소설 『롤리타』가 쓰여졌다." Лейдерман Н. Липовецкий М. Указ. соч. Кн. 1. С. 17.

47) 20세기 전반기 서유럽 문화에서 모더니즘에서 포스트모더니즘으로 이행하는 것 역시 '정신을 잃음(실신)' 없이 지나갈 수는 없었지만 이탈리아와 독일의 전체주의 체제들은 러시아에서처럼 그렇게 길지는 않았다. 이에 대해서는 Зыбайлов Л. Шаписский В. Указ. соч. С. 21. 참조.

48) Лейдерман Н. Липовецкий М.: Указ. соч. Кн. 1. С. 13.

49) 〔역주〕 Андрей Георгиевич Битов, 1937~. 1956년부터 창작 활동을 시작했고, 1960년부터 1978년 『푸슈킨의 집(*Пушкинский дом*)』까지 10여 권의 소설을 발표하였다. 1979년

새기 시작했고 우리 모두는 물이 쏟아져 내리는 것 같은 느낌을 받았다"[50]라고
썼다.

소비에트 역사에서 1950년대의 도래는 위기적이고 운명적인 사건들(스
탈린의 죽음, N. 흐루쇼프를 서기장으로 한 소련공산당 중앙위원회 서기국의 새
로운 구성, L. 베리야의 체포와 사형선고, 소련공산당 제20차 전당대회와 '개인숭
배 극복과 그 결과들의 극복에 대하여'라는 소련공산당 중앙위원회의 결정)과, '흐

∴

무크지 《메트로폴(*Метрополь*)》의 참가자였다. 1965년부터 소련 작가 동맹 회원이었는데
1986년까지 절필하였다. 페레스트로이카 이후 새로운 활동을 시작하였으며 1988년 러시아
펜클럽 창립에 참여하여 1991년에는 러시아 펜클럽의 회장이 되었다. 지금은 국제 레오나
르도 클럽의 집행위원으로 활동하고 있다.

50) Битов А. *Пушкинский дом.* СПб.: Изд-во Ивана Лимбаха. 1999. C. 378~379.
51) 〔역주〕 Владимир Михайлович Померанцев, 1907~1971. 러시아의 작가, 소설가이다.
「문학에서의 진정성에 대하여(Об искренности в литературе)」(1953)라는 논문으로 명성
을 얻게 되었다. 그의 소설들은 사회, 도덕적 문제에 주로 관심을 기울였다. 주요 작품으
로는 『고서점 집 딸(*Дочь букиниста*)』(1951), 『특히 결과가 없다……(*Итога, собственно,
нет…*)』(1988), 『서둘지 않는 대화(*Неспешный разговор*)』(1965), 『엄격한 공증인
(*Неумолимый нотариус*)』(1960) 등이 있다.
52) 〔역주〕 Михаил Михайлович Зощенко, 1895~1958. 아버지는 러시아의 이동전람파 화
가였던 미하일 이바노비치 조센코(1857~1907)이고, 어머니 엘레나 이오시포브나 조센코
(1875~1920)는 결혼 전에 여배우로 활동한 단편 작가이다. 1913년 페테르부르크에서 김나
지움을 졸업하고 상트페테르부르크대학교 법학부에서 1년을 공부하고는 제1차 세계대전으
로 학업을 중단했다. 제1차 세계대전과 내전에 참전했는데 1919년 심장병 때문에 퇴역하였
다. 1920~1922년에 경찰에서 근무하기도 하고 구두 수선을 하기도 하면서 여러 직업을 전
전했으며, 코르네이 추콥스키가 주관하던 출판사 '전 세계 문학(Всемирная литература)'
의 문학 스튜디오를 다니기도 했다. 1922년 등단했고, '세라피온 형제들' 그룹에 속했다.
1946년 '소비에트문학에 낯설던' 조센코의 작품을 게재했다는 이유로 《별(*Звезда*)》 잡지
는 비판을 받고 더 이상 조센코의 작품을 싣지 못하게 되었으며, 《레닌그라드》 잡지는 폐
간 조치가 취해졌다. 더욱이 주다노프 공산당 중앙위원회 서기가 조센코 소설 『일출 전에
(*Перед восходом солнца*)』(1943)를 비판하게 되면서 소련 작가 동맹에서 제명당한다.
1946~1953년 조센코는 번역과 구두 수선으로 연명하였다. 조센코의 『일출 전에』는 30년
이 지나서 1973년 뉴욕에서 최초로 출간된다. 주요 작품으로는 『푸른 책(*Голубая книга*)』
(1934~1935), 『바냐(*Баня*)』(1924), 『타라스 셉첸코(*Тарас Шевченко*)』(1939) 등이 있다.

루쇼프 해빙기'의 시작으로 특징지을 수 있다. 해빙기는 정치와 사회에 일정 정도의 '관용 - 온화'의 분위기를 가져왔다('소련 농업의 향후 발전 조치들에 대하여'라는 결정, 국가 연금법, 초·중·고와 고등교육기관들에서 학비 면제, 저소득 노동자들과 근로자들의 임금 인상 결정, 서독과의 외교 관계 수립, 흐루쇼프가 발의한 수용소의 폐지, '문학에서의 진정성에 대하여'라는 V. 포메란체프[51]의 논문, I. 에렌부르크의 장편 『해빙』, M. 조셴코[52]의 작가 동맹 복귀 등).[53] 또한 문화(포스트모더니즘의 발생과 연관된 분야)에서는 러시아와 유럽의 아방가르드 문학-예술에 대한 관심이 부활되었고, 국내의 사회·문화적 인식과 해외의 철학적·미학적 신(新)개념들이 융합할 수 있는 일정 정도의 가능성을 제공하였다.

'해빙기' 경향들은 먼저 소비에트 독자들에게 미국, 서유럽, 서양철학, 미학, 회화, 건축, 문학, 영화 작품들(니체와 프로이트의 저작들, 가로디의 『경계 없는 리얼리즘에 대하여』, 헤밍웨이, 카뮈, 사르트르, 하인리히 뵐, 오스카 와일드 등의 작품들)을 허용하는 것으로 나타났다.

A. 비토프는 이렇게 증언하고 있다. "우리는 프랑스, 이탈리아, 폴란드에서 20세기 초에 제작된 영화를 보았고, 미국, 독일, 스페인 등에서 금세기 초에 출간된 저작들(최초의 현대 소설은 1954년 H. 락스네스의 『원자력 발전소』였다)을 읽었다. 이런 책들이 20년, 30년 전에 집필되고 출판되었다는 사실은 중요한 것이 아니다. 그 책들이 지금이라도 받아들여졌다는 사실이 중요하다. 레마르크의 『세 동무』는 1937년이 아닌 1956년의 현상이었다. 1929년에 발행된 소설들로

∵

53) 더 상세하게는 다음을 참조할 것. *История российской культуры: Синхронические таблицы. Имена и факты. XIV- XX вв.* / Отв. ред. В. П. Мещеряков. М.: 1999. C. 496~516.

인해 감정을 폭발했던 '잃어버린 세대'는 우리였다(마치 제1차 세계대전과 제2차 세계대전 사이에 시간적 휴지기가 없었던 것 같았다). 학교에서 모두에게 천편일률적인 문학을 가르쳤던 것과 마찬가지로, 그 속에서 나온 우리 모두는 레마르크, 헤밍웨이를 동시에 읽으며 똑같은 책들을 '거쳐갔다'.[54]

러시아에서는 예전에 금지되었던 M. 불가코프의 작품들(예를 들어, 『거장과 마르가리타(*Мастер и Маргарита*)』) 및 A. 플라토노프, O. 만델슈탐, Ju. 올레샤, V. 나보코프, V. 로자노프의 작품들과 더불어 '은 세기' 러시아 철학자들의 작품들이 처음으로 출판되었다. 그 작품들은 현실에 대한 불합리한 사고방식과 인식 태도를 보여주었고, 이전 소비에트 시대의 현실을 중시하는 객관성 강조의 세계관이 아니라 주관에 의해 주도되는 세계관을 표출했으며, 삶에 대한 환상적 묘사뿐만 아니라 고상하고 예술적인 문체를 보여주었다.

그 외에도 1950~1960년대 러시아문학에서 우리는 사회주의리얼리즘의 '전통적인 방식과는 다른' 아방가르드와 모더니즘 경향들이 실험과 '순수예술'('예술을 위한 예술')이라는 이름과 방법으로 부활하는 것을 목격하게 된다.[55] A. 아흐마토바와 B. 파스테르나크의 작품들, 그리고 당시에는 소

..

54) Битов А. Указ. соч. С. 378~379.
55) '사회주의 주문과의 결별': "예술가는 여타의 사회적 유토피아에 대한 미학적 보증인이나 선전자가 되기를 더 이상 원치 않는다." Вельш В. Указ. соч. С. 122.

장파 작가들이던 I. 브롯스키, V. 소스노라,[56] E. 하리토노프[57] 등의 창작 활동은 이러한 경향을 증명하는 좋은 예이다.

'해빙기'는 통일되고 완전한 소비에트 정신 체계에서 다른 사고방식이 익어가는 토양이 되었다. 이는 정계에서는 이단으로, 문학계에서는 지하문학으로 정의되었다. 1950년대 중반에서 1960년대 초에 수많은 새로운 문

:.

56) 〔역주〕 Виктор Александрович Соснора, 1936~. 러시아의 시인, 소설가, 희곡작가이다. 2004년 러시아문학 번역에 대한 공로로 '안드레이 벨리'상을 수상하였다. 시집으로는 『1월의 폭우(*Январский ливень*)』(1962), 『기사들(*Всадники*)』(1969), 『황새(*Аист*)』(1972), 『크리스틸(*Кристалл*)』(1977), 『바다의 수리(*Ремонт моря*)』(1996), 『최고의 시간(*Верховный час*)』(1998) 등이 있고, 소설로는 『날아가는 네덜란드인(*Летучий голландец*)』(1979), 『자살의 변명(*Апология самоубийства*)』(1992), 『짐승의 날(*День зверя*)』(1996), 『15』(2004) 등이 있다.

57) 〔역주〕 Евгений Владимирович Харитонов, 1941~1981. 러시아의 시인, 소설가, 희곡작가, 영화감독이다. 1981년 희곡 『땡그랑(*Дзынь*)』을 끝낸 다음 날 푸슈킨 거리에서 뇌경색으로 사망하였다. 사후에 '안드레이 벨리' 문학상이 수여되었다. 작품으로는 『날아다니는 덴마크인(*Летучий голландец*)』(1979), 『권력자와 운명(*Властители и судьбы*)』(1986), 『짐승의 날(*День зверя*)』(1996), 『세월의 집(*Дом дней*)』(1997) 등이 있다.

58) 'СМОГ'는 1965년에 선언문 "이봐!"의 집필자인 L. 구바노프의 발의로 생겨났다. 그 구성원은 모스크바국립대학교 인문학부 학생들이 주를 이루었다. V. 알레이니코프, U. 쿠블라놉스키, L. 구바노프, V. 바트셰프, A. 프로호지, 사샤 소콜로프, V. 소콜로프, O. 세다코프, A. 바실로바, A. 아갑킨, V. 델로네, A. 모로조프, V. 포자렌코 등이 그들이다. "스모그 동인들이 보여주는 시의 기본 파토스는 '보킬'(경연극적인)의 경우처럼 형식적·내용적 프리미티비즘에 대해 반응하는 것이었다." Величанский А. *Феномен Епофеева Ерофеев Вен. Москва - Петушки*. М.: Прометей. 1990. С. 240. 1960년대 말, 스모그 시인들(L. 구바노프, V. 알레이니코프, U. 쿠블라놉스키, A. 파호모프)과 그 그룹에 합류했던 A. 벨리찬스키, B. 론, V. 세르기엔코는 새로운 단체를 조직하려고 시도하였다. 그 시도는 실패하였지만, 단체 이름에 대해서 두 가지 방안이 있었다. L. 구바노프가 제안한 '이주미즘'('재미있는 일', '경탄'이란 뜻에 '이즘'으로 강조된 말)과 V. 론이 제안한 '크볼리티즘'(영어 quality(질)에서 유래한 말)이었다. 이에 대한 자세한 내용은 Сны о СМОГе // *Новое литературное обозрение*. 1996. No. 20. 참조.

학 단체들('SMOG',[58] '리아노조보 학파',[59] L. 체르트코프 그룹[60] 등)이 다시 구
성되었고, 이전에 존재하던 문학예술 출판물들이 부활되었다(신간을 소개하
는 조그만 소책자를 비롯하여 《청년 시절》,[61] 《네바》,[62] 《우리의현대인》,[63] 《문학의

59) "리아노조보 학파. 1950년대 말에서 1960년대 초까지 존재하던 시인과 화가들의 비
형식적 동맹. 시인이자 화가인 E. L. 크로피브니츠키 가족이 살았던 철도역에서 따
와 이름을 붙였다. 이 동맹에 가입한 시인들(G. 삽기르, I. 홀린, Vs. 네크라소프)은 개
념론의 직접적 선구자들이었다. 그들의 예술은 언어에서는 그렇게 급진적이지는 않
았지만 거의 포스트모더니즘적인 '모든 스타일을 인정'하였다." *Русское искусство:
Иллюстрированная энциклопедия: Архитектура. Графика. Живопись. Скульптура.
Художники театра.* М.: Трилистник. 2001. С. 283. 또한 Кулаков В. Лианозово: (История
однойпоэтическийгруппы)//*Вопросы литературы.* 1991. No. 3. 참조.

60) 〔역주〕 группа Л. Черткова. 1950년대 검열을 받지 않은 모스크바 작가들의 첫 번째 시인
그룹이다. 1953년 결성되었고, 레오니드 체르트코프가 리더였기에 그렇게 이름 붙여졌다.
1957년 체르트코프가 반(反)소비에트 선전과 선동 행위로 체포되어 재판을 받게 되면서 해
체되었다.

61) "《청년 시절》은 1955년에 창간된 문학잡지(제1대 편집장은 V. 카타예프였다)로, 결국 끝까
지 녹아내리지 못한 해빙기의 자식이다. 이 잡지에서 소위 젊고 고백적인 산문이 배출되었
고 진심 어린 단순함이 독자들을 사로잡아 특별한 인기를 얻었다." Битов А. Указ. соч. С.
363.

62) 〔역주〕 《네바(*Нева*)》는 1955년부터 발행되었다. 이 잡지를 통해서 M. 조센코, M. 숄로호프,
V. 카베린, L. 추콥스카야, L. 구밀료프, D. 리하체프, A. 솔제니친, D. 그라닌, F. 아브라
모프 등의 작품들이 발표되었다.

63) 〔역주〕 《우리의 현대인(*Наш современник*)》은 러시아의 사회, 정치, 문학 월간지이다. 1836
년 알렉산드르 푸슈킨이 창간하고 1846년부터 1866년까지 니콜라이 네크라소프가 편집장
을 맡았던 《현대인(*Современник*)》을 선조로 하고 있다. 새로운 《우리의 현대인》은 1956년
모스크바에서 창간되었다. 1970년대부터 F. 아브라모프, C. 아스타피예프, V. 벨로프, S.
잘리긴, V. 리하노소프, E. 노소프, V. 라스푸틴, V. 슉신, U. 본다레프, U. 카자코프, O.
쿠바예프 등의 작품들을 발표하였다. 1990년대부터는 V. 보고몰로프, A. 프로하노프, S.
세마노프 등도 이 잡지에 작품을 발표하고 있다.

문제들》,[64] 《러시아문학》,[65] 《인문학》[66] 등). 또한 '사미즈다트(Самиздат, 지하 출판물)'[67]와 '타미즈다트(Тамиздат, 해외 출판물)'[68] 문학이 형성되고 그 시기 문학계의 담론으로 편입되었다. "정신문화 내에서 포스트모더니즘 정신세계의 모델이 형성되기 시작하였다. (…) 예술은 포스트모더니즘의 변형 초기 과정을 대변하는 표현자가 되었을 뿐만 아니라 (…) 그것을 유포하는 데 촉진제가 되었다."[69] 전체적으로 새로운 철학적 관념 체계(!)가 형성되었다.

그러나 1950년대 말과 1960년대 초에도 선행했던 (고전주의, 모더니즘, 사회주의리얼리즘) 문화 전통의 기반을 포스트모더니즘식으로 재검토하는 작업이 철저하게 이루어지지 못했다. 그 작업은 지엽적이고 단편적인 성격을 띠었다. '해빙기'는 계속되지 못하였고 새로운 러시아문학은 또다시 '지하로' 돌아가야만 했다. 그래서 1950년대 러시아문학에서 포스트모더니즘

∴

64) 〔역주〕《문학의 문제(*Вопросы литературы*)》는 러시아의 문학사와 문학 이론에 관한 잡지이다. 1957년 모스크바에서 발행되기 시작하였다. A. 데멘티예프, V. 오제로프, D. 우르노프 등이 편집장을 맡았다.

65) 〔역주〕《러시아문학(*Русская Литература*)》은 1958년 봄부터 V. 바자노프가 주도해서 발행되기 시작하였다. B. 부르소프, V. 코발레프, D. 리하초프, V. 티모페예프 등이 편집장을 맡았다. 1963년 봄부터 40년 이상을 M. 콘츠라티예프가 편집장을 맡고 있다.

66) 〔역주〕《인문학(*Филологические Науки*)》은 1958년부터 발행되는 월간지로서 철학, 문화, 문화학, 종교 등에 관한 잡지이다.

67) 〔역주〕 러시아어 самиздат는 сам(스스로)과 издательство(출판)의 합성어로 소련에서 공식적으로 금지된 문학작품 등을 검열을 피해 불법적으로 지하 출판한 행위 또는 그렇게 만들어진 출판물을 가리키는 말이다.

68) 〔역주〕 러시아어 там(저곳, 해외)과 издательство(출판)의 합성어로 소련에서 검열에 의해 거부당한 작품들을 해외에서 출판한 경우를 말한다. 1957년 밀라노에서 출판된 파스테르나크의 『닥터 지바고』가 타미즈다트의 첫 작품이었으며 시냐프스키 등이 이런 식으로 해외에서 책을 출간하였다.

69) Зыбайлов Л., Шапинский В. Указ. соч. С. 4.

적 사고가 단단하게 뿌리를 내렸다거나 예술 창작의 포스트모더니즘적 패러다임이 형성되었다고 지적하는 것은 시기상조였을 것이다. 그러나 문학 외적인(이데올로기적, 사회-정치적) 상황들에도 불구하고 바로 이 '흐루쇼프 해빙기'에 새로운 철학의 기반이 형성되었고, 새로운 문학이 '언더그라운드'라는 조건에 머물던 '브레즈네프 침체기'를 거치면서도 향후 나타날 포스트모더니즘의 예술적·미학적 형태를 배태하고 있었다. 그리하여 그것들은 문학 발전에서 질적으로 새로운 단계의 시작에 대해 증명해줄 뿐만 아니라 이후 신경향들이 어디에서 기원했는가 하는 점을 밝혀준다. 후에 포스트모더니스트라고 불린 A. 비토프, A. 테르츠,[70] 베네딕트 예로페예프[71]와 다른 많은 예술가들은 바로 이 '지하-침체' 시기에 새로운 '언더그

∴

70) 〔역주〕 안드레이 도나토비치 시냐프스키(Андрей Донатович Синявский)의 필명이 아브람 테르츠(Абрам Терц)이다. 시냐프스키는 1925년 모스크바에서 출생해서 1997년 파리에서 사망하였다. 러시아의 문학평론가이자 작가, 문학 이론가였고 1960년대 《신세계》 잡지의 주요 필진이었다.

71) 〔역주〕 Венедикт Васильевич Ерофеев, 1938~1990. 러시아의 소설가이다. 아버지는 철도 역장이었는데 1939~1954년 수용소에 수감되었다고도 하고 다른 자료에 따르면 자발적으로 북쪽으로 이주했다고 하기도 한다. 예로페예프는 1등으로 고등학교를 졸업하고 1950년대 중반부터 1960년대 초까지 모스크바국립대학교 인문학부에서 공부하다가 여러 사범대학에서 수학하였지만 제적당하였다. 1958년부터 1975년까지 거주증 없이 살면서 콜롬나에서 상점 트럭 운전수로, 모스크바에서 폐병 수거 접수자로, 러시아, 백러시아, 라트비아 등의 여러 도시에서 잡역부 등으로 일했다. 결혼하면서 모스크바 거주증을 획득하게 되었다. 1970년에 서사시 『모스크바발 페투슈키행 열차』의 집필을 끝냈다. 이 작품은 1973년 이스라엘 잡지 《아미(Ами)》에 발표되었으며, 소련에서는 1988년 12월~1989년 3월에 처음으로 발표되었다. 17세에는 『정신병자의 수기(Записки психопата)』(1995년 발표)를 집필하였으며 희곡 『발푸르기스의 밤, 또는 기사단장의 발걸음(Вальпургиева ночь, или шаги командора)』(1985년 파리, 러시아에서는 1989년 출간), 『나의 작은 레닌 시리즈(Моя маленькая лениниана)』(1988년 파리, 러시아에서는 1991년 출간) 등 여러 작품을 발표하였다. 1985년 가톨릭교회에서 프랑스인 신부로부터 세례를 받았다. 그의 작품은 30개 언어로 번역되었다.

라운드 – 비주류' 방향에서 작품 활동을 시작하였다. 바로 그들이 (이 계열의 다른 작가들과 마찬가지로) 논란을 불러일으켰던, '포스트모더니즘 이전 시기'를 대표하는 무크지 《메트로폴》(1979)의 주창자들과 참가자들이 되었다.

언더그라운드의 경계로부터 실제적으로 벗어나 '새로운' 또는 '다른' 문학이라는 '공식적' 위치를 획득한 것, 즉 포스트모더니즘 철학의 모습을 보여주는 다양한 예술적·미적 형태가 합법화되고 인정받은 것은 다변화되기 시작한 소련에서도 여전히 문학 외적인 상황, 다시 말해서 '고르바초프의 페레스트로이카'[72]의 출현과 밀접하게 연관되어 있다. 그 시기는 (국가 자체, 정치 체계, 세계관 등의 면에서) 획일화되고 완전한[73] 시대의 종결, 비교·평준화 전략이 어쩔 수 없이 복수성과 다양성을 인정할 수밖에 없는 상황, 탈획일화[74](탈중앙집권화, 비정치화, 비독점화 등) 경향의 강화 등으로 요약, 설명된다. 사회·정치적 성격의 변화는 포스트모더니즘이 그 자체로 유일하고 완전하며, 객관적으로 새롭고, 미학적으로 의미 있는 문학 경향으로 나타날 수 있는 배경이 되었다.

I. 스코로파노바는 러시아문학에서 포스트모더니즘의 발전을 다음과 같이

••

72) Горбачев–"гений политического постмодернизма" // Литературная газета. 1991. No. 35 참조.
73) 벨시는 "포스트모던은 완전한 시대가 끝났을 때 시작된다"고 말하고 있다. 완전성과 포스트모던의 관계에 대해서는 Вельш В. Указ. соч. С. 126. 참조.
74) '탈획일화(демонизация / demonizatsijia)'란 단어의 내적 – 시적 형태에서는 ('단일하지 않은', 또는 '단일성의 종결'이란 의미로서) 'de – (탈)'와 'mono – (단일)'의 결합형이라는 용어의 사전적 의미 외에 포스트모던 시대의 문화, 즉 문화의 '악마화(demo(악마) – izastija(화(化)))'를 비유하는 의미 또한 발견할 수 있다.

세 시기로 구분하였다. "첫 번째 시기는 포스트모더니즘이 성립되던 1960년대 말에서 1970년대까지, 두 번째 시기는 포스트모더니즘이 문학 경향으로서 확립되던 1970년대 말부터 1980년대까지를 아우른다. 이 시기에 '텍스트로서의 세계(인식)'가 포스트모더니즘의 미학적 테제로 자리 잡았으며, 문화적 상호 텍스트성의 해체가 이러한 미학적 테제의 현실적 기반으로 인정되었다. 세 번째 시기는 1980년대 말에서 1990년대까지로 이 시기에 포스트모더니즘은 공식적으로 인정된다."[75] 그러나 보다시피 이러한 분류는 기준의 통일이라는 원칙을 위반하고 있다. 처음 두 시기는 포스트모더니즘 경향의 형성 단계를 고려하여 구분한 것이고('성립', '확립'), 마지막은 언더그라운드에서 탈피, 즉 인정이라는 원칙에 근거하여 구분한 설명인 것이다. I. 스코로파노바의 논의를 조금 수정한다면 우리의 논의에 유의미한 측면을 발견할 수도 있다. 다시 말해서 논의의 범주를 재설정한다면 포스트모더니즘의 흐름을 개괄할 가능성을 타진할 수 있는 것이다. 그 결과 '합법성 / 비(非)합법성'이라는 원칙에 의거해, 포스트모더니즘의 역사를 언더그라운드 시기와 공식적 합법화의 시기로 나누어볼 수 있다. 그리하여 포스트모던 문학의 발전이라는 성격을 근거로 하여 현대 문화에서 포스트모던 경향이 형성되는 초기인 1950년대 말에서 1960년대 중반까지, 그것의 성립과 확립의 시기로서 1960년대 말에서 1980년대 중반까지, 그리고 문화의 전 분야(사회생활 전체에서도 소위 '일상적이고', '평범한' 포스트모더니즘)에서 포스트모더니즘 경향의 번영 일로를 걷던 1980~1990년대까지(이후에는 2010년까지)로 구분할 수 있으며, 근거가 빈약하긴 하지만 포스트모던의 발전을 바탕으로 하여 포스트모더니즘 경향이 형성되고 수립되던 1950년대 말에서 1980년대 중반까지(언더그라운드 시기와 일치한다)와 확립되고 번영을 누리는 1980년대 중반에서

75) Скоропанова И. Указ. соч. С. 71.

2000년까지(인정의 시기와 일치한다)의 두 시기로 나누어볼 수도 있는 것이다.

포스트모더니즘을 연구하는 저작들에서 종종 오류가 드러나기도 한다. 그것은 첫 번째로 포스트모더니즘의 발생이 문학 '외적인' 조건들(사회·정치적 조건, '흐루쇼프의 해빙기', '고르바초프의 페레스트로이카', '철의 장막'의 철회, 서구 사조 등)에 의해서 규정된다고 보고 이러한 관점을 절대적으로 받아들이는 것이다. 두 번째는 포스트모더니즘 경향은 '대립적 - 또는 안티-파토스'가 특징적인 '언더그라운드 - 비주류' 문학 노선에 따라서만 성숙했다고 확신하는 것이다.[76] 그러나 문학적 사실 자체도 포스트모더니즘 세계관 형성에 영향을 미쳤다는 점, 바로 포스트모더니즘적 시각들의 초기 형태는 소위 '공식적인', '검열하의' 문학 내부에서도 발견된다는 사실에 주의를 기울여야만 한다.

현대 러시아문학에서 포스트모던의 등장, 또는 앞선 몇 십 년간의 '언더그라운드' 기간에 축적된 집적물들의 발현은 1980년대 중반, '고르바초프의 페레스트로이카' 기간과 맞물린다. '러시아 포스트모던' 문학은 러시아 국내의 사회 상황, 정치체제의 변화, 국가조직의 재건 또는 해체에 대한 반응으로 발생하였다. 새로운 현실은 새로운 시문학 수단에 대한 필요를 낳았으며 현실을 반영하는 새로운 법칙들이 요구된다는 분위기를 형성하였다. 왜냐하면 1980년대 중반~1990년대 문학의 신경향은 주로 시학의 변화, 예술형식의 변형, 드문 경우 어떤 테마에 대한 새로운 접근법의 요구로 귀결되었기 때문이다. 그러나 '이데올로기적' 억양들의 혼합과 마찬가지

76) Скоропанова И. Указ. соч. С. 220.

로 새로운 기법들 및 문체가 갑자기 성숙한 것이 아니라 점차적으로 성숙한 것이며 선행 시기의 문학적 발견들을 흡수한 것임은 분명하다. 그러나 소비에트 정치 체계와 이데올로기에 종속되었던 '포스트모더니즘 이전' 시기의 문학도 문학·예술 분야에 대한 당의 명령들에 의해 완전히 결정되어 있었던 것은 아니다. 소비에트 사회주의리얼리즘의 규범들 및 결정들과는 분명히 다른 경향들을 스스로 담고 있었다. 사회·정치 상황들이 변화함으로써 문학의 새로운 전망을 모색하려는 경향이 강화된 것은 사실이지만 그렇다고 해서 예술 자체의 발전 논리를 간과해서는 안 된다.

현대적 관점에서, 그리고 포스트모던 문학의 관점에서 '고전적' 또는 '전통적'이라고 부를 수 있는 1950년대 말~1980년대 중반의 '공식적인'(검열 하의) 문학은 전쟁소설, 수용소 소설, 농촌 소설, 역사소설, 도시 소설, 그리고 '40년대 세대'의 문학가들의 소설이라는 대(大)주제로 나누어볼 수 있다. 아마도 이런 주제 분류들만으로도 1950~1980년대 문학의 다양성은 풍성해질 것이다. 그러나 이러한 주제 분류 작업 외에도 그 시대 문학을 대변하는 기본적이고 주도적인 경향들이 어떻게 발생했고 발전했는가를 검토할 수 있고, 이를 바탕으로 '고전'의 중심 안에서 포스트모더니즘적 특징들의 발생(준비) 과정을 확인할 수 있다.

1950년대 말에서 1980년대까지 러시아문학이 발전해가는 과정에서 새로운 경향들의 등장, 다시 말해서 포스트모더니즘이 모습을 보이는 출발점은 M. 숄로호프[77]의 단편 「인간의 운명(*Судьба человека*)」(1957)과 연관

••

77) 〔역주〕 Михаил Александрович Шолохов, 1905~1984. 러시아의 소설가이다. 돈 강가의 카자흐 마을에서 태어나 노동·교원·사무원 등에 종사하며 문학을 공부하였다. 1923년 처녀작 「새끼 말」을 발표하였으며, 이어 「돈 강의 이야기」, 「유리색의 황야」 등 20여 편의 단편을 내놓았다. 그 후 1925년부터는 자기 고향 마을에 정착하면서 러시아문학의 최고 걸작

된다. 왜냐하면 바로 그 단편에서 전후 러시아문학에서 최초로 서사적 주인공, 사회적으로 능동적이고 활동적이며 당시 용어로 '진보적인' 개인의 모습이 부재하기 때문이다. 주인공은 '눈에 띄지 않는', '평범한', '보통 사람'이다. 어떤 특별한 점도 발견할 수 없는 '보통' 사람의 모습으로 저자에 의해 의도적으로 창조된 안드레이 소콜로프(Андрей Соколов)의 형상은 사회주의리얼리즘 문학이 19세기 러시아문학 전통으로 전환(또는 귀환)하였다는 것을 보여주었다. 문학은 소비에트 사회로의 변화와 그러한 변화에 의해 규정된 특징들을 묘사하는 것에서, 러시아 민족의 전통과 민족성을 묘사하는 쪽으로 이행한다. M. 숄로호프는 '특별한 삶의 여정이나 뛰어난 인간성을 주인공에게 부여하지 않는다.' 그는 주인공의 운명에 '보편적' 특징들을 부여하려고 하였다. 안드레이 소콜로프가 경험하는 '인생의 온갖 평범함'을 강조하였고 주인공의 민중적 성격을 부각했다.[78] 개인과 국가의 상호 관계(사회적 관점)에 대한 문제에서 개별적 주인공, 즉 '영웅적이지 않은', 전사도 아니고 활동가도 아닌, '어디서나 흔히 볼 수 있는' 주인공의 내부 세계와 개성(도덕적 관점)의 문제로 서사의 초점이 이동한 것은 향후 러시아문학 발전에서 중요한 이정표가 되었다.

 '새로운', 더 정확히 말하면 러시아문학에서 전통적인 주인공의 등장은

∴

중 하나인 『고요한 돈 강』의 집필에 착수하여, 1928년에 제1권, 1929년에 제2권, 1933년에 제3권, 1940년에 제4권을 내어 15년 만에 완성시켰다. 제2차 세계대전 때 보도원으로 참전하고, 1942년 파시스트에 대한 증오와 애국적인 감정을 고취시킨 단편 『증오의 과학』을 발표하였다. 1946년 러시아군의 위력을 예술적으로 묘사한 『그들은 조국을 위해 싸웠다』를 저술하였다. 그 밖에도 전쟁의 비극과 전쟁고아에 대한 인간애를 그린 「인간의 운명」이 있다. 문학상의 공로를 인정받아 '레닌'상을 받았고, 『고요한 돈 강』은 '스탈린'상을 수상했다. 1965년 노벨 문학상을 받았다.

78) Хватов А. И. *Художественный мир Шолохова.* М.: 1970. С. 338~339.

당시 소설에서 다룰 수 있는 모든 주제들이 나타날 수 있는 바탕이 되었으며, 그러한 주제들이 더욱 정교해질 수 있는 기틀이 되었다. 1957년에는 Ju. 본다레프[79]의 중편 『대대는 사격을 요청한다(Батальоны просят огня)』가 발표되었다. 이후 그 작품에 대해 V. 비코프는 문학사에서 유명한 말[80]을 다음과 같이 고쳤다. "우리 모두는 본다레프의 『대대는 사격을 요청한다』에서 나왔다." 실제로 『대대는 사격을 요청한다』에서부터 '참호 소설' 또는 '중위들의 소설'이라고 이름 붙여진 전쟁소설의 '새 물결'이 시작되었다. 1940~1950년대 A. 차콥스키[81]와 K. 시모노프[82]의 장편들에서 전쟁은 '한 뼘 땅', 좁은 참호, 무기 하나, 주위의 한 조각 땅에 대한 묘사로 가득했다. 그러나 이제 주인공이 많이 등장하던 구성은 한두 주인공에 대한 묘사로

••

79) 〔역주〕 Юрий Васильевич Бондарев, 1924~. 러시아의 작가이다. 1942년 8월부터 대조국 전쟁에 참가했다. 1949년부터 소설을 발표하기 시작했다. 그의 소설 『대대는 사격을 요청한다』(1957)는 1985년에 텔레비전 시리즈물로 제작되어 방영되기도 했다.

80) 〔역주〕 도스토옙스키가 "우리 모두는 고골의 외투에서 나왔다"라고 한 말을 일컫는 것이다.

81) 〔역주〕 Александр Борисович Чаковский, 1913~1994. 러시아의 작가이자 언론인이다. 1962년부터 1988년까지 《문학 신문(Литературная газета)》의 편집장이었다. 사회주의 노동 영웅(1973), 레닌 훈장(4회), 10월 혁명 훈장, 노동자의 붉은 깃발 훈장, 붉은 별 훈장, 레닌상(1978), 스탈린상(1950), 러시아연방 국가상(1980), 소련 국가상(1983) 등을 수상하였다.

82) 〔역주〕 Константин (Кирилл) Михайлович Симонов, 1915~1979. 소련의 작가, 사회 활동가였다. 사회주의 노동 영웅(1974), 레닌상과 스탈린상(6회)을 수상하였으며, 소련 작가 동맹 부의장을 지냈다. 1940년 첫 희곡 『어느 사랑 이야기(История одной любви)』를 써서 문단에 등단하였다. 저널 《신세계(Новый мир)》와 《문학 신문(Литературная газета)》(1950~1953)의 편집장을 역임했다. 소련 작가 동맹 서기(1946~1959년과 1967~1979년)를 지냈다. 문화 권력의 핵심에 있었지만 그는 수많은 문화 인사들, 인텔리들의 사냥에 주동자는 아니었으며 오히려 그들의 비호자 역할을 했다는 의견도 있고, 그가 '조국을 잊은 코스모폴리탄' 캠페인에 참여하고, 1973년 솔제니친에 반대하는 편지 집필에 관여했다는 의견도 존재한다.

바뀌었고, 객관화된 서술은 고백적 – 독백적 서술로 교체되었으며, 장편은 중편이나 단편들로 대체되었다(V. 아스타피예프,[83] G. 바클라노프, V. 보고몰로프,[84] Ju. 본다레프, V. 비코프, K. 보로비요프,[85] E. 노소프[86] 등). 주인공 시각의 변화, 의식에 대한 원근법의 교체는 전시 사건들을 보는 새로운 견해를 낳았고, 전쟁 테마의 경계를 확장했으며, 전쟁의 상황과 1920~1930년대 사회 · 정치적 흐름의 인과관계를 드러내주었다. 전쟁이라는 주제에 대한 전통적인 관점들과 병행해서 배신, 변절, 탈영, 포로, 기생(寄生) 생활 등의 문제가 부상하였다. 그들의 뿌리는 개별 주인공의 '부농 – 소부르주아지' 출신이라는 간편화된 단순 공식에서가 아니라, 발생학적으로 파시즘 – 전체주의 체제와의 동질성을 보이는 소련의 사회 · 정치체제의 특수성 속에서 고찰되었다. 전쟁문학에서는 탈주인공화 경향이 나타난 것이다. 이렇듯 포스트모던 문학과는 분명 거리가 있었던 전쟁소설에서 이후 러시아문학의 향방을 보여주는 요소들, 다시 말해서 현대 러시아문학에서 포스트모던의 등장을 촉진한 문학 내부적인 조건들이 이미 형성되기 시작했음

: :

83) 〔역주〕 Виктор Петрович Астафьев, 1924~2001. 주로 농촌과 군대를 다룬 소설을 많이 창작하였고 어린이들을 위한 단편들을 많이 지은 러시아의 작가다. 러시아연방 국가상(1995)을 수상하였다.

84) 〔역주〕 Владимир Осипович (Иосифович) Богомолов, 1924~2003. 제2차 세계대전에 참전하였고 이를 소재로 작품 활동을 하였으며, 1957년 소설 『이반(Иван)』이 발표된 후로 소련 작가 동맹에서 가입을 제안받았지만 평생 작가 동맹 가입을 거절했다.

85) 〔역주〕 Константин Дмитриевич Воробьёв, 1919~1975. 러시아 농촌의 집단화와 전쟁을 소재로 작품을 쓴 러시아의 작가이다. 30여 편의 단편, 오체르크, 10여 편의 장편을 썼다. 2001년 사후에 알렉산드르 솔제니친상이 수여되었다.

86) 〔역주〕 Евгений Иванович Носов, 1925~2002. 러시아의 소설가로 사회주의 노동 영웅 훈장과 국가상을 수상하였다. 1957년 단편 「무지개(Радуга)」를 발표하면서 등단하였고 수십 편의 단편들을 《신세계》, 《우리의 현대인》 등의 잡지들에 발표하였다. '농촌 소설'의 대표자이다.

을 보여주는 요소들이 나타났다. 이렇듯 전쟁소설 장르는 전쟁이라는 주제의 어두운 이면들을 드러냄으로써 체계 전체의 정형성에 저항하면서도 엄격한 검열의 조건을 피할 수 있었다. 1960년대 말 이러한 경향의 연장선에서 창작된 작품이 V. 보이노비치[87]의 '전쟁−아이러니' 장편소설 『병사 이반 촌킨의 삶과 특별한 모험(*Жизнь и необычайные приключения Ивана Чонкина*)』(1975년 프랑스에서 발표, 러시아에서는 1988/89년에 발표됨)이다.

전쟁소설과 거의 동시에 수용소 문학이 발전하였다. A. 솔제니친의 『이반 데니소비치의 하루(*Один день Ивана Денисовича*)』(1959년 창작, 1962년 발표)는 수용소 문학의 시발점이 되었다. 수용소 테마의 특성 때문에 이 주제를 다루는 소설들(A. 솔제니친, V. 샬라모프,[88] G. 블라디모프,[89] E. 긴즈부

••

87) 〔역주〕 Владимир Николаевич Войнович, 1932~. 러시아의 작가, 시인, 희곡작가이다. 1962년 소련 작가 동맹 회원이다. 소설 『병사 이반 촌킨의 삶과 특별한 모험』의 첫 장이 1969년 독일에서, 전체 장이 파리에서 1975년 출간되었다. 1960년대 말부터 인권 운동에 적극 참여하면서 소련 당국과 갈등을 빚었다. 1974년 소련 작가 동맹에서 제명당하였고 프랑스 펜클럽 회원이 되었다. 1980년 망명하였다가 10년 후 고르바초프의 사면으로 귀국하였다.

88) 〔역주〕 Варлам Тихонович Шаламов, 1907~1982. 러시아의 소설가이자 시인이다. 소련의 수용소를 주제로 일련의 문학작품을 발표하였다. 잡지 《청년 시절》, 《깃발》, 《모스크바》 등에 작품이 발표되었고, 만델슈탐, 이반스카야, 솔제니친 등과 친분을 나누었다. 작품으로는 선집 『부싯돌(*Огниво*)』(1961), 『잎들의 사각거림(*Шелест листьев*)』(1964), 『길과 운명(*Дорога и судьба*)』(1967) 등이 있으며, 시집으로는 『모스크바의 구름(*Московские облака*)』(1972)이 있다. 비평가들은 바를람 샬라모프를 '20세기의 도스토옙스키'로 칭했다.

89) 〔역주〕 Георгий Николаевич Владимов, 1931~2003. 러시아의 작가이다. 1975년 서구에서 『충실한 루슬란(*Верный Руслан*)』(1956~1959년 집필)의 필사본이 발표되자 소련 작가 동맹에서 제명되었고, 1977년 해외에서 일련의 작품들을 발표하였다. 1983년 프랑스로 망명하였고 1984~1986년 잡지 《경계(*Грани*)》의 편집장을 역임하였다.

르크,[90) A. 지굴린,[91) L. 보로딘[92) 등)은 처음부터 반체제, 반정부 정신을 담고 있었다. 이들 작품의 기저에는 '전체주의적 소련 국가 / 엄격한 체제의 수용소'라는 등가의 평행선이 분명하게 드러나 있었으며, 그 작품들의 수는 날로 증가하였다. 이런 소재를 바탕으로 포스트모던 문학의 초기 작품들 중 하나인 S. 도블라토프[93)의 『수용소(*Зона*)』,『감독자의 수기'의 창작 시기

∵

90) 〔역주〕 Евгения Семёновна (Соломоновна) Гинзбург, 1904~1977. 러시아의 언론인이자 유명한 회고록 작가이다.

91) 〔역주〕 Анатолий Владимирович Жигулин, 1930~2000. 러시아의 작가이자 시인이며 자전적 소설 『검은 돌들(*Чёрные камни*)』(1988)로 유명하다.

92) 〔역주〕 Леонид Иванович Бородин, 1938~. 1957년 이르쿠츠크대학 시절 학생 단체인 '자유어(Свободное слово)'에 가담했다는 이유로 퇴학당하였다가 1962년 검정고시로 대학을 졸업한 후 레닌그라드 주의 한 학교 교장으로 일했다. 1960년대 중반부터 '기독교 정치, 기독교 경제, 기독교 문화'를 슬로건으로 한 비공식 조직인 '전 러시아 사회주의 기독교 인민 자유 연맹(Всероссийский социал-христианский союз освобождения народа)'(ВСХСОН)에 가입하였다. 1967~1973년, 1982~1987년에 두 차례 정치범으로 수감되었다. 감옥에서 시를 쓰기 시작하였고 1973년 출감한 후에 소설을 쓰기 시작하였다. 그의 소설은 1973년부터 지하 출판물을 통해 서구로 전달되었고 잡지 《경계(*Грани*)》에서 발표되었다. 지하 출판물 《베체(*Вече*)》에 관여하기도 했다. 1992~2008년에는 잡지 《모스크바(*Москва*)》의 편집장이었고 2008년 9월부터는 사장을 맡았다. 알렉산드르 솔제니친상(2002)을 수상하였다.

93) 〔역주〕 Сергей Донатович Довлатов, 1941~1990. 러시아의 작가이자 저널리스트이다. 아버지는 유대계 연극 감독이었고, 아르메니아인인 어머니는 문학작품 교정 일을 보았다. 1944년부터 레닌그라드에 거주했고 1959년 레닌그라드국립대학교 핀란드어과에 입학해서 2년 반을 수학했지만 낙제로 퇴학당했다. 이 시기에 시인들인 예브게니 레인, 아나톨리 나이만, 이오시프 브롯스키, 작가 세르게이 볼프, 화가 알렉산드르 네주다노프 등과 친분을 쌓았다. 그 후 군대 3년을 마쳤는데, 브롯스키의 회상에 따르면, 도블라토프는 "단편 뭉치들을 가지고 시각이 돌변해서, 크림에서 돌아온 톨스토이처럼" 제대하였다. 그 후 레닌그라드국립대학교 언론학부에 입학했고 학생 기자를 하면서 단편들을 썼다. 마람진, 예피모프, 바흐틴, 구빈이 주축이 된 '시민들' 그룹에 초청되었고 베라 파노바의 문학 서기로도 일했다. 1972~1975년에 에스토니아에 살면서 《소비에트 에스토니아(*Советская Эстония*)》,《저녁의 탈린(*Вечерний Талин*)》 등의 신문에서 일했다. 프스코프 근처 푸슈킨 영지(미하일로프스코예)에서 가이드로도 일했다. 1975년 레닌그라드로 돌아와 잡지 《모닥불

는 1960년대 중반, 텍스트의 완성은 1980년, 앤 아버(*Ann Arbor*)의 출판사에서 제1쇄가 발행된 시기는 1982년]가 출간되었으며, 1980년대 말 가장 눈에 띄는 작품들 중의 하나인 M. 쿠라예프[94]의 『야간 순찰(*Ночной дозор*)』(1988)이 독자들에게 선을 보인다.

∴

(*Костёр*)》에서 일했다. 잡지들이 그의 작품들을 게재하기를 거절하였기에, 그의 소설들은 '사미즈다트'(지하 출판물)나 망명 잡지 《대륙(*Континент*)》, 《시간과 우리(*Время и Мы*)》 등에 발표되었다. 1978년 당국의 압박으로 망명하였고, 뉴욕에 정착하여 망명 신문 《신(新) 미국인(*Новый Американец*)》의 편집장으로 일했다. 1980년대에는 그의 소설들이 줄을 이어 발표되었고 독자들로부터 큰 인기를 얻었다. 12년의 망명 생활 중에 미국과 유럽에서 12권의 책이 발표되었다. 1990년 뉴욕에서 심장 발작으로 사망하였다.

94) 〔역주〕 Михаил Николаевич Кураев, 1939~. 소설가, 작가, 시나리오작가이며 러시아 국가 상 수상자(1998)이다. 1961년 레닌그라드연극대학 연극학부를 졸업하고 시나리오작가로 활동하고 있으며, 작품으로는 『주인(*Хозяин*)』(1967), 『화상(*Ожог*)』(1988), 『분리(*Раскол*)』 (2011) 등이 있다.

95) 〔역주〕 Фёдор Александрович Абрамов, 1920~1983. 1960~1980년대 소련 문학사에서 '농 촌 소설'의 대표자들 중의 하나이다. 두 살 때 아버지가 죽었고, 레닌그라드국립대학교 3학 년 때 지원병으로 참전했지만 부상으로 제대하였다. 1948년 레닌그라드국립대학교 인문학 부를 졸업하고 1951년 M. 숄로호프에 대한 논문으로 박사학위를 받았다. 1951~1960년 레 닌그라드국립대학교 소련문학과에서 교편을 잡았고 학과장을 지냈다. 제2급 조국 전쟁 훈 장과 메달을 수여받았다. 1958년 첫 장편 『형제 자매들』은 『두 겨울과 세 여름』(1968)과 『십 자로』(1973)와 함께 『프랴슬리니』(농민 종족의 이름) 3부작을 형성한다. 이 3부작으로 1975 년 소련 국가상을 수상했다. 아브라모프는 집단농장의 생활과 농민들의 일상, 슬픔, 기쁨 등에 대한 소설들을 주로 발표하였다.

96) 〔역주〕 Василий Иванович Белов, 1932~. 러시아 북부의 농민 집안 출신으로 농촌 고등 학교를 졸업한 후, 농촌 잡역부, 건설 잡부, 목수 등 여러 직업을 전전하였다. 1952~1955 년 군 복무를 하였고 제대 후 단편과 수기, 시 등을 지방 신문들에 발표하며 문단에 등단하 였다. 1964년 모스크바의 고리키문학대학을 졸업하였고 졸업 후 볼로그다에 정착하였다. 그러면서도 그의 창작에 중요한 소재를 제공하던 고향 티모니하를 자주 방문하였다. 소설 『습관적인 일(*Привычное дело*)』(1966)은 '농촌 소설'의 창시자이자 리더로서의 명성을 그 에게 가져다주었다. 이 명성은 『목수 이야기(*Плотницкие рассказы*)』(1968) 발표 이후에 더 욱 굳어졌다. 1981년 소련 국가상을 수상하였다.

97) 〔역주〕 Сергей Павлович Залыгин, 1913~2000. 러시아의 작가이자 잡지 《신세계》의 편집 장이었다. 그의 주장으로 소련에서 1988년 알렉산드르 솔제니친의 작품들이 다시 발표되

1960~1980년대 러시아문학사를 객관적으로 살펴보면, 위에 열거된 문학적 조류 가운데 농촌 소설이 가장 눈에 띈다. 농촌 소설은 뿌리 깊은 '부조화' 과정들로 대변되는 민중들의 일상을 힘 있는 문체를 통해 예술적으로 승화시켰다. 작가들은 농촌을 배경으로 한 소설을 통해 혁명과 내전, 집단화와 집단농장 운동을 전체적으로 파악하려고 시도하였고, 이를 토대로 현대사회의 비극적 갈등의 원천을 분석하려고 하였다. 바로 농촌 작가들이 사회의 '대격변'과 현대인의 도덕적 타락을 상호 연결해 말하기 시작한 것이다. F. 아브라모프,[95] V. 아스타피예프, L. 보로딘, V. 벨로프,[96] S.

∴

기 시작했다. 인텔리 집안 출신의 잘리긴은 옴스크농업대학 시절에 정치적 탄압을 받기도 했다. 1940년부터 작품 활동을 시작하였고 1953년 노보시비르스크로 이사한 후 문학 활동에 전념하였다. 1960년대에 모스크바로 이주해 1986년부터 잡지 《신세계》의 편집장을 지내면서 소련 문화생활에 매우 큰 역할을 담당하였다는 평가를 받고 있다.

98) 〔역주〕Борис Андреевич Можаев, 1923~1996. 농민 가정 출신으로 1948년 레닌그라드 기술고등학교를 졸업했다. 1954년 첫 단편이 발표되었고 1956년부터 중앙 인쇄소에서 단편 「날레디(Наледь)」, 「사냐(Саня)」, 「톤코메르(Тонкомер)」 등을 발표하였다. 1976년 모자예프의 가장 유명한 장편 「농부와 아낙네들(Мужики и бабы)」이 출간되었다. 소설들이 외국에서 번역되었고 영화 시나리오 작업도 병행하였다. '예술문학(Художественная литература)' 출판사에서 4권짜리 전집이 출간되었다.

99) 〔역주〕Валентин Григорьевич Распутин, 1937~. '농촌 소설'의 대표자로 불리는 러시아 소설가이다. 농민 가정에서 태어나 어린 시절을 아탈란카 마을에서 보냈다. 1959년 대학교를 졸업한 후 이르쿠츠크와 크라스노야르스크의 신문들에서 일했으며 크라스노야르스크 수력발전소 건설 현장을 자주 방문하였는데 이때 경험한 것이 『신(新)도시들의 모닥불 담당자들(Костровые новых городов)』, 『하늘의 맨끝(Край возле самого неба)』 등에 나타나 있다. 1966년부터 직업 작가로 활동했고, 1967년 소련 작가 동맹 회원이 되었다. 대표작은 『마지막 기한(Последний срок)』(1970), 『프랑스어 수업(Уроки французского)』(1973), 『살아라, 기억해라(Живи и помни)』(1974), 『마툐라와의 이별(Прощание с Матёрой)』(1976) 등이다. 1986년 라스푸틴은 첨예한 현대적 문제를 다룬 『화재(Пожар)』를 발표하여 독자들로부터 큰 반향을 일으켰으며 최근까지 작품 활동을 하면서 사회 활동과 정치 활동을 병행하고 있다. 2004년 『이반의 딸, 이반의 어머니(Дочь Ивана, мать Ивана)』를 발표하였고, 현재 이르쿠츠크에 살고 있다.

잘리긴,[97] B. 모자예프,[98] E. 노소프, V. 라스푸틴,[99] V. 슉신[100]의 소설에서 이런 문제들이 '평범하고', '눈에 띄지 않는', '평범한' 주인공, '순수한 보통 사람 출신' 주인공의 형상을 통해 조명되었다. 이 하나만이라도 현대문학의 발전 과정에 대한 농촌 소설의 의미 있는 업적으로 간주되어야 한다.

많은 부분에서 과거와 전통적 농민 생활의 이상들을 갈구하던 농촌 소설에서 이런 유의 주인공들(특히 구세대 주인공들, 노인들과 노파들)은 경건한 사람, 완전하고 이상적인 주인공들의 특징들을 지닌다. '우리 러시아인은 과거를 이상화하는 특징이 있다.'(N. 베르댜예프[101]) 그러나 농촌 소설의

∴

100) 〔역주〕 Василий Макарович Шукшин, 1929~1974. 러시아의 소설가, 영화감독, 배우, 시나리오작가이다. 농민 집안에서 태어났으나, 아버지 마카르 레온티예비치 슉신 (1912~1933)은 농촌 집단화 과정에서 체포되어 총살당하였고 이후 어머니가 집안을 꾸렸다. 1954년 슉신이 국립영화대학에 진학하려 하자 어머니는 소를 팔아 여비를 마련해주었다는 일화가 있다. 슉신은 영화감독과에 입학하여 1960년 졸업하였다. 1958년 잡지 《교체 (Смена)》에 그의 첫 단편 「수레 위의 두 사람(Двое на телеге)」이 발표되었다. 이 시기에 영화에서 주연배우로도 활동하였다. 1963년 '젊은 근위대(Молодая гвардия)' 출판사에서 첫 작품 「농촌 주민들(Сельские жители)」이 출간되었다. '농촌 소설'의 대표 작가들 중의 한 사람으로 불리었다. 수많은 영화제작에도 참여하였는데 1974년 영화 〈그들은 조국을 위해 싸웠다(Они сражались за Родину)〉 촬영 기간에 갑자기 사망하였고 노보데비치 사원에 안장되었다. 사후에 레닌상(1976)이 수여되었다.

101) 〔역주〕 Николай Александрович Бердяев, 1874~1948. 20세기 러시아의 종교 철학자이다. 1922년 소련에서 추방되어 1925년부터 프랑스에서 거주하였다. 귀족 가문 출신으로 아버지는 키예프 귀족단장이었고 이후 키예프토지은행 이사장을 지냈으며 어머니는 프랑스의 공작 가문 출신이었다. 베르댜예프는 1894년 키예프대학교 자연과학부에 입학하지만 1897년 체포되어 1년간 투옥되었고 1899년 볼로그다에서 3년간 추방되었다. 1898년부터 글을 발표하기 시작하면서 점차 마르크시즘에서 멀어져갔다. 1901년 논문집 『이상주의를 위한 투쟁(Борьба за идеализм)』이 발표되었고, 베르댜예프는 S. 불가코프, P. 스트루베, S. 프란크와 함께 자유주의 인텔리겐치아 철학 운동의 중심인물이 되었다. 논문집 『이상주의의 문제들(Проблемы идеализма)』(1902)에 참여하였고 《향방(Вехи)》(1909) 동인으로 활동하면서 1905년과 1907년 혁명을 부정적으로 규정하였다. 1920년대 초에 많은 논문을 발표했던 그는 소비에트 러시아에서 두 번의 투옥을 당한 후 추방당하였고, 1925년 프랑스에 정착하였는데 1938년에 유산으로 파리 근교 클라마르에 작은 저택을 받은 후 죽을

주인공이 과거와의 관련이 적고 그가 현재에 더 많이 속하게 될수록, 그의 성격에는 '파괴', '편향', '변동', '불안', 정신적 혼란 등이 더 분명하게 드러났다. 농촌 소설에서는 완전하고 이상적인 주인공들과 나란히 현대적 주인공, 즉 '중간자적', '표제적', '한 발은 강변에, 한 발은 배에 대고 있는'(V. 슉신) 주인공 유형이 등장한다. 그런 주인공들이 겪는 마음의 '무질서'는 개인 정체성의 위기, 정신적 가치의 평가절하, 양면성과 양분성을 보여주었고, V. 피예추흐[102]의 '아이러니-아방가르드'(N. 이바노바) 산문에 반영된 탈인격화를 예고하였다.

농촌 소설이 민족 전통과 민중적·농민적 생활 습관에 기반을 두었다면, 도시 소설은 주로 문화적·지적 전통에 그 기반을 두고 있었다. 비평에서는 종종 도시 소설을 농촌 소설과 대립시켰다. 하지만 본질상 두 방향은 대립적이지 않을 뿐만 아니라 접촉점을 가지면서 서로서로 평행하게 발

⁛

때까지 거기에서 살았다. 망명 생활 동안의 저술로는 『신(新)중세(*Новое средневековье*)』(1924), 『인간의 천직에 대하여. 패러독스 미학의 경험(*О назначении человека. Опыт парадоксальной этики*)』(1931), 『인간의 예속과 자유에 대하여. 인격주의 철학의 경험(*О рабстве и свободе человека. Опыт персоналистической философии*)』(1939), 『러시아의 이상(*Русская идея*)』(1946) 등이 있다.

102) 〔역주〕 Вячеслав Алексеевич Пьецух, 1946~. 러시아의 작가이다. 아버지는 테스트 파일럿이었다. 1970년 피예추흐는 모스크바국립사범대학 역사학부를 졸업하였다. 10년 가까이 학교에서 교사로 일했으며 라디오 기자, 잡지 《농촌 청년(*Сельская молодежь*)》의 문학 컨설턴트로 일했다. 1993년 1월부터 1995년 7월까지는 《인민의 우정(*Дружба народов*)》 잡지의 편집장을 지냈다. 1973년부터 창작을 시작하였고 1978년 첫 단편 「사기꾼(*Обманщик*)」이 잡지 《문학 수업(*Литературная учёба*)》, № 5, 1978)에 발표되었다. 그 후 그의 작품들은 《신세계(*Новый мир*)》, 《인민의 우정(*Дружба народов*)》, 《볼가(*Волга*)》, 《수도(*Столица*)》 등에 발표되었다. 이후 『알파벳(*Алфавит*)』(1983), 단편집 『유쾌한 시대(*Весёлые времена*)』(1988), 『모스크바의 신(新)철학(*Новая московская философия*)』(1989), 『농촌 일기(*Деревенские дневники*)』(2007), 『수수께끼(*Догадки*)』(2008), 선집 『유명인들의 삶(*Жизнь замечательных людей*)』(2008) 등이 발표되었다. 소련 작가 동맹 회원이고, 러시아 펜클럽 회원이며, 2006년 신(新)푸슈킨상을 수상하였다.

생하고 발전하였다. 농촌 소설에서와 마찬가지로 도시 소설에서도 개성의 자기 가치, 개성적 원칙의 발전성/비(非)발전성, 현대인의 가치 절하된 '자아 됨'의 문제가 첨예하게 제기되었다. 도시 소설 작가들의 작품에서도 능동적이지 못하고 완전하지 못한 주인공이 강조된다. 도시 소설 주인공들의 '자아'는 다면적이고, 다음성적이고, 부적응하고, 스스로의 정체성을 상실하고 있다. Ju. 트리포노프[103])의 주인공들은 끊임없이 '기만'하고 반성한다. 따라서 그들의 내면에서는 '타인의', '다른 삶의' 모티프가 울려 퍼지는 것이다. A. 비토프의 (아직 주인공–시뮬라크르로 명명되지 않은) 주인공들은 '진정한 얼굴이 없는', 모자이크로 인용된 의식을 가진 주인공들이고, 그들은 '인상을 풍기고', '그렇게 보이는 것이고', '진짜가 아닌 시간'에 '자기의 것이 아닌', '훔친' 인생을 사는 것이며, '잃어버린 소명을 찾아서'[104]) 세월을 보낸다. '텍스트로서의 세계'라는 포스트모더니즘 공식이 비토프에게 분명하게 울리는 것도 전혀 어색한 일은 아니다. 『푸슈킨의 집(*Пушкинский*

..

103) 〔역주〕 Юрий Валентинович Трифонов, 1925~1981. 어려서부터 문학에 관심을 가졌고 학교 문예지의 편집장으로 일했다. 1944~1945년에 고리키문학대학교에서 수학하였다. 1948년에 두 단편 「익숙한 장소(*Знакомые места*)」(잡지 《젊은 집단농장원(*Молодой колхозник*)》에 발표)와 「스텝에서(*В степи*)」(잡지 《젊은 근위대(*Молодая гвардия*)》, № 2에 발표)를 발표하였고 첫 장편 『대학생들(*Студенты*)』(1950)로 스탈린상을 수상(1951)하였다. 대표작 『강변의 집(*Дом на набережной*)』(1970~1976)으로 명성을 얻었는데, 이 작품은 스탈린 시대의 인텔리의 운명에 대한 것으로 자전적 요소가 많은 작품이다.

104) 리포베츠키에 따르면, 서구 비평가들은 비토프의 소설에서 포스트모더니즘의 미학적 변수들과의 놀라운 근접성을 발견하였다. "서구 독자가 『푸슈킨의 집』에서 받는 첫인상은, 저자가 자신이 읽거나 또는 읽지 않은 모든 포스트모더니즘 작가들의 전도되는 문학 기법들을 이용하는 것 같다는 것이다. 그것은 무질의 에세이즘, 보르헤스의 상위 텍스트, (…) 나보코프의 서술의 인위성 폭로, (…) 에코의 상호 텍스트적 연관성에 대한 우려, (…) 로브 그리예의 특징인 다른 서술 형태들의 반복과 복수성 등이다"라고 헬레바스트는 국제 학술지 《스타일》에 발표된, 비토프의 소설에 대한 논문에서 지적하고 있다. ЛиповецкийМ. *Русский постмодернизм: Очерки историческойпоэтики*. Екатеринбург. 1997. C. 122.

дом)』의 주인공은 러시아문학 텍스트를 공부하는 인문학자이고 그 자신이 '텍스트의 일부'가 된다.'[105] 상호 텍스트성, 유희와 부조리 원리, 저자와 등장인물 간의 최대한의 일치(저자 형상의 소멸은 포스트모더니즘 미학에서 '저자의 죽음'으로 정의된다) 등은 문학작품의 내용 면에서도 그리고 형식 면에서도 깊게 충만되어 있다. 비토프가 관심을 가진 것은 대상이 아니라 그것이 어떻게 예술적 현실에 반영할 수 있는가 하는 방법 그 자체였다.[106] 스타일의 기교주의란 측면에서 보면 비토프 소설은 고상하고 섬세하다. "그의 문장은 그 자체로 무엇인가를 의미하고 (…) 그 자체가 탁월하다. 단순한 정보가 아니라 좀 더 깊은 의미를 함축한다."[107] 그래서 우리는 도시 소설에서도 포스트모던 문학과의 동질성이나 그 맹아를 발견할 수 있다(동질성'의 간접적 증거로는, 1979년 비토프가 단편 「작별의 날들(Прошальные деньки)」로 무크지 《메트로폴》의 참가자가 되었다는 사실을 인용할 수 있다. 이 잡지는 빅토르 예로페예프의 말에 따르면 포스트모던 문학의 '명함'이었다).

..

105) Курицын В. Указ. соч. С. 155. "료바는 어떤 모델을 따라서 할아버지와 만나야만 하고, 아버지를 대해야만 하는지 알고 있다. 왜냐하면 이런 모델들은 문학에 묘사되어 있기 때문이다." Там же. С. 152. M. 리포베츠키는 료바 오도예브체프의 '허구의 생활'에 대해 말하고 있다. ЛиповецкийM. Паралогия русского постмодернизма// Новое литературное обозрение. 1998. No. 30. С. 292.

106) 포스트모더니즘 시학에 대한 V. 쿠리친의 저작 『진실이 아닌 정신 작용의 정교함이 중요하다』(Курицын В. Указ. соч. С. 194.)를 참조.

107) Бурсов Б. "〈Предисловие〉" Битов А. Воскресный день. М.: 1980. С. 3.

마지막으로 '40년대 세대' 소설(V. 마카닌,[108] R. 키레예프,[109] A. 김,[110] A. 쿠르차트킨[111] 등)은 앞서 지적한 다른 어떤 경향들보다 포스트모던 문학에 더 가까이 위치한다. '40년대' 소설은 '일반 절충성'의 문학, '상호 평준화된 대중'의 문학, '공동주택 세대', '중간 산문', '바라크 리얼리즘'(L. 안닌스키[112])으로 불렸고, 이미 이런 정의들만으로도 포스트모던 문학과의 본질적인 연관을 지적해주고 있다. 그러나 중요한 것은 다음과 같은 사실이다. 바로 '40년대 세대' 소설이 '불확정성'의 가능성에 대한, '아무도 아닌'

••

108) 〔역주〕 Владимир Семенович Маканин, 1937~. 모스크바국립대학교 기술수학부를 졸업하고 대학에서 교편을 잡으면서 시나리오와 감독 전문가 코스를 밟았다. 1965년에 첫 장편 『직선(Прямая линия)』이 발표되었고, 1985년 소련 작가 동맹의 회원이 되었다. 1987년에 잡지 《깃발(Знамя)》 편집부에 들어갔으며 모스크바에서 거주하고 있다. 문학상 '볼샤야 크니가(Большая книга)' 심사 위원장이었다. 장편 『언더그라운드, 또는 우리 시대의 영웅(Андеграунд, или Герой нашего времени)』과 중편 『캅카스의 포로(Кавказский пленный)』로 1999년에 문학예술 분야에서 러시아 국가상을, 『나사 천이 덮이고 중앙에 유리병이 놓인 식탁(Стол, покрытый сукном и с графином посередине)』(1993)으로 러시아 부커상을, 장편 『아산(Асан)』(2008)으로 '볼샤야 크니가'상을 수상하였다.

109) 〔역주〕 Руслан Тимофеевич Киреев, 1941~. 러시아의 소설가이자 러시아 작가 동맹 회원이다. 1962년 크림에서 풍자시 「신의 실수(Ошибки бога)」를 발표하며 등단하였고, 1967년 모스크바의 고리키문학대학을 졸업하였다. 1970년대의 소위 '40년대 세대 문학가들'의 대표자 중의 한 사람으로 평가받고 있다. 『안녕, 스베토폴(До свидания, Светополь!)』(1988), 『백조의 해(Год лебедей)』(1989), 『위대한 죽음(Великие смерти)』(2004) 등 키레예프는 40권 이상의 책을 창작하였고 19개 언어로 번역되었다.

110) 〔역주〕 Анатолий Андреевич Ким, 1939~. 러시아의 소설가, 희곡작가, 번역가이다. 『들장미 묘코(Шиповник Мёко)』(1973), 『나의 과거(Мое прошлое)』(1998년 발표), 『다람쥐(Белка)』(1985) 등이 있으며 카자흐 작가들의 많은 작품을 러시아어로 번역하였다.

111) 〔역주〕 Анатолий Николаевич Курчаткин, 1944~. 소위 '40년대 세대' 소설의 대표자들 중 하나이다. 『일주일의 7일(Семь дней недели)』(1977), 『계절 중간으로의 이동(Переход в середине сезона)』(1978), 『모스크바를 통과해서(Через Москву проездом)』(1981) 등이 있다.

112) 〔역주〕 Лев Александрович Аннинский, 1934~. 러시아의 문학비평가, 작가, 저널리스트로 30권 이상의 저술을 창작하였고 모스크바에 거주하면서 활동하고 있다.

(또는 '임의로 존재하는', 또는 '이도 저도 아닌') 주인공에 대한, 이중적이고 배신당하는(또는 배신하는) 주인공에 대한, '정상적이고도 비정상적이며', 비개인적인('무리의')[113] 순응주의자 주인공에 대한 관념을 1960~1980년대 문학에 부여해주었다는 점이다. '40년대 세대' 소설에서 저자는 앞선 다른 어떤 경향에서보다 분명하게 주인공에 대해 '무관심'하고(포스트모던에서도 그렇다), 침착하고 냉정하며 모든 것을 '있는 그대로' 받아들이는 사회부 기자의 역할을 수행한다. 심지어 저자는 벌어지는 사건들에 (평가 수준에서조차도) 간섭할 수 없다. 그것을 A. 비토프의 창작과 연관시켜서 계속 검토해보자. 묘사되는 사건들은 '좋고/나쁘고'의 평가 없이 남아 있다('세계관 전체 위계 체계의 위기'[114]). 발생하는 모든 것은 '객관적이고'(즉 '통제가 안 되고', '반드시 피할 수 없는'), '정상적이고'(즉 '습관적이고 일상적인'), '있는 그대로'이다.('그래도 인생은 흘러 간다…….' 그리고 '더 단순해져야만 한다…….'[115]) 도시 소설에서처럼 게임 같고 부조리한 원칙은 '40년대 세대' 소설에서도 뚜렷하게 나타난다(A. 쿠르차트킨의 단편들을 상기하는 것만으로도 충분하다). '40년대 세대' 소설은 문체의 고상함과 회화성(이 점은 특히 A. 김[116]에게 특

••

113) 이러한 「추종자(Человек свиты)」(V. 마카닌의 단편 제목. 1974년)에 대해 또는 모든 것이 '적당히'로 간주되는 「오래된 마을에 대한 이야기(Повесть о старом поселке)」(1966)의 주인공에 대해 적용해볼 수 있다. "모두들처럼 살아간다. 적당히 전형적이고, 적당히 행복하다….(Маканин В. Повесть о старом поселке: Повести и рассказы. М.: 1974. С. 42. "이 전형성과 다른 이들과의 유사성은 그 자체로 흥미롭다. (…) 유사성은 빈약하게만 하는 것이 아니다. 그것은 전체적으로 사람을 보호해준다. 그를 예방해준다. 발생학적 의미에서 그렇게 말할 수 있다. 아무리 해도 이러한 포착하기 어렵고 다른 이들과 구별되지 않는 것에는 의심할 여지 없이 어떤 보호의 측면이 있다……."

114) Липовецкий М. Русский постмодернизм: Очерки исторической поэтики. С. 117.

115) "Повесть о старом поселке" : Маканин В. Указ. соч. С. 11. 104.

116) A. 김의 소설의 주목할 만한 특징으로 등장인물들의 목소리가 보여주는 '거의 포스트모던적인' 용해성을 지적할 수 있다. 예를 들어 A. 김의 '연꽃'에서 다음과 같은 표현은 이

징적이다) 측면에서도 매우 높은 수준을 보여준다.

　이렇듯 1990년대의 '다른', 비규범적, 비전통적 포스트모던 문학이 발생
할 수 있었던 조건과 전제들은 이미 1960~1980년대 문학의 내부에 형성
되어 있었다.[117] '비(非)주인공'으로서의 주인공 또는 '반(反)주인공'으로서의
주인공 형상은 1970년대 작가들의 창작에서 이미 분명하게 모습을 보인
다. 운명과 상황에 대한 저자의 역할과 참여는 제한되었다. 문학의 주제라
는 측면에서 보더라도 1980년대 중반 무렵에는 '금지된' 주제들이 현실적

∙∙

에 대한 좋은 증거가 된다. "우리는 인간의 그렇게 큰 슬픔을 바라보면서 우울해했고,
나도 아들의 우는 얼굴을 보이지 않는 날개로 어루만졌다. 그러자 나도 갑자기 따뜻해
지고 편안해졌다. 나는 어머니의 베개에 고개를 떨구고 갑자기 잠들었다. (…)" Ким А.
Нефритовый пояс. М.: 1981. С. 376. 인칭대명사의 형태들('우리', '나', '나')과 성(性)을 나
타내는 동사 어미의 형태들('어루만졌다', '잠들었다')은 하나의 '독백' 내부에 세 명의 서술
자가 존재한다는 것에 대해 증명해준다.
　〔역주〕러시아어는 성(性)에 따라 동사의 과거형 어미가 달라진다. 이 점에 주목하여 O. V.
보그다노바는 A. 김의 '연꽃'을 분석하고 하나의 문장, 하나의 독백 내부에 세 명의 서술
자가 존재하고 있다고 지적하고 있다. 먼저 인용된 A. 김의 '연꽃'을 원문 그대로 인용해
보자. "Нам грустно было смотреть на столь великую скорбь человека, и я коснулась
плачущего лица моего сына незримым крылом, и мне стало вдруг тепло, спокойно, я
внезапно уснул, припав головой к подушке матери." 여기서 주어 역할을 담당할 수 있
는 인칭대명사 형태들은 '우리/나/나'이다. 그런데 두 번째 '나'와 세 번째 '나'는 서로 다른
인물이다. 왜냐하면 두 번째 나는 동사 형태(коснулась, 어루만졌다)를 고려할 때 여성이
고, 세 번째 나는 남성(уснул, 잠들었다)이기 때문이다. 따라서 하나의 문장에 세 명의 서
술자가 존재하는 것이 된다.
117) 이에 대해 리포베츠키는 "우리는 단 하나의 사실만을 확인할 수 있다. 1960~1980년대
러시아 문화에서 포스트모더니즘적 상황의 전제들이 실제로 발생하고 있으며," "이 모
든 문학의 위기는 소비에트 이데올로기의 위기만으로는 설명될 수 없다"고 말하고 있다.
Липовецкий М. *Русский постмодернизм: Очерки исторической поэтики.* С. 120, 117.
참조. M. 리포베츠키에 따르면, 러시아 포스트모던 문학(문화)의 발생과 형성을 이끌던
문화학적 요인들은 '이데올로기와, 좀 더 넓게는 유토피아 담론의 규범으로부터의 탈출',
'세계 인식의 위계적 체계의 위기', '사회생활' 전체의 허구성의 인식' 등이다. Там же. С.
210~211.

으로 남아 있지 않을 정도였다. 검열하에서 사회주의리얼리즘의 운명이 아무리 역사의 퇴보를 보여주었다 하더라도 1960~1980년대 러시아문학은 사상의 풍요로움과 미학적 풍성함을 지니면서 일정 부분 '교훈적'이고 '예언자적'인 역할을 수행하였다. 그러나 1980년대 중반 러시아의 상황이 변화하면서 열정의 시기는 종말을 고했다.[118] 러시아 현실이 침체기로 접어드는 상황에서 문학의 쇠퇴 역시 예상되었지만, 러시아문학은 예술의 보조적 기능을 거부하면서 20세기 초와 마찬가지로 형식들의 탐구, 기술과 기법의 연구, 문체와 언어의 연마 등으로 이러한 위기를 극복해갔다.[119]

1980년대 중반, 변화되는 사회적·정치적·문학적 상황하에서 현대문학은 형식주의적 경향을 발견하였고, 이런 배경에서 '새로운' 문학이 '시작' 되었다. 비평가들은 처음에 그런 경향을 다음과 같이 명명하였다. '다른 산문'(S. 추프리닌), '언더그라운드'(V. 포타포프), '새 물결의 산문'(N. 이바노바),

..

118) 예를 들어 '농촌 소설'의 위기는 '모델로서의 과거에 대한 전통적 관계의 위기' 그리고 '농촌 소설을 이끌던 주도적 작가들의 사상적(민족적 토대의 방향)·미학적(직선적인 사회 평론과 사회주의리얼리즘적 규범의 방향) 쇠퇴'에서 가장 명확하게 드러났다. Там же. С. 116. 다음의 논의들 역시 참조할 것. Чалмаев В. Воздушная воздвиглась арка // *Вопросы литературы.* 1985. No. 6 ; Левина М. "Апофеоз беспочвенности" // *Вопросы литературы.* 1991. No. 9~10 ; Ермолин Е. "Пленники Бабы Яги" // *Континент.* 1992. No. 2 ; Лейдерман Н. "Почему не смолкает колокол" // Лейдерман Н. *Та горсть земли.* Свердловск. 1988.

119) 게다가 러시아 포스트모던의 형성과 발전은 '서구의 지시'나 이미 형성된 서구 이론을 지향함으로써 이루어진 것이 아니라, 러시아문학의 예술적·미학적 현실의 내부에서 조성되었으며 자체적으로, 즉 '포스트모더니즘 이론과는 완전히 고립된 상황에서' 이루어졌다. M. 리포베츠키는 러시아 포스트모던이 발생시킨 이런 특성을 '자생성'이라고 불렀다. "러시아 포스트모더니즘의 '자생성'은 그 실험들을 가장 순수하게 만들었다. 이것은 미학적 이론을 예술적 현실로 검증한 것이 아니라 예술성의 전통적 형태 내부에서 그 경계를 넓히려는 급진적 시도였다"라고 리포베츠키는 밝히고 있다. Липовецкий М. *Русский постмодернизм: Очерки исторической поэтики.* С. 197.

'젊은 70년대'(M. 리포베츠키), '개방 시대 문학'(P. 바일, A. 게니스), '당면 문학'(M. 베르크), '트렁크 문학'(M. 구세이노프), '에필로그 문학' 그리고 '귀족 산문'(M. 리포베츠키), '잘 팔리는 모더니즘'(D. 우르노프), '부랑자 문학'(E. 슈클롭스키), '나쁜 산문'(D. 우르노프)으로 지칭한 것이다. 그리고 마지막으로 한참 후에 포스트모더니즘(또는 포스트모던) 문학이라 이름 붙였다.

'postmodern', 'postmodernismus'(독일어), 'postmodernisme'(프랑스어), 'postmodernism'(영어)이란 용어 자체가 이미 서구에서 그 해석이 복잡하다는 것을 말해주고 있다. 그것을 러시아어로 '번역'하는 것과 러시아 전통에 그것을 '적용'하는 것도 그에 못지않게 (또는 훨씬 더) 복잡할 것이다. 러시아에서도 이 개념을 한 의미의 용어로 정의할 수는 없었다.

현대 러시아 문화와 문학에 나타난 새로운 경향들을 의미하기 위해 현재 '포스트모던'과 '포스트모더니즘'이란 두 개의 용어가 폭넓게 사용되고 있다. 예를 들어 M. 리포베츠키는 '포스트모더니즘'이란 용어를 매우 초지일관되게 사용한다.[120] M. 엡슈테인은 '포스트모더니즘을 포스트모더니즘성의 첫 단계'로 보면서 '포스트모더니즘성'과 '포스트모더니즘'이란 개념을 구별한다.[121] L. 지바일로프와 V. 샤핀스키는 "'포스트모던'은 새로운 시대(모던, 현대성) 이후 **시대 상황**을 가리키는 것이고, '포스트모더니즘'은 문화 상황과 현대 이후 시대에서 그 발전 **경향들**을 의미한다"(강조는 저자)고 가정한다.[122] 주지하다시피, 이러한 개념 정의는 다음과 같은 I. 스코로파노

••

120) Липовецкий М. *Русский постмодернизм: Очерки исторической поэтики.*

121) Эпштейн М. *Постмодерн в России.*

122) Зыбайлов Л. Шапинский В. Указ. соч. С. 3. "포스트모던은 급진적 다원성의 상태로 받아들여지며, 포스트모더니즘은 그런 상태를 나타내는 개념으로서 이해된다." Welsch W. *Unserepostmorderne.* Weinheim. 1987. P. 4.

바의 논의와 일치한다. "'포스트모던'이란 개념의 기반 위에서 '포스트모더니즘'이란 개념이 발생하였다. 이 개념은 문화 전체에서 일정한 경향들의 특징을 나타내기 위해 철학, 문학, 예술 영역에 적용된 것이다. (…) 현재까지 '포스트모더니즘'이란 용어는 최종적으로 안착되지 못했으며 미학 분야와 문학비평에서 '후기구조주의', '포스트아방가르드주의', '트랜스아방가르드주의'(주로 회화에서), '해체주의 예술' 등과 같은 유사 용어들과 병행해서 전혀 근거 없이 사용되고 있다.[123] V. 쿠리친도 이론 작업에서뿐만 아니라 자신의 실제 비평에서도 '포스트모더니즘'과 '포스트모던'이란 용어를 '단순한 동의어'로 사용하고 있다. '포스트모더니즘'이란 말은 시각적·청각적으로 타 언어권의 유사어에서 보통 함축하고 있는 그런 의미를 전혀 전달하지 못하고 있다. (…) '포스트모더니즘'이란 용어는 매우 실패한 용어다. (…) '포스트모던'이라는 대안은 더 부적합하다. (…) 그러나 (…) 이미 형성된 우리의 전통에 따르면, 이 두 용어들이 '그 자체'가 의미하는 것을 나타내고 있지 않다는 사실을 알고 있으면서도, 우리는 '포스트모던'을 '포스트모더니즘'의 완전한 단순 동의어로 사용하고 있다."[124] 철학자이자 이론가인 I. 일린도 그런 식으로 자유롭게 이 두 용어를 사용하고 있다.[125]

문화와 생활에서 새로운 경향들을 의미하는 개념이 불분명하고 용어 자체의 성격이 불확실하다 할지라도 연구자들은 포스트모더니즘 '공식'을 이끌어내려고 노력하고 있다. 이렇듯 A. 게니스는 W. 벨시의 노작에 근거하여 다음의 정의를 제안하고 있다.

∴

123) Скоропанова И. Указ. соч. С. 9.
124) Курицын В. Указ. соч. С. 8~9.
125) *Литературная энциклопедия терминов и понятий.* С. 764~766 참조.

포스트모더니즘 = 아방가르드 + 대중문화

이 정의를 러시아적 조건에 적용하면 다음과 같은 구성으로 변형될 수 있다.

러시아 포스트모더니즘 = 아방가르드 + 사회주의리얼리즘 문학

그러나 이 공식은 여타의 단순화와 마찬가지로 완전히 믿을 만하거나 포괄성을 지니지 못한다. 왜냐하면, 예를 들어 V. 쿠리친에 따르면 "'아방가르드 패러다임'을 구현하는 최상의 예술은 소비에트 문화"[126]이기 때문이다. 또는 예를 들어 B. 그로이스에 따르면, 사회주의리얼리즘은 모더니즘과 포스트모더니즘 사이의 중간 단계이다.[127] 그러나 M. 엡슈테인에 따르면, 모더니즘과 포스트모더니즘은 두 개의 다른 문학적·미학적 현상이 아니라 단일한 문화 패러다임이다.[128]

복수성과 다구조성에 대한 포스트모더니즘의 지향은 두 개의 구성 요소보다는 항상 더 많은 것을 포함하고 있다. 즉

••

126) Курицын В. Указ. соч. C. 70. 계속해서 쿠리친은 "사회주의리얼리즘(특히 1940년대 말부터 1950년대 말까지)은 '아방가르드 패러다임'의 마지막 모습이었다"라고 지적한다. Там же. C. 78. 그러나 쿠리친 역시 '사회주의리얼리즘이 대중문화였다'는 사실을 인정하면서 A. 게니스의 의견에 동의한다. Там же. C. 79.

127) Гройс Б. "Полуторный стиль: Социалистический реализм между модернизмом и постмодернизмом" *Новое литературное обозрение*. 1995. No. 5.

128) Эпштейн М. "От модернизма к постмодернизму: Диалектика "гипер" в культуре XX века" *Новое литературное обозрение*. 1995. No. 16. C. 16.

(러시아) 포스트모더니즘 = 아방가르드(모더니즘) + 사회주의리얼리즘 문학 + 고전문학 + 민속학 + 신화학 + ∞.

그러나 문제는 '공식'이나 용어 자체에 있는 것이 아니고 포스트모더니즘을 해석하는 개념들, 다시 말해서, **다양성**, **구별성**, **특수성**, 간섭, 혼합, 이종(異種)성, 혼종성, 추론성, 이분법적 태도와 혼합주의, 가역적 전망, 탈위계화, 직선적 인과관계의 거부, 중심과 주변의 경계를 허무는 것 등의 개념을 어떻게 잡을 것인가 하는 것에 있다. 그러나 W. 벨시에 따르면, "포스트모더니즘의 접근은 본질적으로 절충적 인용과 쉽게 대체될 수 있는 장식의 사용에 대한 호소와는 동일하지 않다. 그러나 개별적 건축 단위들인 언어가 언어적 편린들처럼 울리지 않도록 하고, 다양하게 사용되는 언어의 논리와 특징적인 가능성을 분명하게 나타낼 수 있어야만 한다. 그래야만 다언어성이라는 포스트모더니즘적 규준이 실행되는 것이고 반대의 경우에 우리는 무질서한 카오스를 얻을 뿐이다."[129] 그래서 V. 쿠리친은 "포스트모더니즘은 **안정된**(강조는 저자) 카오스 상태이다"[130]라고 말하고

∵

129) Вельш В. Указ. соч. С. 121. 쿠리친은 포스트모던의 이러한 카오스 상태를 비판적으로 인식하고 있다. "많은 사람들은 포스트모던에서 중요한 것이 엄격한 이성주의의 기준에서 벗어나는 것이고, 칵테일을 혼합해서 적당량의 이국풍으로 맛을 내는 것이라고 생각한다. (…) 그러나 모든 것이 뒤섞인 이런 혼합물은 무차별만을 생산할 뿐이고 이런 사이비(擬似) 포스트모던은 포스트모던과는 어떤 공통점도 없다. (…) 진정한 포스트모던은 이런 모조품과는 전혀 비슷하지 않다. 그리고 이런 비(非)유사성은 포스트모던에서 통일성의 파괴로 달성된다. 그러나 그 목표 달성은 혼란을 가중시켜도 된다는 면허증 발급으로 이루어지는 것이 아니라 차별성을 폭넓게 선택하는 것을 위임하는 것으로 이루어진다." Курицын В. Указ. соч. С. 130.
130) Там же. С. 41.

있는 것이다.

현대 러시아문학에 적용해볼 때 우리는 용어나 개념뿐만 아니라 포스트모던 현상 자체가 개념적 정확성과 완전성이 없어서 명확한 특징을 함유하고 있지 못함을 지적할 수 있을 것이다. 포스트모던은 내부적으로 동질성이 없고, 포스트모던 작가들은 개체주의자들〔인물들은 비(非)일반성의 표현이다〕이며, 포스트모던 문학에 관계된 작가들은 자기만의 예술적·미학적 원칙들과 기호들에 따라서 작품 활동을 하는 작가들

..

131) 〔역주〕Иосиф Ефимович Алешковский, 1929~ 유스 알레슈콥스키(Юз Алешко́вский)로 알려져 있다. 러시아의 작가이자 시인으로 1979년 망명하여 주로 미국에 거주하고 있다. 1947년 군 복무 중에 규율 위반으로 4년 형을 선고받았고 1950~1953년에는 수용소에 수감되었다. 출감 이후에 개간지와 건설 현장에서 운전수로 일했다. 1955년 모스크바로 돌아온 후 직업적 문학 활동으로 생활하기 시작하여 1959년 자신의 시로 노래를 짓기 시작했다. 무크지 《메트로폴》에 '수용소'를 주제로 한 노래 가사들을 발표한 후 당국의 압박으로 망명하였다. 작품으로는 『교외선 열차표 두 장(*Два билета на электричку*)』(1964), 『니콜라이 니콜라예비치(*Николай Николаевич*)』(1970년 집필, 1980년 출간), 『모스크바에서의 죽음(*Смерть в Москве*)』(1985) 등이 있으며 2001년 푸슈킨상을 수상하였다.

132) 〔역주〕Михаил Юрьевич Берг, 1952~. 러시아의 작가, 비평가, 문화학자이다. 러시아 포스트모더니즘의 대표자들 중 한 명으로 평가된다. 1975년 레닌그라드항공기구제조대학 '정보이론'학부를 졸업한 후 프로그래머, 가이드, 도서관 서기로 일했다. 첫 작품 『줄사다리(*Веревочная лестница*)』를 1980년 파리의 잡지 《메아리(*Эхо*)》에 발표했다는 이유로 모든 직장에서 해임된 후 페레스트로이카까지 화부로 일했다. 1990년까지 그의 모든 작품은 '사미즈다트'와 러시아 망명 잡지에서만 발표되었다. 작품으로는 『회상록(*Момемуры*)』(1984), 『로스와 나(*Рос и я*)』(1986)(러시아어 표기를 그대로 읽으면 러시아라는 뜻으로 '로시아'가 된다) 등이 있다. 1992년 《신(新)문학통보(*Вестник новой литературы*)》의 편집장으로서 '말리 부커'상을 수상하였고, 2010년에 국제상 'Silver Bullet Awards 2010'을 수상하였다.

133) 〔역주〕Лариса Ванеева, 1953~. 여류 작가. 1981년 고리키문학대학교를 졸업하였다. 1968년부터 소설과 시를 발표하기 시작하였다. 『입방체에서(*Из куба*)』(1990), 『육체에 대한 슬픔(*Скорбь по плоти*)』(1990) 등이 있으며 소설을 《우랄(*Урал*)》(1990, № 11), 《10월(*Октябрь*)》(1998, № 1) 등 여러 잡지에 발표하고 있다. 1990년부터 작가 동맹 회원으로 활동하고 있으며, 1990년 러시아 펜클럽 회원이자 에스토니아 작가 동맹 회원(1995)이다.

이다(소설가로는 Ju. 알레슈콥스키,[131] M. 베르크,[132] L. 바네예바,[133] A. 베르니코프, G. 골로빈,베네딕트 예로페예프,[134] 빅토르 예로페예프, S. 도블라토프, A.이반첸코, S. 칼레딘,[135] M. 쿠라예프, E. 리모노프,[136] A. 마트베예프,[137]

∴

134) 〔역주〕 Виктор Владимирович Ерофеев, 1947~. 소련의 외교관 블라디미르 이바노비치 예로페예프의 아들로 어린 시절을 부모와 함께 파리에서 보냈다. 1970년 모스크바국립대학교 인문학부를 졸업하고 1973년 세계문학연구소에서 박사과정을 마쳤다. 《문학의 문제(*Вопросы литературы*)》에 사드 후작의 창작에 대한 에세이를 발표하면서 유명해졌다. 1979년 사미즈다트 무크지 《메트로폴》 창간에 관여하면서 소련 작가 동맹에서 제명되었고 1988년까지 소련에서 그의 작품이 발표되지 못했다. 장편 『러시아의 미녀(*Русская красавица*)』(1990)는 20개 언어로 번역되어 세계적 베스트셀러가 되었다. 러시아 펜클럽 회원이며 나보코프상(1992)을 수상하였다. 작품으로는 『인생의 다섯 강(*Пять рек жизни*)』(1998), 『러시아 영혼의 백과사전(*Энциклопедия русской души*)』(1999), 『훌륭한 스탈린(*Хороший Сталин*)』(2004), 『악마의 세계. 인생 의미의 지리학(*Свет дьявола. География смысла жизни*)』(2008) 등이 있다.

135) 〔역주〕 Сергей Евгеньевич Каледин, 1949~. 러시아의 작가, 소설가로 1993년 10월 5일 《이즈베스티야》 신문에 발표된 시민, 러시아 정부, 옐친 대통령에게 보낸 「42명의 작가들의 서한(*Письмо 42-х*)」을 썼다.

136) 〔역주〕 Эдуард Вениаминович Лимонов (Савенко), 1943~. 러시아의 작가이자 사회 평론가, 정치가이다. 2009년 3월 2일에 2012년 러시아 대선에서 야당 단일 후보가 되겠다고 선언하였다. 17세부터 짐꾼, 잡역부, 건설 노동자 등으로 일하였고 하리코프사범대학에 입학하였다. 1958년부터 시를 쓰기 시작하였고 1967~1974년 모스크바에서 거주하였다. 1974년 미국으로 망명하였는데 이에 대해 그는 KGB에서 '비밀 협력자'가 되지 않으려면 서구로 망명하라고 했기 때문이라고 증언하였다. 1980년대 초까지는 시를 썼고 그 다음엔 소설을, 그 후 사회 평론을 썼다. 1976년까지 뉴욕에서 발행되던 저널 《신러시아어(*Новое русское слово*)》 등을 비롯한 여러 잡지에서 일했다. 1980년부터 프랑스에서 프랑스 공산당의 지도자들과 친분을 쌓았고 1987년 프랑스 국적을 획득하였다. 1990년대 초에 소련 국적을 회복하였고 러시아로 귀국하면서 활발한 정치 활동을 시작하였다. 1994년 민족볼셰비키당(Национал-большевистская партия)을 창당했다. 작품으로는 『이것이 나 에디카이다(*Это я, Эдичка*)』(1979년 뉴욕, 1990년 모스크바 출간), 『실패자의 일기(*Дневник неудачника*)』(1982년 뉴욕, 1991년 모스크바 출간), 『소년 사벤코(*Подросток Савенко*)』(1983년 파리, 1992년 모스크바 출간), 『우리에겐 위대한 시대가 있었다(*У нас была великая эпоха*)』(1992년 모스크바) 등이 있다.

V. 모스칼렌코, V.나르비코바,[138] L. 페트루솁스카야,[139] I. 폴랸스카야, V. 포

∵

137) 〔역주〕 Андрей Александрович Матвеев, 1954~. 러시아의 작가, 저널리스트이다. 1977년 우랄국립대학교 언론학부를 졸업하였다. 카탸 트카첸코(Катя Ткаченко)라는 필명으로 쓴 2권의 소설을 포함해서 10여 권의 소설을 창작하였다. '러시아 부커상' 후보에 두 번 올랐다. 작품으로는 『8월부터 9월까지(*С августа по сентябрь*)』(1988), 『인간의 수리(*Ремонт человеков*)』(2002), 『초보 이용자들을 위한 사랑(*Любовь для начинающих пользователей*)』(2003) 등이 있으며 예카테린부르크에 거주하고 있다.

138) 〔역주〕 Валерия Нарбикова, 1958~. 러시아의 소설가이자 화가이다. 고리키문학대학을 졸업하였다. 1978년에 작품집 『시의 날(*День поэзии*)』에 시를 발표하면서 등단하였다. 1988년부터 소설가로서 작품을 발표하기 시작했다. 《깃발》, 《사수》, 《청년 시절》 등의 잡지에 작품들을 발표하고 있다. 프랑스, 독일, 네덜란드, 이탈리아, 체코슬로바키아 등에서 번역되어 출판되었다. 모스크바 작가 동맹 회원이다. 러시아 펜클럽 회원이었으나 남편인 알렉산드르 글레제르의 가입이 거부당하자 러시아 펜클럽 집행위원회에서 1995년 2월 탈퇴하였다. 블라디미르 나보코프상을 수상(1995, 1996)하였다. 화가로서도 활발히 활동하고 있으며 1997년부터 여러 전시회에 출품하고 있다.

139) 〔역주〕 Людмила Стефановна Петрушевская, 1938~. 러시아의 소설가이자 희곡작가이다. 노동자의 가정에서 태어나 전쟁 기간 중에는 굶주린 어린 시절을 보냈으며 친척 집을 전전하기도 했고 우파 근처의 고아원에서 살기도 했다. 전후에 모스크바로 돌아와 모스크바국립대학교 언론학부를 졸업하고 모스크바의 여러 잡지사에서 기자로 일했다. 1972년부터는 중앙 텔레비전 편집장으로 근무했다. 1972년 첫 단편 「들판을 지나(*Через поля*)」를 잡지 《오로라(*Аврора*)》에 발표한 이후, 10년 이상 작품을 발표하지 않고 주로 희곡과 동화를 쓰다가 장편들을 다시 발표하였다. 작품으로는 『밤 시간(*Время ночь*)』(1992), 『No. 1 또는 다른 가능성들의 동산에서(*Номер Один, или В садах других возможностей*)』(2004), 희곡으로는 『사환의 아파트(*Квартира Коломбины*)』(2007) 등이 있으며 모스크바에서 거주하며 창작 활동을 하고 있다.

140) 〔역주〕 Валерий Георгиевич Попов, 1939~. 1963년 레닌그라드전기기술대학을 졸업하고 1970년 전소련국립영화대학 시나리오학부를 졸업하였다. 1965년부터 작품 활동을 시작하였고 소련 작가 동맹 회원이며 러시아 펜클럽 상트페테르부르크 회장이다. 단편 부분에서 도블라토프상을 수상(1993)하였다. 작품으로는 『이전보다 더 남쪽으로(*Южнее, чем прежде*)』(1969), 『이게 바로 나다(*Это именно я*)』(1969), 『여강도(*Разбойница*)』(1996) 등이 있으며 페테르부르크에 거주하며 작품 활동을 하고 있다.

포프,[140) E. 포포프,[141) V. 피예추흐, S. 소콜로프,[142) V. 소로킨,[143) T. 톨스타

∵

141) [역주] Евгений Анатольевич Попов, 1946~. 1962년 잡지 《크라스노야르스크 청년공산
동맹(*Красноярский комсомолец*)》에 첫 단편 「고맙습니다(*Спасибо*)」가 발표되었다. 모
스크바지리학대학을 졸업(1968)한 후 러시아의 북동부 지역 등에서 지질학자로 일하면서
수많은 단편들을 창작하였다. 바실리 슉신의 서문을 담은 단편이 《신세계(*Новый мир*)》
(1976)에 발표되면서 명성을 얻기 시작했다. 1978년 소련 작가 동맹에 가입했으나, 유명한
잡지 《메트로폴》을 창간했다는 이유로 바실리 악쇼노프, 안드레이 비토프, 빅토르 예로페
예프, 파질 이스칸데르와 함께 제명당하였다. 1988년에야 작가 동맹 회원 자격이 회복된
다. 포포프는 모스크바 작가 동맹의 서기이고 러시아 펜클럽의 창시자들 중 한 명이며 다
수의 문학상을 수상하였다. 작품으로는 『즐거운 루시(*Веселие Руси*)』(1981), 『인생의 아름
다움(*Прекрасность жизни*)』(1990), 『거지들의 오페라(*Опера нищих*)』(2006) 등이 있다.

142) [역주] Саша Соколов, 1943~. 알렉산드르 프세볼로도비치(Александр Всеволодович)가
본명이다. 어머니는 시베리아 출신이고 아버지는 펜자 출신으로 소련 대사관에서 군 무
관으로 근무했다. 1947년 소콜로프 가족은 모스크바로 이사했다. 1962~1965년 군사외국
어대학에서 수학하였다. 1965년 2월 12일에 푸르만 도서관(библиотека им. Фурманова)
에서 창립된 문학 단체 'SMOG'에 참가하였고 스모그 동인들의 사미즈다트 잡지인 《아
방가르드(*Авангард*)》에 벨리고시란 필명으로 시를 발표하기 시작하였다. 1967년 모스크
바국립대학교 언론학부에 입학하였다. 1969~1971년 신문 《문학 러시아(*Литературная
Россия*)》의 기자로 일했지만 문학가들과는 어떤 관계도 없었다. 소련 국경을 넘어 도망하
려고 몇 번 시도하였지만 번번이 잡혔고 부모와의 관계 덕분에 무거운 형량을 피할 수 있
었다. 그 후 유럽을 오가며 미국에서 오랜 세월을 거주했다. 1989년과 1996년 러시아에는
잠깐 다녀갔으며 1990년에 페레스트로이카를 지지하는 소련 작가 연합 '4월'의 공동 의장
이 되었다. 의식의 흐름 기법 등을 이용한 포스트모던적인 작품을 많이 썼다. 작품으로는
『바보들을 위한 학교(*Школа для дураков*)』(1976), 『개와 늑대의 사이(*Между собакой и
волком*)』(1980), 『팔리산드리(*Палисандрии*)』(1985) 등이 있다.

143) [역주] Владимир Георгиевич Сорокин, 1955~. 러시아의 소설가이자 시나리오 · 희곡작
가로, 러시아문학의 개념주의의 대표자들 중 한 명이다. 굽킨 모스크바석유가스산업대학
과 모스크바무기화학대학에서 수학하였다. 엔지니어로서 대학 교육을 마치고 소로킨은 1
년간 잡지 《교체(*Смена*)》에서 근무했으나 콤소몰에 가입하지 않는다는 이유로 해고당하
였다. 책 삽화, 회화, 개념 미술에 전념하여 다수의 전시회에 참가하였고 50권 이상의 책에
삽화를 그렸다. 1972년 신문 《석유 노동자들의 간부를 위하여(*За кадры нефтяников*)》에
서 시인으로 등단하였다. 1985년 파리의 잡지 《아-야(*А-Я*)》에서 소로킨의 단편 6편이 발
표되었고, 출판사 '신탁시스(프랑스)'에서 장편 『줄(*Очередь*)』이 출간되어 KGB의 호출을
받게 된다. 포스트모더니즘의 기수로 간주되었고 소설 속에서 다양한 문체들과 기법들을
선보였다. 2005년에는 볼쇼이 극장에서 소로킨이 각본을 쓰고 레오니드 데샤트니코프가

야,[144] E. 하리토노프, M. 하리토노프, I. 야르케비치[145] 등을 지적할 수 있으

⁛

작곡한 오페라 〈로젠탈의 아이들(*Дети Розенталя*)〉이 시연되었다. 2001년 '인민 부커상', 2001년 안드레이 벨리상 등을 수상하였고, 작품으로는 『마리나의 30번째 사랑(*Тридцатая любовь Марины*)』(1982~1984년 집필, 1995년 모스크바 출간), 『네 사람의 심장(*Сердца четырёх*)』(1991년 집필, 1994년 발표), 『푸른 비계(*Голубое сало*)』(1999), 『얼음(*Лед*)』(2002), 『설탕으로 된 크렘린(*Сахарный Кремль*)』(2008) 등이 있다.

144) 〔역주〕 Татьяна Никитична Толстая, 1951~. 러시아의 여성 작가, 사회 평론가, 텔레비전 진행자이다. 문학 전통이 풍부한 가정에서 태어났다. 조부는 작가인 알렉세이 니콜라예비치 톨스토이, 조모는 시인인 나탈리야 톨스타야크란디옙스카야였고, 외조부는 번역가이자 아크메이스트였던 미하일 로진스키이다. 아버지는 물리학자이자 사회 정치 활동가였다. 레닌그라드국립대학교 고전철학부를 졸업하였고 1980년대 초에 모스크바로 이사해서 출판사 '과학(Наука)'에서 기자로 일했다. 첫 단편 「황금 댓돌 위에 앉아……(*На золотом крыльце сидели…*)」가 잡지 《오로라(*Аврора*)》에 1983년 발표된 후에 『오케르빌 강(*Река Оккервиль*)』, 『키시(*Кысь*)』, 『자매들(*Сёстры*)』, 『밤(*Ночь*)』, 『낮(*День*)』 등 수십 편의 작품들이 발표되었다. 톨스타야는 문학의 '새로운 물결'을 주도하였는데 미국 프린스턴에서 살면서 대학교들에서 러시아문학을 가르치기도 했다. 지금은 모스크바에 거주하고 있다. 2002년 10월부터 두냐 스미르노바와 함께 텔레비전 프로그램 〈험담 학교(Школа злословия)〉를 진행하고 있으며 다른 프로그램에도 출연하고 있다.

145) 〔역주〕 Игорь Геннадьевич Яркевич, 1962~. 1985년 역사문헌대학을 졸업했다. 1991년부터 작품을 발표하기 시작했는데 처음엔 러시아 언더그라운드 출판과 협력했지만 지금은 러시아와 해외에서 작품들을 발표하고 있다. 1994년 잡지 《불꽃(*Огонек*)》에서 그해의 작가로 선정되었다. 모스크바에 살면서 작품 활동을 하고 있다. 작품으로는 3부작 장편소설 『어린 시절(*Детство*)』, 『소년기(*Отрочество*)』, 『청년기(*Юность*)』(1990~1992)와 『지혜, 섹스, 문학(*Ум. Секс. Литература*)』(1998), 『영혼의 촛불과 육체의 촛불(*Свечи духа и свечи тела*)』(2001), 『종신형(*В пожизненном заключении*)』(2007) 등이 있다.

146) 〔역주〕 Михаил Натанович Айзенберг, 1948~. 러시아의 시인이자 에세이스트이다. 모스크바건축대학을 졸업하고 복원 건축가로 일하였다. 소련 시대에는 작품을 발표하지 않았고 소련 붕괴 이후에 5권의 시집과 러시아 현대시에 대한 평론집 2권을 출간하였다. 러시아국립인문대학교 산하 현대예술학교에서 교편을 잡았다. 안드레이 벨리상(2003), 잡지 《신세계(*Новый Мир*)》의 시 분야 '안톨로지야'상 등을 수상하였다.

147) 〔역주〕 Сергей Маркович Гандлевский, 1952~. 러시아의 시인, 소설가, 에세이스트, 번역가이다. 모스크바국립대학교 인문학부를 졸업하고 고등학교 교사, 관광 가이드, 무대장치 노동자, 야간 경비 등으로 일했다. 1970년대 시인 그룹 '모스크바의 시간(*Московское время*)'을 알렉세이 츠베트코프, 알렉산드르 소프롭스키, 바히트 켄제예프 등과 함께 창립하였다. '시'의 동인이다. 1980년대 말부터 시를 발표하였고 1991년에 소련 작가 동맹 회

며, 시인으로는 M. 아이젠베르크,[146] S. 간들렙스키,[147] A. 예료멘코,[148] I. 이르테니예프[149], T. 키비로프,[150] Vs. 네크라소프,[151] D. 프리고프,[152] L. 루빈슈

⁝

원이 되었다. 1992~1993년 라디오 '러시아'의 문학 방송 〈세대〉의 작가이자 진행자였다. 시집 『축제(*Праздник*)』(1996)로 '안티부커'상을, 중편 『해골술(*Трепанация черепа*)』로 '말리 부커'상(1996), 민족상 '시'(2010) 등을 수상하였다.

148) 〔역주〕 Александр Викторович Ерёменко, 1950~. 중학교를 졸업하고 해군에서 근무한 후 극동의 건설 현장에서 근무했고, 선원, 화부 등으로 일했다. 1975년 고리키문학대학 비출석 과정에 입학했지만 졸업하지는 못하였다. 1977년 모스크바로 다시 와서 1980년대 중반에 시인 알렉세이 파르시코프, 이반 주다노프와 함께 비공식 문학 그룹 '메타포리스트'를 창립하였다. 2002년 보리스 파스테르나크상을 수상하였다. 시집으로는 『수평선의 나라(*Горизонтальная страна*)』(1994), 『불변식(*Инварианты*)』(1997), 『시인-메타포리스트(*Поэты-метареалисты*)』(1999) 등이 있다.

149) 〔역주〕 Игорь Моисеевич Иртеньев, 1947~, 본명은 라비노비치(Рабинович). 러시아의 시인으로 러시아 현대시에서 가장 아이러니한 경향의 대표자들 중 한 명이며 잡지《상점(*Магазин*)》의 편집장이다. 1979년부터 창작하기 시작했고 시집에는 『일정(*Повестка дня*)』(1989), 『크렘린의 트리(*Елка в Кремле*)』(1991), 『아침 신문에(*Утром в газете…*)』(2006) 등이 있다. '황금 오스타프'상 수상자이며 모스크바 작가 동맹과 펜클럽 회원이다.

150) 〔역주〕 Тимур Юрьевич Кибиров, 1955~. 1980년대 말에 등단한 러시아의 시인이다. 그의 시는 포스트모더니즘, 개념시로 분류된다. 2008년에 상금 5만 달러의 '시'상을 수상하였다. 시집으로는 『일반석(*Общие места*)』(1990), 『세 서사시(*Три поэмы*)』(2008), 『사랑에 대한 시(*Стихи о любви*)』(2009) 등이 있다.

151) 〔역주〕 Всеволод Николаевич Некрасов, 1934~2009. 러시아의 시인, 예술 이론가이며 '제2차 러시아 아방가르드'의 리더들 중 한 명이고 '모스크바 개념주의'의 창시자들 중 한 사람이다. 모스크바국립사범대학 인문학부에서 수학하였고 시인들과 화가들로 구성된 '리아노조보 그룹'에 겐리흐 삽기르, 얀 사투놉스키, 이고리 홀린 등과 함께 가입하였다. 페레스트로이카 전까지는 그의 작품들이 사미즈다트나 외국 저널들에 발표되었고 1989년부터 그의 시집 7권과 논문집들이 출간되었다. 부인 안나 주라블료바와 함께 쓴 『오스트롭스키의 극장(*Театр А. Н. Островского*)』(1986), 『리아노조보(*Лианозово*)』(1999), 『시집(*Стихотворения*)』(2000), 『어린이의 경우(*Детский случай*)』(2008) 등이 있다.

152) 〔역주〕 Дмитрий Александрович Пригов, 1940~2007. 러시아의 시인, 화가, 조각가이다. 예술과 문학에서 '모스크바 개념주의'의 창시자들 중 한 명이다. 아버지는 엔지니어이고 어머니는 피아니스트인 인텔리 집안에서 태어나서 고등학교를 졸업한 후에 잠시 자물쇠 공장에서 일하기도 했다. 스트로가노프산업예술학교에서 수학(1959~1966)하였고, 전공은 조각이었다. 1960년대 말에서 1970년대 초에 모스크바 아방가르드 화가들과 가까워졌고

테인[153] 등을 거론할 수 있을 것이고, 극작가로는 V. 아로,[154] S. 보가예프, A.

:.

1975년 소련 화가 동맹의 회원이 되었지만 소련에서는 전시회가 한 번도 열리지 않았다. 1989년부터 모스크바 아방가르드주의자 클럽의 회원이다. 1956년부터 시를 쓰기 시작했지만 1986년까지 러시아에서는 발표되지 않았다. 1986년 거리 퍼포먼스 이후에 정신병원에 보내졌지만 국내외의 문화 인사들의 도움으로 풀려났다. 3만 5000편 이상의 시를 창작하였고 창작집으로는 『50방울의 피(*Пятьдесят капелек крови*)』(1993), 『예브게니 오네긴(*Евгений Онегин*)』(1998), 『세 문법(*Три грамматики*)』(2003) 등이 있다.

153) 〔주〕 Лев Семёнович Рубинштейн, 1947~. 러시아의 시인, 문학평론가, 사회 평론가, 에세이스트이다. 모스크바국립사범대학 인문학부를 졸업하고 오랫동안 서지학자로 일했다. 1960년대 말부터 문학에 전념하였고 1970년대에 고유한 미니멀리즘 스타일을 창조해냈다. 프세볼로드 네크라소프, 드미트리 프리고프와 함께 모스크바 개념주의의 창시자 중 한 명이다. 1970년대 말에 서구에서 그의 작품들이 발표되기 시작하였고 러시아에서는 1980년대 말에 등장했다. 1999년 안드레이 벨리상을 수상하였다. 잡지 《결과(*Итоги*)》와 《주간지(*Еженедельный журнал*)》의 평론가로도 활동했다.

154) 〔역주〕 Владимир Константинович Арро, 1932~. 러시아의 희곡작가이자 아동문학가이다. 1955년 레닌그라드사범대학 인문학부를 졸업하고 몇 년간 교사와 고등학교 교장으로 일했다. 1962년부터 사회 평론 작품들과 아동문학을 발표하기 시작했다. 그의 첫 희곡 『극단적 조치(*Высшая мера*)』(1976)는 페트로자봇스크에서 상연되었다. 1989~1993년 레닌그라드 작가 협회의 수장이었고 레닌그라드 대의원(1990~1993)에 선출되었으며, 상트페테르부르크 작가 동맹 회원이자 펜클럽 회원이다. 작품으로는 『도시의 황새(*Аисты в городе*)』(1968), 『바나나와 레몬(*Бананы и лимоны*)』(1972), 『나의 오래된 집(*Мой старый дом*)』(1976) 등이 있다.

155) 〔역주〕 Алексей Николаевич Казанцев, 1945~2007. 법학 교수 집안에서 태어났으며 모스크바국립대학교 인문학부에서 1년간 수학하였고 1967년 중앙 아동 극장 산하 드라마-스튜디오를 졸업하였다. 이 극장에서 배우 겸 감독으로 일하였다. 그 후 여러 극장에서 감독으로 일하였고 1993~1998년 M. 로신과 함께 잡지 《희곡(*Драма*)》을 창간하였고 '희곡과 감독 센터'를 설립하여 카잔체프는 죽을 때까지 거기서 예술 감독을 맡았다. 1975년부터 희곡을 쓰기 시작하였다. 슬랍킨, 페트루셉스카야, 라주몹스카야, 사두르, 아로 등과 함께 '희곡의 새로운 물결'에 속한다. 작품으로는 『오래된 집(*Старый дом*)』(1976), 『예브게니의 꿈(*Сны Евгении*)』(1988), 『크렘린, 내게 와라!(*Кремль, иди ко мне!*)』(2001) 등이 있다.

156) 〔역주〕 Николай Владимирович Коляда, 1957~. 러시아의 배우, 소설가, 희곡작가, 시나리오작가, 연극 감독이다. 집단농장원의 가정에서 태어나 스베르들롭스크연극학교를 졸업(1973~1977)하고 스베르들롭스크 연극 아카데미 극장 단원(1977~1983)으로 일했다. 1982년 첫 희곡 『도시 중심의 집(*Дом в центре города*)』을 창작하였고, 모스크바의 고리키 문학 연구소 비출석 과정에서 공부(1983~1989)하였다. 1987년 희곡 『벌금 놀이합시다

카잔체프,[155] N. 콜랴다,[156] L. 페트루솁스카야, V. 시가례프[157] 등을 거명할 수 있다).[158] 그러나 이런 경향의 모든 작가들에게 나타나는 기본 특징들을 구분하고, 이를 바탕으로 개별 현상을 분류하려는 시도는 어쩌면 당연한 것이다.

무엇보다 먼저 우리는 위에 열거된 작가들의 공통점으로서 '대중의 취향에 뺨 때리기'[159]를 지적할 수 있을 것이다. 이것은 '도전과 혹평'(S. 추프리닌), '빗나가기와 반항성'(V. 포타포프), '행동 규칙 위반'(N. 이바노바) 등으로 표출된다. 비록 이런 정의들을 비평적 분석을 위한 범주에 넣을 수는 없겠지만 이러한 현상들을 아울러서 '대중의 취향에 뺨 때리기'라는 공통점을 밝힐 수 있을 것이다. 그리고 바로 그 특징이 다양한 작가들을 서로 접근시키고 상당히 통일된 어떤 경향에 대해 말할 수 있도록 해준다. 이

∙∙

(Играем в фанты)』가 처음 발표되었다. 1990년에 러시아 연극인 동맹의 회원이 되었다. 1994년부터 예카테린부르크국립연극대학에서 교편을 잡고 있으며 1999년부터 잡지 《우랄 (Урал)》의 편집장으로 일하고 있다. 콜랴다는 93편의 희곡을 창작하였고 38편이 러시아의 여러 극장에서 상연되고 있다.

157) 〔역주〕 Василий Сигарев, 1977~. 러시아의 희곡작가, 시나리오작가, 영화감독이다. 니즈네타길사범대학에서 수학하였고 예카테린부르크연극대학을 졸업하였다. 전공은 희곡이다. 작품으로는 『검은 우유(Черное молоко)』, 『러시아 로또(Русское лото)』, 『구멍(Яма)』 등이 있으며 '데뷔'상, '안티부커'상, '에브리카'상, '이브닝 스탠더드상(Evening Standard Awards)'상 등을 수상하였다.

158) 포스트모던 내부는 양극적인 경향으로 나뉜다. '극좌' 경향인 개념론과 '극우' 경향인 비유론('모방주의 기사단'도 이 경향에 가깝다)이 그것이다.

159) 〔역주〕 '대중의 취향에 뺨 때리기'는 자족적인 시 예술, 급진적인 실험 시 등을 주창하면서 과거의 전통(19세기)을 거부하고 새로운 시학을 정립하려 한 러시아 미래주의(Futurism), 특히 입체-미래파(Cubo-futurism)가 자신들의 기치로 내건 선언서 제목이다. V. 마야콥스키와 A. 크루초니흐가 주축이 되어 집필하고, 1912년에 발표된 팸플릿 형식의 '대중의 취향에 뺨 때리기'는 "현대의 삶이라는 기선에서 푸슈킨, 도스토옙스키, 톨스토이 등을 내던져라"고 요구하면서 그들로 대변되는 기성의 권위와 미학에 대한 도전과 거부를 극단적으로 표명했다.

'범주'가 포스트모던 문학을 구성하는 다른 모든 원칙들과 특징들을 매개한다.

예술 작품의 기저가 되는 주인공과 저자의 형상은 포스트모던 문학에서 정말로 도전적으로 보인다. 비평가들의 관찰에 따르면 이 소설의 세계에는 거의가 '불쌍하고, 실패했으며, 어쩔 수 없이 망가져가는 사람들만 거주하고 있다.'(S. 추프리닌) 주인공들은 '무리 지어 떠도는 부랑자들', '벽지 출신 사람들', 그리고 뒷골목과 쓰레기장을 배회하는 사람들이다. 다시 말해서 사회의 하층민이나 낙오된 계층의 대표자들이다. 사회적 결정성은 의미를 상실하고, 중요한 것은 그들 모두가 주변적이라는 사실이다. 그들의 인성은 왜곡되고 특색이 없고 성격은 비정상적이다. 그들의 '거칠어지고', '혼탁하고', '파헤쳐진' 영혼은 '만성적인 도덕적 결함'(E. 슈클롭스키)으로 고통당한다. 개성의 씻김, 즉 '무개성의 압박'은 현대문학에서 '작은 인간'[160]의 특징을 형성하고 있다.

저자의 위치가 본질적으로 변화된다. 저자는 숨어버리고 주인공–화자로 위장하며 저자와 주인공의 거리감은 없어지고 그들의 목소리는 합쳐진다. 이것은 '0도의 글쓰기'(P. 바일, A. 게니스),[161] 즉 도덕적 평가의 부재와 저자의 위치가 '교사'나 '교훈자'의 전통적 역할에서 '무관심한 연대기 작가'

∴

160) 〔역주〕 19세기 러시아문학사에서 많이 사용되는 개념 가운데 하나이다. 러시아문학작품 속에 등장하는 사회적으로나 인간적으로 보호받지 못하고 억압당하는 가난한 하급 관리나 하층민을 일컫는 말이다. 고골의 『외투』에 등장하는 '아카키 아카키예비치', 도스토옙스키의 『가난한 사람들』에서 '마카르 데부슈킨', 체호프의 『관리의 죽음』에서 하급 관리 '이반 체르뱌코프' 등을 그 예로 볼 수 있다.
161) R. 바르트의 『0도의 글쓰기』에서 나온 용어이다.
〔역주〕 『0도의 글쓰기』(1953)는 문학비평을 담은 롤랑 바르트의 최초의 저작이다. 이 저작에서 롤랑 바르트는 현대의 글쓰기 방식을 '중립적 글쓰기'라고 명명하면서 고전주의의 글쓰기 방식인 '투명한 글쓰기'와 대별하여 사용하고 있다.

나 사건들의 과정에 간섭하지 않는 사회부 기자의 역할로 이행하는 것을 통해 더욱 구체화된다(그 결과로 창작의 '비(非)복무성'이라는 특징이 나타난다).

포스트모던 예술가들에 의해서 창조되는 현실의 모습은 '지구 인력과 물질의 기초 질서'를 상실하고 있다(E. 슈클롭스키). 합법성이 우연성에 자리를 양보한다. 포스트모더니스트들의 현실은 비논리적이고 무질서하다. 그 안에서는 높은 것과 낮은 것, 진실과 거짓, 완전한 것과 추한 것이 등가적 위치에 놓인다. 현실은 환상적이다. 현실은 확고한 윤곽을 갖지 못하고 거점들을 상실한다. 현실은 비극적이고 참혹하다. 그리하여 현실 어디에서나 부조리가 엿보인다.

이러한 현실을 예술에 반영하는 방법과 수단 또한 '반항적이고', 비전통적이다. 이는 포스트모던 문학의 언어를 상기하는 것만으로도 충분하다. 포스트모더니즘 문학의 언어는 한편으로 주로(비록 완전히는 아니더라도) 길거리 언어, 욕설과 상스러운 어휘이고, '하층'계급의 모든 뉘앙스를 담고 있으며 시종일관 아이러니하다.[162] 다른 한편으로는 가식적으로 아름답고, 이해하기 힘들 정도로 수사가 많고, 섬세하며 기교적이다.

포스트모던 문학에서 비정상적인 주인공, 개성을 상실한 저자, 환상적이고 부조리한 현실은 규범의 이탈이 아니라 규범 자체이고, 출발점이다. 그리고 그것이 포스트모더니즘 세계관의 중심을 형성한다.

주인공의 모습, 저자의 형상, 현실 모습이 바로 그러하다는 이유로 우리가 포스트모던 문학 대표자들 사이의 유사성 또는 동질성을 찾아볼 수 있다는 것은 아니다. 왜냐하면 포스트모던 예술가들에 의해 선별된 '형상' 체

⋮

162) 분명 이 부분에서는 V. 슈클롭스키를 믿을 수 있다. 그는 "새로운 예술형식들은 하층 예술의 형식들을 인정하는 것으로 창조된다"라고 지적하였다. Шкловский B. *Сентиментальное путешествие.* М.: 1990. C. 235.

계의 구현 방법과 수단은 독창적이면서 다양하며 비교할 수 없이 주관적이기 때문이다. 포스트모던 문학에서 이용되는 예술적·시학적 수단들과 기법들의 범위는 폭넓고 그들의 조합은 거의 무한하다.

현대 비평에서는 러시아 포스트모던이 갖는 차별화된 모델들을 주목한다.[163] 그 중에서 N. 이바노바와 M. 리포베츠키의 분류는 의미를 지닌다.

N. 이바노바는 현대의 포스트모더니즘 문학 운동을 '세 흐름'으로 분류했다. '역사적'(발생학적으로 (…) Ju. 돔브롭스키,[164] V. 그로스만,[165] Ju. 트리포

..

163) 예를 들어, I. 스코로파노바가 시도한 연대기적 원칙에 따른 포스트모던 문학의 체계화에 대해서는 이미 언급하였다.

164) 〔역주〕 Юрий Осипович Домбровский, 1909~1978. 러시아의 시인, 소설가, 문학비평가이다. 인텔리 가정에서 성장하였는데 아버지는 독실한 유대인이었고 어머니는 루터교 성경학자였다. 1932년 돔브롭스키는 고등문학과정(Высшие литературные курсы)을 졸업하였지만 1933년 체포되어 모스크바에서 알마아타로 추방된다. 1939년 재차 체포되어 시베리아의 수용소로 이감된다. 1943년 불구가 되어 감형으로 풀려나 알마아타로 돌아온다. 극장에서 일하면서 셰익스피어 강의를 했다. 1949년 세 번째로 체포되어 1955년 풀려난 후 알마아타에 살다가 모스크바로 돌아와서 창작 활동에만 전념했다. 소설 『데르자빈(Державин)』(1939), 『고대(古代)의 수호자(Хранитель древностей)』(《신세계》지에 1964년에 발표) 등이 있고, 1964년에 집필을 시작한 장편 『불필요한 과목들의 학부(Факультет ненужных вещей)』는 소련에서 발표되지 못하고 1978년 프랑스에서 러시아어로 출간(1989년 소련에서 출간)되었다. 그해에 69회 생일을 맞았는데 '중앙 문학의 집' 식당 근처에서 린치를 당해 병원으로 옮겨졌으나 사망했다.

165) 〔역주〕 Василий Семёнович Гроссман, 1905~1964. 소련의 작가이다. 본명은 이오시프 솔로몬노비치 그로스만이다. 아버지는 베를린대학 출신의 화학자이고, 어머니는 프랑스어 교사인 인텔리 유대인 집안에서 태어났다. 1929년 모스크바국립대학교 화학부를 졸업하고 돈바스의 석탄광에서 3년간 화학 기사로 일했다. 1933년부터 모스크바에서 거주하며 일했다. 1934년 발표된 광부들과 공장 인텔리들의 삶을 그린 『글류카우프(Глюкауф)』가 막심 고리키의 지지를 얻었고, 내전을 그린 단편 「베르디체프 시(市)에서(В городе Бердичеве)」가 좋은 성공을 거두자 직업 작가가 되기를 꿈꾸었다. 1935, 1936년에 단편집이 출간되었다. 1946년부터 1959년까지 대표작인 2부작 소설 『옳은 일을 위하여(За правое дело)』(1952)와 반(反)소비에트적인 성격이 강한 『인생과 운명(Жизнь и судьба)』을 집필하였다.

노프의 소설과 연관된), '자연적'(1960년대 사회주의적 《신세계》지의 소설이나 생태학적 보고문학 장르에 가까운), '아이러니 아방가르드적 경향'이 그것이다. 이바노바의 의견에 따르면 첫 번째는 '미하일 쿠라예프의 이름으로 대표' 되며, 두 번째는 겐나디 골로빈, 세르게이 칼레딘, 비탈리 모스칼렌코 등 '좀 더 광범위한' 작가군을 아우르고 있고, 세 번째 조류에는 '매우 조건적' 이라는 단서를 붙여 뱌체슬라프 피예추흐, 타티야나 톨스타야, 예브게니 포포프, 빅토르 예로페예프, 발레리야 나르비코바 등이 관계된다.[166]

　M. 리포베츠키의 의견에 따르면, 현대문학은 세 '경향'으로 나뉠 수 있다. '분석적'(T. 톨스타야, A. 이반첸코, I. 폴랸스카야, V. 이스하코프), '낭만주의적'(V. 뱌지민, N. 이사예프, A. 마트베예프), '부조리한'(V. 피예추흐, E. 포포프, V. 예로페예프, A. 베르니코프, Z. 가레예프)[167] 경향이 그것인데, 보다시피 N. 이바노바의 분류와는 일치하지 않는다.

　두 분류법은 1989년에 제안된 것이고 이 비평가들 중 누구도 최근 저작들에서 그런 분류로 되돌아가지도 않고, 수정하지도 않고, 주석을 붙이지도 않고, 발전시키지도 않았다. 아마도 포스트모더니즘적 '카오스'가 그것의 정돈을 위한 근거들을 제공하지 않는 것이 아니라, 포스트모더니즘 경향들이 발전할수록 이를 구성하는 '카오스'적 요소들이 더욱 심화되었기 때문인 것 같다. 왜냐하면 개별 예술가들은 스스로가 체계화에 굴복하지 않고 자신의 분명한 개성을 더욱더 발현하고 있기 때문이다. N. 이바노바가 주장한 '조건성의 정도'는 다양한 '흐름들'과 '경향들'의 경계를 씻어낸다

∵

---

166) Иванова Н. Намеренные несчастливцы?: (О прозе "новой волны")//*Дружба народов.* 1989. No. 7. С. 239~240.

167) Липовецкий М. "Свободы черная работа": (Об "артистической прозе" нового поколения)//*Вопросы литературы.* 1989. No. 9. С. 41~42.

는 것을 증명해주었다. 그래서 똑같은 저자들이, 열거된 다양한 비평가들이 분류한, 형식적·내용적 특징들로 보면 거의 상반되었다고 볼 수 있는 다양한 그룹들에 포함된 것이다. '흐름과 경향'들을 구분하기 위한 단일한 기준을 세울 수는 없었다. 그렇다고 세월이 보여주었듯이 이것이 필요한 것도 아니다.

제1장

러시아 소설의 포스트모던(1960~2000년대)

소련에서 사회주의리얼리즘 방법의 창시자적 역할을 한 작가로 '한결같이' 장편소설 『어머니』의 M. 고리키를 꼽는다면, 포스트모더니즘에서 '승리의 영예'가 넘어가는 작가들은 『롤리타』와 『선물』의 V. 나보코프, 『거장과 마르가리타』의 M. 불가코프, 『푸슈킨과의 산책』의 A. 테르츠, 『푸슈킨의 집』의 A. 비토프, 서사시 『모스크바발 페투슈키행 열차』의 베네딕트 예로페예프이다.

1950년대 중반에 새로운 윤리적·미학적 체계의 제 요소를 작품에 담아낸 V. 나보코프가 러시아 포스트모더니즘의 '시조'로서 역할을 담당했음이 분명하다. 그러나 러시아문학 발전의 현 단계라는 개념과 연대기적('흐로노토프'적) 경계선들을 결정하는 역사적('역사적·지리학적') 원칙에 근거한다면 러시아 포스트모더니즘의 '원형 텍스트' 또는 '전(前) 텍스트들'은 A. 테르츠의 『푸슈킨과의 산책』, A. 비토프의 『푸슈킨의 집』, 베네딕트 예로페예프의 『모스크바발 페투슈키행 열차』라고 간주해야 할 것이다.

새로운 분류는 제안하지 않고, 위에 언급된 러시아 포스트모더니즘의 '세 마리 고래'[1]가 가장 일반적인 의미에서 다양하고(비록 어떤 부분에서는

∴

1) 〔역주〕 러시아의 민간설화에서는 지구가 평평하여 세 마리의 고래가 광막한 대양을 헤엄치면

접목된다고는 하더라도) 보편화된 포스트모더니즘의 방향들을 태동시키고 있다는 사실을 지적하는 것으로 제한하자. 무엇보다도 먼저 전체적으로 아이러니한 특성을 매개로 하여, '대중적' 독자를 분명하게(유희적 의미에서) 지향한 베네딕트 예로페예프의 포스트모던적인 유희 시학은 S. 도블라토프나 V. 피예추흐 소설의 지배적 특징이 되었다. 그리고 섬세하고도 지적이며 본성적으로 심오한 예술적 상호 텍스트성이 특징인 A. 비토프의 세련되고 귀족적인 작품은 T. 톨스타야와 V. 펠레빈 소설의 일부 특성들을 설명해주고 있다. A. 테르츠의 '상위-문학 이론적' 스타일이나 창작 행위에 비견되는 '활발한 해석의 자유로운 유희'(J. 데리다)는 '후계자들'인 V. 예로페예프와 V. 쿠리친, A. 게니스, P. 바일의 문화학적('과학적-시뮬라시옹') 작품들을 통해 형식적 · 내용적 차원으로 발전된다. 이들 작품은 학문적(문학 이론적) 사고가 시학적 방법을 매개로 체현되었거나 은유적 시론이 다양한 형상적 형식들 속에서 구체화된 경우이다.

그러나 포스트모더니즘의 '고전들'과 젊은 '계승자들' 간의 '친족 유사성'은 절대적이지 않다. S. 도블라토프의 작품은 풍자적인 동시에 예술적이고, 포스트 – 예로페예프나 포스트 – 비토프로 규정할 수 있다(두 규정 항목의 성취도는 거의 동일하다). 그러나 L. 페트루셉스카야와 V. 소로킨은 여러 측면에서 현대문학의 예외적 존재들이다. 반복해서 말해야만 할 것은 포스트모던은 높은 수준의 개별성을 특징으로 하며, 관습적 · 단계적 분류가 아닌 '주된 흐름(mainstreams)'에 대해서 언급할 수 있다는 사실이다.

∙∙

서 등으로 지구를 떠받치고 있다고 생각했다. 그래서 러시아어 관용구와 속담에서 '세 마리의 고래'란 받침대이며 초석이란 의미를 가진다.

1. 러시아 포스트모더니즘의 원형 텍스트로서 베네딕트 예로페예프의 『모스크바발 페투슈키행 열차』

베네딕트 예로페예프의 말에 따르면 1970년 1월 19일부터 3월 6일까지 '불현듯' 쓰게 된[1] 서사시 『모스크바발 페투슈키행 열차』[2]는 1973년 이스라엘에서 첫 선을 보인 후, 1977년 프랑스에서, 그리고 1988~1989년 러시아에서 출간되었다.[3]

이 서사시가 사미즈다트에서 돌아다니던 1970년대에 독자들은 이미 새

‥

1) 작가의 미망인 G. 예로페예바의 말에 따르면, "'페투슈키'는 무라비요프(베네딕트 예로페예프의 친구) 덕분에 우연히 쓰게 되었다."(Ерофеева Г. "Монолог о Венедикте Ерофееве." *Театр*. 1991. No. 9. C. 89) V. 무라비요프는 다음과 같이 말했다. "아마도, 그는 '페투슈키' 전에 무엇인가를 쓰고는 있었는데 나를 만나기 전까지는 어떤 결과물도 나오지 않았던 것 같다. '페투슈키'가 나오기 전에는 나는 그를, 훌륭한 친구이자 똑똑하고 매력적인 사람이지만 작가는 아니라고 생각했다. 그러나 '페투슈키'를 읽고 나서 (⋯) 그가 작가라는 사실을 알게 되었다."(Муравьев В. "Монолог о Венедикте Ерофееве." Там же. C. 92)
2) 〔역주〕 한국에서는 2010년에 번역, 출간되었다. 베네딕트 예로페예프, 『모스크바발 페투슈키행 열차』, 박종소 옮김, 서울: 을유문화사, 2010.
3) 축약 판은 *Трезвость и культура*. 1998. No. 12; 1989. No. 1-3. 완재 판은 Ерофеев Вен. *Москва - Петушки: Поэма* /Предисл. В. Муравьева. М.: Интербук. 1990. 첫 출판들의 '질'에 관해 V. 무라비요프는 다음과 같이 말했다. "'프로메테야(Прометея)' 출판사에서 첫 완재 판이 출간되었고 베스틴(Вестин) 출판사에서는(임카-프레스에서도) 본문 전체인 130쪽에서 1862개의 단순한 오자가 아니라 의미 변화를 일으키는 글자 변화 등이 발견되었다. (⋯) 어순 변화란 말인가? 구두점들을 찍고 싶은 곳에 그냥 막 찍어놓았다."(Муравьев В. "Монолог о Венедикте Ерофееве." C. 91)

로운 기법과 '비공식적', '비전통적' 파격에 충격을 받았다.[4] 작가가 선택한 주인공-화자(감상주의적 인텔리에 알코올중독자)의 형상, 서술의 풍자적 원근법, 모든 것을 패러디화하는 총체적 패러디 기법, 그 시대에는 익숙하지 않은 상호 텍스트적 배경, 유희적 문체 등은 텍스트를 인식하는 기존의 관습적 규범들을 파괴했다. '친구들에 대해서, 그리고 친구들을 위해', 다시 말해서 한정된 범위의 사람들을 위해, 수많은 전기적·자전적 세부 사항[5]들을 담아, '제한된 유통'(V. 무라비요프) 내에서 책이 팔려나가도록 집필된 소설 『모스크바발 페투슈키행 열차』에서 일상의 요소는 예술적·미학적인 것으로 바뀌고, 사회적으로 의미 있는 것은 무의미하고 사적인 것에 자리를 양보하였다. 또한 개성이 발현되고 실현되는 영역은 사회나 국가 체계가 아니라 친구들 사이, 즉 슈제트상으로 우연히 발생한 길동무들의 모임이었고, 주위 현실에 대한 평가는 상식이나 이성을 기반으로 하지 않고 의심과 절망 위에서 펼쳐진다. 많은 부분에 걸쳐 서술의 기본 바탕을 이루고 있는 러시아문학과 세계문학(더 넓게는 문화)의 콘텍스트는 '참조 표시 체계'를 낳았다. 소설이 의미의 다양성, 다층성, 텍스트의 다층위성, 즉 다

..

4) 흥미로운 것은 이 서사시의 출간에 개별 인쇄물로 첨부된 V. 무라비요프의 서문은, 예로페예프의 소설 본문과 마찬가지로, 본질적·정신적으로 '비공식적'이고 '비전통적'이었다는 사실이다. "서문들이 왜 필요하단 말인가, 작가가 알지도 못하는 서문이 그런 유의 서문들을 타성적으로 부정하면서, 익명의 독자들에게 장황하게 사과하는 동시에 '모스크바발 페투슈키행 열차'란 제목의 작품에 대해 언급하는 아래의 글을 쓴다."(Муравьев В. "Предисловие." Ерофеев Вен. Москва-Петушки и др. Петрозаводск. 1995. С. 5) 그런 식으로 쓰인 여러 서문들 중 이 서문은, 서사시·소설의 본문 자체와 마찬가지로 포스트모더니즘 전통에 방향성을 제시해주었다. 소설에 첨부된 작가의 '공지 사항(уведовемление)'은 모든 면에서 D. 프리고프, V. 쿠리친 등 다른 포스트모더니스트들의 서문인 「예고(предуведомление)」의 선구자가 되었다.

5) 《극장(Театр)》(1991, No. 9)에 발표된 베네딕트 예로페예프 친척들과 친구들의 회상은 이에 대한 확인이자 『모스크바발 페투슈키행 열차』 텍스트의 독특한 삽화로도 간주될 수 있다.

의미성을 만들어내기 때문이었다. 그래서 A. 그리차노프는 이렇게 말하고 있다. "예로페예프의 작품『모스크바발 페투슈키행 열차』는 포스트모던의 전형적인 리좀 형태인 하이퍼텍스트 만들기라는 문화 메커니즘의 전례가 된다. 한정된 범위 내의 '헌정된 사람들'이 내재적으로 알아차릴 수 있도록 창작된 이 소설은 (러시아 문화 전통에서 사용되는 상징들이 문화적 전통에 깊이 뿌리내리고 있으며, 폭넓은 인텔리 계층에서 개인적인 일련의 연상들을 인지할 수 있었기 때문에) 포괄적으로 문화적 의미를 배태한 현상이 되었다."[6]

그러나 이후에 포스트모더니즘적이라고 정의된 새로운 시학의 특성들은 이때까지만 해도 예로페예프의 작품에서만 그 모습을 보이며, 탄생이 임박했다는 암시로만 남아 있었다. 예로페예프의 텍스트는 그 완전성에도 불구하고, 포스트모던 미학이 드러내주는(시사하는) 그 수준까지는 아직 '형성되지 않았다.' 이 소설은 여전히 리얼리즘적 소설의 수많은 미학적 특성들(소설 구성, 구성의 조직화, 슈제트 전개, 등장인물 체계의 창조 등을 둘러싼 전통적 기법들)을 보존하고 있었다.

이와 동시에 이 소설은 '무성의하고' '조잡하고' '치밀하지 못하고' '애매한' 수많은 요소들을 포함하고 있지만, 친구들과 비평가들(바로 그들에 대해서 그리고 그들을 위해서 이 작품이 집필되었다)은 베네딕트 예로페예프의 개성이 대단히 심오하고 매력적이라는 이유로 그런 부분을 너그러이 이해했다.[7]

..

6) Грицанов А. "Ерофеев." *Постмодернизм: Энциклопедия.* Минск. 2001. С. 264.
7) 다음을 참조할 것. Любчикова Л. "Монолог о Венедикте Ерофееве." *Театр.* 1991. No. 9. С. 86; Ерофеева Г. Указ. соч. С. 89; Муравьев В. "Монолог о Венедикте Ерофееве". С. 98; Седакова О. "Монолог о Венедикте Ерофееве." *Театр.* 1991. No. 9. С. 98.

낡은 것과 새로운 것의 충돌, 합쳐질 수 없는 요소의 결합, 이상적인 것과 형식적인 것의 '모순 형용성'과 '과도기성', 텍스트의 '우연'적 요소 등, 이 모든 것이 함께 어우러져서 『모스크바발 페투슈키행 열차』를 둘러싼 '다양한 읽기'가 가능해졌고, 같은 방법으로 쓰인 서술에 대해서 상반된 해석이 평화롭게 공존한다는 고정된 전통이 수립되었다.

『모스크바발 페투슈키행 열차』를 연구하는 연구자들이 품게 되는 첫 의문 중 가장 중요한 것은 현대 러시아문학에서 새로운(포스트모더니즘적) 세계관을 반영하는(또는 예측하게 하거나 예정하는) 새로운 유형의 주인공에 대한 것이다.

그렇다면, 과연 『모스크바발 페투슈키행 열차』의 주인공은 대체 누구인가?

이름: 베니치카.('축복받은' 이라는 뜻의 라틴어 '베네딕트'에서 유래한 말)[8]

성: 예로페예프.[9]

나이: "작년 가을에 서른이 되었다."(60)[10]

전문적 관심 영역: '통신 산업 기술 관리국 기계 설비공의 전(前) 작업반

‥

8) Тихонов А., Бояринова Л. Рыжкова А. *Словарь русских личных имен.* М.: 1995. С. 92.

9) 이 경우 이중성의 테마는 다시 한 번 변형된다. ① 주인공은 작가의 분신, ② V. 달의 사전에 따르면 "예로페이(Ерофей)는 식물성의 검은 소똥 거름인 Verbascum nigum이고, Ерофеич, ерошка(남)은 쓴 포도주, 과실주, 약초로 담근 보드카이다. Ерофейничать, ерошничать는 술 취하다이다."(Даль В. *Толковый словарь живого велкорусского языка:* В 4 т. М.: Русский язык, 1999. Т. 1. С. 521~522; G. 드자피의 관찰을 참조할 것. Дзаппи Г. Апокрифическое Евангелие от Венички Ерофеева // *Новое литературное обозрение.* 1999. No. 38/ С. 327)

10) 이후 『모스크바발 페투슈키행 열차』의 인용은 다음의 판본에 따른다. Ерофеев Вен. *Москва-Петушки и др.* Петрозаводск. 1995. 본문에는 쪽수만 명기한다.

장'(42), 몇몇 '보잘것없는 작품들(вещицы)'의 작가(주인공을 사랑하는 여자는 "당신의 (…) 책 한 권(вещица)을 (…) 읽었다."(55))이며, '서사시 『모스크바발 페투슈키행 열차』의 저자.'(42)[11]

가족 상황: 독신인 것 같지만, "자기 손바닥의 손금 보듯이 글자 '유(ю)'를 너무나 잘 알고 있는" 세 살배기 아이가 있다.(51)[12]

초상의 세부 사항: "온갖 추잡함과 흐리멍덩함으로 가득 찬 눈"을 가진 (25) "집 없고 우울한, 갈색 머리 사람."(20)

(신체적) 특이 사항: 베니치카의 술친구들 중 그 누구도 그가 "작은 일을 보러"("물 버리러") 가는 것을 본 적이 없었고,(33) 그는 "평생 동안 한 번도 방귀를 뀐 적이 없었다."(37) [과거 문학의 전통적 작가들은 주인공의 개성에 나타나는 도덕적·정신적 특징에 주목한 반면, 예로페예프는 신체적('하위, 낮은, 속된) 특징에 주의를 기울이고 있다.]

예로페예프는 주인공 외모가 어떤 특징을 갖고 있는지에 대한 정보를

∵

11) 작가와 주인공의 근접성(친밀성, '나=그'의 동일시)은, 잘 알려져 있듯이, 포스트모던의 특징이자 본질적 특성이다. V. 쿠리친에 따르면, 그런 경우에 주인공-시뮬라크르에 대해서 논의가 필요하다. "시뮬라크르는 실제 이름이 등장하는 곳에서 나타나게 된다." 왜냐하면 "현실적 이름을 가진 주인공에 대한 이야기는 항상 시뮬라시옹, 기만, 비밀의 선동이기 때문이다."(Курицын В. *Русский литературный постмодернизм*. М.: ОГИ. 2001. С. 202)
12) 문자 '유(ю)'에 대한 예로페예프의 지적은 그의 전기적 성격에서 비롯된 것으로 가정해볼 수 있다. 그러나 고골의 풍자 기법들과의 수많은 인유 관계가 존재한다는 것을 생각하면 무의식적으로 다음과 같은 것이 연상된다. 예를 들어, 『이반 이바노비치와 이반 니키포로비치가 싸운 이야기』에서 이반 이바노비치의 입은 "고대 러시아 문자 ѵ(현대 러시아어 자모 и 음을 표시한 고대 러시아어 자모의 마지막 문자 — 역주)를 약간 닮았다."(Гоголь Н. Собр. соч. : В 8 т. М. 1984. Т. 2. С. 190) 또는 이반 니키포로비치의 바지는 "문자 Л 모양이다."(Там же. С. 191) 그리고 『죽은 농노』에서는 노즈드레프의 사위를 фетюк(멍텅구리)라고 모욕했는데, 왜냐하면 (고골의 주석 중에서) "'фетюк'은 몇몇 사람들에게는 점잖지 못한 문자로 읽히는 문자 θ에서 유래한 것으로 남자들에겐 모욕적인 말이기 때문이다."(Там же. Т. 5. С. 76)

제공하지 않는다. "사람은 모든 것이 아름다워야 한다"(107)는 체호프의 원칙을 따르고 있다는 사실을 베니치카는 스스로 알고 있다. 하지만 이 원칙을 항상 실천하지는 못한다. 왜냐하면 주인공을 "제3자적 관점에서 보는 시선"은 다음과 같기 때문이다. 기차역 식당 입구 옆의 파수꾼은 베니치카를 "마치 죽은 새 또는 더러운 민들레 풀을 보듯이"(23) 바라보았고, 영국 박물관 관장은 '고용 심사' 기간에 다음과 같이 소리쳤다. "그런 바지를 입고서 내가 당신을 고용하길 바란단 말입니까? (…) 그런 양말을 신고서 내가 당신을 고용하길 바란단 말입니까?"(107) 〔문체의 뉘앙스에 주의를 기울이자. '정장용이나 성인용 바지(брюки)'가 아니라 '캐주얼 바지(штаны)'[13]란 단어를 사용했고, '무슨 색깔의 양말을 신은'이 아니라 '냄새가 나는 양말'이란 표현을 썼고, "내 앞에 네 발로 엎드려 내 양말의 냄새를 맡기 시작했다"(107)라고 말하고는, 영국의 경(敬)들은 주인공에게 "허수아비", "허깨비", "먼지투성이 음……크"(108)라고 결론을 내렸다.〕

　주인공이 "애지중지하고", 종종 사랑스럽게 (훔쳐가지 못하도록) "가슴에 꼭 끌어안고"(23, 29) 다니는 작은 여행 가방은 아마도 주인공의 유일한 외적 특징일 것이다.[14] E. 블라소프는 다음과 같이 말했다. "크지 않은 인조가죽이나 합성피혁으로 만든 가방은 소련에서는 검소한 소련 노동자 이미지의 필수적인 액세서리였다. 사회적 기호 차원에서 그런 가방은 관리와 지식인들의 가죽 서류 가방과 대비되었다."[15] 지소·애칭형 접미사 '치크

* *

13) 〔역주〕 브류키(брюки)는 주로 성인용 바지나 정장용 바지를 뜻하고, 슈타니(штаны)는 주로 캐주얼이나 어린이용 바지를 말한다.
14) 자전적 요소이다.(참조. Л. Любчикова о 'чемоданчике невзрачном': Любчикова Л. Монолог о Венедикте Ерофееве. С. 81)
15) Власов Э. Бессмертная поэма Венедикта Ерофеева 『Москва-Петушки』: Спутник писателя//Ерофеев В. *Москва-Петушки*. М.: Вагриус. 2001. С. 133.

(чик)'는 여행 가방 자체에 대한 애착과, 여행 가방이 함유하는 내용〔숙박과 음주(27)〕에 대한 주인공의 가슴 설레는 태도를 전달해준다.

베니치카에 대한 서술은 다음과 같은 문장으로 시작된다. "모두가 크렘린, 크렘린 하고들 말한다. 모두한테서 나는 크렘린에 대해 들었지만 내 자신은 정작 한 번도 보지 못했다. 진탕 술에 취하거나 술이 덜 깨서 모스크바 여기저기를, 북쪽에서 남쪽으로, 서쪽에서 동쪽으로, 끝에서 끝으로, 발길 닿는 대로 수없이(천 번쯤) 돌아다녔지만 크렘린은 한 번도 보지 못했다."(18쪽)[16] 너무나 잘 알려진 이 첫 문장에서 이미 알코올중독자 주인공("술에 취하거나 술이 덜 깨서")의 이미지가 제시되고, 이후 서술에서는 이런 주인공의 심리적 특성이 확증되고 강화된다.

알코올중독자인 인물을 주인공으로 선택한 것은, 소련 문학의 '긍정적 주인공'이 '위기'를 맞은 1960년대 말에서 1970년대 초의 사회 상황을 매우 정확하게 반영한 것이다. 농촌 소설의 반(反)주인공('수동적' 주인공), 도시 소설의 반(反)주인공들('순응주의자들'), '40년대 세대' 소설의 반(反)주인공들('주변적'이고 '양면적'인 주인공들)처럼, 베니치카는 경비원과 거리 청소부들·보일러공과 물탱크 청소부[17]와 더불어 미래의 포스트모더니스트 작가 세대들이 그려내는 반(反)주인공의 첫 자리를 차지한다. 포스트모더니즘 계열의 작가들은 20세기 초 작가들의 뒤를 이어서 "진리는 술 속에 있다"[18]는 사실을 인지했다. "인간의 삶이란 영혼이 잠시 취한 것 아닌가?

16) 비교할 것. L. 류치코바는 이렇게 말한다. "아들은 자라났고, 베네딕트는 이따금 아들과 모스크바에 다녀오곤 했으며 일부러 붉은 광장에 데려가기도 했다."(Любчикова Л. Указ. соч. С. 81)

17) 〔역주〕 청소부, 경비, 보일러공 등으로 일하면서 창작 활동을 한 예술가나 반체제 인사들을 말한다.

18) 비교할 것. 류치코바는 다음과 같이 언급한다. "당시 술은 유행이었다."(Там же С. 81) 아

영혼의 상실이나 정신이 흐려지는 것이 아닌가? 우리는 모두가 마치 취한 것과 같다.[19] 다만 각자가 자기 나름대로고, 누구는 더 마시고 누구는 덜 마신 것뿐이다. 반응도 제각각이다. 누구는 대놓고 이 세상을 비웃고, 누구는 이 세상의 가슴에 대고 울곤 한다. 어떤 사람은 이미 토해버려서 괜찮고, 어떤 사람은 이제 막 토하기 시작했다."(150)

예로페예프의 반(反)주인공은 술에 절은 인텔리에, 사회적으로 수동적이고, 사회생활에는 냉담하지만 상당히 똑똑하고 관찰력 있고 통찰력이 있으며 교양 있고 많이 읽었으며 박식하고, 매우 아이러니하고, 은근히 반사회적이고 정치에 무관심하다. "나는 밑에 남을 것이고, 이 아래서 당신들의 사회 층계를 향해 침을 뱉을 것이다. 그렇다. 층계 한 계단에 가래침 한 번씩. 그 층계를 올라가려면 머리부터 발끝까지 순수한 강철로 단련된 호모가 되어야만 한다.("사람들은 못이다"라는 N. 티호노프의 은유를 상기하자— 저자) 그런데 나는 그런 사람이 아니다."(44)[20]

⁙

마 유행이었다기보다는 일종의 '반체제운동·이단'이자 현실 극복의 독특한 시도였다고 보는 것이 옳겠다. 또한 이와 관련하여 V. 쿠리친을 비교할 것. "언더그라운드 신화의 바탕으로서 알코올은 (…) 중요한 것 이상이었다. 예로페예프를 읽었고, '거리 청소부와 경비들'의 전설적 세대는 심오한 정치적 하부 텍스트가 담긴 술 문화를 일궈냈다. 이것은 소련 정권에 복무하지 않는 것, 그리고 낭만적·반체제적 우정이라는 유대감을 강화하는 것을 의미했다."(Курицын В. Указ. соч. С. 143)

19) 포스트모더니즘에 있어서 '마치(как бы)'라는 기호의 단어는 '새로운' 문학의 '발기인'으로 폭넓게 사용되었다. 이 단어는 비토프의 『푸슈킨의 집』에서, 예로페에프에 의해 사용되었던 것과 같이, 매우 '사상적으로' 사용된다. 이후 그 단어는 '매우 프리고프적(очень-приговский)'이게 된다.(참조. Борухов Б. "Категория "как бы" в поэзии Д. А. Пригова" АРТ: Альманах исследований по искусству. Саратов. 1993. Вып. 1. С. 94~103) 예로페에프의 텍스트에서 이 단어는 전혀 다른 경우로도 등장한다. "그의 손도 마치 부들부들 떨린 것 같았다!"(86)

20) S. 추프리닌이 그렇게 했듯이, 폭로성과 사회성을 예로페예프의 지배적 파토스로 인정하는 것은 작가의 의도를 왜곡하고, 텍스트에 비본질적인 것을 무리하게 엮는 것을 의미한다.

예로페예프는 당대가 요구하던 문학 규범 외부에 존재하던 주인공의 형상, 즉 사회적 결정성과 의미 있는 사회적 동기성을 상실하였고 '정치적으로 무능하고' '도덕적으로 불안정한' 인물을 모델화하였다. 동시에 예로페예프의 주인공은 '모든 사람들처럼'이란 전형에 따라 묘사된다. 작가는 학식 있고, 경험을 쌓아 현명해진, 노숙한 사람의 형상을 창조하는데["경험에 따르면……"(18), 한 페이지에 세 번씩이나 "모두가 알다시피……"(19), "아이들도 알다시피……"(27, 28) 등], 이것은 그 시대와 사회계층에서는 **전형적인 것**이었다.

당대 '문학 규범'의 관점에서 볼 때, 예로페예프의 부정적 주인공은 모범적 사람들과는 거리가 먼 인물로서 알코올중독자다. 그러나 주인공은 점차적으로 긍정적(비록 아이로니컬하더라도) 주인공으로 인식되도록 작가에 의해서 창조된다. 예로페예프는 그를 악한이나 살인자, '사회적으로 위험한' 알코올중독자, '주정뱅이나 난폭자'가 아닌, 모든 희극적 인물처럼 그의 '부정적 특징들이 죄악으로까지는 이르지 않는',[21] 단지 '조용한 술꾼'으로 창조함으로써, 이론적으로 신빙성 있고 미학적으로 민감하게 자신의 주인공의 '부정적' 특성을 완화시킨다. "취함은 완전히 취하지 않는 경우에만 우습다. 만취한 사람들이 아니라, 약간 취한 사람들이 우스운 것이다. 죄악에까지 이른 취함은 결코 우스울 수가 없다."[22] 예로페예프는 자신의 주인공을 이렇게 그려내고 있다.

작가는 주인공의 천성에 깔린 부정적 측면들(특히 알코올에 대한 갈망)만을 집중해서 다루지 않는다. 그렇다고 베니치카의 성격이 갖는 긍정적인

••

그러나 예로페예프가 반사회적인 경향들의 존재를 철저히 거부했다고 보아서는 안 된다.

21) Пропп В. *Проблемы комизма и смеха*. 2-е изд. СПб.: 1997. С. 172.

22) Там же. С. 55.

특징들도 연마하지 않는다(그렇게 했다면 희극적 이미지를 상당수 잃어버리게 되었을 것이다). 이렇듯 예로페예프는 삶의 개연성을 보장하고 미학적 설득력을 유지하기 위하여 부정적 측면들과 긍정적 특징들을 주인공으로부터 박탈하지 않는다. 베니치카의 형상에는 수많은 다양한 특성들이 부여되었고 그런 점은 베니치카에게 예술적 표현성과 다채로움을 선사해준다.

특히 중요한 것(그리고 포스트모더니즘 시학의 관점에서 원칙적인 것)은 작가가 그 시대의 관습이던 가치 평가와 폭로적 어조를 거부하고 있다는 것이다("세상에 죄인은 없다"(145)). 베니치카의 술 취함은 방해가 되지 않을 뿐만 아니라, 오히려 '그야말로 긍정적인'(예로페예프식) 주인공들의 세계에 그를 포함시켜주는데, 거기엔 술친구들뿐만이 아니라, 천사들(21)도, 아이들(157~158)도, 안톤 체호프(143)도, "온통 괴로워하며, 면도도 전혀 하지 않고" "술에 만취해서 시궁창에" 누워 있곤 하던 모데스트 무소륵스키(81)도, "샴페인 없이는 살 수가 없었던" 프리드리히 실러(81)도, "손이 (…) 마치 부들부들 떨린 것 같았던" '알코올중독자'이자 '술꾼'이며 '3등 문관'인 요한 폰 괴테(86)도, 그리고 그 외에도 수많은 이들이 포함되어 있다.

알코올중독이라는 모티프를 매개로 소설 속에 구현된 표면상의 사회적 생활 불능, 반(反)사회성은 주인공을 현실 세계에 대한 의존성으로부터 해방시키고, 이 세계의 한계성으로부터의 해방감과 비(非)의존성이란 느낌을 주인공에게 생성시켜주며, '선택의 자유'[23]를 선사한다.

N. 지볼루포바의 말에 따르면, "베니치카의 철학적 지침은 반(反)문화적 사상을 결정하고, 어두운 자유 왕국으로 떠나는 것을 예정한다. '비이성적

••

23) 참조할 것. V. 무라비요프의 "예로페예프에게 가장 중요한 것, 즉 자유에 대해서." (Муравьев В. "Монолог о Венедикте Ерофееве." C. 94)

세계로의 도주'를 예술적으로 치환한 것 중 하나가 이 서사시에서는 알코
올중독이며 그것은 현실의 영향들에 대해서 자신을 무감각하게 만드는 수
단이다."[24]

A. 게니스에 따르면, 이런 예술 체계에서 "술 취함은 (…) 다른 존재의
압축"이며, "술 취함은 자유를 향해 이탈하는 수단이고, 글자 그대로 이 세
계로부터 떨어져나가는 것이다."[25]

슈제트 차원에서 보면, 텍스트 전체는 철학적으로 사색하는 알코올중독
자의 술에 취한 고백록이라는 '병리학적으로 신빙성 있는 청사진'이며, 슈
제트는 거의 밀리그램까지 계산된 것 같다. "그의 '고백록'은 그야말로 그
램까지 계산된 것이다."[26] A. 게니스는 다음과 같이 말했다. "알코올은 예
로페예프의 슈제트를 꿰매는 축이다. 그가 그려낸 주인공은 알코올중독의
모든 단계들을 거친다. 첫 번째 구원의 한 모금에서부터 마지막으로 다 마
셔버리는 괴로운 부재까지, 아침에 상점이 열리지 않은 것부터 밤에 상점
이 문을 닫은 것까지, 술에 취한 부활에서부터 술 취하지 않은 죽음에 이
르기까지의 알코올중독의 모든 단계를 거쳐가는 것이다. 이런 과정과 엄격
하게 맞물려 슈제트의 기본 줄기도 배열된다. 페투슈키 역으로 가까이 갈
수록 텍스트에는 헛소리, 황당무계함의 요소들도 증가된다."[27]

E. 스미르노바는 이에 대해 다음과 같이 첨부하였다. "예로페예프에게
음주의 형식적 역할은 다음과 같다. 주인공이 취해가는 과정은 주인공이

••

24) Живолупова Н. "Паломничество в Петушки, или Проблема метафизического бунта в
   исповеди Венички Ерофеева." // Человек. 1992. No. 1. С. 142.
25) Генис А. "Иван Петрович умер: Статьи и расследования." М.: // Новое литературное
   обозрение. 1999. С. 52.
26) Муравьев В. "Предисловие." С. 13.
27) Генис А. Указ. соч. С. 51.

존재하고 행동하는 예술적 공간이 확대되는 것, 그리고 일상의 좁은 경계에서 무한의 공간으로 그가 나가는 것과 함께 맞물려 진행된다는 것이다. (…) 베니치카가 페투슈키로 여행하는 것은 우리가 잘 아는 전체 역사(歷史) 속에서 인간 생활의 의미와 본질에 대한 문제를 끝없이 폭넓게 제기하기 위한 동기일 뿐이다."[28]

페투슈키에 근접함에 따라서 예로페예프의 술 취한 주인공은 점차 다중적이게 되거나, 이중적이게 되거나, 혼자가 되어가면서, 자신의 '비밀스러운' 영혼을 열고 드러낸다. 이는 과거 수십 년 동안에는 예술적 사고의 대상이 될 수 없었던 것이다. 그러나 주인공의 토로가 혐오스럽지 않을뿐더러, 이미 언급하였듯이 성장하고 있는 포스트모더니즘 시학의 법칙에 따르면 명제로서뿐만 아니라 익히 알려진 작가의 '대자아(對自我)'라는 차원에서도 매력적이기까지 하다.[29]

예로페예프의 베니치카는 모스크바에서 페투슈키로 가는 교외 열차를 타고 '환희'를 찾아 떠난다. 이 여정에서 모스크바(크렘린 또는 붉은 광장이 모스크바의 동의어가 될 수 있다)와 페투슈키는 양극에 위치한 지점들이다.

∴

28) Смирнова Е. "Венедикт Ерофеев глазами гоголеведа." // *Русская литература*. 1990. No. 3. C. 59.

29) М. 리포베츠키는 작가와 주인공의 일치가 아닌 근접성을 강조한다. "서사시『모스크바발 페투슈키행 열차』는 '저자의 죽음'이란 현상을 드러냄으로써 러시아 포스트모더니즘 문학 작품들과 대립된다.(사샤 소콜로프의『팔리산드리야』, 미하일 베르그의 소설들, 예브게니 포포프의『애국자의 영혼, 또는 페르피츠킨에게 보내는 다양한 서한들』, 빅토르 예로페예프의『러시아 미녀』, 타티야나 세르비나의『단독채』) '저자의 죽음'은 '불길한 무한성(дурная бесконечность)'의 근본 원인이다. (…) 베네딕트 예로페예프의 서사시는 짧다. 그러나 마치 작가의 대자아로 위임된 것 같은, 서술을 행하는 인물은 세계를 이해하는 작가의 관점이 완전하고 감각적인 덕분에 완전한 존재가 된다.(Липовецкий М. "Апофеоз частиц,или Диалоги с Хаосом" // *Знамя*. 1992. No. 8. C. 215)

과거 수십 년 동안의 문학에서 보통 열망하는 미지의 '여행' 목표가 모스크바와 크렘린이었다면,[30] 예로페예프의 주인공은 알려진 바처럼, 크렘린을 "정작 한 번도 본 적이 없다."(18) 소설 속에서 "페투슈키가 낮에도 밤에도 새들이 쉬지 않고 지저귀고 겨울에도 여름에도 재스민 꽃이 지지 않는 곳이고,"[31] "어쩌면 원죄라는 것이 존재했을 수도 있지만, 거기서는 어느 누구도 고통스럽게 하지 않는 곳이고,"(46) 사랑하는 여인("은발"의 "매춘부")과 아들이 그를 기다리는 곳이고, "빛"("쿠르스크 기차역에서의 고난을 지나고, 쿠치노 역에서의 정화를 지나고, 쿠파브노 역에서의 몽상을 지나고, 페투슈키의 빛으로"(68))이라면, 베니치카 여행의 출발점(슈제트 측면에서 종착점이기도 하다)인 모스크바와 크렘린은 악의 본성과 연관된다.('고통', '암흑', '어둠', 사탄, "다리 없고 꼬리 없고 머리 없는 그 무엇"(131)인 스핑크스, 복수의 여신들 에리니에스, 손에 칼을 든 폰투스의 왕 미트리다테스, 살인자 등) 다시 말해서 예로페예프 소설의 파불라 차원에서는(간접적으로 사상적 차원에서도) 이미 1960~1970년대에는 특징적이지 않던 사상적·사회적 '변종'이 발견되며, 위계성(중요한/중요하지 않은, 중심/변두리, 사회적/반사회적, 논리적/비이성적 등)에 대한 일반적 관념들에 대한 포스트모더니즘적 요소가 드러난다.

본질상 주인공의 알코올중독은 나약한 성격 탓이 아니다. '사회악'에서 비롯된 것도 아니다. 그뿐 아니라 '기존 질서에 대한 항거'도 아니다. 하지만 전통적 소비에트문학에서라면 그렇게 해석될 수도 있었을 것이다.[32] 주

••

30) 비교할 것. В. Маяковский: "Начинается земля, как известно, от Кремля."(МаяковскийВ. Соч.: В 2 т. М.: 1987. Т. 1. С. 633)

31) '재스민'은 고골(『죽은 농노』)에게서 나온 '반향'이라고 간주할 수 있다. 아름다운 부인에 대해서 "재스민 향이 방 전체에 풍겼다"라고 한 부분.(Гоголь Н. Указ. соч. Т. 5. С. 312) '재스민'에 대한 또 다른 인유는 다음을 참조할 것. Власов Э. Указ. соч. С. 238~239, 452.

32) A. 조린을 비교할 것. 『모스크바발 페투슈키행 열차』는 우리 문학 전체에서 가장 철저하

인공의 알코올중독은 '자초한 고난'이자, 의식적, 자발적으로 스스로가 짊어진 고통이다. 주인공의 성격은 세상의 불공평을 가엾게도 온순하게 받아들이고, 주위 사람들의 소홀함을 겸손하게 참아내고, 자기 몫으로 떨어진 합당치 않은 고난을 말없이 견뎌내는 '작은 인간'·'잉여 인간'적 주인공의 성격처럼 창조된다. 주인공 세계관의 원칙은 "세상만사는 인간이 오만할 수 없게, 인간이 서글프고도 당혹스럽도록 천천히 불공평하게 일어나야만 한다"(19)는 것이기에, 그 핵심은 고리키의 "인간, (…) 이 말은 오만하게 들린다!"는 발언과 명백히 논쟁적이다.

형식상 주인공의 알코올중독은 "취중(醉中) 진심"이라는 공식에 따라 진실한 발언의 기회를 작가에게 제공한다. E. 스미르노바는 "음주는 (…) 작품의 (…) 형식적 구성 요인이다"33)라고 말했다.

예로페예프의 주인공은 인생의 비극적이고 심각한 본질을 철학적으로 이해하는 경계에 놓여 있지만,34) 작가의 의지에 따라서 저속한 어릿광대식의, 패러디적이고 풍자적인 외적 형식을 띠게 되었다. M. 리포베츠키는 주인공의 이런 행동 유형을 "성(聖)바보(юродство)의 문화적 원형"이자 고난을 감춘 어릿광대짓이라고 정의하였다.35) 빅토르 예로페예프는 그를 러시

∴

게 반(反)이데올로기적인 작품들 중 하나이다."(Зорин А. Опознавательный знак // *Театр.* 1991. No. 9. C. 122)

33) Смирнова Е. Указ. соч. С. 59.

34) "역사 전체의 범위에서 인간 삶의 의미와 본질에 대한 문제"라는 E. 스미르노바와 비교해 볼 것.(Там же. C. 59)

35) 참조할 것. 예를 들어, ① 일부분의 찬양 또는 카오스와의 대화(Апофеоз частиц, или Диалоги с Хаосом C. 8); ② "반쪽의 관점을 가지고"(Специфика диалогизма в поэме Венедикта Ерофеева 『Москва-Петушки』) // *Русская литература XX века: направления и течения. Екатеринбург.* 1996. Вып. 3. C. 89~108.

아의 부정성(不淨性)·음란함이란 전통과 결부시켰다.[36] 시간적으로 더 가까운 연관인 숙신의 '괴짜' 부류들을 첨가할 수도 있었을 것이다.[37] 그러나 예로페예프의 소설 텍스트 주인공에 대한 더 정확하고 올바른 정의는 '바보(дурак)'이다.

자세히 관찰하면 알 수 있듯이, 단어 '술 마시다(пить)'와 같은 어근을 갖는 단어들('술꾼(пьяница)', '주정뱅이(пьянчуга)', '다 마시다(выпить)', '실컷 마시다(напиться)')과 그것에 인접한 '해장하다(опохмелиться)'의 의미를 지닌 단어들의 사용 빈도가 가장 많다. 그리고 그 다음으로는 의미의 풍부함이란 측면에서는 한정될 수밖에 없는 단어 '백치'와, '백치'의 어근을 공유하고 있는 단어 그룹이 나오게 된다. '바보(дурак)'('(22, 29, 30(한 페이지에 3회), 41, 48, 50, 51, 65, 66, 67, 85 등), '어리석은 사람(дурной человек)'(29, 30), '얼뜨기(придурок)'(43), '아주 조금 바보(крошечный дурак)'(51), '바보가 아닌(не дурак)(65~67), '멍청해서(сдуру)'(43), '머저리(дурачина)', '머저리 노릇하다(дурачиться)', '머저리 취급하는 것(одурачивание)', '머저리 취급을 하

• •

36) Ерофеев Вик. "Странствие страдающей души" //Глагол. 1993. No. 10. Кн. 2.
37) 예로페예프의 주인공과 숙신 주인공들의 유사성 테마는 전문적인 연구를 요구한다. 하지만 이런 인물들의 성격에 나타나는 수많은 특징의 유사성에 대해 다음과 같이 말할 수 있다. 주인공의 형상(괴짜 주인공으로는 '괴짜(чудик)', '아프고', '애수에 젖은' 영혼을 가진 주인공—바보(герой-дурачок) / 철학적 사색을 하는 술꾼 또는 술 취한 철학자 주인공. 예를 들면 "Чудик(기인)", "알료샤 베스콘보이니(Алеша Бесконвойный)" 등); 부주인공 형상의 창조 원칙; 서술의 상황적·인물적 유사성(『벌목(Срезал)』, 『비방(Кляуза)』 등), 주인공의 '괴벽'에서 비극성의 증가(『부인이 남편을 파리로 배웅했다(Жена мужа в Париж провожала)』 등), 그리고 심지어 예로페예프가 좋아하는 "므(м)…… 크(к)……" 등의 말도 숙신의 "글자 '므(м)'의 기인(чудак)"이다. 이와 같은 '숙신' 계열에 V. 라스푸틴의 단편 『철도 이야기』에 나오는 "할 수 없다—아—아(Не могу-у-у)"도 들어간다.('멍청하디멍청한', '똑똑하디똑똑한', '검은 콧수염'의 인물들, '공허(пустопорожность)'의 모티프, '헤롤드—베니치카(Герольд-Веничка)'와도 대조가능한 사실과 비교할 것)

다(одурачить)'(59) 등이 대표적이다. 또한 의미상 '백치'라는 말에 가까운 '아둔한 사람(бестолочь)'(41), '멍청한(глупый)'과 심지어 '멍청하디멍청한(глупый-глупый)'(50), '얼뜨기(простак)', '유치한 사람(примитив)'(19, 한 페이지에 3회), '백치(идиот)', '허풍쟁이(пустомеля)'(50), '얼빠진(очумелый)', '분별없는(угорелый)', '미친(умалишенный)'(59)[38] 등도 사용된다.

이와 관련해서 "우리 시대의 영웅은 항상 바보이고, 그 속에 그의 시대와 그 시대의 진실이 가장 풍부한 형식으로 살아 있다"[39]라는 예로페예프의 동시대인 바실리 슉신의 말을 인용하는 것은 적절하다 하겠다.

예로페예프 소설에서 술꾼은 러시아 민속에 나오는 바보를 현대적으로 구현한 존재이자, 외적 유사성뿐만 아니라 '머저리가 되도록 실컷 마셨다(напился до дури)', '바보처럼 실컷 마셨다(напился как дурак)' 등의 '민중적' 표현들이 불변에서 변이로 의미가 전환되는 기반이 되었다. 예로페예프의 텍스트에서 이런 개념들은 서로 인접하여 사용된다. 실패한 작업반장 업무에 대한 이야기에서 보듯이, 주인공이 '퇴출된' 원인은 알렉세이 블린댜예프(Алексей Блиндяев)가 "멍청해서 또는 술에 취해서(сдуру или спьяну)"(43) 사회주의 경쟁 목표와 '개인별 그래프'[40]를 하나의 서류 봉투에 같이 집어넣었기 때문이었다.

••

38) '바보'에 대한 이 마지막 동의어 "미친"이란 말은 A. 그리보예도프의 시대뿐만 아니라 소련 정권의 '실제 경험'을 떠올리게 만든다. 다른 사상을 가진 모든 사람들을 정신병자들로 공표했기 때문이다(실제로 M. 세먀킨, D. 프리고프, S. 소콜로프, I. 주다노프 등의 운명들을 상기해보자).

39) Шукшин В. Собр. соч. : В 3 т. М.: 1985. Т. 3. С. 618.

40) [역주] 개인별 그래프. 수평축과 수직축을 그리고는, 수평축에는 지난날의 모든 근무 일수를 차례로 쓰고, 수직축에는 근무 전과 근무 중에 마신 술의 양을 표시하여 그래프로 나타낸 것을 말한다.

이미 지적했듯이, L. 리하초프, A. 판첸코, N. 포니르코의 노작 『고대
루시의 웃음(Смех в Древней Руси)』[41]에 의거해서, M. 리포베츠키는 예로
페예프의 주인공과 고대 러시아 성(聖)바보[42]유형의 유사성을 면밀하고 철
저하게 증명했다. 하지만 우리 시각으로 보면 그것은 현대 주인공의 형상
에 성(聖)바보의 특성들을 기계적으로 '꿰맞춘 것이다.' 아마도 이 경우에
예로페예프는 고대 러시아문학의 기록문학적 전통이 아니라 더 옛날의 민
중적 구술 전통을 지향했을 것이다. 이와 관련해서는 예를 들어, 러시아
서사시의 주인공 바실리 부슬라예프(Василий Буслаев)가 한 동이 반만 한
술잔을 단숨에 마셔버릴 수 있는 용사들로 구성된 민병대(즉 긍정적으로 평
가된 등장인물들)를 소집하는 것을 떠올릴 수 있다. 소설의 텍스트에 동화
적 슈제트와 모티프들이 존재하는 것은 우연이 아니다. 예를 들어 다음과
같이 여러 번 갈림길에 놓이게 되는 주인공의 모티프가 그것이다. "만약
왼쪽으로 가고 싶다면, 베니치카, 왼쪽으로 가라. (…) 오른쪽으로 가고 싶
다면 오른쪽으로 가라."(20) "만약 왼쪽으로 간다면 쿠르스크 기차역에 닿
을 것이다. 똑바로 간다고 해도 어쨌든 쿠르스크 기차역이다. 그러니까 오
른쪽으로 가라."(20) 이런 모티프가 중요하다는 점은, 갈림길의 이미지가
서술을 시작하고 끝맺는 것으로 강조되고 있다("뛰어라, 베니치카, 어디로든,
어디를 가도 마찬가지다! (…) 쿠르스크 기차역으로 뛰어라! 왼쪽으로, 아니면 오른
쪽으로, 아니면 뒤로 가도 마찬가지다. (…) 뛰어라, 베니치카, 뛰어라!"(154)) 또한

••

41) Лихачев Д. Панченко А. Понырко Н. *Смех в Древней Руси*. Л.: Наука. 1984.
42) 〔역주〕 юродивый, Юродство. 일부러 바보인 척 미친 척하게 보이려고 의도적으로 노력하
    는 것을 말하는 것이다. 러시아정교회에서 성바보는 순례하는 성직자들과 종교적 고행자들
    의 한 부류였다. 의도적인 정신이상 행동이나 바보 노릇을 하는 목적은 외부 세상의 가치
    가 헛되다는 것을 드러내기 위한 것이거나, 자신의 고유한 선함을 은닉하기 위이거나 수
    치와 모욕을 자초해서 고행을 하기 위해서다.

갈림길 모티프는 육체적 여정과 정신적 모색의 시작(그리고 끝)이라는 '사상적' 의미를 가진다.

예로페예프의 주인공은 '바보짓을 하고', 멍청하게 굴고, 주위 사람들을 멍청하게 굴게 만든다.[43] 그러나 '바보가 똑똑한 사람들보다 낫다'는 말이 있듯이 "러시아 동화 속 바보는 도덕적 장점을 가지고 있고 이것은 겉으로 나타나는 지능보다 더 중요하다."[44] 예로페예프의 주인공은 지능이나 관찰성은 없다. 하지만 작가에게는 "한숨과 눈물이 계산과 계획에 앞서는"(152) 주인공, 즉 "그 무엇에도 확신이 없고"(25), 동정심 많고, "조심스럽고" "수줍어하고"(33), "조용하고 소심한"(25) 주인공, 그런 특징들의 소유자를 찾는 것이 더 중요했고[소비에트문학의 열정적이고, 올바르고, 모든 것을 아는 주인공(영웅)과는 대조적으로], 바로 그런 특징의 소유자들은 바보나 술꾼들이 가장 많았다. "오, 만약 전 세계가, 만약 세계의 모든 사람이 지금의 나처럼, 조용하고 소심하고, 자신에게도, 하늘 아래 자기 위치의 중요성에도, 그 무엇에도 확신이 없었다면, 얼마나 좋았을까! 그 어떤 추종자도, 어떤 업적도, 어떤 몰두함도 없었다면! 보편적 소심함. 만약 업적에 항상 자리를 내주지는 않는 외딴 구석을 내게 예전에 보여주었다면, 나는 지상에서 영원히 사는 것에 동의했을지도 모른다. '보편적 소심함'은 모든 불행으로부터의 구원이고, 만병통치약이고, 가장 위대한 완전함의 서술어다!"(25)[45] 고리키의 관용 어구의 잔재는 예로페예프가 배척하는 '초석'의

∷

43) 고골의 "바보가 바보 위에 앉아서 바보같이 내몰고 있다(Дурак на дураке сидит и дураком погоняет)"는 것과 비교할 것.(Гоголь Н. Указ. соч. Т. 6. С. 68)

44) Пропп В. Указ. соч. С. 142~143.

45) О. 세다코바는 예로페예프에 대하여 다음과 같이 회상한다. "그는 모든 반(反)영웅적인 것, 반(反)업적적인 것을 좋아하고 조율된 피아노보다 음조가 맞지 않는 피아노를 더 좋아한다."(Седакова О. Указ. соч. С. 101)

의미가 된다.

바보와 술꾼은 왜곡되게 세계를 바라보고 불확실한 추론을 하지만, 이것이 바로 예로페예프에게 필요했던 것이다. 잘 알려진 가치 체계를 해체하고 습관적인 도식들을 거부하고 이데올로기의 진실성을 의심하고 분명하다고 생각되는 것을 다르게 바라보게 만드는 것이다. 술 취하고 어리석은 주인공 베니치카 예로페예프는, 술 취하지 않은 사색적인 작가 베네딕트 예로페예프의 머릿속에 있던 '진리는 무엇인가'에 대한 진지하고도 솔직한 생각을 기지 넘치면서도 유쾌하고, 희극적이고도 악의 없이 이야기한다.

다음과 같은 N. 고골의 말과 비교하라. "거짓말하는 것은 진리에 가까운 어조로, 한 가지 진실만을 말할 수 있다는 듯이 그렇게 자연스럽고 순진하게 거짓을 말하는 것을 의미하며, 바로 여기에 거짓의 모든 희극적인 것이 포함되는 것이다."[46] 만약 고골의 말을 바꿔 말하면, 예로페예프의 주인공은, 반대로 방탕하고, 진지하지 않고, '거짓되고' 거의 진실답지 않은 것과 비슷한 언어로 진실을 말한다. 그의 진실은 거짓으로 은폐된다.

통상 러시아 동화의 모든(또는 거의 모든) 바보들은 이반이었다. 그리고 예로페예프는 이 원칙에서 그렇게까지 멀어진 것은 아니었다. 주인공을 자기 이름으로 명명함으로써 작가는 '나' 주인공과 '나' 작가의 근접성을 확인하였고, 주인공과 작가 간의 거리를 제거했으며 추상성을 배제함으로써,

••

46) Гоголь Н. Указ. соч. Т. 4. С. 350~351.

위에서 이미 일부분 언급된 '나=너=우리=모두'라는 등식을 확립했다.[47]

이 '등식'과 '친족성'은 술 취하지는 않았더라도 '가장 바보 같은' '모든' 사람, 천사도 포함하여 아이들이 '작은 바보들(крошечные дураки)'로 불린다는 사실로도 보충될 수 있다.(50~51) 이 경우에 '천사-아이-바보(=기인, 성바보)-술꾼'이란 연결 사슬은 정당하다. 왜냐하면 여기서의 연결 고리는 사회적 위치나 연령과 같은 다른 어떤 특징을 매개로 한 것이 아니고, 예로페예프의 주인공이 그렇게도 자주 호소하고 있는 영혼, 마음, 감정을 대상으로 하기 때문이다.

사회적 차원에서 그런 동의어 계열은 '술꾼-바보-미친 사람-다른 사상을 가진 사람-반체제 사람'과 같은 식으로 비칠 수 있다.

술꾼 주인공은 예로페예프의 소설에서 선하고, 온화하고, 동정심 많고, 진심 어리고, 온순하고, 상냥하고, 수줍어하고, 악의 없고, 인정 있고, 연민 많고, 선량하고, 솔직한, 동화의 주인공인 바보와 비슷하게 제시되었다. 그럼으로써 '올바르고', '이성적이고', '모든 것을 아는' 주인공-영웅(Герой)의 기반을 흔들어놓는다. 작가는 비록 세계의 위계성에 대한 관념을 아직 완전히 부정한 것은 아니지만, 새로운 성격유형을 개척하였다. 포스트모더니즘 문학의 주인공은 여기서 더 멀리 나아간다. 포스트모더니즘 주인공은 영원한 가치에 대해 의심을 품고, '우리 내부의 도덕률'의 필요성에 대한 관념을 부정하며, 주인공의 반(反)사회성은 원시 상태 등을 획득한다. 그런데 이런 점은 예로페예프의 주인공에게서는 아직 발견되지 않는

••

47) 소설에서 언급되는 예로페예프의 아들 역시 베네딕트(또 하나의 분신 테마를 구성한다)라는 사실도 상기할 수 있다.

다. 주인공 의식 속에서 모든 것은 여전히 빛과 어둠(모스크바·크렘린/페투 슈키)으로 엄격히 구별되고, 약하나마 여전히 재림에 대한 희망이 남아 있다.("나는 당신들을 모른다. 사람들이여, 나는 당신들을 잘 알지 못한다. 나는 당신들에게 관심을 가져본 적도 없다. 그러나 나는 여전히 당신들에게 볼일이 있다. 지금 당신의 영혼이 깃든 내가 관심을 가지는 것은, 또다시 예루살렘의 별이 불타오를 것인지, 아니면 빛을 잃기 시작할 것인지 하는 문제다. 이것이 가장 중요한 일이다."(152)) 또한 여자와 아이에 대한 사랑이 여전히 영혼을 따뜻하게 데우고 있다.(아들을 위한 '기도'를 인용해보자. "하느님, 현관 계단이나 벽난로에서 떨어질지라도 손도, 다리도 다치지 않게 해주세요. 만약 칼이나 면도날이 그의 눈에 들어오더라도 아들이 그것들을 가지고 놀지 않고 다른 장난감을 찾게 해주세요, 하느님. 만약 애 엄마가 난로를 지피면, 아들은 자기 엄마가 난로를 지피는 것을 무척 좋아하거든요, 하실 수만 있다면 아이를 다른 쪽으로 비켜나게 해주세요. 나는 아이가 불에 덴다는 생각만 해도 너무 괴로워요. (…) 만약 병이 나면, 나를 보자마자, 바로 낫게 해주세요."(52))

이렇듯 예로페예프가 술꾼·주인공을 선택(바보·주인공의 현대적 치환)한 것은 포스트모더니즘의 철학과 시학에서 결정적인 것이 되었다. 예로페예프는 '창조의 극치'를 보여주지는 않았지만, 다른 형상을 위한 길을 열어놓았다. 베니치카는 위대하지 않고 작으며, 엄격하지 않고 동정심이 많으며, 공정하지 않고 동정적이며, 완전하지 않고 산만하며, 확신이 없고 의심하며, 훈계하지 않고 탐구하며, 불요불굴이 아니라 섬세하며, 목소리 크지 않고 조용하다. 그는 '다른' 사람인 것이다. '다른' 주인공은 '다른' 문학의 발전에, 특히 『모스크바발 페투슈키행 열차』 서술 자체에 '다른' 경향을 제공해주었다. '작은' 인간이 흥미를 가지는 대화 주제는 사회생활이 아니다.(하지만 다음의 예들을 보면 좁은 관점에서는 사회생활도 있긴 하다. "오 무뢰한들! 내 땅을 쓰레기 지옥으로 변화시켜버리다니. 사람들이 눈물을 감추고 거짓 웃음을 짓게 만든다!(140)"[48] 또는 "더 높은 곳에도 진리는 없다"는 혁명가들의 "장난스럽고", "양가적" 암호(117) 등) 그가 관심을 가지는 대화 주제는 "무제한으로 확장되는", 베니치카에게는 다른 의미에서 동성애 문제도 건드리는(113, 135~136, 155)[49] "본능의 영역"(33)이고, 그의 관심을 끄는 것은 지구 멸망이 아니라 "협소한 전문 영역"(65)이다. 예를 들어 딸꾹질이다.("나의 바보 같은 고향 친구 솔로우힌은 짭짤한 붉은 버섯을 따러 숲으로 가자고 모두를 불렀다. 그의 짭짤한 붉은 버섯에는 침이나 뱉어버리시라! 차라리 수학적 관점에서 딸꾹질의 연구에나 열중하는 것이 낫다."(65~68))[50] 그의 공간에 실제(реалия)하는 것은 일상생활에서 마주하는 그럴싸한 충돌이나 세부 사항들이 아니라, 꿈과 현실의 혼합과 무분별, 술 취한 헛소리와 술에 취해 멍해진 희미한 의식의 혼합과 무분별, 즉 부조리다. 그의 길은 직선로가 아니라 원으로 닫혀 있다('안개', '꿈', '어둠', '환영', '환각', '원', '고리', '거울',[51] '창문' 등의 이

••

48) 보통 구체적 인물이 아니라 무인칭의 국가 '상위 층'을 향한 동사의 부정(일반) 인칭형 'превратили(변화시켰다)', 'заставляют(~하게 만들다)'에 주의를 기울이시오. 또한 포스트모더니스트들(예를 들어 S. 도블라토프와 비교할 것)에 의해 활발히 연구되는 '땅-지옥'과 '삶-지옥'의 비교에도 주의를 기울이시오.

49) 예들 중 하나(136~137)에서 '동성애'의 상징으로 간주된 미닌과 포자르스키 기념상이 중심이 된다(비교할 것. Курицын В. Указ. соч.: 소설에서는 키릴과 메포지 기념상의 인물들이 '달 세계'의 사람들로 불린다).
   [역주] 미닌과 포자르스키는 모스크바를 구한 평민과 귀족 대표이고, 키릴과 메포지는 러시아어 알파벳을 만든 그리스 수도사들이다.

50) 비교할 것. 고골 『죽은 농노』의 주인공의 '말다툼'은 계속되는 트림과 딸꾹질로부터 시작된다. 체호프의 단편들 중 한 단편에서는 주인공이 사랑 고백을 하는 중에 딸꾹질이 너무 나와서 고백이 성사되지 못했다.

51) 거울의 형상이 '우연히'는 아니지만 '있는 그대로 비추기(голая зеркальность)'란 원칙은 예로페예프 인물들 인생의 운명(철학)에서와 마찬가지로 텍스트에서도 '작용한다'.

미지들은 포스트모더니즘 미학의 기저가 된다. 예를 들어 V. 피예추흐, M. 쿠라예프, T. 톨스타야. V. 펠레빈 등과 비교할 것). 추론의 기반은 삶의 경험이라기보다는 '제2의 현실'인 문화(대부분 '대중문화')의 경험이다. 진리는 절대적이지 않고 기준점은 제멋대로다. 서술 스타일은 엄격한 사실주의가 아니라 아이러니하며 신비적이고, 언어는 규범적이지 않고, 일상적이고, 은어가 많고, 저속하고 욕설이 섞인 것이다.

예로페예프의 주인공은 '술 취한' 본성 덕분에 다양한 옷을 걸치고, 다양한 마스크를 쓰며, 다양한 역할[예로페예프의 희곡적 내러티브 '대역하기(qui pro quo)' 원칙[52]에 대해서는 이미 언급하였다]을 한다. 아마도, 그리스도 형상과 베니치카 형상의 '대비'가 가장 예기치 못한 역설적 '마스크'이자, '역할'이고, 주인공의 비유일 것이다.[53]

예로페예프의 텍스트에 관심을 기울인 거의 모든 비평가들은 이와 같은 비유·대비를 언급하였다. E. 스미르노바에 따르면, 소설에서 '육체적'이고 '정신적'인 슈제트와 병행해서 '신비적'(성경적)인 슈제트가 전개되며,[54] 패러디적이고 아이러니한 인물[55]은 '인류의 괴로운 양심'을 체현한 것이고, 신과 비슷하게 '많은 죄'를 짊어지고 그 죄를 자신의 목숨으로 대신한다. A. 카바데예프는 이 책을 '풍자적 성자전(травестийное житие)'이라 불렀는데 그 안에는 '고독, 신앙, 악마, 천사, 성모, 신을 향한 지향' 등 성자

••

52) 셰익스피어의 테제 '인생은 연극이다'는 예로페예프의 서술에서 언급되지는 않지만 포스트모더니즘 주인공의 세계관을 구성하는 지배적인 요소들 중 하나이다.
53) 작가의 미망인 G. 예로페예바는 다음과 같이 회상했다. "아마도, 그렇게 얘기해서는 안 되겠지만, 내 생각에 그는 그리스도를 모방했어요."(Ерофеева Г. Указ. соч. С. 89)
54) Смирнова Е. Указ. соч. С. 59.
55) [역주] 베니치카를 말한다.

전의 모든 특징들이 포함되어 있다.[56] M. 리포베츠키는 '베니치카의 여행과 복음서들 사이'에서 집요하게 드러나는 평행한 유사점들을 언급하였고, A. 판첸코를 인용하면서 "고대 러시아의 성바보가 겪는 고난은 구세주의 고난을 간접적으로 연상시킨다"[57]라고 지적하였다. I. 파페르노와 B. 가스파로프(Гаспаров)는 다음과 같이 결론지었다. "모든 사건은 두 차원에서 동시에 존재한다. 술 취함은 사형, 죽음, 십자가에 못 박힘으로 해석된다. 술에서 깨는 것은 부활이다. 부활 이후에 삶이 시작되는데, 그 삶이란 결국 새로운 사형으로 귀결되는 점차적인 술 취함이다. (…) 이와 같은 누적은 복음서적 텍스트에 순환적 성격을 부여한다. 똑같은 사건들의 사슬이 또다시 반복된다."[58] A. 게니스의 말에 따르면, 그러므로 예로페예프의 혁신성은 그가 '끝없이 고대적(구식)'이었다는 사실도 아울러 드러낸다. "예로페예프적 알코올중독자들의 원형들은 옳지 못한 세계의 유혹에서 구원받고자 황야로 도망친 은둔자들이다." "그들의 사회적 불구성은 출발점이고, 세계와 인연을 끊는 것은 사물의 본질에 침투하기 위한 조건이다."[59]

실제로 '천사—아이' 간의 비교를 포함해서 앞서 언급한 '술꾼—바보—성바보—성인'이라는 형상적 평행 계열은 성자(聖子)인 그리스도의 형상으로 완결될 수 있다. 하지만 아이러니한 서술 법칙들은 '참칭의 희극성(комизм самозванства)'[60]을 허용하고 있으며 이것이 예로페예프의 아이러니가 갖

••

56) Кавадеев А. "Сокровенный Венедикт." *Соло*. 1991. No. 8. C. 88.

57) Липовецкий М. "С погустороннейточки зрения." C. 96.

58) Паперно И., Гаспаров Б. "Встань и иди." *Slavica Hierosalymitana*. 1981. No. 5-6. C. 387~400.

59) Генис А. Указ. соч. C. 50.

60) Пропп В. Указ. соч. C. 191.

는 독특한 특성이다(V. 무라비요프에 따르면, '뒤집힌 아이러니'[61]다). "만약 아이러니가 직접적이고 진지한 단어의 의미를 뒤집는 것이라면, 뒤집힌 아이러니는 직접성이나 단의미성은 없지만 진지함을 부활시켜서 아이러니 자체의 의미를 뒤집는 것이다."[62] 아마도 이런 특징은 이 서사시에서 성경적(풍자적이고, 하급적이라고는 하더라도) 영향이 풍부하다는 것을 이해할 수 있도록 해주며 베니치카와 그리스도와의 '신성모독적' 유사성을 설명해줄 수 있다.

종교적 모티프들은 예로페예프의 텍스트에 의심할 바 없이 존재하며, 구약과 신약(솔로몬 왕의 「아가서」, 나사로의 부활, 십자가에 못 박힘 등)으로부터 풍자적 연상을 불러일으키는 신, 천사들, 사도 베드로(153), 사탄의 형상들이나, 기도문들(52)로 구성되어 있다. 그뿐 아니라, (더 중요하게도) 그 모티프들은 작가 자신의 종교적 감정들로도 유지되고 있다. V. 무라비요프는 다음과 같이 말했다. "『모스크바발 페투슈키행 열차』는 매우 종교적인 책이다." "베니치카 자신에게도 매우 강력한 종교적 잠재력이 있었다."[63] 예로페예프가 세례를 받았으며 가톨릭교를 받아들였다는 사실은 익히 알려져 있다.[64]

서술된 것에서 약간 물러나서 텍스트에 직접적으로 상관이 없는 질문을 던져보자. 과연 신도(信徒)라고 한다면 '천진하고 악의 없이' 우스운 농담으

∙∙

61) 참조할 것. Муравьев В. "Предисловие."

62) Эпштейн М. *Постмодерн в России: Литература и теория*. М.: Изд-во Р. Элинина. 2000. С. 264.

63) Муравьев В. "Монолог о Венедикте Ерофееве." С. 90.

64) V. 무라비요프는 다음과 같이 언급했다. "인생의 말년에 그는 가톨릭 세례까지 받았는데, 내 영향이 없지는 않았다고 생각한다."(Та. же. С. 90) G. 예로페예바는 다음과 같이 말했다. "벤카(베니치카—역자)는 1987년 세례를 받았다."(Ерофеева Г. Указ. соч. С. 89)

로라도 '내가 그리스도'라는 평행적 비교가 발생할 수 있는가? 그런 '신성 모독'이 가능한가라는 의심이 든다. 실제로 작품에서는 다음과 같이 서술된다. "무신론자를 (…) 좀 자세히 보세요. 산만하거나 얼굴이 검거나, 고통스러워하고 있거나, 혐오스럽죠."(68) 아마도 '표면적 무신론자'(68)의 머리에만 베니치카와 구세주 간의 대비에 대한 생각이 태동할 수 있을 것이다. 그러나 문제의 본질은 다른 데 있다. 본질은 비교와 대조에 있는 것이 아니라, 그리스도의 계율에 따르는 것과 가르침의 준수, 즉 사도주의 (паостопольство)에 있는 것이다. '신적' 본성이 아니라, 바로 '사도적' 본성을 예로페예프는 자신의 주인공에게 부여한다.

그리스도와 주인공의 비유에 대한 평단의 가장 '강력한' 논거들 중 하나는 주인공을 못 박는 장면이다. "그(네 명의 살인자들 중 한 명―저자)는 나머지 사람들에게 나의 팔을 붙잡으라고 명령했고, 내가 아무리 저항했어도, 그들은 나를 마루에 못을 박았다. 완전히 정신을 잃은 나를 (…) 그들은 내 목구멍에 송곳을 박았다(20년 후에 예로페예프는 후두암으로 죽는다―저자)." (158) 거기서 '베니치카/그리스도'의 평행적 대비가 감지되며, 네 명의 살인자는 그리스도를 못 박는 로마 병사들이다(비교할 것. '고전적 옆얼굴을 한 녀석(158)).[65]

그러나 비평가들은 '못 박음 ― 처형' 장면에 선행하는 상황과 그 장면에 수반하는 상황들을 완전히 놓치고 있다. '베니치카 ― 그리스도'라는 '일반적' 대조를 거부하면 다른 관점에서 그 상황을 바라볼 수 있다.

첫째, 마지막 장면 직전에 '마지막 심판'의 이미지가 떠오르는데 거기서

∴

65) E. 스미르노바(Смирнова Е. Уакз. соч.)와 M. 리포베츠키(Липовецкий М. "С потусторонней точки зрения")는 '베니치카 ― 예수'의 평행적 대비를 매우 상세하고 근거 있게 증명하고 있다.

베니치카는 신 앞에 서게 되지만 '신의 아들·성자(聖子)'의 형상과는 전혀 부합되지 않는다.

둘째, 베니치카가 '사람들에게' 하는 감동적이면서도 놀랍게도 진지한 독백(152)에서 그는 '증언하다'라는 단어를 발설한다("믿고, 알고 있으며, 세상에 증언한다."(152) 참조할 것. "아버지가 아들을 세상의 구주로 보내신 것을 우리가 보았고 또 증언하노니"(요한일서 4:14)).

E. 블라소프는 '예언적인' 모티프들을 여러 번 지적하고 있다(비록 그것들을 그리스도의 형상에 적용해 해석하기도 하지만). **"내가 평안을 위해서 마셨는가, 아니면 재앙을 위해서인가?** 성서적 미학에 맞춘 문체로 구약의 예언자에게서 '너희를 향한 나의 생각을 내가 아나니 평안이요 재앙이 아니니라.'(예레미야 29:11)"[66] 또는 다음과 같다. **"어째서 그들은 모두들 그렇게 둔한가? 왜? 둔함이란 둔하면 안 되는 바로 그 순간에 강조되기 마련이다.** 예언자들은 베니치카 이전에 그와 같은 관찰을 했다. '이 백성의 마음을 둔하게 하며 그들의 귀가 막히고 그들의 눈이 감기게 하라 염려하건대 그들이 눈으로 보고 귀로 듣고 마음으로 깨닫고 다시 돌아와 고침을 받을까 하노라 하시기로.'"(이사야 6:10. 참조할 것. 마태복음 13:15; 사도행전 28:27)[67] 또는 다음과 같다. "그가 허약하고 조용하면 (…) 지금 내가 조용하고 두려워하는 것처럼." 또는 다음과 같이 예언자의 어휘를 사용한다. "책임자들은 또 백성에게 말하여 이르기를 두려워서 마음이 허약한 자가 있느냐 그는 집으로 돌아갈지니 그의 형제들의 마음도 그의 마음과 같이 낙심될까 하노라 하고."(신명기 20:8)[68]

••

66) Власов Э. Указ. соч. С. 135.
67) Власов Э. Указ. соч. С. 159.
68) Там же. С. 159. 또한 참조할 것. 176, 246, 271, 512 등.

네 명의 살인자를 보았을 때 전율("차가운 밤에"(153))이 베니치카를 사로잡았고 주인공은 다음과 같이 말한다. "사도도 세 번째 수탉이 울기 전에 그리스도를 배신했다. 나는 왜 그가 배신했는지 안다. 왜냐하면 추워서 떨고 있었기 때문이다."(153) 여기서 조사 '도'는 '나와 똑같이'란 비교를 나타낸다.[69] 그 다음에는 다음과 같은 말이 나온다. "만약 지금 나를 시험한다면, 나는 그[70]를 70번이라도 배신했을 것이고 그 이상도 배신했을 것이다."(153~154)[71]

주인공이 떠올리는 사도 베드로의 형상에 대한 연상은 사도 베드로가 머리를 밑으로 하여 십자가에 거꾸로 매달려 처형되었다는 사실을 상기하게 만든다.

마지막으로, 사도 바울의 다음과 같은 말은 유명하다. "그러므로 내가 너희에게 권하노니 너희는 나를 본받는 자가 되라."(고린도전서 4:16)

이렇듯, 베니치카의 형상은 그리스도 계율을 따르는 것에 대해 언급하고 있다거나, 구체적으로 사도 베드로가 아니더라도, 사도의 지위, 즉 제자의 신분과 선생의 계승자적 신분에 대한 비유라고 말하는 것이 더 옳은 일일 것이다[이런 가설을 확인해줄 수 있는 것은, 1960년대 말에 '제자와 선생'의 테마가 러시아에서 사회·정치적 상황의 연관 속에서 매우 폭넓게 전개되었으며 (예를 들어 Ju. 트리포노프의 소설들 『대학생(*Студенты*)』과 『강변의 집(*Дом на набережной*)』 또는 E. 베테마이(Ветемай)의 소설 『피로(*Усталость*)』에서의 두 이설들을 상기하자), 하부 텍

••

69) 예수 자신이 베드로의 부인을 예언했다. "닭 울기 전에 네가 세 번 나를 부인하리라."(요한복음 13: 38)
70) 〔역주〕 예수를 말한다.
71) O. 세다코바는 다음과 같이 회상한다. "성경에서 그는 사울 왕을 특히나 좋아했어요. 그는 밧세바와의 일화 때문에 다윗의 많은 것을 용서했지요. 모닥불 옆에서의 부인에 관한 일화에서는 사도 베드로를 사랑스럽게 떠올리기도 했고요."(Седакова О. Указ. соч. С. 10)

스트 수준에서는 의심의 여지 없이 선생과 그를 배신하는 제자라는 성경적 테마가 연결되었던 상황이다).[72]

'베니치카-그리스도'의 비교 가능성에 대해 평단은 성경에 나오는 나사로의 부활 장면(요한복음 11:38~44)을 직접적으로 연상시키는 주인공의 부활 장면을 또 다른 증거로 제시한다.

"나는 관 속에 있다. 나는 이미 4년을 관 속에 누워 있어서 악취도 풍기지 않는다. 사람들이 그녀에게 말하곤 한다. '자 이렇게 그는 관 속에 있어. 할 수만 있다면 부활시켜봐.' 그러면 그녀는 관으로 다가온다. (…) 관으로 다가와서는 이렇게 말한다. '달리다굼.' 고대 유대어에서 번역하면 이런 뜻이다. '네게 말하노니 일어나 걸어라.' 당신은 어떻게 되었다고 생각하십니까? 일어나서 나왔어요. 이렇게 세 달이나 이미 다니고 있습니다. 몽롱한 채로."(91) 텍스트에서 보듯이 이 부분에서도, 똑같은 모티프가 반복되고 변형되는 다른 장면들에서도,[73] 작가는 예수가 행하는 숭고한 미션을 주인공에게 '부여하지 않고', 반대로 기적의 힘이 영향을 미치는 대상으로 '끌어내린다.' 이런 말들은 다른 인물들에 의해서 여러 번 반복되지만 다른 경우들에서도 '신적' 의미는 완전히 상실된다.(35, 36, 45, 149, 157 등) 주인공을 부활시킨 여자 주인공에 대해 작가는 '사랑으로 부활시키는' 은유를 적용했다(드러냈다).(90~91)

'튜체프적' 판단들도 비평가들에게는 다음과 같이 베니치카와 그리스도의 비

..

72) '베니치카-그리스도' 대조가 비현실적임을 나타내는 간접적 증거가 될 수 있는 것은, 가까운 친구이자 동지이며 '스승'이며, 예로페예프를 심도 깊게 이해하는 사람인 V. 무라비요프는 그와 유사한 대조를 어디에서도 성립시키지 않는다는 사실이다. A. 조린은 (비록 비유적이긴 하지만) 다음과 같이 말한다. "베니치카는 어쨌든 예언자가 되었다."(Зорин А. *Опознавательный знак.* C. 122)
73) "이 호소는 신의 특권이 아니다."(Власов Э. Указ. соч. C. 363)

유에 대한 동기로 작용한다. "만일 그가 나의 땅을 영원히 버렸더라도 우리 각자를 보고 계시다면, 그는 이쪽을 한 번도 보지 않았던 것이다(붉은 광장과 크렘린에 대한 이야기다—저자). 만일 그가 나의 땅을 결코 버리지 않고 온 땅을 맨발로 노예처럼 돌아다녔다면, 그는 이곳을 에돌아가서 다른 쪽으로 지나갔던 것이다."(155) 그 문장들에서 평단은 "한 번도 크렘린을 보지 못한"(18) 베니치카와의 평행적 비교를 발견한다. 그러나 이 경우에도(심지어 다른 경우들보다 더 많이) 베니치카의 형상은 그리스도의 형상과는 분명히 거리가 있다(베니치카의 '나'는 그리스도를 나타내는 '그'와 같지 않다).

그런 거리(형상들의 불일치)는 베니치카와 신과의 대화들에서도, 신을 향한 독백에서도 관찰된다. 그 대화나 독백들을 아버지(성부(聖父))·신으로서의 주님에 대한 기도라고 간주하기가 힘들다는 사실이다.[74] 왜냐하면 기독교 전통에서는 성자(聖子) 즉 예수의 형상이 기도를 하는 중심인물이기 때문이다.

"내게는 전율이 필요한 것이 아니라 평안이 필요하다"(156)는 문장도 베니치카가 '재림 예수'의 역할을 '주장하지 않는다'는 것의 간접적 증거가 될 수 있다. 레위 마태의 말이 불가코프식으로 "그는 빛이 아니라 평안을 받을 만하다"[75]로 탄생된 이 문장은 그리스도가 아니라 그의 제자에 관한 것이었기 때문이다.

『모스크바발 페투슈키행 열차』의 연구자들이 부딪치는 '다양한 읽기'와 관련된 또 다른 중요한 부분은 장르의 문제였다. 그리고 그 중요성은 여전하다. 비록 텍스트에 명시되어 있듯이, 작가 자신은 자신의 서술을 '서사시'(42)로 정의했다고 할지라도, 대부분의 비평가들이 일치하는 유일한 점

··

74) E. 스미르노바의 해석은 Смирнова Е. Указ. соч. C. 60.
75) Булгаков М. *Собр. соч.: В 3 т.* М.: Минск: Франкфррт-на-Майне: Панпринт. 1998. Т. 3. C. 369.

은 예로페예프의 작품이 소설 장르에 속한다는 것이다. 이와 관련해서 비평가들은 장르의 형태적 다양성을 확정하려는 수많은 시도를 하였고 예로페예프의 서술은 '일화 소설'(S. 추프리닌), '고백 소설'(S. 추프리닌 등), '영웅 서사시'(M. 알트슐레르, M. 엡슈테인, A. 벨리찬스키), '순례 서사시'(M. 알트슐레르), '여행 소설'(V. 무라비요프 등), '악한소설'과 '모험 소설'(L. 베라하),[76] '성자전'(A. 카바데예프. O. 세다코바 등), '풍자적 여행 기록, 미스터리, 전설, 환상소설'(L. 베라하), '유토피아적 혼종성의 환상소설'(P. 바일과 A. 게니스), '산문시, 발라드, 미스터리'(S. 가이세르-시니트만) 등 다양하다. 모든 연구자들은 자신들이 제안한 정의를 입증하려는 시도를 하지만, 통상 이런 분석은 이런저런 장르적 다양성에 본질적인 어떤 특성들을 기계적으로 부여하는 것이었다. 그 결과 『모스크바발 페투슈키행 열차』는 전통적 장르 양식의 여러 범주에 들어가게 되었다.

일견하기에는 예로페예프의 서사를 여행 소설 장르에 포함시키는 것이 가장 근거 있고 가장 보편적인 것이다. '가장 최근의 선구자들'로서는 A. 라디세프(Радишев)의 『페테르부르크에서 모스크바로의 여행』, N. 카람진의 『러시아 여행자의 편지』, A. 푸슈킨의 『모스크바에서 페테르부르크로의 여행』, N. 네크라소프의 『누가 러시아에서 살기 좋은가』, A. 플라토노프의 『체벤구르』와 『거장의 탄생』, 그리고 더 정확한 하부 장르 차원에서는 L. 스턴의 『프랑스와 이탈리아를 지나가는 감상 여행』이 거명되었다.[77] 작가

∵

76) '악한소설'의 전통에 예로페예프의 소설을 포함시키는 것은 특별한 관심을 받을 만한데, 그것은 가장 근거가 있어서가 아니라 쉽고, 세련되고, 아름답게 분석되었기 때문이다(참조할 것. Берха Л. "Традиция плутовского романа в поэме Венедикта Ерофеева." *Русская литература XX века: направления и течения. Екатеринбург*. 1996. Вып. 3. С. 77~89).
77) V. 무라비요프는 다음과 같이 말했다. "서사시 『모스크바발 페투슈키행 열차』는 여행 모티프가 진리 탐구 사상을 실현하는 여러 러시아문학작품들을 계승하고 있다(A. 라디세프

가 『모스크바발 페투슈키행 열차』를 '서사시'로 '뜻밖에' 명시한 것은 고골의 여행 서사시 『죽은 농노』의 전통을 환기시킨 것이었다는 사실에도 의심의 여지가 없다.

이런 원형 텍스트적(장르에 관한 G. 제네트의 용어) 대립의 근거에는 장르의 지배적 특징이, 더 정확히는 장르의 혼종성이 존재하게 된다. 그 속에서 작가는 주인공에게 어떤 여행(계획된 / 우연한, 긴 / 짧은, 목적지를 가진 / 목적지가 없는, '여기로' / '저기로', '이렇게' / '저렇게')을 가도록 '강제한다.' 그런 유의 작품들의 주요한 구성 원칙은, 주인공이 다양한 상황들과 '맞닥뜨리고', 다양한 사람들(=성격들)과의 만남을 준비하고, 예기치 못한 상황에서 형상들의 발전을 주시하게 만들고, 주인공이 어떤 장애를 극복하도록 하고, 새로운 인상들을 경험하게 하고, 기대치 못한 감정들을 느끼게 하고, 또한 표면적(배경적) 수준에서는 장소와 시간의 단일성을 극복하고, 슈제트의 발전에 대한 관심을 끌어올리게 하고, 풍경 장치를 다양화하는 등의 동기화된 가능성을 작가에게 제공하게 된다. 이런 식으로 주요 기법이 통일을 이룰 때 그런 소설에서 가장 다양한 수단이 보장될 수 있다. 왜냐하면 에피소드 · 상황, 주인공 · 성격, 시간 · 공간의 얽힘과 변형은 사실상 한계가 없으며, 작가적 임무의 본질로만 제한될 수 있기 때문이다.

이런 예술적 원칙은 세계문학에서 오래전부터 잘 알려져 있으며 폭넓

∴

의 『페테르부르크에서 모스크바로의 여행』, N. 네크라소프의 『누가 러시아에서 살기 좋은가』, A. 플라토노프의 『체벤구르』와 『거장의 탄생』 등)." 동시에 장르에 상관없이 I. 세베랴닌의 『여행』을 떠올리게 한다.(Муравьев В. "Предисловие." С. 10) I. 스코로파노바는 여러 작품의 제목에 등장하는 모든 종류의 운송 수단들을 열거하고 있다.(Скоропанова И. *Русская постмодернистская литература: Учебное пособие. 2-е изд. испр.* М.: Флинта: Наука. 2000. С. 170)

게 성공적으로 이용되고 있다.[78] 몇몇 이름들만을 상기하는 것으로 충분하다. 호메로스, 베르길리우스, 아풀레이우스, 또는 단테, 세르반테스, 셰익스피어, 또는 그리멜스하우젠,[79] 디포, 스위프트, 또는 토마스 만, 헤세, 헤밍웨이, 또는 러시아의 고전 작가들 중에서 카람진, 푸슈킨, 고골, 레르몬토프, 투르게네프, 곤차로프, 톨스토이, 레스코프, 부닌, 체호프에서부터 소비에트 시대의 고리키, 트바르돕스키, A. 톨스토이, I. 일리프, E. 페트로프 등 다양하며, 열거된 작가들의 작품에서 주인공·여행자 형상의 어떤 유형을 연구하고 주요한 구성적·슈제트 형성적 기법으로서 길(여정)의 이미지를 알아내려면 수많은 작가들이 있다.

열거된 여행 서사의 특징들은 분명하다. 이런 여행 서사들 중에서 '공간' / '시간' 속에서의 여행 서사, 실생활적 / 신비적·환상적 여행 서사, 역사적 소재 / 현대적 소재를 기초로 한 여행 서사, 작가 / 주인공 이름으로 쓴 여행 서사, 엄격히 사실주의적 스타일 / 아이러니·희극적 스타일로 쓴 여행 서사를 구분할 수 있다. 그러나 어쨌든, '외적 유사성'의 논리에 따라서 예로페예프의 소설은 여행 소설의 한(또는 몇몇) 유형에 포함될 수 있다.

실제로 예로페예프는 '장르적 코드'로서 여행 서사를 규정하는 모든 외적인 특징들을 이용하고 있으며 여행에 있어서 필수적이고 관습적인 세부 사항들을 제시하고 있다.

∙∙

78) 이런 장르적 전통의 기원은 서유럽 영웅서사시든, 러시아 빌리나(Былина)나 동화, 민속에 그 뿌리를 두고 있다. 민속과 예로페예프의 연관에 대해서는 이후에 더 세밀하게 논의해 보자.

79) G. 그리멜스하우젠의 소설 『짐플리치시무스』의 에피그라프인 라틴어 속담 "ridendo dicere verum(웃으며 진실을 말하다)"의 개작이며, 호라티우스의 풍자들 중 하나에 들어가는 말인 "나는 웃음을 띠고 진실을 말하는 것이 좋다"는 V. 예로페예프의 소설에 쉽게 적용될 수 있다.

노선은 다음과 같이 언급된다. 출발지 – 모스크바, 종착지 – 페투슈키. 그러나 노선의 범위는 구체적이고 완전히 현실적인 철도 거리 간격일 뿐만 아니라 여행 장르의 전통에서 보면 우주 전체이다. '모스크바 – 페투슈키' = '온 세상'이며, 작품 속에서도 다음과 같이 나온다. "모스크바에서 페투슈키까지 온 세상에서."(50)

이동 수단은 '교외선 전차(электричка)'가 선택된다[텍스트에선 기차(поезд)로 명명되었다].

출발 지점과 시간표는 다음과 같다. 쿠르스크 기차역, "4번 선로"(27), 8시 16분 출발. **소요 시간**: "정확히 2시간 15분."(129)

운행 지점들이 명시될 뿐만 아니라 정차하지 않는 기차역까지도 정확히 명시된다. "정차할 역은 세르프 이 몰로트,[80] 추흘린카, 레우토보, 젤레즈노도로즈나야,[81] 그 다음은 예시노를 제외한 모든 역입니다."(27)

완전하고 신빙성 있는 장면을 위해서 **요일**(금요일)과 **계절**(가을)["빨리 어두워진다"(129)]이 제시된다.

이렇듯, 여행의 주위 환경이 보장되고 모든 외적 특징도 현존한다.

그러나 서사 장르(이 경우는 여행 소설)는 텍스트의 외적 특징에 근거해서 평가될 뿐만 아니라 서사의 본질적인(근본적인) 특징에 따라서도 판단되어야 한다. 이미 언급되었듯이, 전통적인 여행이 줄거리의 활발한 전개를 위해서나, 주인공 성격이 역동적으로 발현될 수 있도록 하기 위해서나, 만남, 풍경, 인상 등의 다양화를 위해서 "수행된다면", 예로페예프에게서는 사정이 다르다. 여행 소설의 지배적 특징 중 어느 하나도 예로페예프의 경

:.

80) [역주] Серб и Молот. '낫과 망치'라는 뜻이다.
81) [역주] Железнодорожная. '철도의'라는 뜻이다.

우에는 '작동하지 않으며', 여행의 '관습적' 구성 요소들이 예로페예프에게
는 존재하지 않는다.

여행 소설 장르에서 전통적이라고 할 수 있는 장면의 다양성도 예로페
예프의 소설에서는 찾아볼 수 없다. 여타의 여행자·주인공들과는 달리 예
로페예프의 주인공은 창문을 보지 않으며,[82] 창문 너머의 광경이 바뀌지
않으며, 소설의 후반부에서 주인공이 창문 너머 공간을 바라볼 때조차도
풍경은 펼쳐지지 않는다. 찾아든 밤의 어둠 속에서 불분명한 불빛들만이
구별될 뿐이다. 풍경의 배경들은 교체되지 않는다. 관습적 의미에서의 풍
경이 소설에서는 전혀 존재하지 않는다.[83]

예로페예프의 소설에서 **지리적 공간의 교체**는 일어나지 않고, 이 소설이
헌정되지 않은 독자에게는 아무것도 말해주지 않는 '간판들'만이 변화되고
있을 뿐이고("차이들은 사라지면서 동일성으로 변화된다"[84]), 그 간판들은 본
질적으로 공간에 속하지 않는다. 왜냐하면 개별적 기차역의 명칭을 반영하
는 것이 아니라, 한 기차역에서 다른 기차역 사이의 '구간'을 의미할 뿐이
고(모스크바-세르프 이 몰로트-카라차로보, 카라차로보-추흘린카, 추흘린카-
쿠스코보 등), 그것은 결과적으로 한 지점에서 다른 지점으로의 이동을 자
동적으로 인식하게 되는 주인공의 의식 속에서만 발생하는 것이기 때문이
다. 전차 차량 너머 주인공의 물리적 이동은 이 소설의 축을 형성하지 못
한다. 주제·성격·상황의 전개에서 '길의 이정표'는 상관이 없다. 주인공

..

---

82) 비교할 것. V. 쿠리친은 이렇게 말했다. "여정의 연결 부분을 그는 심지어 (창문이 전혀 없
는) 승강대에서 보낸다(정말인가?—저자)."(Курицин В. Указ. соч. С. 144~145)
83) 부분적으로 풍경 요소들은 모스크바와 페투슈키의 묘사에서 관찰될 수 있지만 여기서도 그
풍경은 조건적이고 추상적이다. 왜냐하면 이 장소들은 대립적('지옥'과 '천국') 구별을 목적
으로 창조된 것이기 때문이다.
84) Бераха Л. Указ. соч. С. 80.

은 길에서의 시간을 단순히 공제하거나(그는 개별적으로 주어지는 순간에서 그렇게 하기도 한다) 마신 것을 계산해서 시간을 측정했어도 효과는 똑같았을 것이다. 게다가 주인공이 이미 3년이나 똑같은 노선을 다니고 있는 상황("이미 3년이 흘렀다"(110), "이렇게 3년이 매주 계속되었다"(111))은 역동성보다는 비역동적이고 습관적인 인상을 낳는다.

여행 소설이 제공하는 **만남과 인물의 다양성**도 예로페예프에게는 존재하지 않는다. 왜냐하면 주인공의 '신비적 대화 상대자들'(천사들, 신)과 '동행한 승객들'(미트리치, 그와 그녀, 어리석디어리석은 사람(Тупой–тупой), 똑똑하디똑똑한 사람(Умный–умный))은 소설에서 한꺼번에 제시되어 계속해서 동행하기 때문이다. 그들의 '특징적' 구성 요소는 바뀌지 않으며 그들의 숫자도 최소한이다.

여기서 예외는 단지 검표원 세묘니치(Семеныч)[85]이다. 하지만 이 예외도 단지 '이런 법칙을 확인'할 뿐이다. 왜냐하면 그는 현존하는 주인공들의 '숫자'를 변화시키지만 그들의 '특징'에는 영향을 주지 않기 때문이다. 차량에 나타나자마자 세묘니치는 일어난 모든 일을 충분히 적절하게 판단하고는 마치 이전에 벌어진 일에 보이지 않게 참가했던 사람처럼 주인공들의 대화에 끼어든다. 검표원은 이 기차 구간을 상시 이용하는 승객이 미트리치로 불린다는 것을 알고 있었지만(첨언하자면, 이상한 일은 동행자들 중 한 사람도 베니치카를 알지 못한다는 것이다. 그는 세묘니치와 똑같이 이미 3년이나 이 교외선 열차를 타고 다닌다고 하지 않는가. "나는 처음으로 세묘니치를 맞닥뜨리게 되었다. (…) 그때 그는 막 이 일을 시작했다"

••

85) 페투슈키 철도 간선의 실제 검표원의 이름은 미트리치라고 불렸다(참조할 것. "Несколько монологов о Венедикте Ерофееве." // Театр. 1991. No. 9. С. 86).

(110)), 그는 모르는 남자('그')를 "검은 콧수염"이라고 부르면서 주인공이 그를 부르는 것과 비슷하게 말을 건넨다. 그것은 낯모르는 사람이 입은 옷의 세부 사항에 관심을 가지면서 똑똑하디똑똑한 사람에게 '모직 외투'이라고 부른 것과 마찬가지다. 이 옷은 첫째 계절적인 것, 즉 비상시적인 것이고, 둘째 베니치카가 이미 지적한 대로 모직물 외투이기 때문이다.

이런 상황이 오해를 불러일으킨다는 것도 함께 지적하고자 한다. 왜냐하면 다양한 연령, 다양한 사회적 지위, 일치하지 않는 삶의 경험, 다양한 지적 능력(베니치카와 세묘니치)을 가진 사람들이 그렇게 한결같이 정확하게 여러 사람들의 특징을 규정할 리가 없기 때문이다. 이런 사실에 대한 어떤 미학적 근거를 찾으려고 노력한다면(예를 들어 L. 베라하를 비롯한 몇몇 비평가들이 그렇게 했듯이), 어떤 장르(L. 베라하는 모험 · 악한소설 장르라고 했다)의 법칙에 따라서 예로페예프가 주인공의 형상을 강화시키고 확인시켜주는 분신 · 주인공의 형상을 창조하고 있다고 가정할 수 있다.[86] 그러나 우리 시각으로, 복제 · 분신들(копии-двойники)은 예로페예프의 소설에서는 너무 진부하고 단조롭게 보이기 때문에(이에 대해서는 아래에서 언급될 것이다), 작가적 과제였다고 보기보다는 인물의 성격들이 약간씩 투영된 것이라고 말하는 것이 더 근거가 있을 것이다.

주인공이 돌아오는 길에 '새로 등장한' 인물들 중에서는 검은 옷의 부인(139)도 예로 들 수 있다. 하지만 검은 옷을 입은 여인 역시 주인공들의 특징에 변화를 주지 못한다. 그 이유는 첫째, 그녀는 크람스코이의 명화 「위로할 수 없는 슬픔」[87](49)과 연관된 주인공으로 이미 언급되었기에, 그녀는 이미 처음부터 지정

86) 분신 · 주인공들에 대해서는 다음을 참조할 것. Симонс И. An Alkoholic Narrative as Time Out and the Double in "Moskva-Petushiki" // *Canadian - American Slavic Studies*. 1980. P. 55~68.
87) 〔역주〕 러시아 이동전람파의 창시자이자 이론가인 이반 크람스코이(Иван Крамской,

된 것이라고 말할 수 있다. 둘째, 세묘니치와 비슷하게 그녀는 줄거리를 전혀 바꾸지 않으며, 슈제트나 주인공의 감정적 판단의 진행에 어떠한 영향도 끼치지 않고, 다만 주인공의 고유한 본성을 반영하고 있을 뿐이다. 소설의 후반부에 등장하는 다른 주인공들도 마찬가지다. 그들은 한편으로는 주인공의 꿈이나 술취한 헛소리로 발생하거나, 다른 한편으로는 처음부터 지정된 주인공들의 '양극적 대체자들'이거나 분신들의 분신들이다. 신-사탄, 그녀-옙튜시킨과 복수의 여신 에리니에스,[88] 미트리치-미트리다테스 왕[89] 등이다.

이렇듯 사건이 진행되면서 등장한 '새로운' 인물들인 세묘니치와 검은 옷의 부인, 그리고 '꿈속에서 본 복제들'은 여행 장르라는 특징에 의해 동기화된 것이 결코 아니며, 그들을 등장인물들의 체계에 포함하는 것은 다른 원인으로도 충분히 정당하게 설명할 수 있다.

보통, 여행 소설에서는 풍경의 교체, 인상들의 재생, (더 많은 수준에서)

··

1837~1887)의 작품(1884)으로 자신의 어린 아들이 죽었던 실제 경험을 바탕으로 그린 그림이다. 자식의 주검으로 짐작할 수 있는 작은 관을 배경으로 검은 상복을 입은 여인이 슬픔에 젖어 서 있는 장면을 그렸다.

88) [역주] 그리스신화에서 지하 왕궁에서 사는 복수의 세 자매 여신을 말한다.

89) 이름의 음향적 '일치'뿐만 아니라 미트리다테스에 대한 일화에 앞서 서술된 문구, "별들도 농촌 소비에트의 현관문에 떨어졌다"(146)도 이와 같은 연상의 기호가 된다. 이 문구는 의장 로엔그린에 대한 할아버지 미트리치(Митрич-старший)의 이야기를 분명하게 참고한 것이고, 손자 미트리치(Митрич-младший)의 성격 묘사에서 나온, "온통 콧물을 흘리고 있는"(147) 왕의 정의도 그렇다고 볼 수 있다.
[역주] 고대 로마와 주도권을 다투기도 했던 아나톨리아 북부 폰투스의 왕 미트리다테스 6세는 로마가 내분으로 첨예한 상황이었을 때 폰투스의 왕권을 강화하고 로마에 반대하는 정책을 폈다. 그리하여 기원전 89년에 미트리다테스는 소아시아와 발칸반도 일부를 얻게 된다. 그는 차지한 땅에서 로마인들을 비롯한 수많은 아시아인들을 죽이도록 명령하였으며 하루 동안 폰투스인에 의해 8만 명이 넘는 로마인들이 살해당하였다.

새로운 인물의 등장이 **줄거리의 전환**을 가져온다. 그러나 예로페예프의 소설에서는 이것이 발생하지 않는다. 서사의 주인공에 대해 언급한다면 그의 사상의 방향 전환(소설 줄거리의 기반을 형성하기도 한다)은 어떤 외적 상황들에 의해 동기화되는 것이 아니다. 전체적으로 흘러가며 통제되지 않고 통제할 수 없는 주인공의 '의식의 흐름'이 주인공의 사상 전환을 이끌어낸다. 대화의 새로운 주제는 즉흥적, 카오스적으로 발생한다. '여행자적' 특징의 상황들에 조금도 좌우되지 않는 것이다. 주인공은 '이유 없이' 10년 전이나 2주일 전에 무슨 일이 있었는지 회상할 수 있고, 2시간 후나 내일 무슨 일이 있을 것인지 생각에 잠길 수 있다. 동시에 몇 시간 전에 발생한 일에 대해 아무것도 기억하지 못할 수도 있다. 즉 예로페예프의 서사는 '기차 여행'이라는 줄거리 때문에 동기화되는 것이 아니라, 기차 여행에도 불구하고 전개되는 전혀 다른 법칙들에 의해 동기화된다.

전통적 여행 장르에서는 주인공을 제외한 다른 등장인물들이 대화의 새로운 주제들을 가져오거나 이미 시작된 대화에서 다른 관점이나 뉘앙스를 전달해주는 데 반해, 예로페예프의 소설에서 그들은 주인공의 사상과 행동을 다양화하지는 못한다. 그 대신, 이미 지적했듯이, 주인공을 반복적으로 재현하는 그의 그림자·분신들로서 기능을 한다. 세묘니치의 형상과 관련해서 이미 언급하였고 검은 콧수염의 예에서 관찰하였듯이(82~87), 비슷한 사상을 똑같은 언어로뿐만 아니라 매우 유사한 그래프 구조(베니치카의 그래프와 검은 콧수염의 보조정리)[90]로도 기술하고 있다. 작은 차이들은 유사성을 강조하고 강화할 뿐이다. 심지어 신과 천사들도 주인공의 '언어'로 말

..

90) 서법과 관련해서는 L. 스턴과의 우연적 유사성이 억지로 지적되기도 한다. 이때 유사성의 대상이 되는 작품은 『프랑스와 이탈리아를 지나가는 감상적 여행』이 아니라 『트리스트람 샌디』이다.

한다(가장 폭넓은 의미에서).

주인공과 외적 차이가 있음에도 불구하고, 부차적 인물들은 베니치카와의 역설적인 '일생적'·'지적' 접근성을 보여주고 있다. 또한 이미 언급된 것에, 이 서사시의 서정적 인물[91]과 유사하게 푸슈킨의 이름을 항상 들먹이던 검은 콧수염 여인과 주인공의 '비유사성/유사성의 희극성'을 첨가할 수 있다.(베니치카는 40, 69, 89, 그녀는 97, 99)[92] 또는 베니치카가 그토록 '존경하는' 고리키에 대한 기억을 인용하는 할아버지 미트리치의 '지적 수준'을 지적할 수 있다.(101) 또는 소설의 거의 모든 주인공들이 '위대함을 알아차리고', '피아니스트들처럼' '머리를 뒤로 젖히고'〔다른 판본에서는 '고개를 젖히고(откинув)'〕 술을 마시는 것을 떠올릴 수 있다.(47, 56, 80) 심지어 천사들도 주인공과 비슷한 점을 가지는데 그들은 베니치카와 동일한 '삶'의 경험이 있다. "당신들[93]은 말합니다. 좀 걸어봐라, 거닐어봐라, 더 수월해질 것이다. 그런데 걷기가 싫단 말이죠. (…) 당신 **자신들도 잘 아시잖아요,**(강조는 저자) 내 상태에서 걷는다는 것이 어떤지!"(21 등) 즉 『모스크바발 페투슈키행 열차』 등장인물들의 체계는 전체적으로 주인공을 향하고 있으며 그 주위에 집중되어 있고 수준이 높든 낮든 그와 유사하다.

주인공과 부차적 주인공들이 '분신 관계'로 엮여 있다는 사실은 그렇지 않아도 단조로운 예로페예프의 인물 체계를 더욱 단조롭게 만든다. '멍청하디멍청한 자'와 '똑똑하디똑똑한 자'는 이름들의 유사한 '구조' 외에

••

91) 〔역주〕베니치카를 말한다.
92) 도시들의 '이중적' 이름에 대한 그녀의 참여도 여기에 첨가할 수 있다. 로스토프-나-돈누,
블라디미르-나-클랴지메. 비교할 것. 베네딕트 예로페예프: "나는 이중적 이름들을 좋아한다."("Несколько монологов о Венедикте Ерофееве", 91쪽 인용)
93) 〔역주〕천사들을 말한다.

"0.25리터짜리 로시스카야 술"을 분실한 일화에서 보듯이 겉모습의 차이에도 불구하고 "사실상, 두 사람 모두 훔쳐갈 수도 있었다."(75) 또한 '그'와 '그녀'는 "이상하리만큼 닮았다. 그는 재킷을 입었고, 그녀도 재킷을 입었다. 그는 갈색 베레모를 쓰고 콧수염이 있었고, 그녀도 콧수염이 있고 갈색 베레모를 쓰고 있었다." "이상하고" "의심스러운" 동행자인 할아버지와 손자인 두 미트리치("나는 미트리치라고 하오. 애는 내 손자인데 똑같이 미트리치라고 부른다오."(77) 또는 "손자는 할아버지보다 머리 두 개는 더 컸는데 태어날 때부터 모자란 듯했다. 할아버지는 머리가 두 개만큼 더 작았는데 그 역시 모자란 듯했다"(76)) 등 유사성이 확인된다. 아마도 이 부분에서는 '유사성의 희극성'[94]과 고골 전통의 계승(『검찰관』: 보브친스키와 도브친스키의 형상들, 또는 『죽은 농노』에 나오는 미탸이 아저씨와 미냐이 아저씨 또는 키파 모키예비치와 모키 키포비치 등)을 언급할 수도 있을 것이다. 하지만 소설 서사의 분석에서 독립적이고 완전한 가치를 가진(개별화된) 형상·성격들이 현존(또는 이 경우에는 부재)한다는 문제는 인물들을 희극적으로 압축해놓았다는 사실만큼이나 의미를 가진다.

예로페예프의 소설에서 형상 체계가 고정되어 있다는 형상 체계의 고정성은 등장인물들의 성격, 특히 중심인물의 성격에 정적인 성질을 추가한다. 부차적 인물들이 미학적으로 '경직'되어 있고, 그들의 심리가 예술적 의미에서 뚜렷한 한계를 지니며, 한두 개의 확고한 특성들로 창조되었다는 것은 받아들일 수 있다. 그러나 베니치카의 형상은 다른 문제다. 베니치카는 소설 장르의 법칙에 따라 역동성을 전제로 해야 하는데, 서술이 진행됨에 따라 그런 역동성이 발전되거나 형성되지 않고, 개별적 구성 요소들만

∴

94) Пропп В. Указ. соч.

으로 드러날 뿐이다.

마지막으로, **슈제트의 진전**은 기차의 운행과 아무런 연관이 없다. 공간 속의 장소 변경은 서사 진행을 결정하는 축이 되지 않는다. 슈제트의 에피소드들은 '지표적-지리적'으로 동기화되지 못하며, 파불라 라인은 기차 노선에 의거해 달라지지 않는다. 서사 전개에서 예로페예프의 술 취한 주인공은 마르샤크의 산만한 주인공과 마찬가지로, "분리되어 방치된 차량"에 앉아 있었어도 슈제트나 파불라를 눈에 띄게 바꿔놓지 않았을 것이다.

주인공의 '실현 불가능성' 또는 '운명성'은 텍스트의 첫 줄에서, 아주 유명한 인용문 "모두가 크렘린, 크렘린 하고 말한다"(18)에서 이미 검토되며 예견된다고 부언할 수 있다. 도시 내부에서 "모두가 말하는" 장소를 찾을 수가 없고, 갈림길에서는 어느 방향으로 가든지 반드시 쿠르스크 기차역으로 오게 되는 주인공은 다른 도시(또는 마을)에 도달할 수가 없고, 특히 천국과도 같이 아름답지만 가닿을 수 없는 도시에는 더더구나 도달할 수가 없을 것이다. 그가 페투슈키에 열두 번이나 갔다는 사실을 알고 있다고 할지라도, 처음에 주장하는 논리에 따르면 그는 과거에도 반드시 여정에서 이탈하게 되어 있었다. 왜냐하면 그는 '태생부터' 여행자가 아니기 때문이다.

주인공·비(非)여행자의 '길 잃음'의 운명적 예정성(운명은 피할 수 없다)은 텍스트에 다음과 같이 기록되어 있다. 베니치카가 살인자들을 맞닥뜨리기 훨씬 전에 "페투슈키 플랫폼에서 느끼게 될 기쁨에 대해서" 언급할 때 "천사들은 당황해하는 것 같았다."("그들은 무슨 생각을 하는 것이지? 거기서 아무도 나를 마중 나오지 않을 것이라고 생각하는 것인가? 아니면 기차가 비탈로 굴러떨어지기라도 할까 봐 그러는 것인가? 아니면 쿠파브나에서 검표원들이 나를 내리게라도 할까 봐서인가? 그것도 아니면 105킬로미터 부근에서 나는 포도주 때문에 졸게 되고, 자고 있는 나를 남자애한

테 하듯이 목을 눌러 죽이기라도 할 거란 말인가? 그것도 아니면 여자애한테 하듯이 칼로 찔러버리기라도 할까 봐 그런 것인가?"(47~48)〕 또는 다음과 같은 어구들도 나타난다. "운명에 의해 살해되어 뒈지지만 않는다면 가당을 것이다."(51) "오늘 페투슈키에 무사히 도착한다면……"(68) "살아서 도착한다면……"(73). 주인공 자신도 실언을 한 것이든지, 혹은 그가 움직이는 노선을 말하는 것이든지 다음과 같이 말한다. "내가 **떠나왔고 향해 가고 있는** 거기에 무엇을 남겨놓았는지?"(강조는 저자) 마지막 문장의 경우에는 예로페예프에게서 발견되는 언술의 부정확성과 부주의성에 대해서 언급할 수도 있겠지만,[95] 다음과 같이 다른 점도 가정해볼 수 있다. 주인공은 자신의 운명을 알면서 또는 예감하면서 "입 밖으로 말을 내뱉어버린 것이다."

이렇듯 예로페예프는 외적 차원에서만 '여행에 따른' 슈제트를 준수하면서 여행 슈제트의 마스크 쓰기 기법을 활용할 뿐, 예로페예프의 서술을 여행 소설의 규범적 장르에 포함시킬 수는 없을 것이다. 더구나 여행은 폐쇄된 순환계 안에서 전개되며 소설의 순환적 구성은 역동적 슈제트를 상실한다. 그래서 M. 알트슐레르가 예로페예프의 주인공은 "아무 데도 가지 않았다"고 제기한 것은 논리적이며 어떤 면에서는 탁월해 보인다. "베니치카가 못 박힌 기차가, 바로 그가 쿠르스크 기차역으로 가기 위해 아침에 눈을 뜬 바로 그 기차라면(이것은 틀림없이 그렇다고 볼 수 있다. 아니라면 주

..
95) 예로페예프 언술의 '부주의성'을 보여주는 예로는 서사 초반에 대화체로 주어진 동의어 '토하다(стошнить)' 와 '게우다(сблевать)'(28쪽)의 대조를 들 수 있는데 그 대조는 여전히 이해가 되지 않는다.(31쪽) 또는 베니치카가 "1936년부터 소련공산당 당원"인 같은 작업반원 알렉세이 블린댜예프에게 한 매우 분명한 정의("낡은 견장(старая шпала)"(43))를 상기해볼 수 있는데, 그 말은 후에는 프란코 장군에 적용되어 똑같은 감정 수준으로 발화된다.

인공을 기차에 몰아넣을 필요가 없었을 것이고, 그를 크렘린 성벽에서 죽이는 것이 더 효과적이었을 것이다), 그는 아무 데도 가지 않았던 것이 된다. 그에게 벌어진 모든 것은 죽음 전의 순간들이고, 희미했던 의식의 악몽이고, 죽어가는 사람이 마지막에 보는 환영일 뿐이다."[96]

베니치카의 여행에 관한 더 논쟁적이지만 그렇게 독창적이지는 않은 다른 견해도 존재한다. Ju. 레빈은 다음과 같이 가정한다. 오레호보-주예보 기차역에서 "베니치카는 플랫폼으로 내쫓겼고" 반대 방향, 즉 모스크바로 향하는 다음 교외선 열차에 탔다는 것이다.[97] 이런 가정에 E. 블라소프도 동의한다. "아마도, 이것은 서사시가 모스크바에서 끝나게 되는 것에 대한 가장 합리적인 해명일 것이다."[98] 그러나 이런 주장에 동의한다 하더라도, 베니치카가 왜 칠흑 같은 어둠 속에서, 즉 늦은 저녁이나 밤에 모스크바로 돌아왔는가라는 사실은 해명되지 않는다. 모스크바에서 페투슈키까지의 전체 노선은 2시간 15분밖에 걸리지 않고, 오레호보-주예보는 노정의 중간, 다시 말해 1시간 정도 가는 거리이다. 그렇다면 교외선 열차의 출발 시간인 8시 16분에 주의를 기울인다면, 베니치카는 정오 전, 즉 '대낮'에 모스크바로 돌아왔어야만 한다.

『모스크바발 페투슈키행 열차』의 독창성을 설명하는 데서 여행(이 경우에는 가상 여행, 거짓 여행, 비(非)여행) 장르의 법칙들보다 더 큰 심리적 의미를

●●

96) Альтшуллер М. "《Москва-Петушки》 Венедикта Ерофеева и традиции классической поэмы." *Русская литература XX века: напраления и течения.* Екатеринбург. 1996. Вып. 3. С. 77.
97) Левин Ю. Комментарий к поэме "Москва-Петушки." Вендикта Ерофеева. Грац: Изд-во Хайнриха Прайдля. 1996(также: М.: 1996). С. 75.
98) Власов Э. Указ. соч. С. 450.

가지는 것은 텍스트의 희곡적 구성 법칙이다. 다시 말해서 서사성이 아니라 무대성[99]에 주의를 기울여야 하고, 무엇보다 대화성에 주목해야 한다.[100]

서술을 희곡화하는 예로페예프 소설의 대화성[101]은 다음과 같이 몇몇 차원으로 실현된다.

첫째, 다양한 주체들 간에 이루어지는 대화이다. 베니치카/베니치카 〔변형들로는 베니치카-베니치카의 마음(45, 129), 베니치카-베니치카의 이성(45, 129)〕, 베니치카/독자, 베니치카/천사들〔주인공은 그들의 목소리를 들을 뿐만 아니라 어떤 순간에는 보기도 한다(54)〕, 베니치카/신(사탄도 마찬가지다),[102] 베니치카/동행 승객들(스핑크스, 미트리다테스 왕, 복수의 여신 에리니에스들, 몸종 등), 베니치카/아들(52), 베니치카/고리키(91), 베니치카/'공작부인' (140) 간의 대화가 그것이다. 예로페예프는 내재적 주인공들의 수많은 마스크들을 창조하고 있으며, 그것으로 텍스트 내부의 소통적 논쟁 상황을 보장한다. 본질상 '무대적인' 독백, 대화, 다음성(논쟁)은 소설의 화자에 의해 수행되는 서사적 발화를 대신하면서 『모스크바발 페투슈키행 열차』의 기본 텍스트를 구성한다.

둘째, 서사의 독백, 대화, 다음성적 구조는 희곡적 각색, 텍스트의 희곡적 연기, **주인공의 형상이 연기하는 역할**이라는 원칙에 따른다. 베니치카는 페름행 특급열차 승객의 역할을 연기하는 기차역 부속 식당의 방문객

..

99) 『모스크바발 페투슈키행 열차』 소설이 발표된 후에 거의 곧바로 작품을 시나리오로 바꾸려는 몇몇 시도가 있었던 것은 우연이 아니다.
100) 서술의 아이러니는 서사의 대화성을 뒷받침한다. 희극적인 것의 특권으로서의 대화성에 대해서는 다음을 참조할 것. Пропп В. Указ. соч.
101) (장르의 문제보다 더 폭넓은 차원에서) 대화성의 문제는 다음 논문을 참조할 것. Липовецкий М. "С потусторонней точки зрения."
102) 여러 형상들 사이의 상호 교환성(상호 의존성)에 대해서는 이미 언급했다.

(23)이기도 하고, 베니치카는 '불멸의 희곡'[103]을 '혼자서 또는 모든 역을 단번에' 시연하는 샬랴핀-오델로(32)이기도 하고, 베니치카는 '카인'과 '만프레드'(34)가 되기도 하고, 베니치카는 작업반장-'소공자'(41)이기도 하고, 베니치카는 작업반장-나폴레옹("딱 한 달 동안 나의 툴론에서 나의 엘레나까지"[104])(43)이기도 하고, 베니치카는 '추적자'(78)이기도 하고, 베니치카는 세헤레자데(사흐라자다[105])(110, 112)이며, 베니치카는 '사랑스러운 여순례자'(126~127)이고, 베니치카는 '대위'(126~127)이고, 베니치카는 대통령(120)이 되기도 하는 등등이다. '대역하기(qui pro quo)'('다른 사람 역을 하는 한 사람') 기법은 주인공 형상의 연극성을 심화시킨다.

다른 이차적 인물들도 "다른 사람 역을 하는 한 사람"이 되기도 한다. 예를 들어, 세묘니츠는 검찰관이 아니라, 단지 검찰관(고골적 모티프)의 '외현(кажимость)'일 뿐이고, 미트리츠는 황제 미트리다테스[106]이다.

∴

103) 익히 알다시피, 셰익스피어의 희곡은 비극이다. 그러나 I. 스코로파노바는 예로페예프가 "정전의 명칭 대신에 민요처럼 인식되는 노래 「베네치아의 모르인 오셀로」(세르게이 크리스티, 블라디미르 시레이베르그, 알렉세이 오흐리멘코의 공동 창작의 결실)의 첫 구절을 이용해서 이름을 개명하고 있다"는 것에 주의를 기울인다.(Скоропанова И. Указ. соч. С. 162)

104) '베니치카-나폴레옹'이라는 대조의 반복은 도스토옙스키의 '나폴레옹' 모티프 등장으로 강화된다("전율하는 피조물들이 되거나 내가 권리를 가지거나").(22, 68)

105) 베니치카의 이 마지막 명칭은 세묘니츠가 한 것으로 알려져 있다. 이 경우에, 앞에서와 마찬가지로, 주인공 성격의 특징들을 다른 인물들에게 '혼합'하거나 첨가하는 것에 관해 언급할 수 있다. "세계사는 (…) 치정 관계라는 한 측면에만 유일하게 흥미를 가진"(111) 세메니츠가 『천일야화』의 여자 주인공 이름의 발음상 변이들을 알아차리고 이를 대화에 이용했을 리가 만무하다.

106) 황제 미트리다테스(폰투스의 대제 미트리다테스 6세라고 가정할 수 있다)의 형상에 대한 예로페예프의 관심은 흥미롭다. 그가 독살 당할까 봐 두려워서 아주 소량부터 시작해서 점차 용량을 증가시켜가며 독약을 복용해서 자신의 몸이 독에 익숙해지도록 만들었다는

마지막으로, 예로페예프 서사의 연극적 대화성은 **문체상**으로 뚜렷하게 나타난다. 예를 들어, 베니치카와 베니치카와의 '독백(대화)' 속에서 자기 자신에 대한 인칭대명사 호칭의 구별은 '나'와 '너'의 중개로 이루어진다. 연인과 아이를 위한 군것질거리 선물을 구입한 것을 회상하면서 다음과 같은 말이 나온다. "이것은 천사들이 **내게**(강조는 저자) 군것질거리를 상기시킨 때문이었다. 왜냐하면 그것을 받을 사람들이 천사들을 떠올리기 때문이다. 사길 잘했다. (…) **네가**('나' 형태의 사용을 가정해볼 수도 있다—저자) 어제 그것을 언제 샀지? 생각해봐."(22) 또는 다음과 같다. "다 필요 없어. 내 스스로가 자신에게 손사래를 쳤다. 과연 **내게 너의** 번잡스러움이 필요하냐? 사람들에게 **네가** 그러는 것이 과연 필요하냐? 무엇을 위해 **내게** 이제 와서?"(21) 즉 한 인물(이 경우는 베니치카)의 언술 내부에, 주인공과 자기 자신과의 대화 내부에, '내적 독백'이 '내적 대화'로 변화하면서 다양한 인칭대명사들이 출현하는 것이다.

서사의 대화화에는 다른 인물들('천사들', '신', 동행자들인 '검은 콧수염', '데카브리스트(12월당원)' 등)뿐만 아니라 자기 자신에 대한 주인공의 호칭 체계도 참여한다. "괜찮다, 괜찮아. 나는 내 스스로에게 말했다. 괜찮아. (…) 모든 것은 그렇게 흘러가는 거야. **베니치카**, 왼쪽으로 가고 싶으면 왼쪽으로 가, 나는 <u>네게</u> 아무것도 강요하지 않으니까.(20)(강조와 밑줄은 저자)

감정적으로 윤색된 **수사적 인물들**은 생생한 회화체의 인상을 창조하도록 도와주며, 그럼으로써 텍스트가 대화적 연극이라는 색채를 띨 수 있도록 기여한다. **질문—대답**: "당신은 물론 물어보시겠죠. 그 후엔, 베니치카, 그 후엔 무엇을 마셨지?"(18 등) 또는 "사실 흥미로운 의견 아닌가요?"(42)

∴

사실은 잘 알려져 있다.

//**감탄**: "오, 허사로다! 오 덧없도다! 오, 내 민족의 삶에서 가장 무력하고 모욕적인 시간은 여명에서부터 모든 상점들이 개점할 때까지의 시간이다!" (20)//**명령**: "자, 만끽해보세요."(42) 또는 그 유명한 "일어나 가라."(35 등) //**대화체 발화 형식**: 이제 내가 당신에게 이야기를 해줄게요"(33) 등.

마지막 예는 바로 대화성(여행 노선도 아니고, 인상들의 교체도 아니고, 새로운 역들의 명칭도 아니다)이 행동을 촉진시킨다는 것을 보여주고 있다. 예를 들어, 두 목소리로 자기 스스로와 대화를 하면서 베니치카는 이성과 영혼, 양심과 취향에 대한 교훈을 다음과 같이 말하고 있다. "양심과 취향은 뇌를 너무 과도하게 만들 만큼 너무나 많다."(48) 그리고 다음 줄에서 곧바로 어떤 이행도 없이 자기 자신에게 질문을 하는데, 그 물음은 주인공 생각의 흐름을 다른 영역으로 향하게 한다. "그러면 베니치카, 너는 언제 처음으로 네가 바보라는 사실을 알게 된 거냐?"(48) 또는 예를 들어, "은발" "노숙녀"를 향한 그의 사랑에 관한 베니치카와 독자와의 대화는 너무나 예기치 않게 단 하나의 질문으로 다음과 같이 '깊어진다.' "만약 당신이 내가 어디서 어떻게 그녀를 찾아냈는지 흥미로우시다면, 만약 관심이 있으시다면, 들어보세요."(54)

예로페예프 서사의 다성성은 표면적(허구적, 가상적)이다. 왜냐하면 인물들의 '형상'과 '사상'이 서로 유사한 것과 마찬가지로 그들의 언어와 언술의 경우에서도 개별화 경향이 관찰되지 않기 때문이다. 주인공들은 단순히 같은 언어로만 말하는 것이 아니라 똑같은 문장 표현, 수사법, 언어 구조를 사용하여 완전히 똑같은 언어로 말하고 있다. 예를 들어, 베니치카의 말은 동음이의어인 두 개 단어들을 뒤바꾸기, 준(準)동의어들을 늘어놓거나 똑같은 단어를 기초로 하여 두 개의 통합 요소들을 겹쳐놓는 것(유착시키는 것)과 같은 아이러니한 다의성을 기초로 하여 자주 발화된다. "그녀는(["구름 같은 눈을 가진 노숙녀"에 대해서(58) — 저자] 식탁으로 다가와서 다 마셔버렸고, 단숨에 또 150그램을 들이켰다. 왜냐하면 그녀는 완벽하며, 완벽함에는 끝이 없기 때문이다."(56)(['끝이 없이 마시다 (пить без предела)'와 '완벽함에는 끝이 없다(совершенству нет предела)'] 또는 다음과 같다. "이 여인은 오늘날까지 예감들만이 가슴을 조이게 한 여인이다"(56)(겹쳐놓기: '가슴을 조이다(теснить грудь)'와 '가슴을 압박하다(тискать грудь)'] 또는 다음과 같다. "내가 이해하길 원한다면 나는 모든 것을 수용할 수 있다. 내게는 머리가 아니라 유곽이 있다."(79)(원래의 표현은 "머리가 아니라 소비에트의 집이 있다(не голова, а Дом Советов)"] 또는 다음과 같다. "어쩌겠나, 나는 일어나서 갔다. 내가 편해지기 위해서가 아니다. 그들을 편하게 하기 위해서다."(36)(결합해서 놓기: "편안해지다, 작은 일을 보다(облегчиться)", 즉 "작은 일을 보다"와 "마음을 편하게 하다") 베레모를 쓴 검은 콧수염의 여인은 공통 단어를 기초로 두 개의 다른 어구를 하나의 문장에 결합하면서 유사한 방식으로 언술을 만들어낸다. "내 눈앞에서 머리가 어지러웠다"(98)라는 표현은 "내 눈앞이 캄캄해졌다(아찔해졌다)"와 "내 머리가 어지러웠다"를 혼합한 것이다. 베니치카와 검은 콧수염의 대화에서 대화자들의 어구는 때로는 메아리처럼 서로에게 반응하고(100~101), 때로는 너무나 어휘적으로 비슷해서 말하는 사람의 이름을 지적하지 않으면 누구인지 '구별'할 수 없을 정도이다. "나는 좋은 책을 읽을 필요도 있다. 나는 누가 어째서 술을 마시는지 도대체 이해할 수가 없기 때문이다. 아랫사람들이 위를 보면서인지, 아니면 윗사람들이 아래를 보면서인지(низы, глядя вверх, или верхи, глядя вниз)."(84) 보다시피, 인용된 검은 콧수염의 말은 베니치카가 실패한 작업반장 일에 대해 한 말과 '비(非)예술적으로' 유사하다. "아랫사람들은 나를 보기를 원치 않았고, 윗사람들은 비웃지 않고는 나에 대해 말할 수가 없었다(Низы не хотели меня видеть, а верхи не могли без смеха обо мне говорить)."(44)

똑같은 인물들이 서로에 상관없이 각자 자신의 이름으로 체호프가 죽는 장면[107]을 묘사하는데, 그들의 "묘사들"에 대한 해설은 다음과 같이 너무 풍부하다.

검은 콧수염: "죽기 전 안톤 체호프의 마지막 말은 어땠나요? (…) 그는 다음과 같이 말했어요. 'Ихъ штэрбе', 즉 '나는 죽어가고 있다'였죠. 그런 다음에 다음과 같이 덧붙였죠. '내게 샴페인 좀 따라주오.' 그러고 나서야 죽었어요."(80) // 베니치카: "안톤 체호프는 죽기 전에 다음과 같이 말했어요. '술을 마시고 싶어.' 그러고는 죽었죠."(143)(어쩌면, 이런 이야기들 중 하나에서 체호프의 자리에 어떤 다른 고전 작가가 놓인다 해도 예술적 관점에서 보면 '더 나쁘지' 않았을 것이다.[108])

바로 그 검은 콧수염이 자신의 언술에서(베니치카의 서사와 상관없이) "일어나 가라"(81)의 모티프를 사용하고 있으며, 모직물 외투를 입은 '12월당원'의 사랑에 대한 이야기에서는 베니치카의 부활 테마("나는 부활할 것이다"(92))가 나온다는 사실도 덧붙일 수 있다. 비록 이 경우에서도 역시나 '활용되지 않은' 관점에서 너무나도 다방면적인 사랑의 테마가 전개되는 것을 기대해볼 수도 있었을 것이다.

이제 예로페예프가 따르는 전통의 탐구로 다시 돌아가서 비평가들이 그

107) A. 체호프의 마지막 임종 시간의 묘사는 O. 크니페르 체호바(체호프의 아내—역주)가 제공한 것이다. 참조할 것. *Чехов в воспоминаниях современников.* M. 1960.

108) 동시에 이 대화에서 여러 번 반복되는 "그 다음은(а дальше)?"이란 말(80)에도 주의를 기울이시오. 이 말의 문체적 형식 자체와 텍스트에서의 미학적 기능은 하나의 포스트모더니즘적 연상을 불러일으킨다. 즉 L. 루빈슈테인의 서사시 「그 다음에도 계속(Все дальше и дальше)」(1984)과 「어디나 삶(Всюду жизнь)」(1986)들이 떠오르게 만드는데, 이 시들에서 대화적 슈제트(диалог-сюжет)는 '다음에(дальше)'란 단어를 둘러싼 유희와 함께 이루어질 뿐만 아니라 똑같은 언술·문체적 도식에 따라 전개된다.

렇게도 자주 언급하는 고골을 떠올려본다면, 예로페예프에게서 '모방을 위한 모델'이 된 것은 여행·서사로서의 『죽은 농노』라기보다는, 표면적 구성에서 '여정'의 형식으로 직조된 연극 희곡 『검찰관』이라는 사실이 분명해진다(첨언하자면, 『검찰관』 마지막의 고골식 대목인 "뭘 비웃는 거요? 자신들이나 비웃으시오!"[109])도 예로페예프와 유사하다).

마지막으로, 텍스트에 표현된 서사시(42)로서의 『모스크바발 페투슈키행 열차』의 장르적 정의에 주의를 기울인다면, 여기서도 고골과 그의 서사시를 상기해야만 하는데, 고골의 서사시는 단테 서사시와의 연관성을 나타내주고 있으며, 『죽은 농노』는 단테 서사시의 숭고한 모델에 따라 창조되었다. 그리고 예로페예프가 공연하는 '희극' 또한 어느 정도는 '신곡(神曲)'이라는 사실도 지적해야만 한다. 만약 예로페예프가 고골의 전통을 따랐다는 것을 인정하여 현대적 '서사시' 장르라는 사실을 입증하려고 한다면, 그것의 논거들은 주인공의 서정적·주관적 경험('마음의 자발적 유출'), 고통과 '세계적 염세주의'의 현존, (비록 풍자적으로 비하된 것이기도 하지만) 감정적으로 고양된 문체, 깊게 파고드는('진지한') 서정적 토로와 비평가들이 확인한 다른 많은 점들[110]이 될 수 있을 것이다.

그러나 우리 관점에서는 '서사시'란 정의를 심각하게 생각할 필요가 없다. 왜냐하면 '서사시 『모스크바발 페투슈키행 열차』'라는 정의는 텍스트에서만 그것도 딱 한 번 표현되기 때문이다(소설의 제1쇄 겉표지에 실려 있었지만 후에는 삭제되었다. 작가 스스로가 그렇게 한 것으로 예상된다). 그런 정의와 마찬가지로 작가가 소설에서 '(일부러 또는) 우연히 던져놓은' 다른 장르들

••

109) Гоголь Н. Указ. соч. Т. 4. С. 91.
110) 이미 언급했듯이, 『모스크바발 페투슈키행 열차』를 서사시 장르로 정의하는 것은 M. 알트슐레르에 따른 것이다.(см. Альтшуллер М. Указ. соч. С. 69~77)

도 검토해볼 수 있다. "누가 알겠는가, 어떤 장르로 내가 페투슈키까지 도달하게 될지. (…) 모스크바 그곳에서는 모든 것이 다 **철학적 에세이들**이나 **비망록**들이었고, 모든 것이 다 이반 투르게네프가 쓴 것 같은 **산문시**였다. (…) 이제는 **탐정소설**이 시작되고 있다."(75)(강조는 저자) 이런 장르들은 보다시피 『모스크바발 페투슈키행 열차』의 다양한 텍스트 편린들을 구별해주고, 시기적절하고도 타당하게 특성을 규정해주고 있다. 예로페예프 서사의 논리에 따르면, 그의 정의에서 '서사시'는, 명사라는 의미론보다는 감탄사나 부사의 내부 형태론적 의미론이 더 많다고 가정할 수 있다. 예로페예프 시대에는 바로 이렇게 어떤 대상이나 행동에 감탄적 태도를 표현하거나, 감정을 발설하거나, 인상을 고착시킬 때 "서사시다!"라고 말할 수 있었는데, 그것은 얼마 전의 '문학적 표현으로 취급되던' "문장이네(Абзац)!"나 좀 더 현대적이고 '문학적으로 동기화된' "동화다(Сказка)!"나, "일급이다(Класс)", 또는 "최상급이다(Супер)"와는 다른 것이다.

『모스크바발 페투슈키행 열차』를 낙인찍은 위에서 열거된 모든 장르적 다양성들 중에서 예로페예프의 서사를 '고백'으로 정의하는 것에 주의를 기울여야 한다. 그것은 예로페예프의 텍스트를 또 하나의 전통인 레르몬토프의 소설 『우리 시대의 영웅』과 연관시키는 것이지만, 이에 관해서는 이후에 예로페예프 텍스트의 문학적 인유와의 연관 속에서 언급할 것이다.

이렇듯 예로페예프는 한편으로는, 고전적 리얼리즘 서사(주로 '바로 우리의 국가 러시아에서 선택한 사람')[111]에 대한 고골의 아이러니하고 '진실한' 묘사를 따르면서, 문학 전통과의 연관을 드러내고 주인공을 이해하는 기호

●●

111) Гоголь Н. Указ. соч. Т. 5. С. 256.

들을 제공한다. 다른 한편으로 예로페예프는 자신의 텍스트를 사회주의리얼리즘 소설의 전통(이에 대해서는 이후에 언급될 것이다)에서 멀어지게 하고 거리를 둠으로써 문체와 서사 방식의 돌발성을 정당화하면서 자신의 작품을 창조하였다고 결론 내릴 수 있다. 그러나 두 경우 모두를 고려하더라도 예로페예프는 이미 형성된 법칙들을 파괴하였고, 관습적 규범을 회피하였으며, 장편소설(또는 중편소설(!) 이 정의에도 의심을 품을 때가 도래했다)[112] 전개 원칙의 견고한 틀을 깨뜨렸다. 그것은 이후에 장르 법칙의 파괴와 포스트모더니즘을 지배하는 혼종 형식인 '혼성주의' 기법들을 모색하는 시초가 되었다.[113]

주인공, 성격, 작품의 장르 문제와 함께 예로페예프의 서사 **방식, 문체, 언어**가 『모스크바발 페투슈키행 열차』의 중요한 측면을 차지하며 지대한 관심을 끈다.

『모스크바발 페투슈키행 열차』 서사의 가장 강력하고 가장 '의외로 새로운' 문체 구성층은 상호 텍스트, 즉 작가가 인용하고 패러디하였고, 인유와 회상을 낳았고, 그것을 인용하고 '베꼈고', 그것에 동의하고 반박한, 세계문학과 러시아문학, 고전문학과 현대문학, 정치문학과 예술문학, 진지한 리얼리즘 문학과 아이러니하고 신비적인 문학의 층이다. Ju. 레빈은 다음과 같이 말했다. 예로페예프의 서사시는 "거의 센톤의 성격을 지닌다."[114] 비록 예로페예프에게서는 문학 콘텍스트에 대한 호소가 전적으로 포스트

··

112) 잡지 《명징과 문화(*Трезвость и культура*)》에서는 『모스크바발 페투슈키행 열차』가 중편소설로 등록되었다.
113) С. 쿠리친은 포스트모던의 특징으로서 '시학의 전반적 약화'에 대해서 말하고 있다.(Курицын В. Указ. соч. С. 235)
114) Левин Ю. Комментарий к поэме.

모더니즘적 상호 텍스트성의 성격을 띠는 것은 아니지만, 그는 그것의 무한한 가능성을 드러내주었고 예언해주었다.

비평가들의 관찰에 따르면, 『모스크바발 페투슈키행 열차』의 기본 '원천'들 중에서 다음과 같이 '우선적으로 두 개의 극'을 구별해볼 수 있다. "① 성경(특히 신약 외에도 「아가서」와 「시편」)[115]과, ② 선동 문구들이 담긴 소련 라디오 · 신문의 사회 평론 선전물이 그것이다. 거기에는 (…) 사회주의리얼리즘 문학의 모범 사례들＋소비에트 선전의 무기로 선택되어 널리 통용된 러시아 고전들의 인용문을 포함시킬 수 있다."[116] 이 양극 사이에 다음과 같은 원천들이 배치된다. 첫 번째는 "튜체프로부터 파스테르나크와 만델슈탐까지의 러시아 시다. 두 번째는 감상주의 문학, 무엇보다 스턴의 『프랑스와 이탈리아를 지나는 감상주의 여행』과 라디세프의 『페테르부르크에서 모스크바로의 여행』이다. 세 번째는 고골, 투르게네프, 도스토옙스키 등의 19세기 러시아 소설이다."[117]

I. 스코로파노바는 다음과 같이 이런 사실을 보충하고 확증한다. "우리가 머릿속으로 『모스크바발 페투슈키행 열차』를 흩어놓은 다음 그 속에 제시된 인용들(인용문들)을 분류해본다면, 다음과 같이 차용의 원천들이 밝혀질 것이다. 고대 신화, 성경, '교회 사제들'의 작품들, 러시아 민속, 문학 작품들, 혁명적 민주주의자들의 사회 평론, 마르크스 레닌주의의 고전적 이론가들의 노작들과 발언들, 소비에트 출판물, 공식적 문화, 다양한 철학적 · 역사적 · 음악적 원천들이다. 한편으로는 성서와 문학 인용문들이, 다

. .

115) 후에 Ju. 레빈은 '마태복음', '마가복음', '요한복음', '요한계시록', 솔로몬 왕의 책, 예언서들, 신명기 등을 포함시켜서 이 목록을 확장한다.
116) Левин Ю. Комментарий к поэме. С. 260.
117) Там же. С. 278.

른 한편으로는 다양한 정치적 선전 상투어들이 지배적이다. (…) 여러 형
태로 서사시에서는 『이고리 공의 원정기』, 셰익스피어, 라블레, 사아디, 괴
테, 하이네, 코르넬, 바이런, 페로, 푸슈킨, 그리보예도프, 바라틴스키, 레
르몬토프, 고골, L. 톨스토이, 도스토옙스키, 투르게네프, 튜체프, A. 오
스트롭스키, 게르첸, 체르니셉스키, 네크라소프, 레스코프, 체호프, 블로
크, 로흐비츠카야, 고리키, 부닌, 로자노프, J. 런던, 생텍쥐페리, 뵐, 마야
콥스키, 예세닌, 파스테르나크, 호다세예비치, 불가코프, 에렌부르크, 마
르샤크, 숄로호프, N. 오스트롭스키, 만델슈탐, 레베데프-쿠마치, L. 마
르티노프, 빅토르 네크라소프, 뱌체슬라프 네크라소프, 솔로우힌 등이 인
용된다. 가장 많이 인용되는 것은 푸슈킨과 도스토옙스키이며, 구체적 작
품들로는 『예브게니 오네긴』, 『보리스 고두노프』, 『모차르트와 살리에르』,
『집시들』, 『코란의 모방』, 『지하로부터의 수기』, 『죄와 벌』, 『카라마조프가의
형제들』, 『분신』, 『백치』, 『미성년』 등이다. (…) 작품에서 상당한 위치를 점
하는 것은 마르크스와 레닌, 당과 국가 문서들을 패러디한 인용이다. 예를
들어, 레닌의 저작들 『자본주의의 최고 단계로서 제국주의론』, 『제2인터내
셔널의 붕괴』, 『철학 노트』, 『게르첸의 추억』, 『4월 테제』, 『마르크시즘과 봉
기』에서 발췌하여 인용되며, 그의 '제3차 콤소몰 대회 연설' 역시 인용된다.
이런 유형의 인용문들을 다양하게 해주는 것은 소비에트 시대 공식적 생
활 영역에서 폭넓게 유포된 모든 종류의 기성 상투어들, 틀에 박힌 언어적
상용 어구들이다. 예로페예프는 서사시의 텍스트에, '그 사람이 아닌 다른
사람을 덮쳤다(не на такого напал)', '죽을 때가 되었다(в гробу я видел)', '혀
꼬부라진 소리를 하였다(лыка не вязать)' 등, 구체적 저자를 가지지는 않지
만 일종의 인용구들로 검토될 수 있고 (주로) 서민 계층에 널리 퍼져 있던
하급 문체적 뉘앙스를 띠는 온갖 종류의 관용적 상투어들을 기꺼이 포함

시키고 있다."[118]

예로페예프의 '단일' 텍스트는 이렇듯 다양한 원천·텍스트들, 다양한 의견과 판단들, 다양한 문체와 언어들의 교직(交織)에서 형성되며, 연결과 부착, 교직과 치환, 불가능하고 연결될 수 없고 허용되지 않는 것들의 결합과 채움으로 탄생된다.

I. 스코로파노바는 다음과 같이 말했다. "전체 서사의 통일성을 유지해가는 베네딕트 예로페예프에게는 성경적, 공식적·사무적, 철학적, 일반 회화체 및 표준어적 담론과, 상스러운 담론, 도덕적·종교적 교훈, 민속, 대중문화 등, 이종(異種) 요소들이 녹아들어 있으며, 문학 내적으로는 고전주의, 감상주의, 낭만주의, 사실주의, 자연주의, 사회주의리얼리즘의 담론들이 녹아 있다."[119]

저자·서술자는 고전적(예술적·철학적·종교적·음악적·민속적 등) 형상에 쉽게 의지하며, 익숙하고 관습적인 공식들이나 인용문들, 문체적·언어적 관습과 진부한 문구들을 사용한다. 하지만 이때 '그 너머에 고착된' 문맥에서 그것들을 빼내서 '정신적으로도' '축자적 의미 그대로도' 전혀 다른, 이전과는 본성적으로 다른 문맥 속에 끼워 넣음으로써 그 의미를 상실하게 만들고 그것에 예기치 못한 새로운 소리와 의미를 부여한다. 암시·인

∵

118) Скоропанова И. Указ. соч. С. 158~160.
119) Там же. С. 161. Z. 지닉의 다음과 같은 언급과 비교해보시오. 베네딕트 예로페예프에게서 "고전적 스탈린식 산문과 이를 반스탈린식 문체로 바꾼 해빙기 시대의 흠 하나 없는 온전한 혁신은 공포로, 어떤 언어적 야수화로 교체되었다. 환각적 헛소리 속에서 마르크스주의 은어는 욕지거리와 뒤섞이고 복음서적 억양은 술 취한 주정과 혼합된다. 그런 헛소리는 런던의 판키들(비상식적 외모나 무례한 행동으로 현실을 부정하는 청년들의 부르주아식 문화 사조의 하나—역주)에게는 이해가 되지만, 고골과 살티코프-세드린의 독자들에게는 전혀 낯선 것이다."(Зиник З. "Двуязычное меньшинство" // Золотой векъ. 1992. No. 2. С. 59~60)

유·연상·회상·인용 또는 '원천의 인용' 시학을 중개로 하여 예로페예프는 텍스트의 공간을 믿을 수 없을 만큼 확장시키고, 의식 속에 명백한 사상과 형상들을 불러일으키고, 수많은 해석들을 낳으면서 하부 텍스트를 심화시킨다.

비평가들은 예로페예프 텍스트에 '낯선' 텍스트의 목소리들이 현존한다는 점에 주목하면서 텍스트 안에 담긴 수많은 문화적 인용문들을 상세하게 분석했다.[120]

비평가들에 의해 이미 언급된 것 외에도, 예로페예프가 단순히 어떤 작가나 작품이 아닌, 문학 발전의 특정 시기를 대변하는 개념·형상·카테고리에 빈번하게 의지하는 상황에도 주의를 기울여야 한다. 예를 들어, 주인공 형상을 분류할 때 '작은' 베니치카라는 정의는 이미 익숙하다. 저자가 주인공의 성격을 "어린 왕자"(41)로 정의했다는 점도 새로울 것이 없다. 그러나 이런 정의의 근간을 형성하는 것은 A. 생텍쥐페리의 『어린 왕자』가 아니라 19세기 러시아문학의 '작은 인간'의 형상이다. 예로페예프는 반(反)영웅적(반주인공적) 작은 인간의 성격에 대한 '기억'을 문학에 복귀시키면서 도블라토프, 톨스타야, 페트루솁스카야, 피예추흐, 쿠라예프 등 현대의 '작은' 주인공들에게 길을 열어준다.

예로페예프의 텍스트에서는 19세기 러시아문학의 고전적인 '작은 인간들', 이를테면 예브게니 또는 삼손 비린(A. 푸슈킨의 『청동 기마상』과 『역참지

∵

120) 참조할 것. Альтиуллер М. Указ. соч.: Власов Э. Указ. соч.: Гайсер-Шнитман С. *Венедикт Ерофеев: "Москва-Петушки". или "The Rest is Silence"*. Bern; Frankfrurt am Main; New York; Paris; Perter Kanng. 1984; Зорин А. Опознавательный знак: Левин Ю. "Классические традиции в "другой" литературе: Венедикт Ерофеев и Федор Достоевский." *Литературное обозрение* 1992. No. 2; Паперно И. Гаспаров Б. Указ. соч.: Скоропанова И. Указ. соч.: Смирнова Е. Указ. соч. и др.

기』), 아카키 아카키예비치 바슈마치킨(N. 고골의 『외투』), 마카르 데부슈킨 또는 마르멜라도프(F. 도스토옙스키의 『가난한 사람들』과 『죄와 벌』), 관리 체르뱌코프(A. 체호프의 『관리의 죽음』) 중 어느 한 명에 대한 언급도 나타나지 않는다. 그러나 어쩌면 동정에 대한 마르멜라도프의 그 유명한 독백이 예로페예프의 텍스트 전체에 '녹아 있는 것'으로 간주될 수는 있다. "동정하다니! 어째서 나를 동정해야 한단 말인가! (…) 나를 동정할 필요가 전혀 없다! 나를 못 박아야만 한다. 십자가에 못 박아야지 동정해서는 안 된다! 그러니 못 박으시오, 재판장님, 못 박란 말이오, 못 박은 후에 그를 동정하시란 말이오! 그러면 내가 스스로 당신에게 십자가 형벌을 받으러 갈 것이오. 왜냐하면 쾌락을 목 말라하는 것이 아니라 모욕과 눈물을 갈망하기 때문이오! (…) 판매원 당신은 작은 술 한 병이 내게 쾌락을 줄 것 같소이까? 내가 찾은 것은 모욕이오. 나는 그 술병 밑바닥에서 모욕과 눈물을 찾았단 말이오, 한 입 맛보면 얻게 된단 말이오. 그런데도 모든 사람을 동정하고 또 모두를 알고 있던 그분은 우리를 동정하고 있는데 그가 유일한 분이고 그가 재판관이오."[121] 그러나 베니치카 예로페예프의 '작음', 그의 온순함, 동정 어림, 조용함, 섬세함 등의 '간접적' 성격들로 풍부히 채워진 텍스트 전체, 그리고 러시아문학 '황금 세기'의 이름들과 인용들로 가득 찬 예술적 콘텍스트는 예로페예프의 주인공을 (포스트모더니즘적) 현대문학의 '작은 주인공'으로 부를 수 있는 근거를 제공한다.

주인공 유형을 되살려내면서 작가가 그의 형상과 성격에 불가피한 변형을 가했다는 것도 분명하다. 작가-서술자가 그의 '작음'을 일정 수준까지 의식적으로 강조하고 있다는 점, 그리고 '작은 인간'의 성격을 형성하는 '사

••

121) Достоевский Ф. Избр. соч.: В 2т. М.: 1997. Т. 1. С. 250~251.

회적·인성적·작가적' 수준의 3일치에 의도적으로 주목하고 있다는 점에서는 19세기 주인공들과의 연결성을 떠올릴 수 있겠고, 현대적으로는 탈계급적인 베니치카의 '사회적'·'인성적' '작음'에 대해서 언급할 수도 있겠다. 하지만 그런 유형의 주인공에 대한 작가적 위치에 관해서는 수정이 불가피하다. 푸슈킨과 고골은 자신의 주인공과 공감대를 유지했으며, 도스토옙스키는 '작은 인간'에 대한 존중을 주장하였고, 체호프는 '하급' 관리 체르뱌크의 영혼이 하찮음과 보잘것없음을 경멸했다면, 서사시『모스크바발 페투슈키행 열차』의 작가는 자신의 주인공에 대한 분명한 평가적 태도를 원칙적으로 거부하고 있으며(이에 대해서는 다양한 관계 속에서 위에서 이미 언급되었다), 그와 자신과의 거리를 없앴고, 주인공을 자신의 문학적 '대리자'이자 '대표자'로 만들었으며, 단순한 동명(同名)인이 아니라 '제2의 나'로 삼고 있다.

예로페예프가 문학에 '복귀시켰고' 포스트모더니즘 문학에서 주인공 유형을 많은 부분에서 결정한 또 하나의 형상·개념은 역시나 19세기 러시아 문학에서 발생한, 더 정확히는 19세기 1/3기에 발생한 '잉여 인간' 형상(유형)이다.

잘 알려졌다시피, '잉여' 인간들의 '고전적' 형상들은 오네긴과 페초린이다. 푸슈킨은 오네긴 속에 '잉여성'의 기본적 특징들을 집중적으로 구현시켰고, 레르몬토프는 페초린에서 표현의 최고 수준까지 그 성격들을 이끌고 갔다.

텍스트에서 명백히 드러나듯이, 푸슈킨과 오네긴이란 이름(특히 푸슈킨이라는 이름)은 서로 다른 상황에서 여러 번, 여러 등장인물들을 통해 언급된다.(40, 69, 89, 94, 97, 98[122] 등) 하부 슈제트들 중, Ap. 그리고리예프의

••

122) 참조할 것. С. Гандлевский: "Всему виною-Пушкин, что ли?"(모든 것에 대한 잘못이

유명한(이후에 포스트모더니스트들에게서 폭넓은 인기를 얻은) 문구 "푸슈킨은 우리의 모든 것이다"[123]의 "자유로운 재배치"인, "모든 것은 푸슈킨으로부터 시작되었다"라는 전통적·다의적 어구가 울려 퍼지는 장면에서, 푸슈킨은 "등장인물"(비록 "무대 외적이더라도")이 된다. 바로 이 인용 부분에서 푸슈킨의 『예브게니 오네긴』 중에서 다음과 같은 문구도 인용된다. "내 황홀한 눈길이 당신을 괴롭혔나요? (…) 마음속에 내 목소리가 울려 퍼지던가요?"(97)[124]

예로페예프의 텍스트에 나타나는 푸슈킨적 모티프에 E. 블라소프는 주의를 기울였다. 예를 들어 예로페예프의 경우에서처럼 어구나 장 전체("세르프 이 몰로트-카라차로보")를 거의 다 '누락'한 것에 유념할 필요가 있다. 작가가 독자들에게 장을 누락했다고 말하는 "이런 통보와 관련된 가장 인접한 문학적 원천으로는 푸슈킨이 독자들을 향해 호소한 고전적 사례가 있다. '누락된 시구들은 비난과 비웃음(게다가 매우 정당하고 기지가 넘친다)의 원인이 된다. 작가는 자신의 소설에서 장 전체를 누락했다는 사실을 정직하게 인정하고 있다.'"[125] 또는 텍스트의 처음 시작 어구도 주목된다.

∴

푸슈킨이란 말인가?)(Гандлевский С. *Конспект: Стихотворения*. СПб. : Пушкинский фонд. 1999. C. 10)

123) Григорьев А. *Соч. : В 2* т. М.: Художественная литература. 1990. Т. 2. C. 56.

124) 검은 콧수염 여인의 이 이야기에서 또 다른 문학적 풍자들도 발견할 수 있는데, 예를 들어 예로페예프의 여자 주인공처럼 말한 불가코프 『거장과 마르가리타』의 니카노르 이바노비치 보소가 형상에 대한 것이 있다. "그럼 아파트 값은 푸슈킨이 지불할 건가요?" 또는 "그렇다면 계단의 전구는 푸슈킨이 뺐단 말이죠?" 또는 "그렇다면, 석유는 푸슈킨이 살 건가요?"(Булгаков М. Указ. соч. Т. 3. C. 170) 등(그러나 예로페예프에 대한 비평에서는 그가 『거장과 마르가리타』를 읽지 않았다는 주장이 퍼져 있다. 참조할 것. "Несколько монологов о Венедикте Ерофееве." C. 93).

125) Власов Э. Указ. соч. C. 124.

"모두가 크렘린, 크렘린 말하곤 한다." 푸슈킨의 『모차르트와 살리에르』도 유사하게 시작된다. "모두가 '세상에 진실은 없다'고 말하곤 한다."[126](기억하듯이, 이런 어구의 연장은 "그러나 그 위에도 진실은 없다"(117)는 예로페예프 혁명가들의 '장난스러운 이중적' 암호가 된다.) 그리고 '타인의 현관'(=타인의 출입구)을 지적할 수도 있다. "베니치카 이전에도 문학가들이 이용했다. 예를 들어, 푸슈킨은 '사실 리자베타 이바노브나는 가장 불행한 피조물이었다. 타인의 빵은 쓰다고 단테는 말하지만 타인의 현관 계단도 힘겨운 법이다.' (『스페이드의 여왕』)[127] 또는 '은발의 노숙녀'에 대한 베니치카의 말도 예가 될 수 있다. '내가 무슨 상관이냐! (…) 믿을 수 없는 여자라 하더라도…….' 여기서는 푸슈킨이 묘사한 알레코의 대답이 떠오른다. '뭐가 어떻단 말인가? 젬피라가 믿을 수 없는 여자라 하더라도! / 나의 젬피라가 냉담해졌다.' (『집시들』)[128]"

할아버지 미트리치의 말 "내가 갈 수도 있었는데!"는 1825년 12월 14일 원로원 광장의 봉기에 대한 푸슈킨의 말 "나도 갈 수 있었는데……"에 대한 희미한 메아리로 울린다. 게다가 대화의 참가자들 중 한 명이 바로 '12월당원'이다.(94) 어구의 운율적 풍경이 완전히 일치하는 것은 분명하다.

'잉여의' '미련한' 오네긴이란 이름은 "사회민주주의자들"과 "월귤나무 수액"(82)에 대해 말하는 검은 콧수염의 입을 통해서 소설에서 한 번 언급된다. 하지만 슈제트(또는 사상)의 발전이나 주인공 형상을 이해하는 데 별로 도움이 되지 않는다. 다만 "치명적 우수"(20), "병든 마음"(48), 그리고 "쓰디쓴 죽탕, (…) 비애와 공포"(49), 또 다른 말로는 "영국식 우울증"에 대

∴

126) Власов Э. Указ. соч. С. 126.
127) Там же. С. 140.
128) Там же. С. 280. см. также: 450, 452, 483, 501, 520, 529, 533, 534~535, 538, 551 등.

해서, 더 정확히는 푸슈킨의 주인공들처럼 베니치카에게 갑자기 들이닥치는 "러시아식 우울증"에 대해서 언급될 뿐이다. "갑자기 기진맥진해졌다. (…) 내 영혼은 애수에 잠긴다. (…) 영혼은 슬퍼진다"(30)등의 표현도 나온다. 19세기 러시아문학에서 당대 '잉여' 인간들의 특권은 "절망하고", "내적 모순 때문에 죽어가고", "의심한다"는 것이다. 모든 것, "가장 고통스러운 사회문제들"(104)("영원한 문제들")을 제기하기 때문이다.

베니치카의 영혼이 겪는 고통을 둘러싼 부분은 연구서들에서 여러 번 인용되었지만, 그것의 진정한(심오한) 의미는 퇴색되고 왜곡되었으며, "성 테레사의 성흔(聖痕)"에 대한 아이러니하고 희극적인 언급으로 은폐된다.

"나는 가지고 있던 모든 것을 작은 여행 가방에서 꺼내어 더듬어 만져보았다. 샌드위치에서부터 1루블 37카페이카 하는 분홍색의 독한 술까지. 만져보다가 갑자기 피곤해졌다. 다시 한 번 만져보았고 기운이 쑥 빠졌다. (…) 주여, 당신은 내가 무엇을 가지고 있는지 보고 계시죠. 그러나 정말 내게 이게 필요한가요? 정말 이것을 내 영혼이 사모한단 말입니까? 바로 이것이 내 영혼이 사모하는 것 대신에 사람들이 준 그것이랍니다! 그런데 만약 사람들이 정말 내게 이렇게도 필요했던 그것을 주었다면 얼마나 좋았을까요? 그런데 보세요, 신이시여, 여기 있는 것은 1루블 37카페이카짜리 분홍색의 독한 술입니다. (…)

그러자 온통 푸른 번개 속에서 신이 내게 대답했다.

'무엇 때문에 성녀 테레사에게 성흔이 필요하단 말이냐? 성녀에게도 성흔들이 필요치 않았던 것이다. 그저 그것들을 그녀가 소망한 것뿐이다.'

'바로 그거죠!' 나는 감격해서 대답했다. '저한테도 그렇죠, 저한테도 마찬가지죠, 이것은 제가 소망한 것이지만 절대로 필요한 것은 아니란 말입니다!'"(30)

이 인용문에서는 우선적으로 고딕체로 된 몇 단어들에 주의를 기울여야만 한다. 주인공 자신이 인정하는 바로는, 주인공이 천사들이나 아이들에 대해서 이 야기하고 있을 때만 그런 '작은 글자들'이 나온다. 따라서 이렇게 구별을 하면서 저자—주인공은 대화 대상의 중요성을 시각적으로 강조한다.

게다가 텍스트가 보여주듯이, 예로페예프는 주인공의 모든 '심각하고' '중요한' 사상들을 '위장하면서', 격정을 경계하고 열정을 피해가면서, 주인공의 독백들이 예기치 못한 각도에서 해결되거나 아이러니한 방향으로 옮겨가도록 함으로써 그것들을 결코 최고점까지 이끌고 가지 않는다.(참조할 것. 25, 48~49, 152)

이 경우에서처럼, 베니치카는 우습지 않은 것에 대해 우습게, 중요한 것에 대해서 심각하지 않게 논하고 있지만, 그의 영혼의 애수에 대한 언급은 19세기 사실주의 소설의 고전적 모델들을 연상시키면서 그가 '절대로 필요치 않은' 것을 '소망한다'는 것에 대한 아이러니한 강조보다 더 강한 효과를 낳게 된다.

I. 크람스코이(1837~1887)의 그림 「위로할 수 없는 슬픔」을 저자—주인공이 두 번 언급한 것도 영혼이 아픈 주인공 형상에 대한 19세기적 인용이 될 수 있다.

예로페예프의 주인공과 오네긴식 '잉여 인간' 유형과의 연관을 간접적으로 지시해주는 것은, 19세기 초 젊은이들의 우상과 관련하여 "우리 모두는 나폴레옹을 그려보았다"라고 한 푸슈킨의 말이다. 주인공의 반장 직무와 관련해서 이미 언급했듯이, 그 역할은 베니치카가 이미 연기를 끝낸 역할이다.

레르몬토프와 페초린에 관해서는, '작은 인간' 형상의 경우에서와 마찬가지로 그들의 이름들이 텍스트에서는 한 번도 언급되지 않지만, 그들이 소설에 '보이지 않게' 존재하며 '베니치카—페초린'이라는 대비가 비중 있는 근거를 가진다고 확신 있게 말할 수 있다.

다음과 같은 유명한 베니치카의 독백 중 하나는 이미 페초린의 형상을 떠올리도록 만든다. "평생 동안 이 악몽이 나를 지배하고 있다. 문제는 이 악몽이 왜곡되게 너를 이해하는 것에 있는 것이 아니다. '왜곡되게' 이해한 다는 것쯤은 아무렇지도 않다! 문제는 바로 완전히 거꾸로, 그러니까 천박하게, 즉 이율배반적으로 이해한다는 데 있는 것이다."(37) 이 경우 고백의 본질 자체와 그의 고백적 어조는 공작 영애 메리에게 한 페초린의 고백을 떠올리게 만든다. "그래요, 아주 어린 시절부터 내 운명은 어땠는지! 모든 사람들이 내게 있지도 않은 좋지 못한 성격들의 징조들을 내 얼굴에서 읽어냈죠. (…) 나는 수줍어했는데 내가 능청스럽다고 비난했고 (…) 나는 선과 악을 깊이 있게 느끼고 있었는데도, 아무도 나를 귀여워해주지 않았으며 모두가 모욕했어요. (…) 나는 우울했지만, 다른 아이들은 쾌활하고 수다스러웠어요. 나는 그들보다 자신이 더 높다고 느꼈는데, 나를 더 낮게 취급했어요. (…) 나는 전 세계를 사랑할 준비가 되어 있었는데 아무도 나를 이해하지 못했어요. (…) 나는 진실을 말하곤 했는데 나를 믿지 않았어요."[129]

사람들과 베네치카가 단절되고 있는 양상은 "그만둬라, (나는 내 자신에게 손사래를 쳤다.) 과연 내게 너의 부산스러움이 필요하단 말이냐? 사람들에게 네가 그러는 것이 필요하단 말이냐? 이제 내가 그럴 필요가 있겠는가?"(21) 또는 "당신들이 말하는 모든 것은, 그 모든 것은 (…) 내게는 전혀 상관없는 것이다. 그렇다. 내가 하는 것에 대해서라면, 결코 아무에게도 한마디도 하지 않을 것이다"(152)라는 말 속에 잘 나타나 있다.

'드러나지 않은' 형식으로 저자는 이 세계에서 베니치카의 위치, 즉 이해

··

129) Лермонтов М. *Полн. собр. соч.*: В 1. т. Калининград. 2000. С. 80.

되지 않고 외로운 '잉여 인간'의 위치를 암시하고 있다. 이에 대해서 기숙사에서 그의 이웃에 살던 인물은 "그런 수치스러운 눈길로는 너는 항상 외롭고 불행할 거야"(36)라고 예언하고 있다.

'레르몬토프적' 고독의 테마는 예로페예프의 소설에서 외로운 소나무의 형상과 연관된다. "나는 소나무 같다. (…) (주인공은 자신의 아들에게 말한다.) 소나무는 그렇게 길고 길며 외롭고도 외롭다. 나도 그렇다."(53)는 "북쪽에 외롭고도 황량하게 서 있다"에 대한 인유를 낳는다.

외로운 악마는 예로페예프의 페이지들에서 "내 영혼은 유폐 속에서 괴로워했다"(31)는 문장과 연관되어 새롭게 부활한다. 이 인용문은 '추방된 슬픈 영혼'의 표현 및 형상과 상통한다.

이미 잠시 언급한 민속적 이미지로서 갈림길(왼쪽-똑바로-오른쪽)은 '막심 마시미치' 장에서 말들이 레르몬토프의 주인공들을 여러 방향으로 태우고 내달린 역참의 '십자로'라는 이미지로 보충된다. 예로페예프가 기차와 말의 형상을 '슬쩍 바꾸기' 했다는 사실이 흥미롭다. 여정 동안 주인공은 말과 관련된 비유적 표현을 사용하면서, "기차가 꼼짝없이 갑자기 멈추었다"(11, 114)라고 두 번 말하며, 복수의 여신 에리니에스들을 추격하는 이야기에서 주인공이 "회오리바람과 어둠을 뚫고 문고리들을 뜯어내면서 뛰고, 또 뛰었을 때", "말들이 전율하는 것 같았다"(146)[130]라는 그의 느낌이 동시에 나온다.

마지막으로, 자신의 주인공을 위해서 예로페예프가 선택하고 있는 고백의 형식은 '페초린 일지'의 일기 형식과 상관된다. 레르몬토프의 '역사소설'이란 제목은 '우리 시대의 영웅'인 베니치카 예로페예프에게 재발송될 수도

••

130) '기차/말'의 대조는 고골의 '새/트로이카'도 떠올리게 한다.

있는 것이다.

이렇듯, 알렉산드르 블로크의 뒤를 이은 예로페예프 세대는, 그 세대가 '푸슈킨의 이름으로(예로페예프에 적용하면 레르몬토프도 추가된다—저자)' 어둠 속에서 서로를 찾고 있었다고 반복해서 말할 수 있었을 것이다. V. 무라비요프가 『모스크바발 페투슈키행 열차』 서문에서 예로페예프에게는 "러시아문학사에 항시 존재하는 하부 텍스트로서의 저속함에 대한 저항이 존재한다"[131]고 말한 것은 우연이 아니다.

만약 다른 '원형 텍스트'들인 A. 테르츠의 『푸슈킨과의 산책』이나 비토프의 『푸슈킨 집』에서 포스트모더니즘의 근원을 찾는다면, 여기서도 19세기 문학, 직접적으로는 푸슈킨이란 이름과 그의 작품을 향한 의도적이고도 고의적인 호소가 분명하다는 것에 주의를 기울이자.

그러나 '규범적' 포스트모더니즘 작가들, 즉 1980~1990년대 예로페예프의 계승자들에게는 마르크스-레닌주의 인용구들과 소비에트문학의 틀에 박힌 형상들을 통해 '서로를 감지하는 것'이 더 자연스럽다. 게다가 이 두 경향의 창시자들과 이론가들의 '사상과 작업'이 너무나 가깝고도 유사하기 때문에, '완전하고 최종적인 사회주의의 승리' 시대와의 '연관을 놓쳐버린' 연구자들에게서는 혼란과 오류를 낳고 있다. 예를 들어, "인간에게 가장 귀중한 것은 생명이다. 생명은 사람에게 한 번 주어지는 것이고, 목적 없이 살아온 세월 때문에 괴롭고 고통스럽지 않도록, 비열하고 하찮은 과거 때문에 치욕스러움이 달아오르지 않도록, 죽으면서는 '온 생과 온 힘을

••

131) Муравьев В. "Предисловие." С. 16.

세상에서 가장 아름다운 일, 즉 인류의 해방을 위한 투쟁에 바쳤다고 말할 수 있도록, 그렇게 살아야만 한다"[132]라는 N. 오스트롭스키의 소설 『강철은 어떻게 단련되었는가』(1932~1934)에 나오는 사회주의리얼리즘의 고전적 인용문은 예로페예프의 소설에서 두 번 인용되는데(첫 번째는 역 내부 레스토랑에서 사람의 생명 값은 '셰리술[133] 800그램'(24)이라는 것을 설명할 때이고, 두 번째는 인류 해방을 위한 투쟁보다 '더 아름다운' 것은 칵테일 '암캐 창자'(72)[134]라고 하는 부분이다], I. 스코로파노바는 (인용들을 세분한 결과로) 이것을 마르크스에 대한 그 딸의 설문지 중 '질문-대답'이라고 잘못 간주한다.[135]

'소비에트 고전'의 이름들 중에서 예로페예프는 '좋은 것'과 '나쁜 것'을 구별하지 않으며 어떤 원칙에 따라 '더 좋은 것'을 선별하지도 않는다. 하지만 '진저리가 나게' 극히 유명한 텍스트들에 의도적으로 주의를 돌린다. (이미 언급된 N. 오스트롭스키 외에도) 이런 문학적 대열에서 첫 번째에 위치한 것은 M. 고리키[136]였는데, 그의 '모범적 텍스트들'은 예로페예프의 '가

••

132) Островский Н. Соч. М.: Молодая гвардия, 1953. Т. 1. С. 198.

133) [역주] 소비에트 시기, 19도짜리 포도주 이름이다.

134) 예로페예프 레시피의 정확성은, 고골의 구(舊)상류사회 지주들의 미식가적 겉치레들과만 비교될 수 있고, 체호프의 『재판 전날 저녁』에서 나오는 '약제사'의 조제법을 기억 속에 떠올리게 할 수 있다.

135) Скоропанова И. Указ. соч. С. 163.

136) 예로페예프의 소비에트 시대의 전설적 기호 형상들 중에는 문학가들(또는 문학적 주인공들)과 정치적 활동가들뿐만 아니라 '평범한 사람들'도 있는데, '유명한 돌격대원 알렉세이 스타하노프'(133)를 예로 꼽을 수 있다. 스타하노프의 이름은 이후 포스트모더니스트들에 의해 여러 번 '요구될 것이다.'(참조할 것. 예를 들어 V. 소로킨의 소설 『마리나의 서른 번째 사랑(Тридцатая любовь Марины)』이나 V. 펠레빈의 중편 「오몬 라(Омон Ра)」 등) 다른 에세이 소설 『기인의 눈으로 본 바실리 로자노프(Василий Розанов глазами эксцентрика)』에서 예로페예프의 주인공은 소비에트 시대의 또 하나의 '표상적인' 형상인 알렉세이 메레시예프라는 사실을 덧붙일 수 있으며, 후에 그 책은 포스트모더니스트들에 의해 폭넓게 보급되었다.

벼운 손으로' 현대 포스트모던의 일상생활에 확고하게 포함되었다. 그러나 현대문학 발전에서 '다른' 경향의 맨 처음 단계에 위치하던 예로페예프에게 고리키의 산문은, 소비에트문학의 초석들이 보여주는 내용 빈약한 기호였고, "업적에 대한 자리"(25)나, 소츠아트에서 그렇듯이, "모든 문명의 척도"(90)로서의 여성에 대한 '고등학교식' 인용문들의 보고─원천이었다. 그리고 작가에게서 중요하고도 진지한(이미 지적하였다) '밑바닥 사람들'의 논쟁, 즉 '무엇이 더 위인가? 진리인가 동정인가'라는 문제와, '사람은 당당하게 들린다'[137]라는 말은 사실인가 하는 논쟁에 대한 논거(반대 논거)이기도 했다.

예로페예프의 고리키와의 논쟁·대화는 사상적 주제(자유, 형제애, 평등 등의 사상들) 층위에서뿐만 아니라, 고리키의 혁명적 낭만주의에 대한 문체적 패러디(격앙된 열정, 수사법들의 풍부함 등) 층위에서도 고찰될 수 있다.

베네딕트 예로페예프의 서사시 『모스크바발 페투슈키행 열차』의 예술적 특징들에 대한 대화를 마치면서, 마지막으로 순수하게 희극적인 문학 전통을 검토하는 것도 『모스크바발 페투슈키행 열차』를 분석하는 데에서 적지 않게 중요한 구성 요소로 간주될 수 있다는 것을 언급해야만 한다.

이미 선행된 고찰에서 분명하게 드러났듯이, 『모스크바발 페투슈키행 열차』의 서술적─의미적, 서술적─문체적 지배소는, 비논리성과 패러독스, 패러디와 왜곡된 모방, 사상의 모순 형용, 어구의 동음이의어적 풍자, 은

137) 이러한 고리키의 공식이 19세기 철학, 특히 레프 톨스토이의 모든 것을 용서하는 사상(비교할 것. 이미 인용된 베니치카의 "세상에 죄인은 없다!"(145))과 벌인 고리키의 논쟁으로 인해 발생했다는 것은 잘 알려진 사실이다.

폐된 것의 폭로와 '분명한 것'을 알지 못하는 것, '위'와 '아래'의 혼합, 본질과 형식의 뒤바꿈, 결합 불가능한 것의 혼합 등을 기반으로 한 부조리다.

이와 관련해서 비평가들은 예로페예프의 서사에서 라블레적 웃음의 본성과 그것의 카니발적 특징을 검토하는 것에 많은 주의를 기울였다. 예를 들어, M. 리포베츠키는 다음과 같이 말했다. "이 서사시가 '대주연적 전통'에 가깝다거나, 의례적 형상들을 '육체의 하부' 모티프들과 결합시키는 성물 모독적 가장(假裝) 행위에 가까우며, 일상의 최근 문제들 등에 대한 '진지하면서도 우스운' 논쟁들 등에 가깝다는 것은 축자적 의미 그대로 눈에 띈다."[138]

그러나 우리 시각으로, 이런 측면이 완벽하게 실현되었다는 것은 예로페예프 소설 속에 라블레 전통이 현존한다는 사실과 연관되기보다는 1960~1970년대 M. 바흐틴 이론이 각별히 인기를 끌었다는 사실, 그리고 포스트모던 철학에 바흐틴 미학이 실제적으로 접근했다는 것으로 설명하는 것이 더 타당하다.[139] 예로페예프와 좀 더 가까운 관계에 놓여 있는 것은 고골이다. 이와 관련하여 "라블레의 진정한 영토는 무제한의 참을 수 없는 웃음인 데 반해서, 고골 희극의 힘과 기교의 발현들 중 하나는 자제와 절도에 있다"[140]라는 V. 프로프의 말을 상기할 필요가 있다. 라블레의 '진탕한 웃음'은 이미 단어 그 자체에 드러나 있는 정의를 고려하더라도, 그리고 이 경우에는 프로프의 정의를 유념하더라도 예로페예프의 '섬세하

∴

138) Липовецкий М. "С потусторонней точки зрения." С. 89; см. также: Зорин А. "Пригородный поезд дальнего следования." // *Новый мир*. 1989. No. 5.

139) "바흐틴의 '아방가르드적'·'포스트모더니즘적' 경향은 최근에 문화학적 탐구의 고정 테마가 되었다"라는 B. 쿠리친의 언급과 비교할 것.(Курицин В. Указ. соч. С. 82)

140) Пропп В. Указ. соч. С. 214~215.

고' '조용한' 주인공에게는 거의 맞지 않는다. 반면 이미 언급했듯이(비록 약간이지만) 고골적인 희극적 전통은 예로페예프가 보여준 아이러니즘의 정수로서 전문적인 검토를 필요로 한다.[141]

예로페예프의 서사를 분석하는 과정에서 희극성을 창출하는 예로페예프의 기법과 기교, 희극적인 것을 구현하는 예로페예프의 창조 원칙들이 보여주는 독창적이고 폭넓은 체계, 특히 희극성을 구현하기 위한 언어수단의 구조 등은 좋은 연구 주제이다. 희극적 요인들 중 어떤 것, 즉 거짓 기대 효과, 사고의 위계성에 대한 아이러니한 거부, '위'와 '아래'의 연결, 패러독스 다시 말해서 결합될 수 없는 것의 혼합, 비교의 비(非)예측성, 아이러니적 강화, 풍자적 묘사, 외국어 단어의 색다른 이용, 여러 층위에서 나타나는 부조리함과 비논리성, 남장과 여장, 패러디, 그로테스크와 과장법, 동음이의어들의 상호 교체, 언어적 '오류들', 은어, 그 자체로 무엇인가를 이야기하는 이름들, 발화의 생리학화, 의성법 등, 논의 속에서 도중에 이미 언급되었지만, 희극성의 제 요소 및 예로페예프 텍스트 공간에서의 아이러니 메커니즘 자체 등은 좀 더 집중적인 조명이 필요하다.

예로페예프 소설에 관해 언급한 모든 것에 대한 마무리로서, 『모스크바발 페투슈키행 열차』가 "러시아 고전의 정신적 교훈성으로부터 걷잡을 수 없는 포스트모더니즘으로 이행하는 다리"[142]가 되었다는 M. 리포베츠키의 말을 인용할 수 있겠다. 그리고 이것은 실제로 그렇다. 왜냐하면 예로페예

••

141) 이와 관련해서, 『모스크바발 페투슈키행 열차』 범위 내 희극적인 것이 고골적 전통들과는 어떠한 관련도 없다는 E. 스미르노바의 지적(Смирнова E. Указ. соч.)은 안타까움으로 남는다. E. 블라소프는 예로페예프의 소설에서 몇몇 고골적 모티프들을 지적(Власов Э. Указ. соч. C. 379, 402, 425 등)하고 있다. 물론 그가 지적한 비교들 중에서 모든 것이 다 설득력을 가지는 것은 아니다.
142) Липовецкий М. Апофеоз частиц. или Диалоги с Хаосом. C. 217.

프는, 한편으로는 당시 너무나 잊고 있던 '고전의 교훈성'에 의지하여 19세기 러시아 사실주의 소설의 전통으로 복귀하였으며, 다른 한편으로는 현대 포스트모더니즘 문학의 '새로운 물결'에 길을 터주었다. 예로페예프는 확고한 지식의 상대성, 공리성의 불확실성, 자연적·사회적 질서의 파괴된 위계성 등을 가진 새로운 철학의 세계관에 토대를 놓았으며, 1950년대 말～1960년대 초 소비에트문학의 '공식적' 주인공과는 본질적으로 다른 새로운 유형의 주인공을 그려냈고, 사회주의리얼리즘이라는 '협소한 당파적' 문학의 관습적인 윤리적·미학적 체계를 거부한 채 새로운 현실 상을 창조하였다. 그리고 자신과 주인공 사이의 거리를 제거하고 주관적·객관적 세계의 특징을 묘사하는 데 있어 평가적 태도를 거부한 새로운 입장의 작가라는 가능성을 열어놓았으며, '성(род)'과 '상(вид)'의 '확산 원칙'을 제안함으로써 서사의 문체와 기법을 새롭게 하였고, 그 속에 아이러니한 유희 본성의 다의성을 부여함으로써 예술성의 '경계'를 현저하게 확장시켜준 신선한 기법들과 비유들을 사용하였다.

『모스크바발 페투슈키행 열차』는 그 시대의 모든 공식 문학에 대한 안티테제였다. 새로운 내용은 새로운 형식에서 구현되었고, 그럼으로써 1980～1990년대 러시아문학의 발전에서 새로운('다른') 경향들과 방향들을 예정하였다. "작가는 예술성의 내재적·포스트모더니즘적 패러다임을 구성했을 뿐만 아니라 거기에 심오하고 독창적인 울림을 부여했다. 그리고 그것을 러시아 문화 전통의 콘텍스트에 포함시켰다."[143]

그러나 예로페예프 창작에서 포스트모더니즘적 특징들은 조화롭게 미학적으로 구현되지는 못했으며 높은 수준의 예술적 숙련에 이르지 못했

••

143) Липовецкий М. "С потусоронней точки зрения." С. 91.

.

다. 왜냐하면 작가는 이후에 다른 작가들이 따르는 '노선'을 약간만 드러 냈을 뿐이기 때문이다.[144] 그리고 만약 (과도기적) 소설 『모스크바발 페투 슈키행 열차』를 포스트모더니즘의 '원형 텍스트'로 정의할 수 있다면, 작가 베네딕트 예로폐예프는 '전(前) 포스트모더니스트', '선(先) 포스트모더니스 트'로 부를 수 있을 것이다.

∴

144) 다음과 비교할 것. "바로 이 점에 『모스크바발 페투슈키행 열차』와 러시아의 다양한 유형 의 포스트모더니즘 텍스트들 간의 차이점이 있다. 게다가 러시아적 주입뿐만 아니라 (⋯) 높고/낮고, 좋고/나쁘고, 선하고/악하고, 미학적이고/미학 외적인 것에 대한 관념 자체 를 제거하는 것을 기반으로 하는 세계 포스트모더니즘과의 차이점도 마찬가지다. 베네딕 트 예로폐예프의 서사시에는, 아무리 외적으로는 비관습적이라고 할지라도, 예술적이고 도 윤리적 질서의 가치 체계에 대해 깊이가 있는 전 러시아문학의 관념이 배어 있으며 작 가는 독자들에 의해 그것이 밝혀지고 이해되는 것을 분명히 계산하고 있다."(Богомолов Н. "『Москва-Петушки』: историко-литературный и актуальный контекст." // *Новое литературное обозрение*. 1999. No. 38. C. 317)

약전

예로폐예프, 베네딕트 바실리예비치(1938. 10. 24(무르만스키 주(州), 콜스키 반도, 추파 마을)~ 1990. 5. 11(모스크바)). 소설가, 희곡작가, 에세이스트.

다자녀(여섯째 아이였다) 가정에서 태어났다. 아버지는 철도 노동자였는데, 1946년 58-10조항에 따라 '반(反)소비에트 선전과 선동'이란 죄목으로 '인민의 적'으로 간주되어 유죄를 선고받았다. 절망한 어머니가 갑자기 가출해버리자 형과 함께 몇 년을 고아원에서 보냈다. 1955년 키롭스크에서 우등생으로 고등학교를 졸업한 후 모스크바국립대학교 인문학부에 입학했으나 1957년 3월 '군사훈련 수업에 결석'한다는 이유로 제적당하였다.[145] 1957~1959년에는 모스크바와 모스크바 주(州)의 건설 현장에서 일하였다. 1959년 오레호보-주보프스키사범대학에 입학했다. 그런데 1년 후 '도덕적 타락'을 이유로 제적당했다. 1960~1961년에는 보일러공, 짐꾼 등으로 케이블 부설 현장 등지에서 일하였다. 1961년에 블라디미르스크사범대학에 입학하였지만 '이데올로기적으로 확고하지 못함'(성경 독서)을 이유로 제적당하였다. 1974년까지 폐투슈키를 포함해서 여러 도시들에서 잡부로 일하였다. 결혼(1974)으로 모스크바 거주 등록의 기회를 얻었다.

대학 시절에 예술 소설을 쓰기 시작하였지만 발표하지는 않았으며 그 시절의 몇몇 작품들은 분실된 것으로 여겨지고 있다. 작품으로는 『정신병자의 수기』(1956~1958), 『드미트리 쇼스타코비치』(1972년에 '소설의 시작'이란 부제를 달아 발표됨. 《문학 신문》. No. 43. 1995년 10월 25일) 외에 '서사시' 『모스크바발 폐투슈키행 열차』가 있다. 이 작품은 '사미즈다트'를 통해서 '타미즈다트'로 흘러 들어갔다. 1973년 이스라엘에서 제1쇄를, 그 후 1977년 파리에서 발행하였다. 러시아에서는 1988~1989년 잡지 《명징과 문화》에 발표되었다. 다른 작품으로는 희곡 『발푸르기스의 밤 또는 기사단장의 발걸음』(1985년 작, 1989년 출간), 미완성 희곡 『이단자 또는 판니 카플란(Диссиденты, или Фанни Каплан)』(1991년 출간), 에세이 『기인의 눈으로 본 바실리 로자노프(Василий Розанов глазами эксцентрика)』(1982년 작, 1989년 발표), 『나의 작은 레닌 작품 서고들(Моя маленькая Лениниана)』(1988년 작, 1993년 발표), 『수첩에서』(1972년 작, 1991, 1995년 출간) 등이 있다.

텍스트(소설)

Ерофеев Вен. Москва-Петушки: Повесть // *Трезвость и культура*. 1988. No. 12; 1989. No. 1~3.

••

145) Ерофеев Вен. "Оставьте мою душу в покое…": Почти все. М.: Изд-во АО "Х. Г. С." 1995. С. 5.

Ерофеев Вен. *Москва-Петушки и пр.: Поэма* / Предисл. и тектологич. ред. В. Муравьева; Послесл. А. Величанского. М.:Прометей. 1989.

Ерофеев Вен. *Москва-Петушки: Поэма* / Предисл. В. Муравьева. М.: Интербук. 1990.

Ерофеев Вен. Из записных книжек / Подг. к печати Г. Ерофеева // *Театральная жизнь*. 1991. No. 20.

Ерофеев Вен. Из записных книжек // *Знамя*. 1995. No. 8.

Ерофеев Вен. *Москва-Петушки и др.* Петрозаводск. 1995.

Ерофеев Вен. *"Оставьте мою душу в покое…"*: Прочти все. М.: Изд-во АО "Х. Г. С." 1995.

Ерофеев Вен. *Москва-Петушки* / Коммент. Э. Власова. М.: Вагриус. 2001.

에세이

Ерофеев Вен. Василий Розанов глазами эксцентрика // *Зеркала*. М.: 1989.

Ерофеев Вен. Моя маленькая Лениниана // *Юность*. 1993. No. 1.

인터뷰

"Жить в России с умом и талалтом": Беседа с писателем Вен. Ерофеевым / Записал Л. Проудовский // *Апрель*. М.: 1991. Вып. 4.

Интеревью с Веней Ерофеевым 7 марта 1989 г. / Записал Л. Проудовский // *Литературные записки*. 1991. No. 1.

"От Москвы до самых Петушков" : Беседа с писателем Вен. Ерофеевым / Записала И. Тосунян // *Литературная газета*. 1990. No. 1. 3 янв.

Сумасшедшим можно быть в любое время // *Новая юность*. 1999. No. 34.

Шмелькова Н. "Времени нет…": (По материалам бесед с писателем В. Ерофеевым с 1987 г.) // *Литературное обозрение*. 1992. No. 2.

Шмелькова Н. Горькая любовь Венедикта Ерофеева / Интервью с литератором вела О. Кучкина // *Литературная газета*. 1998. 16 сент.

학술 비평

Авдиев И. Клюква в сахаре: (Еда и питье у Венедикта Ерофеева) // *Новое литературное обозрение*. 1996. No. 21.

Айзенберг М. Некоторые другие: Вариант хроники: Первая версия // *Театр*. 1991. No. 4.

Альтшуллер М. "Москва-Петушки" Венедикта Ерофеева и традиции классической поэмы // *Новый журнал*(New York). 1982. No.142(или: *Русская литература XX века: Направления и течения*. Екатеринбург. 1996. Вып. 3).

Архангельский И. Иди. Веничка. иди // *Известия*. 1998. 24 окт.

Афонский Л. Путем тепла: Краткий очерк истории русской контркультуры: (Попытка сравнительного анализа) // *Родник*. 1992. No. 2.

Ахмадулина Б. Париж-Петушки-Москва // *Московские новости*. 1998. No. 36.

Бавин С. *Самовозрастающий логос: Венедикт Ерофеев: Библиографический очерк*. М. 1995.

Баранов В. Ох уж этот великий пост // *Знамя*. 1993. No. 10.

Беговая Е. Веничка нон стопом // *Культура*. 1998. No. 40.

Богданова О. *"Москва - Петушки." Венедикта Ерофеева как пратекст русского постмодернизма*. СПб.: Филол. ф-т СПбГУ. 2002.

Богомолов Н. "Москва-Петушки": историко-литературный и актуальный контекст // *Новое литературное обозрение*. 1999. No. 38.

Бондаренко В. Подлинный Веничка // *Наш современник*. 1999.No. 7.

Вайл П., Генис А. Во чреве мачехи: Возвращаясь к Ерофееву // *Московский наблюдатель*. 1992. No. 2.

Вайл П., Генис А. Пророк в отечестве: Веничка Ерофеев··· между легендой и мифом // *Независимая газета*. 1992. No. 90. 14. мая.

Вайл П.,Генис А. Страсти по Ерофееву // *Книжное обозрение*. 1992. No. 7. 14. февр.

Васюшкин А. Перушки как Второй Рим? // *Звезда*. 1995. No. 12.

ВеличанскийА. Феномен Ерофеева // *Ерофеев Вен. Москва-Петушки*. М.:Прометей. 1990.

Веховцева-Друбек Н. "Мсоква - Петушки" как parodia sacra // *Соло*: Проза. поэзия. эссе. 1991. No. 8.

Вельфсон И. *Речевая экспликация образа автора в поэме Венедикта Ерофеева "Москва-Петушки": Традиции и новаторство*: Автореф. канд. дис. Саратов. 1998.

Выгон Н. *Современная русская философско-юмористическая проза: проблемы генезиса и поэтики*: Автореф. докт. дис. М.: 2000.

Выродов А. Венедкт Ерофеев: Исповедь сына эпохи: (О творчестве писателя) // *Театральная жизнь*. 1990. No. 23.

Гейсер-Шнитман С. *Венедикт Ерофеев: "Москва-Петушки". или "The Rest Silence"*. Берн. 1989.

Генис А. Белая весть: Венедикт Ерофеев // Генис А. *Иван Петрович умер: Статьи и расследования*. М.: Новое литературное обозрение. 1999.

Грицанов А. Ерофеев // *Постмодернизм: Энциклопадия*. Минск: Интерпрессервис: Книжный дом. 2001.

Дарк О. В. В. Е. или Крушение языков // *Новое литературное обозрение*. 1997. No. 25.

Дзаппи Г. Апокрифическое Евангелие от Венички Ерофеева // *Новое литературное обозрение*. 1999. No. 38.

Дубек А. "Россия, водкой умытая" // *Литературные новости*. 1994. No. 2~3.

Живолупова Н. Паломничество в Петушки, или Проблема метафизического бунта в исповеди Венички Ерофеева // *Человек*. 1992. No. 1.

Зорин А. Пригородный поезд дальнего следования // *Новый мир*. 1989. No. 5.

Иванов А. Как стеклышко: Венедикт Ерофеев вблизи и издали // *Знамя*. 1998. No. 9.

Иванова Н. Намеренные несчатливцы // *Дружба народов*. 1989. No. 7.

Камянов В. Космос на задворках // *Новый мир*. 1994. No. 3.

Кавадеев А. Сокровенный несчатливцы // *Дружба народов*. 1989. No. 5.

Карамитти М. Образ Запада в произведениях Венедикта Ерофеева // *Новое литературное обозрение*. 1999. Noю 38.

Касаткина Т. Философские камни в печети // *Новый мир*. 1996. No. 7.

Костырко В. Подводные камни свободы // *Новый мир*. 1990. No.3.

Кузнецов И. Веничкин сон // *Литературная газета*. 1998. 28. окт.

Куликов А. [Рец]: "Москва-Петушки" Вен. Ерофеева // *Волга*. 1990. No. 10.

Курганов Е. Венедикт Ерофеев и Василий Розанов // *Русский журнал*. 1998. 11. нояб.

Курицын В. Четверо из поколения дворников и сторожей: Рец. на публикацию "Москва-Петушки" // 1990. No. 9.

Курицын В. Мы поедем с тобою на "А" и на "Ю" // *Новеое литературное обозрение*. 1992. No.1.

Курицын В. *Русский литературный постмодернизм*. М.: ОГИ. 2001 (главы "Москва-Перушки: пратекст юродивый". "Москва-Петушки" как антиалкоглоьное произведение".

Лакшин В. Беззаконный метеор // *Знамя*. 1989. No.7.

Левин Ю. Классические традиции в "другой" литературе: Венедикт Ерофеев и Федор Достоевский // *Литературное обозрение*. 1992. No. 2.

Левен Ю. Комментарий к поэме *"Москва-Петушки" Венедикта Ерофеева*. Грац: Изд-во Хайнриха Пфйдля. 1996 (или: М.: 1996).

Лейдерман Н., Липовецкий М. *Современная русская литература*: В 3 кн. М.: УРСС. 2001. Кн. 2(глава "Москва-Петушки"(1969) Венедикта Ерофеева).

Лесин Е. И немедленно выпил··· // *Юность*. 1994. No.3.

Лесин Е. Коньяки и канделябры: К 60-летию Венедикта Ерофеева // *Книжное обозрение*. 1998. 10 нояб.

Лесин Е. Просуществуют ли Петушки до 2024 года? // *Независимая газета*. 1998. 24 окт.

Лесин Е. "Прощай. Веревку и мыло я найду" // *Независимая газета*. 1995. 4 нояб.

Липовецкий М. "Свободы черная работа": (Об "артистической прозе" нового поколения) // *Вопросы литературы*. 1898. No.9.

Липовецкий М. Апофеох частиц, или Диалоги с Хаосом // *Знамя*. 1992. No.8.

Литературный текст: проблемы и методы исследования: Сб. научных трудоа. Вып. 7: Анализ одного произведения: "Москва-Петушки" Венедикта Ерофеева. Тверь. 2001.

Ломазов В. Нечто вроде беседы с Венедиктом Ерофеевым // *Театр*. 1989. No.4.

Млинин Н. Веничка в венчике с веточкой сирени // *Независимая газета*. 1995. 4 нояб.

Маринова Ю. Тема без вариаций // *Современная драматургия*. 1991. No. 6.

Муравьев Ю. Предисловие // Ерофеев Вен. *Москва - Петушки*. М.: Интербук. 1990.

Несколько монологов о Венедикте Ерофееве // *Театр*. 1991. No. 9.

Новиков В. "Три стакана перцовки": Выдуманный писатель : (О Вен. Ерофееве) // *Столица*. 1994. No. 31.

Орлицкий Ю. "*Москва - Петушки*" как ритмическое целое: (Предварительные замечания) // "Москва - Петушки" Вен. Ерофеева. Тверь: ТГУ. 2000.

Орлицкий Ю. "Москва-Петушки" как ритмическое целое: (Опчт интерпретации) // *Литературный текст: проблемы и методы исследования*: Сб. научных трудов. Вып. 7: Анализ одного произведения: "Москва-Петушки" Венедикта Ерофеева. Тверь. 2001.

Панн Л. "Улыбка Венички" : К пятилетию со дня смерти писателя В. Ерофеева // *Литературная газета*. 1995. No. 23. 7 июня.

Панов А. Трезвость и культура // *Независимая газета*. 1994. 15 нояб.

Плуцер-Сарно А. Не надо смешивать портвейн с хересом // *Независимая газета*. 1999. 11 марта.

Померанц Г. На пути из Петушков в Москву // *Новое время*. 1995. No. 28.

Померанц Г. Разрушительные тенденции в руссокй культуре // *Новый мир*. 1995. No. 8.

Померанц Г. Хазанов Б. Под сенью Венички Ерофеева // *Литературная газета*. 1995. 9 авг.

Попов Е. Оставьте его душу в покое // *Московские новости*. 1998. No. 43(960).

Седакова О. Несказанная речь на вечере Венедитка Ерофеева // *Дружба народов*. 1991. No.12.

Седакова О. Пир любви на "65-ом километре" или Иерусалим без Афин // *Независимая газета*. 1998. 22 окт.

Скоропанова И. *Русская постмодернистская литература*: Учебное пособие. 2-е изд. испр. М.: Флинта: Наука. 2000(глава "Карта постмодернистского маршрута": "Москва - Перушки" Венедикта Ерофеева).

Смирнова Е. Венедикт Ерофеев глазами гоголеведа // *Русская литература*. 1990. No. 3.

Старосельская. Н. Заметки последнего оптимиста // *Литературное обозрение*. 1991. No. 2.

Сухих И. Заблудившаяся электричка: (1970 "Москва-Петушки" В. Ерофеева) // *Звезда*. 2002. No. 12.

Толстая Т. Рец. на публикацию "Москва-Петушки" Вен. Ерофеева // *Книжное обохрение*. 1989. No. 36. 8 сент.

Тосунян И. Венедикт Ерофеев : "Я дебелогвардеец" // *Литературная газета*. 1993. No. 46. 17 нояб.

Тосунян И. Две больших. четыре маленьких. или Роман. который мы потеряли // *Литературная газета*. 1995. No. 43. 25 окт.

Фарк О. Новая русская проза и западное средневековье // *Новое литературное обозрение*. 1994. No. 8.

Чупринин С. Безбоязненность искренности // *Трезвость и культура*. 1988. No. 12.

Художественный мир Венедикта Ерофеева. Саратов: Изд-во Саратовского гос. пед. ин-та. 1995.

Эпштейн М. После карнавала, или Вечный Веничка // *Золотой век*. М. 1993. Вып. 4 (или: Ерофеев В. Оставьте мою душу в покое: (Почти все). М.: Изд-во АО "Х.Г.С." 1995)

2. 안드레이 비토프의 『푸슈킨의 집』
러시아 포스트모더니즘의 '이설과 변형'

안드레이 비토프의 『푸슈킨의 집』은 A. 테르츠의 『푸슈킨과의 산책』, 베네딕트 예로페예프의 『모스크바발 페투슈키행 열차』와 함께 현대문학에서 '새로운' 포스트모더니즘적 경향들을 열어준 텍스트로 간주된다.

그러나 비토프에게서는 『푸슈킨의 집』보다 훨씬 더 일찍, 즉 작가가 처음 창작 활동을 시작할 시기부터 포스트모더니즘의 특징들이 태동되었다고 말해야 하겠다.

레닌그라드(페테르부르크)에서 1937년('유명한 해') 5월 27일(도시 해방의 날)[1] "평범하고, 겁 많고, 정보가 거의 없는 가정"(376)[2]에서 태어난 비토프는 광산대학을 졸업하였지만, "자연과학의 정신은 종교와 유사"했음에도 불구하고 곧바로 '소비에트 작가' 출판사 산하 문학 단체인 '지구본 아래 집'(V. 포포프)의 시인 글렙 세묘노프의 문하생으로 들어가게 된다.[3] "나는 나 역시 글을 쓴다고 거짓말을 할 수밖에 없었고, 그래서 이미 지나간 날

••

1) 어쩌면, 그래서 그는 태어날 때부터 페테르부르크를 '텍스트'로서 쉽게 읽는 것을 배웠을 수도 있다.
2) 이후 소설 『푸슈킨의 집』과 그에 대한 저자 해설의 인용은 Битов А. *Пушкинский дом.* СПб.: Изд-во Ивана Лимбаха. 1999에 따르며 본문에는 쪽수만 표시한다.
3) 이후 비토프는 미하일 슬로님스키의 소설 세미나로 옮겼다.

짜로 글을 쓰기 시작했다. 이렇게 나는 아마추어가 아니라 단번에 프로페셔널로 시작했다."(523)

비토프가 마지막에 지적한 말을 그는 (사회주의) 리얼리스트로서가 아니라 단번에 포스트모더니스트로 시작했다고 정확히 바꾸어 말할 수 있다.

비토프의 작품은 하나의 경향을 추구하면서 유사한 문제들을 천착하며 같은 성향 속에서 집필되었다. 그래서 그의 작품은 세련된 스타일을 끊임없이 지향한(물론 그것은 작가의 창작적 탐구의 정체성을 의미하는 것은 아니고 역동성·발전·진화를 의미한다), 단일하고 완전한 '거시 텍스트'[4]이다. 비토프의 초기 단편들이 '매우 포스트모더니즘적'이라는 사실 역시 중요하다.

단편 「할머니의 그릇(Бабушкина пиала)」과 「피그(Фиг)」는 1960년에 선집 『젊은 레닌그라드(Молодой Ленинград)』(문학 연맹 기관)에 실렸고, 1963년에 비토프의 첫 작품집 『커다란 풍선(Большой шар)』이 출간되었다. 비토프의 단편 「작별의 나날들(Прошальные деньки)」을 실었고, 포스트모더니즘의 '명함'(빅토르 예로페예프의 표현이다)으로 받아들여지는 무크지 《메트로폴》(1979)이 등장하기 훨씬 전에 그의 작품에는 이미 새로운('후기 현대적') 경향들이 드러나고 있었다는 것을 숙지할 필요가 있다.

1961년 비토프는 단편 「실업(Без дела)」「실업자(бездельник)」을 집필하였는데, 이 작품에서는 '진짜가 아닌 삶'의 모티프, 존재의 가상성(포스트모더니즘적으로는 '시뮬라시옹')에 대한 주인공의 감정이 주를 이룬다. 주인공은 스스로를 다음과 같이 말한다. "나는 수많은 다양한 인상들을 풍기고 있다."(제1권, 46)[5]

••

4) Шементова Т. *Поэтика прозы А. Г. Битова: Автореф. канд. дис. Красноярск.* 2000. С. 7.
5) 여기와 이후의 단편들 인용은 Битов А. *Империя в четырех измерениях: В 4 т.* Харьков: Фолио: М.: ТКО "АСТ". 1996에 따르며 텍스트에 권과 쪽수로 표시한다.

"말하자면, 거울[6](! ─저자)을 예로 들어보죠. 바로 거울 앞에서 우리는 사람들이 우리를 어떻게 보는지를 알게 되죠. 그것을 위해서 거울을 보는 거고요. 그런데 나는 거울 속 자신을 잘 모르겠어요. 어떤 때는 거울 앞에 키가 크고 날씬하고, 얼굴도 잘 생기고 단정하고, 윤곽도 바르고 섬세한 사람이 서 있죠. 어떤 때는 너무나도 풍뚱한 팬케이크예요. 과연 그런 특징이 있는 것인지 전혀 이해할 수가 없어요. 그냥 넓은 것도 아니고, 어떤 때는 한없이 넓은 얼굴이고 내 자신도 그때는 작달막하고 뚱뚱해요. 한때 나는 나만 그렇게 혼동하고 있으며 나머지 사람들은 나를 객관적으로, 즉 내게 본질적인, 그런 결정적인 특징들을 가지고 나를 바라본다고 생각했죠. 그런데 아니었어요. 지도원이 한번은 내게 이렇게 말했어요. "당신은 어떻게 된 거죠? 어떤 때는 키가 너무 커요! 키 높이 구두라도 신은 거요? 당신은 항상 키가 작았잖소?" 당시 그는 나와 안 지가 이미 한 달 정도가 지났고 매일같이 만났을 때였단 말이죠. 그때서야 모든 사람들에게 그렇게 보인다는 사실을 알게 되었어요. (⋯) 모든 사람들에게 어디서나 말이죠.

자, 내가 거울을 보면서 내 얼굴에서 어떤 여러 가지 특징들을 보느냐에 대해서는 이미 말할 필요도 없어요. 어떤 때는 잭 런던의 단호하면서도 부드러운 얼굴. 어떤 때는 눈만 휑한 광신적이고 검게 그을린 인도 고행승의 얼굴. 또는 세계 챔피언 유리 블라소프의 얼굴. 미슈킨 공작[7]의 얼굴. 방탕의 흔적이 남은 우유부단하고 더러운 얼굴. 어떤 추잡한 행동도 저지를 수 있을 것 같은 사람의 얼굴. 물론 어떤 객관적인 경찰 자료 같은 특징들도 있죠. 눈은 갈색, 머리는 아마색, 입술은 두툼하다. 하지만 누가 알겠어요, 이것도 정확하지 않을 수도 있

6) 잘 알려져 있다시피, 거울의 이미지는 포스트모더니즘의 특징적 · 표상적 상징들 중 하나이며, '반영된', '거꾸로 된', ' 진짜가 아닌', '허상의', '가상적' 현실과 관계된 '기호'가 된다.
7) [역주] 도스토옙스키의 『백치』의 주인공이다.

잖아요."(제1권, 46)

작가도 다른 등장인물들도 아닌, 바로 주인공 자신이 '내부로부터' 자
신을 다양한 관점에서 서로 다르게 바라보고 있다. 그래서 상황마다 주인
공의 행동도 다양하게 모델화된다(주인공 스스로가 모델화한다).

"이 가증스러운 사람은 내게 무슨 말을 하였던가?

(…) 나는 일어나 잉크병을 든다. 나의 모든 움직임은 느리면서도 확고하다.
가까이 가서 그의 대머리에 잉크병을 붓는다. 자, 이제 알겠어? (…)

나는 그와 나란히 앉는다. 분명한 눈으로 그를 바라보고 고개를 끄덕인다.

(…) 나는 일어나 천천히 주머니에 손을 넣는다. 날카로운 회색 눈('경찰 자료'
로는 갈색 눈―저자)을 약간 가늘게 뜨고 나는 발 앞쪽에서 발꿈치까지 들어 올
렸다가 반대로 발꿈치에서 발 앞쪽까지 약간 들어 올리며 손을 주머니에서 천
천히 편다. 내 주먹에는 수류탄이 하나 있다. '너 이거 봤어?' 내가 말하면서 그
의 푸르스름한 코앞에 수류탄을 들이댔다. '내가 말한다. 주먹을 펴버리면 너도,
이 저주스러운 사무실도 없어지는 거야.'

나는 그와 나란히 앉아서 분명한 눈으로 그를 바라보며 고개를 끄덕인다."(제
1권, 47)[8]

얼굴이 변하고, 주인공의 행동 양식이 변하고 심지어 그는 어떤 순간에
는 자신의 사회적 지위까지 바꿀 준비가 되어 있다. "오늘 날짜로 나는 내

⋮

8) 『푸슈킨의 집』에서 등장할 테마들과 유사한 '이설과 변형'은 단편 「실업자(Бездельник)」에서
도 몇 번 등장하게 된다.(제1권, 52~52, 58~59, 62, 63)

생을 바칠 것이다. (…) 무엇에 바치지?? 나는 나흘 밤을 자지 않고서, 새로운 기계를 발명할 것이고, 그 기계가 저절로 내가 만들어내야만 되는, 듣지도 보지도 못한 온갖 지긋지긋한 개조품들을 모두 제거해버릴 것이다. 그런 다음 나는 이 지도원을 폭로해서 모두의 눈을 뜨게 할 것이다. 나는 그의 자리에 앉아서 사려 깊고 인품 있게 사람들을 대해줄 것이다. 그런 다음 밤을 지새우는 엄청난 노력으로 3년 만에 내가 마치지 못한 모든 교육기관들을 졸업할 것이다. 박사 후보는 건너뛰고 바로 박사 논문[9]을 쓸 것이다. 그런 다음 규모가 큰 과학 연구소의 소장이 될 것이다. 완전히 새로운 과학 분야! 그리고 5년 후면 객원 회원을 거치지 않고 아카데미 회원이 되는 거다. 그때 나는 알코올중독과 방탕에 빠져서 완전히 밑바닥으로 추락한 불행한 지도원에 대해 기억할 것이다. 나는 그에게 고귀하게 손을 내밀어 그를 끌어낼 것이다. 그리고 우리는 어깨를 나란히 하고 일을 하는 것이다. (…) 쳇 제기랄! 이것 때문에 내가 그렇게 길고도 긴 불면의 밤들을 새워야 한단 말인가? 삶도 포기해야 한단 말인가? 평범한 사람들의 기쁨을 알지도 못하게 된단 말인가? 에-에-에, 아니다. 당신들처럼 되기 위해서란 말인가? 어쩌면 좀 더 중요할지도 모르지만. 나는 이런 것들을 하나도 하지 않을 것이다. 나는 불면의 밤들을 새우지도 않을 것이다!"
(제1권, 47)

다시 말해서, 비토프의 초기 주인공은 이미 자기 자신과 동일하지 않고 그의 온 생애는 '도둑맞았으며'(제1권, 60), '주제에 대한 변주곡'일 뿐이고, 그의 이상은 변화되고 불안정하며, 그의 외모는 무정형이고 유동적이다.

∴

9) [역주] 러시아 교육제도에서는 한국의 박사에 해당하는 '박사 후보(кандидат)' 제도가 있으며 이 과정을 거쳐서 '박사(доктор)'가 된다.

아직은 합당한 형상으로 갖춰지지 않았지만 본질상 비토프의 주인공은 이미 초기 단편들에서 주인공-시뮬라크르이며, 그를 둘러싼 삶은 허구적-가상적이고, 그의 의식은 상대적이고(아이러니하고), 그의 개인적 에너지는 해체적이다.

비토프 주인공이 수행하는 자기평가는 진지하지도 않고 근거가 있는 것도 아니다. 그러나 때로는 무엇인가 중요하고 진지한 것도 스쳐 지나간다. "나는 더 자주 어린 시절에 대해 회상하면서 우울해지곤 한다. 그때는 모든 것이 분홍빛이고, 나 자신이 깨끗하고 착했다. 그러나 지금 내가 그렇게 우울한 이유는 더럽고 추해서가 아니다. 문제는 순결성에 있는 것이 아니다. 마지막 세포 하나까지도 생생했다! 그런데 지금은 산다고 해도, 어쩐지 수치스러운 것과 추한 것 사이에서 이따금씩 살아가는 것뿐이다."(제1권, 51)[10]

이 마지막 부분은 상실의 비(非)가역성, 타락의 불가피성, 주인공의 회의주의, '나' 자신으로부터의 독립성, 자신의 운명에 대한 무력함을 나타내주고 있다.[11] '선명히 앞을 내다보는' 사회주의리얼리즘 주인공들과는 다르게 비토프의 인물들에게는 '목적이 명시되지 **않고**, 과제가 결정되지 **않는다**.'

단편 「실업」(「실업자」)은 아직 발전되지 않은 형태로 『푸슈킨의 집』의 수많은 모티프들을 포함하고 있다. 존재의 가상성과 비(非)가시성(제1권, 48, 65)에 대해서, 삶 · 유희(제1권, 50, 60, 63)에 대해서, 행동 · '양식'(제1권, 55)에 대해서, '위선'(제1권, 55, 61)에 대해서, '불필요한 일'로서의 직업(제1권, 51)에 대해서, 삶의 '분주함'과 학술 기관의 '복지부동'/'진지함'(소설 『푸슈킨

∴

---

10) 인간적 삶의 '불가피성'에 대한 유사한 해설은 T. 톨스타야의 단편 「황금빛 현관에 앉아서……」 또는 V. 펠레빈의 「어린 시절의 존재론」 등과 관련하여 이후에 언급될 것이다.
11) Ju. 트리포노프 소설을 포괄적으로 보여주는 전통적인 모티프이다.

의 집』에서 이것은 식물학 연구소와 푸슈킨 연구소의 모습이라면, 단편 「실업」에서는 주인공이 일하고 있는 병원과 연구소의 모습이다. 제1권, 50, 60~61, 62), '평안과 행복'(제1권, 59, 60, 61)에 대해서 등이다. 바로 그 속에서 소설의 가장 중요한 구성 기법인 '변형과 이설', '그림자'와 '반영'(제1권, 52~53, 58~59, 62, 63), '열린 결말'(제1권, 67)이 '시험된다.' 여기서 『푸슈킨의 집』에 나타날 몇몇 형상들인 디켄스 아저씨(дядя Диккенс)의 형상("나는 세 번의 전쟁을 겪었다", 제1권, 55; '순수'의 모티프, 제1권, 51, 65)과 미티샤티예프(Митишатьев)의 형상("이렇게도 사람이란 비열하게 만들어진 법이다! 비열함 이후에야 기쁨을 느낄 수 있게 된다." 제1권, 51)의 전망들과, 부모님에 대한 관계와, 직업에 대한 관계(제1권, 53~54)들도 나타난다. 단편의 텍스트에 처음으로 '소설에서 그려질' 미슈킨 공작(제1권, 47)과 드미트리 멘델레예프(제1권, 56)의 이름이 언급된다.

단편 「실업」은 어떤 경우들에서는 소설 『푸슈킨의 집』의 '맹아'일 뿐만 아니라, 반대로 『푸슈킨의 집』에서 축약되고 축소된(즉 이미 '연마된') 형식으로 반영되고 형상적으로 전개된 은유들을 포함하고 있다. 예를 들어, 『푸슈킨의 집』에서 그리고로비치(Григорович)의 유명한 잉크병은 「실업자」의 잉크병과 '가까운 친족 관계'를 형성한다. "잉크병의 위계성은 (…) 재밌어요. (…) 대장 잉크병이 있어요. 상상해보세요, 얼굴 표정까지도 대장과 똑같다니까요! 부대장 잉크병도 있어요. 차이가 없어 보이기도 하죠. 똑같이 사치스럽게 생겼지만 그래도 부대장이죠. 이렇게, 계속, 더 밑으로 밑으로. 다시 말해서 간단하죠. 아마도 공장이 모든 잉크병을 계급에 따라 그렇게 가지가지로 만들어내기는 힘들겠죠. 어쩌면 그런 공장이 있다는 것이 더 끔찍할지도 모르죠! 내가 가장 증오하는 지도원 잉크병도 있어요. 중급 잉크병들보다 더 나쁜 것도 없고요! 평범한 잉크병과 귀족 잉크병의 끔찍한 모든 면이 그 안에 혼합되어 있거든요. 더 말할 필요가 없죠! 붉은 구석[12]에는 붉은 잉크병까지도 있어요."(제1권 50)

또는 이런 사례도 있다. 『푸슈킨의 집』에는 '얼굴'이란 말을 대신해서 단어 '팬케이크(оладья)'가 동의어로 쓰이면서 얼굴과 팬케이크 사이에 갑작스러운 교체가 발생한다. 그것은 "실업자"가 거울에 비친 모습을 보고 자기 자신을 동기화하는 장면에서 두드러진다. "너무나도 뚱뚱한 팬케이크다. 그런 특징들이 (…) 내게 정말 있는지 전혀 이해할 수가 없다."(제1권, 46)[13]

이렇듯, 초기 단편들을 표면적으로만 관찰한다 하더라도, 1960년대 초 비토프의 장편과 단편 작품에서는 형식적 혁신만이 아니라, 자기 자신에 대한 인간의 '비동일성'의 철학("나는 이미 내가 아니다", 제1권, 61)이나 존재의 비절대성과 비진실성에 대한 인식과 관련된 '새로운' 문학의 '새로운' 경향들이 이미 발견된다.

그러나 『푸슈킨의 집』은 이런 주제들을 즉각적으로 초지일관 펼쳐내지는 않았다. 1960년대 중반 비토프는 '현실의 비현실성'에 대한 관념에서 '멀어져서' 주변 생활, 즉 실제적이고 자연적이고 진실한 생활에서 '유기성'과 '구현성'을 찾으려고 노력한다.

∴

12) 〔역주〕 성소. 러시아 주택에는 '성소(붉은 구석)'가 있어서 거기에 성상화를 걸어놓고 촛불을 켜놓으며 그쪽에 가까운 자리를 상석으로 여겨 손님이 오면 그쪽에 앉게 한다.

13) 단편 「버스(Автобус)」(1961)에서도 이 소설의 적지 않은 반향들을 발견할 수 있다. 흥미로운 것은 비토프의 '팬케이크' 얼굴은 T. 톨스타야의 『키시(Кысь)』에서 다음과 같이 되살아난다는 것이다. "너무 놀란 하얀 팬케이크 얼굴들"(Толстая Т. Кысь: Роман. М.: Подкова: Иностранка. 2000. C. 255) V. 펠레빈의 Generation 'P' 중에 나오는 다음과 같은 대목도 이런 '음식적 형상성'의 연속이다. "그의 얼굴은 불분명한 윤곽을 가진, 전형적인 강도 같은 커다란 만두였다."(Пелевин В. Generation 'P'. Рассказы. М.: Вагриус. 2000. C. 167)

그가 작품을 쓰기 위한 자료들을 수집하고 탐구한 것(출장들)은 보고문학적 에세이집 『아르메니아의 교훈』(1967~1969) (제3권, 7~137)으로 집약된다. 거기서 아르메니아는 "모든 것이 그 자체로 존재하는, 즉 돌은 돌로, 나무는 나무로, 물은 물로, 빛은 빛으로, 짐승은 짐승으로, 사람은 사람으로 존재하는 나라"이며, "노동은 노동, 휴식은 휴식, 굶주림은 굶주림, 갈증은 갈증, 남자는 남자, 여자는 여자"(제3권, 59)이며, "수치는 수치"(제3권, 54)인 곳이고, "그들의 사명과 본질이 모든 돌, 풀, 창조물들에 일치"하는 곳이고, "그 창조물들의 태초의 의미가 모든 개념들에 원상 복귀된"(제3권, 59~60) 곳이다.

아마도 비토프는 자신의 길에서 멀어져 타인의 길을 따라간 것 같다. 농촌 소설 작가들처럼 자연적이고, 순진하고, 순수하고, 인간의 문명으로 훼손되지 않은 세계로 이상을 찾아서 떠난 것 같다.

그러나 비토프에게서 이런 여정은 유기성을 상실한다. 그것은 농촌 소설 작가들에게서처럼 자국(自國) 러시아가 아니라, 낭만적 타국(他國) 아르메니아(첨언하자면, 캅카스에 대한 러시아 고전문학의 전통적인 시각[14])가 "현실적 이상의 나라"(제3권, 59)가 되었다는 사실에서 이미 자각된다. 게다가 작가가 아르메니아를 인식하는 것은 '뿌리'나 민족적('토지주의적') 전통을 기반으로 한 것이 아니고, 언어(아르메니아 알파벳),[15] 문화[마테나다란 (Матенадаран)], 건축[즈바르트노츠(Звартноц)], 종교[에츠미아드진(Эчмиадзин)], 문학 등을 근거로 한다. 그런데 여기서 아르메니아를 인식하는 수단이 러

••

14) 비교할 것. A. 베스투제바 마를린스키(Бестужева-Марлинский), A. 푸슈킨, M. 레르몬토프, L. 톨스토이 등의 작품들.
15) '자모(азбука)', '글자 배우기(букварь)', '직접화법(прямая речь)'이 책의 처음 소제목들이다.

시아문학이라는 사실이 이후 『푸슈킨의 집』을 살펴볼 때 특히 중요하다. 책의 장들 중 한 장을 단순히 '캅카스의 포로'(예를 들어, A. 푸슈킨이나 L. 톨스토이, V. 마카닌[16]의 뒤를 이어)라고 제목 붙인 것이 아니라, 러시아문학 '학교 교과과정'[17] '명칭들'에 따라 장들의 제목을 정하는 것을 '연습'한 것이다.[18]

그러나 "현실적 이상"(제3권, 59)을 탐색한다는 것 자체나, '자기 자신과 동등한' 무엇을 찾으려는 지향은 의미 있다. '그 반대로부터' 현대 생활의 '비(非)구현성'이란 테마가 진실되다는 것을 입증하고 있는 것이다. 게다가 『아르메니아의 수업』에서 인용된 짧은 문장들이 '사명'(과 '본질')을 언급하고 있다는 점은 주의를 요한다. 앞으로 뛰어넘어가서, 『푸슈킨의 집』

∴

16) 이 마지막 이름과 관련하여서는 '연대상의' 의심이 생길 수 있다. 그런 의심들을 일소하도록 V. 쿠리친의 다음과 같은 말을 인용하고자 한다. "연구자들에게는 텍스트들 간의 관계 설정에 대한 금기들이 없다. 즉 '역사적 현실성'이나 작가의 이름 등과 관련된 금기들이 없다. 작가는 자신이 확인한 여러 선행 텍스트들과의 연관을 얼마든지 부인할 수 있다. 그런 관계를 폭로하는 해설자의 권리가 저자의 권리보다 더 적기 때문이다. 이 연관에는 의식의 대변인이 필요하지 않다. 그 연관은 독서 과정에서 드러나며, 연구되는 작품에서 정확하게 '숙독된다.' (…) 그런 문제를 제기할 때, 인용하는 텍스트가 인용되는 텍스트에 연대상으로 선행할 수 있다. 선형적 모델들은 여기서 작동하지 않는다. 연구자는 상호 텍스트적 연관들의 추적에서 커다란 자유를 획득한다."(Курицин В. *Русский литературный постмодернизм*. М.: ОГИ. 2001. С. 203)

17) 보고문학이 『아르메니아의 수업(*Уроки Армении*)』이라고 명명되고 장들이 '언어 수업(Урок языка)', '역사 수업(Урок истории)', '지리 수업(Урок географии)', '방과 후(После уроков)'이며 전에 언급된 소제목들이 '자모(Азбука)', '글자 배우기(Букварь)', '직접화법(Прямая речь)', '쪽지 시험(Контрольная работа)', '학교 종(Звонок)', '쉬는 시간(Перемена)' 등으로 명명되는 것은 중요하다. 장들의 명칭에서 의미장의 통일성은 모든 체계의 고안성과 완전성을 증명해준다. 이후 이런 통일성과 유사한 (발전된) 원칙은 『푸슈킨의 집』의 장들을 명명할 때 작가에 의해서 이용된다.

18) [역주] 『푸슈킨의 집』의 장 제목들이 '아버지와 아들', '우리 시대의 영웅' 등으로 러시아 고전 문학 작품의 제목이기 때문이다.

의 가칭들 중 하나가 '잃어버린 사명을 찾아서(В поисках утраченного назначения)'였다.

이렇듯, '도시' 소설의 대표자 비토프는 보고문학적 다큐멘터리 장르에서 '자연 속에서의 조화'를 찾는 시도를 한다. 그러나 그 시도는 작가에게서는 제한적이었고 수많은 '테제'들과 '안티테제들'(『아르메니아의 수업』에서의 소제목 명칭들)을 포함하고 있었으며, 이후 비토프가 '구현성'을 탐구하는 여정은 다른 방향으로, 즉 천성적·자연적, 민중적·민족적, 역사적·가부장제적 전통을 기반으로 해서가 아니라, 문화·문학·지적 전통을 기반으로 해서 진행되었다.

비토프가 1964~1971년 집필[19]한 소설 『푸슈킨의 집』은 1973년 미국(아디스(Ardis) 출판사)에서 처음으로 출간되었으며, 러시아에서는 1987년 《신세계》지(紙)에 발표되었다. 단행본으로는 1989년에 출간되었다. (작가가 계속해서 마무리를 하고, 수정과 보충을 하는 경향을 고려하면) 현재 가장 완전한 소설의 정본은 1999년 '기념판'이다.

안드레이 비토프의 소설이 구성상 복잡하고, 문체가 아름다우며, 지적(知的)으로 섬세하다는 점은 『푸슈킨의 집』에 대한 토론이나 논문, 연구 저작에서 비평가들이나 문학 연구자들이 일정 정도 공유하는 내용이다.[20]

비토프 자신은 소설의 구성을 매우 은유적으로 다음과 같이 정의하고 있다. "우리는 (…) 이 작품 형식을 설명하기 위해 상당히 형상적인 용어들

⁚

19) 소설의 창작사, 그의 원천들, 원형들(прототипы), 출판 과정은 S. 사비츠키의 '사료(досье)'에 상세하고도 흥미롭게 서술되고 있다. Савицкий С. *Как построили "Пушкинский дом"* // Битов А. *Пушкинский дом.* СПб.: Изд-во Ивана Лимбаха. 1999. С. 423~476.

20) 예를 들어 '소설의 환영(Призрак романа)'의 장(423~559쪽)을 참조할 것. Липовецкий М. Разгром музея: Поэтика романа А. Битова "Пушкинский дом" // *Новое литературное обозрение.* 1995. No. 11; Курицин В. Указ. соч.; Шеметова Т. Указ. соч.

을 고안했습니다. 예를 들어, 타오르며 녹아내리는 초는 소설의 '종유석 같은 형식'을 설명할 수 있습니다. 또는 천체망원경은 서로가 서로 속에서 돌출되는 천체망원경적 성격을 설명할 수 있습니다. (…) 또는 우리는 건축가가 의식적으로 다 마무리하지 않은 경우가 있는 건축을 들먹이거나 현대적 기교들에 대해서도 자신만만하게 말할 수 있습니다. 예를 들어, 어떤 조각들이나 외장재를 철근이 쑥 삐져나와 있도록 내버려두면서 재료가 자기 스스로를 대신해 말하게 한다고들 합니다."(404) 또는 다음과 같이 언급했다. "나는 할 수 있는 대로, 그렇게 썼습니다."(404)

소설은 실제로 기괴한(외면상 포스트모더니즘식으로는 카오스적인) 형식을 띠고 있다.[21] 비토프의 텍스트는 기교적이라고 할 정도로 세련되고 우아하다. 그 텍스트는 수많은 시학적 기법·은유·상징들을 토대로 구성되었다. 그러나 푸슈킨의 뒤를 이은 현대의 비토프는 정련된 '조화'를 정확하고 명확한 계산을 하는 '산수(алгебра)'라고 믿었고, 시학적 독창성을 통해 예술적 종합성을 드러내주는 '황금(수학적) 분할'을 탐구하였다.

우선 비토프의 소설 『푸슈킨의 집』의 명칭에 대해서 알아보자.

'붙임(해설에 대한 부록)'에서 비토프는 소설의 명칭에 대해 '건축학적 조사'를 시도하고 다음과 같이 통고한다. "처음에 우리는 이 장편을 쓰려고 하지 않았고 '아웃(Аут)'이라는 제목으로 긴 단편을 쓰고 싶었다. 하지만 그 단편이 스포츠 생활을 소재로 한 것은 아니었다. 이제 그 단편에서 그

⁙

21) 부분적으로 형식의 '카오스화'는 당시 소설 출판을 둘러싼 정황('검열 통과 용이성')과 관련하여 '일부'를 '완전한 것'으로 변화시키고 '완전한 것'을 '일부'로 제시해야만 하는 불가피성 때문에 동기화되었을 수도 있다. 이에 대해서는 다음을 참조할 것. Савицкий С. Указ. соч. С. 423~476.

려지는 행동은 장편의 제3장과 일치한다.[22] 7년 전 우리는 세 글자로 된 매우 짧은 제목이 마음에 들었다. 그런 단어들은 다음과 같은 장편에 대한 생각이 우리에게 단번에 떠오르게 만들었다. 예를 들어 『사격장(*Тир*)』(장편) 과 『집(*Дом*)』(장편)[23] 등이 그것이다.

말하자면, 처음에 이 소설은 아직 이 장편이 아닌 단편 '아웃'이었다. 그 다음에 작품 제목은 다른 쪽으로 전개되어서는 더 복잡해지고 더 고전적 이게 되었다.

'료바 오도옙체바의 행실(Поступок Левы Одоевцева)'

'료바 오도옙체바의 명성과 행실(Репутация и поступок Левы Одоевцева)'

'료바 오도옙체바의 삶과 명성(Жизнь и репутация Левы Одоевцева)'

결국에 '푸슈킨의 집(ПУШКИНСКИЙ ДОМ)'이 등장했다.

푸슈킨의 집은 일반적이다.

'집(дом)'이란 단어를 가진 제목들은 모두가 다음과 같이 어감이 무거운 것들 이었고,

봉인된 집(ЗАКОЛОЧЕННЫЙ ДОМ)

추운 집(ХОЛОДНЫЙ ДОМ)[24]

∵

22) 비토프는 '아킬레스와 거북(Ахиллес и черепаха)' 장의 첫 번째 편집들 중 한 곳에서 단편 에서 장편으로 전환된 이야기를 상세하게 기술하고 있다(참조할 것. Битов А. *Статьи из романа*. М.: Советский писалтель. 1986. С. 149)—저자.

23) 다음과 같은 비토프의 내부 소문에 관심을 기울이는 것은 흥미롭다. "힌두교에서 3은 우 주와 신성(神性)의 리듬을 전해주는 신비로운 음인 '아움(аум)'에서의 소리들의 수이 다."(Тресиддер Дж. *Словарь символов*. М. 1999. С. 376) 그러나 다른 암시도 분명하 다. 포스트모더니즘의 어휘집에서 세 글자로 된 단어(예를 들어 'мат(욕)')는 언어의 미화 (эстетизация) 수단이다—저자.

24) 장편 '추운 집'은 텍스트에서 언급된다(38)—저자.

얼음 집(ЛЕДЯНОЙ ДОМ)

하얀 집(БЕЛЫЙ ДОМ)

커다란 집(БОЛЬШОЙ ДОМ)

노란 집(ЖЕЛТЫЙ ДОМ)

결국 푸슈킨의 집(ПУШКИНСКИЙ ДОМ)으로

제목이 정해졌다."(403)

그러나 단번에 빠르게 정해진 것은 아니었다. 문서들, 특히 이 장편 출간에 대해 출판사 '소비에트 작가(Советский писатель)' 레닌그라드 지사와 작성한 계약서가 증명해주듯이, 이 소설은 집필이 완료되기 바로 전까지 (1964~1971) '집'이란 제목으로 등록되어 있었다. 대략적으로 당시까지도 비토프는 '집'이란 단어에 어울리는 형용사들을 찾고 있었던 것이다.[25]

1975년에 출판사 '현대인'이 신청한 G. 블라디모프의 서평에서 비로소 소설은 '푸슈킨의 집'으로 불리게 되었다.(423~473)

위에서 언급된 서평에서 G. 블라디모프는 다음의 사실에 주의를 기울였다. "A. 비토프는 자신의 소설을 '푸슈킨의 집'으로 명명하고"라고 말하고는 다음과 같이 부언한다. "F. 아브라모프는 그냥 '집'을 약속하고, G. 세묘노프의 '가로등'도 집을 비춰준다. 아, 나는 이 부분에서 독창적이지 않다. 지금 끝내가는 새로운 작품을 나는 아마도 '나의 집, 나의 요새(Мой дом, моя крепость)'라고 이름 붙일 것 같다."(518) G. 블라디모프가 '푸슈킨의'라는 한정어에 주의를 집중하지 않고 '집'이란 단어의 소리를 강조한 것

••

25) "28개의 '오래된' 형용어들 중에서 세 개, 즉 아버지의(отчий), 단정한(добропорядочный), 솔직한(честный)이 있었다."(Битов А. Статьи из романа. С. 47)

164

이 관심을 끈다. 똑똑하고 재능 있는 작가 G. 블리디모프는 의심의 여지 없이 비토프 소설의 독창성과 특별함, 즉 '비전통성'을 알고 있었지만, 그는 이런 현상을 정돈하여 비토프를 그 어떤 대열에 세워놓으려고 노력하였다. 비토프를 다른 작가들과 유사하게 만들어서(여기서는 1970년대 문학에서 '집' 테마가 인기 있고 검열을 통과하기 용이하다는 점이 작동했다), 책을 구원하고 주위 환경에 순응하게 하여 책이 출간될 기회를 제공하려고 노력한 것이다.

'집'이 '가족'이란 단어의 동의어 · 대체어가 되는 경우가 있는데 비토프에게서도 '집'이라는 개념에 그런 의미가 약간 스며 있다는 것을 지적해야만 한다. "이렇듯 이 집은 특별한 의미의 집(Дом)이고(대문자이다!―저자), 이 집은 화목하고 사랑하는 사람들이 살고 있는, 점점 더 희박해지는 수많은 장점들이 부여된 요새다."(102)

그러나 비토프 스스로에게는, 텍스트에 대한 집필이 **거의** 최종적으로 완료되었을 때 등장한 '푸슈킨의(пушкнинский)'라는 형용사가 의미심장하며 원칙적인 것이다.[26] 기본 텍스트의 제2장을 여는 소(小)장 "(저자 강조(Курсив мой―А. В.))"(133)에서, 비토프는 마치 표제에 대해 풍자하듯이, "이 소설의 제목은 훔친 것이다"라고 말하면서 "이것은 공공시설이지 소설을 위한 제목이 아니다! 게다가 '청동 기마상', '우리 시대의 영웅', '아버지와 아들', '무엇을 할 것인가?' 등과 같은 학교 교과과정에 따른 장들의 표가

∙∙
26) 다음과 같이 다른 설도 인정될 수 있다. "1968년 가을 나는 출판사에서 이 소설에 대한 계약을 체결하였다."(사실 계약서에는 검열을 통과하지 못한 것처럼 '푸슈킨의'란 형용사는 생략되었고 '집'만 남아 있었다.)(385)

붙어 있다. (…) 소설·박물관으로 떠나는 견학인가"(136)[27]라고 쓰고 있는 반면, "제3장 '아킬레스와 거북'(저자와 주인공의 관계)"의 부록에서 작가는 제목을 다음과 같이 진지한 형식으로 설명하고 있다. "저자의 간섭 수준을 차차 반영하면서 소설은 몇 번이나 제목을 바꾸었다. 'A la recherche' 또는 'destin Hooligan's Wake'('잃어버린 사명을 찾아서' 또는 '훌리건의 추도식') 도 있었다. (…) 마침내 마지막 제목인 '푸슈킨의 집'이 등장했다. 이 제목이 최종적인 것이다. 나는 한 번도 공공시설인 '푸슈킨의 집'에는 간 적이 없기에 여기에 쓴 모든 것은 그 건물에 대한 것이 아니다. **그러나 그 이름도, 그것이 상징하는 바도 나는 부정할 수는 없었다.**(강조는 저자) 이제는 '인유'라고 말하는 것이 유행인 것처럼, 이런 '인유(аллюзия)'에 죄책감을 느끼지만 **그것에 저항할 힘이 없다.**(강조는 저자) 그 인유를 확장할 수 있을 뿐이다. 러시아문학도, 페테르부르크(레닌그라드)도, 러시아도, 어쨌든 이 모든 것이 곱슬머리 숙박인[28]이 거주하지 않는 **푸슈킨의 집**이다. (…) 죽어가던 푸슈킨은 이렇게 말했다. 'Il faut gue j'arrange ma maison(나는 내 집을 정돈해야만 한다).' (…) 이 이름을 단 아카데미 건물이 바로 그 대열에 있던 마지막 이름이다."(345) 소설 제목에 '푸슈킨의'란 정의를 첨가한 것이 가장 마지막이자 매우 의미심장한 일이었다.

사그라지는 '흐루쇼프 해빙기'와 밀려들기 시작한 '브레즈네프 침체기'의 경계선에서 집필된 『푸슈킨의 집』은 한편으로는 문학의 '해빙기'에 싹튼 '새로운' 씨앗을 이미 구현하였지만, 다른 한편으로는 불가피하게 감지되기 시작한 '동결'의 전야에서 자신의 생명력을 보장해야만 했다('보험에 들어

..

27) 주지하다시피, 최종 텍스트에서는 '청동 기마상' 장의 제목이 바뀌었다.
28) 〔역주〕 알렉산드르 푸슈킨을 일컫는다.

야만 했다'). 이런 조건하에서 혁신과 생명력(즉 '구현'은 비단 비토프에게서만 발견되는 것은 아니다)을 보장해준 것은, **모든 것**을 할 수 있었고, **모든 것**을 극복하였고, **모든 것**을 빨아들인 국민 시인 푸슈킨의 이름이었다. "푸슈킨에 대한 관계(태도)는 우리에게서는 커다란 문화 전통으로 변화되었고 우리의 민족적 특성이 되었다."(408) 비토프는『푸슈킨의 집』주인공의 입을 통해 다음과 같이 말한다. "개인적-사적인 '나'가 부재하고, 전인류적 '나'가 현존하는 상황을 연출할 수 있었던 것은 푸슈킨의 업적 덕분이다. 여기서 말하는 전 인류적 '나'는 지상에서의 사명을 실행하기 위해 고통받고 있으며, 정신적이고 신적인 '나'라는 존재 앞에서 개인적이고 일상적인 것에 관심을 갖는 '나'를 완전하게 거부하는 특징을 지닌다."(231) T. 세메토바는 이렇게 언급했다. "푸슈킨의 이름은 (…) 비토프의 패러다임에서 진리"[29]와 "신적 규범을 구현한다."[30]

정치화되고 독재적인 소비에트 국가라는 조건하에 비공식(그리고 완전히 공식적이지는 않은) 문학가들 사이에서 푸슈킨이란 이름은 '자유라는 달콤한 말'의 대체어(그리고 동의어)로 인식되었다. 그 자유는 '선택의 자유', '언론의 자유', '자기표현의 자유', '창작의 자유', '개성의 자유', '사회적 결정성으로부터의 자유' 등(소설에서는 '자유(liberty)'라는 스토리 라인)이다. 이 시기에 Ven. 예로페예프와 관련해서 우리가 언급한 Ap. 그리고리예프의 관용구 "푸슈킨은 우리의 모든 것이다"는 새로운 현실성을 획득하였다.

언급한 것에서 유추할 수 있는 것은 비토프 소설 제목 중 '푸슈킨의'란 형용사에는 '집'이란 단어에서보다 비토프적 고유성이 적었다는 사실이다.

∴

29) Шеметова Т. Указ. соч. C. 15
30) Там же. C. 7.

소설을 '개명하거나 명명하는 시기'(대략 1975년)에, '우리의 모든 것'이 이미 표식·기호·상징의 기능을 가졌던, A. 테르츠의 소설 『푸슈킨과의 산책』 (1966~1968)이나 Ven. 예로페예프의 『모스크바발 페투슈키행 열차』(1970) 가 집필되어 문학적 사실이 되었다는 것도 이를 증명하는 하나의 논거가 될 수 있다.

그러나 1960~1970년대 문학 상황에 비토프 소설 제목이 '의존하고 있다는 점'은 그리 절대적이지 않다. (언더그라운드와 K°가 인정하듯이) 푸슈킨의 '재림' 훨씬 이전에 이미 푸슈킨의 형상이 비토프의 창작에서 의미 있는 (예술적·학문적·개인적[31]) 경계선을 형성했다는 사실은 비토프의 소설에서 푸슈킨의 이름이 언제 발생했는가를 유기적이며 설득력 있게 설명하는 단초가 된다. 1970년대 초에 비토프는 다음과 같이 언급했다. "새로운 책들과 작가들 자체가 비록 육중하기는 하지만 새로운 단어들이다. 고유명사지만 이미 모두가 알고 있는 이름이 등장한다. 푸슈킨, 고골, 체호프는 이미 이름이 아니라 단어다. 그 단어들에 상응하는 분명한 어떤 것이 즉각적으로 의식 속에 떠오르게 된다. 그러나 푸슈킨은 '청동 기마상', '예브게니 오네긴', '스페이드의 여왕'[32] 등과 같이 계속 연상되어 늘어서는 대열이기

··

31) (비토프의 말에 따르면) 12세 나이에 이미 그에게는 푸슈킨의 운명과 전체 러시아문학의 운명에서 토끼가 하는 역할에 대한 생각(푸슈킨은 시베리아 유형 중에 12월당 반란에 대한 연락을 받고 그 반란에 참여하려고 길을 나섰는데 토끼가 세 번이나 그의 길에 등장해서 앞길을 막자 유형지로 되돌아간 것을 말하는 것임—역주)과, 자연스레 긴 귀의 토끼 동상 구상에 대한 생각이 떠올랐다는 사실만 해도 충실한 증거가 될 수 있다. 2000년 12월 24일 미하일로프스키 프스코프스카야 현의 마을에서 열린 토끼 동상 개막식에서 비토프는 다음과 같은 내용이 담긴 연설을 했다. "이 계획안은 51년이 되었다. 구상은 1949년, 즉 푸슈킨 150주년이자 이오시프 비사리오노비치의 70주년이자 내가 열두 살일 때 일이었다."(Дьякова E. Ушастый трус как спаситель России//www. gazeta. ru)
32) 〔역주〕 푸슈킨의 작품 제목들이다.

도 하다."[33]

이렇듯, 『푸슈킨의 집』 제목에서 가장 표면적이고 구체적이며 내용성이 풍부한 근원은 실제적으로 존재하는 학술 연구소이자 '아카데미 기관'인 러시아문학 연구소의 명칭인데, 그 기관은 푸슈킨(과 기타 등등)의 문학 유산을 연구하는 곳으로서, 료바 오도옙체프가 박사과정을 밟았고 그 후엔 학술 연구원으로 일하였으며 현재 일하고 있는 곳[소설의 예술적 공간에서는 'NII(연구소)']이다. 바로 이 학술 기관의 벽 안에서 소설의 '중심'(계획상으로는 시발) 사건이 일어난다.

A. 비토프는 다음과 같이 말했다. "모든 것이 하나의 우스운 일화로부터 시작되었다. 10년 전 집으로 가는 도중에서 만난 B. 교수는 그의 연구소에서 얼마 전에 일어난 어떤 작은 사건을 내게 이야기해주었다. 바로 다음과 같은 내용이었다. 휴일 동안 연구소 부속 박물관에 당직을 서게 된 두 명의 젊은 연구원들은 술을 너무 마시고 이 박물관에서 싸움질을 벌여 유리를 깨뜨리고 전시물들을 훼손하는 난동을 벌였는데 다음 날(여전히 휴일이 계속되고 있었다) 술이 깨서는 감쪽같이 정돈을 하고 복구를 해서 모든 것을 처음 근무했던 날처럼 감쪽같이 정돈해놓았기에 아무도 무슨 일이 있었는지 눈치채지 못했다. (…) 어떤 뚜렷한 세부 사항 없이 속 내용만 들은 이 이야기는 어째서인지 너무 감동적이었고 나를 자극하였다. (…) 나는 다음과 같이 생각했다. 학위를 받은 인문학자들이 언젠가 방직기들을 부숴버린 주석 도금공들처럼 봉기라도 했단 말인가? (…) 아니다. 끔찍하다. 그 다음, 희미한 봉기 결과들을 온순하게 처리한 것도 내 관심을 끌었다.

∴

33) Битов А. *Статьи из романа.* С. 38.

이것은 비록 나쁜 행위였을지라도 그 행위가 증발해버렸기 때문이다."[34]

소설 제목의 의미를 둘러싸고 이런 차원이 고려되지 않을 수는 없다. 하지만 의미를 지니기에는 '표면적으로' 너무나 빈약하다. 비토프 자신은 이런 경우를 '개인적이고 특징적이지 않은' 것으로 정의한다.[35]

이미 인용된 비토프의 언급들 중에서 이후에 작가 스스로가 제시한 여러 대조들은 매우 중요하다. 첫 번째 대조는 '푸슈킨의 집 / 페테르부르크', 즉 푸슈킨의 인성 형성과 밀접하게 연관되어 있는 페테르부르크 시(市)(귀족학교에서 시작해서 모이카 12번가와 초르나야 레츠카의 아파트로 끝난다)이다. 페테르부르크의 역사적 외형에서부터 오늘날에 이르기까지 푸슈킨의 그늘은 사라지지 않았다(객관적 · 현실적 차원). 그 다음으로 페테르부르크는 주인공들이 살고 있고 행동하고 있는, 따라서 모든 사건들이 벌어지는 도시(소설의 예술적 현실성의 영역)이다.[36] 따라서 구체적인 푸슈킨의 집(소설의 진앙) 주위의 동심원은 확장된다.

비토프에 따르면 또 다른 대조를 이루는 것은 '푸슈킨의 집 / 러시아 전체'이다. 이것은 지형학적 수준에서 페테르부르크에 대해 언급되던 것을 되풀이할 수도 있다. 왜냐하면 페테르부르크는 전체의 일부이며, 러시아 지도상의 수많은 도시들 중 하나이기 때문이다. 이 경우 동심원(=원)은 크기에서만 커지는 것 같다.

그러나 푸슈킨의 집과 러시아를 동일 선 상에 놓음으로써 민족적 특성

∙∙

34) Там же. С. 148~149.
35) Там же. С. 149.
36) '소설 / 도시'의 대조는 소설 창작의 역사에 대해 언급하고 있는 '붙임'에서 다시 한 번 작가에 의해 다음과 같이 도출된다. "그 소설은 세 번 시작되었고 한 번 종결되었다"라는 어구는 이 도시에 대한 유명한 문장 "세 번 세례받았지만 한 번도 패배한 적은 없다"는 어구와 비교될 수 있다.(402)

의 문제가 드러나고, 주인공들 성격의 독자성을 나타내려는 시도가 드러나며, 사회적 양상보다는 민족적 양상을 분명히 선호하는 경향을 띠고 묘사되는 이런 사건들의 비(非)일반적 윤곽을 강조하려는 의도가 드러난다는 부가적 관점이 덧붙여진다(소설 집필 시기에 료바 오도옙체프의 부칭은 러시아가 아닌 USSR이었고, 도시는 페테르부르크[37]가 아닌 레닌그라드로 불렸으며, 다민족 국가인 러시아에서는 러시아적 성격이 아닌 소비에트적 성격이 민중적·민족적이라고 인정되었음을 첨언해야 하겠다). 푸슈킨이란 이름은 국가 명칭이 재고되는 시기와 맞물려 이 소설이 검열을 통과하게 해주었을 뿐만 아니라 '소비에트적 질서'를 넘어 현대로의 출구를 마련했다. 이때 비토프에게서 러시아성이라는 개념은 협소한 슬라브주의적인 성격을 띠는 것이 아니라 전통성·뿌리·계승성(농민적·토지주의적이지 않고 정신적·인텔리적인) 개념을 옹호하는 것이다.

여기로부터 '푸슈킨의 집 / 러시아문학'이라는 소설 제목에서의 세 번째 대조가 발생한다. 그리고 처음의 두 대조가 역사적·지리학적·지형학적 동기화, 즉 현실적인 동기화를 가졌다면, '푸슈킨의 집 = 러시아문학'이라는 대조에서는 어떤 추상성과 은유성,[38] 즉 사변성(고안성과 의도성)의 요소가 나타난다. '푸슈킨은 우리의 모든 것'인 만큼 은유적 이동의 메커니즘은 분명한 것 같다. 그러나 텍스트의 인용 배경을 고려하면 '푸슈킨의 집'을 제목으로 삼아 비토프는 지리적인 것뿐만 아니라 예술 현실의 시간 지표들도 부여하고 있다. 즉 러시아문학, 19세기 문학의 푸슈킨 시기를 강조하

••

37) 소설 텍스트에서 도시는 일관적으로 페테르부르크로 불리게 될 터이지만, '해설'에서는 레닌그라드라고 일관되게 불리게 된다.

38) 러시아문학 연구소에서 러시아문학 연구를 한다는 사실이 이런 대조의 은유성을 사라지게 하는 것은 아니다.

였고 문학에서 현대적 삶과 그 안에서의 인간(또는 인성)의 계승성(소설 용어로는 '구현성')을 보장하던 그런 전통을 나타내주었다고 가정해볼 수 있다.

이렇듯 비토프 소설에서 '인생'과 '문학'은 동일 계열체를 이루며 그 본질이 된다. 셰익스피어적인('영국의') '인생은 연극이다'라는 공식은 '러시아적 변형'인 '인생은 문학이다'[39]로 바뀌고, 포스트모더니즘적인 '텍스트로서의 세계'라는 공식을 경험적(비토프적)으로 현실화하는 수단이 된다. 그 결과 '소설의 자유로운 공간 확장'은 단순한 반영이 아니라, 일상적 세계·질서, 또는 세계·혼돈의 구현이 되며 현실 세계는 예술 텍스트의 법칙하에 놓인다. 그것은 러시아 민족의 삶이 보여주는 태초의 '문학 중심성'에 전혀 모순되지 않는다.[40] A. 비토프는 다음과 같이 말한다. "외부 세계는 (…) 책이었고 (…) 외부 세계는 인용, 문체, 음절이었으며, 외부 세계는 인용부 안에 있었으며, 바로 전까지 해도 제본되지 않았다."(102)

작가는 의식적으로 맨 처음부터 코드를 암시해주고 있는데, 그 코드 덕분에 '자기에 대해 자기 스스로 인정한 법칙'(A. 푸슈킨)이 풀리게 된다. 즉 유희적(=진지한) 층위에서 현실적(사실주의적) 문학에 생명력을 불어넣는 것이 소설적 삶의 문학성임을 인식하도록 제안하는 것이다. 그리고 소설이 반성적 텍스트의 특성에 따라 구성됨으로써(즉 제목, 에피그라프, 해설 등과 텍스트의 연관을 매개로 해서) 자기에 대해 자기 스스로 인정한 법칙이 소설의 행동으로 이어진다. 특히 목차의 '형식'과 '내용'을 텍스트와 연관시켜

∴

39) 대조적 변형인 푸슈킨식의 '영국식 우울증'과 '러시아식 우울증'이 그러하다.
40) '해설'에서 비토프는 다닐 안드레예프(Данил Андреев)의 저작 『세상의 장미(*Роза мира*)』에서 '창세기의 건물'을 인용하는데, 이 건물에서 "세상은 수많은 층이고 모든 층은 실재하며 이런 층들 중 한 층에는 문학적 주인공들이 살고 있다(!)"(395)

이해하는 것이 가능해진다.

목차의 형식과 내용에 대해서나, 그것의 사상적·예술적, 슈제트적·구성적 조직에 대해서 언급하는 것은 언뜻 보기에는 이상하게 생각된다. 그러나 비토프에게서 목차는 내용이 풍부할 뿐만 아니라 내적 형식도 가지고 있다.

분석을 더 정확하고 설득력 있게 수행하기 위해서 '목차'를 재현(인용)해보자.[41]

무엇을 할 것인가?(프롤로그)

제1장 아버지와 아들

아버지

디켄스에 대해 개별적으로

아버지(계속)

아버지의 아버지

아버지의 아버지(계속)

이설과 변형

상속자(당직자)

부록: 두 산문

제2장 우리 시대의 영웅

⁚⁚

41) 이 순간부터 우리는 목차를 소설 텍스트의 독립적이고 완성된 일부분으로 인식할 것이기 때문에 목차는 개별 장의 제목과 같은 서체로 '목차'라고 표기할 것이다.

비토프 자신이 선택하여 '인생＝문학'으로 설정한 '법칙'을 기초로 해서 완성되고 자존적 가치를 가지는(이후에 이것을 '시학적' 부분이라고 명확히 규정하고 이를 증명할 것이다), 소설의 일부로서의 '목차'를 살펴보자.

'목차'가 내용이 풍부하고 독립적인 다른 장들과 '동등한 권리로' 텍스트에 포함되어야 한다고 지적할 수 있는 근거는 무엇보다도 소설에 전체적으로 달린 에피그라프들이다.

소설에는 두 개의 에피그라프가 달려 있다. 하나는 A. 푸슈킨의 『벨킨 이야기』에 대한 '에피그라프 계획' 중에서고(5), 다른 하나는 A. 블로크의 『푸슈킨의 집』 중에서다.(5)[42] 이런 작가들을 선택한 것 자체가 우연적이지 않다. "푸슈킨에서 블로크까지 러시아 시인에게 러시아의 역사는 시적 전통보다 더 큰 의미가 있는 그 무엇이다. 역사는 운명에 가깝다."[43] '일반적' 에피그라프들의 관습적 배치가 첫 장, 제1부 또는 제1편 텍스트 앞인 것처럼(모든 인쇄본에서 그렇다. 개별 페이지 또는 소설을 여는 장의 제목 앞, 본 텍스트의 첫 페이지에서 위쪽 구석 등이다), 1999년까지의 인쇄본에서는 비토프도 그러한 관습을 준수했다.[44] 그러나 '기념판'에서 비토프의 에피그라프들은 마치 제자리가 아닌 곳에 부착되어 있는 것 같다. 에피그라프들은 제목 다

* *

42) '헌정된 이들을 위한' 이 시의 인용되지 않은 텍스트에는 이런 요소에 부합하는 블로크의 말이 있다.

> 푸슈킨! 비밀스러운 자유를
> 우리는 당신의 뒤를 이어 노래했다!
> 음산한 날씨에도 우리에게 손을 내밀어주오,
> 무언의 투쟁에서 도와주오!

Блок А. *Стихотворения. Поэмы. Воспоминания современников.* М.: 1989. C. 325. 바로 이 시구가 소설의 마지막에 M. P. 오도옙체프의 '스핑크스' 논문에서 인용될 것이다.(354) (첨언하자면, 수많은 구성 고리들 중 하나가 닫히며, 더구나 바로 여기서 푸슈킨의 시도 인용될 것이다.)

43) Битов А. *Статьи из романа.* C. 64.

44) 비교할 것. 예를 들어 Битов А. *Империя в четырех измерениях.* Т. 2. C. 6.

음에 바로, 즉 '목차' 전에 놓여 있어서, '무지한' 작가가 저지른 '실수'로 간주될 수도 있다. 그러나 알다시피, 모든 텍스트는 편집부를 통과하게 되므로, 결과적으로 노련한 편집자들은 '실수'를 '교정했어야만' 한다. 그러나 이런 일은 없었다. 즉 '실수'는 의식적으로 허용된 것이었고 실수가 아니라는 것을 인정해야만 한다. 작가는 에피그라프를 특별하게 배치함으로써, '목차'를 눈여겨보고 소설 텍스트의 일부로서(장, 절 등으로서) 목차에 독립적이고 온당한 관심을 기울일 필요성을 '암시했다.'

첨언하자면, '해설'에서 '목차'가 텍스트의 직접적 인용들과 똑같이 설명된다는 사실도 이에 대한 확인이 될 수 있다.(357)

'푸슈킨의 집' 제목 다음에 두 개의 에피그라프는 푸슈킨의 이름을 다시한 번 언급한다. 첫 번째 에피그라프에서는 푸슈킨의 이름을 지적하고, 두 번째에서는 푸슈킨의 이름이 언급[45]되는 인용 텍스트가 나온다. 그렇게 함으로써 푸슈킨의 이름과 정신의 존재를 의식에 새겨 넣는다.〔비토프는 이렇게 말한다. "도표가 우리를 이끌고 에피그라프들은 상기시킨다."(136)〕 즉 견고한 문학적 관점에서 소설 사건을 인식하게 만드는 것이다.

'무엇을 할 것인가?' 장의 시작은 알려진 바대로 제목과 에피그라프에서 이미 나타나고 적용된 기법을 되풀이하고 있다.

자연을 거스른 표트르[46]의 행위와 자연의 복수가 담긴 푸슈킨의 『청동 기마

---

45) 아마도 삼위일체 원칙을 준수하고 '과잉'을 피하기 위해서 비토프는 '푸슈킨의 집'에 블로크의 시 제목은 거부한 것 같지만 집필 연도인 1921년은 지적하고 있다.

46) 〔역주〕 도시를 건설할 수 없는 늪지에 수많은 농노들의 피와 땀으로 나무 기둥을 박고 페테

상』의 처음 장면이 산문으로 바뀌어 인유적으로 재현(재-창조)됨으로써 프롤로그는 다음과 같이 시작된다. "당시에도 이미 이런 선명함은 **그냥 그런 것이 아니었다.** 특별 비행기들 때문에 부득이하게 그렇게 된 것 같았으며 그것에 대해 곧 **대가를 치러야만 한다**는(강조는 저자) 의미에서도 **그냥은 아니었다.**"(11) 그리고 "1917년 노선에 따라 (…) 내쫓긴"(360) 블로크식 바람의 형상으로 다음과 같이 전개되고 완성된다. "바람, 바람이다— / 신의 온 세상 위에!"(『열둘』)[47]

에피그라프는 푸슈킨에서 블로크까지(심지어 명확한 날짜까지 적혀 있다), 다른 말로는 러시아문학의 '금 세기'[48]에서 '은 세기'[49]까지 소설 주인공이 놓인 문학 환경의 경계를 설정한다.

비토프는 귀금속 이름을 빌려서 러시아문학의 여러 시기를 정의한다. 한편으로는 멘델레예프의 표(와 그 요소들)가 『푸슈킨의 집』에서 여러 번 등장하고(15, 62, 215, 235. 초기 단편들에서도 그랬다), 다른 한편으로는(이것이 이 경우에 특히 중요하다) 러시아 문화 시대의 '금속' 이름들은 소설 제3장의 '청동인들(медные люди)'과 연결된다. 즉 안티클라이막스 기법을 기초로 하여 점차 밑으로 하강하듯이 일어나는 사건들과 시대에 대한 평가적 관점을 제공하는 것이다. 이렇듯, '목차'에 앞서서 '금 세기'와 '은 세기'를 활용하고 있는 에피그라프가 놓인 특별한 위치는 소설의 개별 장들 간의 상관관계를 강화한다. 작가가 장들의 구성 배치와 상호 조건성을 섬세하게

··

르부르크를 건설한 표트르 대제를 말한다.
47) 『열둘』은 "소설 『푸슈킨의 집』의 개요"(405)로 불린다.
48) 〔역주〕 금 세기는 소설에서 사실주의 전통을 확립한 19세기 러시아문학을 일컫는다.
49) 〔역주〕 은 세기는 모더니즘과 아방가르드 경향으로 대표되던 20세기 초 러시아문학을 지칭한다.

고안했음을 보여주는 증거이다.[50]

"나머지 장들보다 늦게 집필된 장", 즉 "무엇을 할 것인가?"로 명명된 프롤로그는 '목차'에 '무엇을 할 것인가?(프롤로그)'로 제시되어 있다. 제목에 나타난 "나머지 장들보다 늦게 집필된 장"이라는 약화된(하강된) 표현은, 마치 아무것도 변화시키지 않는 것 같지만, 목차가 텍스트 구조를 정확히 반영해야만 한다는 법칙을 거스르고 있다. 특히 어떠한 변경도 없이 장 제목 전체를 재현해놓아야만 한다는 법칙을 분명히 위반하고 있다. 비토프가 '목차'에서 제목 부분을 삭제한 것은, 작가가 제목을 단순화하고, 그것을 도식화하고, 어떤 기법(과 의미)을 분명하게 하려는 것의 증거가 될 수 있다. 이 경우 우리가 추측해볼 수 있는 것은 첫째, N. 체르니솁스키에 대한 확실한 인용이며 '체르니솁스키에 따른' 장 제목이면서 이중 명칭이라는 것이다. 왜냐하면 '무엇을 할 것인가?'와 '프롤로그'는 체르니솁스키 소설들의 제목이기 때문이다. 이는 체르니솁스키가 제안한 현실의 문학성에

∴

50) 표트르 대제의 페테르부르크(레닌그라드가 아니다)에 대하여 다음과 같이 이야기된다. "**황금빛의**(강조는 저자) 페테르부르크! 바로 황금빛의, 회색빛도, 푸른빛도, 검은빛도, 은빛도 아닌 그 황-금-빛의!……"(337) 료바에 관한 에피소드들 중 하나에서 그는 다음과 같이 말한다. 그는 디킨스 아저씨와 연관된 "진실함의 금속 맛을 입에서 느꼈다." "마치 미탸(Митя) 아저씨 주위는 뿌옇게 되지 않은 것 같았다. 그는 시간의 물에 잠긴 은과 같았는데 그런 물의 특별한 효력을, 내 기억에 따르면, 할머니가 자랑스레 늘어놓고는 했다."(38) 그리고 반대로, 파이나의 약혼반지는 "**누런 금속**(*желтый металл*)"(143) 반지로 비하된다(결과적으로 일련의 귀금속들은 단순하고 거친 철로 다음과 같이 마무리된다. "나라와 세계" 간의 정치적·이데올로기적 "철의 장막"(117)과 질투하는 사람(*завистник*) 튜체프-료바의 "철 지팡이"(237)라는 언급). 소방관들이 박물관 '푸슈킨의 집'을 방문하는 장면에 나오는 '금속들'의 유희는 주목할 만하다.(349) '해설'에서는 '가장 완전한' 일련의 문학 시기를 정의하고 이를 다음과 같이 인용한다. "푸슈킨, 레르몬토프, 고골의 황금 세기 이후에 더 좋지는 않았지만 쓰기는 했다. 은 세기도 청동 세기도 물러갔다. 그러나 구리(*медный*), 주석(*оловянный*), 목재(*деревянный*), 감자(*картофельный*), 진흙(*глиняный*), 마지막으로 (…) ~세기들도 존재하며 이 모든 것 또한 문학이다."(400)

대한 노정을 강화(확인)하면서 상호 텍스트적 연관을 분명히 드러낸다.

비토프는 기법의 압축을 '아름답게', 이를테면 조화롭게 시적으로 사용한다. 소설 제목과 두 편의 소설 전체에 대한 에피그라프에서 푸슈킨 이름이 3회 반복되는 것과 연관해서 이미 언급되었듯이, 견고성과 계열성은 숫자 '3'으로 강조된다. 이 경우 3회성은 다음과 같이 공고해진다. '새로운' 사람들에 대한 두 번의 언급. 즉 소설들의 제목들 이후에 프롤로그 텍스트 내부(본문 앞) 제목에서 체르니솁스키의 이름이 지적되고 동시에 『무엇을 할 것인가?』에 나오는 에피그라프가 이어진다(체르니솁스키라는 작가가 '반복되고' 그렇게 함으로써 다시 한 번 이 기법을 암시적으로 드러낸다).

체르니솁스키 소설 제목(=비토프의 프롤로그 제목)이 러시아문학의 '영원한' 질문들 중 하나인 불변성의 이설이라는 사실도 적지 않게 중요하다. 이렇듯 '목차'가 텍스트라면, 바로 '영원한' 질문이 비토프의 서사를 열고 있으며, 이런 질문 의식(어떤 의미의 모색)에 근원적(내적) 어조를 부여한다.

이와 관련해서 '프롤로그'에 동반하는 "나머지 장들보다 늦게 집필된 장"(11)이라는 모순 형용적 수정에도 주의를 기울일 필요가 있다.

첫눈에 이것은 이제는 익숙해진 포스트모더니즘적 유희, '심각하지 않은' 서사적 음조를 부여하는 '일관된 아이러니'로 여겨진다. 그러나 이것이 그렇다 하더라도 중요한 것은 아니다.

'이중' 제목에서는 길항작용을 다음과 같이 검토할 수 있다. 즉 프롤로그(그리스어 prologos는 '서문'이다[51])는 나머지 장들보다 먼저 쓰여야만 되지만, 작가의 말에 따르면 틀림없이 이후에 쓰인 것이 되므로 시간 부사들의

••

---

51) *Словарь литературоведческих терминов* / Ред-сост. Л. И. Тимофеев, С. В. Тураев. М.: Просвещение. 1974. С. 298.

제1장 러시아 소설의 포스트모던(1960~2000년대) | 179

의미론적 양극성은 이런 특징을 '중화'하고 '폐기'하는 것이다. 즉 제로로, 점으로 향하는 총체적 요소를 나타낸다. 소설의 시작에서 이런 '점'을 지향하려는 경향을 드러내는 것은 아마도 작가의 의도에 포함된 것은 아닐 것이고, 그렇기 때문에 프롤로그의 두 번째 제목은 '목차'에서 삭제된 것 같다. 이런 '영도의' 요소의 의미는 앞에 또 나온다.(334~339)[52] 전의적(어쩌면 상징적) 의미에서 "첫 줄은 (…) 소설이었다."(404)

이와 관련해서 '청동인'으로 다시 한 번 되돌아갈 필요가 있다. 왜냐하면 그들의 출현은 '폭로의 아침, 또는 청동인'이란 제목으로 제3부의 장 중 한 장에서 마침 나오기 때문이다. 주지하다시피, 이 경우에 제목의 '생략'은 발생하지 않는다. 왜냐하면 프롤로그의 제목에서 표제의 명확한 부분이 아직은 '작동하지 않은' 관계로 '청동인들'은 '은 세기'와 '금 세기'와의 상관성만을 위해 **필요**했기 때문이다.

'목차' 텍스트에 관해서, 그 텍스트가 시적 언술 구성의 법칙에 따라서 창작되었음을 단도직입적으로 지적할 수 있다. 비토프는 "산문과 시 사이에 일궈진 경계 지대를 따라"[53] 산책하는 것이 항상 '매혹적'이었다고 인정했다. 푸슈킨의 뒤를 이어 '운문소설'[54]을 집필하고자 하는 시도를 포기한 후, 비토프는 서사의 형식적 측면을 '운문화'하여 상호 텍스트적 재명명―

:•

52) 이미 제1장에서 형상들(개성들)의 모순적 이중성과 그들의 상호적(쌍의), 대립성을 드러냄으로써 '영'(=점) 모티프가 전개되기 시작한다. 결정 단계에서 작가는 심지어 '반점'에도 관심을 가진다. 마지막 장 '가장무도회'(237)를 참조할 것.

53) Битов А. *Статьи из романа*. С. 53.

54) 비토프는 '시 소설의 개요'를 쓰려고 시도했다. '붙임(해설에 대한 부록)' 장을 참조할 것.(405~406)

인유의 방법을 개척하였다.

분석을 정확하게 하기 위해서는, 먼저 '목차'를 시적 텍스트로서 인식하도록 '제안한 것'을 수용하고 각 부의 제목을 '시구'라고 불러야만 한다. 1999년 '기념판'에서 특별히 강조된 '목차'의 모양 자체가 이런 주장이 설득력을 얻을 수 있는 '조건'이 된다.

여러 판본들 사이의 '목차' 구조를 비교하면, '시구'로서의 '목차'를 강조하기 위해 목차가 배열되고 시각적으로 표현되었음을 알아차릴 수 있다. 비교되는 구조 요소들 사이에 동등하게 도식화되어 장들 제목이 형식적으로 배치되었다는 점, 이미 언급된 프롤로그의 제목 '무엇을 할 것인가'나 '미스 보나시에'의 장에서 '생략'이 일어나고 있다는 점은 차치하더라도, 각 부들에서 삭제된 소제목들('레닌그라드 소설', '제1부의 변형과 이설', '하찮은 망나니짓에 대한 서사시')과 소설의 전체 텍스트에는 포함되었지만 '목차'에는 거명되지 않은 '보이지 않는 장들'도 시구로서의 목차에 대한 증거가 될 수 있다. 그런 증거들 중에는 예를 들어, "저자 강조(Курсив мой–А. В.)"(13, 63, 133, 217, 249, 316), "스핑크스"(352), "붙임(해설에 대한 부록)"(402) 또는 "'세 예언자'에 대한 해설"(407)이 있다.[55]

'목차'를 형식적으로 "운문화"('시화(詩化)")하려는 비토프의 시도는, 이미 여러 번 언급되었듯이, 이반 림바흐(Иван Лимбах)가 발행한 판본에서는 소설 창작의 역사가 '빠져 있다는 점'으로 설명될 수도 있다. 소설 창작의 역사가 배제되었다는 것은 목차가 자체의 제목 '소설의 유령(Призрак романа)'으로 표기되었다는 점뿐만 아니라 소설의(그때는 1996년 발행본에서와 마찬가지로 4권짜리 전집의 제2권 전체가 일관된(전체적인) 목차를 가지고 있었다)[55]

∴

55) Битов. А. *Империя в четырех измерениях*. Т. 2. С. 5.

목차와는 상관없는 개별적인 목차를 가지고 있었다는 것으로도 뒷받침된다. '기념판'에서는 "'푸슈킨의 집' 이후" 텍스트도 포함되지 않았다. 이렇듯 비토프는 순수한 시적 형식을 위반하는 '과잉 결정'으로부터 '목차'를 '정화한다.'

'목차'는 세(!) 개의 시구·절들로 구성된다. 그 사실 자체는 의미가 적을 수도 있으나(어쩌면 우연적일 수도 있다), 작가가 신비로우며 조화로운 숫자 '3'을 이용하는 경향이 있다는 사실을 고려하면 무게감은 늘어난다. 또한 시구·절들은 8개의 행으로 구성되며 그중 마지막 세 행은 세 개의 절에서 세 번 반복된다.

제1절에서 첫 다섯 행들은 수직적(주로)으로 그리고 수평적으로 전개되면서 반복되는 모음을 가진 첫 어구 반복법(두운법 시의 요소를 가지고 있다)을 기반으로 구성된다. 'O- / От-'의 첫 어구 반복법이 결코 우연적일 수 없다는 사실은, 분명하게 (혈연관계법상) '할아버지'로 부를 수도 있었을 터인데도 두 장의 제목이 '아버지의 아버지'라고 명명된 것으로 부연 설명된다.

제1'절' 내에서는 첫 어구 반복법 외에도 두운법이 사용된다.

Отец

Отдельно о Диккенсе

Отец(пр-одолже́ние)

Отец отца

Отец отца(пр-одолже́ние)

Версия и вариант

Наследник(Дежу́рный)

Пр-иложе́ние. Две пр-озы,

위의 인용에서 보듯이, 반복('отец'-'отец'; 'отец отца'-'отец отца' ; 'продолжение'-'продолжение' 마지막에서는 서사 반복의 형식적인 기능뿐만 아니라 내용적인, 즉 혈통의 연속성)과 압운 a-b-a-c-c-d-e-f를 보장하는 내적 화음('продолжение'-'приложение')이 드러난다.

'목차'의 시적 구성 법칙을 비토프가 고려하지 않았다면, 디켄스의 자리(본질적으로는 같지만 소리에 따른 것은 아니다)에는 단편 「실업자」의 잭 런던이 올 수도 있다. 잭 런던은 어느 순간 빅토르(레부슈카의 형상과 그가 태어난 역사의 '변형'과 '이설')와 닮은 존재가 된다(또는 닮고 싶었다).

제1행(과 모든 마지막의 행)에서 반복되는 마지막 세 개의 시구들('변형과 이설', '상속자(당직자)'와 '부록')은 비독립적인 시행 반복을 보여준다.

프롤로그('저자 강조(Курсив мой)') 텍스트에 첨부되어, "작가의 계획의 일부로서 몇몇 개인적이고 사소한 일들"(15)을 해명하는 신문에서 발췌한 삽입·종이(부록·삽화)가 주의를 끈다. '해설'에서 작가는 "신문지 조각은 진실되며" 그는 "신문철 더미에서 재밌는 일을 발견하려고 많은 시간을 낭비하진 않았다"(360)고 확언한다. 전체적으로 보면 작가의 진심과 문서의 진정성을 믿을 수는 있다. 만약 푸슈킨과 레르몬토프 시대부터 이미 알려진 슈제트 은폐 기법(『벨킨 이야기』와 『페초린의 수기』[56])과 해설에 나오는 다음과 같은 사실을 배제한다면 말이다.

56) '주인공의 직업' 장의 에피그라프는 바로 이 내용의 인용이다. "나는 얼마 전에, 페르시아로부터 돌아온 페초린이 죽었다는 사실을 알게 되었다. 이 소식은 나를 매우 기쁘게 했다. 그 소식은 내게 이 수기를 출판할 수 있는 권리를 제공하였고 그래서 나는 타인의 작품 아래 내 이름을 넣을 기회를 도용할 수 있게 되었다. 제발 독자들이 그런 무고한 위조에 대해 나

"이것은 '문학 신문'(그 신문의 창시자들 중 한 명이 바로 푸슈킨이었다)에서 나온 것이라고 가정할 수 있다"(360)는 말은 보라는 듯이 우리를 '바로 그 푸슈킨', 즉 문학적 현실로 되돌아가게 만든다.

'신문 조각'의 내용은 흥미로운데, 그 내용은 소설 서사의 거의 모든 날실들 ("여기서는 문제가 끊임없이 이어진다."(14) 창작의 독창성, 한 예술 작품이 다른 작품들에 영감을 불어넣는 것, 민족적 특징, 예술 번역의 실제, '청동 기마상' 등)을 집중된 형태로 내포하고 있을 뿐만 아니라, '음조 음절시', '장단격', '소네트'와 '다른 시작(詩作) 체계들'도 언급하고 있다.[57]

'아버지와 아들'[58]을 제목으로 삼은 '제1부'(소리의 차원에서 '행'의 텍스트와 모음—두운법적 관계를 형성한다)는 I. 투르게네프의 『아버지와 아들』에 나오는 에피그라프(18)를 고려할 때 19세기 중반에 대한 소속성을 '확인하며'(되풀이하고 공고히 하며), 프롤로그의 뒤를 이어 러시아문학의 '영원한' 문제들(질문으로 변형되어 있다)이 올 수 있는 개연성을 확보한다. 투르게네프식 제목은 19세기 고전문학이 고민하던 문제의식을 명확히 규정하고, '체르니셉스키로부터' 유래한 '새롭고' '특별한' 사람들과 함께 19세기 중반의 세계 인식의 명제들을 구체화한다. 가장 간단한 형태로는 자기 시대 주인공의

··

를 벌하지 않기를 바란다!"(226)

57) "소네트의 규범적으로 각인된 형식에도 불구하고 수많은 시인들은 소네트를 다양하게 변모하려고 노력하였다"라는 A. 크뱌트콥스키의 확신을 고려하여 '목차'의 시 형식을 소네트로 부르고 싶다.(Квятковский А. *Поэтический словарь*. М.: 1966. С. 276)
58) 료바가 읽은 '첫 번째 책'이 "『아버지와 아들』이었다."(21)

184

모색 문제[59](이 시기에는 서구주의와 슬라브주의 간의 문제)[60]를 꼽을 수 있다.

소설의 첫 장에서 서술하고 있는 19세기라는 시공간과 그 시대의 주요 사상은 그때를 대변하는 또 다른 작가의 이름을 통해 확증된다.

'아버지와 아들' 부의 첫 행부터 이미 주인공의 삶은 러시아 고전문학의 형상들(모델들)을 통해서 그 특징이 규정된다. "바로 그 오도옙체프 가문 출신인 료바 오도옙체프의 인생에서 특별한 격동은 일어나지 않았다. 인생은 그냥 흘러갔다. 이미지로 그려본다면 그의 인생의 실꾸리는 어느 신의 손에서 유연하게 흘러나와 손가락 사이를 미끄러져 나간 셈이다. 과도한 돌진성도 없고, 끊김이나 매듭도 없이 이 실꾸리는 평탄하고 강하지 않게 팽팽함을 유지하면서 다만 시간상으로만 약간 늘어져 있을 뿐이었다."(19)

서사를 여는 '바로 그'라는 구체적 표현은 역사 기억을 들추고, 과거에 이미 유명했고 잘 알려져 있는 오도옙체프 사람들을 찾아보도록 만드는 것 같다. 아마도 1917년 이후부터 1980년대까지 소리 내어 말할 수 없었던 '바로 그' 사람들일 것이다.[61]

••

59) 비토프 소설의 가제들 중 하나가 "어느 성격 연구(Исследование одного характера)"(404)였다.

60) 소설 텍스트에서 이 문제는 부분적으로는 미티샤티예프의 문제인 "러시아인–유대인" 층위에 반영된다. 미티샤티예프의 '가능한' 아버지로서 이사이야 블란크가 검토되는 것은 또 하나의 구성 고리(제1부와 3부)와 마찬가지로 '아버지들과 아들들'의 또 하나의 '독창적 변형'(279)이다.

61) 비토프는 이렇게 말했다. "오도옙체프 역시 인유로 간주되었다. 그러나 나는 단지 희귀한 성을 찾은 것뿐이었다. 처음에는 오도옙스키–블라디미르 페도로비치 공작이었다. 그러나 나는 이 성이 지나치게 논리적이라고 생각했다. 그 다음에는 피네긴(Пинегин)이었지만, 결국에는 오도옙체프를 선택했다. 왜냐하면 사람들은 이 성을 단지 들은 풍월로만 알고 있었고 아직 문화적으로 회자되지 않았기 때문이다."(464)

이 마지막 말과 관련하여 작가는 즉시 다음과 같이 명백히 서술하고 있다. "바로 (…) 오래된 슬라브적 러시아 성(姓)에 그가 속한다는 것은 그렇게 본질적인 것은 아니다. (…) 그는 후손이라기보다는 동성(同姓)인이다."(19) 그것으로부터 그 역시 후손이었다고 유추할 수 있지만 그가 과연 그 성(姓)의 영혼을 소유한 자였겠는가 하는 사실은 별개의 문제다. 다른 말로 하자면 첫 소개에서 이미 작가는 주인공의 '비본질성'과, 후손으로서 그의 역할의 '비구현성'에 대한 관념을 발생시키고 있다.

그러나 현실적—역사적 '선조'들은 발견되지 않는다.[62] 하지만 이 표현 구조는 이전에 그들에 대해 이미 들었고 그들에 대해 이미 알았으며 그들의 성(=가문)은 '풍문으로 들었다'는 사실을 믿도록 한다. 그러면 이제 어디서 '풍문으로 들었느냐?'는 질문이 발생한다.

료바 오도옙체프가 '유명'하다는 근거는 그의 다른(전혀 역사적이지 않은) 족보에 대한 생각을 낳고, 그의 문학적 과거나 그의 시학적 족보에 눈길을 돌리게 하며, '목차'에 명명된 부(部)에서 이미 부여된 19세기 러시아문학의 품속에서 '뿌리'를 찾도록 만든다. 그리고 '아버지' 장의 첫 문단에서 이미 주인공에 대해 언급된 의미를 반영하고 확인시켜주는(삶은 "흘러갔고", "유연하게 흘러나왔고", "손가락 사이로 미끄러져갔다")[63] 서사의 리듬이나 언어의 스타일이나 음절의 부드러움과 유연함 등은 작가가 호소하고 있는 기억 속에서 역사적으로(예술적으로도) 현실적이지 않은 료바의 문학적 조상이

··

62) '러시아 인명사전'에는 오도옙체프라는 성이 존재하지 않는다(참조할 것. *Русский биографический словарь*: В 20 т. М.: Terra: Книжный клуб. 2001. Т. 11. С. 240~250).
63) 모래의 형상과 그와 연관된 모래시계의 형상은 "독실하고 평온한 삶의 형상을 묘사할 때 자주 등장한다."(Тресиддер Дж. Указ. соч. С. 275)

떠오르게 한다. 일리야 일리치 오블로모프의 형상이 그런 문학적 조상들 중 하나의 대안이다. 주지하다시피 그의 삶은 인생의 부산스러움에서 멀리 떨어져 꿈에서처럼 "일 없이", "**단절**(Обрыв)도 매듭도 없이"(19) 유연하고 평온하게 흘러갔다. 강조된 단어는 『오블로모프』의 창작자이자 'О'로 시작되는 세 편의 장편소설[64]을 집필한 작가 I. 곤차로프의 이름에 대한 추가적 신호가 된다. 그리고 만약 이 문맥에서 "단절(Обрыв)"이 '절벽'으로도 해석된다는 것을 읽어낸다면, 제목 『평범한 이야기(Обыкновенная история)』는 '우리 시대의 영웅'(소설 중심 부분의 제목)과 동의어로서 기능을 하면서 그 대체물이 될 수 있다. 왜냐하면 두 제목 모두에서 전형화라는 특징이 분명히 드러나기 때문이다.

오블로모프의 형상과 그의 본질은 반복을 통해 상당 부분 그려지고 드러난다. 일리야 일리치는 자기 아버지의 아들이자 상속자(한 장의 제목이다!)이다. '오블로(обло)'(고대 러시아어. 'облый'(둥근, 살찐) = 'круглый'[65](둥근)란 뜻이다)는 결과적으로 폐쇄성·무한성·영원성을 뜻한다. 둥근 글자 'О'를 세 개 가진 성(姓) '오블로모프(Обломов)'의 의성법은 형식적-문체적 묘사성을 매개로 비토프 주인공의 성격에 옛날부터의 '유전적-가문의' 특징들과 은유적 지배소들을 부여한다. 이와 관련해서 'О'-'목차(Оглавление)'의 첫 행의 음성적 모음 운이 해독된다. 주인공의 계통 발생을 표시하는 수형도에 또 하나의 '이설과 변형'[66]을 덧붙이면서 (텍스트 없이는 잘 드러나

∵

64) 〔역주〕『오블로모프(Обломов)』, 『평범한 이야기(Обыкновенная история)』, 『절벽(Обрыв)』 등 곤차로프가 집필한 세 편의 장편은 모두 'О'로 시작한다.

65) Фасмер М. *Этимологический словарь русского языка*: В 4 т. 3-е изд. стереотипн. СПб.: 1996. Т. 3: Муза-Сят. С. 103.

66) 주인공 출생(탄생)에 대한 세 가지 변형들이 제시되는 한 장의 제목은 '아버지-료바', '디켄스 아저씨-료바', '다른("더 긍정적이고 매혹적이며, 심지어 더 모범적인"(102)) 가족'이다.

지 않는) 자체 동기화를 갖는 것이다.

제1행에서는 숫자 '3'과 나란히 숫자 '2'도 검토할 필요가 있다. 두 장 제목의 두 번 반복('아버지'와 '아버지(계속)', '아버지의 아버지'와 '아버지의 아버지(계속)', 일반적으로 정의할 수 있는('아버지의 아버지'='할아버지')] 같은 어근을 갖는 단어 쌍, 제목에서 동의어의 반복적 복사로 간주될 수 있는 '변형과 이설' 장[67](내용 수준에서의 반복도 포함하여)과 텍스트에 "두 인생, 두 가지 장점, 두 죽음, 두 산문……"(127)[68]이라고 명확하게 지적되는 '두 산문'이란 제목이 붙은 부록 등이 그것이다. 작가 자신도 다음과 같이 확언한다. "이 소설에는 의식적으로, (…) 심지어는 예술적이지는 않더라도 공개적, 노골적으로 (…) 실행된 이중의, 심지어는 다중의 많은 것들이 등장할 것이다." (50)

숫자 '3'이 유동성·지속성·조화성[69]에 대한 관념을 내포한다면, 숫자

∴

67) 비교할 것. "이설(версия)(…)은 프랑스어 version—다양성, 대안(…)"; "변형(…) 라틴어 varians(variantis)—다양성, 변종(видоизменение)(…)" *Большой толковый словарь русского языка* / Сост. и гл. ред. С. А. Кузнецов. СПб.: Норинт. 1998. С. 119, 111.

68) 바로 이 장에서 '예루살렘 순례(Хождение в Иерусалим)[비유대인의 수기(Записки гоя)]' 라는 제목하의 모데스트 오도옙체프의 필사본도 인용되는데 그것은 '신은 없다(Бога нет)' 와 '신은 있다(Бог есть)'라고 교체되는 제목을 가진 장들로 나뉘었다. 그리고 또다시 '신은 없다'와 '신은 있다'이다.(127) 또는 다음과 같이 또 하나의 반복을 가진다. "할아버지가 이 것을 쓸 때가 27세였다. 료바가 이것을 읽을 때가 27세였다."(128) 료바에 의해 분석되는 세 '예언자들'의 작가들 역시 각각 27세였다는 사실을 덧붙일 수 있다.

69) "피타고라스는 3을 조화의 숫자로 간주했다."(Тресиддер Дж. Указ. соч. С. 375) 숫 자의 상징성에 대해서는 다음을 참조할 것. Плотин. Соч. СПб.; М. 1995; *Куриллин В. Символика чисел в литературе Древней Руси*(11~14вв.). СПб.: 2000: Садов А. *Знаменательные числа*. СПб.: 1909: Топоров В. Числа // *Мифы народов мира*. М.: 1982: Гомперц Т. *Греческие мыслители* / Пер. с нем. Д. Жуковского. Е. Герцык: Науын. ред. А. Цыб. СПб.: 1999.

'2'는 무엇보다 먼저 어떤 대립('테제'와 '안티테제')을 상정한다.[70] 그리고 아버지와 아들에 대한 대화나 오도옙체프 가문의 몇 세대에 대한 대화가 오갈 때, 어떤 때는 계승성('3')에 대한 관념이 지배적이게 되기도 하고(첨언하자면, '3'은 (…) 친족 공동체, 즉 작은 '종족(племя)'[71]을 구성하는 가장 적은 수),[72] 어떤 때는 대립('2')에 대한 관념이 우세하기도 하다. 할아버지로서의 '아버지의 아버지'와 손자로서의 '아버지의 아들'이란 제목은 계승성('3')을 구현하는 조화로운 가족에 대한 관념을 제공할 수 있다. 그러나 할아버지와 손자의 첫(그리고 유일한) 만남에서조차 료바는 할아버지가 그의 아버지를 아들로 한 번도 부르지 않았다는 사실에 주의를 기울인다.(80, 81)

  "중심 요소의 존재를 상정하기 때문에 3이 힘을 상징했다면,"[73] 비토프 소설에서 오도옙체프 왕조(더 넓게는 '종족')는 바로 이 중심점(아버지)에서 끊어진 것 같다. "아버지란 사람(отца-то)은 거의 없는 셈이었다. 소심한 암시인 '-라는 사람(-то)'을 삭제한다면 아버지는 전혀 없었다."(116)[74] 대학교수였다는 것과, 료바가 아버지와 절연하였다는 것 외에는 아버지에 대한 정보가 거의 알려지지 않았다. 심지어 아버지의 이름도 이 소설에는 나와 있지 않다. 그의 이름을 료바의 부칭과 할아버지의 이름에서 조합할 수는 있지만, 자체적(독립적)으로는 존재하지 않는다. 아버지의 형상은

∙∙

70) Бидерманн Г. *Энциклопедия символов*. М.: 1996.

71) Тресиддер Дж. Указ. соч. С. 376.

72) "일반 대중으로부터 тритопаторес(세 아버지들)로서의 아버지, 할아버지, 증조할아버지를 구별하여 숭배하는 선조들에게서 숫자 3은 제1차적 의미를 가진다"라는 논의(Гомперц Т. Указ. соч. С. 106~107)를 참조할 것.

73) Тресиддер Дж. Указ. соч. С. 375 ; см. также: Бидерманн Г. Указ. соч. С. 298.

74) 아버지 형상의 '제로(нулевая)'('소멸하는') 구성 요소는 작가에 의해 여러 번 강조된다. 예를 들어, '수다 시대(болтливое время)'에 아버지는 대화들을 들으면서 '방어적' 행동 양식을 취한다. 그는 "동의하지도 않았고 반대하지도 않았다."(31)

다음의 인용에서 나타나듯이 료바에게 애매하며 주어지며, 그래서 명백하지 않다. "료바는 그가 어떤 얼굴인지도 모른다. 똑똑한 얼굴인지, 선한 얼굴인지, 잘생긴 얼굴인지……", "얼굴은 항상 마치 그늘 속에서 있는 것 같다", "대사 없는 단역배우"(23) 등이 아버지에 대한 간결한 정의이자 "부정적 자료"(24)이다. 이 때문에 비토프의 료바는 이미 '후손' 즉 '3'이 아니라, "동성인(同姓人)"(19) 즉 '2'라고 볼 수 있다. 그리고 료바의 족보를 변형하는 장면들에서 아버지를 디켄스 아저씨로 대체(26, 35. "부칭을 짜 맞춰보았다. 레프 드미트리예비치[75]가 니콜라예비치[76]보다 더 나쁘지 않은 것 같다.……" (47, 52 등)에서 대체가 나타난다. 게다가 첨언하자면 오도옙체프 가문의 이웃에 사는 두(세) 이름들도 디켄스 아저씨(미탸 아저씨)와 드미트리 이바노비치 유바쇼프이다.(33, 40)[77])하는 것도 '도약'(진화의 숫자 '3'이 아니라 혁명의 숫자 '2'이다)의 증거이다. 왜냐하면 디켄스 아저씨는 (연령상으로도 이데올로기상으로도) 아버지가 아닌 할아버지 세대에 속하기 때문이다.〔텍스트에서 이것은 "한 뿌리의", "역사로 전형화된", "공통의 몸통"을 가진 사람들로 표현된다.(95)〕

비토프가 보여주듯이, 세대의 단절, 계승의 부재, 운동의 방향성(지향성)의 파괴("방향성 상실", 98) 등은 료바 세대가 아니라 아버지 세대 심지어는 아버지의 아버지 세대에 이미 발생하였다. 할아버지가 자신의 "회고 연설"(73)에서 "자신의 삶에 대해서가 아니라"("**내 삶에 대해서가 아니라**(강조는 저자)"), "인생을 감당하지 못했다"는 것에 대해 그리고 "인생을 (…) **자신의 것**(강조는 저자)으로 (…) 만들 능력이 없었다"(78)는 것에 대해 이야기하고

⁝

75) 〔역주〕 디켄스 아저씨를 아버지로 가정했을 때의 부칭이다.
76) 〔역주〕 니콜라예비치라는 부칭으로 보건대 아버지의 이름이 니콜라이라고 가정할 수 있다.
77) '해설'의 텍스트에는 디켄스 아저씨의 생몰 연도가 '1895~1956'(366)이라고 정확히 기록되었다.

있는데 이는 결코 우연이 아니다.

이렇듯, 료바의 비구현성에 대한 원인을 밝히지 않으면서 '목차' 수준에서 작가는 조화로운 계승성('3')이 아니라 이분법적 단절('2')을 이미 제공하고 있다. 발생한 사건의 의미를 밝히지도 않은 채, 비토프는 소설 텍스트 이전에 이미 잠재의식 수준에서 오도옙체프 가문의 계통학적 전통의 비조화, 단절(=절단)이란 느낌을 불러일으키고 있다. 이와 관련해서 '목차'의 상호 텍스트적 인유는 다음과 같이 이미 다른 의미를 옮겨간다. 체르니솁스키의 "새로운"[78](또는 라흐메토프식으로는 "특별한") 주인공들은 유토피아주의자들일 뿐이었다. "부주의함" 때문에 죽은 니힐리스트 바자로프는 자신이 죽은 후 아무것도 남기지 않았다.[79] 마지막으로 오블로모프 성(姓)은 무한한 '오블로(обло)'('3'과 그 이상)로서가 아니라, 이전 왕조(종족과 전통)의 '파편(обломок)'('2')으로서 읽힌다. 첨언하자면, 텍스트에서는 '파편'의 동의어가 "조각, 편린(осколок)"(262)이란 단어이다. 그러나 할아버지도 '파편'이었다는 사실은 주목할 만하다("할아버지 영혼의 (…) 파편들"에 대한 항변이다(81)). 료바의 논문들 중 한 논문의 제목인 "대립의 중심"(255~256)마저도 모든 대립의 중심에서는 합계가 '제로(0)'가 되면서, '플러스'가 '마이너스'로 무력화된다는 사실을 떠올리게 만든다. 또한 '제로(0)'의 표기법은 글자 'О'의 표기법과 일치하는데 그것은 '목차'의 제1'행'에서 'О' 모음 운에 대한 새로운 연상들을 불러일으키게 된다.[80]

∵

78) 비록 더 넓은 의미에서이기는 하지만, "새로운" 사람들에 대해서는 소설에서 료바의 할아버지가 언급할 것이다.(72)
79) 니힐리즘의 개념은 소설에서 한 번 등장한다.(244)
80) '제로-원-고리(нуль-кург-колец)'의 시적 형상은 소설의 마지막 부(部)에서 발생한다. "그런 대화는 놀랍게도 팽창해서 이런 **제로가** 말하는 사람들의 분별없는 대담성을 마법의 **고리**로 휩싸 안았다."(271)

소설의 텍스트에서 "명확하지 않은"("흐릿한", "먼지가 피어오르는 세상에서"(23)) 아버지의 형상은 어휘소의 다의미성에 의해 또 다른 아버지, 즉 "모든 민족들의 아버지"라는 형상 속에서 "죽는다". 다시 말해서 "우리는 아버지와 시간에 대해 말하고자 모였다. 결과적으로 아버지에 대해서도, 시간에 대해서도 우리는 그렇게 많은 것을 이야기하진 못했다. 그러나 우리는 이 경우에 또 다른 두 대상을 조합할 수 있다고 생각한다. (⋯) 아버지는 시간 자체이기도 했다. 아버지, 아빠, 숭배, 또 어떤 동의어들이 있겠는가?"(51) 만약 '살아 계신 아버지 시대에' 료바의 아버지가 '마치' 존재하지 않는 것 같았다면,[81] '부칭상의 아버지'(138~141)의 죽음을 둘러싸고 자세하게 그려진 슬픔은 료바의 '고아 처지'와 세대 '단절'에 대한 (어느 정도는) 독특한 설명이 될 수 있다.[82]

이후 분석에서 "할아버지-(아버지)-아들" 사슬에서 중심 요소가 실제적으로 부재하는 상황은 매우 중요하다. 아버지의 "이탈"을 고려하면 료바는 불가피하게("3-1=2": 비토프는 수학적 계산을 좋아한다) 할아버지와 쌍 관계, 더 정확하게 말하면 대립 관계에 놓이게 된다.[83]

∵

81) "그들은 그때부터 영영 이별했다"(24)에서 '이별했다'라는 단어는 직의가 아니라 전의로 사용된다.

82) 아버지와 스탈린의 형상들은 '23쪽'에 대한 주해에서 의도적으로 가까워지게 된다.(361)

83) 료바에게는 아버지와의 대립성이 부재하다는 것을 언급하고자 한다. 비토프는 의식적으로 이것을 다음과 같이 강조한다. "어느 날 료바는 그가 아버지와 매우 닮지 않았다고 생각했다. **대립되지는 않더라도 닮지는 않았다.**"(25) 따라서 "얼굴 윤곽, 눈, 머리, 귀 등의 현실적 비유사성으로는 그들이 사실 공통점이 적다고 간주할 수 있는 근거가 있었지만, 중요한 것은 그가 어떻게든 교묘하게(어쩌면 자신도 모르게) 무시하고 싶었던 것은 형식적인 이런 부분들이 아니라, 포착하기 어려운, 진정한 가족적 유사성이었고 그것은 외모적 유사성이 아니었다"(25)와 "아들은 하나의 은밀한 특징을 제외하고는 어느 것도 아버지를 닮지 않을 수 있다. 그러나 그 하나가 아버지와 아들을 닮게 만든다"라는 지적(Блок А. *Проза поэта*. М.: Вагриус. 2000. С. 144)을 비교할 것.

192

M. 리포베츠키의 의견에 따르면, 할아버지 형상에 대한 극단적·대립적 극은 미티샤티예프의 형상이고, 료바는 이 체계에서 과도기적, 중간적 위치를 차지한다. "소설 성격들의 체계에는 명확한 양극화가 존재하는데, 한 극은 모데스트 플라토노비치 오도옙체프의 형상(개성의 힘, 과거에 대한 책망, 진정성의 구현)으로, 다른 극은 미티샤티예프의 형상(몰개성의 힘, 현 순간에 대한 책망, 가상성의 신격화)으로 제공된다. (…) 료바는 바로 이 '대립의 중심'에 위치한다."[84]

그러나 3인조의 전통에서 아버지를 제외하는 수학적 계산에 의거하면, 미티샤티예프가 아니라 료바가 바로 소설 공식의 극단적('이중적') 극을 형성한다는 사실을 확인할 수 있다. 게다가 미티샤티예프는 다른 범위의 주인공이다. 작가의 언급을 따라 M. 리포베츠키는 그를 '작은 악마'로 부른다.[85]

료바와 할아버지의 대립(비토프 소설에서 "자연법칙들에 반하여" "플러스는 마이너스를 밀어낸다"(106))[86]과 그들의 반대 지향성은 양자택일적 성격을 띠지 않는다. 왜냐하면 료바의 형상에는 예술적 통일성은 있지만, 개성적 통일성은 없기 때문이다. 그 전체는 그가 아니며 그 안에는 고유한 것이 없다. 심지어 그의 이름에서도 '타자의' 이름들이 울려 퍼진다. 문학가 **레프 니콜라예비치** 톨스토이의 이름(비토프는 이렇게 말했다. "우리 주인공은 우리에 의한 것도 아니고, 그의 부모에 의한 것도 아니고 그를 기념하여 료바로 이름

··

84) Липовецкий М. Указ. соч. С. 237.
85) Там же. С. 237.
86) '자연법칙'들 중에서는 예를 들어, 우세한 특징들이 세대를 거쳐 상속된다는 멘델의 법칙도 거론할 수 있다.

붙였다"(64))[87]이나 이리나 **오도옙체바**의 이름(어쩌면 알렉산드르 **오도옙스키**[88]의 이름도) 그리고 문학 주인공들의 이름인 레프 니콜라예비치 미슈킨 공작, 아니면 어쩌면 또 다른 누가 떠오른다.[89]

단편 「실업자」에서처럼, 젊은 오도옙체프의 초상은 자기 자신의 불평등성뿐만 아니라 다른 누구와의 불평등성도 아울러 드러낸다. "그의 얼굴은 비록 나름대로 독창적이었고 어떤 관습적 유형에도 들지 않았지만 그의 얼굴 윤곽은 개별성이 상실되어 있었다. 뭐라고 말해야 할까? 그 얼굴은 똑같이 전형적이고 자기 자신에게 완전히 속해 있지 않은 것 같았다."(347) 초기 단편에서와 마찬가지로 『푸슈킨의 집』 주인공은 자신이 비친 반영들 속에서 자기를 알아보지 못한다. "거울 속에서 모르는 사람이 고생에 찌든 커다란 눈으로 료바를 바라보곤 했다. 료바는 그 이마에 붙은 정갈하고 깨끗한 반창고 십자가를 보고서야 그가 자신이라는 것을 알아챘다. 그 반창고 십자가는 알비나가 부드러운 손가락으로 붙여준 것이었다."(332)[90] 료

∙∙

87) 료바와 L. 톨스토이의 '완곡한' 비교는 이후에 다음과 같은 말에서 드러난다. "료바, 누구는 그가 잘 생겼다며, 톨스토이 한 사람에게만 국한시키는 것은 자제하라고 말했다(Кто-то сказал, что он прекрасно выглядит, Лева, и что воздержание на пользу не одному Толстому)"(334) 또는 료바의 이름을 '러시아적인 것'으로 동기화하는 대목에서는 "레프 톨스토이도 료바였다"(199)라고 묘사된다.

88) 기억하시오. "처음에는 블라디미르 페도로비치 공작으로서 오도옙스키였다."(464)

89) "구밀료프도 레프 니콜라예비치가 아니었던가 하고 말들을 했다. (…) 물론, 나는 어디인가에서는 유일하게 알고 지냈던 두 명의 인문학자들, 즉 전혀 다른 세대의 사람들인 긴즈부르크(Гинзбург)와 부흐슈타바(Бухштаба)를 염두에 두었다. 나는 할아버지를 포상하고 료바를 모욕하기 위해 부분적으로 그들의 외모를 이용하였다"(464)라고 비토프는 말했다. 첨언하자면, 단편 「실업자」에서 주인공은 빅토르라고 다르게 불리는데, 그것은 의미를 지니는 '승리자'라는 뜻일 게다. 거울 속에 비친 자신을 반추하면서 '실업자'가 '미슈킨 공작의 얼굴'을 보는 것도 흥미롭다.(제1권, 47쪽)

90) 작품에서 존재의 가상성(형상, 외모, 성격) 모티프는 다른 인물 라인과 연관되어 작동하기도 한다. 예를 들어, 미티샤티예프는 쉽게 순응하고, 자신의 모습을 바꾸고, 심지어는 외모

바는 "얼굴을 잃어버릴 수도 있다."(267) 이런 료바의 모습의 특징을 할아버지도 지적한다. "너는 (…) 완벽하게 진실로 자기 자신인 것이 결코 없었다."(82)

'아버지와 아들' 부(部)에서 비토프는 주인공을 정의하고 그의 개성에 대한 공식을 세우려고 시도한다.

"아버지－아버지＝료바(아버지 빼기 아버지는 료바와 같다.)

할아버지－할아버지＝료바.

우리는 수학 법칙에 따라서 더하기가 나오도록 다음과 같이 바꿔보자.

료바＋아버지＝아 버지

료바＋할아버지＝할아버지.

그러나 다음과도 같다.

아버지＝아 버지(아버지는 자기 자신과 같다)

할아버지＝할아버지

그렇다면 과연 료바는 누구와 같다는 말인가?(강조는 저자)"(106)

러시아문학에서 매우 일상적인 문제가 비토프에게는 "아인슈타인적 사고"(106)를 불러일으켜서 텍스트를 주도하는 모티프가 된 것 같다. 그런 모티프로는 주인공 개성의 비구현성, 그(그녀)의 허구성, 가상성, 환상성, 반

•• •

도 바꾼다.("학교에서도 미티샤티예프는 다른 모든 학생들보다 나이 들어 보였는데, 심지어는 선생들보다도 더 나이가 들어 보일 때도 있었다. 마치 그는 항상 상대보다 약간은 나이가 들도록 하기 위해서 상대방에 따라서 자신의 나이를 바꾸는 것 같았다. 대체로 그는 눈에 띄게 열성적으로 새로운 사람에게 달려들었다. 더구나 만약 그들이 서로서로에게 완전히 반대되었을 때는 더 그랬지만, 항상 자기처럼, 심지어는 자기보다 더 많이 자기와 비슷하게 만들 줄 알았다. 그가 일꾼과 전선군인과 말을 하든, 전과자와 말을 하든, 거의 대화 상대자만큼 되었다. 비록 한 번도 일을 한 적이 없고, 전쟁을 한 적이 없고, 감옥에 간 적이 없지만, 일꾼, 전선군인, 전과자가 되었다."(194)) 파이나도 단장을 하고 화장을 해야만("유니폼을 입고서만"(154~155)) 자신을 자기 자신으로 느낀다("자신을 알아본다").

영과 투사, 자기 자신의 비동일성 등을 꼽을 수 있다. 작가는 다음과 같이 말한다. "우리에게 가장 큰 악은 이미 준비되고 밝혀진 세계에서 살아야 한다는 것이며 (…) 옆에서, 곁에서, 다시 한 번, 임의의 때에, 자신의 인생이 아닌 생을 살아야 하는 것이다."(344)[91]

제1부에서 가족에 포함되는 것(계승과 상속), 그리고 다양한 오도옙체프 가문의 세대들과 대비된다는 것의 층위에서 료바는 드러난다. 그러나 작가가 제안한 모든 변형들(또는 이설들), 즉 아버지의 변화 또는 가족과 그 분위기의 교체("가정의 미시 환경"(98))는 "주인공에게 자기 자신에 대한 비동일성"만을 확인시켜주면서, 주인공 자신의 본성을 드러내지는 못한다(그리고 의도하지도 않는다).

'목차'(그리고 서사 전체)의 **중심**[92] 부분이자, '우리 시대의 영웅'으로 '거창하게' 제목이 붙고 레르몬토프의 에피그라프가 첨가된 '제2부'에서, 작가는 주인공을 '구현'하기 위한 모색을 또 다른 방법으로 시도한다. 비토프는 제2부에서 여성들과의 관계, 즉 사랑을 통해서(소설 속 로맨스), 다시 말해 러시아 고전문학에 일관되게 나타나는 모티프를 통해서 주인공의 구현성을 모색한다. 제2부의 부제는 "제1부의 변형과 이설"(131)이고, 제1부의 마지막에는 "우리가 계속하기 전에, 우리는 우리 이야기를 전부 새롭게 다시 이야기해야만 한다. (…) 그리고 이것은 다른 이야기가 될 것이다. 그 이야기는 어느 사랑에 대한 것이다"(116)라고 예고하고 있다.

∴

91) "'옆으로' 새기" 모티프는 '해설'에서 다른 것과 관련하여 다시 한 번 언급되지만, 본질은 변화되지 않는다.(387)

92) A. 비토프는 이렇게 말한다. "2부는 어떻고, 1부는 어떤지 부분들의 순차성을 명백하게 하지도 않고, 여러 부분들 중 어떤 부분이 주된 것이고 어떤 부분이 그것의 변형과 이설인지를 분명히 하지 않은 채, 우리는 우리의 **다음**(강조는 저자) 부분에 착수한다. 맹목적으로……"(118)

사랑에 빠진 료바에 대해서 알려진 것은 그 대상이 세 명이었다는 것이다. 그와 사랑의 관계로 이어진 "바로 이 세 명(!-작가는 암시한다—저자)"은 파이나, 알비나, 류바샤이다. "첫 번째 여자를 그는 학교 다닐 때부터 미친 듯이 좋아했다. 그는 그녀 뒤를 좇아다녔고 그녀는 그에게서 도망 다녔다."(113) "두 번째 여자는 친구였고, 이번엔 반대로 그녀가 학교 다닐 때부터 료바를 미친 듯이 좋아했지만, 그는 그녀를 전혀 좋아하지 않았다."(113) "세 번째 여자 친구는 전혀 기억나지 않을 수도 있었다. (…) 어떤 강한 감정도 그들을 연결시키지 못했기 때문이다."(114) 료바의 이 세 여자는 모두 "따로따로 존재했지만, 각각에게서 그는 자기 것을 얻어냈다. 하지만 이 여자들은 모두 어떤 한 가지로 수렴되었다. **존재하지도 않고 존재할 수도 없었던 한 여자를.**"(강조는 저자)[93](114)

료바의 운명에서 바로 이 세 여인의 존재(레르몬토프의 주인공 페초린이 그런 것처럼 그 대상이 셋이었다는 사실을 지적하고자 한다)는 여성형 어미의(그리스도적) 삼위일체, 즉 그들의 어머니인 소피아(Софья, 지혜)와 함께 "베라(Вера, 믿음), 나제즈다(Надежда, 소망), 류보피(Любовь, 사랑)"가 떠오르게 한다. 비토프 소설에서 '세부 사항'이 중요하다는 점을 고려한다면, 여자 주인공들을 그렇게 명명했다는 것은 다분히 의도적이었다고 가정할 수도 있다. 더구나 세 번째 이름 류바샤는 류보피(Любовь)와 일치하며, 페초린이 사랑한 여자들 중 한 명은 베라라고 불리었고, 료바의 '허상적' 아버지인 디켄스 아저씨에게는 나이 든 세대에서 "소피야 블라디미로브나"(370)라고 불리던 "미지의 지인(知人)"이 있었다.

그러나 비토프는 다른 이름들을 사용하고 있으며 그들의 "야생성"(113)

⁚

93) 주인공들이 보여주는 또 하나의 가상적 관점(변형)이다.

(레르몬토프의 '야생의 여자' 벨라를 떠올려보자)에 주의를 기울였다. 인터뷰에서 비토프는 여러 이름 중 동양적 이름인 '파이나'에 관련하여 이렇게 첨언하고 있다. "파이나는 블로크의 시에서 따온 것이라고들 말했어요. 하지만나는 그때 그의 시를 읽지도 않았고, 세련된 **비러시아적**(강조는 저자) 이름을 찾았을 뿐이었어요. 만약 내가 사실대로 쓰고 싶었다면 나는 도그마라(Догмара)라고 썼을 거예요. 이 이름이 나의 첫 사랑이었으니까요."(464)

비토프의 인터뷰에서 우리의 주의를 끄는 것은 두 가지이다. 하나는 파이나가 블로크와 실제로 인유되고 있으며(주지하다시피, 포스트모더니즘 미학에서는 무엇이 먼저였는지, "계란이 먼저인지 닭이 먼저인지"는 중요하지 않다), 블로크의 이름이 비토프의 텍스트에서 여러 번 '작용한다'는 것이다. 다른하나는 도그마라가 비러시아적 이름이고 충분히 세련되며 그 이름을 사용하는 것을 방해할 것은 아무것도 없었을 것이라는 사실이다. 류바샤라는 이름에 대해서도 다음과 같이 언급된다. "료바의 세 번째 여인을 **단순한 러시아식**(강조는 저자) 이름인 류바샤로 부르자." 여기서는 "사랑하는(любимая), 사랑하지 않는(нелюбимая), 임의의(любая)"(190)라는 비토프의해석이 깔려 있다. 다시 말해서 여자 주인공들의 이름은 명백하게 의도된〔비(非)우연적인〕 것이다.

8행으로 된 제1절과 마찬가지로, '목차'의 제2'절'에서는 첫 4행이 주인공이 사랑한 여자 주인공들의 이름에 따라 명명된다.

이 경우에 '시' 텍스트, '행'의 내부에서 또다시 텍스트의 시적 구성 법칙들이 작용한다. 3회의 '파-파-파'와 2회의 '미-미'에서 나타나는 모음 운의 반복(지적된 것 외에도 더 있다), '파이나-파탈리스트(운명론자)-파이나'에서처럼 명확한 외적 경계를 갖는 소리 순환, '파이나-알비나' 또는 '류바샤-미티샤티예프'로 나타나는 운 맞추기, 그리고 또다시 반복되는 비독립

적 반복구의 '변형과 이설', '미스 보나시에(당직자)', '부록'(제1부에서 그러하
다) 등이 그것이다.

Фаина

Фаталит(Фаина-продолжение)

Альбина

Люба ша

Миф о Мити ша тьеве

Версия и вариант

Г-жа Бонасье(Дежурный)

Приложение. Профессия героя

숫자 '2'와 '3'은 또다시 마술적 그림을 그리는데, 이 경우에는 '파-파-
파', '미-미-미', '시-시-시'라는 거의 음악적인 멜로디를 창조해낸다. 이
멜로디를 통해 제2부의 모든 테마는 '연주된다.'

그러나 '목차' 제2'행의 시 텍스트는 아크로스티흐[94] 원칙에 따라서 구
성되기도 한다. 여자 주인공의 비우연적 이름의 첫 글자를 모으면 '바줄
(фал)'이라는 단어가 나온다. '헌정되지 않은 사람들'(예를 들어, 료바)에게
이 용어는 "무의미하거나"(217) 별로 중요치 않지만 비토프는 '해설'에서 그
단어를 해석하면서 의식적으로 그것에 주의를 기울인다. "바줄(фал)은 바
줄[95](해양 용어)을 말한다. 여기서 '유혹하다(фалить, фаловать)'란 동사가

: :

94) 〔역주〕 акростих. 매 시행의 첫 문자를 합하면 단어나 구절이 되는 시.
95) 〔역주〕 배를 매기 위한 밧줄.

나온다."(383)[96] 해양 용어들은 네덜란드에서 왔는데, 'val'은 "① 배에서 로프를 들어 올릴 때 쓰는 항해용 도구, ② 안전 로프"[97]라는 뜻이다. 사전은 '바줄'의 '직업적 용어'를 제공하고 있지는 않지만, 해양 용어(작업 구령)에서 "바줄을 풀어라"는 그 뜻이 잘 알려져 있다. 이런 식으로 비토프는 작업 용어 '바줄'에서 일상적으로 단순화된(회화체적) '로프(конец)'라는 단어로 옮겨갔다. 그것은 해양 용어의 의미를 왜곡하지 않았을 뿐만 아니라 제2부의 사랑 모티프, 또는 비토프의 정의대로라면 료바의 "성적 해방"(138)을 지지해주는, '남근적(фаллический)' 색채를 아크로스티흐에 부여하였다.[98]

제2부 목차 구조는 자체로 하나의 텍스트처럼, "원의 움직임"으로 구성된다.[99] '파이나' 장에서 작가는 다음과 같이 말한다. "료바의 슈제트 전체는 모아놓은 동아줄이나 자고 있는 뱀 같은 모양을 하는 고리들로 쉽게 감긴다."(141) "이런 고리들은 료바 삶의 일정한 편린들을 반영하는 이야기에 따라 쫙 퍼지기도 한다."(143) 내용 면에서 이것은 비토프가 이미 밝힌 료바 "인생 고리"의 반복일 뿐만 아니라 "이야기 No. 1", 즉 파이나의 "반지에 대한 이야기(история с кольцом)"이기도 하다. 그 이야기는 서사를 여는 동시에(142), 그 이야기로 제2부가 완결된다.(225)

또한 '반지에 대한 이야기' 자체가 고리들 중 하나이다. 왜냐하면 제1부

..

96) 이 예는 비토프 '해설'이 분명히 '메타텍스트적' 특징을 지니고 있을 가능성을 열어준다. 그것은 단순히 중립적으로 해설하는 것이 아니라 아이러니한 자신의 해석을 자주 '엮어낸다.'

97) *Современный словарь иностранных слов.* 2-е изд. стереотипн. М.: Русский язык. 1999. C. 635.

98) 기독교적 선이 이교적 숭배에 자리를 양보한다. 비토프 소설 텍스트에서 자주 발생하는 전갈의 형상(그것에 대해서는 이후에 언급될 것이다)은 "남성적 성욕에 대한 관념과 연상 작용을 일으킨다."(Бидерманн Г. Указ. соч. C. 247~248)

99) 바로 이 때문에 텍스트에서는 '단테적' 형상들과 연상들이 자주 발생한다. 231, 252, 325 등.

의 정확한 인용("바로 그 오도옙체프 가문에 대하여", 137)으로부터 시작해서, 다시 "신의 손으로부터 유연하게 흘러나온"(19와 137, 141) 료바의 "인생 실꾸리"에 대한 처음의 형상으로 되돌아갔다가, '목차' 제1행에서 수없이 반복된 '둥근' 모음 운 'O'는 료바의 황홀한 감탄사 "오!"와, 그들이 처음 만났을 때(제2장) 그 감탄사와 쌍을 이루는 파이나의 대답(따라서 고리로 닫히는) "오"(145)로 변형되기 때문이다.[100]

목차에는 몇 개의 '고리'가 존재한다. 이미 지적한 '파리나-파탈리스트(운명론자)-파이나'와, 이 장(章)의 본문을 고려하지 않으면 보이지 않는 '파이나-미스 보나시에'(미스 보나시에가 있는 곳에 파이나도 있다)가 그것이다. 이는 제2부의 시작과 끝을 맞물리게 할 뿐만 아니라 제2부를 프롤로그[처음으로 "위대한 소설 『삼총사』"가 언급된다(15)] 및 제3부(261)와 결합한다. 이렇듯 제2부의 텍스트에는 '고리들'이 무수히 많다.

제5장 제목 '미티샤티예프에 대한 신화(Миф о Митишатьеве)'(게다가 이것은 세 개의 'M'으로 구성된다.)[101]는 구조적으로 '행'의 중간일 뿐만 아니라 전체 '목차'의 정확한 중심에 놓이는데, 이런 사실은 한편으로는 순전히 우

∴

100) 글자 'O'와 숫자 '0'에 대한 비토프의 각별한 관심은 비토프의 다음 창작에서도 중요한 위치를 차지하는데, 예를 들어 『대칭을 가르치는 선생님(*Преподаватель симметрии*)』에 나오는 'O는 숫자일까 글자일까?'라는 장의 제목 또는 『원숭이들의 기다림(*Ожидание обезьян*)』에서 부(部)의 제목인 '부록 O……' 등이 그러하다. 이것은 소설의 결말에서 최종적으로 해명된다. 그러나 여기서는 'O'와 관련하여 "0으로 이동하는 열정적 박수들……" (371)만을 예로 든다.

101) A. 비토프는 이렇게 말한다. "미티샤티예프란 성을 나는 전화번호부에서 찾았다. 그런 사람이 정말로 푸슈킨의 집에서 근무한다는 사실이 곧 밝혀졌다. 그런데 사실 전화번호부에 그 성은 'k'가 들어간 미키샤티예프(Микишатьев)였다. 이후 내가 소설의 일부분들을 낭독한 1964년에 내가 잘못 발음해서 모두가 잘못 알아들었고, 그들이 잘못 알아들은 이런 새로운 대안이 내 마음에 들었다."(464)

연일 수도 있고 다른 한편으로는 주인공들 체계에서 미티샤티예프의 위치를 강조하는 것일 수도 있다.

대립적 주인공들의 쌍 '할아버지-료바'(제1부)와 연관해서 미티샤티예프의 '중간적(не-крайнее)' 위치는 이미 언급되었다. '목차'의 중심에 주인공이 자리 잡게 한 것은 그의 '비(非)양극성'('중립성')이란 인상을 형식적으로 강조하며 이런 점은 이후에 텍스트 수준에서 확인된다. 게다가 장의 제목 '~에 대한 신화'는 '시시포스 신화'에 대한 또 하나의 인유를 낳으며, 그것은 내용 면에서 "M. M. M."의 "영원한 고통"(315),[102] 미티샤티예프에 의해 료바가 계속 '고난'을 당하는 것과 그로부터 생겨나는 무익한 결과(미티샤티예프는 자신이 오랫동안 료바를 이해하려고 했으며 그를 시험했다고 다음과 같이 인정한다. "너는 시험을 당하지 않는다. 모든 것으로부터 빠져나가 버린다." (294))를 강조한다. 그뿐 아니라 소리의 층위에서는 행을 모음 운에 따라 구성한다는 원칙과 정확히 상응하면서 장(章)의 진짜 제목을 은유적으로 대체하는 것으로 읽힐 수 있다. "<u>Ми-ф</u> о <u>Си-зи-фе</u>."[103]

동시에 료바에 대한 미티샤티예프의 대립 모티프도 찾아볼 수 있다. 미티샤티예프는 작가에 의해 '친구이자 적'이며, "료바에 대립하는 어떤 힘을 체현하는 임의의 집합적 형상"(142)으로 규정된다. 이 어구는 제2부의 거의 맨 처음, 즉 '파이나' 장에서 등장하는데 그것은 대립성의 의미도 명확

..

102) 이 현대적 영웅의 본질적 성격에 모순되지 않는 또 하나의 포스트모더니즘적 연상이다. 게다가 비토프에게서 역질서는 정상적인 것이다. "아들에게서 아버지가 태어났다. 손자한테서 할아버지가 태어난다."(52)

103) 료바의 시련을 인용하는 미티샤티예프의 문장에서 신화학 사전에 수록된 단어들이 명확하게 드러난다. "헌신적 교육(беззаветное ученичество)", "최상(верховность)", "제단(алтарь)", "예배(служение)" 등(294)이 그러하다. 여기서 분명히 드러나는 유혹(искушение)의 테마는 이후에 검토될 것이다.

히 부각한다. 비토프의 말에 따르면 "사랑에 대해서"(116)만 이야기하는 제 2부에서 주인공-반대자(антипод)들은 사랑의 양식에 따라서("운명론적 파이나") 양극화된다.(146, 158, 175, 184, 302~303 등) "미티샤티예프-류바샤", "미티샤티예프-알비나"(그녀의 남편을 통해서)의 관계는 주인공의 사랑의 복제(언급된 특징에 따라 쌍을 이룬다)이다.(193, 211)

그렇기 때문에 제2부에서 주인공들의 '대립'은 그들의 '상호 비교'인 "친구-적"(142) 또는 "적과 친구"(198)로 성공적으로 상쇄되며, 미티샤티예프와의 대화에서 료바는 갑자기 다음과 같이 인식한다. "그들은 단지 미티샤티예프와 텍스트들만 교환했는데 그 정도로 비슷해진 것이었다"(200), 또는 "료바는 이미 료바가 아니었고 미티샤티예프였다"(184), 또는 반대로 "미티샤티예프가 바로 료바였다."(210, 또한 301과 312를 참조할 것)[104]

미티샤티예프에 대한 장의 결말에서 료바는 "서서 **쓰러진**(강조는 저자) 자신의 적을 바라다보았다."(208) 료바는 그와 "양극단에 위치한" 할아버지를 결코 이길("뛰어넘을"—료바가 좋아하는 단어) 수 없다는 점을 고려한다면, 미티샤티예프가 쓰러진 것과 그를 "존경해서", "헌신적 교육"을 하고, "예배"와 "제단"(294)이 되려는 바람은 주인공들의 비극단성과 그들의 상호 의존성에 대한 증거이기도 하다. 미티샤티예프는 악마가 아니고(비록 "타락한 천사"일지라도(300)), 추상적 악이 아니며(비록 "악의 힘"일지라도(294)), 가문의 저주가 아니라(비록 이와 매우 유사할지라도),[105] 단지 주인공의 발밑

∴

104) "반대자와의 예기치 못한 유사함"에 대해서는 '아킬레우스와 거북' 장에서 언급된다.(347)
105) 개별 에피소드에서 미티샤티예프는 소설의 "체현된" 주인공들과 놀라운 유사성을 보여준다. 예를 들어 디켄스 아저씨의 어휘 중 "모든 것을 한정하는 말"("ровно(똥)"- "дерьмо(똥)", 34, 39, 294, 297) 등의 "외면적·형식적" 차원의 유사성뿐만 아니라, 오도엡체프 할아버지와 미티샤티예프를 평가하는 현대성(특권층)이라는 말의 유사성도 이에 대한 좋은 증거가 된다.

에서(시선 앞에서) 어른거리는 하찮은 악마·유혹자(196)일 뿐이며, '사탄·시시포스'의 저주를 수행할 능력은 없다. "우리 모두는 어느 정도는 미티샤티예프들이다"(206)라는 료바의 말은 우연이 아닌 것이다.

소설에서 비토프의 기본 의도는 우리 시대 주인공의 결정적·주도적 특징들(징조와 특색들)을 찾아보겠다는 것이었음을 이미 언급하였다. 가장 간단하고도(좁고도), 어쩌면 가장 깊은 차원에서 이런 의도는 비토프에 의해서 "집", 즉 가족, 성, 씨족을 매개로 하여, 이상적으로는 오도옙체프 가문의 계승성·상속성이라는 단일하고 직접적인 축선을 통해서 수행된다. "가족, 가족! (…) 귀족의 씨족 본능 (…) 은 너무나 강하며"(101), 중요한 문제들의 본질은 "연속성의 문제로 귀결된다."(230)[106]

미티샤티예프는 어느 정도는 료바를 "복제"하지만,[107] 그는 "가족의 친구"일 뿐이다. 따라서 소설 중심 라인의 옆 가지, 다른 말로 표현하자면, 소설의 발전에 영향을 끼치지만 "몸통"을 결정하지는 못하는 주변적–외부적 사회 환경(료바는 이렇게 말한다. "그는 하나의 완전한 사회다"(260))일 뿐이다.[108]

파이나, 알비나, 류바샤(그리고 심지어 알비나의 남편)와 마찬가지로 미티샤티예프는 료바의 "카라스(карасс)"[109] 내부에서 "동등한 위치"에 있

：∙

106) '해설'에서 이 라인은 푸슈킨–곤차로바, 알렉산드르 2세(로마노프), 두벨리트 헌병대장 등의 자녀들의 세습적 결혼에 대한 작가의 평가들로 확인될 것이다.(387~388)
107) 어떤 대립의 극단적 양극으로서의 미티샤티예프에 대한 자신의 확신에도 불구하고, M. 리포베츠키는 미티샤티예프를 "주인공의 분신"으로 부른다.(Липовецкий М. Указ. соч. С. 235)
108) 예를 들어, 파이나에 대해서는 "미천한 가문"(183)이라고 말한다.
109) 본네구트(К. Воннегут)는 이렇게 말한다. "우리는 (…) 무엇을 하는지 알지 못하고 신의 의지를 수행하는 몇 그룹으로 인류가 나뉜다고 믿는다. 보코논(Боконон)은 그런 그룹을 카라스(карасс)라고 부른다."(Воннегут К. Хроники Тральфамадора. СПб.: Кристалл.

다. 하지만 "분자(молекула)" 내부에서는 특별한 위치를 할당받지 못한
다.(215~216) 료바의 "글자 풀이 수수께끼"를 해설하는 문제들, 즉 **"료바는
누구인가**(KTO-ЛЕВА)**? 파이나는 누구인가**(KTO-ФАИНА)**? 미티샤티예프
는 누구인가**(KTO-МИТИШАТЬЕВ)**?"**, "그들은 어디에 있는가(Где они)?"
(217) 등은 주인공들에 대해서 물어보는 셈이다. 즉 '작은 악마' 미티샤티
예프는 비토프 소설에서 "시험하는 역할"(성경에서는 유혹자로서의 사탄의 역
할)을 할 수가 없다. 그는 주인공의 행동과, 파불라적 유희에서 작가가 맡
을 수 없는 역할을 슈제트의 수준에서 발의하는 "선동자"이자 "보조 기관
차"["영원한 발동기"(196)]일 뿐이다.

료바 오도옙체프는 '아무도 아니고', '비체현적이고', '자신에 동일하지
않은' 주인공이다. 그는 반영되고, 복제되고, 인용된 사람이다. 그는 '시험
당하지 않는다.' 왜냐하면 그 안에는 시험의 대상이 되는 본질이 없기 때
문이다. 그는 "텅 빈", 즉 자기가 아닌, 비영웅적, 비시간적인["불시(不時)"],
"정체기"의 비(非)주인공(не-герой)이다.

료바는 소설 『푸슈킨의 집』의 주도적 인물이지만, 슈제트가 시작되기 전
에 비토프에 의해 지적된 그의 "비본질성"[110](14)은 등장인물의 위계에서
그의 위치를 명확히 고정시킨다. 료바는 진정한 주인공이 아니라 마치 서
사의 주인공인 "것만 같다."

'저자 강조―A. B.'(!)라고 특색 있게 명명된 프롤로그의 서두와 결말 부
분에서 이미["아직 또는 이미"(227)] 비토프는 작가적 인물을 소설의 등장인
물로 만들면서, 텍스트에 1인칭 "우리"의 서사 형식을 도입한다. **"우리**는
ᆞᆞ

2001. C. 272)

110) 이 모티프는 '제로'와 '점' 형상들과 연관되어 소설의 결말에서 강하게(강조되어) 울리기 시
작한다.

이미 묘사하려고 노력하였다"(11), "(**우리**는 이 소설에서 ……하고 싶다.)"(13), "**우리**에게서 주제와 소재가 되었다"(13), "**우리**는 재현한다"(14) 등.

"저자 강조"의 어조, "푸슈킨으로부터"라는 제목, 그리고 에피그라프는 비토프식 "우리"의 출처가 '벨킨'임을 말해준다. "I. P. 벨킨의 이야기 출판을 위해 노력하면서 (…) **우리**는 바랐다", "**우리**는 그 조언에 따랐다", "그 이야기를 어떠한 수정도 없이 (우리는) **싣는다**"[111]에서 또는 다음과 같이 "오네긴"에서 출발했음도 확인 가능하다. "**우리** 모두는 조금씩 배웠다"[112] 또는 "오네긴, 선한 **나의 친구**……."[113](『청동 기사』와 인유된 프롤로그의 형상들에 대해서는 이미 확인하였다 (11))[114]

제1부의 기본 부분인 '아버지의 아버지' 장의 '저자 강조―A. B.' 부분에서 비토프는 소설 텍스트(또는 텍스트 외부)에 작가가 존재하고 있음을 처음부터 지적한다.

"아주 어리고 순진했을 때부터 우리는 작가가 어디에 숨어 있으며, 묘사하고 있는 장면을 언제 훔쳐보았는지를 항상 궁금해했다. 그는 그렇게 보이지 않게 어디에 자리를 잡고 있었을까? 그가 우리를 위해 묘사하는 환경 속에는 버리려고 현관에 내놓은 낡은 책장이나 궤짝이 놓여 있는 어떤 그늘진 구석이 항

∵

---

111) Пушкин А. *Собр. соч.*: В 10 т. М.: Терра. 1997. Т. 5. С. 38.

112) Там же. Т. 4. С. 9.

113) Пушкин А. *Собр. соч.*: В 10 т. Т. 4. С. 8.

114) 아마도, 소설 집필 시기에 나보코프를 아직 읽지 않았다(398)는 비토프의 말을 신뢰한다면, 분석에서는 나보코프의 스타일이나 유형과의 인유적 연관을 제외하는 것이 정당할 것이다.

상 있게 마련이고, 거기에 그도, 마치 모든 것을 자신의 눈으로 직접 보는 것 같은 작가처럼, 눈에 띄지 않게 쓸데없이 서 있는 것이다. (…) 책을 읽으면서 인생과 대조해보면, 기숙사와 공동 아파트의 영혼은 현실로 구현된 것보다 더 일찍 문학에서 태동된 것같이 느껴진다. 무대에 대한 작가의 관계가 바로 그렇다. 작가는 그 속에서 공동 입주인이자 이웃이자 동거인이다. 아마도 도스토옙스키는 그래서 누구보다도 더 나은 수많은 '부엌' 장면들을 "유지하고" 있는 것 같고, 작가 자신도 주인공들에 대한 '동거인의 입장'을 결코 감추지 않는다. (…) 엿보기의 이런 유별난 공공연함은 그에게는 (…) 영예가 되었다. (…) '나'로부터의 이야기는 이런 의미에서 가장 흠잡을 데 없는 것이다. 우리에게는 '내'가 묘사하는 것을 볼 수 있다는 것에 의심할 여지가 없기 때문이다. 마찬가지로 주인공들 중 한 명을 통해서, 3인칭으로 풀려나가는 장면에도 특별한 의구심이 일지는 않지만, 그의 시선, 감정, 사고만으로, 하나의 드러난 행동과 다른 주인공들이 입 밖으로 내뱉은 말만으로, 그들이 무엇을 생각하고 느끼고 사고하는지 등에 대해 추측할 수 있다. 즉 마치 주관적(주체, 즉 작가나 주인공의 관점에서 보는) 장면들은 묘사되는 현실의 진실성에 의심을 불러일으키지 않는 것 같다. (…) 질주를 잠시 멈추면서 우리가 다시 한 번 강조하고 싶은 것은, 우리에게 문학적 현실은 이 현실의 참가자의 관점에서만 현실로 받아들여질 수 있다는 것이다. (…) **우리는 료바를 통해서 모든 것을 풀어간다**."(63~65)

마지막 어구는 비토프의 시학에 나타나는 두 가지 요소, 다시 말해서 "현실적-리얼리즘적" 관점과 작가('우리')와 주인공('료바를 통해서')의 주관론이라는 서사 기법을 놀라울 정도로 잘 융합하고 있다(첨언하자면, 서사의 주관성은 우선적으로(주로) 시적(서정적) 텍스트의 특권이며 그것은 간접적 형식으로 "산문과 시 사이의" 비토프적 서사의 특징을 다시 한 번 강조해준다).

스카스('이야기') 기법과 대명사 '우리'('나' 대신에)는 서사를 뚜렷이 주관화하며 작가와 주인공 간의 거리를 줄이는데, 그것은 '조사서'적인 정보들로 보완된다(그리고 강조된다). 그들 모두는 약 27세이고, 둘 다 '운명적인' 1937년에 '수태'되었고, '네바 강변'에서 태어났으며, 남자 김나지움에 다녔고, 가스텔로(Гастелло)와 네스테로프(Нестеров), "판키와 파블리키(Павки и Павлики)"(21)라는 이름으로 자라나서(12), 마레시예프(Маресьев)의 지도 하에 '담력 수업'을 거쳤고(21), 장난감 "라스키다이치크"[115](12)가 무엇인지 알았으며, "최고의 시기에" "바지를 줄였고, 구두창을 두껍게 했고, 재킷을 늘린"(27) "공공사업의 일부이자 공동 운명의 일부"였다.(27)

주인공과 작가에게는 자신들만의 '목소리'가 있다. 하지만 그것은 마치 같은 음질(тембр)[116]처럼 매우 비슷할 뿐만 아니라 '교차' 지점(비토프가 자주(그리고 주로) 사용하는 자유 간접화법)도 존재한다. "집(료바 오도옙체프의 집—저자)은 그 유명한 보타니체스키 식물원과 연구소(압테카르스키 거리. 6번지인가?— 저자) 바로 맞은편, 텅 비고 아름다운 옛 거리에 있었다. 이 조용한 땅이 항상 료바의 마음에 들었다. 그는, 아름다운 식물원 여기저기에 흩어져 위치한, 거의 엘리자베타 여제 시대의 목재 건물인 낡은 연구소들에서 사람들이 자신도 잊은 채 고상하게 일하고 있는 것을 상상하곤 했다.

∴

115) 〔역주〕 네프 시기에 등장해서 페레스트로이카까지 존재한 아이들의 장난감들 중 하나다. 아이 주먹만 한 장난감에 긴 고무줄이 달려 있어서 멀리 던져도 다시 돌아오는 성질을 가진 장난감으로 요요와 비슷하게 생겼다.

116) 비교할 것. 예를 들어 료바에 대해서 다음과 같은 언급이 나온다. "이 나이에는 숫자 '1'에 감동하곤 한다. 왜냐하면 그 숫자는 대열의 탄생, 경험의 첫 번째 진통을 의미하기 때문이다."(231) 숫자 '3'에 대한 비토프의 "감동"에 대해서는 이미 여러 번 언급되었다. 작가와 주인공의 논리적−수학적 구성·계산에 대한 애착에 대해서도 상기할 수 있다.(43, 106, 215~216 등) 그 두 인물의 말에서 '공통된' 단어들은 조사 '~처럼(как бы)' 등이다.

(…) 소비에트 선거 기간이면 보타니체스키 연구소에 투표소가 차려졌는데, 료바도 부모님과 함께 당시 넓게 카펫이 깔린 계단을 따라 올라가면서 식물학계의 위대한 텁석부리 노인들과 코안경을 걸친 사람들을 존경스럽게 바라보았다. 그들은 료바를 열정도 없이 건조하게 바라보았다. (…) 그러나 그들이 언젠가는 자리를 좁혀서 료바의 초상화에 자리를 내주어야만 한다는 사실을 알 수 있었을까? (…) **자신**의 미래 앞에서 심장이 기분 좋게 멎는 듯했고 행복감에 가슴이 조여들었다."(22~23) (발췌 부분 전체에 나타나는 내적 인식의 주관성은 생략하고 곧바로 우리가 강조한 마지막 단어에 주의를 기울여보자. 작가인가 주인공인가?)

제2부 '변형과 이설'의 장은, 제1부에서와 마찬가지로, 여러 슈제트가 변형되어 진행되고〔예를 들어, 료바-미티샤티예프(211)〕, 비토프는 정확하게 계산이라도 한 듯이 구성 부분들의 위치를 바꿔가면서 글을 시작한다. "AB, AB, AB……" 그 다음에는 "BA, BA, BA……"(209)[117] 그리고는 태연하게(강조도 없이) 다음과 같이 계속한다. "이 모든 것은 이렇게 얘기하는 것과 같다. 레프 오도옙체프! (…) 또는 오도옙체프 레프!"(209) 그리고 다양한 텍스트들의 제목에서 여러 글자를 결합하여 고유한 이름을 암호화하기를 좋아하는 비토프의 애착을 관찰한 T. 세메토바에 동의한다면,[118] 작가와 주인공의 '동의어'는 명백해진다.

이 부(部)의 '미스 보나시에' 장에서 작가는 처음으로 '분신'이란 단어를 이용하여, 이미 여러 번 지적한, 료바 자신의 내부 "분열성"(185 등)을 가리킨다. 더 정확히는 "자기 자신과의 힘겨운 대화를 진행할 필요성"(220)을

∶∶

117) 이런 행위는 이전에도 실행되었다.(181)
118) 참조할 것. Шеметова Т. Указ. соч.

지적하고 있다. 그러나 소설 텍스트는 이런 대화가 료바와 레프 사이에서 보다는 료바와 작가 간에 진행된다는 것을 드러내준다. 그렇기 때문에 료바-작가는 "동의어적" 분신들이 아니라, 익숙한 층위의 분신들이자 "환유적" 분신들이다. 거기서는 '일부(часть)'='외형(облик)'(료바의 형상)이며, '전체(целое)'='의식(сознание)'(작가의 형상)이라는 등식이 성립한다.

제2부 '변형과 이설' 장의 '저자 강조—A. B.'에서 작가는 다음과 같이 덧붙인다. "내가 예기치 못한 대로 모든 것은 전개되었고, 그들(서사의 주인공 등—저자) 중 어느 하나도 주인공이 아니며 심지어 그들 모두 마찬가지로 이 서사의 주인공들이 아니다. 주인공은 사람이 아니라 어떤 현상이 되는데, 정확히 말하면 현상이 아니라 추상적 범주(그것도 현상이 아닌가)이며 (…) 이런 카테고리에 바로 (…) 슈제트가 있는 것이고, 점점 더 (…) '인물들'이 되어가는 주인공들에게서는 이런 슈제트가 점점 더 사라진다. 그들도 자신이 실제로 누구인지, 자기에 대해서 더 이상 알 수 없게 된다."(218)

"모든(소설의 모든—저자) (…) 문제가 엄중한 해결점을 찾아야만 하는 매듭"(229)에 가까워질수록 주인공에 대한 작가의 위치는 더욱더 분명해진다.

'제2부 우리 시대의 영웅'에 대한 부록 '주인공의 직업' 장(章)에서 "지적인 주인공"(226)을 둘러싸고 언더그라운드 세대를 특징지어주는 결정적(시간적-심리적)인 양상으로서 '야간 경비', 건축가, 의사에서부터 교량 건설자와 여행객까지(226~227) 다양한 직업들이 "측정된다." 비토프의 의도에 따르면, 주인공은 그냥 "다니고, 보고, 생각하고, 경험하지" 않는다.(226) "그가 다소나마 작가의 최종적인 생각들을 표현하게 하기 위해서는"(227), "그가 많으나 적으나 작가를 닮아야"(228) 하고, "전문 작가는 아니더라도, 어쨌든 글쓰기는 해야 하며"(228), "문학 속에서가 아니라, 문학으로, 문학에서, 문학과 함께 살아야 할"(228~229) 필요가 있다. 작가는 주인공과 가까워지려는 자신의 기본 방침을 의식적으로 "드러내며" 그것의 기능을 "공개한다."

그래서 비토프는 러시아 고전문학에서 작가와 주인공 형상이 교차되는 모델들을 찾았다. 그것은 레프 톨스토이의 레빈이었다.(227)[119] 작가가 이미 인정했듯이, 비토프의 주인공이 레빈을 기념하여 명명되었다는 사실은 주목할 만하며, 따라서 이런 되풀이에서는 한편으로는 또 하나의 '3겹으로 만들기'가 관찰되고, 다른 한편으로는 또다시 주인공과 작가의 강한 연관, 즉 '지적 주인공'과 작가와의 연관이 표면화되고 강조된다.

료바 오도옙체프의 "학문적 명성"(109)을 이룩해준 '세 선지자(Три пророка)' 논문이 문학비평가이자 연구자 오도옙체프 2세에 의해 기술되지 않고, '기억에 따라' 작가에 의해 옮겨 적힌다는 사실도 흥미롭다. 작가는 바로 그(주인공)의 고유한 논문을 쓴 '공허한(пустой)' 주인공을 신뢰하지 않으며, 그만의(주인공의) 사상과 관찰들도 믿지 않는다. 제3부에 대한 부록 '아킬레우스와 거북'에서 "분신들"이 "만났을 때" '세 선지자'에 대한 대화가 오가지만 논문의 텍스트가 드러나지 않는다는 사실은 우연이 아니다.(348) 「튜체프의 시에는 **나(Я)**는 없다」라는 료바의 논문에서 거론되는 튜체프적 '**광기**'와 유사하게, 료바는 논문 「세 선지자」에서 "다른 사람들(이 경우는 세 명의 시인들)에 대해서는 확실한 자기 의견을 갖지만" "자기 자신은 존재하지 않는다."(234) 그러나 작가(작가적 인물, 작가적 '나')는 존재하며, 아마도 그는 '진실되고', '객관적이고', '현실적인' 소설의 주인공이 되려

∵

119) L. 톨스토이의 『안나 카레니나』에서 그려지는 형상들의 반향은 반복해서 나타난다.(280~281, 334)

는 경향을 가진다.

'목차'의 세 번째 연인 '가난한 기사'도 처음 두 연처럼 형식적(외면상)으로는 8행으로 구성되며, 그들 중 세 개의 반복구들은 위치만 바꾸어 선행하는 부(部)에서 따온 것이다. '보이지 않는 장들'은 여전히 '목차'에서 삭제되고[예를 들어, '저자 강조—A. B.'(133), 또는 '스핑크스'(352)], 명확성을 부여하는 '이차적' 제목들은 목차 안에 없다. 예를 들어 '미스 보나시에(당직자)' 장은 소설 텍스트에서는 "첫 번째와 두 번째 부분이 합쳐져서 세 번째의 원천을 이루는 장"(220)이라는 부제목을 가지지만 목차에는 나타나지 않는다.

시적 조화(또는 비토프식 삼위일체성)의 법칙은 '발사(에필로그)', '변형과 이설(에필로그)', '폭로의 아침, 또는 청동인들(에필로그)'[120]에서처럼 세 '에필로그'를 포함하는 '연'의 구조를 결정한다. 이 에필로그들은 프롤로그와 연결되면서 액자 구성을 형성한다(닫는다).

연의 내부를 들여다보면, '기사(всадник)'는 '상속자(наследник)'와, '계속(продолжение)'은 '폭로(разоблечение)' 및 '부록(приложение)'과 운을 맞추면서 여러 층위의 개념적 의미체 등과 조응하여 의미상의 중요성을 형성한다.

'당직자(дежурный)'는 '계속(продожение)'과, '아킬레우스(Акиллес)'는 '거북(черепаха)'과 어음 반복된다.

제목 '가장 무도회(Маскарад)'-'결투(Дуэль)'-'발사(Выстрел)'는 주인공들의 관계를 해결하는 '변형과 이설'의 층위에서 읽히고, 독자의 주의를 끌

∴

120) "그래서 바로 여기서 우리는, 새롭고도 새로운, 또다시 우리를 만족시키지 못하는 결말이 다가오도록 소설을 한쪽에 제쳐두고(에필로그—첫 번째, 두 번째, 세 번째……), 주인공에 대한 일정한 죄의식을 경험한다."(342)

어둘이는 고유한(내부적) '고전'문학적 슈제트를 형성한다. 왜냐하면 '프롤로그'에서 "생기 없는 몸"이 이미 "제시되었고", 어딘가에 "피가 응고"되었으며, "손에는 오래된 권총이 꽉 쥐여 있었고", "다른 쌍신 총은 한쪽은 공기를 뿜었고 하나는 방아쇠가 당겨진 채 약간 떨어진 곳에서 뒹굴고……" (13)[121]라는 대목이 있기 때문이다.

"눈에 보이지 않는" "악마들"(전체 연상법에 따르면 "밤")은 하나의 원을 종결짓고 또 다음을 형성하면서 "아침(폭로의)"으로 바뀐다. 거기서 "처음과 끝"은 하루 시간이 교체되는 징후들이 아니라 "악마"와 "사람"들이다.

제목 '가난한 기사'는 서사의 마지막 장 '제2의'(그리고 '목차' 텍스트에 도입된 유일한) 제목 '폭로의 아침, 또는 **청동인들**(Утро разоблачения, или Медные люди)'과 '고리 관계'(비토프의 정의로는 '동음이의어 유희'(393))로 돌입한다.

A. 푸슈킨의 『청동 기사(Медный всадник)』[122]와 F. 도스토옙스키의 『가난한 사람들(Бедные люди)』의 에필로그는 형용사와 재배치와 관련된 조건을 제공(동기화)하고, 나아가 문학적 비교를 수행할 범위 및 민족 예술의 정신세계를 미학적-철학적 문제에 포함시킬 수준을 정해준다.[123]

제목, 에피그라프, 장(章)의 제목('눈에 보이지 않는 악령들', 즉 F. 도스토옙스키의 '악령'과 앞서 언급한 F. 솔로구프의 '작은 악마')을 매개로 하여 소설의 결말 장에 F. 도스토옙스키의 이름이 등장할 수 있는 개연성이 확보된다.

∴

121) '눈에 보이지 않는 악마들' 장 이후에 료바와 미티샤티예프, 미티샤티예프와 블란크, 고티흐와 여자 경비원의 사위 등 여러 주인공들이 결투를 벌인다.
122) '청동 기사' 형상의 계열 축은 료바의 '대립의 중심' 작업과 연관되어 제3부에서 언급된다.(255~256)
123) A. 푸슈킨의 『청동 기사』와 F. 도스토옙스키의 『가난한 사람들』의 '공통점'을 통해서 19세기 문학에 일관되게 나타나는 '작은 사람'의 문제도 거론할 수 있다.

제1부 '아버지의 아버지' 장의 부제 '저자 강조—A. B.'에서 이미 도스토옙스키의 이름은 서사의 주관성과 연관된다. 그리고 L. 톨스토이에서처럼, 객관적 전지성을 유지한 채 등장인물들과의 인접성이나 친족성을 매개로 작가는 자신의 존재를 드러내면서 행동에 참여하고(63~64), 사상적-형상적 다성음(등장인물들이 제각각 자기 목소리를 내면서 텍스트에서 등장인물의 다성성이 확보되고, 여기에다 저자가 주인공들과 동등한 위치에서 때로는 크게 때로는 작게 자기 목소리를 섞으면서 저자의 다성성이 드러난다)을 형성한다. 제3부에서 다시 등장한 도스토옙스키의 이름은 '목차'에서(텍스트에서도), 그리고 '제3부'의 표제(제목)에서 드러나는 비토프의 가치 평가의 정도를 조정한다.

제1부는 중립적으로 '아버지와 아들'이라고 명명됨으로써 주인공의 계보(피상적으로 주어졌기 때문에 구성원은 계보에 좌우되지 않는다)에 대한 정보를 제공한다. 제2부는 개괄적으로(이전처럼 중립적으로) '우리 시대의 영웅'으로 지칭되면서 사랑을 통해 주인공의 성격을 구현한다(주인공의 내적 세계를 정의한다). 반면 제3부 '가난한 기사'는 원래 제목을 변형함으로써 변화된 형용사에 독자의 주의를 끌어들이면서, 앞에서는 부재했던 가치 평가(중립성과 원래 제목을 정확하게 인식할 것을 요구)를 수행한다. 다시 말해서 주인공에 대한 저자의 관계가 계획된 양태에 따라 구축되면서 주인공의 운명에 저자가 주관적으로 개입하고, 주인공 및 모든 '청동인들'에게 동정과 공감을 표현할 수 있게 된다.

가치율('금'과 '은')과 관련하여 청동인의 이미지는 좌천(하강)의 의미를 지닌다고 이미 언급했다. '폭로의 아침'에서 변이를 거친 '청동인들' 역시 주관적 차원에서 읽힌다. '청동인'들은, '어리석고', '둔하고', '공허한' 사람들[124]

..

124) 비교할 것. V. 달 사전에는 다음과 같이 언급된다. "медный лоб(고집불통)은 파렴치한 사

이라는 관용적 의미로 사용되는 '고집불통(медный лоб)'과 연결되는 것이다. 유사어 '청동인'–'작은 악마'라는 표현은 '눈에 보이지 않는' 폭로 효과를 강화한다. 점강법 및 가치 평가 하락을 나타내는 기법은 점점 더 분명해진다. 소설에서 "푸슈킨의 성을 가진 철공"(91), "경리부장 곤차로프, 거리 청소부 푸슈킨과 수도 관리공 네크라소프"(91)가 존재하는 "도시의 청동 시민"[125](338) 등의 형상이 등장하는 것은 우연이 아니다.

"제1부와 2부가 합쳐지는"(220) 제3부는, 작가가 슈제트의 전개와 갈등 해소, 행동의 절정과 행위의 웅장한 결말이 달성되리라고 약속한 장이다. 서사의 완성(마지막) 부분은 서사의 처음 사건으로 귀결되고, 따라서 이제 서사의 가장 중요한 동심원이 닫힌다. 작가의 사상은 "나선형으로 날아올라 회전한 후 환상적 논리적 원을 그리고는"(267) 결국 결말을 찾았다.

소설의 제3부를 여는 '당직자(상속자)[Дежурный(Наследник)]' 장은 또다시, 이미 세 번째로, 제1부와 2부에서 거론된 "바로 그 '신의 실꾸리'"(252)로부터 시작된다. 주인공은 (또 한 번) 인생의 원을 거쳤고, 바로 그 자리에서 정신을 차려보니 다른 역할을 하고 있었다('원', '나선형'은 '뫼비우스의 띠'로 변형되었다). 역할을 끝낸 '상속자'에게 저자는 바로 얼마 전에('주인공의 직업' 장에서) 그가 거절한 '당직자'(간단히 '수위')의 역할을 위임한다.

장의 제목인 '당직자(상속자)'는, 또 하나의 '전갈자리들'[126]에 관한 서사

∵

람, 뻔뻔스러운 사람"이다.(Даль В. *Толковый словарь живого великорусского языка*: В 4 т. М.: Русский язык. 1999. Т. 2. С. 367)
125) 청동 기념상들에 대하여. 따라서 형용사 '청동의'는 여기서 우연이 아니다.
126) "전갈자리, 십이궁. 10월 23일~11월 21일 (…) 전갈자리 기간은 주로 가을이다."
(*Энциклопедия символов*, знаков, эмблем/Сост. В. Андреева и др. М.: Локид; Миф. 1999. С. 456) "전갈자리는 화성(금속으로는 철이고 마르스(화성)는 전쟁의 신(!)이다, 철에 대해서는 이미 언급하였다—저자)을 다스린다."(Бедерманн Г. Указ. соч. С. 247)

의 원을 폐쇄하고 '목차'에서부터 전체 텍스트까지 일관되게 나타나는 중요 모티프 중 하나가 바로 거울 모티프(반영 모티프)임을 분명히 한다. 제1부의 장 '상속자(당직자)'의 제목과 위치를 정확히 거꾸로('거울의 반영') 설정하고 있는 것이다.

비토프의 초기 단편(예를 들어, 「실업자」)에서 이미 드러나는 거울과 반영의 모티프는 『푸슈킨의 집』에서는 주인공의 비체현성("현대적 비존재"(14)) 모티프, 그리고 이중성,[127] 분신,[128] 다중성[129] 모티프로 대체("변형과 이설")된다.

거울(반영)의 모티프(들)는 디켄스 아저씨의 거울(들) 이미지에서 모습을 보인다. 첫째, 낡고 "금도금된 검은 포도나무 덩굴 테가 있는 타원형 거울"(31, 32, 40)은 오도옙체프 가족이 그 앞에 "잠시 서 있도록 (…) 만들었고," 그 속에 반영된 "분명함", "순수함", "진실성"(이를 소유한 사람의 성격이 완전하고, 진실하며, 순수한 것과 마찬가지로(32))의 형상을 제공해주었다는

----

127) 할아버지의 '이중적' 초상은 "그의 얼굴의 반은 여전히 활기가 있었지만, 얼굴의 반은 죽어 있었다"(71)라든가 "할아버지는 온화한 영혼의 사람이었지만 그것이 바로 그의 무례함의 증거이기도 했다"(82)라는 언급에서 잘 나타난다. 그뿐 아니라 '신은 있다'와 '신은 없다'라는 제목들로 교체되는 그의 작품 「예루살렘 순례」(127) 역시 이중적 초상의 좋은 예가 된다.

128) "미탸(Митя) 아저씨는 (…) 할아버지 대신이다."(90) "그는 (…) 할아버지와 같아져야만 한다."(176) "디켄스 아저씨는 (…) 레르몬토프의 막심 막시미치의 역할이다."(176) 료바는 "상상 속에서 디켄스 아저씨를 할아버지로 변장시켜보곤 했다."(52) "파이나-미스 보나시에"(220), "파이나-파라샤"(340), "알비나-공작 영예 메리"(174) 등은 분신의 좋은 사례이다.

129) 예를 들어, 디켄스를 들 수 있다. 그는 "모두를 대신했다."(45) 또는 미티샤티예프도 마찬가지다. 그는 모든 사람으로 변화될 수 있었고(194~195) "우리 모두는 미티샤티예프의 일부이다."(206) 또는 '타인들의' 이름, 인생, 사상, 행동 등으로 사는 료바를 예로 들 수 있다. 다중성의 모티프 내부에는 할아버지 죽음에 관한 변형들도 포함된다.(91)

점,[130] 둘째, 디켄스(아저씨) 단편 제목이 '거울(Зеркало)'(125~126)이었다는 점은 디켄스 아저씨의 이미지와 거울 모티프 사이의 관련성을 설정할 수 있는 증거가 된다.

서사가 진행되면서 반영 모티프는 "자신의 얼굴이 없는" 아버지의 형상을 통해서("엄마 속에 반영되었다", "반영되었다", "우리 속에 반영된다"(24~25)), 료바의 반영을 통해서(거울 속에서(40, 331), 할아버지 속에서(44), 아버지 속에서(25), 미티샤티예프 속에서(200), 파이나 속에서(224)), 미티샤티예프의 반영을 통해서(료바 속에서(294), 할아버지 속에서(295, 299), 디켄스 아저씨 속에서(293), 블란크 속에서(279), 파이나 속에서(196~197), 다른 사람들 속에서(194~195)), 그리고 파이나 형상의 반영 속에서(154~155, 157~158) 전개된다(깨어진다).

이미 언급된 '파편'("파편", 262)은 '거울' 모티프의 특징적 결말(깨짐, 부서짐)이며, 거울뿐만 아니라 가족 관계와 도덕적 관념들도 "파편으로 깨어진다." "금이 가는", 공후(князь)("공작(граф)"[131](261)) 료바, 할아버지 오도옙체프(81), 남작 고티흐[132](262)도 거울 이미지의 특징적 결말로서 파편에 포함된다.

비토프 소설에서 '비뚤어진 거울'("자기 자신과의 불일치"(89))의 계열 축에 인접하는 수많은 모티프들은 거울 모티프의 "변형과 이설들"로 간주될 수 있다. 꿈(55, 59, 115, 286, 346, 347, 353, 360 등), 그림자(23, 47, 285,

∵

130) "료바는 미탸 아저씨의 결점조차도 하나의 특징으로서 사랑할 수 있다는 사실에 여전히 놀랐다. 개성이다."(34)
131) 주인공의 문학적 투영은 다음과 같다. "이것은 듀마(Дюма)로부터다. (…) 공-작 드-르프-페르-르!"(261)
132) 인간 현존재의 반영 모티프는 다른 소설가들의 작품에서도 나타난다(나타나게 되었다). V. 마카닌(『시골사람(Провинциал)』 등) 또는 V. 피예추흐(『모스크바의 신철학(Новая московская философия)』 등)를 참조할 것.

286, 300 등), 포즈(자세)(21, 140 등), 필름(사진)(12, 24, 25, 241 등), 거짓(23, 92("······ 슬픔은 활기를 닮았다"), 104, 338 등), "가장(假裝,)"(="마치~같다(как будто)", "~ 같았다((по)казалось)", "마치(словно)", "아마도(наверно)", "어쩐지(как-то)", "어쩌면(возможно)", "~와 같은(вроде бы)", "만약 ~라면(если бы)", "겉보기에(по-видимому)", "소위(так называемый)", "어떤(какое-то)", "마치 ~ 같은(как бы)" 등)(20, 21, 22, 23, 26, 48, 50, 55, 60, 63, 68, 81, 82, 84, 86, 87, 113, 145, 266, 280 등), "현실에 대한 관념(지식이 아니라)"(21, 43, 49, 52, 82 등), "공상–상상"(22, 42, 54 등), "다른 인생"[133](24 등) 등의 모티프들이 그것이다. 그러나 그들 중에서 가장 강하고 분명하게(형식적으로) 정착된 것은 연극과 유희(연기)의 모티프들(25, 26, 47, 76, 146, 176, 202, 266, 267, 285~286, 301, 302, 339, 353 등)이다.

유희, 행동, 관념, 마스크, 역할, 연극, 가장무도회, 시나리오, 무대장치 등의 이미지는 소설의 서두 부분에 이미 모습을 보인다.

'프롤로그'는 현실적 도시(레닌그라드)의 가을 풍경 묘사로부터 시작되는데, 그것은 '그림' 또는 '무대장치'로 읽힌다. 그곳은 "집들은 (···) **묽은 잉크로 그려져** 있으며"(11), **"전시"**(연극 행렬의 모습) 후에도 "지난날 무대의 장난감 같은 내벽"이 세워져 있고 **"어린이용** 장난감 라스키다이치크"가 여기저기 뒹굴며, 모든 것이 "마치 **영화처럼**" 보였고(강조는 저자), "박물관의 전시실"은 생기 없고 가짜 같은 인상을 풍겼으며 바람마저도 어떤 "역할을 연기한" 곳이다. 어떤 때는 "비행기처럼 평면적으로"(12), 어떤 때는 "도둑처럼" 보였고, 바람을 표현하는 무대 도구인 "비옷이 펄럭거렸다."(13)

선행하는 부(部)와 관련해서 여러 번 언급한, 다양한 유형의 "변형과 이

∵

133) 트리포노프 소설의 일관된 모티프다.

설", 반복과 고리, 쌍과 세 쌍, 분신들과 복제물들, 그림자와 반영들이 빈번하게 (논리적으로 일정하게 반복되어) 사용되면서 소설의 끝 부분에서 유희와 연극성의 모티프는 분열되어 번식되고 배가된다. 서사의 마지막에서도 이런 인상이 풍긴다. 제3부의 세 개 '에필로그들' 중 첫 번째 에필로그에서는 프롤로그 '무엇을 할 것인가?'[134]에서 언급된 풍경이 그대로(거의 그대로다. 비교할 것. 11~13과 313~315) 재연(복제)됨으로써 원형적 구성이 반복되고 강화된다. 그 결과 소설에서 일어난 사건이 상대적(비절대적)이라는 느낌이 예술적으로(심리적으로도) 형성된다. 그리고 (매번 새로이) 다른(또는 똑같은) 결말을 가질 수 있는, 새로운 연기, 즉 상연, 시연, 공연이라는 반복의 유희(연기) 가능성(현실화된 가능성)이 발생한다.

비토프가 문학 박물관을 무대로 연극("스타니슬랍스키 체계에 따른"(47))을 공연하고, 19세기 러시아 소설을 "모티프로" 삼아 드라마와 시나리오를 썼으며, "작은"("작은 인간"(237)) · "잉여의" · "새로운" · "특별한" 사람들이나 "니힐리스트"나 "초인"[135]들을 연기하기도 했다는 사실은 비토프로 하여금 "인생은 연기다"와 "인생은 문학이다"라는 관용구를 결합하여 "새로운" 테제인 "인생은 예술이다"를 만들어내도록 자극했다.

문학 이론의 전통적 진리는 '문학은 **인생의 반영**이다'라고 말한다. 이것은 그 대열에 '인생은 거울'이라는 또 하나의 공식을 세워놓게 하며, 그것으로 허구와

134) '에필로그'의 마지막 어구는 또 하나의 고리를 완성한다. "무엇을 할 것인가!—아마도 그는 생각한다. (…) —무엇을 할 것인가? 과연 무엇을 할 것인가? (…) 이것이 끝이다."(316. 고리 외에도 3회성이 또다시 주의를 끈다.)
135) 미티샤티예프는 "그리스도-마호메트-나폴레옹"(204)이다. 또는 료바에 대해서 "고티흐는 (…) 너를 네 번째 선지자라고 생각한다."(259)

현실, 사실과 거짓, 현실적·가상적 현실의 경계들과 한계들을 극복하고 "모든 것은 거짓이고 모든 것은 진실이다"(186)라는 철학적 결론을 낳는다[136]는 점을 덧붙여 말해야겠다.

알려져 있다시피, '예술은 영원하다'라는 명제는, 비토프 주인공들이 외모(309), 의복("자신들의 긴 칼들의 칼자루를 쥐고"(287)), 물건("깃털 펜을 붙잡았다"(256)), 사회적 위치와 직업(226~227), 행동 양식("일부러 정중하게 (…) 인사를 했다"(286)), 말하는 스타일("진정하세요, 여러분"(275), "나는 네게 방금 전에 보고하라고 했다"(310)), 단어("도미노"(286)), 심지어는 본질 자체("료바는 기꺼이 블라크가 보고자 원하던 사람이 된다"(266))를 바꿔가면서, "새로운 연출"(238) 속에서 '그 시대 주인공들이' 현대적으로 변모하는 것을 가능케 하고, 쉽게 '시간과 공간을 이동'하도록 만들어준다. 예를 들어, 미티샤티예프는 다음과 같이 말한다. "매우 간단해. (미티샤티예프는 자신 있게 대답했다.) 나는 내 안에 힘을 느껴. '그리스도−마호메트−나폴레옹'이 존재했고 이제는 나야."(204) 또는 이미 언급된 '분신들'과 유사물들도 그 예가 된다. 알비나−공작 영예 메리(174), 료바−페초린(130), 료바−레빈(227), 료바−예브게니(340), 파이나−미스 보나시에(220), 파이나−파라샤(340), 미탸 아저씨−막심 마시미치(176), 미티샤티예프−베르네르(194) 등이 그것이다.

개성·형상들, 성격·유형들뿐만 아니라, 현상이나 행동이나 상황이나 감정마저도 예술적으로 '복제'된다.

논문 '세 선지자'에서 료바는 마치 예술 텍스트를 과학적으로 분석하는

••

136) 민속학의 공식 "이야기는 거짓이고 그 안에는 암시가 있다"에서 또 하나의 '변형과 이설'을 확인할 수 있다.

것 같으면서도, 실제로는 "감정의 파도로" "학문에서 완전히 멀어져"(241) 있었으며, 그 안에서 그는 푸슈킨에 대한 튜체프의 태도뿐만 아니라(모차르트에 대한 살리에르의 질투의 감정에 대한 '변형과 이설'로서(230, 238)), 푸슈킨-(레르몬토프)-튜체프[137]에 대한 자기 자신의 고유한 감정까지도 연기한다.[138] "자, 말하자면, 튜체프가 료바에게 무엇을 했단 말인가? (…) 튜체프가 이제야 인식한 것에 대해서, 즉 료바가 자기 자신을 인식하게 된 것에 대해서 잘못이라도 있다는 말인가."(244)[139]

'원'과 '고리', '변형과 이설'은 다른 등장인물의 형상과 감정에 대한 대체물도 암시해준다. 할아버지-푸슈킨("아, 만약 료바가 있었다면! 료바는 껴안았을 텐데, 그는 알렉산드르 세르게예비치 푸슈킨을 꽉 껴안았을 텐데……. 그런데 됐어, 그는 이미 자기 할아버지를 한 번 껴안은 것으로 충분해"(244)), 미티샤티예프-튜체프(푸슈킨의 "합당치 않은" 귀족주의(237)와 료바의 "아무 근거 없는" 귀족주의(294)), 료바-미티샤티예프(303) 등이다.

'세 선지자' 논문에는, 튜체프의 창작적 '발사(выстрел)'인 시 '광

··

137) 비토프적 (음의) '제3음(терция)'은 또다시 '초'가 되려는 경향을 드러낸다. 왜냐하면 레르몬토프에 대한 주인공의 태도는 어쩌면, 가장 중립적이고, 따라서 객관적일 수 있기 때문이다. '대립의 중앙'으로서의 레르몬토프는 비토프 주인공의 계획(형상과 이상의 계획)이 '객관적으로' 지향하는 '제로'의 출발점이 된다.
138) 유희적 특징은 "행운이란 우연성에 따라" '세 선지자들'의 작가들뿐만 아니라 주인공도(따라서 작가도(19)), '예루살렘 순례'(128) 집필 당시의 할아버지도, 27세였다는 것에서도 이미 검토된다. "료바는 이렇게 운이 좋았다. 나이의 경계로 역사적 경계를 표시하며", "그의 탄생도 죽음의 암시도 러시아 역사의 모든 날짜이자 모든 이정표들이 된다."(137)
139) '세 선지자들'에 대한 해설은 다음과 같다. "여기서는 튜체프나 푸슈킨이 아니라 그들을 연구하는 젊은 연구자가 연구되고 있다."(407)

기(Безумие)'에서 구현된, 푸슈킨과 튜체프 간의 성립되지 않은('결석 (заочный)') 결투의 이미지가 등장한다. "료바는 '결투'라는 단어를 불러내서 문장에서 문장으로 오랫동안 아름답게 그것을 타고 다닌다. (…) 결투는 결투다. 없었던 것도 결투지만, 있었던 것이 바로 결투인 것이다. 비밀 결 투, 그래서 결투자들 중 상대편 한 사람 외에는 아무도 그 결투에 대해 몰 랐던 결투도 명백한 결투인데. 단지 그 결투에서 적수 중 한 명은 자신이 결투했다는 사실을 알아채지 못했을 뿐이다."(235)

푸슈킨에 대한 튜체프의 감정은 튜체프에 대한 료바의 감정 속에 투영 되고, 푸슈킨과 튜체프의 '실현되지 못한' 결투는 료바와 튜체프의 '잠재적' 결투를 투영한다. "튜체프는 (…) 푸슈킨이 (…) 튜체프와 자신이 결투했다 는 사실을 알아채지 못한 것처럼, 료바가 자신과 결투했다는 사실을 알아 채지 못했다."(245)

단어 유희를 즐기는 료바와 마찬가지로, 유희적 단어로 가득 찬("아, 단 어란! (…) 료바는 단어를 좋아했다"(184)), 튜체프와 료바의 결투는 아직 결투 라고 말할 수는 없으며, 그래서 '슈제트상의' 결투는 이후에 전개된다. 이 것은 료바와 미티샤티예프의 결투이고, 그것도 그냥 결투가 아니라 복제 된 결투이다.

'(가장무도회)-결투-발사'라는 상황은 (고전들의 이름들로) 이미 언급된 시 기의 러시아문학에 매우 널리 퍼져 있었다. '이중' 결투의 모델은 I. 투르게 네프의 『아버지와 아들』에서도 암시된다. 니힐리스트 예브게니 바자로프와 자유주의 귀족 파벨 페트로비치 키르사노프 사이의 논쟁, 즉 비록 형식상 으로 광대극 같지만 발사가 수반되면서 실제 결투가 벌어지고 그에 따라 부상으로 종결된 '이론' 논쟁이 그것이다.

바자로프와 파벨 페트로비치의 논쟁이 본질적으로는 지적(知的)이며 이데올로기적이었지만, 잡계급 출신인 바자로프가 파네츠카에 대해 보여준 '사랑의 의지'가 실제 결투의 원인이었다는 사실이 흥미롭다.

이와 유사하게 료바와 미티샤티예프의 관계도 전개된다. 그들의 논쟁은 인생의 다양한 '이론적·이데올로기적' 양상들에 대한 인식적 불일치[예를 들어, '귀족주의/잡계급 출신'(294~295), 또는 '유럽주의/러시아주의'(198~199)]에서 시작되지만, "제3자의 입장에서는 추하고 졸렬한"(303) 결투·'싸움질'로 이끈 것은 그 둘 모두가 다 알고 있는 감정인 질투였다["료바는 그에게 질투를 느꼈다"(300)]. 그리고 그 너머에는 입 밖으로 내뱉지 못한, '파스트(Фаст)'(279), '유령(фантом)', '분수(фонтан)', '벌금 놀이의 벌금(фантик)(302)' 등의 소리로 암호화된 "열정의 대상"(184) 파이나의 이름이 있다. 파이나에 대한 료바의 감정과 관련해서 또다시 텍스트의 시적 구성 법칙들이 수면 위로 부상한다(모음운과 두운법).

'결투' 장을 여는 것은 고전 텍스트에서 발췌한 에피그라프들이다. 내용적·문체적으로 절제된 E. 바라틴스키의 '결투한 것은 우리다'에서부터, A. 푸슈킨의 '치명적' 결투(지적하자면, 『대위의 딸』에 나오는 '하위의' 결투가 아니라 「발사」에 나오는 '고귀한' 결투를 거친다), M. 레르몬토프의 그루슈니츠키의 '허약함', I. 투르게네프의 키르사노프의 '백치성', F. 도스토옙스키의 '법칙에 따라서', 그리고 A. 체호프의 '법칙에 대한 무지'를 거쳐서, 비토프는 F. 솔로구프의 "가래침이나 뱉어야 하는"(288~289)[140] 결투에 도달한다. 인용의 풍자성, '결투'라는 개념의 파토스나 의미의 축소 등이 분명히 드러난다. 그래서 텍스트의 층위에서 단어 '결투'["완곡하게 술 취한" 결투(391)]가 단

••

---

140) 소설 결말에 '소용돌이(водоворотик)'의 이미지(339)와 병행하는 '가래침(плевок)'의 이미지는 19세기 초와 19세기 말~20세기 초(푸슈킨과 고골로부터 체호프와 F. 솔로구프까지) '작고' '하찮은' 사람들을 연결하는 또 하나의 '원'(또는 '고리')을 종결짓는다.

어 '싸움질'(321)로 바뀌는 것은 우연이 아니다. 료바와 미티샤티예프의 결투(모든 측면에서 결투는 '이데올로기적'이거나 또는 단순히 속된 '싸움질'이기에)는 형식상으로는 연극(희극) 또는 연기를 상기시키며, 의미상으로는 부조리함과 광기를 경계짓는 "그와 같은 모든 유사물"(241)에 대한 희화화(패러디)이다. 그러나 '결투' 장에는 이런 '결투의 복제'가 끊임없이 등장한다. 그 결과 '결투' 장(章)의 텍스트에서는 점차적으로 광기 모티프가 '첫 번째 목소리'라는 힘을 획득하게 된다.

광기는 소설의 중요한 모티프들 중 하나이며 서사의 모든 주인공들이 "처하게 되는" 상황이다. 광기의 모티프는 집약적이고 다양하다. 그래서 (선행하는 모든 경우들에서와 마찬가지로) 작가에 의해 광기의 모티프에 관한 수많은 "변형과 이설"이 펼쳐진다.[141]

비토프 텍스트의 지적 연관성을 고려하면 광기의 모티프는 소설의 제1장에서 이미 예견되었다고 말할 수 있다. 왜냐하면 서사를 여는 페테르부르크 풍경은 분명히 『청동 기사』(시-'복수'[142])와, 거의 홍수 상황을 담은 '페테르부르크' 풍경[143](11~13))를 분명하게 연상시키며, 따라서 미쳐버린 가난한 예브게니의 형상으로 연역적으로 옮겨가게 된다. 소설의 결말에서 서사시 『청동 기사』에 관한 언급이나, 기마상 자체의 모습(가장무도회' 장)이나, '가난한 기사' 료바의 풍자화된 이미지가 베레고보이 레프(береговой лев)에 등장하는 것[144] 등은 순차적으로 고리를 닫고, "청동인들(가난한 사람들)"

∴

141) 광기(미침)는 M. 푸코의 사고와 논리 시스템에서 핵심적 개념이다. 이성에 대립하는 것에 대한 포스트모더니즘적 관심인 것이다.
142) 블로크의 '복수'는 블로크(비토프)의 바람("야생의 바람")이 담긴 시와 연관된다. '언론(Слово)'을 위한 '복수' 사상은 소설의 결말에서 나타난다.(276)
143) 표트르의 이름은 텍스트에서 "악에 받친 거만한 이웃"(11)에서도 나온다.
144) 비토프에서의 '금속(청동)'의 상징성에 대해서는 이미 언급했다. '대리석 짐승'에 대한 이 에

(287)의 보편적 광기라는 배경 위에서 예브게니-료바의 광기 모티프가 더 강화된다.

료바의 논문 '세 선지자'도 제3부의 '광기'에 대한 암시가 될 수 있다. 만약 '푸슈킨-레르몬토프-튜체프'란 세 요소를 세 개의 부제목들과 연관시킨다면, 제1부는 '푸슈킨에 따르지 않고' 제목을 붙였지만, 『청동 기사』의 '인용'으로 시작되며, 제2부 '우리 시대의 영웅'은 제목에서뿐만 아니라 인용(283)과 에피그라프에서도 레르몬토프의 뒤를 잇고 있으며, '튜체프에 따라 제목을 붙이지 않은' 제3부는 본질상(내용상) 튜체프의 시 '광기'에 따라 제목을 붙일 수도 있었던 것이다.[145)]

작가의 박식함이 "목표로 하는"[("작가는 의식적으로 학교 교과과정의 범위를 넘어서지 않는다"(357)] 고전적 학교 교과과정에 나오는 광기의 테마는 A. 그리보예도프의 희곡 『지혜로부터의 슬픔』에 등장하는 주인공 이름인 알렉산드르 안드레예비치 차츠키와 연관된다.[146)]

차츠키의 광기는 '지혜 때문에(от ума)'[("지혜에 (…) 슬픔을"(371)] 온 것이자

••

피소드에서는 다음과 같이 언급된다. "울리는 소리 들리지! 대단한 대리석이야! (…) 료바는 **금속에까지** 닿도록 동전으로 대리석 짐승을 긁어댔다."(강조는 저자)(287)

145) 비록 내용상 잠재력은 적다고 할지라도, 거의 똑같이, 또 하나의 세 가지 요소가 검토될 수 있다. M. M. 미티샤티예프의 박사 학위논문 제목인 '60년대 러시아 낭만주의에서 탐정 요소(투르게네프-체르니솁스키-도스토옙스키)'(315)로부터 '투르게네프-체르니솁스키-도스토옙스키'라는 3요소를 끄집어낼 수 있다.

146) A. S. 그리보예도프의 이름은 '해설'에서 작가에 의해 일부러 정확히 언급되는데, 다수의 전기적 자료들과 작가의 비평서들 속에서 그리보예도프의 '불멸의 희곡'은 '전체 정보들'의 경계 너머로 퇴장한다. 해설의 마지막 어구는 일부러 강조되어 다음과 같이 지적된다. "그는 『지혜의 슬픔』만의 작가이다."(366)

재능의 크기 때문에 발생한 것이다. 광기는 허상적이고 계획된 것이며, '중상모략적인' 속성을 띤다. 본질상 이것은 '고결한' 광기로서 그리보예도프 자신도, 푸슈킨(모차르트)(237)도, 심지어 '질투 많은' 튜체프(살리에르)도 관련된다. 광기는 료바 미티샤티예프를 향한다. "나는 여전히 알고 싶었다, 지혜 때문이 아닐까?"[147](294) 그리고 바로 그에게 다음과 같이 대답이 주어진다. "아니다, 너는 최상의 것(верховность)을 받을 만한 자격이 없으며 지혜로 얻은 것이 아니다."(294) "너는 얻는다 하더라도 (⋯) 바로 잃어버릴 것이다."(296)

비토프의 소설에 도입된 또 다른 광기의 '유형'으로, 병력(病歷)으로 인해 일종의 '용감한 사람들의 정신착란'이라는 개성이 끝까지, 다시 말해 광기에까지 이르는 '일'이나 실제 사건을 꼽을 수 있다. 이것은 1930~1950년대 출신인 할아버지의 '숙명적인' 광기다("나는 마땅한 고통을 받았다. (⋯) 마-땅한! 그 일 때문에 나는 투옥되었다."(작가가 강조한 것임―저자)(78, 74~76, 96)). 신체적으로 도덕적으로 깨끗함("깨끗한 얼굴", "깨끗한 청렴함", "깨끗한 셔츠", "그는 (⋯) 깨끗했다", "그는 항상(작가가 강조한 것임― 저자) 깨끗했다"(32))을 유지하는 디켄스 아저씨의 광기는, "다른 것들보다 먼저 자신의 취미에 몰두한"(29), "일정한 관점에서 볼 때는 유일한" "바로 그 유명한 '유행병'"(28)들이 퍼지던 1950~1960년대 언더그라운드와 이단 행위로서의 광기다. 이 '광기'는 특별한 재능과 결합하거나, 사회적 차별과 결합한다.[148]

∙∙

147) 문제 제기 형식이 시사적이다. 그 형식은 자체의 구조로 그리보예도프의 희극 제목을 지시해주고 있기 때문이다.
148) 이런 유형의 광기에 대해서 작가는 널리 통용되는 감탄문을 아무렇게나 던져놓는 것 같지만 그 감탄문은 그리보예도프의 "미치겠군……(Сойти с ума…)"을 지향하고서 "구성된다."

료바는 연구소에서 일하며 논문을 쓰는 등 열심히 일에 전념하는 것 같지만 사실 그 논문들은 발표되지 않아서 읽을 수가 없다. 제3장 '아킬레우스와 거북'(작가와 주인공의 관계) 부록에서는 다음과 같은 대화가 재현된다.

작가: 나는 당신의 논문 "세 예언자"에 대해 너무 많이 들었어요. 원본을 내게 보여줄 수는 없나요?

료바: 하지만 이 논문은 미약하고, 진부한데다 유치한 논문이에요. 나는 다른 논문을 시작했어요. 예를 들어 "대립의 중심", "늦어버린 천재들", "'나' 푸슈킨"과 같은 다른 작품들이 훨씬 더 일목요연하고 의미 있죠.

작가: 이런 작품들은 어디서 읽을 수 있죠?

료바: 어디에서도 읽을 수가 없어요. 그 논문들은 발표되지 않았어요.

작가: 그러면, 제가 원본을 읽을 수 있게 주실 수 있나요?

료바: 그런데 그 논문들은 아직 다 완성되지 않은 것 같아서 다시 정서하지도 않았어요. 원본으로는 알아보기가 힘드실 텐데요.

작가: 그렇다면 "세 선지자"라도 좀 줘보세요. 만약 이 논문이 제때에 발표되었더라면 당신에게는 독자들이 그 논문을 읽지 못하도록 막을 권한은 없었을 테니까요. 그 논문이 아무리 유치하고 미성숙하다고 하더라도……

료바: 그 논문이 발표되었더라면, 다른 논문들도 발표되었겠죠.

작가: 하지만 다른 논문들에 대한 작업은 아직 완결되지 않았다면서요. 어떻게 그 논문들을 발표할 수 있겠어요?

료바: 만약 발표될 수 있었다면……. 그 논문들은 이미 완결되었겠죠!(348)

료바는 발표된 논문들 없이도 이미 "학문적 명성"(109)이 있지만, 작가의 말에 따르면, "그는 **아무것도 하지 않는다**."(작가가 강조한 것임—저자).

그리고 다음과 같이 두 번을 반복한다. "그는 **아무것도 하지 않고**"(작가가 강조한 것임―저자), "실업자 같은 인상"(229)을 주는데, 그것도 "다양하게"(22) 한가로운 인상(일이 없음)을 낳는다.[149] 미티샤티예프는 다음과 같이 주장한다. "평생 일이 없었고 (…) 아버지의 뒤를 따라서 (…) 당신 둘이서 할아버지를 먹고 산 것이다."(308) 다시 말해 료바가 "자신의 '일 때문에'라고 간주"(229)하고 있는 것은 본질적으로는 그렇지 않다는 것이다. 왜냐하면 그 일은 "일과 유사한 것이었고, 그 일의 현실은 객관적이었지만, 그 일이 성공적으로 이미 완료된 것이며, 그것도 지금은 죽고 없는 다른 사람에 의해 이미 오래전에 완료된 것이며", "타인의 일, 그것도 이미 완료된 일"(93)[150]이기 때문이다. 즉 '일 때문에'라는 광인들의 부류에는 료바가 포함되지 않는다. 왜냐하면 "자신의 논문을 이미 오래전부터 쓰지 않고 있기"(308) 때문이다.

이미 지적했듯이, 비토프 소설의 최초 제목들 중 하나가, 분명 프루스트에서 유래한 "잃어버린 사명을 찾아서"[151]였다. 그것은 그 자체로(상호 텍스트의 변형으로서) 적지 않게 중요하지만 포스트모더니즘적으로는 주인공의 "잃어버린 사명"('일')도 그에 못지않게(더 많이는 아니더라도) 중요하다.

그러나 현대적 광기, 즉 "지혜 때문이 아니고", "한가하고(일 없고)", "무의미하고", "어리석은" 광기, 또는 마치 료바의 "반란"(292)이나 "봉기"(308, 327)같이 "변변치 못한" 광기는 분명하게 존재한다.

∴

149) 비교할 것. 아버지에 대해 "아버지의 비밀스러운 축제성."(34)
150) 이것은 "모데스트 오도옙체프의 유산을 정비하고 대중화하는 일"에 대한 것이다.
151) 다른 제목은 "훌리건 추도식(Поминки по хулигану)"이었다.

료바와 함께 이 소설 전체에 걸쳐 모습을 드러내는 미티샤티예프의 "악마"[152]와, "기하학적 크기"의 "악"(309)의 존재는 "귀족적" "균형"(114)을 시험하고, 주인공의 "건전한 사고"나 그의 "방어적"이고 "집안 대대로 내려오는 인텔리적 타성"(111)을 시험한다. 그의 영향("압력")하에 놓여 그로 인해 부단히 선동을 당하기에("약해서?"(308)), 주인공은 박물관의 파괴라는 '반란'을 감행한다(푸슈킨에 따르면 "무의미하고 무자비하다"). 그 결과 푸슈킨의 데스마스크는 파괴된다('파편들'로 산산이 깨진다). '분산'의 은유적 과정은 물리적 육체를 획득하고 '보이지 않는 것'은 실재가 된다. "산산조각이 났다. 문자 그대로 산산조각이 났다."(264) 주인공은 "오블로모프식의" 꿈에서 깨어나고(289), 그로부터 키르사노프적 투르게네프의 자유주의가 벗겨지며(295), 그 안에서 "씨족적 본능"(101)이 움트기 시작했다. 이 모든 것 뒤에 료바와 미티샤티예프의 이미 세 번째("진짜") 결투가 이어진다. "색칠된 목검"(202)도 아니고, "낡은 결투용 권총"(391)도 아닌 "푸슈킨의 권총"을 가지고서.[153]

이 경우에도 '고리'(의미적·구성적)가 드러난다는 사실은 흥미롭다. 왜냐하면 료바의 결투("복수")는 "푸슈킨을 위해", "그의 이름으로"(231) 감행되기 때문이다. "나는 **그 때문에** 너를 용서하지 않겠다.—분명히 료바가 말했다."(309)[154]

∴

152) "'악마' 미티샤티예프는 완전히 당황했다. (…) 콤플렉스가 이제는 악마이기도 하다."(300)

153) 의미로 충만한 "푸슈킨의 권총"이란 표현은 역사적으로 신빙성 있지만 중립적인 "푸슈킨 시대의 권총"의 대체물이 된다.

154) 연상 차원에서 료바의 '반란'은 다음과 같은 유명한 말을 한 『청동 기마상』의 예브게니의 반란에 가깝다. "어디 두고 보자."(Пушкин А. *Соч.: В 3 т.* М.: Художественная литература. 1985. Т. 2. С. 183) 푸슈킨의 "어디 두고 보자!"는 소설 『12』(405)의 "개요"에 대한 에피그라프로 작가가 취한 것이다. 다음과 같이 비토프를 인용할 수 있겠다. "어구의

이 순간에도 주인공은 작가에 의해 '미친'("그는 미쳤다. 그 말이 맞는 말이다"(309)) 것으로 정의된다. '무의미하게' 미친 것이 아니라(논문 파일들을 내던지고 가구와 박물관 전시물들을 파괴하는 것), '고상하게' 미친 것이다. "얼굴이 없는"(310) 료바의 형상은 갑자기 푸슈킨의 외모와 겹치고 그의 특징들(어쩌면 영혼까지도)의 체현자가 된다. "털이 그의 데스마스크 위로 돋아 나와 뒤덮였다. 머리카락도 갑자기 많아졌고 헝클어진 고수머리가 되었다. 목이 가늘어져서 목둘레 옷깃이 홀렁해졌다."(309) 주인공은 자신의 광기 속에서 '천재의 광기'(푸슈킨)와 '할아버지의 광기'(할아버지와 디켄스)를 결합하고 동성(同性)인에서 상속자와 계승자로 변화하면서 자신의 진정한 혈통을 회복한다. "말대로(по-Слову) 살고 행동해야만 하고 적힌 것이 바로 행동 자체가 되는 거죠."(296) 이제 료바의 행동은 말뿐만이 아니라(예를 들어 논문 "세 선지자" 또는 "대립의 중심"에 대한 작업을 계속하려는 바람(108~109)), 행동(결투)이기도 하다. "말"과 "일"은 "행동"을 낳으면서 확산되는데, 그 행동에 대해 디켄스 아저씨(할아버지의 '대체자')는 다음과 같이 감탄한다. "너한테 예상도 못했는데……. 기대도 못했는데!" 그리고 "만족한" 아저씨는 그의 손을 "진심으로 꽉 잡는다."(327)[155]

작가의 임무에 충실한 비토프는 텍스트 내부에서 결투를 또 하나의 변형으로 반복한다("휘감아 올리고" "빙빙 돌린다"[156]). "료바-튜체프의 결투 후에, '료

<hr />

구조와 음악성은 공통적이다."(378)
155) 작가의 '기묘한' 의지에 따라 "소설에서 그(디켄스 아저씨―저자)는 다시 살아났다가 또 다시 죽는다. 그는 우리에게 지금 필요하다. 어느 누구도 그를 대신하지 못한다."(326)
156) 검토되지는 않았지만 소설의 결말에 등장한 소용돌이의 이미지("작은 소용돌이"(339))는 원, 고리 또는 나선형 형상들의 대체자가 될 수 있다.

바—미티샤티예프'의 '삼중' 결투(이데올로기적 결투, 싸움질, 결투) 후에 "료바와 료바(료바의 의식)가 결투자가 된다. 마지막의 경우에 결투는 료바의 머릿속에서 다시 한 번 패배한다. "그는 의식으로 가까이 왔다. 의식은 그에게로 가까이 갔다. 그들은 결투에서처럼 가까워졌다. '표시 선'까지는 이미 얼마 남지 않았다." (316) "의식이 발사했다. 연기가 흩어졌다. 그리고 우리는 료바를 바라본다. (…) 료바는 우리 쪽으로 돌아선다. 그리고 이 사람은 이미 그다. 그는 자기 자신이다."(316)

텍스트의 경계 너머 "해설"에서(I. A. 스틴의 "수용소의 미니어처"에서) 비토프는 또 하나의 결투, 즉 "욕의" 결투를 그린다.(373)

료바는 행동을 취하고 짧은 시간 동안 '인생의 거울'에서 자기 자신을 들여다볼 수 있는 행운을 가졌다. "사람이 자기 자신일 때 확신에 찰 수 있지 않은가!"(297) 그리고 그 순간 "그는 지상에서 가장 저명한 사람이었다." "어제 그는 마룻바닥의 날카로운 조각들 위에 누워 있었다. 그의 시선은 창문들의 구멍을 꿰뚫었으며, 그가 헛되이 평생을 보내며 집필한 수천 조각의 종이들이 바닥 위에서 뒹굴고 있었고, 그에게서 새하얀 구레나룻이 떨어져나갔다."(333) 그때서야 푸슈킨이 아닌 료바가 "우리의 모든 것"이었고 그는 자신 속에 '분노', '열정', 전 인류의 '자유'를 흡수해 구현했다. 그는 자신이었고, 그는 푸슈킨이었고, 그는 할아버지였다.

그러나 비토프의 주인공은 "청동의" 또는 "철의" 또는 "눈먼"(338) 자기 시대의 주인공이다. 그는 "우리 시대에 속해 있고" "자기 혈통으로부터 역사적 시간들에 의해 분리되었으며"[157] 그는 사람이 "자기 고유의 특징적이

••

---

157) 료바에 대해 미티샤티예프는 다음과 같이 말한다. "너는 태어난 것을 배신했고"(301), "사

며 본성적인 정확한 느낌과 감정을 신뢰할 수 없도록 만들고, 사람이 자신의 행동에서 그런 감정에 의거하지 않도록 하는, 즉 그런 느낌이나 감정에 따라 **자신의 행동**(강조는 저자)을 취하지 않도록 강제하는 분위기에서 성장하였다."(98)(비토프에 따르면 심지어 "나쁘더라도 행동하게 내버려둬라"[158]라는 말을 첨언해두어야 하겠다.)

'행동(поступок)'은 "행실(поведение)"(333)에 대립된다.[159] 행동("죄"(332, 333))은 "벌"을 초래한다.[160] 반란의 진압과 "진압된 봉기에 대한 모든 쓰라림을 인식하는 것"(327), 즉 일상적이고 "눈에 띄지 않는"(333) 행동으로의 회귀가 불가피하다는 것을 신속하고도 정확하게 이해하는 것이 바로 그 벌이다.

작가의 확신에 따르면, "난폭한 봉기 (…) 결과들의 온순한(작가가 강조한 것임—저자) 처리"[161]는 박물관의 "마술적"("마치 요정처럼"(328)) 복구와 건물 청소("레부시카,[162] 별것 아니군!"(328))를 전제로 한 것이어서 놀라운(끔찍한) 것이 아니라, "숨고", "사라지고", "용해되고", "가장하고", "자신이 되기를 포기하고", "보이지 않게"(333) 되기로 결심한 것이라서, 즉 새롭게 눈뜬 주

∵

회적으로 위반했다."(347)

158) Битов А. Статьи из романа. С. 149.

159) 비토프의 초기 작품들에서 이미 '행동'과 '행위'의 대립이 존재한다. 중편 『어린 시절 친구에게로의 여행』(1965)의 "행동은 인간의 구현 형식이다. 외양은 까다롭지 않지만 실행하기가 특히 어렵다. 업적은 조건들을 요구하고 포상을 염두에 둔다. 열광, 인정, 비록 사후에라도 그런 것들이 필수적이다. 행동은 이런 것 너머에 존재한다"는 부분과 비교할 것. (Битов А. Путешествие к другу детства. Л.: 1968. С. 73)

160) 푸슈킨의 결투 장소를 찾을 수 없는 것도 '벌'이 된다. "이 장소는 합당한 사람, 마땅한 사람에게만 보이고 나머지 사람들에게 그 장소는 없다."(338) (이 경우에) 이 '나머지 사람'은 무관심하고 거짓된, "헤밍웨이라고 자처하는 미국 작가"이다.(338)

161) Битов А. Статьи из романа. С. 149.

162) [역주] 료바의 애칭.

인공의 바람을 의도한 것이라서 놀라운 것이다. 모든 사람들처럼, "모든 인류처럼 되는 것이다. 인류는 숨어서 살아간다."(333) "'괜-찮-아-요(НИ-ЧЕ-ГО)'라는 말은 '모든 것이 정상적이다!'를 의미한다."(336) "다만 자신을, 자신의 것을 드러내서는 안 된다. 이것이 생존 법칙이다. (…) 료바는 이렇게 생각했다. 비(非)가시성인 것이다!"(333)

소설에서도 그렇게 된다. "그 누구도 아무것도 눈치채지 못했다!"(334) 일상적이고 평범한 삶이 "제자리"(고리—저자)(334)로 돌아왔다. "마침내 결론, 산 정상, 크레센도-메센도, 절정, 클라이맥스, 종말, 또 뭐가 있지? **아무것도**(НИ-ЧЕ-ГО). 이렇게 마지막의 바로 그 비판적 암시를 담고 있는 '아무것도(ничего)'는 우상이며 상징이다."(335) 비토프에게서 '아무것도'란 말은 현대성의 상징이자 '대립의 중심'이 지향하는 '제로 점'의 상징이 된다. 거기서 주인공은 "아무것도, 전혀 아무것도 결코 아니기" 위해서 "움츠러들고, 점까지 작아지고 사라지려"(86) 한다. "중요한 것은 '아무것도'라는 단어다."(360)[163]

소설 처음과 중간의 '이중적' 주인공("이것은 거의 인성의 분열이었다"(184), "그는 둘로 분열되었다"(185))은 서사 마지막에서 이미 결투 · 행동을 한 후에 '미친' 료바가 자신으로, 즉 '동성(同姓)인'으로 단순히 되돌아가는 것이 아니라, "아무것도 아닌", "제로가 된", "소멸된"("짧은 것은 소멸된다"(354)) 주인공이 되며, "자신들의 힘으로 자신의 봉기를 진압하는 노예"(339)의 형상 속에서 '구현'을 찾는 주인공이 된다. 심지어 '고상한' 광기는 '제로'를 제공

∴

163) 형식적으로 단어 '아무것도'가 바로 소설의 **마지막** 단어가 된다.(351) 왜냐하면 그 단어는 텍스트에 대한 작업 종결 시기를 나타내는 날짜 "1971년 10월 27일~(1964년 11월)" 앞에 있기 때문이다. 첨언하자면, 소설에 대한 작업 시작과 종결 날짜를 '거꾸로' 된 형식으로 배치함으로써 작가는 또 하나의 고리를 폐쇄하고 있다.

한다.〔다음과 같이 할아버지의 말을 상기하자. "지혜는 제로이다. 그렇다, 바로 제로가 지혜로운 것이다!"(83) 또는 "사람으로부터 나오는 제로가 바로 진보의 길이다"(70)〕

'인생은 연극이다', '인생은 문학이다', '인생은 예술이다', '인생은 거울이다'라는 익숙한 공식은 단어의 재배치를 통해 소설의 결말에서 "인생은 아무것도 아니다"라는 공식으로 변형된다.[164] 무력화된 이중성과 소멸된 양극성, 즉 '목차'가 시작되고 서사가 종결되는 인생이라는 강의 "소용돌이"를 자신에게 옭아매는(339) '제로', '원'("올가미"[165]), '0'인 것이다.[166] '제로', '0', '원' 또는 '올가미'는 폐쇄되고, '소용돌이'는 그것들을 '마침표'로 이끌어 갔다.

이렇듯, 외적 형식의 표면적(아마도 첫눈에는 가시적) '카오스화'에도 불구하고, 대략적 분석만 하더라도 비토프의 서사는 스토리가 정교하고 숙련되어 있으며, 논리 정연하고 대칭적이며, 슈제트 구성이 탁월하고 우아하다는 점을 언급할 수 있다. 개별적 부분의 '산수(алгебра)'와 '조화', 특히 시적 형식과 의미의 중요성과 관련하여 장편 『푸슈킨의 집』에 대한 독특한 개요(또는 더 정확히는 테제들)인 '목차'가 가장 중요한 역할을 한다.

•:•

164) 비토프가 사용하는 단어 '아무것도'의 의미에 주의를 기울여야 한다. 인생이 "하찮다(ничтожность)"는 평가가 아니라, "인생"="아무것도 아니다"라는 것이다(="원", "무한"은 어쩌면 V. 펠레빈의 "공허(пустота)"가 될 수도 있다).
165) '네스테로프의 올가미'는 소설의 맨 처음에서 이미 언급된다.(12) 결말에서 그 올가미는 "죽은 올가미"로 변형된다.(340)
166) 성격, 지향, 감정, 주인공 행동의 의도와 함수의 대립적 본성들을 '제로화'하는 예들은 수없이 많다. 예를 들어 다음과 같다. "료바는 이런 '네 알겠습니다(слушаю вас)'에 얼마나 많은 가치들을 포함시킬 줄 알았는지, 더 정확히 말해 그는 자신의 가치에 얼마나 많은 온순성을 포함시켰는지."(336)

그러나 장편 『푸슈킨의 집』의 결말에서 '제로'와 '점'들이 등장한다고 해서 비토프의 서사가 비극적 경향을 띤다고 말할 수는 없다. 소설은 "세상의 종말"[167]을 예고하는 것은 아니다. 소설의 파토스는 부활이다.

이와 관련해서 소설의 가장 심오하고 일반화된 상징은 이미 언급된 전갈의 형상이다. 그 자체로 이중적(삶에서 죽음으로, 영원에서 종말로, 죄에서 벌로, 질투에서 복수로, 배신에서 보복으로, 독에서 해독제로, 죽음에서 부활로)이며 자기 자신을 쏘는 전갈의 형상은, 계절(십이궁의 '전갈 시기'), 슈제트 구성 원리로서 고리—원과도 상응하고("처음은 끝을 되풀이하였고 전갈처럼 감겨들었다"(351)), 그리고 형식상으로도 의미상으로도 그의 대립적 행동들이 '무력화된' '제로'와도 상응할 뿐만 아니라, 주인공의 형상과도 조응한다. 하지만 단순히 남성적 성욕에 대한 관념 차원에서가 아니라 주인공 성격의 본질적('제로의', '점의', '자기 소멸적인', 그러면서도 '부활하는') 구성 요소(능력)의 철학적 해석 차원에서 그러하다.[168]

비토프에 의해 다양하게 언급된, 그러나 단일 형상으로 통일된 다음과 같은 말들은 소설의 낙관적(마지막의) 어조와 관련이 깊다. "이런 검은 구멍에서 빛난"(398) "양심의 작은 점"에 대한 말, "점들"을 "전제로 할 수"(414) 있다는, 따라서 희망을 가질 수 있다는 말, 마지막으로 "모든 값을 0으로 나누면 영원이 된다"(406)는 언급이 그것이다.

바로 이 때문에 장편 『푸슈킨의 집』의 결말에서는 V. 소로킨의 『로만』에서보다 "이전(前)에, 또는 앞서서(先)" 다음과 같이 서술된다. "소설은 끝났다."(310) ('로만(소설)은 죽었다"라고 말한 소로킨과 비교할 것. '소설(로만)'이라는 이름의 소설 주인공이 죽었고 장르로서의 소설도 죽었다. 이것이 진정한 포스트모더니즘적 "아무것도

167) "세상의 종말"에 대해서는 오도옙체프 할아버지가 언급했다.(77)
168) 참조할 것. Бидерманн Г. Указ. соч. С. 247~248: Тресиддер Дж. Указ. соч. С. 339.

아닌 것(ничто)"이다.)[169]

그러나 『푸슈킨의 집』 시대'의 비토프 창작에서는 고전적 '이상들'이 아직 뿌리 깊었으며, 그의 주인공들은 '믿음, 소망, 사랑'을 여전히 미덕으로 평가한다. 그래서 소설에서 작가의 시간과 주인공의 시간은 일치하고, 비토프에게서 "료바·인간은 눈을 떴고, 료바·문학적 주인공은 파멸했다."(318) 왜냐하면 "마지막 줄에서 우리 주인공이 죽었는지 부활했는지는 개인적 취향 외에는 아무것도 아니며 이후 서사를 이미 통제하지 않기 때문이다. 전개 논리는 고갈되었고 모든 것은 지나가버렸다."(317)

개념주의자 V. 소로킨과 달리 비토프에게는 "소설은 끝났고 삶은 계속된다."(319)[170]

비토프의 소설 『푸슈킨의 집』에 대한 대화를 끝내면서 확신할 수 있는 것은, 비토프의 '다른'(1960~1970년대에서는 '새로운') 창작 화법이 '충분히 포스트모더니즘적'으로 여겨졌음에도 불구하고 그의 소설은 바닥부터 찬찬히 훑어보면 포스트모더니즘적 소설로 인정될 수 없다는 것이다. 왜냐하면 『푸슈킨의 집』에서 비토프는 텍스트에서 '놀이할' 뿐만 아니라 새로운 유형의 성격을 그려내고 있는데, 그런 성격의 '내용적' 혁신이 '형식적·문

∵

169) 비교할 것. V. 소로킨의 소설 『마리나의 서른 번째 사랑』에서도 전갈의 형상이 등장한다. 그러나 그 형상은 아름답지만 내용이 없다. "타들어가는 성냥개비는 검은 전갈의 꼬리처럼 구부러지기 시작했다."(Сорокин В. *Тридцатая любовь Марины*. Очередь. М.: Б. С. Г-Пресс. 1999. С. 172)

170) "아킬레우스와 거북" 중 (작가와 주인공의) "분신"의 독백은 다음과 같다. "당신은 무엇을 내게 더 묻고 싶은 거요?" "모르겠어요. (…) 좀 더 중요한 것을 골랐으면 좋겠는데. (…) 말하자면, 내가 무엇을 해야 할까요? 당신은 내가 무엇을 묻는지 아실 테죠." "무엇인데 요?" (…) "앞으로 어떻게 살아야 하는 거죠?" "그렇게 살면 되죠." 그가 천재적으로 대답했다.(347)

체적' 혁신에 뒤지지 않을 뿐만 아니라 형식적 혁신보다 우세하기까지 하기 때문이다. 또한 주인공·시뮬라크르의 현존(J. 보드리야르의 개념으로서), 보이는 모든 관계들의 파괴(J. 데리다의 '해체'처럼), '텍스트로서의 세계'라는 공식의 현실화(M. 푸코의 뒤를 이은 것처럼), 작가와 주인공의 형상들의 혼합과 경계 씻기(R. 바르트의 '저자의 죽음'과 '영도의 글쓰기'처럼), 기괴한 슈제트적·구성적 조직(J. 들뢰즈와 F. 가타리의 '리좀'처럼), 메타서사성(Ju. 크리스테바처럼) 등이 현존함에도 불구하고, 비토프 작품의 예술 세계는 체계의 위계성(양극성)에 대한 '부활' 관념을 보존하고 있으며, 이상에 대한 필요성을 드러내고 그 이상에 자리를 찾아주기 때문이다.[171] 비토프의 예술적 세계는 카오스화되는 경향을 나타내지만, 포스트모던의 '보편적 상대성'이란 철학과는 '양립 불가능'한 '과거 / 현재', '믿음 / 배신', '진정성 / 허상성', '일 / 실업', '선 / 악' 등의 양극 점들이 견지되고 있다. 그래서 『푸슈킨의 집』으로부터 "포스트모더니즘 시기를 산정할 뿐이며"[172] 이 소설은 "포스트모더니즘 미학의 러시아적 변형이 형성되는 데 결정적 역할을 하였다"[173]라는 M. 리포베츠키의 확신은 정당하다. V. 쿠리친은 이렇게 말한다. "『푸슈킨의 집』은 러시아문학과 러시아 역사에 대한 포스트모더니즘 문학이라는 긴 줄기의 첫 번째 소설일 뿐이다."[174] 이와 관련해서 비토프의 소설 『푸슈킨의 집』은, A. 테르츠의 소설 『푸슈킨과의 산책』이나 베네딕트 예로페예프의 소설 『모스크바발 페투슈키행 열차』와 함께 '새로운' 문학 발전을 위

••

171) **영원한 문제들.** 서사 구조의 이런 요소는 비토프의 작품들 대부분에 나타난다." (Шеметова Т. Указ. соч. С. 9)

172) Лейдерман Н. Липовецкий М. *Современная русская литература*: В 3 кн. М.: УРСС. 2001. Т. 2. С. 266.

173) Липовецкий М. Указ. соч. С. 232.

174) Курицин В. Указ. соч. С. 160.

해 가능한 수많은 길들을 열어주고 일깨워준 선(先) 포스트모더니즘 작품들 중 하나로 인정될 수 있다.

안드레이 비토프가 보여준 작품의 독특함, 이 작가의 초기 작품들에 이미 드러난 포스트모더니즘의 형식적 특징들, 자신의 예술적 '실천'에 독창적으로 포스트모더니즘 '이론'을 구현한 것, '젊은' 포스트모더니스트 · 지지자들의 세계관이나 개인적 · 작가적 목표나 문체, 형식, 언어의 형성에 비토프의 '새로운' 창작이 분명하게 영향을 미친 것 등은, 현대 러시아 포스트모던 현상의 '예로페예프적(아이러니적) 변형'과 일치하지는 않지만 모순되지도 않는 현대 러시아 포스트모던의 '비토프적(지적) 이설'에 관해 언급할 수 있도록 한다.

비토프의 『푸슈킨의 집』에서 예로페예프 소설의 모티프들뿐만 아니라 충분한 가치가 있는 형상, 즉 디켄스 아저씨의 형상을 발견하는 것은 쉬운 일이다. "알코올중독자 노인"(31), "물건들은 (…) 있었지만, 집은 없었던"(33), "비범한 알코올중독자"(35). "세계에 대한 더 분명해지는 명확성과 맨 정신 때문에 취해가는 그는 좋은 사람이었다."(35) "아마도, 그는 어떠한 필요성도 실행하지 않는 것 같았다. 자지도 않았고, 먹지도 않았고, 그 무엇도 하지 않았다. 그는 이런 부분에서는 극단까지 이르렀다."(37) "그는 결코 해장하지 않았고 저녁까지, '18:00'까지는 마시지 않았다.(거의 예로페예프식 도표에 따라서―저자)"(37)

그에게는 심지어 자신의 고유한 레시피 "성난 곰"("샴페인을 섞은 코냑 100×100"(363))까지 있다. 또한 그에 대해서는 32, 40~41, 42, 47~49, 400("이해의 이율배반성"에 대해서), 403 등에 나타난다.

다른 형상인 오도옙체프 할아버지도 있다. 그 역시 베니치카의 특징들을 어떤 점에서 모방하고 있다. 예를 들어, 베니치카의 그 유명한 어구를 사용하는 것이 바로 오도옙체프 할아버지와 연관된다. "모두가 술 취했다"(63), "모두가 또 술 취했다"(73), "그리고 모두가 술 취했다."(277) 바로 여기서 술 취함의 과정은 "속도"와 비견되고 예로페예프적 "기차"(278, 279)로 은유화된다.

두 주인공 디켄스 아저씨와 모데스트 오도옙체프는 '자유의 스토리 라인'('모던')을 대표하고, "우리 시대의 주인공" 료바 오도옙체프에는 포스트 "모던"(22)의 주인공에 대립된다. **주인공의 다양한 유형이** 베네딕트 예로페예프와 A. 비토프의 포스트모던의 다양한 이설들에 대해 언급할 수 있는 근거를 제공한다.

비토프, 안드레이 게오르기예비치(1937. 5. 27(레닌그라드)~). 소설가, 시나리오작가, 에세이스트.

"평범하고 겁 많고 정보가 별로 없던 가정", 즉 사무원(아버지는 건축가, 어머니는 법률가) 가정에서 태어났으며 자신의 출신을 "소시민적"(376)이라고 스스로 정의한다. 레닌그라드 봉쇄 기간에 우랄과 중앙아시아(타슈켄트)로 피난했다. 레닌그라드로 귀향한 후 1955~1962년 광산대학 지질탐사학부에 다녔다(1957~1959년에는 소련군 건설 부대에서 복무하느라 휴학한다(375)). 굴착 기술자로 지질 탐사대에서 일했다.

1956년에 작품 활동을 시작하였고 '소비에트 작가' 출판사 산하 문학 연맹(ЛИТО)의 참가자였으며, 시인 글렙 세묘노프의 지도하에 있다가 이후 미하일 슬로님스키의 소설 세미나로 옮겼다. 첫 단편들인 「할머니의 그릇」, 「외국어」, 「피그」는 1960년 선집 『젊은 레닌그라드』(ЛИТО의 기관)에 발표되었다. 첫 단편집은 『커다란 풍선』(1963)이다.

1965~1967년 모스크바 영화인 동맹 산하 최고 시나리오 과정에서 공부하였다(G. 마테보샨(Г. Матевосян), R. 가브리아드제(Р. Габриадзе), V. 마카닌(В. Маканин), R. 이브라김베코프(Р. Ибрагимбеков) 등과 함께). M. 고리키세계문학연구소 박사과정에서는 작가와 주인공의 상호작용 문제에 대한 논문 작업을 했다. 소설 『푸슈킨의 집』(1964~1971년 작. 미국에서 1978년에 먼저 출판되었고, 러시아에서는 1978년에 출간되었다)의 작가이다. 1979년 단편 「작별의 나날들」로 무크지 《메트로폴》의 참가자가 되었다. 3부작 『공개된 사람들(Оглашенные)』(「새들, 또는 사람에 대한 새로운 정보」(1976), 『풍경화 속 사람』(1983), 『원숭이들의 기다림』(1993))을 썼다.

안드레이 벨리상(레닌그라드, 1987), 최고의 외국 소설(프랑스, 1987), A. S. 푸슈킨 국제상(함부르크, 1987. 『푸슈킨의 집』으로 수상), '페테르부르크의 책 95' 경쟁 결과로 그 해의 최고 책(『푸슈킨의 집』), 러시아연방 국가상(1997. 『공개된 사람들』로 수상)을 수상했다. 프랑스 예술문학 훈장 수훈.

1965년부터 소련 작가 동맹 회원. 러시아 펜클럽 회장. '문화의 세계' 국제 연맹 부회장. M. 고리키세계문학연구소에서 교편을 잡았다. 미국, 네덜란드 등의 여러 대학교에서 강의와 발표를 하였다. 미하일로프스코예 토끼상[175] 구상을 주도하고 있다(화가 R. 가브리아드제, 조각가 A. 벨리카노프(Великанов)와 공동으로). 모스크바와 상트페테르부르크에서 거주하고 있다.

∵

175) 1825년 미하일롭스코예 유형지에 있었던 푸슈킨은 페테르부르크로 떠났으나 도중에 토끼가 그를 가로질러 뛰어갔다. 민간의 징조에 따르면, 이것은 (검은 고양이가 길을 가로질러 가는 것과 마찬가지로) 상서롭지 못한 표시였고, 푸슈킨은 되돌아갔다. 그래서 12월당원들과 함께 원로원 광장에 있지 않게 되었다. 이런 식으로 토끼는 푸슈킨을 구했다.

텍스트

Битов А. *Большой шар*. М.: Л.: 1963.

Битов А. *Такое долгое детство*. 1965.

Битов А. *Дачная местность*. М.: 1967.

Битов А. *Аптекарский остров*. Л.: 1968.

Битов А. *Путешествие к другу детства*. Л.: 1968.

Битов А. *Образ жизни*. М.: 1972.

Битов А. *Дни человека*. М.: 1976.

Битов А. *Семь путешествий*. Л.: 1976.

Битов А. *Грузинский альбом*. Тбилиси. 1985.

Битов А. *Книга путешествий*. М.: 1986.

Битов А. *Пушкинский дом* // *Новый мир*. 1987. No. 10-12.

Битов А. *Человек в пейзаже*. М.: 1988.

Битов А. *Пушкинский дом*. М.: Современник. 1989.

Битов А. Собр. соч. : В 3 т. М.: Молодая гвардия. 1991.

Битов А. *Вычитание Зайца*. М.: 1993.

Битов А. *Начатки астрологии русской литературы*. М.: 1994.

Битов А. *Оглашенные: Роман-странствие*. СПб.: Изд-во Лимбаха. 1995.

Битов А. *Империя в четырех измерениях*: В 4 т. Харьков: Фолио: М.: ТКО "АСТ". 1996.

Битов А. *Первая книга автора(Аптекарский проспект, 6)*. СПб.: 1996.

Битов А. *В четверг после дождя*. СПб.: 1997.

Битов А. *Записки новичка*. М.: 1997.

Битов А. *Дерево*. 1991~1997. СПб.: 1998.

Битов А. *Неизбежность ненаписанного: Годовые кольца*. 1956~1998~1937. М.: 1998.

Битов А. *Обоснованная ревность*. М.: 1998.

Битов А. *Жизнь в ветреную погоду*. М.: 1999.

Битов А. *Пушкинский дом*. СПб.: Изд-во Ивана Лимбаха. 1999.

사회 평론

Битов А. *Статьи из романа*. М.: Советский писатель. 1986.

Битов А. *Мы проснулись в незнакомой стране*. Л. 1991.

Аверин Б. Исповедь А. Г. *Битова в трех частях* // Битов А. *Оглашенные: Роман-странствие*. СПб.: Изд-во Ивана Лимбаха. 1995.

Аверин Б. История моего современника А. Г. Битова // *Звезда*. 1996. No. 1.

Аннинский Л. Странный странник // Аннинский Л. Локти и крылья: *Литература 80-х: надежды, реальность, парадоксы*. М.: 1989.

АннинскийЛ. Пожар, заливаемый пивом // *Литературная газета*. 1993. 27 скт.

Бавильский Д. Пейзаз в человеке // *Независимая газета*. 1993. 4 янв.

Бавильский Д. Новые сведения о старых знакомых // *Уральская новь*(Челябинск). 1999. No. 4.

Богданова О. Роман А. Битова 『*Пушкинский дом*』: ("Версия и вариант" русского постмодерна). СПб.: Филол. ф-т СПбГУ. 2002.

Бондаренко В. Солдаты Империи // *Завтра*. 1994. No.2.

Брейтбарт Е. "Пушкинский дом" // *Грани*. 1979. No. 111/112.

Ерофеев Вик. Памятник прошедшему времени: Андрей Битов. Пушкинскийдом // *Октябрь*. 1988. No. 6.

Золотусский И. Возвышающее слово: Проза-87: Статья вторая // *Литературное обозрение*. 1988. No. 7.

Иванова Н. *Точка зрения: О прозе последних лет*. М.: 1988(или: Дружба народов. 1988. No. 3).

Иванова Н. Взбаламученное море // *Дружба народов*. 1994. No. 9.

Карабчиевский Ю. *Улица Мандельштама: Эссе*. Orange: Antiquary. 1989.

Карабчиевский Ю. Точка боли: О романе Андрея Битова "Пушкинский дом" // *Новый мир*. 1993. No. 10.

Караблева Н. *Интертекстуальность литературного произведения*(на материале романа А. Битова "Пушкинский дом"): Автореф. канд. дис. Донецк. 1999.

Кузьмичев И. "В работе, в поисках пути···" // *Нева*. 1987. No. 5.

Курицын В. "Странный опыт". или Жизнь в музее: Андрей Битов: Близкое ретро, или Комментарий к общеизвестному // *Новый мир*. 1989. No. 4.

Курицын В. Битов ждет обезьян, но не тех // *Сегодня*. 1993. 18 нояб.

Курицын В. Отшепенец: Двадцать пять лет назад закончен роман "Пушкинский дом" // *Литературная газета*. 1996. No. 23. 5 июня.

Лмтынина А. Дуэль на музейных пистолетах: Заметки о романе А. Битова "Пушкинский дом" // *Литературная газета*. 1988. No. 4. 27 янв.

Липовецкий М. Закон крутизны // *Вопросы литературы*. 1991. No. 11/12.

Липовецкий М. Разгром музея: Поэтика романа А. Битова "Пушкинский дом" // *Новое литературное обозрение*. 1995. No. 11.

Маленьких С. К проблеме постмодернизма в современной русской литературе(на материале творчества А. Битова и А. Королева) // *Русская литература XX века: итоги столетия: Международная научная конференция молодых ученых*. СПб. 2001.

Мамаев К. Отмычки к дому // *Урал*. 1990. No. 11.

Мондри Г. Роман Андрея Битова "Пушкинский дом": К вопросу о жанре // *Slavic Simposium*. 1982: Proc. of the First Symp. on Slavic Culture, 23-24 sep. 1982 / Univ. of Witwatersrand; Dep. of Rus. Studies; Ed. by Masing-Delic. Johannsburg. 1983.

Назаров М. Прикосновение к тайне // *Грани*. 1987. No. 145.

Немзер А. В поисках жизни: Андрей Битов. Статьи из романа. М.: Советский писатель. 1986 // *Урал*. 1988. No. 9.

Орлицкий Ю. *Присутствие стиха в "пушкинской" прозе конца XX века*: (А. Терц, А. Битов, С. Довлатов) // Пушкин: филологические и культурологические проблемы изучения. Донецк. 1998.

Орлицкий Ю. *Прозиметрия в эссеистике Андрея Битов* // Орлицкий Ю. *Стих и проза в русской литературе*. М.: РГГУ. 2002.

Песонен П. Русский и / или европейский контекст в прозе Андрея Битова // *Studia rossica posnaniensia*. 1993. Z. 25.

Пискунова С., Пискунов В. Уроки Зазеркалья // *Октябрь*. 1998. No. 8.

Роднянская И. Образ и роль: О прозе Андрея Битова // *Литература и современность*. М.: 1978. Сб. 16.

Роднянская И. *Образ и роль: Post scriptum: Этюд о начале* // Роднянская И. *Художник в поисках истины*. М.: 1989.

Славникова О. Сушествование в единственном числе // *Новый мир*. 1999. No. 7.

Скоропанова И. *Русская постмодернисткая литература*: Учебное пособие. 2-е изд. испр. М.: Флинта: Наука. 2000(главы "Классика в постмодернисткой системе координат: "Пушкинский дом" Андрея Битова": "Русский экологический постмодернизм: роман Андрея Битова "Оглашенные"").

Сухих И. Сочинение на школьную тему: (1964~1971: 1978~···: "Пушкинский дом" А. Битова) // *Звезда*. 2002. No. 4.

Фомичев С. О литературоведении чистом и нечистом, о заведомых гипотезах и Льве Одоевцеве // *Звезда*. 1978. No. 4.

Фридман Дж. Искривление реальности и времени в поиске истины в романах "Пушкинский дом" и "Школа для дураков": Ненаучный очерк // *Двадцать два*. 1986. No. 48.

Шмид В. Андрей Битов - мастер "отроведения" // Шмид В. *Проза как поэзия: Статьи о повествовании в русской литературе*. СПб.: 1994.

Эткинд Е. Так- таки ничего?··· // *Синтаксис*. 1987. No. 20.

3. 세르게이 도블라토프 소설의 '이원론적 정반합'

인생에 대한 '새로운' 예술적-철학적 관념을 인식하고, 고유하고 독특한 창작 화법을 습득하였으며, 포스트모더니즘적 철학을 반영할 줄 알았던 최초 소설가들 중 한 사람은 세르게이 도블라토프였다. 창작 화법의 독특함과 독창성 때문에 그의 문학 기법은 비평에서 '연극적 사실주의' 또는 '일상적 기교주의'이라고 정의된다. 현대문학의 비할 바 없이 훌륭한 스타일리스트 도블라토프는 "예술의 목적은 기교"라고 생각했다.

교육의 측면에서는 "완성되지 못한" 인문학자(레닌그라드대학교 핀란드과에서 2년 1학기 수학)이자 직업상으로는 "충분히 교육받지 못한" 기자(같은 대학교에서)인 도블라토프는 1970년대 초에 문학계에 입문했다(첫 작품은 1974년《청년 시절》지(紙)에 실렸다). '등단' 이전, 도블라토프 창작 초기 단계에 대해서 알려진 것은 거의 없다. 게다가 도블라토프 자신도 자신의 초기 작품들에 대해서 높게 평가하지 않았고 그 작품들이 제때에 발표되었다면 그는 부끄러워했을 것이라고 여겼다. 유언에 따라 도블라토프가 1978년 이전에 쓰인 모든 작품(출판된 것이든 되지 않은 것이든)의 출판이 금지되었다는 사실은 잘 알려져 있다.

이미 언급했듯이, 포스트모더니즘 시학에서 작가의 위상을 계산하는 주요 사항들 중 하나는 작가의 위치, 그리고 작가와 주인공 형상의 상관관계이다. 도블라토프 소설에서 작가의 전통적 형상을 말하는 것은 부적절하다. 작가는 작가 자신도 무엇을 위해 사람들이 사는지 알지 못하기 때문에 그의 작품들에서는 그 어떤 도덕이 포함되지 않는다고 확신하였다. "전통적인 러시아적 이해에 따르면, 작가의 활동은 어떤 역사적 · 심리적 · 정신적 · 도덕적 과제를 설정하는 것이다. 그러나 나는 그저 이야기들을 말한다. 나는 과거에는 이런 이야기를 구두로 했는데 그 후에는 이런 이야기들을 쓰기 시작했다. 나는 무엇인가를 말하거나 쓸 때 스스로를 자연스럽고 정상적이라고 느낀다. 이것은 내게 본능적으로 자연스러운 상태이다. (…) 그래서 평생 나는 내가 어디서 들은 것이든, 생각해낸 것이든, 변형시킨 것이든 이야기들을 말하고 있다."[1] I. 브롯스키는 이렇게 언급한다. "도블라토프는 마치 자신에게 관심을 요구하지 않는 것 같고, 사람의 본성에 대한 자신의 추론이나 관찰을 주장하지 않으며 독자를 자신에게 끌어들이려 하지 않는 것 같다."[2] "이런 상황 속에서 도블라토프는 **화자**인 자신과, 높은 목적에 대해 통보를 받은 고전적 유형의 **작가** 사이의 차이를 보았다."[3]

도블라토프 서사에서 작가는 '화자'(도블라토프는 '스토리텔러'라고 말한다)로 등장한다. 그는 인생에 대한 자신의 관찰들을 '이야기하거나' '다시 말해주고', 묘사되는 것의 목격자나 참여자가 되고, 그리하여 본 것에 대한 자신의 인상들을 전달한다.〔예를 들어, 『보호 구역』은 여행 수필이나 일기의 형태로 구성된다. 다음과 같은 첫 문장을 참조할 것. "12시에 루가에 다다랐

∙∙
1) Глэд Дж. Беседы в изгании: *Русское литературное зарубежье*. М.: 1991. С. 89.
2) Бродский И. О Сереже Довлатове: ("Мир уродлив, и люди грустны") // Довлатов С. *Собр. соч. : В 3 т.* СПб.: Лимбус-Пресс. 1993. Т. 3. С. 359.
3) Арьев А. Наша маленькая жизнь // Там же. Т. 1. С. 13.

다……."(제1권. 327)4) 바로 그 때문에 서사는 보통 1인칭으로 진행된다. 도
블라토프가 개연성을 창작적 성공으로 받아들였다는 사실은 유명하다. 그
런 신빙성 때문에 도블라토프의 지인들과 친척들은 그의 단편들에 대해 해
설들을 덧붙이고, 자신들의 기억에 따라 사실들을 정확히 말해줄 정도였
다. 글레드와의 인터뷰에서 도블라토프는 다음과 같이 말한다. "문제는 다
른 것들과 나란히 내가 추구하는 장르는 사이비 기록문학이라는 것이다.
나는 비록 사실적으로는 100퍼센트 없었던 일이고 이 모든 것이 허구일지
라도, 그 이야기들이 시간이 지남에 따라 현실감을 불러일으키고, 이 모든
것이 마치 있었던 것 같기를 바라면서 사이비 기록문학적인 이야기들을 쓴
다."5)

　도블라토프 소설의 기본 장르는 단편과 노벨라(슈제트가 충분히 펼쳐지
지 않는다) 또는 분량이 적은 중편(축소된 슈제트나 몇 개의 마이크로슈제트
를 가진다)이다. 그리고 때때로 일화나 '아포리즘'도 사용된다. 도블라토
프는 다음과 같이 말한다. "그러나 내게는 단지 소박함 때문에 장편소설
로 부르지 않는 중편들도 있다. 나는 『외국 여자』를 장편으로 부를 수도
있었을 것이다."6) 화자 도블라토프에 의해 창조된(또는 전달된) 이야기들
은, 보통 서로 연관된 노벨라 서클을 형성한다. "내게는 주제에 따라서 묶
을 수 있는 단편들이 존재한다. (…) 이것은 동일 주제와 배회하는 등장인
물들, 환경, 행위 장소들로 연관된 단편들이다."7) 『언더우드의 솔로(Соло

∶∶

4) 이후로 도블라토프 작품들의 인용은 Довлатов С. *Собр. соч. : В 4 т.* / Сост. А. Арьев.
　СПб.: Азбука. 1999에 따르며 권수와 쪽수만 표시한다.
5) Глэд Жд. Указ. соч. С. 90.
6) Там же. С. 88.
7) Там же. С. 88.

на ундервуде)」는 아포리즘 모음집이다. 1960년대 창작된『감독관의 수기 (*Записки надзирателя*)』는『수용소(*Зона*)』(1982)에서 완성된다. 에스토니아 에서 기자로 일한 경험과 푸슈킨 박물관·보호 구역에서의 가이드 경험은 『타협(*Компромисс*)』(1981)과『보호 구역(*Заповедник*)』(1983)에 반영되었다. 다양한 성격의 '질료들'을 수집하는 '카오스적으로 모든 것을 포괄하기' 원 칙은『여행 가방(*Чемодан*)』(1986)에서 이용된다. 게다가 도블라토프의 노벨 라 서클의 특징은 그것들이 폐쇄되거나 그대로 지켜지지 않고 출판에 출 판을 거듭하면서 단편·노벨라들로 보완되어 새롭게 열린다는 것이다. 이 렇듯 사후에 출간되었지만 작가가 준비한 마지막 작품들인『타협』과『수용 소』는 1980년대 말 단편들인「잉여의(*Лишний*)」와「제출(*Представление*)」로 보완되었다.

도블라토프의 주인공은 '단순한 사람'이다. 그뿐 아니라 '나' 자신처럼 그런 모든 사람들과 마찬가지인 사람이다. 보통 주인공은 서사에 개입하 지 않고, 작가에 의해 독자에게 소개되지도 않으며 특별한 초상이나 (다 른) 개인적 특징들이 부여되지도 않는다. 하지만 직접적으로 자신의 이야 기, 즉 독백인 자기의 서사를 시작하고 그것으로 주인공의 기능도, 작가의 기능도 '짊어진다.' 그래서 "그의 단편들에 등장하는 사람의 형상은 (…) 자 전적이다."[8] "세르게이 도블라토프는 러시아문학에서 온갖 책으로 하나의 형상을 창조한 유일한 경우이다.[9] 그래서 주인공의 이름도 변하지 않고 알 리하노프(*Алиханов*)(『수용소』,『보호 구역』)이거나, 작가의 이름과 비슷한 달 마토프(*Далматов*)(『지국(*Филиал*)』, 라디오 〈자유(*Свобода*)〉를 위한 텍스트들)이

••

8) Бродский И. Указ. соч. С. 359.
9) Соснора В. Сергей// *Малоизвестный Довлатов*. СПб.: 1995. С. 431.

다. 『타협(*Компромисс*)』, 『우리들의(*Наши*)』, 『여행 가방(*Чемодан*)』, 『외국 여자(*Иностранка*)』에서는 도블라토프가 주인공이다. [10]

A. 아리예프의 말에 따르면, 도블라토프의 소설에서 작가와 주인공은 '평등하다.' 자신의 (내재적) 독자에게 열려 있고 독자와 함께 생생하고 동등한 대화·논쟁이나 대화·담화에 참여하는 도블라토프는 문학에서 "한 명의 화자가 공연하는 극장"[11]을 설립했다. 이때 작가–감독의 관점은 자신이 만든 무대보다 높지 않다. 화자의 낮춰진 자기평가는 도블라토프의 소설에서 민주주의적 어조를 깊게 드리우며, "나머지 인물들의 것보다 결코 적지 않은 죄들이 화자의 것으로 간주된다."[12] 주인공과 작가의 '평등', 이 둘을 최대한 접근시키기, 주인공의 중립성과 중용은 '주인공과 작가의 유사성이 아니라 개개인의 차이'에 대해 말해준다. "속물들만이 중립을 두려워한다"(2권, 147)라고 도블라토프는 『수공업(*Ремесло*)』에서 말했다.

베네딕트 예로폐예프와 유사하게 도블라토프는 흔히 술을 마시는 경향이 있거나 '술에 끌리는' 인텔리 계층, 또는 인텔리 주변 계층의 사람들을 작품의 주인공으로 선택한다. 존재의 부조리성을 극복하고 세계 조화를 달성하는 것은 술 취한 상태에서만 가능하고 또 허용되기 때문이다. 술을 마시자 "그 다음에 모든 것이 변했다. 나는 일시적으로 세계 조화의 일부가 되었다. (…) 아마도 조화란 술병 바닥에 숨어 있는 것 같다."(『보호 구역』제1권, 394)

∵

10) 비교해보자면, A. 비토프가 자기의 고유한 이름을 전문적으로 암호화한 사실도 흥미롭다 (이 책의 비토프에 대한 장에서 더 자세히 참조할 것. 또한 Шеметова Т. *Поэтика прозы А. Битова*: Автореф. канд. дис. Красноярск. 2000도 참조할 것).

11) Арьев А. Указ. соч. C. 18.

12) Там же. C. 6.

"경계들이 씻겨나간(어렴풋한)"[13] 주인공의 형상은 작가에게, '이차적' 특징들, 다시 말해서 주인공의 사회적 소속이나 문화와 교육 수준 등이 아니라, 우선적으로 사람, 즉 그의 개성을 발견할 수 있는 가능성을 제공한다. "세료자[14]가 속한 세대는 개인주의 사상과 인간 존재의 자율성이라는 원칙을 과거 어느 누구보다도 훨씬 더 진지하게 받아들이던 세대였다. 개인주의 사상, 외따로 떨어진 순수한 형태의 인간이라는 사상은 우리 고유의 것이었다."[15] 이와 관련하여 I. 브롯스키가 언급한 내용이다.

그러나 도블라토프 주인공의 개인적 본성은 그의 개성의 기반이나 축이 아니다. 이것은 의지적인 것과는 거리가 먼 '종(種)적인' 성격의 특징이다. 개인주의의 존재는 주인공을 동물적인 것으로부터 차별화하지만 그에게 항상 인성을 부가해주는 것은 결코 아니다. "나는 오래전부터 이미 사람들을 긍정적인 사람들과 부정적인 사람들로 나누지 않았다. 문학 주인공들은 더더욱 그렇다. 그 외에 나는 인생에서 죄 뒤에는 후회가 반드시 뒤따르고, 업적 뒤에는 행복이 뒤따른다고 확신하지도 않는다."(『타협』 제1권, 182)[16] 도블라토프의 생각에 따르면, 죄와 잘못은 항상 사회적 조건들로 동기화되는 것은 결코 아니며 사람의 본성 자체에 있는 것이다. "지옥은 우리들 자신이다"(제1권, 28)라고 『수용소』에서 그는 말한다.

'비전통적' 문학의 수많은 주인공들처럼, 도블라토프의 주인공은 수동적이며 사회적으로 냉담하고 무정형이고 무원칙하고 타협하는 경향이 있

••

13) Курицин В. *Русский литературный постмодернизм.* М.: ОГИ. 2001. С. 237.
14) 〔역주〕세르게이 도블라토프를 일컫는다.
15) Бродский И. Указ. соч. С. 360.
16) 비비토프의 '공적', '행동', '행위' 개념에 대한 이해 또는 구분과 비교할 것(위에서 언급되었다).

다.[17] 바로 그런 주인공 유형을 비평가들은 종종 '작은 사람들'이라고 칭하였고 그럼으로써 선행하는 사회주의리얼리즘 문학의 당 지도자들과는 달리, 사회의 사회주의적 변혁에 참여하지 않는 인물들의 '작음'을 강조한다. 주인공의 '작음'은 그의 사회적 위치(거리 청소부나 정화조 청소부)나, 그 출신의 '낮음'(그런 인물 유형의 인생에서는 오히려 반대 상황이 종종 벌어진다)에 있는 것이 아니라, 그의 현재 상황이 빈궁하다는 것에서, 자신의 시민적 능동성을 의식적으로 제한한다는 것에서, 인생을 위해 활동적 전사가 되지 않기를 바란다는 것에서 비롯된다(예로페예프적 모티프). 도블라토프의 말에 따르면, "우리가 처한 조건에서는 지는 것은 이기는 것보다 더 가치 있는 일일 수도 있다."(『타협』 제1권, 305)

마지막으로 그런 주인공이 삶에 대해 가지는 철학적 인식을 지적하고자 한다. 그것은 '작은 사람'이라기보다는 오히려 다른 계보에 대해 숙고할 것을 요구한다. 베네딕트 예로페예프의 뒤를 이어 도블라토프는 '작은 사람'의 형상뿐만 아니라 '영원한 문제들'을 고민하고 '러시아의 우울증'을 상속받은 '잉여' 인간의 형상을 자신의 창작 속에 '부활시켰다.' 예를 들어 『수용소』의 알리하노프는 실제로 "다른 사람들에게는 낯설었다. 수인(囚人)들도, 군인들이나 장교들, 자유로운 수용소 일꾼들도 심지어 경비견들도 그를 낯설게 여겼다."(제1권, 44) 『수공업』의 주인공은 러시아 인생의 '영원하고' '고전적인' 문제들로 괴로워한다. "왜 나는 물리적 참사의 경계에 있는 자신을 느끼는가? 어째서 나에게는 절망적인 쓸모없는 인생이란 감정이 드는가? 내 슬픔의 원인은 무엇인가? (…) 허망한 감정이 나를 불안하게 한다."(제2권, 7) O. 보즈네센스카야의 말에 따르면, 도블라토프는 작품을 통

17) '명확한 진리'의 부재는 포스트모던 철학의 근간을 형성한다.

해 다음과 같은 새로운 '통합'을 만들어낸다. 방황하는 영혼과 여러 상황들에 좌우되는 탐구하는 의식을 가진 '잉여' 인간은 '작은' 사람과 결합하고, 이런 교차점 위에서 "전혀 새롭고 독특한 울림"이 발생한다는 것이다.[18] 대립하는 두 주인공 유형은 '상호 침투하고', 인생의 모순들과 갈등들로 인해 합쳐져서는 분열된 현대적 인간의 형상을 태동시키면서 '위'와 '아래'를 혼합한다. 현대적 '작은 인간'이 빈약하다는 점은 개성을 억압하는 사회적 강요의 결과이다. 사색적이며, 성숙하고, 철학적으로 인생을 인식함에도 불구하고, 개성은 발전된 사회주의 사회 속에서 '잉여' 인간으로 변모해버린다.

도블라토프의 예술 세계는, 그의 소설의 의미적 긴장을 조성하는 양극적 개념들인 '규범'과 '부조리'로 조직된다는 견해가 있다. A. 아리예프는 다음과 같이 언급했다. "도블라토프 소설의 이율배반은 '규범'과 '부조리'의 개념들이다. 도블라토프에 따르면 세계 질서가 규범적이라면 인간의 삶은 부조리하다."[19] 도블라토프 자신도 이에 대해 다음과 같이 지적했다. "나의 모든 작업의 근간은 질서에 대한 사랑이다. 질서에 대한 열정이다. 다른 말로 하면 카오스에 대한 증오이다."[20]

사회 평론의 수준에서 '규범'과 '부조리' 개념에 대한 관심은 도블라토프가 J. 글레드와 한 인터뷰에서도 언급된다. "우리 시대와 연관된 가장 진지한 감정들 중 하나는 (…) 밀려드는 부조리의 감정이었는데 그때 광기는 다

18) Вознесенская О. *Проза Сергея Довлатова*: Проблемы поэтики: АвтореФ. канд. дис. М.: 2000. С. 15~17.

19) Арьев А. Указ. соч. С. 12.

20) Генис А. (Иван Петрович умер: Статьи и расследования). М.: //*Новое литературное обозрение*. 1999. С. 80에서 재인용.

소 정상적 현상이 되었다. (…) 부조리와 광기는 어쩐지 완전히 자연스러워 져갔으며, 규범, 즉 정상적이고, 자연스럽고, 호의적이고, 평온하고, 절제 되고, 지적인 행동은 점점 더 대열에서 저쪽으로 밀려나는 사건이 되었다. 악쇼노프는 세계의 조화라고 부른 것, 내 시각으로는 어느 정도 사치스럽 게 들리는 그것을, 나는 규범이라는 감정을 되돌리려는 시도로 부르고 싶 다. (…) 독자에게 이것은 정상적이라는 감정을 불러오는 것, 어쩌면 이것 이 내가 사전에 설정하지 않은 과제인지도 모르지만 이것은 나의 주제이 고, 이 주제는 내가 고안해낸 것도 아니고 나 한 사람만 그 어떤 노력과 시 간을 할애한 것도 아닌 바로 그 주제이다."[21]

예술 창작의 수준에서 이 이율배반은 '보편적 위치'를 점유한다. 즉 작 품의 주요한 테마이자 문제의식이 된다. "세계는 광기로 휩싸였다. 광기는 규범이 되었다. 규범은 기적(경탄)의 감정을 불러일으킨다."(『보호 구역』 제 1권, 410) 그리고 "인간의 광기가 가장 끔찍한 것은 아니다. 세월이 지남에 따라 그것은 내게서 점점 더 규범에 가까워진다. 규범은 어쩐지 부자연스 러워진다."(『타협』 제1권, 271) I. 브롯스키의 말에 따르면, "외부에서든 그의 의식 내부에서든 일어나는 모든 일에 대한 부조리와, 경계하는 패러독스라 는 감정은 그의 펜에서 나온 모든 것에 사실상 본질적인 것이다."[22]

그러나 도블라토프의 작품들은, 포스트모더니스트-작가 도블라토프에 게서 '규범 / 부조리'라는 이율배반이 피상적임을 드러내준다. '규범'과 '반 (反)규범'('부조리')이라는 양극의 분명한 윤리적·미학적 낙인이 존재하지 않는다는 것이다. 한편으로 도블라토프에게서 '규범'과 '반규범'은 자신의

••

21) Глэд Дж. Указ. соч. С. 93.
22) Бродский И. Указ. соч. С. 357.

위치를, 따라서 가치론적 의미를 자유로이 바꿀 수 있으며, 다른 한편으로 그것들은 완벽하게 서로를 대신하여, 이런 개념들의 원칙적 이질성이 아닌 그들의 원칙적 (포스트모더니즘적) 친족성을 드러내주고, 자유로운 상호 교체자의 역할을 할 수 있다. 그의 예술 세계에서 이 단어들은 반의어라기보다는 동의어이다. 도블라토프의 예술 작품들에서 "규범과 부조리", "질서와 카오스"는 다양한 관점에서 검토되고 보편적 상대성의 상태에 있는 동일한 현상의 경계들이다.[23]

M. 리포베츠키는 다음과 같이 말한다. "포스트모더니즘은 문화에서 카오스와 코스모스라는 기본적 안티테제를 극복하고, 이 두 일반화 간에 타협을 모색하도록 창작적 충동을 재편하려는 원칙적인 예술적 · 철학적 시도를 구현하고 있다."[24]

다른 말로 하면, 도블라토프의 창작에서 '규범 / 부조리'라는 이원론적 대립이 양극들의 충돌로 인해 철학적 삼단법으로 전환되며, 제3의 구성 요소로서 도블라토프의 세계에서는 '코스모스'와 동의어인 '카오스'를 만들어내게 되는 것이다.

이항 대립 쌍인 '규범 / 부조리'와 그들이 만들어낸 '카오스'(='코스모스')는 어떤 '현실적인' 동기화를 상실하고, 즉 사회적 · 정치적 · 이데올로기적 동기화를 상실하고, 그것들의 구체화는 비현실적이고, 신비적이고, 은유적인 영역으로 옮겨간다. 합리적인 것이 아닌 감성적인 것이 그것들의 이해

∴

23) 도블라토프의 포스트모더니즘적 세계의 '상대성'은, 그의 예술 소설에서 자전적 세부 요소들(예를 들어, 생일, 해외로 출국한 때, 미래의 아내와 알게 된 경위 등)조차 확정성을 상실하고 자유롭게 '변형'될 수 있다는 데서 나타난다.

24) Липовецкий М. *Русский постмодернизм: Очерки исторической поэтики.* Екатеринбург. 1997. C. 39~40.

를 촉진하게 되는 것이다. 바로 그 때문에 '현실적' 세계에서 피상적인 것이, 규범의 법칙들로 매개된 '비현실적' 세계에서는 부조리한 것이 되고 또 그 반대가 되기도 한다.

도블라토프 텍스트의 여러 층위에 나타나는 이런 '이분법적 정반합'의 존재(현존)가 절대적인 것이라면, 그것의 현실화는 상대적이고 변형적이다. 도블라토프 예술 텍스트에서 '규범/반(反)규범'의 대립을 현실화하는 구체적 변형들은, 장르 차원에서는 '일화/장편소설'이 된다. 또한 작가의 자기 정의 차원에서는 '작가/화자', '진실/허구', '들었다/창작했다', '받아적었다/고안했다'가 된다. 그리고 주인공의 차원에서는 '경비/죄수(『수용소』), '살아 있는' 푸슈킨/'박물관으로 변한' 푸슈킨(『보호 구역』), '평범한 시민/《소비에트 에스토니아》 신문의 기자'(『타협』), '우리들의/우리들이 아닌'(『우리들의』), '소련 시민/망명자'(『지점』, 『외국 여자』) 등이 된다. 윤리적·미학적 수준에서는 '좋은/나쁜', '아름다운/추한', '높은/낮은', '간단한/복잡한', '우스운/비극적인'이 되며, 이데올로기적 문제의 차원에서는 '수용소/국가', '능동적 활동/꿈', '명징/취함', '진실/거짓', '삶/죽음' 등이 된다. 그것들 각각은 현존하는 또는 복사된 대립/상호작용 속에서 현대 세계의 카오스와 그 상관적 합법칙들에 대한 작가의 포스트모더니즘적 관념이다.

도블라토프의 예술 세계에서 규범과 부조리의 상호 침투는 포스트모더니즘적으로 절대화되며 바로 그 때문에 그의 산문에는, 주위 세계의 부조리성과 비논리성을 반영하고 서사에서 지배적이게 되려는 갈등이나 충돌이 신랄하게 드러나지 않는다. 따라서 그런 갈등이나 충돌을 거의 구별해 낼 수가 없다. 그와 같은 유형의 갈등들은 텍스트 외적이며, 예술 작품의 경계 너머에 남겨진다.

외부 사건 차원에서와 마찬가지로 사상적·내용적 차원에서도 도블라토프의 산문은 포스트모더니즘적으로 갈등이 없다(무갈등). 어떤 상위 텍스트적 갈등(사상적·사회적·사회주의적·가정적·일상적 갈등)은 발표되거나 지적될 수 있지만 그것은 표현되지도 않고 첨예화되지도 않으며 전개되지도 않는다. 『보호 구역』, 『타협』, 『수용소』 등이 그 예가 될 수 있다. 『보호 구역』은 아내와의 다툼에 대한, 그리고 자신의 창작적 실패에 대한 회상으로부터 시작되지만 언급된 상황 중 어느 하나도 텍스트상의 갈등으로 전환되지 않는다. 『타협』은 두 텍스트들의 '갈등' 위에 구성되지만, 그 안에서는 제목 자체가 이미 일어난 사건의 재현의 무갈등성을 프로그래밍하고 있다. 『수용소』는 수용소 소설에서 전형적인 갈등인 '국가/개인'의 갈등이 전개(예를 들어 솔제니친이나 샬라모프에게서처럼)되지 않을 뿐만 아니라 제거된다.[25]

예를 들어, 『수용소』에서는 "나는 수용소와 자유의지 간의 놀라운 유사성을 발견하였다. 도둑·전과자들과 공장 수용소의 감독원들 간에. 수용소 죄수·십장들과 수용소 행정반의 직원들 간에. 출입 금지 구역의 양쪽에는 동일하게 무정한 세계가 펼쳐져 있다. (…) 우리는 너무나 비슷했고 심지어 상호 교환적이었다. 거의 모든 수용소 수인들은 경비 역할에 적합했다"(제1권, 63) 또는 "일반 범죄자는 보통 매우 충직한 소비에트 시민이었다"(제1권, 122) 또는 "나는 무엇인가를 짐작하기 시작했다. 더 확실히는 우스티에빔스키 수용소의 이 마지막 준법자가 나의 분신이라는 것을 느끼기 시작했다. 전과자 쿱초프가 (…) 내게 소중하고 필요하다는 것을. 그가 전우애보다 더 귀중하다는 것을. 우리는 하나라는 것을 느끼기 시작했다"(제

••

25) V. 쿠리친은 도블라토프와 관련하여 "모든 원칙성에 대한 관계의 약화"를 지적한다.(Курицын В. Указ. соч. С. 237)

1권, 76)라고 서술된다.

도블라토프의 세계에서는 '규범'과 '부조리' 간 '대립물 투쟁'에서 어떠한 '갈등'도 발생하지 않는다. "아리스토텔레스 시대부터 인간의 뇌는 변하지 않았다. 더구나 인간의 의식은 더 변하지 않았다. 말하자면 진보란 없다. 운동만 있을 뿐이며 그 기반에는 불안전성이 자리하고 있다"(제1권, 58)라는 도블라토프의 사상을 확증하면서 '대립성의 통일'이 승리한다. 이와 관련하여 『수용소』에서는 이렇게 언급된다. "세계는 끔직하다. 그러나 삶은 계속된다."(제1권, 36) 더구나 도블라토프에 따르면, "여기에 평범한 삶의 균형이 보존되어 있다. 선과 악, 슬픔과 기쁨의 상호 관계는 변하지 않고 남아 있다."(제1권, 36)

도블라토프의 주인공은 작가 자신처럼, 그의 주위 현실을 담담하고 태평하고 간단하게, 즉 '우정과 증오'의 혼합 속에서 '정상적'인 것처럼 받아들인다. "글쓰기의 0도"(P. 바일과 A. 게니스의 용어), 즉 1980년대 예술가들에게 특징적이었던 분명하게 표현된 작가적·'시민적' 위치의 부재는, 도블라토프의 산문에서 폭로, 설교, 가치 평가의 파토스를 제거한다. 고정된 모든 진리가 상대적임을 인식하는 작가의 태도는 다음과 같이 표명된다. "모든 절대적·도덕적 설정이 나를 웃게 만든다. 사람은 선하다! (…) 사람은 속되다! (…) 사람은 사람에게 친구, 동무 그리고 형제다. (…) 사람은 사람에게 늑대다 (…) 등. 사람은 사람에게 (…) 어떻게 더 좋게 이것을 표현할지 모르겠지만, 글자 하나 없는 깨끗한 칠판일 뿐이다. 다르게 말하면 아무거나 다 되는 거다. 상황이 흘러가는 것에 좌우되는 것이다."(『수용소』 제1권, 88)[26]

∵

26) 비토프에게서보다 훨씬 더 높은 수준으로 도블라토프의 세계에서는 작가와 주인공의 위치

도블라토프의 세계에서 작가와 주인공의 위치는 불안정하고 동적이다. 자신의 예술 창작에서 그런 확신으로 "여름에는 연인 같아 보이는 것이 그렇게도 **간단하다**" 또는 "여름에는 연인 같아 보이는 것이 **간단치 않다**"(제1권, 54)라는 테제를 그려내던 초보 작가 알리하노프-감독관과 마찬가지로, 도블라토프는 동일한 현상이 가지는 본질적으로 대립적인 병리학을 폭로하고 검토하도록 제안하면서, 쉽고도 자유롭게 "의미상의 어순전환"을 인정한다. 예를 들어, 소비에트 국가 제도("수용소는 국가의 상당히 정확한 모델이다"(제1권, 58) 또는 "소비에트 감옥은 압제의 무한한 다양성들 중 하나이다"(제1권, 99) 또는 "수용소는 유형상 소비에트 기관이다"(제1권, 122 등)) 원칙들의 사회적·이데올로기적 동기화와 함께, 도블라토프는 철학적·실존주의적 확신도 다음과 같이 제안한다. "모든 것은 이 세계에서는 기묘하게 얽혀 있다", "전 세계는 무질서다", "지옥은 우리 자신이다."(『수용소』 제1권, 130, 166, 126)

작가와 주인공이 보고 지각하는 동일한 사건들이 의미적으로 변화함으로써 사람의 인생에서 이런 사건들이 가지는 특수성과 유의미성이라는 장막은 소멸된다. 그렇게 '삶／죽음'이란 대립은, 예를 들어, 『수용소』에서 작가와 주인공이 상상하는 다양한 '재연'들 속에서 증가하고 세분되면서 '시

∙∙

가 불안정하고 동적이지만 그 위치는 초기 비토프의 철학적 극단을 향한다. "모든 것은 거짓이고 모든 것은 진실이다!"(186) 비교할 것. V. 펠레빈: "만인에 대한 만인의 늑대와 같은 투쟁의 상태(Homo homini lupus est)라고 많이 알려진 라틴어식 표현이 말하고 있다. 그러나 사람은 사람에게, 현대 사회학자들이 가정하듯이, 이미지 메이커도, 리더도, 킬러도, 특출난 기부자도 아니다. 모든 것은 훨씬 더 끔찍하고 단순하다. 사람은 사람에게 늑대이다. 사람에게가 아니고 바로 그런 늑대에게 늑대일 뿐이다. 그래서 문화적 지표들을 현 시스템에 투영시키면 위의 라틴어 금언도 우! 우! 우! 하는 늑대 짖는 소리로 들릴 뿐이다." (Пелевин П. *Generation 'P'. Рассказы*. М.: Вагриус. 2000. С. 113)

공간적' 유일성을 상실하게 된다. 『감독관의 수기』에서 수용소 죄수 부티린의 죽음은 도블라토프에 의해 '반복'되어 다음과 같이 제시된다. 첫 번째로는 "세 언어", 즉 서술자의 스타일에서 중립적인 언어, '은어', 그리고 죽음에 대한 통보를 담은 공식적 서한의 무인칭-관료주의적 언어[27] 등으로 반복된다. 두 번째로는 다수의 시간적 '지표'의 변형들로 반복된다. "그는 오래전에 죽을 수도 있었지. 예를 들어, 카나바의 아이들이 자전거 체인으로 그를 죽도록 패던 소르모바에서. 그들은 그를 교외선 열차 밑에 내던져버렸지만 부티린은 기적적으로 기어 나왔어. (…) 그는 시장에서 남쪽 사람들한테 상욕을 하던 거리에서 죽을 수도 있었지. (…) 그는 신도르에서 죽을 수도 있었어. 그때 호송병들이 죄수들을 얼음 강물에 몰아넣었거든. (…) 그는 벌목 창고에서 강행군으로 나가던 우흐타에서 죽을 수도 있었지. (…) 수용소 패들이 장화 속에 넣은 칼들로 칼싸움을 벌이곤 하던 독립 수용소에서 죽을 수도 있었지."(제1권, 121)[28] 한 사람의 운명에서 다양한 죽음의

..

27) 이에 대해서는 다음을 참조할 것. Сухих И. *Сергей Довлатов: время, место, судьба.* СПб.: 1996. С. 120.

28) 도도블라토프 산문에서 저자의 발화와 관련된 시학적 문체론을 지적하면서 I. 카르가신(И. Каргашин)은 이런 예에서, '추가적인 구성적 역할'을 수행하고 예술가의 산문을 운율화하는 어휘적·문장론적·산문적 아나포라를 보여주고 있다(더 자세히는 다음을 참조할 것. Каргашин И. Освобожденное слово: Поэтика прозы Сергея Довлатова // *О Довлатове: Статьи, рецензии, воспоминания.* Тверь. 2001. С. 106~108). 여기에 죽음에 대한 모티프가 너무나도 다양하게 변형되는 푸슈킨의 "여행의 불평들(Дорожные жалобы)"(М. 몽테뉴의 "경험들(Опыты)"에 그 원천을 둔다)과의 상호 텍스트적 영향도 덧붙일 수 있다.

Не в наследственной берлоге,	대대로 물려받지 않은 낯선 토굴에서
Не средь отеческих могил,	아버지의 무덤이 가운데가 아닌 곳에서
На большой мне, знать, дороге	너무나 큰 이 길에서 신은
Умереть Господь сулил,	내게 죽으라고 운명 지은 것인지 알고 싶다.

기회들이 유사하게 반복되는 것(여기에 하급 동사 '돼지다'가 더해진다)은 비극적이지 않고, 일상적이고, 평범한 사건들의 대열로 옮겨 가면서("매번에서-어디서나-일어날 수 있다"), 범용·예견성·운명적 사건의 불가피성을 낳게 된다. 삶과 죽음은 의미와 가치에서 동등해지고 그들의 상호전이는 간단하고 일상적이다. 따라서 삶은 죽음 앞에서 그 어떤 '우선권적' 특징을 상실하며 둘 모두 인간에게 냉담한 동일한 존재의 다양한 측면들이 될 뿐이다.[29]

∵

На каменьях под копытом,	발굽 아래 돌 위에서
На горе под колесом,	바퀴 아래 슬픔 속에서
Иль во рву, водой размытом,	또는 부서진 다리 아래
Под разобранным мостом,	물에 씻겨버린 울부짖음 속에서
Иль чума меня подцепит,	또는 흑사병이 나를 덮칠지도
Иль мороз окостенит,	또는 추위가 내 몸을 굳게 할지도
Иль мне в лоб шлагбаум влепит	또는 차단봉이 내 이마를 쳐서
Непроворный инвалид.	불구자가 될지도

(Пушкин А. *Соч.: В 3 т.* Т. 1: Стихотворения. СПб.: ООО "Золотой век": ТОО "Диамант". 1997. С. 450.)

29) A. 비토프가 도입한 '반복의 실습'('변형과 이설')이라는 사실이 주의를 끈다. 비교할 것. M. P. 오도옙체프의 죽음에 대한 그의 이야기는 다음과 같다. "할아버지는 곧바로 병이 완쾌되시지는 못했어요. 그는 뒤쪽 주거지로 도주했지만 도중에 붙잡혀서 되돌아와서는 다시 치료를 받았고 후견인을 두게 되었지만 그래도 그는 완쾌되지 못했어요. 아니면 도망간 후에, 레프 톨스토이처럼 도중에 병이 났고, 페초르스카야 철도 병원에서 죽었어요. 결국 시르-야가 또는 보이-보즈 마을까지 도달하지는 못했죠. 할아버지를 강제로 치료했어요. 그는 도망쳤고 할머니가 계시는 시르-야까지 갔어요. 하지만 할머니는 그를 기다릴 만한 어떤 근거도 없었기에 푸슈킨이란 성을 가진 한 수리공과 동거하고 있었죠. 할머니는 바로 푸슈킨을 차버렸고, 그는 매일 저녁 술에 취해 창문 아래서 소란을 피웠죠. 할아버지 오도옙체프는 바로 완쾌되지는 못했어요. 왜냐하면 예전 삶으로의 '이차적' 귀환은 그의 마지막 힘을 소진했기 때문이에요. 그리고 그는 할머니의 통곡 아래서, 수리공 푸슈킨의 두 팔에 안겨 숨을 거두었어요. 모데스트 오도옙체프가 어떻게 죽었는지를 가정할 수 있는 여러 가지로 강조된 몇 개의 전설들이 존재해요."(Битов А. *Пушкинский дом.* СПб.: Изд-во Ивана

20세기 말 포스트모더니즘 문학 전통에서 주위 세계의 부조리함의 인식이라는 파국은 도블라토프 산문에서 비극적 어조를 낳지 않는다. 오히려 그 반대로 세계의 카오스와 비논리성은 아이러니와 조소의 대상이 된다. "인생은 익숙한 논리를 상실했다. 이것은 희극성의 가장 중요한 원천들 중 하나가 된다. 현실은 자체가 그로테스크하며, 사실들의 단순한 서술은 부조리성의 작품으로 변화한다. 세계는 우리 앞에 독특한 각도(우스운 관점)에서 제시되고 그 속에서 우리에게 익숙한 모든 범주들인 원인, 결과, 합법칙성 등은 용해되고 자리를 바꾼다."[30]

예를 들어, 『수용소』에서 죄수들을 감독하는 주인공 알리하노프는 다음과 같이 말한다. "일반적으로는 모든 사람은 사랑스럽다고 나는 생각했다. 아무리 강도들이라 하더라도. 물론……."(제1권, 128)[31] 한편으로 이 문장의 일반적 의미론은 '강도들'이 '사랑스러운 사람들'이라는 확신으로 귀결되며, 이 경우에는 '규범/부조리'라는 반의어들의 구체적 대체자들이 혼합되는 것을 보여준다. 즉 양극적으로 고착된 개념들이 '카오스를 야기하는' 혼합을 보여준다. 다른 한편으로 '일반적으로는', '비록', '물론' 등의 명확하려는 언어 시도는 이런 말을 인식하는 데 있어 아이러니한 관점을 첨가하고, '사랑스러운 사람들'과 '강도들'이라는 현존하는(또는 짐작되는), 대립

Лимбаха. 1999. C. 91~92)

30) Вознесенская O. Указ. соч. C. 12.

31) 비교할 것. N. 고골은 『죽은 농노』에서 현 소재지 도시의 우스운 관리들에 대해 다음과 같이 말한다. "하지만, 사실을 말한다면, 그들 모두는 선한 사람들이었고, 화목하게 살고 있었으며, 너무나 다정하게 서로를 불렀고, 그들의 대화에서는 어떤 각별한 순박함이나 간결함을 담은 출판물이 인용되었다."(Гоголь H. Собр. соч.: В 8 т. M.: 1984. T. 5. C. 155) 또는 『검찰관』(흘레스타코프의 편지 중)에서는 이렇게 말한다. "하지만 사람들은 손님을 환대하고 선량한……."(Там же. T. 4. C. 90)

적-양립 불가능한 평가들의 경계가 씻기지는 않을 것이라는 희망을 지적해준다.

존재의 무질서에 대한 작가의 아이러니한 견해는 카오스와 조화를 '화해시키고', 부조리를 '정상적으로' 받아들이도록 강요한다. 게다가 이미 언급하였듯이, 도블라토프에게 작가는 자신의 주인공과 너무나도 가까워져서, 그 자신이 풍자한 '미친' 세계의 일부가 된다. 결과적으로 자기 스스로를 비웃으면서 그는 현실적 삶으로부터 멀어지는 것이 아니라 그 현실에 가까워진다.

작가 도블라토프의 서사·이야기는, 즉 기본적 장르 형태는 주로 일화나 농담의 법칙에 따라 구성된다. "작가에게 일화는 세계의 역설적 본질, 모순, 부조리를 반영하는, 세계에 대한 독특한 이해 수단이 되었다."[32] 일화의 '일관된 아이러니' 덕분에 부조리의 무게는 느껴지지 않고, '삶의 지옥'은 '경박하지만 충분히 견딜 만하게 보인다. "삶은 심지어 본질적으로 삶이 존재하지 않을 때에도 계속된다."[33](『수용소』 제1권, 41)

일화는 도블라토프 산문의 '작은' 장르들의 기본이기도 하지만 "그의 큰 산문의 수많은 페이지들은 어구들과 마이크로노벨라(일화)들로 쉽게 분리된다."[34] 뛰어난 주제적 통합성으로 일화는 "유사 소설"(I. 수히흐) 장르이다. 모든 전통적 장르들 중에서, 현실의 파괴를 통해서 현실을 구현하고, 일상의 비정상성을 통해서 일상을 재현하는 일화는 가장 '포스트모던적'이며, 도블라토프 산문 미학에 부합하는 것이다. 일화는 여러 면에서 도블라

••

32) Вознесенская О. Указ. соч. С. 22.
33) 이 말은 또다시 비토프적 모티프 "'그렇다면, 이제 어떻게 살죠?' '하던 대로' 그는 천재처럼 대답했다"(347)와 일맥상통한다.
34) Сухих И. Указ. соч. С. 59.

토프의 전체 예술 체계의 독창성을 나타내주고 독창성을 독자에게 전달하는 매개체가 된다. 서사의 간결성, 공간 묘사(풍경이나 주인공의 초상 등을 비롯해서)가 부재할 때 세부들에 주의를 기울이는 점, 파블라-슈제트 짜임새가 단순한 것, 등장인물 체계가 간소화(주로 주인공·화자 주위로 집중된)되는 것, 묘사된 것의 외적 부조리성, 논거와 동기화 논리가 파괴되는 것, 스타일의 그로테스크와 아이러니, 구어체를 지향하는 음절의 단순성 등 모든 요소가 일화 장르에 호소함으로써 태동된 것이 도블라토프 작품의 시학적 특성이다.

도블라토프 산문의 '내적인', 즉 '숨겨진' 갈등이 표현되는 것은 문체를 통해서이다. 문체적 세련미와 기교성, 서사의 아이러니와 경쾌함은 무엇이 묘사되는가와 어떻게 묘사되는가 간의 갈등을 낳는다.[35] 세계의 비논리성과 단어에 대한 꼼꼼한 검열이 대립되고, 일상의 부조리와 문장의 조화가 대립되고, 우주의 카오스와 표현의 명증성 및 단순성이 대립된다. 한 문장에서 같은 문자로 시작되는 단어의 반복을 허용하지 않는다는, 잘 알려진 도블라토프의 원칙은 진지한 형식으로 개별 문장뿐만 아니라 전체 텍스트의 스타일을 형성하고, 시학적 표현성과 시적 세련미의 요소들을 산문에 첨가하면서 도블라토프 산문에 독특한 형식의 억양을 창조하게 된다. 이때 작가의 언어는 의도적이면서도 퉁명스럽게 단순하다.

우리 시각으로 볼 때, 도블라토프의 이런 기법은 비토프적인 '경제적' 문장들에 '영향을 받은' 것이다. 비토프와 비교하면, "만약 주의 깊게('보게 되면'이 생략됨—저자)라면, 밀수입의 가벼운 기미를 포착할 수 있다"(29) 또는

••

35) I. 카르가신의 정의에 따르면 "모순 형용법적 교차점(결합점)들", 즉 "스타일적·내용적으로 다른 방향인 발언들의 대립적 비교들"이다.(Каргашин И. Указ. соч. С. 108)

"우리도 그를 부르지 맙시다. (…) 우리는 그에게서 나왔습니다"('아픔', 또는 '악' 또는 '고통' 등이 생략됨—저자)(351) 또는 "이것으로부터 이미 도망칠 수 없다"('어디로도'가 생략됨—저자)(399) 등은 이미 그 세련미만으로도 도블라토프를 비롯한 다른 계승자들의 문체적 모색을 예고하고 있다.

도블라토프가 단순한 일상 언어를, 즉 일상 언어의 단순한 구조와 묘사의 명증성을 언어적으로 지향하고 있다는 사실은, 현대적 존재의 복잡성을 극복하려는 노력, 현대적 존재의 카오스와 비논리성을 극복하려는 작가의 노력에서도 엿볼 수 있다.

도블라토프 작품이 보여주는 언어적 독창성의 문제나 언어적 구성의 독특함에 대해서는 상당히 많은 논문들이 다루고 있지만 그들 중의 극히 소수만이 과학적 수준에서 이 문제를 검토하고 있다. 이런 차원에서 I. 카르가신의 논문은 언급할 가치가 있다.[36]

I. 카르가신의 관점에서, 도블라토프 스타일의 독창성은 "그의 소설의 언어적 조직의 기반에 놓인 두 개의 상반된 문체적 장치가 생산적으로 혼합됨"으로써 발생한다. 이것은 "첫 번째로 서사의 구성 원칙, 즉 서술의 '저자' 발화를 구성하는 원칙이다. 두 번째로는 주인공 발화를 구현하는 방법이고, 전체적으로는 작품에 묘사된 인간 언술 활동의 시학이다."[37]

'작가적' 언어의 특징들을 분석하면서 카르가신은 "직접적이고", "단의미적이고", "중립적이고", "단순하고", "정확한" 단어를 기초로 한 "극단적으로 간결하고 '장식'이 없는 문장"을 지향하고, "원칙적으로 '비문학적인' 이야기꾼의 언술"을 노정한 도블라토프의 노력을 강조하였다. "보통 도블라

••

36) Там же. C. 102~118.
37) Там же. C. 103.

토프는 방언, 속어, 심지어는 회화체 어휘 등도 의도적으로 기피하며, 고양된 감정이나 단어의 분리를 극단적으로 피한다. (…) 자체적으로 문학어는 서사의 기본이며 예술적 언어의 가장 중요한 수단이다."[38]

I. 카르가신의 관찰에 따르면, 도블라토프의 텍스트에서 공간 묘사는 비본질적이며, 슈제트상에서 행동의 전개와 관련되는 세부 사항들도 본성적이지 않다. 그리고 초상의 특징이나 풍경과 인테리어 세부들에 대한 관심도 마찬가지로 비본성적이다. "필요한 세부 사항들, 어떤 우연적 징조들로부터 벗어난 도블라토프의 묘사 대상은 독자적 의의의 완전함과 현존성을 획득한다. '불순물이 제거'되었기에, 작가의 예술 세계는 선명해지고 뚜렷해진다. 즉 현실적이고 평범한 현실에서보다 실제로 더 표현적이게 되고 더 의미적이게 된다."[39]

이때 작가적 언술의 간결성은 다음과 같은 예술적 비유들에 관심을 기울이도록 자극한다. 직유("친구들은 소구역으로 향했다. 그들은 마치 잡초들처럼, 생활을 즐기고, 배척하면서도, 전투적이다"(『보호 구역』 제1권, 36) 또는 "그의 걸음걸이는 단호했다. 마치 버릇이 굳은 장님처럼……"(『외국 여자』 제3권, 32)), 반복, 더 정확히는 자체 반복[40](다양한 작품들에서 여러 번 사용되는 한 번 발견된 형상들, 즉 "내의 단추처럼 평범한 얼굴"), 정의·공식들, 진부한 작가적 문구, 작가의 희미한 회상("규범의 느낌 속에는 어떤 모략이 있다" 등), 색깔 취향("그의 손가락들은 검은 나무줄기에서는 하얗게 보였다"(제1권, 76), "그의 손가락들만

••

38) Там же. С. 103.
39) Каргашин И. Указ. соч. С. 105.
40) A. 비토프의 다음과 같은 반복(자체 반복)을 비교할 것. "그들은 단지 야생 닭들과 꿩들이 좋아해주길 바랐다"(27) 또는 "그는 단지 야생 닭들과 꿩들이 좋아해주길 바랐다"(29) 등.

이 강철 창살에서는 하얗게 보였다"(제1권, 76), "가까이에 있는 풀 위에서는 책이 하얗게 보였다"(제1권, 71), "진지한 하얀 책들"(제1권, 117)), 대립, 운율적·문체적 결정성("우리는 차갑고 좁은 강을 건넌다. 죄수들이 다리 밑에 숨지는 않는지 살핀다. 작업반을 통과하도록 이끈다. 기차역의 탄 냄새를 맡으면서 철도 둑을 건너간다. 그리고 산림 채벌장으로 향한다"(제1권, 68), "안녕, 천사들의 도시여. (…) 안녕, 다이어트로 핏기가 없는 피팅 모델들의 도시여. 시험 촬영을 위해 준비된 도시여. 가장 마음에 들고자 하는 도시여"(제3권, 208)) 등이 그것이다. 그러나 그런 비유들을 선택할 때 도블라토프는 예술성과 절제, 기교적 자연스러움과 간결성이란 감정에 따른다.

도블라토프 주인공들의 '직접 화법'은 "더 복잡하고 더 의미가 깊다"(I. 카르가신). '타자의 말'의 '독립적' 목소리들을 재현한 것은, 무엇보다도 먼저, 재현되는 언술 활동의 현대적 '장르들'의 "매우 다양한 형식"[41]이나 회화성, 감정의 포화, 표현력, 비문학성, 비정상성, 속어적 말투 등으로 인해 주목할 만하다. '지점', 동포들의 대회, 개별 인물들의 답변들이 그 예이다. "나는 유좁스키의 목소리를 알아들었다. '러시아어, 너의 어머니, 우리의 유일한 풍요로움'"(제3권, 137) 또는 "물론 이놈의 낯짝을 후려칠 필요는 있다. 그러나 어디 다른 곳에서 하는 것이 더 낫다. 아니면 미국인들은 우리가 관대하지 못하다고 생각할 것이다"(제3권, 162) 등이다.

I. 카르가신은 도블라토프 소설의 문체적 독창성을 분석하여 다음과 같은 결론을 이끌어낸다. 도블라토프의 문체적 특징은 그의 결론에 따르면 크게 네 가지이다. 첫째, "예술적 언술을 해방"했다. 둘째, 작품을 통해 독자의 호응을 이끌어내지 못한, "1930~1950년대의 '불순물을 제거한'(출판

••
41) Там же. С. 113.

검열을 받은) 문체'"를 극복했다. 셋째, "절제된 스타일과 정확한 단어, '올바르고' 순수한 문장, 언어 수단들의 절제" 등을 통해 (…) 전통적인 '문학적' 서사 원칙을 파괴했다. 넷째, 작가적 언어의 층위뿐만 아니라 주인공 목소리를 표현하는 독특한 방식들이 드러나면서 서사의 다양한 유형들이 "부활"했다. "우리 시각으로 보자면, 원칙적으로 다른 언술 행위의 두 방법을 가능한 한 끝까지 밀고 갔다는 점('작가의 객관성이 결여된 말'과 주인공 언술에서 '예술적 묘사의 일차적 대상으로서의 말'—저자), (…) 그리고 이 방법을 조직적으로 혼합한 것, 이 두 가지가 바로 기존에는 찾아볼 수 없던 유일무이한 도블라토프 소설의 가장 중요한 스타일 구성 요소이다."[42] 도블라토프 소설의 기교와 세련미는 안드레이 비토프의 세련되고 섬세한 소설로부터 많은 부분 유래했다는 짧은 지적만을 여기서 덧붙일 수 있을 뿐이다.

∴

42) Там же. C. 118.

도블라토프, 세르게이 도나토비치(1941. 9. 3(우파)~1990. 8. 24(뉴욕)). 소설가, 기자.
아버지는 감독 도나트 메치크, 어머니는 여배우 노라 도블라토바이다. 1944년부터 레닌그라
드에서 거주했다. 1959년 레닌그라드국립대학교 철학부('핀란드어문학과')에 입학하였고, 1962년
낙제로 제적당하였다. 1962~1965년 군대에 소집되어 코미 소비에트 사회주의 자치 공화국 북
쪽의 교화-노동 수용소 경비로 복무하였다. 군 제대 후 레닌그라드국립대학교 언론학부에 입
학하였지만 끝마치지 못하였다. 조선(造船) 연구소와 레닌그라드 광학 기계 연합 기업소의 기자
로 일했으며, 1975~1976년에는 어린이 잡지 《모닥불》에서 일하면서 단편을 집필하기 시작했다.

∴∵

43) 〔역주〕 Владимир Марамзин, 1934~. 러시아의 작가이다. 레닌그라드전기기술대학을 졸업
(1957)했다. 1965년까지 공장 '스베틀라나'에서 엔지니어와 과학기술 정보과 과장으로 일
했다. 1958년부터 소설을 쓰기 시작했고 1962년에 발표되었다. 희곡 「누가 내게 설명 좀 해
주세요. 당신께 고맙다고 말할게요(Объясните мне кто-нибудь- я скажу вам спасибо)」
가 1963년 레닌그라드에서 공연되었다. 어린이를 위한 책 「우리는 여기서 일합니다(Тут мы
работаем)」(1966), 「누가 시민들을 태워주나(Кто развозит горожан)」(1969)를 '아동문학'
출판사에서 출간했다. 마람진은 바흐틴, 구빈, 예피모프와 함께 '시민들'이란 문학 단체에
가입해서 플라토노프와 다른 금지 작가들의 작품을 보급했다. 1971~1974년 이오시프 브롯
스키의 다섯 권짜리 시집을 사미즈다트용으로 편찬했다가 체포되었고 5년 형을 선고받았
다. 1975년에 프랑스로 망명해서 잡지 《대륙》과 협력했다. 1978~1986년 А. 흐보스텐코와
함께 파리에서 잡지 《메아리(Эхо)》(14호까지 발행)를 발행했다. 1999년 이후에 러시아에서
출간되기 시작했다. 2003년 파리에서 소설 「조국의 아들(Сын Отечества)」(2003)이 출간되
었고, 논문집으로는 「강요된 집필(Вынужденные сочинения)」(2007)이 있다.

44) 〔역주〕 Игорь Маркович Ефимов, 1937~. 러시아의 작가, 철학자, 역사가, 사회 평론가이
다. 레닌그라드종합기술대학을 졸업(1960)했고, 문학대학을 졸업(1973)했다. 레닌그라드에
서 1960년대에 문학 단체 '시민들'에서 활동했다. 작가 동맹 회원(1965)이다. 작품에는 「누
가 왔는지 좀 보세요!(Смотрите, кто пришёл!)」(1965), 「실험실 여자 조수(Лаборантка)」
(1975), 「모든 압제를 타도하라(Свергнуть всякое иго)」(1977) 등이 있다. 1978년 미국으로
망명한 후 출판사 '아디스'에서 일했고, 그 후엔 '에르미타주' 출판사를 설립했다. 거기서 그
의 새로운 소설들이 출간되었다. 작품으로는 「하나의 몸처럼(Как одна плоть)」(1980), 「최
후 심판의 고문서들(Архивы Страшного суда)」(1982), 「일곱 번째 아내(Седьмая жена)」
(1991), 「케네디의 암살(Убийство Кеннеди)」(1987), 「부정한 여인(Неверная)」(2006) 등이
있다.

V. 마람진,[43]) I. 예피모프,[44]) V. 구빈,[45]) B. 바흐틴[46]) 등과 함께 레닌그라드 작가 그룹 '시민들'의 동인이었다. 1974년 탈린으로 이주했고 거기서 기자(《소비에트 에스토니아》, 《에스토니아 청년》, 《저녁의 탈린》 등)로 일했다. 1976년 레닌그라드로 돌아왔다.

1960년대 중반에 '사미즈다트'에 작품을 발표하기 시작하였고 첫 번째 '공식' 출판은 《청년 시절》(1974, No. 6)이었다. 1970년대 말부터 그의 단편들이 '타미즈다트'에 등장하기 시작하였다.

1978년 빈으로 망명하였고 그 후 뉴욕으로 갔다. 뉴욕에서 1980년 러시아어 신문 《신(新)미국인(Новый американец)》의 공동 발행인이 되었고, 1980년부터 1982년까지 그 신문의 편집장으로 일했다. 라디오 〈자유〉에서 활발하고도 집중적으로 일하였다.

1978년까지 집필, 발표되었던 모든 것을 출간하거나 재출간하는 것을 금지하였고, 그 사실을 특별히 자신의 유언장에 부언해두었다.

V. 바흐차얀(Бахчаян), N. 사갈롭스키(Сагаловский)와 공저로 『열성분자들의 활동(Демарш

•••

45) 〔역주〕 Владимир Андреевич Губин, 1934~2003. 러시아의 작가이다. 고등학교 졸업 후 극동에서 군 복무를 마치고 1960년부터 평생을 '렌가스'(레닌그라드 도시가스)에서 기술공, 기계공, 구역의 소장 등으로 일했다. 군대 소집 이전부터 소설을 쓰기 시작했다. 1958년 잡지 《노동(Труд)》에 단편이 발표되면서 작가로서 활동을 시작하였다. 문학 단체 '시민들'의 참가자이다. 1964년 그의 소설 『다른 행성에서 온 젠카(Женька с иной планеты)』, 『하늘의 꽃(Цвет неба)』 등은 출판이 거부되자 사미즈다트를 통해 보급되었다. 1978년부터 망명 잡지 《메아리》에 발표되었고, 1990년 이후에는 사미즈다트 잡지 《황혼(Сумерки)》에 게재되었다. 15년을 집필한 중편 『일라리온과 카를리크(Илларион и Карлик)』가 1997년에 단행본으로 출간되었다.

46) 〔역주〕 Борис Борисович Вахтин, 1930~1981. 러시아의 소설가, 희곡작가, 시나리오작가, 철학자, 번역가, 동양학-중국학자이다. 1954년 레닌그라드국립대학교 동양학부 중국학과를 졸업했고 1957년 대학원을 마쳤다. 1952년부터 소련 과학 아카데미 산하 아시아 민족 연구소 레닌그라드 분과에서 일했다. 중국학자로 유명하며 중국 시 번역가로서 소련 작가 동맹에 가입되었다. 1978~1981년 동양어 번역 세미나를 지도했다. 1950년부터 소설을 쓰기 시작했고 1964년 문학 단체 '시민들'을 창설했다. 이오시프 브롯스키를 지지했다가 탄압을 받았다. 공식 출판물로는 단편 세 편이 문학잡지에 게재된 것이 전부였고, 1977년부터 망명 잡지들 《시간과 우리(Время и мы)》, 《메아리》 등에 그의 소설들이 게재되기 시작했다. 1979년 중편 「무스탕 잠바(Дубленка)」가 무크지 《메트로폴》에 실리면서 그 잡지에 참여했다. 그 후 1980년대 후반부터 러시아에서 출간되었다. 작품으로는 미국에서 출간된 『두 중편. 완전히 행복한 어느 마을, 무스탕 잠바(Две повести(Одна абсолютно счастливая деревня; Дубленка))』(1982)와, 러시아에서 출간된 『존스타운의 파멸(Гибель Джонстаун)』(1986)과 중단편집 『내 삶은 이랬다……(Так сложилась жизнь моя…)』(1990) 등이 있다.

энтузиастов)』(1985), M. 볼코바(Волкова)와 공저로 『브롯스키만 있는 것이 아니다(*Не только Бродский*)』(1988) 등이 있다.

영어, 독일어, 덴마크어, 스웨덴어, 핀란드어, 일본어 등으로 작품이 번역되었다.

미국 펜클럽상을 수상하였다.

텍스트

Довлатов С. *Невидимая книга*. Анн Арбор. 1978.

Довлатов С. *Соло на ундервуде*. Париж: Нью-Йорк. 1980.

Довлатов С. *Компромисс*. Нью-Йорк. 1981.

Довлатов С. *Зона*. Анн Арбор. 1982.

Довлатов С. Заповедник. Анн Арбор. 1983.

Довлатов С. *Наши*. Анн Арбор. 1983.

Довлатов С. *Марш одноких*. Холиок. 1985.

Довлатов С. *Чемодан*. Тенафли: Нью-Джерси. 1986.

Довлатов С. *Собр. соч. : В 3 т.* СПб.: Лимбус-Пресс. 1993.

Довлатов С. *Собр. соч.: В 4 т.* / Сост. А. Арьев. СПб.: Азбука. 1999.

Довлатов С. *Сквозь джунгли безумной жизни: Письма к родным и друзьям* / Сост. А. Ю. Арьев. СПб.: Изд-во журнала "Звезда." 2003.

학술적 비평 문학

Абдулаева З. Между зоной и островом: О прозе С. Довлатова // *Дружба народов*. 1996. No. 7.

Анастасьев Н. "Слова-моя профессия" : О прозе Сергея Довлатова // Вопросы литературы. 1995. No. 1.

Арьев А. Театрализованный реализм // *Звезда*. 1989. No. 10.

Бродский И. О Сереже Довлатове // *Звезда*. 1992. No. 2.

Вайль П. Генис А. Литературные мечтание // *Часть речи: Альманах литературы и искусства*. Нью-Йорк. 1980.

Вайль П. Генис А. Искусство автопортрета. // *Литературная газета*. 1991. 4 сент.

Веллер М. Ножик Сережи Довлатова // *Знамя*. 1994. No. 6. (или: Веллер М. *Долина идолов*. СПб.: 2003)

Вознесенская О. *Проза Сергея Довлатова: Проблемы поэтики*: Автореа. канд. дис. М.: 2000.

Выгон Н. *Современная русская философско-юмористическая проза: проблемы генезиса и поэтики*: Автореф. докт. дис. М.: 2000.

Генис А. *Довлатов и окрестности*. М.: 1999.

Генис А. Сад камней: Сергей Довлатов//Генис А. *Иван Петрович умер: Статьи и расследования*. М.: Новое литературное обозрение. 1999.

Елисеев Н. Человеческий голос//*Новый мир*. 1994. No. 11

Елисеев Н. Другие истории//*Новый мир*. 1996. No. 11.

Зверев А. Записки случайного постояльца//*Литературное обозрение*. 1991. No. 4.

Кольовска Е. Моисеева В. Отражение социокультурного опыта русской эмиграции "третьей волны" в творчестве В. Некрасова. А. Гладилина, С. Довлатова//*Русское слово в мировой культуре*: Материалы X Конгреса МАПРЯЛ, Санкт-Петербург. 30 июня-5 иллюля 2003 г.: *Художественная литература как отражение национального и культурно-языкового развития*: В 2 т. СПб.: Политехника, 2003. Т. 1: *Развитие русского самосознания и история литературы XIX - XX веков*/Под ред. П. Е. Бухаркина. Н. О. Рогожиной. Е. Е. Юркова.

Камянов В. Свободен от постоя: (Обзор публикаций прозы Довлатова с 1989 по 1991 гг.) – //*Новый мир*. 1992. No. 2.

Курицын В. Вести из Филиала. или Дурацкая рецензия на прозу Сергея Довлатова// *Литературное обозрение*. 1990. No. 2.

Лосев Л. Русский писатель Сергей Довлатов//*Русская мысль*. 1990. No. 3843. 31 авг.

Львова В. Как поссорились писатель Довлатов с издателем Ефимовым//*Комсомольская правда*. 2001. 17 февр.

О Довлатове: *Статьи. рецензии. воспоминания*/Сост. Е. Довлатова. Нью-Йорк: Тверь: Другие берега. 2001.

Орлицкий Ю. Присутствие стиха в "пушкинской" прозе конца XX века(А. Терц. А. Битов. С. Довлатов)//*Пушкин: филологические и культрологические проблемы изучения*. Донецк. 1998.

Петрополь(СПб.) 1994. No. 5.

Приятели о Сергее Довлатове//*Звезда*. 1994. No. 3.

Сергей Довлатов: *Творчество. Личность. Судьба: Итоги первой международное конфенеции "Довлатовские чтения"*/Сост. А. Арьев. СПб.: 1999.

Сухих И. *Сергей Довлатов: время, место, судьба*. СПб.: 1996.

4. 뱌체슬라프 피예추흐의 아이러니와 문학 중심주의 소설

뱌체슬라프 피예추흐는 '새로운' 문학에서 '아이러니를 기반으로 한 아방가르드'(N. 이바노바의 용어[1])를 대표하는 두드러진 작가 가운데 한 사람으로 인정된다. 이 경향은 상당 부분 N. 고골의 문체 기법에서 비롯되었으며, K. 바기노프,[2] D. 하름스,[3] L. 도비친,[4] 부분적으로는 M. 불가코프,

∶∶

1) 참조할 것. Иванова Н. Намеренные несчастливцы?: (О прозе "новой волны") // *Дружба народов.* 1989. No. 7. C. 239~240.

2) 〔역주〕 Константин Константинович Вáгинов, 1899~1934. 러시아의 소설가, 시인이다. 바기노프는 1923~1927년 예술사대학 산하 예술학최고국립과정 문학과에서 공부했고 선생 중에는 Ju. 티냐노프, B. 에이헨바움이 포함되어 있었다. 1924년 바기노프는 미하일 바흐친과 알게 되었는데, 바흐친은 그의 '카니발'적 소설들을 매우 높게 평가했다. 1926년 첫 번째 시집이 (제목 없이) 출간되었고, 1931년에 시집 『리듬을 매개로 한 단어 결합 실험(*Опыты соединения слов посредством ритма*)』이 출간되었다. 현대적 소설의 작가로 유명했으며 고골, 도스토옙스키, 안드레이 벨리와 함께 18세기 악한소설의 영향을 받은 것으로 평가받고 있다. 작품으로는 『숫염소의 노래(*Козлиная песнь*)』(1927), 『스비스토노프의 노동과 나날들(*Труды и дни Свистонова*)』(1929), 『밤보차다(*Бамбочада*)』(1931), 『가르파고니아나(*Гарпагониана*)』(1983) 등이 있다. 결핵으로 사망했다.

3) 〔역주〕 Даниил Иванович Хармс, 1905~1942. 본래의 성은 유바초프(Ювачёв)이다. 러시아의 작가, 시인이다. 아버지는 '인민의 의지'당 혁명가였고 사할린으로 추방되어 종교 작가가 되었다. 아버지는 체호프, 톨스토이, 볼로신 등의 작가와 친분을 나누었다. 하름스는 1924~1926년 레닌그라드의 문학계에 참여하기 시작했고 시인들의 여러 모임에서 시를 낭독했다. 문학 단체 '오베리우(ОБЭРИУ)'의 참가자이다. 1920년대 말부터 1930년대 말까지 하름스는 어린이 잡지 《고슴도치(*Ёж*)》, 《방울새(*Чиж*)》, 《귀뚜라미(*Сверчок*)》, 《10월단

M. 조센코, Ju. 올레샤 등의 산문과 발생학적으로 연관된다.

V. 쿠리친의 말에 따르면, '아이러니한 아방가르드'의 대표자들(베네딕트 예로페예프, E. 포포프, 빅토르 예로페예프, M. 쿠라예프, V. 피예추흐)은 "인생이 아닌 책에 의해 성장했고", "문화의 아이들"[5]이다. 이 말은 많은 점에서 이러한 경향을 대표하는 작가들의 작품에 깔린 윤리적-미학적 지배소의 특징이 무엇인지 규명해준다.

'아이러니한 아방가르드'의 규정적인 특징들과 피예추흐 창작의 전형적 특징들을 정의하고자 한다면, 소설을 결정하는 첫 번째 원칙으로 '총체적 아이러니'를 거론해야만 한다. '총체적 아이러니'는 모든 층위에서 예술적 서사를 중개한다. '아이러니스트'의 예가 되는 것은 환상과 현대적 존재의 부조리함이다. 근원적 소재는 종종 러시아 고전문학 모델로 등장하는 풍자적으로 비하(상호 텍스트)된 인물들이며, 서사의 근간으로는 때때로 일화

❖❖

원(*Октябрята*))과 적극적으로 협력했고 그 잡지들에 그의 시, 단편 등이 발표되었다. 그는 1931년 '반소비에트 작가 단체'에 참여했다는 이유로 체포되어 수용소 3년 형이 선고되었다가 추방으로 바뀌어 쿠르스크로 보내졌다. 1932년에야 레닌그라드로 돌아왔지만, 1941년 다시 체포되어 군사재판에 회부되었다. 그는 총살을 면하기 위해 정신병자 행세를 해서 정신병원에 갇힌다. 하지만 레닌그라드 봉쇄 기간에 정신병원 감옥에서 굶어 죽는다. 1960년 하름스 여동생의 청원으로 복권되었다. 작품으로는 『작품집(*Собрание произведений*)』(1978~1988), 시, 소설, 드라마, 서한들을 묶은 『하늘로의 비행(*Полёт в небеса*)』(1988), 단편과 중편집 『노파(*Старуха*)』(1991), 『여인들과 자신에 대하여: 일기, 시, 산문(*О женщинах и о себе : дневниковые записи, стихи, проза*)』(2006) 등이 있다.

4) 〔역주〕 Леонид Иванович Добычин, 1894~1936. 러시아의 작가이다. 1924년 단편들을 잡지 《러시아 현대인》에 발표하면서 등단했다. 1936년 3월 25일 레닌그라드에서 개최된 '형식주의와 자연주의와의 투쟁에 대해서'라는 문학 논쟁에서 소설 『도시 엔』 때문에 도비친은 비방을 받았고 이 사건 이후 사라졌다. 자살로 생을 마감한 것으로 보이지만 문서상으로는 증명되지 않았다. 1989년 페레스트로이카 이후에야 그의 작품들이 재발행되기 시작했다. 작품으로는 단편집 『리즈와의 만남(*Встречи с Лиз*)』(1927), 『초상화(*Портрет*)』(1931)가 있고, 어린 시절의 회상을 담은 장편으로 『도시 엔(*Город Эн*)』(1935)이 있다.

5) Курицын В. Четверо из поколения дворников и сторожей // *Урал*. 1990. No. 5. C. 172.

가 선택된다. 슈제트의 근본은 보통 패러독스이고, 파블라적 충돌 사건은 예기치 못한 일상적 변형을 둘러싸고 일어난다. '아이러니를 기반으로 한 아방가르드' 산문에서 재현된 세계의 형상은 과장되고 그로테스크하다. 서사의 극적 형식들과 놀이적 본성이 시종일관 작품의 근간을 꿰뚫는다.

피예추흐 창작과 연관해서 또 하나의 중요한 상황이 관심을 끈다. 그것은 피예추흐가 러시아의 삶을 '문학 중심성(литературоцентричность)'으로 선언하고서, 러시아의 정신세계에서 문학의 일차성과 현실의 이차성을 근본적이며 가장 중요한 것으로 인정하고 있다는 점이다. V. 피예추흐는 이렇게 말한다. "문학은 말하자면 삶으로 된 뿌리이며, 횡적으로 약간 옮겨 놓은 삶 자체이다. 따라서 삶이 있는 곳에 문학도 있다는 말에 놀라울 것은 전혀 없다. 다른 한편으로는 문학이 있는 곳에 삶도 있으며 그 말은 우리가 삶에 따라서 쓸 뿐만 아니라, 쓰인 대로 살고 있다는 것이다. (…) 문학은 정서한 원고이고 삶은 초고인데 그것도 아직 '가장 쓸 만한 것들로 된 것'도 아니다."[6] M. 리포베츠키의 말에 따르면, 피예추흐는 '새로운 역사주의'의 특징들을 보여준다. "이 모든 선언에서 기호와 지시체 간의 순전히 포스트모더니즘적인 경계 씻기와, '문학'에 대한 '역사'의 의존성을 강조하고 있음이 주의를 끈다."[7]

고전문학과 러시아 역사(작가의 직업은 문학가이고 전공은 역사이다)는 피예추흐의 산문에서 현대적 현실의 중요한 구성 요소들로 감지된다. 높고 낮은 것을 결합하고 자신의 작품에 아이러니한 문화-역사적 회상과 문학적 회상을 도입하고, 인용들과 비교들을 폭넓게 활용하면서, 피예추흐

••

6) Пьецух В. *Я и прочее*. М.: Художественная литература. 1990. С. 219~220.

7) Липовецкий М. *Русский постмодернизм: Очерки исторической поэтики*. Екатеринбург. 1997. С. 233.

는 현대성 안에서 러시아의 역사와 문학, 그리고 그 지향점을 날카롭게 지각한다. 아이러니한 시각에서 지각되고 다른 어조로 윤색된 '영원한 진리들'은 새롭고도 예기치 못한 모습으로 등장한다. 이런 분위기에서 "검소한 모스크바 사무실에서의 대홍수와 『데카메론』,『대홍수(Потоп)』), 인구가 조밀한 공동주택에서 발생한 노파의 실종과 『죄와 벌』,『모스크바의 신철학 (Новая московская философия)』), 두 마을이 겪는 불화의 역사와 고대 러시아 군사 연대기(『첸트랄노-예르몰라예프 전쟁(Центрально-Ермолаевская война)』), 아무에게도 알려지지 않은 열광적 글쟁이의 운명과 푸슈킨의 비극(『회상 (Реминисценция)』) 간의 대조들이 마치 작가가 일부러 제시하지 않은 것처럼 즉흥적으로, 부조리한 상황들이 복잡하게 얽힌 가운데에서 발생한다."[8]

러시아인 사상의 형상들과 전통적·문화적 행동 모델들은 피예추흐에 의해서 과거에서 현재로 '옮겨지고'(또는 반대로 현재에서 과거로 투영되고), 러시아의 삶과 정신세계에서 전형적이거나 민족적 특징으로 이미 인정되던 것에 대해 외적이거나 내적인 일치 또는 불일치가 드러나며, "깊은 연관들의 자리에서는 비연관성을, 세기적 전통들의 자리에서는 붕괴를, 확고부동한 '삶의 법칙들'의 자리에서는 부조리한 충동들을 만나도록 강요한다."[9] 그러나 피예추흐에게서 이런 점들은 1960~1970년대 '농촌 소설'에는 익숙하지 않던, '그때'와 '지금'의 대립이었고, 과거를 이상화하고 현재를 낙인찍으려는 시도가 아니라, 러시아 현실의 부조리주의 속에 '고정적 지배소'가 드러나는 것이었다. '러시아의 민족적 부조리'는 그의 단편들에서 보편적 '존재의 초시간적' 특징처럼 보인다.[10]

••

8) Там же. С. 233.
9) Липовецкий М. Указ. соч. С. 234.
10) Там же. С. 236.

피예추흐 작품들에서 '러시아 부조리주의'의 구체적 구현과 개별적 발현은 '민족적 성격'에 대한 이해를 통해서 일어난다. 소위 '폭넓고', '수수께끼 같고', '설명할 수 없는' 러시아 영혼에 대한 이해인 것이다(F. 튜체프의 "지식으로 러시아를 이해할 수 없다"를 상기하자).

피예추흐는 이렇게 말한다. "내 문학적 존재의 중요한 테마는 러시아의 바보 현상에 대한 연구이다. 이것은 2000년 전으로 우리를 이끄는 '네 이웃을 네 몸같이 사랑하라'는 기본 진리에 모순되는 모든 것을 이해하려는 시도이다."[11]

피예추흐에 따르면 "사실 그 유명한 러시아 영혼의 수수께끼는 매우 간단히 풀린다. 러시아 영혼 안에 모든 것이 있다." "가령, 독일이나 그 어떤 세르보-크로아티아 영혼은 비록 러시아 영혼보다 전혀 얕지도 않고 오히려 어떤 부분에선 더 신중하고 더 복합적이라고 하더라도, 과일, 채소, 양념과 미네랄로 된 조림이 과일로만 된 조림보다 더 복합적이듯이 이 영혼들은 우리 영혼보다 더 얕지는 않더라도 그 안에는 반드시 무엇이 부족하다. 예를 들어 창조적 본성은 충족되지만 전체부정의 정신은 없는 것과 비슷한 것이다. 또는 그들 속에서는 경제적 패기는 넘치지만, '온통 푸른색으로 타라'라고 불리는 제8의 음은 탐지되지 않는다. 또는 그들이 민족적 위엄의 감정은 뛰어나다 하더라도 구름 위에서 사는 것은 전혀 안 된다. 그러나 러시아 영혼에는 모든 것이 있다. 창조적 본성도, 전체부정의 정신도, 경제적 패기도, 제8의 음도, 민족적 위엄의 감정도, 구름 위에서 사는 것도 되는 것이다. 우리는 어쩐지 구름 위에서 사는 것이 특히 잘된다. 말하자면, 방금 매우 필요한 헛간을 정리한 사람이, 이웃에게 1812년 전쟁에서

••

11) *Деловой мир*. 1993. 12 мая.

우리가 왜 승리하였는지를 설명하였고, 부인을 부엌 수건으로 후려쳤다가는, 어느새 자기 집 현관에 앉아서 청명한 날씨에 대해 조용히 미소 지으며 갑자기 이렇게 말하기도 한다. "새로운 종교라도 고안해내야 한단 말인가?"(『첸트랄노-예르몰라예프 전쟁』)[12]

보다시피, 피예추흐에 따르면, 민족적 성격은 위와 아래, 플러스와 마이너스, 이성적인 것과 충동적인 것, 현실적인 것과 형이상학적인 것, 양극적인 것과 모순된 것의 혼합이다. 다시 말해 "상호 부정되는 요소들의 조합으로 정의된다."[13] "그런 식으로 '민족적 성격'은 **교차되는 요소와 사유를 최대한도로 종합하여 소멸시키는 장(場)이라는 의미를 획득한다.**(강조는 저자) 역사의 상수(常數)에 대한 것처럼 '민족적 성격'에 대한 근원적 관념은 이런 맥락에서 모든 역사적 신화학의 완전한 탈위계화로 전환된다. 왜냐하면 어떤 인과관계들이 이런 역사적 신화학에서 제1선으로 등장하느냐에 상관없이, 그들 모두는 '민족적 성격'의 소멸의 장으로서 나타나기 때문이며, 그런 소멸의 장은 존재의 완전함을 통일적으로 구현할 수 있는, 끊임없이 부조리한 개념으로 역사를 변형한다."[14] 다시 말해서 기반이 비논리적인 민족적 성격이 바로 민족적 존재의 부조리성과 민족적 역사의 카오스성의 근본 원인이 되며, '교훈적'·'집단적'('설교적'·'훈계적') 러시아문학은 실제적 삶이 '지향해야만' 하는 '이상적 차원'과 '문화적 규범'을 창조하면서, 무질서가 창궐하는 민족적 삶에 '질서'를 부여한다('도블라토프'의 '삶보

••

12) Пьецух В. *Заколдованая страна.* М.: Центрполиграф. 2001. С. 302~303.

13) Липовецкий М. Указ. соч. С. 236. 연구자의 관찰은 민족적 성격의 '상호 부정되는 요소들'이 '결과적으로 0(제로)의 합성을 이룬다'는 것으로 귀결된다.(Там же. С. 236) 그러나 형식상 아름다운 리포베츠키의 확신은 피예추흐 산문의 진정한 본질과, 러시아적 성격에 대한 그의 관념을 반영하지는 못한다.

14) Там же. С. 241.

다 더 넓은'을 상기하자). 피예추흐는 다음과 같이 언급한다. "이것은 놀라운 일이지만, 러시아의 개성은 오래전부터 모국어의 지배하에, 심지어는 압제 하에 놓여 있다."[15]

사상적인 것과 현실인 것의 불일치는 피예추흐 소설에서 서사적 · 스타일적 차원의 그로테스크함과 아이러니를 낳는다. 이 기법을 M. 리포베츠키는 '상호 텍스트적 아이러니'라고 불렀다. "한편으로 러시아 삶의 유기체적 문학성은 작가가 스스로 묘사한 일화적 충돌 중에서 문학적 · 역사적 원형들을 알아내고 읽어내도록 강요한다. 게다가 보통, 이런 인식됨은 피예추흐의 텍스트들에 반드시 존재하는 문학가 · 이야기꾼의 특권이기도 하다. 그런 문학가 · 이야기꾼이 러시아 문화 전통들의 문맥에서 야생의 역사를 표현하기도 한다. 다른 한편으로 러시아 고전과의 직접적인 상호 텍스트적 교감들은 19세기 문학과 역사 속에서 알고 있는 것과 일상적 상황의 불일치를 강조할 뿐이다."[16] 러시아 삶의 '문학적 유래', '문학 중심성', '유기적 문학성'은 시종여일한 현대 세계의 비논리성, 비정상성, 부조리성에 대한 포스트모더니즘적 이해의 예술적 표현이 된다.

전체적으로 현대 산문에서 피예추흐의 포스트모더니즘적 경향을 인정하면서, 다음과 같은 상황을 부언해야만 한다. 그것은 피예추흐가 주로 소위 '아이러니한 아방가르드'의 기법(또는 기법들의 총체) 차원에서 포스트모더니즘성을 '실현'한다는 것이며, 철학적 개념들의 잠정적(그리고 포괄적) 전체 체계를 드러내는 것이 아니라는 사실이다. 피예추흐 재능의 크기는 그의 포스트모던적인 개별적 사고 형식들로 제한되고, 그런 개별적 사상 형

..

15) Пьецух В. *Новая московская философия: Хроники и рассказы*. М.: 1989. С. 165.
16) Липовецкий М. Указ. соч. С. 233.

식들 중에서 중요한 것은 (이미 언급되었듯이) 러시아 삶의 문학 중심성(상호 텍스트성을 중개로 실현되는 기법의 차원에서)과, 민족적 삶과 민족적 성격에 나타나는 항수들의 비논리성(텍스트를 아이러니하게 만들고, 일화적으로 변형함으로써 실현되는 기법의 차원에서)이라고 말할 수 있다.

가장 일반적인 의미에서 피예추흐의 산문은, 해체, 비위계성, 비선형성을 지향하며, 유희적·가면적 본성을 지향하고, 부조리하고 환상적(사상적, 구조적)인 구성 요소 등을 지향하는, 포스트모던의 경향성을 반영한다. 그러나 비록 처음 접하기엔 흥미롭지만, 피예추흐의 산문은 정적이고, 반복적이다. 또한 기법이라고 할 수는 없지만 피예츠흐의 예술적 재능 수준을 반영해주는 단조로움이 특징적이다. 심지어 피예츠흐의 가장 훌륭한 단편들도, 친족적 사상들을 보여주고 유사한 예술적 과제들을 구현하는 상당히 제한적인 기법들의 모음(스펙트라)을 이용하여 도식적으로 창작되었다.

피예추흐의 단편 「비열한의 인생(Жизнь негодяя)」(1989)[17]은 가장 대표적인 작품들 중 하나이며 성격의 이해라는 시도 측면에서는 일정 수준까지는 흥미롭다.

단편의 주인공은 아르카디 벨로보로도프(Аркадий Белобородов)인데, 그의 '삶의 지표'는 다음과 같은 형식으로 표시된다. "모스크바에 살았다. 프레오브라젠스카야 광장 근처 마트로스카야 티시나 거리였다"(4), "1954년에 태어났다. 사드리들린 아이니가 우리에게서 떠나던 때, 온 나라가 우크라이나의 재통합 300주년과 그리보예도프 사망 125주년을 기념하던 때,

:.

17) 처음 발표된 단편집 출간 날짜를 기반으로 이 단편의 등장 시기에 대해 판단할 수도 있다. Пьецух В. *Предсказание будущего: Рассказы. Повести. Роман*. М.: Молодая гвардия.1989. 이후 피예추흐의 작품들은 (특별히 조건이 붙은 경우들 외에는) 이 책을 인용하며, 쪽수만 텍스트에 나타낸다.

코미디 영화 〈진실한 친구들(Верные друзья)〉이 막 등장하고, 첫 번째 핵발전소가 가동되고, 전 소련 농업 전시회가 시작되고, 처녀지와 묵은 땅들의 개척이 시작되던 때, 전 소련 직업 동맹 중앙 회의의 회장이 슈베르니크 (Шверник)가 되고 '과학 분야에서의 침체에 반대하여'와 같은 신문 제목들에 아무도 놀라지 않고, 문학평론이 사법부 관할이던 때였다."(4~5)

주인공(탄생과 존재)의 등장 장소와 시기는 작가에 의해 아이러니하면서도 세밀하게, 역사적으로 정확하게 지적된다. 주인공은 시골 출신이 아니라 모스크바 사람("모스크바가 러시아의 수도"라는 사실은 모두가 알고 있다)이고, 따라서 인물 전기의 전형적('국가 중심적') 구성 요소가 처음부터 제공된다. 거주지인 마트로스카야 티시나 거리(국가 '쿠테타' 사건 이후에 특히 유명해졌다)는 공산당 구치소·감옥 구역 근처, 다시 말해서 '전형적' 주인공이 거주하는 '전형적' 환경의 근처라는 작가의 암시이다. 프레오브라젠스카야 광장 부근은 지형학적 세부일 뿐만 아니라 주인공의 사회적 성숙 조건에 대한 또 하나의 암시이다.[18]

형상의 성격을 형성하는 '전형적' 구성 요소들은 위에서 이미 열거된 역사적 사건들을 수집하는 것으로 강조되지만, 그 사건들의 외적 위계성은 상이한 것들의 균등화와, 공식적으로 인정되고 국가적으로 의미 있는 가치들과 '해빙기'의 '검소한' 발견들을 단일한 대열에 세워놓는 부조리로 인해 '파괴된다.' 중앙아시아 사회주의리얼리즘의 대문호 S. 아이니(С. Айни)의 죽음과 코미디 영화 〈진실한 친구들〉, 우크라이나와 러시아 통합 300주년과 '처녀지 개발의 낭만주의', 문학(=문학평론)과 사법부, 그리보예도프

••

18) М. 불가코프도 그와 같은 '장소에 대한 방향 지시기들'을 이용한다(참조할 것. 예를 들어 Роковые яйца: Булгаков М. *Избр. соч.* : В 3 т. М.: 1997. Т. 1. С. 279).

와 슈베르니크 이름들의 대비 등이 그것이다. 아르카디 로보로도프의 일상적 사회 이성의 경계들은 기호적으로 중요하게 그려진다. 1950년대 소련의 구체적 시기, 약화된 전체주의의 시대와 시작되는 '해빙기' 등으로 이루어진 '영원한 비열한'의 초상이 피예추흐에 의해 창조된다.

주인공의 전형성을 설정하는 것은 작가의 의식적인 과제이다. 피예추흐에게 일반적으로 특징적인 것은 역동적인 성격들을 창조하는 것이 아니라 **유형들**('카테고리', '현상', '계열')을 이끌어내는 것이다. 「비열한의 인생」이 '그처럼 비열한들'을 다루는 대목으로부터 시작되는 것은 우연이 아니다. "비열한들은 각양각색이다. 비록 상식적인 어느 한 사람도 자신을 비열한이라고는 생각하지 않음에도 불구하고, 이것은 매우 폭넓게 퍼져 있는 잡다한 인간이라는 족속의 속성이다. 사상의 비열한, 동기의 비열한, 일의 비열한, 라이프스타일의 비열한, 자기가 자신들에게 적들인 사람들, 뜻밖의 비열한, 사상적 판단 속의 비열한, 마지막으로 기상 센터의 직원들도 있는데, 깊이 생각해보면 상당한 비열한들이다. 그러나 약간 논외에 놓인 가장 해로운 비열한의 카테고리가 있는데 말하자면 영원한 비열한이라 불리는, 다시 말해 어디서 나왔는지 알 수 없기에 근절될 리가 만무한 비열한들이다."(4) 바로 그런 카테고리에 피예추흐는 자신의 주인공을 포함시킨다.

단편을 읽어감에 따라서 주인공이 그런 유형에 속한다는 것이 정당한가에 대한 의구심이 발생하지만(그것에 대해서는 작가·서술자의 '전화 상대자'도 말한다), 자신의 비열한을 영원한 비열한의 대열에 세워놓으려는 피예추흐의 의도는 명백하다.

단편의 맨 처음에 이미 피예추흐는 주인공의 '평범성'(다시 말해서 '영원성'의 요소)을 의식적으로 강조한다. 어린 시절 그는 "평범한 아이"였고 청년 시절에 그는 "평범한 청년"이었다.(5)

이후("젊은 시절 초기에"(5)) 작가는 주인공의 '애시당초부터 비열한적이던 기질들'을 진단하는데, 그런 특징들은 "아르카샤[19]가 새끼손가락으로 코를 후비며 몇 시간씩 소파에 누워 있곤 했으며 천장을 흥미롭게 바라보곤 했다"(5)는 것으로 나타난다. 소파에 누워 있다는 것은 의심의 여지 없이 분명하게 아르카샤를 '영원성'에 인입하도록 하는데, 바로 러시아 고전문학의 영원성에, 즉 분명하게 저절로 떠오르는 오블로모프의 형상(상호 텍스트)에 인입하도록 한다. 오블로모프에게 "누워 있는 것은 병자나 자고 싶은 사람에게서처럼 필연적인 것도, 피곤한 사람에게서처럼 우연적인 것도, 게으름뱅이에게서처럼 즐거운 것도 아니었다. 이것은 그의 정상적인 상태였다."(11)[20] 비교하자면, 이들 작가들이 정돈하여 체계화하려고 노력한다는 사실도 관심을 끈다. 피예추흐는 비열한들을 유형화하고, I. 곤차로프는 누워 있기의 다양한 원인과 상황을 설명하고 있다.

소파에 주인공이 누워 있는 것에 대해 피예추흐는 다음과 같이 지적한다. "그런 시간들에 그를 관찰해보면, 진지한 생각들이나 서정적 회상들이 그를 사로잡고 있다고 가정해볼 수 있었지만 현실에서는 전혀 다른 감정인, 바로 안온감이란 무디지만 매우 즐거운 상태가 그를 사로잡고 있었다."(5) 안온감이란 단어는 자체로 이미 상호 텍스트적이고 또다시 곤차로프를 찾아보게 만든다. 오블로모프의 "깊은 온유함", "남자에게는 너무나도 안온한 것 같은" 그의 특징들(10)이다. 피예추흐와 마찬가지로, 곤차로프의 말에 따르면, 그가 누워 있는 순간들에 오블로모프의 얼굴을 바라보면, 그 얼굴에는 "어떤 명백한 사상도 없고, 얼굴의 특징에는 어떤 집념도

∵

19) [역주] 아르카디를 일컫는다.
20) 이후 소설 『오블로모프』의 인용은 Гончаров И. *Обломов*. Л.: Художественная литература. 1982에 따르며 본문에서는 쪽수만 표시한다.

없는 것"(10)이 특징적이다.

"전기적 기점들"(5)에서 피예추흐가, 거의 같은 세부들과 거의 같은 단어들로써 자신의 주인공의 성격 형상 단계를 지적하면서, 의도적으로 오블로모프의 '영원한 형상'을 목표로 하고 있다는 것이 분명해진다.

이렇듯, 주인공이 22세였을 때〔곤차로프에게는 "그가 아직 젊었을 때"(41)〕, 그는 "협동조합 기술학교에 다녔는데, 그 후 기술학교를 그만두고 전구 공장에 보조 노동자로 들어갔지만 겨우 3~4개월을 일하고는 조금씩 태만해지기 시작했다."(5) 다시 말해서 오블로모프와 마찬가지로 아르카샤는 "모든 유익한 **활동**을 중지하였다."(강조는 저자)(5)〔비교할 것. 곤차로프에게서는 다음과 같다. "오블로모프에게는 '모든 **활동**의 (…) 자제'(43)가 명령되었다."〕

오블로모프의 상상 속에서처럼, 아르카디의 상상 속에서 짧은 기간 "가정의 행복이 아른거렸으며 미소 지었고"(『오블로모프』, 41), 피예추흐에 따르면 "가정의 삶이 마음에 들었다."(6) 아르카샤는 결혼했고〔"그는 소위 할 수 없어서 그냥 결혼했다"(6)〕, 그에게는 아들이 태어났고, 그는 심지어 프레오브라젠스키 시장의 경비(영원 속에서의 현대성의 요소. 또다시 구체적 '해빙기' 시기인 '경비와 거리 청소부의 세대'에 대한 지적)로 취직했지만, 곤차로프에게서처럼 곧이어 "모든 것이 또다시 소파로 끝났다."(6)

마지막으로 아르카샤의 '물질세계'의 세부들은 오블로모프 세계의 '분신들'로 상관될 수 있다. "어스름"(7)〔곤차로프: "커튼이 내려졌다"(11)〕, "천장 밑의 거미줄"(7)〔곤차로프: "벽을 따라서 그림들 주위에 레이스 모양의 거미줄이 붙어 있었다"(11)〕, "잿빛이 된 반원 창문"과 "너무 때가 묻어서 성냥개비나 손톱으로 그 위에 서명을 할 수 있을 정도로 더러운 식탁 위의 찻잔들"(7) 곤차로프: "물체들을 비추는 대신에, 그 위 먼지에 기억해야 할 어떤 메모들을 적어두기 위한 판으로 쓸 수 있는 거울들"과 "식탁 위에 어제 저녁 먹고 치우지 않은 소금 그릇과 뜯어 먹은 뼈가 담긴 접시가 놓여 있지 않거나 빵 조각들이 뒹굴지 않았던 아침이 드물었다"(11), "아무렇게나 쓰레기로 어지럽혀진 마룻바닥", 마룻바닥에는 또한 얼룩을 덮은 '신문'(7)[곤차로프: "신문이 뒹굴었다", "신문은 지난해 것이었다"(11)], 다시 말해서 고전 소설을 통해 익숙한 "황폐와 몰락의 영혼"(7)[곤차로프: "서재의 모습은 (…) 그 안을 지배하는 황폐함과 방임 상태를 충격적으로 보여주었다"(11)] 등이다.

주인공들 유사성의 외면적인 "초상적·인테리어적" 특징들은 인물들의 내면적인, 즉 '영원한'·정신적인 지향들로 강조되고 심화된다.

러시아 고전문학으로부터 잘 알려져 있는 사실은, 민족적 성격의 전통적인 유형이란 영혼의 애수, 정신적 불만족성, 인생의 의미(=이상) 모색, 외면적·내면적 세계의 조화를 향한 지향으로 거의 통일적으로 정의된다는 것이다.

곤차로프의 주인공은 지적된 전통의 차원에서 보면 그의 '영원성'과 '러시아성'이 자명하기에 증명이 필요치 않다. 그러나 피예추흐의 주인공은 거의 직접적으로, 즉 의도적으로 정해진 오블로모프의 '계승자'이다. 아르카샤의 생활 습관과 행동의 특징들에 대한 설명을 찾으려고 노력하면서, 특히 어머니의 방에 그가 둘러친 "자신의 우리"(6~7)에 대해 말하면서, 작가는 다음과 같은 추측을 말한다. "아마도 그의 존재는 내부와 외부 세계 간의 완전한 **조화**(강조는 저자)를 이룰 수 있는 제한된 자신만의 공간이 필요했던 것 같다."(7) 강조된 단어는 전통적인('영원한') 문학적 주인공들의 범주에 이 현대적 인물을 포함시키도록 해준다. 문제는 과거와 현재 이상들의 '높이'를 대조하는 것도 아니고, 두 주인공들의 내적 '세계들'의 대비 가능성도 아니다. 어떤 '조화적' 연관이 존재한다는 것에 대한 작가의(비록 풍자극 같다고 하더라도) 지적이 중요한 것이다.

피예추흐가 '조화'라는 단어를 사용한 것이 우연이 아니라는 사실에 대한 증거는 주인공의 이름이다.

주제가 민족적 유형에 대한 것, 즉 본질상 러시아 민족 성격의 현대적 변형에 대한 것인데도, 피예추흐는 어떤 평민적인 이름, 즉 전통적으로 확산된 '러시아식' 이름인 이반이나 바실리[예를 들어, 단편에서 구역 담당 사회안전원의 성이 이바노프인 것처럼(8)]를 선택하지 않고 비(非)러시아식 이름인 아르카디를 선택했다.[21] 바로 '아르카디'란 이름은 아르카디야,[22] 즉 행복, 평안, 순수한 기질, 사랑, 조화 등에 대한 관념과 연관된 목가적 전원의 나라와의 연상 관계 강조를 위해서 작가에게 중요하다.[23] 아르카디야는 곤차로프 소설 속 오블로프카의 불변 식이며, 그것의 그림자들은 일리야 오블로모프와 (부분적으로) 아르카샤 벨로보로도프의 정신 상태에서 드러난다. "제한된 공간과의 조화는 절대 고독의 요소로 강화된다", "아르카샤는 눈을 떴고, 눈을 뜨고는, 때로는 비밀스러운 속삭임들에 귀를 기울이고, 때로는 4층 소년이 연주하는 음계들에 귀를 기울이면서, 두세 시간을 안온감의 상태에서 보냈다."(7~8)

이렇듯, 오블로모프 형상과의 외적(표면적) 연관은 상호 텍스트 수준에서 형상들의 깊은 친족성을 예견한다. 이런 문학적 유형의 '영원적 요소'를 더욱 강조하고 강화시키면서, I. 투르게네프의 『아버지와 아들』에 나오는

..

21) "아르카디는 그리스어로 '아르카디 출신', '아르카디 주민', '목동'의 뜻이다."(Тихонов А. Боярина Л. Рыжкова А. *Словарь русских личных имен.* М.: 1995. С. 61)

22) 아르카디야에 대해서는 다음을 참조할 것. *Три века Санкт-Петербурга: Энциклопедия*: В 3 т. СПб.: 2001. Т. 1: *Осьмнадцатое столетие*: В 2 кн. Кн. 1. С. 82: *Большой толковый словарь русского языка* / Сост. и гл. ред. С. А. Кузнецов. СПб.: Норинт. 1998. С. 46 등.

23) 피예추흐의 중편 『해방』의 주인공 역시 "황홀한 외딴 곳", "은둔자의 아르카디야"(128)를 찾는다.

'오블로모프와 비슷한' 아르카디도 그 형상들의 대열에는 놓이게 된다.

그러나 피예추흐의 이런 주인공 유형이 "영원한 비열한"으로, "가장 해로운 비열한의 카테고리"(4)로서 지적되고 있다는 사실을 상기하자.

슈제트 차원에서는 이미 언급된 구역 담당 사회 안전원 이바노프가 구체적 사건에 상응해서 '비열한'이라는 직접적 정의를 주인공에게 내리고 있다. "너는 비열한이야, 네가 바로 그런 놈이다! 이바노프는 이렇게 말하고는 모자를 쓰기 시작했다."(9)

이런 카테고리의 정의를 '확실하게' 하기 위해 사전에서 단어 '비열한'을 훑어보아야만 한다.

V. 달[24] 사전에는 '비열한'에 대한 독자적 항목이 없다. 이 개념은 '쓸모있는, 좋은'의 반의어인 '쓸모없는, 저급한, 나쁜'이라는 항목 내에서 찾을 수 있다. "비열한: 나쁜 행동을 하며, 도덕성이 불량하고 저급한 사람, 몹쓸 놈"[25]이라고 정의하고 있다.

러시아어 대사전은 다음과 같이 정의한다. "비열한은 저속하고 저열한 사람이다."[26]

동의어 사전은 다음과 같은 해설을 담아 "비열한, 비열한 놈, 몹쓸 놈"으로 나온다. "저열하고 비양심적인 사람. 이 단어는 매우 부정적인 가치

∴

24) 〔역주〕Владимир Иванович Даль, 1801~1872. 러시아의 학자, 작가, 사전 편찬자이다. 사전으로는 『생생한 러시아어 해설 사전 1~4권(*Толковый словарь живого великорусского языка, тт. 1~4*)』(1978), 작품으로는 『중편과 단편(*Повести и рассказы*)』(1983), 『러시아 민족의 속담 1, 2권(*Пословицы русского народа, тт. 1~2*)』(1984) 등이 있다.

25) *Даль В. Толковый словарь живого великорусского языка*: В 4 т. М.: Русский язык.1999. Т. 2. С. 509.

26) *Большой толковый словарь русского языка*. М.: 1999. С. 617.

평가를 표현한다."[27]

 '매우 부정적인 가치 평가'가 피예추흐의 단편에서 이야기되고 있으며, 상호 텍스트적 연관들(오블로모프-아르카샤)의 결과로 정열된 그런 '영원한 유형'에는 그것이 부합하지 않는다는 사실은 분명해진다.

 피예추흐 주인공이 갖는 '극단적으로 부정적이지 않은 특징'을 단순하면서도 확실하게 보여주는 증거는, 예를 들어, 미국인들에 대한 그의 반응이다. "아세요, 어머니, (그는 코에서 새끼손가락을 빼지도 않고 말해서 그의 목소리에서는 프랑스인의 어조가 흘러나왔다.) 지금 방송에서 그러는데요, 미국은 영하 38도래요. 물론 중앙 난방시설이 모조리 터져버렸고, 전력도, 제기랄, 정전이 되었죠. (…) 미국인들이 불쌍해요. 인간적으로 불쌍하잖아요!"(6) 불합리하고 우스꽝스러운 주인공의 지적은 다음과 같은 이유로 관심을 끄는데, 첫 번째로는 주인공이 '입을 꾹 다물고 말이 없는 버릇이 있었는데' ("마치 꿀 먹은 벙어리처럼 말이 정말 없다"(5)), 여기서 갑자기 "터져 나왔기"(6) 때문이고, 두 번째로는 이 단편에 분명하게 묘사되는, 주위 사람들에게 나타내 보이는 완전한 무관심에도 불구하고, 낯선 먼 곳의 미국인들에게 주인공이 갑자기 동정심을 드러냈기 때문이다. "불쌍해요 (…) 인간적으로 불쌍하잖아요"라는 대꾸는 피예추흐가 좋아하는 희극적 효과에만 상관되는 것이 아니라, 텍스트에서 그런 표현이 두드러짐으로써 그 말이 갖는 비(非) 우연적 특성을 강조하고 '아르카디'적인 순박함, 천진함, 선함, 즉 인물의 (그리고 유형의) '긍정성'을 강조하고자 한 작가의 의도를 증명해준다. 그리고 그때 '비열한'은 '몹쓸 놈'이나 '속물적 인간'이라는 뜻이 아니라 사람의

: :

27) *Словарь синонимов русского языка* / Под ред. А. Евгеньевой: ИЛИ РАН. М.: 2001. С. 630.

어떤 점에 대해 '적합하지 않은'이라는 뜻으로 해석되는 것이 피예추흐 주인공에 대해 적용되는 것이다.

이런 해석을 확신하게 해주는 것은 단편의 결말에 인용된(정확히 하자면, 결말들 중 한 부분이다. 왜냐하면 본질적으로 단편의 결말이 두 개이기 때문이다)[28] "친구이자 독자 · 현자"(9)[29]인 인물과 작가 · 서술자와의 대화인데, 그 대화에서 비열한으로 아르카디를 정의한 것에 동의하지 않으면서 단편의 제목을 바꿀 것을 제안했다. 흥미로운 것은 인용된 전화 대화에서 두 번씩이나 "적합하지 않다"는 말이, 비록 제목에 대해서이긴 하지만("제목이 적합하지 않아요"(9)) 나오고, '비열한'이란 정의 대신에 "불행한 사람"(9)이 나온다는 것이다. 주인공의 "비적합성"은, 비록 작가 · 서술자가 의도적이고도 선언적으로 이 사실에 동의하지는 않지만, '불행'과 동격이 된다.

그렇다면 아르카샤 벨로보로도프는 무엇에 적합하지 않은가 하는 문제가 발생한다.

아르카샤의 형상과 오블로모프의 형상과의 비교(이미 언급된) 전체가 대답이 될 수 있다. 바로 다음과 같다. 오블로모프의 형상은 가장 새로운 시대의 문학에 익숙해졌다. 즉 곤차로프 주인공의 성격의 반사회성과 수동성은 '비(非)주인공'[30]의 시대, 다시 말해서 포스트모던 철학 형성 시기에 어울린다는 것이다. 바로 이런 형상이 현대문학의 첫 번째 '포스트모더니즘적' 주인공들 중 한 인물, A. 비토프 소설 『푸슈킨의 집』에 나오는 료바

..

28) 몇 개의 결말들(그리고 그에 상응하는 몇 개의 구성적 고리들)의 존재는 작가가 좋아하고 자주 이용하는 '가장 단순한' 기법들 중의 하나라는 사실에 주의를 기울이자.

29) 이 대화에서 운율감이 피예추흐를 배신한다는 사실을 지적해야만 한다.

30) 주인공의 수동성과 반사회성이란 특징들은 1960년대 말~1970년대 초 '공식' 문학에서 이미 드러나기 시작했는데, 아마도 농촌 산문의 주인공 · 무저항주의자들의 형상들에서 가장 강하게 그려졌던 것 같다.

오도옙체프의 성격의 불변수들을 제공한다는 사실은 우연이 아니다.[31] 19세기 중반 사회적 삶의 새로운 경향들에 대한 오블로모프의 비적응성은 피예추흐에게서는 아르카샤의 '비 – 적합성', 즉 20세기 중반의 생활 조건에 대한 그의 비적응성에 대해 독특한 해명이 된다.

그러나 "영원한 비열한"("오블로모프 현상"(8))의 형상 · 유형에 대한 사상은 피예추흐의 단편에서는 완전하게 현실화되지는 않았으며, 아르카샤의 형상은 철학적(개성적) 요소가 상실되고, 고전문학의 주인공 형상에 인위적으로(!) 대비된 것이다.

이 단편을 형성하는 두 개의 구성적 고리들에 주의를 기울이면 이런 결론을 설명하고 확인할 수 있다.[32]

구성적 고리들 중 하나(내적인 고리)는 단편의 직접적 슈제트에 의해 조직된다. 즉 주인공의 탄생 순간("그는 태어났다"(4))부터 죽음의 때("그는 죽었다"(9))에 이르기까지 아르카샤 벨로보로도프 삶의 파불라 라인에 의해 형성된다. 스타일상으로 슈제트는 발화의 틀에 의해 제한되는데, 그 액자는 "정말 못된 짓을 하고 싶었다"(5, 9)라고 두 번 사용된 문장에 의해 만들어진다.[33] '내적' 슈제트의 결말은 작가 자신에 의해 확정된다. "나는 (⋯) 마침표를 찍었다."(9)

•.•.

31) 이 책의 A. 비토프의 『푸슈킨의 집』에 대한 장을 참조할 것.
32) 피예추흐의 다른 단편들에서와 마찬가지로, 단편 「비열한 인생」에서 구성적 고리는 이후에 언급될 두 개의 고리보다 훨씬 더 많다.
33) 이 경우 원형 테두리라는 느낌은 같은 문장의 반복에서뿐만 아니라, 러시아 작가들의 이름인 톨스토이(4)와 부닌(9)으로 폐쇄되는 이 두 경우들에서 바로 그 문장들의 구조가 반복되는 것으로도 발생한다. 톨스토이와 부닌(그리고 고골. 이에 대해서는 아래에서 언급된다)의 이름들이 거론되는 상호 텍스트적 문맥은 아르카샤 형상의 '영원한' 구성 요소를 위해 작용한다.

피예추흐에게 이런 슈제트의 전개는 현대성을 목표로 한 것이고, 따라서 세밀성과 구체성을 지향한 것이다. 그 안에서는 정확하게 연도(1954~1981)가 지적되고, 주인공의 주소와 거주 등록 정보(모스크바, 마트로스카야 티시나 거리)가 제공되며, 결혼했고 아들이 있다는 사회적 위치가 결정되었다.

피예추흐는 '구체적' 슈제트의 전개에, 현대 생활의 사회적 규약 중 주인공이 인정하지 않는(인정 불가능한) 요소를 삽입한다. 바로 이 때문에 "시간과 장소"(4)의 "국가적" 지표가 부과되며, 바로 이 때문에 주인공은 짧은 시간에 "경비와 거리 청소부의 세대"(6)로 전락하게 되고, 그 뒤 주인공은 감금되며,[34] 바로 이 때문에 주인공은 일찍 세상을 떠난다("그의 아들이 아직 똑바로 걷지도 못했을 때"(9)). 그럼에도 불구하고 적은 수준이나마 작가에 의해 묘사된 주인공 성격의 본질들과, 이러한 상황과 세부들은 1950~1980년대 소비에트 국가 사람들 전체 세대의 행동(존재) 유형을 다소나마 분명히 모델화하고 있다. 즉 형상의 '전형성'이 시대의 "전형적 기호들"로 제공되며, 시대의 형식적이고 판에 박힌 상황들로 직접적으로 제공되고 있다.(4~5, 6)

그러나 '경비와 거리 청소부' 세대의 주인공들(그리고 현실적 인물들)은 우

∙∙

34) '기생충' 이오시프 브롯스키에 대한 시끌벅적했던 재판을 기억하자면, 물론 이런 연상에 대한 매우 희미한 암시로는 아르카샤 속에서 "뜻하지 않게 싹튼" "달필 재능"(7)이나, 아름다운 서체에 대한 열정 등을 들 수 있다. 또 다른 이유는 미슈킨 공작(비열한이 아니라 백치)의 형상이 등장하는 F. 도스토옙스키의 『백치』인데, 미슈킨 공장의 "필체는 너무 아름다웠고" "대단한 명필이었다."(Достоевский Ф. Избр. соч.: В 2 т. М.: 1997. Т. 2. С. 36) 주인공을 '백치'로 정의한 것은 피예추흐의 중편 『해방(Освобождение)』(119), 『러시아의 일화들(Русские анекдоты)』(Пьецух В. Русские анекдоты. СПб.: Русско-Балтийский информационный центр "Блиц". 2000. С. 6) 등에서 만날 수 있다.

선적으로 1950~1970년대 창작적 언더그라운드를 대표한다. 거기서 사회적 무관심, 사회적 수동성, 알코올에 대한 애착 등은 개별적(보통 야당적)이며 개인적 본성의 부재가 아닌 현존의 증거들이 되는데, 피예추흐 주인공에게서는 그런 개인적 본성이 상실된다. 아르카샤 형상의 내적·예술적 본질은 '형성되지 않으며', 그는 매우 유치한 주인공이라는 원초적 존재가 되어버린다("어리숙한 (…) 존재", "무엇인가 얘기만 하면 유치해서 들을 수가 없을 정도로 바보 같은 소리뿐이다"(5)). 작가는 "진지한 사상"(5)[35]도, 단순히 매력적인 개성도 주인공에게 부여하지 못한다.[36] 피예추흐의 주인공은 보잘것없는 속물로 보이고 그의 수동성과 반사회성은 자신의 적음과 하찮음에서만 기인한 것이다. 아르카샤는, 작가가 그를 창조하고자 의도했던 대로 보통 사람도 되지 못하고 '중간 이하'가 되어버렸다. 구체적 인물 형상의 '낮아짐'은 묘사된 유형의 성격 논리를 파괴하고 있다.[37]

그러나 '영원한 유형'을 창조하고자 하는 피예추흐의 바람은 몹시 강했다. 여기로부터 단편 「비열한의 인생」의 '두 번째' 슈제트, 즉 두 번째(마치 '영원한' 것 같은 '외적인') 구성적 고리가 발생한다.

두 번째 구성적 고리는 비열한에 대한 일반적이고 유형적인(단편의 처음과 끝에서) 판단으로부터 탄생한다. 이 단편의 처음에서는 비열한의 다양한 유형들에 대해 언급한다면, 단편의 마지막에서 작가는 모든 사람들을 (철학적으로 합당하게) 일반화하고 비열한에 포함시킨다. "정말로 (…) 우리 주

∴

35) 유일하게 이성적이고 진지한 아르카샤에 대한 평가는 사회 안전 요원 이바노프와 나눈, "손자들에게 들려주는 이야기들"(8~9)에 대한 대화에서 언급된다.
36) 이미 언급된 미국인들에 대한 동정을 제외하고.(6)
37) 작가에 의해 자세하게 묘사된 아르카샤의 평정과 침착성, 그의 내적·심리적 균형, 자기 충만성 등을 고려하면, 예를 들어, 주인공은 '오랫동안 행복하게' 살았어야만 한다는 슈제트상의 다른 전개도 가정해볼 수 있다.

위에는 너무나 많은 오해들이 있어서 거의 매 걸음마다 비열한 짓을 저질러야만 할 정도다. 당신이 도둑질하지 않는다면 일을 태만히 하는 것이고, 일을 태만히 하지 않는다면 아내를 속이는 것이고, 아내를 속이지 않는다면 아이들을 갈피를 못 잡게 하는 것이고, 상부에 거짓말을 하는 것이고, 바보들을 눈감아주는 것이고, 투기꾼과 공모하는 것이고, 이상주의자들을 멸시하는 것이고, 무엇인가를 전혀 끊지 못하는 것이고 그 무엇에도 손을 내밀지 않는 것이 된다."(11) 그리고 자신을 이렇게 구별된 성격 유형에 포함시키며 스스로에 대해서도 다음과 같이 덧붙인다. "게다가, 나는 썩 괜찮은 사람인 것 같지만, 어떤 면에서는 역시나 비열한이다. 사실 깊이 생각해보면 이미 **형성된 상황들하에서는**(!—저자) 이것이 그렇게 끔찍한 것도 아니며, 심지어 나는 유쾌하고, 우스꽝스럽다고까지 말하고 싶다. 왜냐하면 거리로 나가보면, 주위가 온통 비열한들뿐이니까."(11)

관심을 기울여야 하는 상황은 이런 고리가, 내용적·의미적 요소(비열한들에 대한 판단, 비열한들의 유형학)로만 형성될 뿐만 아니라, 문체의 차원에서 명확하게 짐작되는 고골적 소설의 유희적 음색에 의해서도 형성된다는 것이다. 그런 유희적 음색은 "비열한은 각양각색이다"(4)라는 첫 문장에 의해 나타나고 마지막 문장 "게다가, 나는 썩 괜찮은 사람인 것 같지만……"(11)으로 폐쇄된다.

이런 식으로, 이 단편의 '두 번째' 슈제트('외적 고리')는 비열한 아르카샤(그리고 K°)의 구체적·현대적 유형을 일반화하고 '영원성'의 수준까지 끌어올렸어야만 했다.

그러나 피예추흐의 아르카샤는 순진하고 선한 아르카디 출신의 목동도 아니고, 능력 있고 감수성 깊은 사람인 오블로모프도 아니며, 고골의 치치고프는 더더욱 아니며, '비열한', 즉 '적합하지 않고', 속이 빈 인물일 뿐이며, 피예추흐에 의해 인공적으로 '영원성'으로까지 '끌어올려진' 것이다.

피예추흐는 주인공의 '기호적 유형'을 창조하려고 노력했지만 이렇게 선별된 형식을 가치 있는 내용으로 채우지는 못했다. 완전한 성격이 되지 못했다. 형상 개념의 통일성도 갖추지 못했다.

읽기(와 분석)에서 또 다른 흥미를 주는 것으로는 피예추흐의 단편 「나와 결투자들(Я и дуэлянты)」(1991)[38]을 꼽을 수 있다. 거기서 피예추흐는 (현대) 스포츠인 활쏘기 결투를 묘사하고 있다. 거기서 결투자 중 한 명의 눈이 활에 뚫리게 되는 결투의 비극적(현실적 삶의) 결과는 실생활과 유사한 ("문학에서 유래한") 결말과의 비교 속에서 "일화적으로"(102) 읽히게 된다. 그 결말에 따르면 "장소에 도착한 결투자들은 냉정하게 서로를 쏘아야만 했던 것 같고" 결투의 참석자들 중 한 사람이 "가볍게 한잔할 것을 제안했고"(105), "모두가 만족하고 취한 채로 각자 집으로 흩어졌다"(106)로 끝났기 때문이다.

「비열한 인생」보다 이른 시기에 창조된 단편 「나와 결투자들」은, 거의 동일한 도식에 따라서, 동일한 기법들을 활용하여 구성되었다. 부분적으로는 동일한 사고 형식들을 반복하며 피예추흐의 다른 단편들에 의해 이미 익숙해진 성격 유형들을 묘사하고 있다. 예를 들어, 「나와 결투자들」에서도 「비열한 인생」에서 구역 담당 사회 안전원 벨로보로도프가 던진 "당신은 당신에 대해서 후손들이 뭐라고 말할 것이라고 생각하십니까?"(100)라는 질문이 언급된다.

단편 「나와 결투자들」은 '나와 기타 등등'이라는 제목의 연작에 포함된

⁚

38) 처음 이 단편은 단편집 Пьецух В. *Циклы*. М.: Культура. 1991에 등장하였다. 이후 이 단편은 이 발행본에 따라서 인용할 것이며 쪽수만 텍스트에 명기한다.

다. 아마도 바로 이런 점이, 「비열한의 인생」과는 다른 모티프들로 매개된 몇 개의 구성적 고리들로(또다시!) 이 단편이 구성되고 있다는 사실을 설명해준다.

이렇듯, '내적'·구성적 고리는 「나와 결투자들」의 슈제트 전개와 직접적으로 연관되고, "발단"(98)에서부터 「비열한의 인생」에 의해 이미 익숙한 문장 "마침표를 찍었다"(106)까지의 사건들을 포함한다. 고리(=슈제트) 내부에서 작가는 자신의 주인공들을 제시하는데, 이것을 간결하게 "광고 포스터식으로" 제공한다.[39] "기사 자브자토프가 어떤 특별한 공기망치를 발명한 것이 이 이야기의 발단이었다. 나는 자브자토프를 풍월로만 들어 알고 있었고 한 번도 그를 직접 본 적은 없었다."(98) "내 이야기의 다른 주인공은 부킨이란 성을 가진 사람으로 한 기술 잡지의 책임 서기였기에 사실 그와 나는 아는 사이였다."(99) "이런 두 사람 외에 서술되는 이야기에는 한 여인과, 즉 수도 모스크바의 한 신문의 편집부와, 그리고 로마법 전문가이자 법학 박사인 야즈비츠키라는 아무개가 관련되었다."(99)[40]

지적된 주인공들은 이전에 피예추흐에 의해 이미 묘사된 유형들을 거의 그대로 반복하고 있지만, 이 단편에서 그들은 압축되고 축소된 형태로 제공된다. 이렇듯, 예를 들어 야즈비츠키는 단편 「그는 한 번도 수감된 적이 없었다……」

∵

39) N. 고골, 『죽은 농노』의 다음 구절을 참조할 것. "그러나 이제 등장인물들에 주의를 돌립시다." Гоголь Н. *Собр. соч.*: В 8 т. М.: 1984. Т. 5. С. 48. 이후 고골 작품들은 이 발행본에서 인용하며 쪽수만 텍스트에 명시한다.

40) 사실, '수도 모스크바의 한 신문 편집부'는 "비방 글"(100)의 발표와 연관되어 단 한 번 언급된다. 여기서 예를 들어, 스포츠용 활을 주인공들에게 빌려주던 시도로바(시도로바에게는 수많은 유익한 친분들이 있는 것으로 밝혀졌다(103))의 친구들도 마찬가지로 열거될 수 있다.

(1989)의 코로미슬로프의 성격에 대한 반복이다.[41]

피예추흐는 주인공 제시의 간결함을 슈제트 전개의 간결함으로 다음과
같이 보충한다. 단편 속 이야기(텍스트 구조가 바로 그렇다)는 '말해지지 않
고', '단편 속에서 다시 이야기하기'라는 예기치 못한 형식을 형성하면서 개
략적으로 서술된다. 연대기적 공식 "일은 이렇게 된 것이었다"(99), "이틀
이 지나서"(101), "소콜리니키에서 활을 쏘기로 합의했다"(103), "10월 30
일 아침 결투의 참가자들이 만났다"(103) 등과 함께, 작가는 "이렇듯, 내 이
야기는 취하기는 했지만 교훈적인 대화로 끝이 났다(단편 속에서 이야기가
끝났다는 말이다—저자)"(105) 또는 "이야기의 맨 끝에서 나는 ~에 관한 문
장을 덧붙였다"(105) 또는 "시도로바가 직접 그녀의 의견대로 ~을 말하도
록 내버려둬라"(105), "그 후 부킨이 등장한다. 그는 ~에 대해 말할 것이
다"(105), "이야기가 야즈비츠키에까지 이르자, 그는 (…) 자신의 발광을 둘
러대기 시작한다"(105), "마침내, 자브자토프는 ~을 발표한다"(105~106)
와 같은 이야기를 재구성하는 표현들을 사용하거나, 또는 다음과 같은 작

••

41) 참조할 것. 야즈비츠키는 이렇게 말한다. "지금의 삶은 기지 넘치는 표현이 없이 단조로운
데, 마치 모기의 윙윙거림 같다." "등골이 오싹해지도록 때때로 참을 수 없이 예사롭지 않
은 무엇을, 고추가 담긴 식초를 원하게 된다. 그렇지 않으면 판단이 흐려질 수도 있고, 아
니면 인생이 헛되이 지나갔다고 생각할 수도 있다."(105) 코로미슬로프는 다음과 같이 언급
한다. "정말 이것이 인생이란 말인가? (…) 이것은 혼동이다, 인생이 아니다! (…) 일단 내가
생각하기에 우리의 인생은 진정한 인생의 유사물일 뿐이다. 놀이처럼 대략적이고 조건부
적인 무엇이다. 이렇게 내가 34년을 살았다고 가정해보자. 그래서 뭐 어쨌단 말인가? 내가
34년을 살았다는 것이 특별한가! 모두가 그렇단 말이다 (…) 만약 모두가 그렇다면 이것은
정상적이라는 것이다. 모두에게 그렇지 않은 것이 문제인 것이다! 그렇게 나는 테베르다에
서 일했다. 거기 사람들은 총을 쏘아대고, 바위 위에서 잠을 자고, 물을 희석하지 않은 알
코올을 마셔댄다. 바로 이것이 나는 인생이라고 생각한다!"(23)

가적 주해들을 달고 있다. "화를 낸 후(나는 다음에 이 동사를 교체할 것이다)" (99), "가정해야만 한다"(103), "아마도"(103), "어쩌면"(103) 등. 즉 작가는 이야기 자체가 아닌, 그 이야기에 대한 단순한 요약만을 쓰는 것이다.

만약 피예추흐가 이 형식을 처음부터 끝까지 유지했다면 이런 서술 형식을 기법[42]으로 인정할 수도 있다. 그러나 작가는 빗나가게 되고, 보도 기사 같은 문장들과 단락들과 함께, 분명히 다른 문체적 뉘앙스를 가진 예술적 대목들이 등장하게 된다. "나는 자브자토프를 풍월로만 알고 있고 한 번도 그를 직접 본 적이 없다. 하지만 **그의 차후 행동들은 내가 그를 서른네 살 정도고, 헝클어진 머리에, 무표정한 시선에, 손을 안절부절못하며, 복사뼈까지 오는 바지를 입고, 앞으로 접힌 앞깃에, 자름선이 있는 소매가 달린 자켓을 입은 사람이라고 묘사하도록 만든다고 생각한다.**"(강조는 저자) (98) 게다가 이런 비일관성에는 일관성이 없다. 자브자토프와 달리, 부킨, 시도로바, 야즈비츠키는 (그 어떤) 초상적 특징 묘사도 없기 때문이다.

이렇듯, 삶의 현실과 문학적 허구라는 두 차원(그러나 혼합되어 있다)에서 수행된 결투에 대한 의도로 보자면, 흥미로운 예술적 서사는 첫 번째 경우에서는 짧은 서술·재구성으로 부당하게 압축되고, 두 번째 경우에는 이야기의 개요를 보여주는 것으로 축약된다. 게다가 교차되는 이 두 라인은 내부적으로 또 하나의 구성적·'외적' 고리를 드러내게 된다.

서사의 외적 고리는 연작 『나와 기타 등등』에 이 단편이 포함되는 것으로 동기화된다. 그 연작에는 「나와 결투자들」 외에, 「나와 바다(Я и море)」, 「나와 저 세상 것(Я и потустороннее)」, 「나와 페레스트로이카(Я и

..

42) 예를 들어, Ju. 만(Ю. Манн)은 고골의 서사에서 이와 같은 특징을 지적하고 있다(참조할 것. Манн Ю. *Поэтика Гоголя*. 2-е изд. доп. М.: 1988).

перестройка)」,「나와 꿈(Я и сны)」 등이 포함된다. 바로 이 때문에 이 단편의 고유한('내적') 슈제트 외에, 작가는 '나'라는 작가·서술자를 지향한 액자 구조가 필요했던 것이다.

연작의 제목에서 이미 분명한 것은 작가가 1인칭으로 등장하여 자신의 고유한(문학적) 형상을 창조한다는 것이다. 서사는 작가(소설가)의 사명과 그의 창작 과제에 대한 논의에서부터 시작된다. 작가의 생각은 단편에 부언된 K. 발몬트[43]의 "세계는 전부 인정되어야만 한다. / 살아갈 수 있도록"이라는 에피그라프를 출발점으로 삼아 "그것(소설—저자)의 사명은 훌륭한 시를 해석하는 데 있다"(97~98)는 확신으로 귀착되는데, 이 경우는 인용된 발몬트의 시구들을 해석하는 것이다.

이런 식으로 결투자들에 대한 서사는 피예추흐의 의도에 따르면 시적 텍스트를 "해석하는 것", 즉 "세계를 인정하는 것"이어야만 하고, 바로 이 때문에 서사는 어떤 액자에 갇히게 되는 것이다.[44]

그러나 이 경우에도 피예추흐는 선택된 높이를 유지하지 못하고 소설의 사명으로부터 고유한 창작의 개성과 현대문학에서의 소설의 위상에 대한

∵

43) 〔역주〕콘스탄틴 드미트리예비치 발몬트(Константин Дмитриевич Бальмонт, 1867~1942). 러시아의 상징주의 시인, 번역가, 에세이스트, 러시아 '은 세기'의 대표자들 중 한 사람이다. 35권의 시집과, 20권의 소설을 집필했고, 스페인어, 슬로바키아어, 그루지야어, 유고슬라비아어, 불가리아어, 라트비아어, 멕시코어, 일본어 등으로부터 수많은 작품들을 번역하여 출간하였다. 자전적 소설, 회상록, 철학서, 문학 연구와 에세이 비평집 등을 썼다. 시집으로는 『북쪽 하늘 아래(애가, 스탄스, 소네트)(Под северным небом (элегии, стансы, сонеты))』(1894), 『불타는 건물. 현대 영혼의 서정시(Горящие здания. Лирика современной души)』(1900), 『불새(Жар-птица)』(1907), 『영혼의 협력(Соучастие душ)』(1930) 등이 있다.

44) 참조할 것. "이런 정당화하는 독백들을 매개로 나는 '살아갈 수 있도록 세계가 전부 인정되어야만 한다'는 것에 관한 발몬트의 시구에 소설적 해석을 제공하려고 표시까지 하였다."(105)

해설로 미끄러져버린다. 그는 "나는 작가다. 사실 나는, 그 누구도 들어본 적은 없지만, 보통 지역 도서관의 저녁 모임들에 초대되는, 어째서인지 더 열성적으로 문학가들이라고 불리는 사람들 중 하나"(97)라고 하며, 그의 문학적 재능은 그를 "이차적 역할"(98)로 제한하였다. 작가·서술자는 이런 점과 분명히 타협하고 싶어하지 않으며 "내(자신의—저자) 문학적 재능의 독창성"(98)을 주장하면서 자신을 "글 쓰는 동료들 사이에서 약간은 발군의 인물"(97)이라고 생각한다.

문계에서 "특별한" 위치에 있다는 주장은, 단편의 결말에서 주인공의 자기 평가("나는 쓴 것을 다시 읽었는데, 지적이고, 너무 잘되어서 놀라울 정도였다"(106))와, "L(피예추흐에게서는 "나의 한 문우(文友)"(98)[45]—저자)이 이 단편을 읽는다면 그는 자살할 것"이고, "그는 나와 동시대인이라는 것이 불가능한 일이라고 말할 것이다"(106)라는 그의 확신으로도 지지된다.

그러나 단편의 결말에 나타난 작가·서술자의 창작에 대한 평가(아이러니한 서사에서 전형적으로 부정적으로 낙인찍히고 비하된 인물인 부인이 내린 것이다)는, 천재에 대한 과소평가, 몰이해성, 불인정 등을 말해주고 있다.(106)

그렇게 함으로써 '외적'·의미적 고리로 단편의 슈제트적 캔버스를 강조하는 것 대신에(그것이 마치 작가에 의해 계획된 것처럼), 자기 식으로는 '발군의 인물'이지만, "지인들은 (…) 그에 대해 가장 변변찮은 의견을 가지고 있었던"(99) 주인공·엔지니어 자브자토프의 형상과, 작가·서술자 형상 간의 '비교'가 발생한다. 작가가 처음에 제공한, 산문과 시의 대조—해석의 경

45) 단편의 처음(98)과 끝(106)에서 "L. 아무개"에 대한 언급은 원의 액자 구조라는 느낌을 강화한다.

계는 씻겨버리고, 피예추흐의 산문적(이고 심오하지 않으며 요약적인) 텍스트를 통해서 발몬트의 시적(이고 내용이 풍부한) 시구들을 해석하는 것은 이루어지지 않으며, 서사 크기의 바꾸기는 뒤로 진행된다. 즉 큰 규모에서 작은 규모로, 중요한 것에서 사소한 것으로.

중심 사건으로서 결투 슈제트의 도입은 특별한 형식으로 '내적' 텍스트를 규정한다. 결투라는 개념은, 내적 장점과 영예(작가는 자신의 단편에서도 그것으로부터 벗어날 수가 없다)에 대한 관념을 우선적으로 내포하며, 세계의 정당함이나 부당함에 대한 관념을 내포하는 것이 아니다. 즉 '외적'(발몬트적) 고리와 내적(피예추흐적) 고리에 내포된 의미들이 끊어지는 것이다. 여기서는, 고골과의 연관 속에서 그의 이름이 언급되는 것(98)에서부터, 올렌니 프루디에서 그를 목욕시킨 것에 대한 기억(103)을 거쳐서, 푸슈킨 결투의 눈(雪)이 분명히 반영되는 "눈이 왔다"(103)라는 세부에까지 이르는 '푸슈킨적 고리'의 배열이 더 합당한 것 같다.

이런 식으로 동심원들(만약 외부 원에서 내부 원의 방향으로 움직인다면)을 매개로 한 의미의 압축은, 이 이야기의 의미가 확장되거나 또는 일반화(만약 내부 원에서 외부 원의 방향으로 움직인다면)되지는 않듯이, 마찬가지로 발생하지 않는다. 그것보다는 사상의 불명료함, 원의 의미들의 부조화가 드러날 뿐이다. 피예추흐는 서사를 혼동하며, 더 정확히 말하면 서사를 감당하지 못한 채 사상에서 절반(半)의 사상으로 건너뛰게 된다. 「나와 결투자들」의 사상은 형식 속에서 그 반영을 찾지 못하고, 그 형식의 결과로 획득된 사상은 실재하는(다양한) 내용을 수용하거나 감싸 안지 못한다.

피예추흐가 선택한 서사 스타일도 「나와 결투자들」의 '미완성성'을 드러내주는 특징이 된다. 피예추흐에게 특징적인 아이러니한 톤을 유지하는 서술 스타일은 인물들의 목소리가 구별되지 않는다는 특징에 대한 증거가 되는데, 만약 그렇게 함으로써 어떤 작은 목적이라도 짐작할 수 있었다면 기법으로 간주될 수도 있었을 것이다. 그러나 단편의 스타일적 구성은 무질서할 뿐만 아니라 그 어떤 동기부여도 없으며 때때로 비문법적이기까지 하다.

그것에 대한 예는 산문과 시의 상관관계에 대한 작가의 시발적 평가들이고, 「나와 결투자들」의 범위에서는 피예추흐의 산문으로 발몬트의 시에 대해 "해설"한 것인데, 그 과정에서 고골과 푸슈킨의 이름들이 등장하고, 서술자의 표현에 따르면, 푸슈킨 역시(아마도 피예추흐의 발몬트처럼) "『죽은 농노』를 쓰라고 (…) 부추긴다."(98) 이와 관련해서 '고골-푸슈킨', '나-발몬트'의 쌍이 나타나고 그에 상응해서 '나 / 고골', '발몬트 / 푸슈킨'이라는 비교도 등장하게 된다. 자체로는 겸손치 못한(어쩌면 서사의 아이러니한 톤만 인정되는) 이런 비교-대조는 비문법적인, 따라서 그런 발언의 의미를 가려 버리는 문장으로 다음과 같이 종결된다. "물론 나는 고골의 문학적 유산에 비해서 내 작품이 지닌 가치를 충분히 자각하고 있다(여기서 아이러니가 드러나는가?―저자). 그래서 보통 **더 보잘것없다**(강조는 저자)라는 말의 시적 암시를 해석하도록 자신에게 허용하는 것이다."(98) 이 대목에서, 발몬트가 '보잘것없다'라는 것은 이해가 되지만, '더'라는 말은 누구에 관한 것인지, 즉 '나'인지 '고골'인지가 분명하지 않다. 고골이 더 가능하겠지만, 문장의 구조에서는 드러나지 않는다.

「나와 결투자들」의 작가 언술에서는 다음과 같은 유형의 문장이 나오기도 한다. "그와 같은 의견은 작가로서의 신적 중요성을 모욕하는 것이고, 따라서 나는 옳다(아마도, 이 경우에는 언급되어야만 하는 어떤 주어가 생략된 것 같다―저자)"(98), 또는 "다음번에 이런 생각이 그의 머리에 떠오를 리가 없다(В другой раз эта мысль вряд ли пришла ему в голову)(아마도 여기서는 소사 'бы'[46]가 생략된 것 같다―저자). 왜냐하면 부킨은 뒤끝이 없고 선량한 사람이었기 때문이다"(100), 또는 "부킨은 자신이 부끄러웠고(стыдно себя) (어쩌면, '자신 때문에 부끄러웠다?'―저자), 자신이 불쌍했다"(100), 또는 "심부름 다니는 소년"(정확히는 '심부름꾼 소년'이나 '심부름을 하다'―저자)과 같은 표현도 마찬가지다. 여기서는 완전히 모든(예외 없이, 차별 없이, 모든 이야기들에서) 인물들의 언술에서 나오는 "방금 전에(давеча)"(102 등)라는 일관된 고어투에 대해서는 이미 언급할 필요도 없이, 문장 '구성 요소들의 위치 변화'로 인해 의미적 총체는 변화되지 않았다.[47] 바로 이 대열에서 치올콥스키와 토르크바토 타소의 '거창한' 이름들이 비문법적이고 '하찮은' 시도로바의 언술에서 언급될 수 있다는 추측까지도 작가가 허용하게 된다.(105) 피예추흐의 개별적 언술 모델들은 저속한 취미의 경계에 위치한다. 화살에 뚫린 자브자토프의 눈에서 솟구치는 피를 멈추게 하려는 시도에 대해서 작가는 다음과 같이 말한다. "시도로바는 바로 방금 전까지 눈이 있었던 그 자리에 과산화수소를 붓기 시작했다. 상처에서는 매우 커다랗고 거품이 이는 분홍빛 카네이션이 쉬쉬 소리를 내기 시작했다."(104)[48]

이와 같은 '잘못'들이 어떤(포스트모던 미학에서조차도) 미학적 기능('유치함의 문체화', 자기 풍자화인가?)을 포함할 수 있는지(또는 포함하는지)를 가정하기는 어려운 일이다. '로마트'에 대한 A. 넴제르의 발언을 이용하여 "실

••

46) 〔역주〕'бы'는 가정을 의미하는 소사로, 문장의 의미상 가정이기 때문에 'бы'를 넣어야만 문법적으로 맞다.
47) 만약 푸슈킨에 대한 또 하나의 상호 텍스트적 인용을 제시하지 않는다면 그렇다. 왜냐하면 『어부와 물고기 이야기』 중에서 "그녀의 심부름을 하다(и быть у нее на посылках)"라는 표현은 모든 아이들이 알고 있기 때문이다.
48) 연극―연기적(놀이적) 세계의 요소로서 이런 디테일을 인식하는 것을 방해하는 것은 피예추흐 텍스트 곳곳에 묻어 있는 개별적 묘사성이다. 이에 대해서는 위에서 이미 언급되었다.

험이 혁신의 체계로 귀결되지는 않는다"[49]라고 말할 수 있다.

그러나 개별적('개별적으로 취해진') 문장 구성의 명민함이나 뛰어난 발현에서는 피예추흐를 부정하기가 불가능하다. 이런 식으로 「나와 결투자들」의 처음에 작가적 지적이 언급된다. "이 이야기는 사실 너무나 미개하고 믿기 어려워서, 우리 같은 정교한 세기에, 악을 기억하지도 못하는 우리의 선량한 민중 속에서, 우리의 북서 오트라드노예 지방들 어딘가에서, 아이들이 빼빼거리고 빨랫감이 펄럭이는 중에, 그런 일이 일어날 수 있다는 것이 놀라울 정도다."(98) 문장의 어조와 리듬, 지명에 대한 세 차례에 걸친 압축과 확인, '우리', '우리의', '우리의'라는 세 번의 반복과 일반화, 복수로 즉 유형화하는 복수로 주어진 '오트라드노예 지방들' 등은 바로 위에서 작가에 의해 언급된 이름인 고골 산문의 어조, 리듬, 기법들을 떠올리게 한다.[50]

피예추흐 산문에서 고골적 기법들에 대해 언급할 수 있는 것은 상당히 많고 근거도 있다. 단편 「나와 결투자들」 내부에서만도 고골을 떠올리게 하는 다음과 같은 유형의 문장들이 있다. "자브자토프는 그(부킨—저자)를 9등 문관이라고 불렀다"(99) 또는 "자애로우신 나리(바로 '자애로우신' 이란 말이)"(100)[51] 또는 서로에게 복수하고 싶은 주인공들의 욕망 등이다. 자브자토프와 부킨은 "얼마 동안 어떻게 적에게 복수할 수 있을까라는 단 하나

••

49) Немзер А. Несбывшееся: Альтернативы истории в зеркале словесности // *Новый мир*. 1993. No. 4. C. 228.

50) 본질상 이런 지적들은 고골과 비교할 수 있다. "기적 같은 도시 미르고로드! (…) 미르고로드에서는 강도도 없고 사기꾼도 없다."(『이반 이바노비치와 이반 니키포로비치가 싸운 이야기』 т. 2. C. 205)

51) 참조할 것. 예를 들어 고골의 「구식 지주들(Старосветские помещики)」과 피예추흐의 「보바와 이브(Вова и Ева)」.

의 생각으로 잠들었다가 깨곤 했다."(99)〔고골의 다음 구절과 비교할 것. 고골에게서는: "이것은 이반 이바노비치 안에 악의와 복수하고자 하는 욕망을 일깨웠다"(제2권, 203)〕 그리고 이미 언급된 피예추흐 산문의 '일관된' 질문 "후손들이 당신에 대해 무엇이라고 말할 것인가?"(100)도 고골적이다〔『죽은 농노』의 치치코프에 대한 다음 구절을 참조할 것. "우리의 주인공은 자신의 후손들에 대해 매우 신경을 썼다"(제5권, 88)〕.

피예추흐의 단편들 중에는 분명히 고골 산문의 영향(문체 수준이나 기법들의 총체에서)이 불어오는 것들이 매우 많다. 피예추흐는 고골적 테마들[52]과 고골적 형상들[53]을 사용하며, 물질세계 재현의 특징 등을 모방한다. 아마도 피예추흐의 가장 '고골적인' 단편들 중 하나는 「독서의 해로움에 관하여(О вреде чтения)」(1989)일 것이다.

단편의 주인공 파벨 주진은 또다시(「비열한의 인생」에서처럼) '평범하고', 또다시 '인간적 유형'이고, 또다시 '영원한 오블로모프'의 변형이며, 또다시 "그에게는 사회적으로 유익한 활동이 부여되지 않는"(38) 주인공이다.

◦◦

52) 예를 들어 고골의 『죽은 농노』 중에서 코로보츠카의 하녀 페티니야가 피예추흐의 산문에 등장한다.

53) 참조할 것. 「미래의 예견」에서 인테리어 묘사는 다음과 같다. "중앙에는 손수 만든 식탁이 놓여 있었고, 그 옆에는 두 개의 다른 의자가 있었는데, 하나는 오스트리아 빈식이고 다른 하나는 갈색 가죽을 덧씌운 것이었다. 벽의 왼쪽에는 (⋯) 소파가 있었는데, 소파라기보다는 적절치 못한 자리에서 쪽잠이 든 거대하고 불결한 짐승과 어쩐지 매우 닮은 듯했다."(249) 예를 들어 소바케비치(『죽은 농노』)의 집에서 고골이 상황을 묘사하는 것을 떠올려보자. "치치코프는 방을, 그 안에 있었던 모든 것을 다시 한 번 훑어보았는데, 모든 것이 가장 높은 수준으로 완고하고 어쭙잖았으며 집주인과 어쩐지 이상하게도 닮은 점이 있었다. 거실 구석에는 낮고 널찍한 호두나무 책상이 볼품없는 네 다리로 서 있었고 진짜 곰이 있었다. 식탁, 소파, 의자들, 이 모든 것이 가장 묵직하고 불편한 특성을 가지고 있었다. 한마디로 각각의 물건, 각각의 의자가 '나 역시 소바케비치다!' 또는 '나도 소바케비치와 너무 닮았다!'라고 말하는 것 같았다."(제5권, 95)

유형(고골에게서는 '성격들'[54])을 묘사하고자 하는 피예추흐의 노력만 해도 이미 고골적이라는 것을 지적하고자 한다. 왜냐하면 고골의 산문은 '일반화 공식들'[55](『죽은 농노』의 "관습대로"와 "우리 풍습대로"(제5권, 19) "러시아인은 그렇다"(제5권, 18))과 유형들("대규모의 성격들"(제5권, 21))을 도출해내고자 노력하는 것이 특징적이기 때문이다.

비교해보자. 피예추흐의 「미래의 예견」에서는 다음과 같이 언급된다. "보고몰로프는 일종의 현상이다."(215)[56] 또는 스탕달에 대해서는 "그래도 여전히 스탕달은 시시한 작가이다. 그가 사상적 삶의 폭넓은 전경이나 어떤 새로운 유형을 제공했었다면 또 모를 일이다"(259)라고 언급한다. 또는 러시아문학에 대해서는 "아시겠어요, 문제는 모든 작가가 대륙(материк)이고, 거의 모든 이름이 새로운 사상 체계가 되는 러시아의 고전문학에 의해 우리가 너무 응석받이로 길들여졌다는 것입니다"(259)라고 언급한다.

오블로모프적 특징은 파벨 주진의 형상에서는 치치코프적 요소로 보충된다. 왜냐하면 주인공 역시 파벨이라고 부르는데 그것만 해도 공통점으로 볼 수도 있지만, 그는 "캐비아 같은"(38) 회색 눈을 가졌고, 그것은 이미 우연성이 될 수 없기 때문이다.[57] '묘사하고자'(본문에서는 "묘사해야만 한다"

∵

54) 참조할 것. 예를 들어 『죽은 농노』의 마닐로프-코로보츠카-노즈드료프-소바케비치-플류슈킨.
55) Ju. 만의 용어(참조할 것. Манн Ю. Указ. соч).
56) 비교할 것. 고골에게서 나온 플류슈킨에 대한 언급은 다음과 같다. "그런 현상은 루시에게서는 드물게 마주하게 된다."(제5권, 119)
57) 사실 고골의 주인공에게서는, 알려져 있다시피, "캐비아 같은" 눈이 아니라, "월귤나무 색의 모닝코트"(제5권, 12)이다.

304

(38) 또는 "내가 묘사한다"(39)) 하는 피예추흐의 처음 노력 역시 고골과 비슷하다.[58]

단편 「독서의 해로움에 대해서」의 주인공 형상에서는 오블로모프적이고 치치코프적인 요소 이외에 또 하나의 상호 텍스트적·'예언자적' 요소가 드러난다. '파벨'이란 이름과 나란히 새로운 예루살렘(39)이 등장하고, 주인공 자체에 대해서는 "과거 세기라면 그는 구걸하고 다니며, 예언하고, 사소한 일 때문에 화형장으로 나가게 되는 그런 사람들 사이에 끼어 있었을 것이다"(39)라고 말하고 있다. 즉 이런 유형의 인간적(일반적)·민족적(특히 정교적) 성격의 심오한 근원들에 대해 지적해주고 있다.

이런 식으로 상호 텍스트 수준에서 파벨 주진에게는 매우 심오한 '전기적' 라인(예언자 파벨에서 치치코프를 거쳐 오블로모프로 이어지는)이 정해지지만, 그 라인은 그의 사회적 지위, 즉 "결국 파벨은 사무실의 야간 경비직으로 (…) 결정되었다"(39)로 수정되고 보충되며, 그것으로 주인공은 현대성으로, 이미 여러 번 언급된 피예추흐의 세대로, 다시 말해 '경비와 거리 청소부'·보일러공과 정화조 청소부들의 세대로 구체화된다.[59] 주인공의 이런 상징적·기호적 '표식들'은 "이런 인간 유형"(38)의 본질적 구성 요소들을 결정하며 그를 "영원하고"(전통적이고) 현시적(현대적)이고, 어쨌든 고

••

58) 비교할 것. 예를 들어, 「이반 이바노비치와 이반 니키포로비치가 싸운 이야기」에서 '묘사하기'.(제2권, 186 등)

59) 피예추흐 산문의 몇몇 주인공들만이라도 상기해보자. 이미 언급된 「비열한의 인생」의 아르카샤, 「해방(Освобождение)」의 야간 경비 비루보프(Вырубов), 「인생의 미소(Смех жизни)」의 거리 청소부 슈이스키(Шуйский), 「모스크바의 신철학(Новая московская философия)」의 거리 청소부 치나리코프(Чинариков), 「미래의 예견」의 거리 청소부 사샤와 보일러공("사상가이자 민주주의자"(270)) 등이다. 피예추흐, 또는 정확히는 그의 주인공인 계절 노동자 파샤 보지이(Паша Божий)의 용어로는 "작정한 불행자들"이다.

정적(민족적)으로 만들어준다.[60]

'영원한 비열한' 아르카샤 벨로보로도프와는 달리 「독서의 해로움에 관하여」의 주인공은 "'단 하나의 뜨거운 열정'인 독서"(39)에 사로잡혀 있다. 그는 "온 마을에서 유일하게 책 읽는 사람"(39)이고 "파벨 주진은 온 마을을 대신해서 책을 읽기 때문에 그의 무능함에 대해서는 대체로 관대하게 대해준다."(39) 주인공의 형상에서는 단편 「비열한의 인생」의 주인공에게는 없던 지배적인 요소, 즉 개인적 요소가 등장한다. 비록 파벨 자신은 단지 독자일 뿐이지만, 그가 개최하는 '콘서트들'("시간이 지남에 따라 파벨은 그가 읽은 책들에 대해 같은 마을 사람들에게 이야기해주었다"(39))은 사실 예언자들(시인·예언자들)의 설교(훈계와 훈시)와 유사하기 때문이다.[61] 파벨의 중개로 러시아문학은 자신의 '교훈적' 사명을 수행하는 것 같다.[62] "책은 목동의 채찍이나 기계공들의 디젤 냄새나 회계사 코발료프의 안경처럼 그의 형상의 어떤 부속품과 같다."[63](39)

「독서의 해로움에 관하여」에서 작가가 묘사하는 '콘서트'는, 고골의 「구식 지주들」을 주제로 한 것이고, "작가의 약전"(40~41)이 미리 소개되며 "먹고 자는 것 외에 아무것도 하지 않는" 매우 "구식이고, 물론 비난받아 마땅한 삶의 방식"을 영위하는 "자식 없는 노인들"의 "전형적 (⋯) 가족"

∙∙

60) 피예추흐의 말에 따르면, 그는 "민족적 결수"를 이끌어낸다.(「미래의 예견」, 171)

61) 알려져 있다시피, "러시아에서 시인은 시인 이상이다."(E. 옙투셴코) A. 푸슈킨과 M. 레르몬토프의 "예언자들(Пророки)" 또는 K. 릴레예프(Рылеев)와 N. 네크라소프의 "시인 시민(поэт-гражданин)"의 형상들도 매우 유명하다.

62) 예술문학을 말한다. 왜냐하면 "파벨은 소위 전문 서적을 질색하기 때문이다. 예를 들어 기계공들이 그에게 베어링 수리에 관한 책과 트랙터 '벨라루시'의 수리에 관한 안내서를 읽어달라고 여러 번 간청했는데도 그는 그것들을 읽기를 완강하게 거부했다"(40)는 대목을 보면 그렇다.

63) 고골적 문장 구조다.

(41) 이야기를 재구성한 것이다. "파벨은 매우 상세하게 「구식 지주들」의 내용을 전달하였는데 이때 너무나 생생하게 때로는 구식 지주들을, 때로는 회색빛 고양이를, 때로는 영지 관리인·협잡꾼을 묘사하여서 같은 마을 사람들은 입을 헤 벌린 채로 그를 바라볼 정도였다."(41)

그런 유형의 '콘서트'들은 베네딕트 예로페예프의 『모스크바발 페투슈키행 열차』의 주인공("힘이 닿는 한 시야를 (…) 넓혔다"(33)[64])도 주최했다는 사실을 기억해야만 하는데, 예를 들어, "어떻게 푸슈킨이 죽었는지"를 이야기할 때나, A. 블로크의 서사시 「꾀꼬리의 동산」의 내용을 같은 작업반원들에게 자유롭게 다시 이야기해줄 때가 그렇다.(참조할 것. 33)

그러나 '콘서트'의 결말이 가장 흥미로운데, 거기서 파벨은 "이 작품의 사상적 측면의 분석"(41)을 희극적으로 낮춰서 하는 쪽으로 옮겨간다. 파벨 주진의 말에 따르면 "이런 구체적인 경우에서 (…) 사람들은 자거나 먹거나 할 뿐인 것 같고, 그들의 인생을 살펴보면, 동정심 때문에 기만적 눈물로 뒤덮이게 된다. (…) 왜냐하면 사람들은 착하고 선량하지만, 편견을 믿었기 때문에 바보들처럼 살았고, 또 바보들처럼 죽었기 때문이다."(42)

그러나 이것으로 「구식 지주들」의 평가가 끝나지 않으며 피예추흐의 "광대·예언자"(A. 슬류사리)[65]는 그들의 "시기적 절박성"(42)에 대한 사고로

∵

64) 여기와 이후에서 『모스크바발 페투슈키행 열차』의 인용은 다음의 발행본을 따르며 본문에는 쪽수만 표기한다. Ерофеев Вен. *Москва-Петушки* / Коммент. Э. Власова. М.: Вагриус. 2001.
65) 참조할 것. Слюсарь А. О поэтике "Мертвых душ" // *Проблемы исторической поэтики в анализе литературного произведения*. Кемерово. 1987.

옮겨간다. 자신의 운명을 고골의 운명에 투영하고 단편의 내용을 현재의 (전통적·민족적, "영원한") 삶에 투영한다. "자, 동무 여러분들, 경작하세요. 착유량을 늘리세요. 나머지는 신경 쓰지 마세요. (…) 그러나 문학은 그럼에도 불구하고 우리에게 다음을 보여주고 있습니다. 왜 인생은 사람에게 합당할 만큼 그렇게 아름답지 않은가를요. 하지만 그 이상이 인생입니다. 이것은 연속된 미완성입니다. (…) 1500년 동안 우리의 성스러운 민족은 존재하고 있습니다. 우리에게는 모든 것이 어쨌든 비스듬히 빛나가 있습니다. 아, 저는 힘듭니다. 동무들. 너무나 힘이 듭니다!"(42)

인용된 독백에서는 고골에서 특징적인 전형화 "우리의", "우리에게는"[66] 뿐만 아니라, 마지막 말도 중요한 의미를 가진다. 마지막 말은 고골의 "여러분, 이 세상은 얼마나 지루한가요!"[67]의 분명한 패러디이고 '여러분'이 '동무들'로 교체된 것은 아이러니하기도 하고 현실에 맞는 것이기도 하다.

이런 식으로 고골의 예술 텍스트는 피예추흐에게서 현대적 현실의 '동의어'(대응하는 교체자)가 되며, 그것들의 상호 전환의 결과로, 한편으로는 희극적 효과가 발생하고, 다른 한편으로는 포스트모던적 공식인 "세계는 텍스트"이며 "인생은 일화이다"("인생으로부터 일화가 얻어진다"(42))가 도출된다.

그러나 피예추흐의 상호 텍스트적 집착은 고골의 이름과 19세기 러시아 문학[68]에 대해서만이 아니라, 20세기 문학과 현대문학과도 연관된다.

20세기 예술가들 중에서, 이미 지적했듯이, '아이러니한 아방가르드주의

∵

66) 참조할 것. "우리 루시(옛 러시아 — 역자)에서는 ~를 이야기할 필요가 있다."(『죽은 농노』 제5권, 47)
67) 「이반 이바노비치와 이반 니키포로비치가 싸운 이야기」(제2권, 233)
68) 예를 들어, 비평에서 폭넓게 분석되고 있는 피예추흐의 『모스크바의 신철학』과 F. 도스토옙스키의 『죄와 벌』의 연관 등이다(참조할 것. Иванова Н. Указ. соч. С. 239~253).

자들'은 M. 불가코프, D. 하름스, M. 조센코, I. 일프와 E. 페트로프[69] 등을 특히 선호하고 존경했으며, 그들의 형상들과 모티프들은 피예추흐의 산문에서도 가끔 투영된다.

이렇듯, 불가코프적 인유들에 대해서 말한다면, 예를 들어 중편 『해방』에서 비루보프의 "직장"(96) 상사는 성이 프레오브라젠스키(98~99)다. 만약 주인공의 이름에서 불가코프적인 반복이 일어나지 않았다면 이런 일치는 우연으로 치부될 수도 있었을 것이다. 불가코프의 『개의 심장』에서 프레오브라젠스키는 이름과 부칭이 필립 필리포비치인데, 피예추흐의 프레오브라젠스키는 세르게이 세르게예비치다. "직접적인 인도주의적 결과들"(98)을 위하여 "버찌나무와 들쭉

∴

69) 〔역주〕일리야 일프(Илья Ильф, 1897~1937), 예브게니 페트로프(Евгений Петров, 1902~1942). 러시아의 유머 소설 작가들이다. 일리야 일프의 본명은 이에히엘 레이프 아리예비치 파인질베르크(Иехиел-Лейб Арьевич Файнзильберг)이고, 예브게니 페트로프의 본명은 예브게니 페트로비치 카타예프(Евгений Петрович Катаев)이다. 둘 다 크림의 오데사 출신으로 1920~1930년대에 친밀하게 공동으로 작품 활동을 하면서 풍자 작품을 써 커다란 인기를 얻었다. 가난한 유대인 집안에서 태어난 일프는 어린 시절에 온갖 직업을 전전하다가 18세 때 오데사에서 저널리스트가 되었고 1923년 직업 작가가 되기 위해 모스크바로 갔다. 한편 교사의 아들이던 페트로프는 처음에 뉴스 통신원이 되었다가 잠시 범죄수사관으로 근무한 뒤 1923년 모스크바로 가서 직업 언론인이 되었다. 가장 유명한 『12개의 의자(Двенадцать стульев)』(1928)는 신경제정책(NEP) 시기의 소련 생활을 효과적으로 풍자한 작품으로, 우스꽝스러운 여러 사건을 하나의 구성으로 엮은 쾌활한 악한소설이다. 이 소설의 마지막 장면에서 주인공 벤데르는 죽음을 당하나 그 속편인 『금송아지(Золотой телёнок)』(1931)에서 되살아난다. 이 작품은 죽은 소비에트 영웅의 아들이라 사칭하는 인물들을 중심으로 전편과 마찬가지로 익살스럽지만 더욱 진지하고 신랄한 풍자를 보여준다. 『1층짜리 미국(Одноэтажная Америка)』(1937)에서는 1936년 일프와 페트로프가 미국을 여행한 뒤 자동차를 타고 다니며 본 미국의 인상을 재치 있게 기술하였다. 다른 작품으로는 『콜로콜람스크 도시 생활의 특별한 이야기들(Необыкновенные истории из жизни города Колоколамска)』(1928), 환상소설 『밝은 개성(Светлая личность)』(1928), 시나리오 『어느 여름 날(Однажды летом)』(1936) 등이 있다. 일프는 1937년 결핵으로 먼저 사망했고, 페트로프는 독소 전쟁 중이던 1942년 세바스토폴에서 모스크바로 오다가 사망했다.

나무를 교배"하려는 주인공의 노력은 사람과 개를 "교배"하려는 (불가코프의) 프레오브라젠스키 교수의 생각뿐만 아니라, "붉은 광선"으로 종의 신속한 진화를 촉진하려는 페르시코프 교수(불가코프의 『치명적 알』)의 생각과도 유사하다고 읽힐 수 있다.[70) 피예추흐의 이 중편에서 『거장과 마르가리타』에 나오는 불꽃은 저녁의 묘사에서 어른거린다. 유대 총독(그리고 피예추흐 중편의 주인공)의 정신적 고통에 대해 상기시키고 불가코프적 상호 텍스트에 대해 잊지 않도록 하면서,[71) "그러는 사이에 이미 저녁이 되었다. 저녁은 황금빛을 덧댄 유쾌한 분홍빛 톤이었다. 그러나 상당히 쌀쌀했다."(124)

일프와 페트로프에 관해서라면, 『해방』에서 12개의 의자와 얻지 못한 13번째에 대한 여러 번의 언급(108, 109, 110, 113)이, "인생 공식의 진실성"(112)과 "이반에 의해 구축된 코뮌"의 "자비"(107)에 대한 느낌을 희극적으로 감소시킨다.

피예추흐의 동시대 작가들 중에서는 V. 슉신(1960~1970년대 현대 러시아문학 발전의 첫 시기의 대표자), 베네딕트 예로페예프와 S. 도블라토프 (1970~1980년대 현대 소설의 대표자들)를 강조해야만 한다. 피예추흐의 창작과 바실리 슉신 소설과의 연관에 대해서는 비평에서 여러 번 언급되었다.

••
70) 페르시코프 교수를 소개하는 것(참조할 것. Булгаков М. Указ. соч. Т. 1. С. 278)은 똑같은 (고골적인) 형식으로 불가코프에 의해 제공된다는 상황에도 주의를 기울여야만 한다. 그 형식에 대해서는 『비열한의 인생』에서 아르카샤 벨로보로도프를 소개하는 형식과 연관해서 이미 언급되었다.
71) 개별적인 불가코프의 영향과 어조에 대해서는 피예추흐의 소설 『미래의 예견』과 연관해서도 언급할 수 있다. "우리 시대의 평균적 학생은 선행자들보다 결코 더 못하지도 더 낮지도 않으며, 여전히 똑같은 전통적 낭만성이 그들의 특징을 규정하는 요소다"(214)라는 등의 두 선생들의 대화에서는, 순회공연 무대 위에서의 볼란드의 목소리와 '검은 마술' 공연 후에 볼란드가 모스크바인들에 대해 내리는 평가가 분명하게 드러나고 있다.(Булгаков М. Указ. соч. Т. 2. С. 438)

N. 이바노바는 "슉신의 영향은 (…) V. 피예추흐의 소설에서는 (…) 무엇보다도 러시아 민족성 연구에서 현저히 감지된다"[72]라고 말하고 있다. 그리고 이것은 사실이다. 괴벽한 사람(чудик), 괴짜(чудак), 바보(дурак)를 자신의 소설 주인공으로 묘사한 슉신과 마찬가지로, 피예추흐는 주인공들의 성격을 '우리 시대의 영웅'과 같은 유형에 의존하고 있다. "이상한 나라, 이상한 민족"[73](187)으로 전 러시아의 일반적 성격을 형성하는 것에서부터 "기인들"(177)과 "바보들"(102)로서 러시아의 개별적 대표자들을 정의하는 데에 이르기까지 그러하다.

피예추흐 텍스트들에서 기인들과 바보들의 '양과 질'은 주의를 끈다. 그들의 풍부함은 수와 다양성으로 우리를 놀라게 한다. 가장 폭넓고 일반적인 "사람들은 불행한 바보들이다"(267)라는 정의로부터, 단순한 "바보들"(102), "완전한 바보"(3, 여성-"알짜 바보(дура дурой)"(101)], "백치"(119, 변형-"늙은 백치"), "정신병자(умалишенный)"(134), "금치산자(невменяемый)"(98), "노망난 사람들(полоумные)"(101), "완전 풋내기"(107)를 거쳐, 가장 유치한 "얼뜨기(придурочные)"(265), "머리가 돈 사람(чокнутый)"(240), "앞뒤가 뒤바뀐 사람들(сдвинутые по фазе)"(143), "미친 사람들(сумасшедшие)"(249), "진짜 광인들"(93, 256)에 이르기까지 다양하다.

슉신과 피예추흐의 친족성과 유사성은 피예추흐 소설에서 바보들의 등장이라는 사실에 있는 것이 아니라(두 경우들에서 민속적 뿌리에 대해 언급할 수 있다), 이런 성격의 전일성에 있다. 그런 전일성은 다양한 방향성, 다층성, 바보라는 심오한 본질의 모순성 등을 통해 발현되며, 은폐된 잠재력과

··

72) Иванова Н. Указ. соч. С. 249.
73) 고골의 다음 구절과 비교하시오. "이상한 도시 미르고로드!"(『이반 이바노비치와 이반 니키포로비치가 싸운 이야기』 제2권, 205)

드러난 지향 사이의 대립, 인물의 내적 동기와 그 충동의 외적 불인정 사이의 대립 등을 통해서 역설적으로 발현된다. 또한 슉신과 피예추흐의 친족성과 유사성은 동일한 유형(슉신의 "괴벽한 사람"에서 "강인한 농군"까지)의 극단적 양극들을 분명하게 묘사한다는 점과 이런 양극들이 결합(피예추흐)한다는 점에서도 드러난다.

피예추흐의 이상한 주인공들에서 성격의 외형은, 슉신의 인물 형상의 묘사를 분명하게 반복하고 있다. 이렇듯 영원한 발동기(「고집 센 사람 (Упорный)」)를 발명한 슉신적 발명가의 특징들은 공기망치 발명가(「나와 결투자들」)인 결투자 주진, 또는 무선 송전 발명가(「빈의 정전(Замыкание в Вене)」) 등의 형상들에 투영된다.

슉신 단편들의 개별적 제목의 구조는 피예추흐 단편들의 제목들에서 반복된다. 슉신의 "내 사위가 장작 실은 차를 훔쳤다!"와 피예추흐의 "그는 한 번도 감옥에 수감된 적이 없었다"가 그러한데, 이런 제목들은 문장의 어조적 성격 차원에서뿐만 아니라 '감옥'이라는 뉘앙스의 내용적 차원에서도 일맥상통한다.

상황들의 유사성은 슉신의 「벌목(Срезал)」과 피예추흐의 「독서의 해악에 대해서(О вреде чтения)」, 「라스카스(Раскас)」와 「소송(Жалоба)」 등에서도 나타난다.

현대 러시아 포스트모던 문학 내부에서 공통적인(그리고 다양한) 유형적 특징들을 발견하려는 노력과 관련해서, 피예추흐의 소설과 베네딕트 예로페예프나 도블라토프와의 상호 텍스트적 연관에 주목하는 것은 특히나 흥미롭다.

피예추흐의 단편들과 중편들에서 베네딕트 예로페예프의 '의존성'은 은폐되지 않을 뿐만 아니라 공개적으로 드러난다. 이렇듯 중편 『해방』에서 작가는 의식적이고 의도적으로 『모스크바발 페투슈키행 열차』의 익숙한(인식 가능한) 형상들을 이용하고, 현대의 발판인 상호 텍스트를 의식적으로 떠올리게 하며, 두 주인공들의 유형적·성격적 유사성을 제공한다.

중편의 맨 처음에서 이미, 한편으로는 폭넓은 연상의 일반화를 제공한다. "이 이야기는 (…) 본질적으로는 돌아온 탕아에 대한 옛 우화의 변형이다."(86) 다른 한편으로는 매우 구체적인 형상으로 현대성을 다음과 같이 명백히 한다. "비루보프는 맥주를 마시러 나갔다."(86) 맥주를 마시러 간 것 자체는 현대 소설(드라마와 시)에서 너무나 자주 맞닥뜨려져서, 마치 예로페예프의 텍스트와는 관계가 적은 것처럼 여겨지기도 한다. 그러나 서사의 다음, 즉 두 번째 문장에서 피예추흐는 주인공의 병적인 기분 상태를 제공하고 있는데, 선택된 단어들이나 슈제트 진행(굴곡)에서도 분명히 예로페예프를 떠올리게 한다. "점심때쯤 그는 완전히 눈을 떴다. 토했다가(예로페예프의 다음 구절과 비교하시오. "토하지 않기 위해서는 머리 위의 등을 바라보아야만 했다"(21) 또는 "울렁거리는 것은 울렁거릴 수 있지만 절대로 게우지는 않을 것이다"(24―저자)), 오한을 느꼈다가, 머리 속에서는 '이올란타'의 서곡 같은 어떤 침울한 모티프가 끊임없이 웅웅대고 있었다.(예로페예프의 다음 구절과 비교하시오. "음악만, 그 어떤 개의 변조를 가진 음악……", "그러나 사실은 이반 코즐로프가 노래를 부르고 있었다"(21―저자))(86) 계속해서 이 대목은 '생기 있게'(맥주에 적용해서)라는 단어를 계속 사용한다. 맥주는 "그(비루보프―저자)에게 생기 있게 작용했다."(86) 그리고 이 대목은 다음과 같은 문장으로 끝나는데 무인칭(또는 일반 인칭, 또는 부정 인칭) 형식은 예로페예프의 스타일[74]과 매우 유사하다. "한마디로, 모든 것이 한 목소리로 맥

••

74) 이 경우에는 정확한 문법적 정의가 중요하지 않다.

주를 마시라며 그를 불러댔다."(86)

두 작가들의 주인공들은 실제로 '돌아온 탕아'의 현대적 변형이고 한 명은 '환희'(예로폐예프)를 찾고 다른 한 명은 '자유'(피예추흐)를 찾는다. 그것은 심오한 본질로 보면 인생의 의미나 보편적 조화의 달성을 모색하는 것이며, 그에 대해서는 러시아 고전문학의 전통과 그 문학의 주인공·순례자, 즉 탐구하는 불만족스러운 주인공 유형과 관련해서 이미 여러 번 언급되었다. 피예추흐의 주인공이 그곳으로부터 '해방되려는' 미완성의 세계는 바로 '외적'·'내적' 모순들로 이루어진 것이다. "가장 닮은 것은 갑작스러운 변형이 외부 세계를 강타하는 것이며 그런 변형과 내부 세계들은 결코 타협할 수가 없다."(87)

이 문장은 다시 한 번(다른 의미에서) 예로폐예프식으로 읽힐 수 있다. 왜냐하면 그 안에서 예로폐예프에 의해서 여러 번 변형되는 "원치 않는" '윗사람들'과 "할 수 없는" '아랫사람들'에 대한 레닌의 공식을 추측할 수 있기 때문이다(참조할 것. 예로폐예프의 작품에서는 이렇게 언급된다. "아랫사람들은 나를 보기를 원치 않고, 윗사람들은 비웃지 않고는 나에 대해 말할 수 없다"(52)).

레닌에 대한 상기는 예로폐예프를 통해서 "심화되는데", 첫 장에서 "세계의 변형"에 대한 말 다음에 바로, "맥주를 마시러" 간 주인공은 맥줏집에서 "교활한, 심지어 비열하기까지 한 얼굴"을 한 "작은 늙은이"(87)를 만나게 되고, 그는 비루보프를 유명한 레닌의 말인 "어르신네"로 부른다. "어르신네, 정신이 없으신 것 같네요."(88)[75] 그리고 바로 다음 문장에서 "악마"와 "악령"(이후에 주인공이 '작은 늙은이'를 그렇게 부른다)의 또 하나의 명확한 표식이 제공된다. "한 사람이 자스타바 일리치 구역에 살았는데, 안드로니옙스키 수도원 근처였다."(88) 피예추흐의 악마(또는 악령)는 『모스크바발 페투슈키행 열차』의 사탄(Сатана)과 발생학적으로 동족이다. 예로페예프에게서는, 만약 "네 명의 계급적 프로필" 마르크스-엥겔스-레닌-스탈린 등을 고려하지 않는다면, 사회적 위치 매김은 부재한다.

이후에, 이미 언급되었듯이, 악마와 악령으로 불린 늙은이에게 붙여진 고정적인 표현인 "대머리의 악마"(131)를 통해서 '초상화적 정밀성'이 제공된다. 비루보프 '방황'의 모든 단계들은 '악마가 혼을 냈다(черт попугал)'는 관용어로 설명될 수 있다.

비교해보자. 레닌 혁명("예로페예프 이후") 판단 노선은 피예추흐의 창작과 그밖의 다른 작품들에서 관찰된다. 예를 들어, 예로페예프에게서는 다음과 같다. "나는 바보가 아니다. 나는 세상에 정신병이 있다는 것을, 은하계 외의 천문학이 존재한다는 것을 알고 있다. 모든 것이 그런 것이다! (…) 그러나 이 모든 것은 우리 것이 아니고, 이 모든 것은 표트르 대제와 니콜라이 키발리치가 우리에게 강요한 것이다."(52) 그와 같은 사상이 똑같은 형식으로 피예추흐의 연작 『나와 기타 등등』에서도 언급된다. 단편 「나와 꿈」에서 주인공은 러시아 역사의 위대한 두 인물인 표트르 대제, 블라디미르 레닌과 만나는 꿈을 꾼다. 표트르 대제와의 대화에서 주인공은 자신의 위대한 대화 상대자에게 다음과 같이 질문을 던진다. "표트르 알렉세이비치,[76] 솔직히 말해보세요. 어째서 당신은 유럽으로 향하는 창문을 냈죠?[77] (…) 만약 당신이 이 창문을 통해서 우리에게 어떤 곤경

··

75) 이 문장의 구조와 의미적 내용은 「비열한 인생」에 나오는 아르카샤의 주거 장소 묘사의 구조와 성격을 정확히 반복한다.(4)
76) 〔역주〕 표트르 대제를 일컫는다.
77) 〔역주〕 '상트페테르부르크'를 건설하면서 "유럽으로 향한 창문을 내겠다"고 한 표트르 대제의 말을 인용한 것이다.

들이 불어닥칠지를 알았다면! 독일 황제들이, 죄송하지만, 불어닥쳤고, 별의별 애덤 스미스, 당파성, 마지막으로는 프롤레타리아계급 독재에 대한 불패의 이론이 불어닥쳤어요. 만약 당신이 유럽으로 향한 창문을 내지 않았다면, 우리는, 보다시피, 그 어디 가이아나 협동 공화국[78]처럼 옛 사도들의 신앙에 빠져서 지금 조용하고 평화롭게 살았을 거고 아무 신경 쓸 것도 없었을 거예요."[79] 형식적·내용적 반복이 분명해 보인다. 분명히 반복이다. 왜냐하면 "증식"은, 용량의 증가를 제외하고, 이 단편에서 발생하지 않기 때문이다(예로페예프에게서는 한 문장을 점유하고 있는 사상이 피예추흐에게서는 완전한 하나의 단편으로 표현되었다(확대되었다)).

두 주인공은 "인생의 올바른 형식"(112) 외에 디오게네스[80]와 같은 사람을 찾고 있다. 베니치카는 다음과 같이 질문한다. "왜 모두가 그렇게도 무례하죠? 네? (…) 왜 그렇죠?! 오, 만약에 전 세계가, 만약에 세계의 모든 것이, 지금의 나처럼, 조용하고 소심하다면……."(22) 피예추흐의 주인공은 다음과 같이 반복한다. "가장 중요한 인간의 질문들 중의 하나는 누구랑 사느냐이다"(112), "인간적 행복은, 아마도, 외부 존재의 형식에 달린 것이 아니라 너를 둘러싼 사람들에 달린 것이다."(114)[81]

두 주인공이 모두 '여행'을 떠나고 교외선 열차에서 여행을 종결한다(피

••

78) 〔역주〕 남아메리카의 북부에 위치한 공화국으로, 넓이는 21만 4969제곱킬로미터이고 수도는 조지타운이다.

79) Пьецух В. *Циклы*. С. 141~142.

80) 동사의 미정형 "**диогенствовать**(디오게네스 같다)"는 피예추흐의 텍스트에 나타날 것이다.(133)

81) "무해한"(316) 사람들을 보고자 하는 바람에 대해서는 「미래의 예견」의 중심 인물이 언급한다.

예추흐의 주인공은 부분적으로)는 사실은 흥미롭다. 게다가 두 경우 모두에서 쿠르스크(!—예로페예프 이후에는 우연한 이름이 될 수는 없다) 역에 대한 얘기가 나오고 각각의 주인공은 "그가 가고 싶었던 곳이 아닌 곳"에 가게 된다. 예로페예프의 뒤를 이어 피예추흐는 자신의 주인공을 혼란스럽게 만든다. "크렘린을 찾는데" "늘 쿠르스크 역에 가게 되고", 어디를 가더라도 "역시나 쿠르스크 역"(18~19)에 있게 되는 베니치카와 유사하게 비루보프는 "쿠르스크 역에 가려고" 하지만 "카잔 역"에 도착하게 된다.(120)

주시하다시피(이것은 이미 베네딕트 예로페예프와 연관해서 지적되었다), 외모(초상적 성격)의 유일하게 "개성화된" 특징과 베니치카 예로페예프 여행의 특징이 되는 것은 그가 자주 소중하게 "가슴에 (…) 끌어안는"(21 등) 그의 '작은 여행 가방'이며 그에 대해서 E. 블라소프는 다음과 같이 언급하고 있다. "크지 않은 의혁(擬革) 또는 합성피혁 여행 가방들은 소비에트 시대에는 검소한 소련 노동자의 필수 액세서리였다."[82] 바로 그렇게 "오래된 의혁 가방"(101)을 가지고 (쿠르스크 대신에) 카잔 역에서 피예추흐의 주인공도 출발하게 된다. "자신의 의혁 가방"(101, 107, 115, 117, 120)에 대한 여러 번의 언급은, 피예추흐 주인공과 예로페예프 주인공과의 형식적 연관과 정신적 친족성에 대한 환기이다.

예로페예프와 마찬가지로, 피예추흐가 의식적으로 자신의 주인공이 노동 달성 '그룹'을 거치도록 한 사실은 완전히 분명하다. 비루보프 '해방'의 단계들 중 하나는, "150루블 임금을 받는 벽돌공 자격으로"(103) 건설 현장에서 노동하는 것과 연관된다. 예로페예프의 주인공은 "예전에 통신 산업

::

82) Власов Э. Бессмертная поэма Венедикта Ерофеева "Москва - Петушки": Спутник писателя // Ерофеев Вен. *Москва-Петушки*. М.: Вагриус. 2001. С. 133.

기술 관리국 기계 설치공들의 반장"이었다는 사실을 상기하자. 그곳의 "산업 생산 과정은 다음과 같은 형식으로 비춰진다. 아침부터 우리는 앉아서 돈을 걸고 시카 카드 게임을 했고 (…)그 다음에 일어나서 카벨 선 원통을 풀어서 카벨 선을 땅 밑에 설치했다." 그 다음에는 "다 아는 일이다. 앉아서 각자가 나름대로 자신의 여가 시간을 때웠다."(32) '공장' 페이지들의 예로페예프와의 근접성을 강조하면서 피예추흐는 건설·조립 관리소를 약어(CMY, 104)로 쓰고 있으며, 도금 마감 작업(105)과 주인공들의 정치 정세 정보력에 대해 언급하고 있고, 작업(더 정확히는 끽연 시간)의 묘사를 예로페예프적 해설로 제공하고 있다. "11시 휴식 이후 눈 깜박할 새에 점심시간이다. 점심을 먹은 후 건설자들은 짧은 낮잠 휴식을 취하는데, 즉 솜저고리를 아무렇게나 깔고서 그늘에서 잠시 눈을 붙였다"(104), "두어 시간 후면 또 한 번의 끽연 시간이 된다. 또다시 이동식 야외 숙소에 들어가서 향긋한 차를 따라 나눠 마시면서 흥미로운 대화들로 되돌아갔다"(105) 등등. 즐거운 상승과 창작적 열정의 어조는 피예추흐 주인공의 말에서 들려온다. "일반적으로 예술을 산다는 것은, (비루보프는 생각했다) 일정한 의미에서 예술이 모든 것으로부터 만족을 끄집어낸다는 것이다. 그래서 몇 시간의 노동을 만족으로 변화시킬 줄 모르는 사람들이, 불행한 사람들의 가장 큰 범주를 구성한다. 그러나 모든, 심지어 가장 우울하고 기계적인 작업에서조차도 그런 조용하고 작은 기쁨을, 바로 아무것도 아닌 것에서 그런 작은 달콤함을 끄집어낼 수 있는 것이다."(106) 마지막의 변형된 관용 어구 외에 모든 생각·문장은 예로페예프에게서 피예추흐가 "차용한" 것이고 생산과정 개선에 대한 분명한 반향이며("나는 이 과정을 가능한 한도까지 단순화했다"), 그들은 "로브냐[83]의 카벨 선 작업장"(예로페예프, 33)에 자리를 차지하고 있었다.

중편 『해방』에서 인물 성격 창조 방법과 그들의 이름은 예로페예프에 대한 피예추흐의 직접적이고도 (많은 부분에서) 의도적인 의존성을 드러낸다.

이미 위에서 언급되었듯이, 『모스크바발 페투슈키행 열차』의 주인공들은 지배적인 외모적 특징들에 따라 주로 규정된다. "검은 콧수염(черноусый)", "멍청하디멍청한 사람(тупой-тупой)", "똑똑하디똑똑한 사람(Умный-умный)", 그는 "모직물"이다("모직 코트를 입은 남자"[84]), "갈색 베레모를 쓰고, 조끼를 입고 검은 콧수염이 있는 여자", "복잡한 운명의 여자", "12월당원"[85](28, 59, 74, 77, 82) 등이다. 다시 말해서 베니치카의 여행 동반자들의 이름들은 단 하나의 환유적인 디테일("검은 콧수염")로 이름을 대체하는 것을 기반으로 하든지, 주인공에 대한 "복합적" 인상의 재현("복잡한 운명의 여인")에 따라서 창조된다.

유사한 형식으로 피예추흐 중편의 인물 체계도 형성된다(이름 붙여진다). 피예추흐가 좋아하는 구성적 기법인 원형적 구성은 『해방』에서 여러 번 실현된다. 그런 원들 중 하나는 (슈제트 전개에 거의 참여하지 않는) 모르는 대화 상대자들의 형상들로 이루어진다. 그 대화 상대자들 중 한 명은 시종일관 "보통 남자"(피예추흐의 다른 단편들과 중편에서 이미 잘 알려진 유형, 133~134)로 정의되며, 다른 한 명도 (거의) 시종일관 "사팔뜨기"(133~134)로 지적된다. '사팔뜨기'라는 마지막 정의 자체는, 『모스크바발 페투슈키행 열차』에 '사팔뜨기'라는 인물이 부재하다는 것 때문에, 주인공을 그와 같이 명명한 것이 우연적인(예로페예프와는 상관없는) 것임을 입증할 수도 있다.

••

---

83) 〔역주〕 모스크바 주(州)의 도시이다.
84) 모직 코트는 피예추흐의 중편 『대홍수』(68)에서도 나타난다.
85) 〔역주〕 1825년 러시아 최초의 귀족 봉기이다. 12월에 발생해서 '데카브리스트(12월당원)'라고 불린다.

그러나 피예추흐의 다른 단편들과 중편들에 그런 식의 작명이 부재하다는 사실은, 바로 이 기법이 예로페예프를 투영한 것이라고 말해주고 있다. 그리고 비루보프의 직장 동료들 중 (여러 번 그렇게 호명된) "접수 문건들과 발송 문건들을 담당하는 중년 여성"(97, 98, 99)의 존재는 피예추흐의 문체 스타일이 베네딕트 예로페예프에 의존한다는 것을 확인해줄 뿐이다."[86]

교외선 열차 승강대에서 "불멸의 희곡" "오셀로, 베네치아의 모르인"을, "혼자서는 단번에 그랜드 피아노 전체를" "공연하거나"(28), "피아니스트처럼 고개를 뒤로 젖힌 채"(38) 술잔을 연거푸 마셔버리는 예로페예프의 작품 주인공과 비슷하게, 피예추흐의 주인공들도 극장 무대의 한계들을 극복할 수 있다. 『해방』의 주인공들 한 명에 대해서 다음과 같이 말한다. "예전에 그는 어린이 관객용 극장의 배우였는데, 어떤 어린이 동화를 시연하다가, 너무나 까마귀 역에 몰입해 들어갔기에 그것으로부터 벗어날 수가 없었다는 소문이 돌았다."(93) 예로페예프의 뒤를 이어(또는 그와 독립적으로) 피예추흐는, 폭넓은 음악 용어들을 서사에 도입한다. "서곡"(183), "전주곡"(206), "음조"(124, 176), "교향악 양식"(179) 등이다.

예로페예프 텍스트는 (더 많이 또는 더 적게) 개별적 틈입으로 피예추흐의 중편 전체에 나타나게 된다. 심지어 전쟁에 대한 언급("만약 전쟁이 시작되면, 나는 노동 예비군으로 탱크를 가지고 직접 전선으로 움직일 것이다."(105))은 "오레호보 주예보-크루토예" 장의 "노르웨이와의 전쟁"(89)에 대한 인용으로 읽힌다. 그것은 또한 『해방』에서 "최후의 만찬"(108) 형상의 등장, 그에 동반되는 "성경적 해석"(111)과 상황 부사 "경건하게"의 동기화에 대해서

∴

---

86) 분명한 것은 이 경우에 두 현대 소설가들이 모두 고골의 소설 기법을 따르고 있다고 말할 수 있다는 것이다. 하지만 피예추흐가 예로페예프의 뒤를 따르고 있다는 것을 배제해서는 안 된다.

도 말할 수 있다. 불분명하고 불확실하고 바뀐 출처를 가진 러시아 고전 문학의 인물들을 인용하는 예로페예프의 특징적인 인용에 대해서도 언급할 수 있다[피예추흐의 다음 구절과 비교할 것. "이렇듯 폰비진이 쓴 것에는 다음과 같은 말이 있다. '자신이 직접 생활 자금을 소유하지 못한 사람은 파리에서 우글리치[87]에서처럼 살게 된다'"(119)]. 피예추흐에 의해 너무 자주 혼동되어 (대사의 구별 없이) 사용되는(102, 247, 270, 272 등), 과도하게 집착한 단어 "얼마 전에(давеча)"조차도 예로페예프의 주인공에게서 차용되었다는 사실을 배제할 수 없다[예로페예프의 다음 구절을 참조할 것. "얼마 전에 열차에서도"(21)]. 피예추흐의 경우에 이러저러한 단어(기법)와 기원(또는 독창성)의 원천에 대한 구체적 문제는 절박한 것이 아니거나 이차적인 것이고, 일차적인 것은 두 작가 스타일의 분명한 유사성이다.

『해방』 텍스트에서 시종일관 인용된(실현된) 메타포인 '인생-정신병원'을 언급할 가치가 있는 것으로 여겨야만 한다[참조할 것. 중편에서는 인생-정신착란 모티프와 나란히 인생-꿈의 모티프가 전개된다(92, 93, 94)].

서사의 주인공이 있게 되는 곳인 정신병원은 평범한 일상적 정의들과 삶의 디테일들의 모음으로 피예추흐에 의해서 묘사된다(특징지어진다). 비루보프는 "여느 아파트의 출입구와 전혀 차이가 없는"(89) 출입구를 통해서 "요양소과"(89)에 들어가게 되고, 그는 "평범한 병원 냄새"(89)가 배어 있는 입원실로 "옮겨서"(90), 다른 "생각에 잠긴 사람들"(89), 즉 "대체로 조용하고 악의 없는 사람들"(90) 사이에서 그곳의 "거주자"[90, 변형은 '주민'(92)]가 된다. 비교해보자. 콜롭코프의 공동 아파트로 옮긴 후에도 주인공은 '거주자'로 불린다.(102) 정신병원의

∵

87) [역주] Углич. 야로슬라블 주(州) 볼가강변에 위치한 작은 도시이다.

하루 일정은 "통계상 중간 정도 자료(사람―저자)"(223)의 생활 "체제"(106)와 거의 차이가 없다.("비슷하다"(93)) 환자들의 오락(체스와 노동 요법)의 성격은 건강한 사람들이 주로 하는 일과 거의 완벽하게 일치한다(97. 예외가 될 수 있는 것은 체스를 서양바둑으로 교체한 것 정도다(104)). 사색에 대한 애착에서는 정신병자들이 "정상적인 남정네들"(97)보다 몇 단계까지 더 높다. "정신병의 베테랑"(90)인 의사의 바람, 즉 "앞으로도 정신병자로 남아 있고"(94) "정신착란 없이는 사람들과 사는 것이 너무나 힘들기에, 가볍고 표면적인 정신착란으로부터는 결코 벗어나서는 안 된다"(95~96)는 말은 치료의 결론이다. "구원된 사람"(97), 즉 병원에서 퇴원한 사람이 자신의 부인에게 한 조언은 "모든 사람은 반드시 정신병원을 거쳐야만 된다"(95)는 것이었다.

세계와 러시아의 문학, 고전과 현대의 문학에 폭넓게 퍼져 있는 형상 '인생은 정신병원이다'는 '고대'의 이름들, 즉 디오게네스, 오비디우스, 플루타르크(89, 93, 133) 등으로 확인된 전 인류적 일반화가 되었을 뿐만 아니라, '정신병원'에 '감금'되는 수많은 경우들이 있었던 1940년대 말과 1980년대 초 소련 사회의 현실적 삶의 특징적 '코드'가 되었다. 알려진 바대로 피예추흐의 창작에서 독자적인(독립적인) 인생-'정신병원'이란 형상은, 이 경우에는 "정신병원 31번과"에 대한 희곡인 베네딕트 예로페예프의 '정신병원' 작품 『희곡적 경험: "발푸르기스의 밤"(또는 편하게는 "기사단장의 발걸음")』(1985)[88]과 연관해서 언급될 가치가 있다.

마지막으로, 피예추흐의 창작과 S. 도블라토프의 소설과의 연관에 주목해야 한다. 우선적으로 도블라토프의 텍스트들로 잘 알려진 개별적·사상적 가정들과 세계관적 공식들과, 피예추흐의 근접성(또는 그 사용)에 대해 언급할 수 있다. 문제는 직접적이고 유치한 차용에 관한 것이 아니라, 도

---

88) Ерофеев Вен. *Вальпургиева ночь: Пьеса и проза.* М.: Вагриус. 2001. C. 5.

블라토프의 형상적 사상 형식에 대한 피예추흐의 '감수성'에 관한 것이다.

예를 들어, 우리가 이미 인용한, 도블라토프의 유명한 격언들, 즉 "사람은 사람에게 (…) 아무리 이것이 더 좋게 표현된다 하더라도 깨끗이 닦인 칠판이다. 다르게 말해서 아무거나 다 된다. 상황이 조성되는 것에 따라 달라진다"(『수용소』제1권, 88)에 대해,[89] 소설 『미래의 예견』에서 피예추흐는 도블라토프를 "해독하여" 다음과 같이 설명한다. "아침부터 우리는 사람이 사람에게 늑대일 수 있지만, 식사 이후에는 친구, 동무, 형제일 수 있다."(179)

그런 맥락에서 피예추흐에게서는 도블라토프의 유명한 공식 "전 세계가 무질서다"(『수용소』제1권, 166)도 다음과 같이 풀이된다. 소설 『미래의 예견』의 주인공들 중 한 명의 말이 그 말의 연속으로 들린다. 그 말에서 "이런 우리의 무질서가 어떻게든 정상화되었으면"(301)이란 표현은 사상뿐만 아니라 그 말의 형식적, 언어적 측면도 도블라토프적이다.

피예추흐에 의한 도블라토프의 해석은 간단할 수도 있다. 이렇듯, 도블라토프식의 "그 기반에 불안정성이 자리하는 운동"(『수용소』제1권, 58)이란 말은 피예추흐에게서는 "브라운 운동"(93)으로 해석된다.

위 인용문에서 '규범'이란 단어가 등장한다. 문체적 뉘앙스에서 중립적인 그 단어는 현대문학에서 도블라토프식으로 낙인찍혔으며, 도블라토프 소설의 독특한 '코드'가 되었다. 다음을 상기하자.(이전에 인용된) "우리 시

··

89) 여기와 이후에서 S. 도블라토프의 작품은 다음의 발행본을 따르고 본문에는 쪽수만 표시한다. Довлатов С. Собр. соч. : В 4 т. / Сост. А. Арьев. СПб.: Азбука. 1999.

대와 연관된 가장 심각한 느낌들 중 (…) 하나는, 광기가 어느 정도는 정상적 현상이 되는 바싹 다가온 부조리라는 느낌이다. (…) 부조리와 광기는 어쩐지 완전히 자연스러워지고, 정상, 즉 정상적 · 자연적 · 선량한 · 조용한 · 절제된 · 인텔리적 행동은 점점 더 보통이 아닌 사건이 된다. (…) 이것이 정상적이라는 느낌을 독자에게 불러일으키는 것, 어쩌면, 이것이 내가 예전에 세운 과제일 수도 있고, 이것이 나의 테마이기도 하다. 그 테마는 내가 고안한 것이 아니고 나 혼자만 그 테마에 어떤 노력과 시간을 들인 것도 아니다."[90] 사실이다. 그 혼자가 아니다.

피예추흐는 단어 '정상'을 쉽게(그리고 폭넓게) 사용하기에, 만약 '정상'이 도블라토프적인 사상의 표현을 위해 사용되지 않았고 "도블라토프식" 텍스트에 들어 있지 않았다면, 도블라토프에 대해 떠올리지 않을 수도 있다. 이렇듯, 예를 들어 중편『대홍수』에서 피예추흐는『수용소』의 사상을 되풀이한다. 도블라토프는 이렇게 언급한다. "나는 수용소와 자유 간에 놀라운 유사성을 발견했다. 감시자와 수감자 간에도. 좀도둑 재범자와 공장 수용소의 감독자 간에도. 십장 죄수와 수용소 행정반 관리 간에도. 출입 금지 구역의 양쪽에는 똑같이 무정한 세계가 펼쳐져 있다. (…) 우리는 매우 비슷했고 심지어 상호 교체 가능하다. 거의 모든 수감자는 경비의 역할에 적합했다. 거의 모든 감시자는 감옥에 갈 만했다."(제1권, 63) 피예추흐는 다음과 같이 말한다. "살다 보면 (…) 수감자를 정상적인 사람들과 이미 전혀 구별하지 못하게 된다."(69) 그런데『미래의 예견』에서 벽돌공 이반의 사과의 말 "나는 욕하는 것이 아니라 말하자면 힘을 돋우는 거예요"(195)는 "우정과 증오"(『수용소』 제1권, 36)의 전위에 대한, "이 세상에는 모든 것이 괴상

..

90) Глэб Дж. *Беседы в изгнании: Русское литературное зарубежье.* М.: 1991. С. 93.

하게 얽혀 있다"(『수용소』 제1권, 130)는 것에 대한 도블라토프의 우연론이다. 『해방』에서는 다음과 같다. "사람들이 있는 곳에는 오해가 있게 마련이다", "이것은 심지어 정상적이기까지 하다."(112)

완전히 도블라토프적으로(그리고 도블라토프의 언어를 사용하여) 『해방』에서 정신병 의사는 다음과 같은 말을 한다. "나는 다음의 결론으로 기울어진다. 정신적으로 정상적인 사람은 비열하다"(92) 또는 "인생은 (…) 상당히 무의미한 과정이다"(97) 또는 "우리 행성은 커다란 정신병원이다."(96) 도블라토프는 다음과 같이 언급한다. "세계는 광기로 사로잡혔다. 광기는 정상이 되었다. 정상은 기적의 감정을 불러일으킨다"(『금지 구역』 제1권, 410) 또는 "인간의 광기는 가장 끔찍한 것이 아니다. 해가 갈수록 내게 광기는 점점 더 정상에 가까워진다. 그리고 정상은 어쩐지 부자연스러워진다."(『타협』 제1권, 271)

피예추흐 중편 『해방』의 주인공들 중 한 명은, 도블라토프 주인공과 유사하게, "모든 불행은 결코 환경의 특징들에 의해서가 아니라, 개별적으로 일개인에 기인하며, 인간 사회 전체에 특징적인 총괄적인 미완성, 즉 미개명성에 기인한다"(126)는 것에 대해 말하고 있다[『수용소』의 다음과 같은 표현과 비교할 것. "지옥은 우리 자신들이다"(제1권, 28)].

피예추흐가 도블라토프와 유사하게, 텍스트의 여러 층위에서 사용하고 있는 일화에 관심이 있었다는 사실도 흥미롭다.

도블라토프 창작의 '일화적 본질'은 공리적이며, 그것은 피예추흐에도 관계되는데, 그는 23개의 단편들로 구성되어 전체 모음집에 『러시아의 일화』라는 제목을 붙인[91] 연작을 집필했다.

••

91) Пьецух В. *Русские анекдоты*.

모음집에 포함된 일화들도, 소설을 가득 채운(장르상으로 일화적이라고 언급되지 않은) 일화들도, 삶에 존재하는 날들에서 나온 것일 수도 있고 작가 자신이 창작한 것일 수도 있다.

일상적('생생한') 일화는 피예추흐의 텍스트에 직접적으로 포함될 수도 있고, 서사의 하부(또는 마이크로) 슈제트들 중 하나일 수도 있다. 이렇듯, 예를 들어 단편 「신(神)과 군인」에서 신은 '말로야로슬라베츠[92])의 한 노파'가 그에게 한 부탁을 군인에게 말해준다. "노파가 내게 무슨 부탁을 했는지 알겠어? 이웃집 여자가 늦잠을 자느라 직장에 늦어서, 어떻게든 그녀를 태업으로 감옥에 가게 해달라고 부탁했어."(34) 노파가 부탁한 것의 근간은 이웃집 암소가 죽어버렸으면 하는 것에 대한 일화지만, 현대적(단편의 동시대적 공간, 즉 전쟁 기간) 분위기로 변경된 일화도 깔려 있는 것이다.

피예추흐는 텍스트에 도입되는 일화를 직접 짓기도 하는데, 그것은 작가가 현실과 비현실의 경계와, 현존과 허구의 경계를 옮겨놓는 것이 가능하게 만든다. 예를 들어 『미래의 예견』에서는 다음과 같은 일화가 나온다. "술 취함은 자기희생입니다. 여러분. 프로메테우스를 보십시오. 그는 신들에게서 불을 훔쳤고 신들은 복수로 그가 술에 빠지도록 만들었습니다. 그의 간을 쪼아 먹는 독수리에 대한 것은 모두 지어낸 얘기고, 거기엔 단지 간 경변에 대한 어떤 알레고리가 담겨 있을 뿐입니다. 실제로 그는 그냥 술에 빠져버렸을 뿐입니다."(187)[93)] 흥미로운 것은 마치 E. 쿠르가노프

∶∶

92) 러시아의 지명이다.
93) 이 서술은 예로페예프의 『모스크바발 페투슈키행 열차』의 텍스트에 정확히 근거하고 있으며, 도블라토프와도 상응할 수 있다는 것이 분명하다. 도블라토프의 주인공·서술자는 술을 마셨고, "그 다음에 모든 것이 바뀌었다. (…) 나는 일시적으로 세계 조화의 일부가 되었다. (…) 아마도, 조화는 술병 바닥에 녹아 있었나 보다."(『금지 구역』 제1권, 394)

(Курганов) 말을 예견해주듯이, 이 경우에 고대 그리스 신화가 일화로 변형되었다는 것이다. 쿠르가노프는 "일화가 오늘날의 신화의 상속자"라고 말하며, "문학의 일화화(анекдотизация литературы)"[94] 경향에 대해 언급하고 있다. 일화 장르의 "소설 유사성"[95]에 대해서는 I. 수히흐도 언급했다는 사실을 상기하자.

일화는 현대 삶의 부조리와 환상성을 확인해주고 증명해주면서 피예추흐에게서는 전체 단편 슈제트의 기반(『러시아 일화들』 등)이 되거나, 소설의 중심(절정) 사건의 기반(『미래의 예견』 등)이 되기도 한다. 일화는 주인공 인생의 파란과 정신적 탐구를 종결시킨다(『해방』, 132. "진리의 탐구는 가장 빈번하게는 일화로 완결된다"). 주인공들, 상황들, 심지어 포즈(251)까지도 일화적일 수 있다. 피예추흐와 도블라토프가 유사성을 드러내는 중요한 점은, 인생 전체가 그들의 이야기들에서 연속적인 일화라는 것이고 인간의 삶이 내용상으로도, 형식상으로도 일화 자체라는 것에 있다. 다만 도블라토프에게서 인생이 전반적으로(모든 인생이, 각각의 인생이) 일화인 데 반해서, 피예추흐에게서 인생은 전반적이기는 하지만, 민족적 특성 쪽으로 기울거나, "민족적 관점"(177)을 가진 일화이다. 그래서 피예추흐의 일화들은 명확한 수식어가 붙은 '러시아 일화들'이란 명칭을 획득한다.[96]

전체적으로 볼 때 피예추흐의 단편 장르들의 사상적·형식적 측면을 보

••

94) Курганов Е. *Анекдот. Символ. Миф: Этюды по теории литературы*. СПб.: Изд-во журнала "Звезда". 2002. С. 57.

95) Сухих И. *Сергей Довлатов: время. место. судьба*. СПб.: 1996. С. 59.

96) 그러나 피예추흐는 의식적으로 네델란드인 파올로 트루베츠키를 '러시아' 일화들의 주인공들로 삼고, 아부 케림이나 클린톤을 상기시키며, 슈제트 사건들을 에스토니아, 이스라엘 또는 심지어 '내몽골(Внутренняя Монголия)'(어쩌면 펠레빈식인가?(9))등으로까지 옮겨놓는다.

충하거나 발전시키지는 않는(그보다는 복제하거나 되풀이하는)[97] 그의 장편소설 작품들을 자세히 살피지 않고, 피예추흐의 단편들과 중편들로 국한하여, 다음과 같은 결론을 내릴 수 있다. 가장 일반적 의미에서 피예추흐의 창작은 현대 러시아 포스트모던 경향에 참여한 것으로 특징지을 수 있다. 피예추흐는 현실을 구성하는 수직적·수평적 본성을 상실한 "브라운 운동"(93) 속에 머물러 있는 해체되고, 비논리적이고, 환상적인 현실을 묘사하는데, "민족적 관점의" "전통성"(177)으로 채색된 고정적인 모순들을 가지고, 반의어와 이분법들로 이루어진 "작은"("하찮은") 주인공("사람"(214)〕을 가지고, 세계에 대한 작가·서술자의 분명히 표현된 주관성(비객관성과 상대성)을 가지고, 현대적 현실에 대한 예술가적 인식의 사라진 비극성을 가지고, "그 어떤 교향악적인"(309) 아이러니[98]와 문체적 기법의 문학적 유래(상호 텍스트성)을 가지고, 충분히 표현된 비유와 적절히 개인화된(그리고 통일된) 언어를 가지고 그런 현실을 묘사하고 있다. 다시 말해서 피예추흐 창작의 포스트모더니즘적 특징들을 구별해내기는 어렵지 않다. 그러나 피예추흐 텍스트들의 그와 같은 특징적 징표들은 다른 시각으로도 해석될 수 있다. 포스트모던적 특징들로 위에서 지적된, 피예추흐 소설의 외적 징후들은 리얼리즘적이지만, 심오하지 못하고 완전성에 도달하지 못한, 두 시대의 경계선에 놓여 있었다고도 볼 수 있다. 자신의 창작에 다양한 문학 체계들의 윤리적·미학적 지배소들을 수용했지만, 분명히 표현된 고유한

∴

97) 『비열한의 인생』(1989) 분석에서 "양심이 모든 것을 해결한다"('시간이 모든 것을 해결한다'의 아이러니한 변형)란 문장이 언급된다. 이 문장은 (내용상으로도 형식상으로도) 전혀 형태가 변화되지 않으면서 피예추흐 작품들에서 이미 10여 년을 옮겨 다니고 있는데, 또다시 피예추흐의 최근 작품집 『국가의 아이(Государственное дитя)』중 한 작품에서 반복된다.(참조할 것. Пьецух В. Государственное дитя. М.: Вагриус. 1997. С. 9).

98) А. 넴제르에 따르면, "아이러니한 음절의 완강성"(Немзер А. Указ. соч. С. 228)이다.

목소리를 획득할 수는 없었던(객관적 또는 주관적 원인들로 인해) 제2급 작가 소설의 특징들로도 해석될 수 있다는 것이다.[99] (주로) 슉신과 예로페예프 소설에서 형성된 불변수들로(슉신과 예로페예프의 "정신으로", 슉신과 예로페예프의 "스타일로", 슉신과 예로페예프의 "기법으로", 즉 이 작가들과 "유사하게"), 피예추흐는 '카피스트'의 역할을 수행하거나, 또는 (발언의 정중함을 위하여 정정하자면) '과도기' 작가의 역할을 감당하고 있다.

∶∶

99) 도블라토프의 한 문장 "우리의 상황에서는 지는 것이, 어쩌면 이기는 것보다 더 가치 있을 지도 모른다"(『타협』 제1권, 305)가, 아마도, "모든 것이 잘될 것이다"(319)라는 낭만적·낙천 적 확신을 가진 피예추흐의 장편 『미래의 예견』 전체보다 더 깊이가 있을 것이다.

약전

피예추흐, 뱌체슬라프 알렉세예비치(1946. 11. 18(모스크바)~). 소설가, 에세이스트.

상비군 장교 집안에서 태어났다. 레닌모스크바사범대학교 역사학부를 졸업(1970)했다. 중등학교에서 역사 교사(1970~1983)로 일하였고, 그 후 라디오 기자, 목수·콘크리트공, 공장 조립공 등으로 일했다. 콜림 수력발전소 건설 현장에서 사금을 채취하기도 했다. 잡지《농촌 청년(*Сельская молодежь*)》에서 오랜 기간 평론가로 일했다. 1991~1995년에는 잡지《인민의 우호》의 편집장을 지냈다.

첫 번째 단편은 1973년에 집필되었다. 1978년에 선집『원천(*Истоки*)』에 작품들을 발표하기 시작했다. 첫 작품집은『알파벳』(1983)이다. 수많은 단편, 중편, 장편, 에세이를 발표하였다.

러시아 펜클럽 회원이며 모스크바에서 거주하고 있다. 결혼했고 아들이 있다.

텍스트

Пьецух В. *Алфавит*. М.: 1983.

Пьецух В. *Веселые времена*. М.: 1988.

Пьецух В. *Новая московская философия: Хроники и рассказы*. М.: 1989.

Пьецух В. *Предсказание будущего*: Рассказы. Повести. Роман. М.: Молодая гвардия. 1989.

Пьецух В. *Роммат*. М.: 1990.

Пьецух В. *Я и прочее*. М.: Художественная литература. 1990.

Пьецух В. *Циклы*. М.: Культура. 1991.

Пьецух В. *Государственное дитя*. М.: Вагриус. 1997.

Пьецух В. *Русские анекдоты*. СПб.: Русско-Балтийский информационный центр "Блиц". 2000.

Пьецух В. *Заколдованная страна*. М.: Центрполиграф. 2001.

학술 비평서

Аннинский Л. Черт шутит: К вопросу о нашем очищении//*Взгляд*. 1991. Вып. 3.

Бунимович Е. Четыре дебюта//*Юность*. 1986. No. 4.

Вайль П. Русский человек на рандеву//*Литературная газета*. 1991. 9 окт.

Золотоносов М. "Дети Арбата": Ностальгические заметки о позднесоциалистической литературе//*Московские новости*. 1993. 10 окт.

Иванова Н. Намеренные несчатливцы?:(О прозе "новой волны")//*Дружба народов*. 1989.

No. 7.

Иванова Т. Наша бедная трудная литература//*Знамя*. 1989. No. 4.

Курицын В. Четверо из поколения дворников и сторожей//*Урал*. 1990. No. 5.

Липовецкий М. "Свободы черная работа": Об "артистической прозе" нового поколния// *Вопросы литературы*. 1989. No.9.

Немзер А. Несбывшееся: Альтернативы истории в зеркале словесности//*Новый мир*. 1993. No. 4.

Новиков М. Зачем нам история?//*Новый мир*. 1990. No. 2.

Поликовская Л. Трагедия новейшего образца//*Литературное обозрение*. 1990. No. 3

Рябова Р. Для любителей нелегкого чтения//*Народное образование*. 1990. No. 3.

Шкловский Е. На рандеву с гармонией: Размышления о молодой прозе//*Литературное обозрение*. 1986. No. 1.

5. 타티야나 톨스타야의 창작에 나타난 상호 텍스트성

타티야나 톨스타야는 1980~1990년대 '비전통적' 문학의 또 한 명의 대표자이자 비토프 소설 전통, 비토프 소설의 형상 체계, 모티프 계열, 메타포와 상징들, 비토프 소설에 깊이 내재하는 상호 텍스트성과 확고히 연관되어 있다.

톨스타야는 다음과 같이 인정한다. "나이 든 세대의 작가들을 사랑한다. 마카닌, 비토프, 페트루솁스카야를. 완전히 젊은 세대들 중에서는 어느 누구도 호명하지 않겠다. 나는 읽어보지도 않았거나, 읽어도 바로 흥미를 잃곤 했다. 중간 세대이면서 흔히 논쟁적인 작가들 중에선 펠레빈을 매우 좋아한다."[1]

풍부한 문학적 재능을 타고난 문필 가문("어디를 봐도, 내 집안은 문학가들 뿐이었다. 알렉세이 니콜라예비치 톨스토이는 친할아버지다. 할머니 나탈리야 바실리예브나 크란디옙스카야 톨스타야는 시인이셨다. 그분들의 어머니 역시 여류 작가들이었다. 외할아버지 미하일 레오니도비치 로진스키는 번역가셨다"[2])에서 태어나, 레닌그라드국립대학교 고전문학과를 졸업한 다음, 그녀의 말에

1) Толстая Т. *Проза для рыжих* // http: Портал HH. Потерянный профиль.
2) *Московские новости*. 1990. 24 июня.

따르면, "집안에서" 이미 다 배워 "더 이상 읽을 것이 없었기" 때문에 글을 쓰기 시작했다. 톨스타야는 1983년 《오로라(*Аврора*)》에 단편 「황금빛 현관 계단에 앉아서⋯⋯(На золотом крыльце сидели⋯)」를 발표하면서 문단에 발을 들여놓았다. 1980년대를 대표하는 신진 작가로서 톨스타야의 소설은 곧바로 세간의 이목을 받았다. 1987년 단편집 『황금빛 현관 계단에 앉아서⋯⋯』(1989년 영어로 출간)가 출간되었고, 그 다음 해부터 작품집 『안개속 몽유병자(*Сомнамбула в тумане*)』(1992년 영어로 출간), 『사랑하니─사랑하지 않니(*Любишь─не любишь*)』(1997), 『오케르빌 강(*Река Оккервиль*)』(1999), 『밤(*Ночь*)』(2001)이 잇달아 세상에 나왔다. 이들 작품집들은 주로 한두 개의 새로운 단편들을 보충해서 출간되었기에 그 근간은 첫 단편집의 단편들이었다. 1998년에는 단편집 『자매(*Сестры*)』(나탈리야 톨스타야와 공저)가, 2001년에는 『낮(*День*)』과 『두 사람(*Двое*)』(나탈리야 톨스타야와 공저)이 출간되었다. 그런데 여기에 실린 작품들은 순수소설이 아니라 신문·잡지·보고문학적 성격이 짙은 글이다. 2000년에 장편소설 『키시(*Кысь*)』가 출간되었는데, 이 작품의 집필을 시작한 것은 1986년이었다.[3] 이런 모든 사실들은, 1990년대 초에 들어서면서 톨스타야가 집필 활동을 중단하고, 주로 강의와 가르치는 일에 집중하는 것으로 전환했다고 말할 수 있는 근거가 된

••

3) 톨스타야의 장편소설 『키시』의 장 제목들이 고대 러시아(고대 슬라브) 알파벳 이니셜로 되어 있다는 '비본질적' 사실에 주의를 기울이는 것은 흥미롭다. A. 비토프가 '소설 속 논문들' 중 "A에서 이지차(고대 러시아어 알파벳의 마지막 문자 и 음의 명칭 ─ 역자)까지"(Битов А. *Статьи из романа*. М.: Советский писатель. 1986)에서 이미 사용된 기법, 그리고 비토프와 마찬가지로(『푸슈킨의 집』, 211. 여기와 이후에서 소설 『푸슈킨의 집』의 인용은 Битов А. *Пушкинский дом*. СПб.: Изд-во Ивана Лимбаха. 1999를 따르며 본문에는 쪽수만 표시한다), 톨스타야가 자신의 소설 주인공들의 이름을 "골룹치키"라고 한 것도 어쩌면 완전히 우연일 수도 있다.

다. 현재 톨스타야는 대부분의 시간을 미국에서 현대 러시아문학을 강의하며 보내고 있다. 그러나 양적으로 그리 많지 않음에도 불구하고 톨스타야의 소설은 특별한 고찰을 요구한다.

톨스타야의 작품은 재론의 여지 없이 현대 포스트모던 경향에 속한다. 톨스타야에게는 (포스트모더니즘의 '비토프적 변형'이란 전통에서) "영원한 문제들만이 존재하며", 그녀의 소설은 주로 현대 세계의 '선과 악'의 이해를 다루고 있다.[4]

비평가들의 정의에 따르면, 톨스타야 소설의 주인공은 '작은 사람'이다. 그것은 톨스타야 초기 단편들의 주인공들만 보더라도 잘 드러난다. 경리로 일하는, 고골의 아카키 아카키예비치[5]를 연상시키는, "작고, 소심하고 몹시 지친"(31)[6] 파샤 아저씨(「황금빛 현관 계단에 앉아서……」)와, 멋없는 모자를 쓰고 "혁명전의 다리를 가진"(39) 우스운 숙모 슈라(「사랑스러운 슈라」)가 대표적 인물이며, 또는 단편소설 「오케르빌 강」에서 도시를 묘사하는 장면을 떠올리는 것도 톨스타야 소설의 주인공 속성을 이해하는 데 도움이 된다. "십이궁이 전갈자리(비토프가 일관되게 사용하는 상징)로 바뀌었을 때, **바람은 세게 불어닥치고**, 사위는 어두워지고, 비가 몰아쳤다. **창문에 바람과 빗줄기가 내리치는** 축축한 도시는 (…) 표트르[7]의 **악의에 찬 음모 때문인지**, (…) 키가 크고, 눈망울이 툭 불거지고, 아가리를 쩍 벌린 채, 큰 이빨을 드러내고, 활짝 펴진 손에는 선박용 도끼를 들고는, 겁에 질린 허

··

4) 자세히는 다음을 참조할 것. *Московские новости*. 1990. 24 июня.
5) 〔역주〕고골 『외투』의 주인공.
6) 여기와 이후에서 톨스타야의 단편들은 다음의 단행본을 따르고 본문에는 쪽수만 표기한다. Толстая Т. *Река Оккервиль: Рассказы*. М.: Подкова. 1999.
7) 〔역주〕상트페테르부르크를 건설한 표트르 대제를 말한다.

약한 신하들을 밤의 악몽 속에서마저도 쫓아다니는 목수-황제의 **복수처**
럼 여겨졌다."(강조는 저자)(332) 톨스타야 단편의 주인공은 그런 "신하들"[8]
중 한 명이다. 그러나 톨스타야는 자신의 주인공이 "작은 인간"이 아니라
"정상적인 사람"이라고 생각한다. 단순하고 평범한 외모에, 너무나 진부하
고 불쌍하며 초라할지는 몰라도, 마음속에 "빛"을, 심장에는 따뜻함과 선
함을 가진 "다정한" 사람이라는 것이다.

톨스타야의 주인공은 주로 아이와 노인이다. 연령은 차이가 나지만 세
계를 인식하는 측면에서는 아이와 노인은 유사하다("비정상적이다").[9] 그들
은 "시간을 초월해서 살 줄 아는 사람들이며"[10] 어린 시절을 간직하고서,
허구와 환상 속에서 자유로이 꿈꿀 줄 알고, 허구와 꿈이 실제 실현되리
라고 믿는 사람들이다. 「황금빛 현관 계단에 앉아서……」, 「사랑스러운 슈
라」, 「소냐」, 「오케르빌 강」, 「불꽃과 먼지(Огонь и пыль)」, 「마술사(Факир)」
의 주인공이 그런 성격을 지니고 있다. 자신이 창조한 여자 주인공 소냐에
대해 톨스타야는 "소냐는 바보였다"(6)라고 규정한다. 이러한 반어법은 몇
번 더 반복되면서 다음과 같이 덧붙여진다. "그러나 얼마간의 시간이 지나

⁝

8) 톨스타야의 단편 「오케르빌 강」의 시작 부분 프롤로그 「무엇을 할 것인가?」(『푸슈킨의 집』,
11~13)에서 비토프의 풍경을 거의 문자 그대로 재현하고 있다는 사실은 흥미롭다. 단어 "헛
되지 않은(недаром)", "거의 강요된 듯한(чуть ли не вынуждена)", "앙갚음을 받아야만 한
다(придется поплатиться)"의 의미에 대해서는 이미 비토프의 『푸슈킨의 집』과 관련해서 언
급되었다. 비토프의 바람의 형상은 톨스타야의 『키시』에서 다시 한 번 갈팡질팡하게 된다(참
조할 것. Толстая Т. *Кысь: Роман*. М.: Подкова: Иностранка. 2000. С. 253. 이후 『키시』의
인용은 이 발행본을 따르며 본문에는 쪽수만 표기한다).

9) *Русские писатели: XX век: Биографический словарь: В 2 ч.*/Под ред. А. И. Скатова. М.
1998. С. 447.

10) Генис А. Иван Петрович умер: Статьи и расследования. М.: //*Новое литературное
обозрение*. 1999. С. 67.

자, 축제일 전에 분주하던 부엌에서는 소냐를 대신할 사람이 없다는 것도, 재봉 솜씨도 그녀를 따를 사람이 없다는 것도, 남의 아이들과 기꺼이 산책하거나 모두가 시끌벅적하게 어울려서 미룰 수 없는 어떤 유흥을 즐기러 갈 때면 남아서 아이들이 잠자는 것을 지켜줄 태세였다는 것도 알게 되었을 때, 소냐의 어리석음의 결정체는 예측 불가능성에서 다른 어떤 황홀한 면으로 빛을 발하게 되었다."(『소냐』, 6) 이런 식으로 여자 주인공을 정의하고 성격의 윤곽선을 그리는 태도는 슉신의 '괴짜'에 잇닿아 있으면서 "우리 시대의 영웅은 언제나 바보였다"[11]라는 슉신의 말(베네딕트 예로페예프와 관련해서 앞서 인용한)을 연상시킨다.

톨스타야는 이렇게 말했다. "나는 '외딴 곳에서 온' 사람들이 흥미롭다. 우리는 보통 그들에게 귀 기울이지 않고, 우리는 그들을 황당하다고, 그들의 말을 알아들을 수 없다고, 그들의 고통을 이해할 수 없다고들 생각한다. 그들은 삶에서 소외되고, 이해하는 폭이 적어지고, 무엇인가 중요한 것을 얻을 기회를 자주 상실하게 되며, 삶에서 이탈되면서도 아이들처럼 의아해한다. '축제는 끝났는데 선물은 어디 있는 거지?'라고. 삶이 선물이었고, 그들 자신이 선물이었다. 그런데 아무도 그들에게 이것을 설명해주지 않았다."[12]

A. 게니스의 말에 따르면, 톨스타야의 주인공들은 "허구의 삶을 현실의 삶으로 바꿀 줄 아는 광인들이다."[13] 바로 이런 점에, 현실의 삶과 허구의 삶이 충돌하는 것에 톨스타야 소설의 주된 갈등이 자리한다. "톨스타야의

∴

11) Шукшин В. Собр. соч.: В 3 т. М.: 1985. Т. 3. С. 618.
12) *Русские писатели и поэты: Краткий биографический словарь*. М.: 2000. С. 427에서 재인용.
13) Генис А. Указ. соч. С. 68.

테마는 일상의 세부 요소들을 아름다운 은유로 장식해서는 속물적 일상으로부터 폐쇄되고 격리된 세계로 탈주하는 것이다"[14]라는 게니스의 말은 타당하다.

톨스타야 주인공들이 편안하게 존재하고 있는 평범한 세계는, 어린이가 주인공인 경우에는 어린 시절의 세계(「황금빛 계단에 앉아서……」, 「사랑하니−사랑하지 않니」, 「새와의 만남」, 「페테르스」 등)이고, 또는 성장한 주인공의 경우에는 환상과 공상의 세계(「오케르빌 강」, 「소냐」, 「불꽃과 먼지」, 「마술사」 등)이다.[15] 예를 들어, 어린 시절에 대한 톨스타야의 단편 「황금빛 계단에 앉아서……」(타티야나 톨스타야는 "인생을 이해하려는 시도", "자기 자신을 이해하려는 시도"를 했다고 말했다.[16] 또는 에피그라프에서 "너는 대체 누구니?"라는 어린이들이 부르는 편 가르기 노래 중에 나오는 질문을 참조할 것)는 "태초에 동산(сад)이 있었다. 어린 시절은 동산이었다"(29)라는 문장으로 시작된다. 그것은 "태초에 말씀이 있었다"는 성경 구절을 쉽게 떠올리게 한다. '동산'이라는 단어가 첫 문장에 위치한 것 자체는 사유적으로 원형 텍스트인 성경과 모순되지 않는다. 왜냐하면 성경에서 말하는 동산은 천국(рай)(대문자로 쓴 '천국(Рай)'은 이후 톨스타야의 텍스트에 등장한다)이기 때문이고, 문체의 관점에서도 그것과 어울린다. 왜냐하면 세계 문화의 전통에서 '동산'은 존재

..

14) Там же. С. 66.
15) Т. 톨스타야는 인터뷰에서 "내게 1950년대는 가장 향수를 불러일으키는 시기이다. 왜냐하면 어린 시절이기 때문이다. 사람들은 어떻게 이 향수를 달래는지 모르겠다. 안으로 삭이는지 밖으로 타오르게 하는지……. 내가 글을 쓸 때, 어떤 시대냐에 상관없이, 말하자면 1970년대이든지 1930년대이든지, 냄새, 느낌, 소리들 속에는 나의 어린 시절이 배경으로 어딘가에 반드시 존재해야만 한다"라고 말했다.(타티야나 톨스타야와의 인터뷰, 전자신문 《접수(Прием)》(2000. No. 10)
16) Там же.

의 제한된 기호, 우주의 형상이 되는 고전 철학적으로 일반화한 것이기 때문이다. '동산'-'어린 시절'의 일반화된 교체를 감행한 후, 톨스타야는 신적인 천국의 본질들의 계열 축에 말씀(신)-동산(에덴)-어린 시절(유년 시절)이라는 마지막 열을 완성하여, 어린이에게 신적인 본성과 초자연적 보호성이란 측면을 다시 한 번 강화시킨다.

톨스타야가 그려내는 어린 시절-동산의 공간은 무한으로 확장된다. 「황금빛 계단에 앉아서……」에서 동산은 "한도 끝도 없이, 경계도 울타리도 없이, 나뭇잎이 살랑거리는 소리를 내는, 태양으로 황금빛을 띤 동산〔다시 말해서 지상의 것하고는 거리가 먼 초자연적인 밝음. '황금'과 '태양'은 의미론적으로 동일하다. (노란) 반짝임은 눈이 멀 것 같은 빛의 느낌을 창출하면서 이런 공통점을 강화한다—저자[17])이며, 어둠 속에서 밝은 녹색의 동산('어둠' 속에서 '밝음'이라는 의미론적 모순 형용—저자)이고, 관목에서부터 소나무 꼭대기까지 수천 개의 층(과장—저자)이 켜켜이 쌓인 동산이다. 그리고 남쪽으로는 두꺼비가 있는 우물, 북쪽으로는 백장미와 버섯들, 서쪽으로는 모기풀, 동쪽으로는 들쭉나무 숲, 호박벌들, 절벽, 호수, 다리들"(29)이 있는 동산이기도 하다. 이렇듯 동산에는 경계가 없다. 동산을 '한정하는' 이미지조차도 무한성의 증거가 된다. 땅속으로 사라지는, 남쪽의 "두꺼비가 있는 우물"은 (아이가 그렇게 인식하듯이) 바닥이 없다. 북쪽의 "백장미와 버섯들"은 환유적 '대체'만이 존재하는 숲에 깊게 뿌리를 내리고 퍼져 있으며 버섯들

••

17) A propos. 톨스타야의 단편들에서 어린 시절의 세계는 다음과 같은 수식어들로 가장 많이 규정된다. '황금빛의(золотой)'〔변형들은 '태양의(солнечный)', '밝은(светлый)', '노란(желтый)', '오렌지 빛의(оранжевый)', '별빛의(звездный)' 등〕, '순백의(белый)'〔변형들은 '깨끗한(чистый)', '은빛의(серебряный)', '다이아몬드 빛의(блиллиантовый)' 등〕, '푸른빛의(голубой)', '분홍빛의(розовый)'.

은 '동산'의 경계 너머로 안내하고 복수형이라는 문법적 형식을 빌려 한이 없음을 나타낸다. 서쪽의 "모기풀"은 어디나 존재하는 모기에 대한 언급 하나만으로도 공간이 열려 있음을 의미한다. "들쭉나무 숲, 호박벌들, 절벽, 호수, 다리들"은 계속 열거(게다가 '다리들'로 끝나는 이 대열은 분명히 또 어딘가로 안내하고 있다)되면서 동쪽으로 확 트인 전망을 열어놓는다.(29) 거대하고 일반적인 차원들의 결합, 원근적 대상들 간의 거리 배제를 함으로써[예를 들어, "백장미"들은 동산에서 자란다. 다시 말해서 집에서 그리 멀지 않은 곳이지만, "버섯들"은 흔히 숲, 즉 집에서 먼 곳에서 자란다. 그런데 백장미와 버섯들은 병렬 접속사 '와(и)'를 통해서 열거된 대열에서 서로 '이웃하여' 놓여 있다], 공간은 전일성, 침투성, 도달성의 느낌을 낳는다.

동산─어린 시절의 시간 역시 무한성을 획득한다. "그것은 100년에 단한 번이다"(29), "(100년 후에) 우리는 8학년으로 옮겨간다"(29), 집 주위에는 "100년 된 전나무"(30)가 자란다. 파샤 아저씨는 자기 집 현관 계관에서 "영원"으로 떠난다(39). 그리고 「황금빛 계단에 앉아서……」에서 은유적 기준점은 "태초에 동산이 있었다"라는 세계 창조의 순간이다.

톨스타야의 주관적 서사에서는 동산 공간이 보여주는 끝없음과 동산 시간이 담고 있는 시간 흐름의 무한성이 어린 시절의 아득함, 끝없음, 무궁무진한 가능성, 무한함을 표현하게 된다.

좀 더 성장한 주인공이 등장하는 단편소설 「오케르빌 강」에서 주인공 시메오노프가 꾸는 꿈의 이미지도 이와 유사한 표현 수단들로 꾸며진다. "본적도 없고 알지도 못하는 이 멀고 먼 강은, 누구나 알고 있는 레닌그라드의 강이 아니었기에, 마음 내키는 대로 상상할 수 있었다. 흐릿한 푸르스름한 강물, 그 속에서 천천히 흐릿하게 떠가는 태양, 은빛의 버드나무, 무성하게 자란 자작나무에서 뻗어 나와 조용히 드리워진 가지들, 기와지붕

을 얹은 붉은 벽돌의 이층집들, 곱사등처럼 불룩하게 솟아오른 목재 다리
들—마치 꿈속처럼 조용하고 더딘 세계 (…) 긴 가지를 매단 버드나무들이
강변 주위에서 자라고, 뾰족지붕의 집들이 들어서 있었는데, 어쩌면 네덜
란드식 고깔모자를 쓰고, 줄무늬 스타킹을 신고, 이빨엔 긴 도자기 파이프
를 물고 있는, 급한 것 하나 없는 사람들이 자유로이 흩어져 있는 것을 상
상하는 것이 더 좋을 수도 있다. (…) 아니면 네모난 포장용 돌을 오케르빌
강변에 깔고, 강을 깨끗한 회색 물로 채우고, 첨탑과 사슬이 있는 다리들
을 놓고, 화강암 난간들을 평평한 모양으로 곧게 놓고, 주철 창살 달린 출
입문이 있는 높은 회색 집들을 강변 주위에 세우는 것이 나을지도 모른다.
대문 위쪽이 물고기 비늘처럼 된다 해도 또 어떠한가, 쇠고리 장식을 박은
발코니에서는 금련화가 보일 것이다."(335~336) 허구적 현실의 형상은 시
메오노프에게서 어린 시절의 희미한 회상이 되고 그의 상상은 인형들이 살
고 있는 장난감 도시 모형을 세운다(파이프를 한정하는 "도자기"라는 수식어
는 이 도시의 주민들인 도자기 인형들로 쉽게 이행된다).[18]

또는 단편소설 「마술사」에서는 다음과 같이 묘사된다. "평범한" 사람들
을 "인생의 주연"에 초대할 줄 알고, "세계를 알아볼 수 없을 정도로 변화
시킬 줄" 알며, "손짓만으로" "저녁의 기적들"을 만들어낼 줄 아는(205), 필
린(Филин)이란 이름의 "평범하지 않은" 주인공이 사는 집은 비밀스러운 동
화 같은 "탑"의 자취가 배어 있으며 "궁전"이라고 불린다. "수도의 한가운
데에 필린의 궁전과 사방이 형형색색으로 장식된 분홍빛 언덕이 자리 잡
고 있었다. 온갖 건축학적 책략, 속임수, 여러 구조물이 있었는데, 기둥에

..

18) 비토프, 『푸슈킨의 집』의 다음 구절과 비교할 것. "실제로 나는 (…) 그것에 유리를 끼워 넣
었다! 밤에, 요정처럼, 요술 천을 짰다."(328)

는 탑들이, 탑 위에는 뾰족 장식들이, 뾰족 장식 사이엔 리본과 화환이 있었고, 월계수로 이어진 장식 속에서는 지식의 원천인 책이 쑥 올라와 있거나 컴퍼스가 교육의 다리를 내밀고 있었다. 쳐다보면, 가운데에 오벨리스크가 불룩 솟아 있고 그 위엔 곡식 단을 안은 건장한 석고 부인이 유연하게 서 있다. 눈보라와 밤을 부정하는 밝은 시선에, 곱게 딿은 머리채와 순전한 턱을 가지고 (…) 그래서 지금도 그 무슨 나팔 소리가 들리고, 어디선가에서 접시들이 쨍그랑거리고, 작은 북들은 애국가나 아니면 장엄한 느낌을 주는 어떤 곡을 연주할 것만 같은 느낌이 든다."(206) 톨스타야는 '스탈린식 고전주의'를 풍자하고 있지만, 이런 점이 매혹적이고 독특한 인상을 만들어내는 것을 방해하지는 않는다. 그리고 필린의 집 창문 너머의 풍경은 '보통' 사람들의 창문 너머의 풍경보다는 모든 것이 다르게 보인다. "유쾌한 사람들"이 돌아다니고, 도시는 "줄지어 늘어선 황금빛 가로등, 무지갯빛으로 빛나는 동그란 서리 결정체들, 다채롭게 뽀드득 소리를 내는 눈(雪)"으로 빛나고 있으며, 필린의 "둥글둥글한 궁전" 위 하늘마저도 "빛으로 연기를 한다." "연극적이고 음악회적인 하늘"인 것이다.(206~207)

톨스타야 주인공들의 성격도 순진한 어린이 같거나, 어른이더라도 낭만적 세계의 법칙에 맞도록 창조된다. 단편 「황금빛 계단에 앉아서……」에서 화자—소녀는, "노인이다. 쉰이 넘었다"(31)에서 보듯이 파샤 아저씨를 나이 든 사람으로 인식한다. 그러나 "작은 파샤 아저씨", "작고 따뜻한 발"과 같이 파샤 아저씨는 '작고', '어린이 같은' 특징들로 구별되며, 그는 "산 넘고 고개 넘어"(동화에서 흔히 사용되는 민담의 겹치기 기법—저자)(33) 직장으로 달려간다. 그는 "기관차"(паровичок)라는 지소(애칭 접미사가 붙은 단어를 사용하는데 어린이의 말에서 쓰이거나 어린이에게 말을 할 때 사용된다—저자)(31)로 서둘러 간다. 그는 "집안일을 도와달라며" 마르가리타라는 여자를(33) 자기 집으로 초대한다. 왜냐하면 그는 "의지할 데 없고" 어린애처럼 도움과 보호가 필요하기 때문이다. 그러나 톨스타야의 예술 세계에서는 그런 어린이-주인공만이, "외국의 숫자들과 나선의 시침"이 있고, 안에 "카프탄을 입은 신사와 잔을 든 황금빛 귀부인"이 있는 "값비싼 시계"(35)와 같은 보물이 숨겨져 있는 천국 동산의 주인공이 될 수 있다. 그래서 톨스타야는 고유명사화한 이름들을 사용하여 천차만별로 개명하여 창조하였으며, "어린 시절 마법 세계의 바닥으로부터", 다시 말해서 "따뜻하게 빛나는 심연"으로부터 솟아 나온, 파샤 아저씨의 형상을 다음과 같이 묘사한다. "오, 파샤 아저씨는 솔로몬 왕이다! 당신은 막강한 손아귀에 풍요의 뿔을 쥐고 있구나! 낙타 대상(隊商)의 행렬이 어른거리는 발걸음으로 당신의 집을 통과해 지나가서는 여름 황혼 속에서 자신들이 갖고 있던 바그다드의 짐을 잃어버렸다! 폭포처럼 흘러내리는 수많은 비로드, 레이스를 수놓고 있는 풍성한 타조 털, 수많은 멋진 도자기, 황금빛 기둥들로 장식된 액자 틀, 구부러진 다리가 달린 값비싼 식탁, 유리 원기둥이 받치고 있는 빗장이 걸린 찬장. 거기서는 검은 포도주가 부드러운 황금빛 잔들을 감쌌고, 황금빛 치마를 입은 흑인들이 칠흑 같은 어둠 속에서 어른거리고, 투명하고 은빛 나는 무엇이 구부러져 있다.(…) 라일락은 유리를 통해서 들여다보면서 부러워하고, 파샤 아저씨는 그랜드피아노 앞에 앉아 월광소나타를 연주한다. 당신은 누구신가요, 파샤 아저씨인가요? (…) 연주하세요, 계속 연주하세요. 파샤 아저씨! 삼일천하의 칼리프, 마법에 걸린 왕자, 아이돌 스타, 마법에 홀려버린 우리를 지배할 권력을 누가 당신에게 부여했단 말인가. 등 뒤의 하얀 날개를 누가 당신에게 선물하였는가. 누가 과연 당신의 은빛 머리를 저녁 하늘까지 높이 들어 올렸으며, 장미 화관을 씌웠고, 산의 빛깔로 감쌌으며, 달의 바람이 불게 했는가?"(35)[19]

단편소설 「오케르빌 강」에서는 다음과 같이 묘사된다. 스스로가 상상해 낸 사랑에 빠져버린 여가수 베라 바실리예브나의 '격렬한 목소리'가 축음기에서 들릴 때, '작은 주인공'("목수 황제"[20]의 "허약하고 겁 많은 충신") 시메오노프는 '당당한 시메온'으로 변한다. "그는 고독 속에 있는 것, 작은 아파트에 베라 바실리예브나와 단 둘이 있는 것이 좋았다. (⋯) 오 천상의 고독! (⋯) 평안과 자유! 가족이란 찬장을 쟁그랑거리는 것이며, 서구식 찻잔과 접시를 보란 듯이 펼쳐놓는 것이고, 나이프와 포크로 갈비구이를 꽉 붙잡듯이 영혼을 낚아채서는 찻주전자용 보온 덮개로 영혼을 질식시키는 것이고, 머리에 식탁보를 푹 뒤집어씌우는 것이지만, 자유롭고 고독한 영혼은 리넨 식탁보의 술들 밑에서 미끄러져 빠져나가서, 냅킨 고리 사이를 모기처럼 통과해 지나간다. 펄쩍 뛰어! 잡아봐! 시메오노프의 영혼은 베라 바실리예브나의 목소리로 둘러쳐지고, 불꽃으로 가득한 어두운 마술의 원 안에 이미 머물렀다가, 베라 바실리예브나의 뒤, 그녀의 치마와 부채 뒤로, 춤추는 환한 홀로부터 여름밤의 발코니로, 국화 향이 가득한 동산 위 넓은 반원으로 도망쳐버린다. 이것은 병든 냄새, 부패와 슬픔의 냄새다. 베라 바실리예브나 당신은 지금 어디쯤인가요. 파리나 상하이에 있을지도 모르죠. 파리의 푸른 빛깔 비인가요, 아님 누런 중국의 비인가요. 당신의 묘 위

∵

19) 비토프와 비교할 것. "두려워 마세요. 미차 아저씨, 나는 그렇게 하지 않을 거예요. 당신의 나약하게 처진 어깨에 내 짐을 옮겨놓지는 않을 거예요. 벌어진 일을 감당할 장점을 가진 내 자신의 무력함과 무능력 때문에 당신이 모욕을 당할 위험에 빠지게 하지 않을 거예요⋯⋯. 내가 당신을 보살필게요⋯⋯."(49) 또는 비토프의 다음과 같은 문장과 비교할 것. "동화(銅貨)를 뿌려대는 알리 바바는 은화가 든 궤를 찾았기 때문이었다. 그 다음엔 금화를 위해서 은화를 뿌려대고, 다이아몬드를 위해 금화를 뿌려댈 것이다. 주인들이 돌아와 그의 머리를 자르고 문에 새 자물쇠를 채우기 전까지 계속 그렇게 할 것이다!"(70) 형상성뿐만 아니라 음조에서도 비토프 목소리에 대한 톨스타야 서사의 '의존성'이 느껴진다.
20) 〔역주〕 표트르 대제를 칭한다.

에 부슬부슬 흩뿌리고 있는 비는 어떤가요. 누구의 땅이 당신의 하얀 뼈를 차갑게 식히고 있나요? 아니에요. 내가 그렇게 열렬히 사랑하는 것은 당신이 아니에요!(말씀해주세요! 당신은 당연히 나를 사랑한 거겠죠, 베라 바실리예브나!)"(334~335) 꿈꾸던 연인과의 만남이 안겨준 행복감은 불쌍하고 소심하며, "코가 크고" "머리가 벗어진" 시메오노프의 목소리에 힘과 울림을 부여하고, 그의 영혼에 "평안과 자유"를 선사한다.

단편소설 「마술사」에서 주인공과 관련된 묘사는 이렇다. 필린은 도시의 군중 사이에 있으면 "작고, 성급하며, 근심 있어" 보이고, "그는 보통 사람 같으며", "작은 다리"에, "작은 주먹"을 가지고 있고, "초등학생처럼"(214) 깡총깡총 뛰어다니지만, 자신의 "궁전"에 있으면 그는 "바라보는 시선을 모욕하지 않는 번듯한 모습이다." **깨끗하고**(강조는 저자), 크지 않은('작지' 않은!—저자) 그는 실내용 비로드 파자마를 입고 작은(귀족적이다!—저자) 손은 보석 반지를 껴서 무게감이 있어 보였다. 게다가 틀에 박힌 듯 낡아빠진 모습도 아니고 구두쇠 같지도 않다. (⋯) 아니다. 발굴장에서 곧장 튀어나온 베네치아풍이었다. (⋯) 아니면 테를 두른 주화 같기도 했다. 신이여 용서하세요. 안티오흐, 아니면 더 높이 올려주세요⋯⋯. 필린은 그런 사람이다. 안락의자에 앉아서 실내화를 흔들면서 손가락을 집 모양으로 모으고 있다. 타르 같은 눈썹, 아름다운 아나톨리야[21]의 두 눈은 먹물 같고, 턱수염은 바삭거리는 소리를 낼 정도로 건조한 **은빛이다.**"(강조는 저자)(196)[22]

또는 다음과 같다. "오 필린! 황금 열매들의 넉넉한 주인인 그는 열매를

∴

[21] 〔역주〕 소아시아의 옛 이름.
[22] 이와 관련해서는 물론, "깨끗하고" "은빛인"(『푸슈킨의 집』, 32) 디켄스 아저씨의 형상이 떠오른다.

오른쪽과 왼쪽에 나눠주고 굶주린 사람들을 배불리 먹이고 목마른 사람들의 목을 축여준다. 그가 손을 흔들면 동산에 꽃이 피고 여성들은 아름다워졌다. 꽉 막힌 사람들은 영감을 얻게 되고, 까마귀들은 꾀꼬리처럼 노래한다. 그가 바로 그런 사람이다! 그가 바로 그런 사람이다!"(209) 필린-마법사의 변형과 변화는「황금빛 계단에 앉아서……」중에서 그려지는 파샤 아저씨의 변신과 유사하다(위를 참조할 것).

환상 속 어린이와(또는) 어른들의 세계는 두 공간의 결합성, 그 경계가 표현되지 않은 특성, '의식'과 '존재'가 자유롭게 자리를 바꿀 수 있다는 특성 등을 드러내면서 현실 세계와 하나가 된다.

그러나 톨스타야 단편에 나타나는 전원시적 조화는 포스트모던식으로 오래 계속되지 못하며, 행복한 세계의 항구성은 개념적으로 보장되지 못한다. 즉 "삼일천하"(35)다.「황금빛 계단에 앉아서……」의 저자-화자는 파샤 아저씨에 대해 이야기하면서 "인생은 환등(幻燈) 속 유리를 점점 더 빠른 속도로 바꾼다"(35)라고 말한다. 에덴동산의 이미지는 "원죄"와 "천국으로부터의 추방"(35)을 상기시킨다. 어린이는 어쩔 수 없이 나이를 먹게 되고, 어린이의 행복한 세계의 경계를 하는 수 없이 허물게 되며, 어른들은 꿈을 믿을 수 있는 능력이 있음에도 불구하고, 자신의 내적 세계 또는 외부 세계의 파괴적이고 적대적인 영향력을 막아낼 수 없기 때문에 어쩔 수 없이 꿈을 포기하게 된다.「황금빛 계단에 앉아서……」에서 "파샤 아저씨는 계단에서 얼어 죽었다. 그는 철 문고리에 다다르지 못하고 눈 위로 쓰러졌다. (…) 마르가리타의 중년이 된 딸이 새로운 여주인이 되었다. 그녀는 파샤 아저씨의 유골을 양철통에 쏟아 넣은 다음 닭장 안에 있는 빈 선반에 올려놓았다. 매장하기가 성가셨던 것이다"(37)라고 말하고 있는 것이다. 결국 '파샤 아저씨'가 살아온 삶의 결과는 "먼지, 유골, 부패" 그리고 "양철

통"(37)이다.[23]

또는 「오케르빌 강」에서는 다음과 같다. "낯선 사람들이 순식간에 안개 낀 오케르빌 강변에 자리를 잡았고, 오래된 집 냄새가 풍기는 냄비들과 매트리스, 양동이와 붉은 털 고양이 등의 세간을 끌고 와서 화강암 강변에는 비집고 들어갈 틈이 없었고, 그들은 자신들의 노래를 불러댔으며, 시메오노프가 만든 네모난 도로포장용 돌 위에 쓰레기를 마구 내던졌고, 자식들을 낳았고, 서로의 집들을 드나들었으며, 뚱뚱한 검은 눈썹의 노파는 걸어 다닐 때면 옆 사람을 밀치고 다니면서 비스듬한 어깨의 창백한 그림자를 드리웠고, 베일이 달린 모자를 뭉개 짓밟아 발 아래서 바스락 소리를 냈으며, 노파의 둥근 구두 뒷축 소리가 사방으로 울려 퍼졌으며, 베라 바실리예브나는 식탁 너머로 '버섯 좀 주세요!'라고 소리쳤고, 시메오노프가 건네 주자 그녀가 먹었다. (…) 베라 바실리예브나는 죽었다. 오래 오래 전에 죽었다. 죽임을 당했고 분해되었고 이 노파의 먹이가 되어버렸고 뼈는 가루가 되었다."(343) 꿈은 와르르 무너졌다.

필린의 '기적의 나라'는 '낮아지기 놀이'를 하면서 '제3등급의 존재'로 변할 운명이다. "안녕, 분홍빛 궁전, 안녕, 꿈이여! 사방으로 날아가라, 필린! 우리는 손을 내밀어 악수를 청하며 서 있다―누구 앞에서? 당신은 우리에게 무엇을 선물했지? 황금빛 열매가 달렸던 당신의 나무는 말라버렸고 당신의 말은 밤하늘의 불꽃, 꽃가루 바람의 순간적 흩날림, 우리 머리카락 위 어둠 속에서 불타는 장미의 히스테리일 뿐이다." "그는 그런 척할 뿐이

∵

23) 지금도 비토프 시대처럼 깨진 창들을 들여다보는 수밖에 없다. "그런데 시간은 (…) 자신의 아득한 얼굴을 바싹 가까이 댔고 덥고도 후끈하게 숨을 쉬면서 밤마다 창에 매달리고 문에 기대며 검은 유리에 자신의 코를 납작하게 눌렀고 밝은 집 안을 안 보인다는 듯이 뚫어져라 바라보았다."(『푸슈킨의 집』, 103)

346

었다"라고 「마술사」에서는 등장인물의 말을 빌려 이야기한다. 저자—화자는 이렇게 덧붙인다. "어떻단 말인가. 손으로 눈물을 훔치고 뺨을 문지른 다음 성상화 앞에 놓인 등잔에 침을 뱉어버립시다. 우리의 신도 죽었고, 사원도 텅 비어버렸어요. 안녕히!"(217)

1980~1990년대 포스트모더니즘 세계관의 전통에 맞게 톨스타야는 인간 본성의 '원죄', 정신적 타락의 불가피성, '영원한 사랑' 또는 '완전한 행복'의 불가능성을 이야기한다. A. 비토프를 계승한 톨스타야의 단편소설은 '원', '거울', '꿈', '안개', 즉 불가피한 반복들, 이것들을 극복한다는 것의 불가능성, 그리고 끝없는 순환을 '결말'로 삼았다. 그러나 톨스타야가 보여준, 액자 구조 안에 담긴 폐쇄된 이야기가 풀어내는 비관적 운명과 삶의 피할 수 없는 상실의 그림자는 현실화되지 못한 사랑(「사랑스러운 슈라」 등), 실현되지 못한 꿈(「오케르빌 강」 등), 정당한 평가를 받지 못한 선함과 자비(「소냐」 등) 등이 존재한다는 사실 자체로 이미 극복되고 있다고 보아야 한다(비토프에게서처럼).

(현실적이거나 허구적인) 공포와 (실행되거나 실행되지 못한) 범죄의 텍스트들이 '포화'된 L. 페트루셉스카야의 작품들과 달리, 톨스타야의 소설은 인도주의적이고 동정적이며 '헌신적이다.' 악의로 충만하고 냉혹하며 부도덕한 페트루셉스카야의 주인공들과는 대조적으로, 일상적 파란과 난관들로부터 벗어나지 못한 톨스타야의 등장인물들은 삶에 대한 믿음, 행복에의 희망, 더 나은 것을 위한 낭만적 꿈을 상실하지는 않았다. 그들은 러시아 고전문학에 깊게 뿌리를 내리고서 1960년대 현대문학(주로 농촌문학)으로 돌아온 경건자들이나 괴짜들과 유사하다.

그러나 포스트모더니즘의 이론과 실재의 틀 안에 머무르던 타티야나 톨스타야는 '세계를 묘사하는 새로운 방법들'을 모색하고 자신만의 예술적 공간을 창조한다. 만약 톨스타야가 '진지하고' '훌륭하게' 글쓰기에 몰두한다면, 비평가들은 톨스타야의 예술적 공간 안에서 그만의 '장난들'을 발견하고 그 뒤를 추적할 수 있는데, 이것이 '톨스타야 읽기가 주는 만족감'[24]이다.

톨스타야 시학에서 흥미로운 점은 톨스타야의 단편소설들이 단순하고 명쾌하다고 할지라도, 항상 '다르게 읽힌다'는 것이다. 혹자는 톨스타야가 '냉정하고' '인색하게'[25] 글을 쓴다고 말하지만, 다른 한편에서는 '화려하고 호화롭게'[26] 소설을 써내려간다고 지적한다. 그러나 이러한 불일치는 겉모습에 국한된 이야기일 뿐이다.

톨스타야는 짧은 단편소설들을 쓰며, 그 속에서는 모든 것이 국부적이고 요약적이며 도식적이고 비공개적이며 협소하게 보이므로 '인색'하다는 의미이다. 그러나 훌륭한 교육에 풍부한 재능을 타고난 톨스타야는 앞선 문학을 비교하고 연상하고 회상하여, 또한 창작 수법의 독특한 스타일과 기법을 수단으로 하여 단편소설의 장르적 경계를 확장할 수 있었다. 그러나 불필요한 세부 사항이나 사소한 것들에 매달리다 보면 톨스타야 소설 텍스트의 '화려함'이 먼저 눈에 띄는 것이다.

비평가들은 톨스타야의 작품에 나타나는 '이미지의 기지 있는 선명성', '문학적 접근과 연결을 예측할 수 없다는 점',[27] 형상성, 은유성, 작가 창작 수법의 표현성 등에 주의를 기울였다. A. 게니스는 "은유는 톨스타야의 주

••

24) Генис А. Указ. соч. С. 70.
25) Михайлов А. О рассказах Т. Толстой // Толстая Т. *На золотом крыльце сидели*. М.: 1987.
26) Грекова И. Расточительность таланта // *Новый мир*. 1988. No. 1.
27) Там же.

요한 창작 도구이다"[28]라고 말한다.

톨스타야 작품에서의 은유의 역할과, 그것을 텍스트에 현실화하는 방법은 두 가지이다. 어떤 경우에는 은유가 완전한 이미지로 전개되고 완전한 장면으로 전환되는데, A. 게니스가 관찰한 내용을 비교해보면 다음과 같다. "'칼로식의 이와 같은 판타지', '해마다 죽을 수밖에 없는 현실 앞에서 자연은 두려워하고 엎어지고, 결국에는 거칠고 엄격하며 울퉁불퉁한 창조물들인 무의 둥근 지붕 같은 검은 꼭지, 고추냉이의 무시무시한 하얀 몸통, 비밀스러운 감자의 도시들을 낳으면서, 머리를 밑으로 하고 자란다.'" 다음과 같은 "고딕식 풍경, '그물 망태 안의 닭고기는 마치 처형당한 것처럼 창문 너머에 걸려서 검은 바람에 흔들린다. 벌거벗은 나무는 슬픔으로 구부러졌다.'" "입체파적 정물화, '하얀 식탁보 위 빛의 세계가 품고 있는 평화와 평안. 작은 접시들 위 부채꼴 치즈, 부채꼴 소시지, 레몬 바퀴들은 마치 작은 노란색 자전거를 부셔놓은 것 같았고, 루비 빛의 불꽃들은 잼 속에서 돌아다닌다.'"[29]

또 다른 경우들에서는 반대로 은유가 축소되고 '약화된다.'[30] 톨스타야는 비교되는 두 대상들 중에서 '일차적인 원관념'을 의도적으로 생략하고, '이차적인 보조관념'만을 남겨둔다. 그래서 톨스타야의 은유 활용에는 유사성에 따른 대조가 다음과 같이 발생한다. "귤들로 불타는 트리"(33), "음악의 달빛 라일락 향기"(35), "7월이 스며든 베란다"(30), "덧신의 히아신스 내부"(227) 등이다. 인용된 문장들 하나하나는 톨스타야에 의해 의도적으로 '누락된'('약화된'), '추측되는' 두 개(또는 몇 개)의 비교 대상을 '복구'하면

••

28) Генис А. Указ. соч. С. 66.
29) Там же. С. 67, 69~70.
30) 비토프의 작품들에 나타나는 문장의 '약화'는 여러 번 언급되었다.

완전한 문장 또는 완전한 단락을 온전히 '펼칠 수 있다.' 예를 들어, 단편 「황금빛 계단에 앉아서……」의 여자 주인공들 중 하나인 베라 비켄티예브 나에 대해서는 다음과 같이 언급된다. 그녀는 "하얗고 거대한 미녀"이고, "탱탱한 황금빛 사과의 아름다움"(30)을 가지고 있다. 톨스타야는 완전한 비교 구문("잘 익은 사과 같은")을 하나의 형용사 '사과의'로 축소하여, "잘 익은 사과"와 미녀와의 비교가 의도적으로 누락된다. '사과'라는 단어-이 미지는 '하얀 성숙'이라는 종(種)의 연상을 낳게 되고, 이때 '황금빛의'라는 형용사가 나온다. 익숙한 언어 공식("잘 익은 사과와 같은" 등)을 변형하는 것은 아름다운 여인의 초상을 묘사하는 데서 전통적인 형용사 한정어들을 떠올리게 만든다. 이렇듯 예술적 표현 수단들이 아무리 풍부하고, 톨스타 야가 아무리 "특별한 이미지의 표현"[31]을 열망한다 할지라도, 톨스타야가 사용하는 은유적 이미지는 외적인 절약으로 발생한다. 즉 (비토프와 마찬가 지로) 톨스타야가 보조 단어들을 의도적으로 사용하지 않거나, '선택적인' 단어들을 사용하지 않음으로써 사실상 더 자주 일어나고 있는 것이다.

이와 같은 유형의 (펼쳐진 또는 접힌) 풍경-은유는 슈제트와 직접적 관련 성이 없는 경우도 종종 있으며, 연상으로부터, 즉 저자와 주인공의 '의식의 흐름'으로부터 발생하고 슈제트를 하부 슈제트나 마이크로슈제트로 세분 화한다. 이렇듯 '슈제트와 직접적 관련성을 상실한 이런(또는 저런) 불필요 한 이야기들'(게니스에 따르면, "빽빽하게 서술된 배경") 속에 "톨스타야가 갖 고 있는 매력의 주된 비밀"이 담겨 있다. "자동적 이야기들로 구성된 단편 은 마치 예술성을 일정 수준으로 끌어올리는 것 같다. (…) 텍스트는 평평 한 종이로부터 유리되고, 서사는 슈제트와 그 위에서 펼쳐지는 몇 개 차원

••

31) Казак В. Лексикон русской литературы XX века. М.: 1996. C. 424.

으로 단번에 옮겨가며 볼륨을 형성한다."[32] 다시 말해서, 핵심 슈제트와 주변의 하부 슈제트, 그리고 마이크로슈제트를 합쳐놓은 총합이 톨스타야 서사의 하이퍼슈제트를 구성하고 텍스트 외적인(초텍스트적인) 종합적 결론을 낳는다.[33]

비토프와 마찬가지로, 톨스타야는 폭넓고도 볼륨 있게(어쩌면 비토프보다 더 볼륨 있게) 의사 직접화법을 이용하는데, 의사 직접화법은 화자−서술자의 목소리를 표현할 때 주요 인물들과 주변 인물들의 다양한 목소리가 섞이는 화법으로, 소위 '지문 없는 대화'라 불리기도 하는 것이다. 단편 소설 「사랑스러운 슈라」에 나오는 가장 간단한 장면 묘사도 그런 것 같다. "낯모르는 아이가 순진하게 알렉산드라 에르네스토브나의 무릎에 보물 같은 모래들을 스르르 쏟아부었다. 아주머니 옷을 더럽히면 안 되지. 괜찮아요. (…) 내버려두세요."(39~40) 이 장면에서 톨스타야 자신도 다양한 서술 방법을 활용하고 있다. 객관적 문체로 쓴 이 대목의 첫 문장은 저자 · 저술자에 완전히 속한다. 두 번째 문장은 벌어진 일을 관찰하다가 묘사된 사건에 간섭할 수 있는(정확히는 간섭한) 위치에 있는 여자 화자의 말로 '간주'할 수 있다. 그러나 내용상 그녀는 알렉산드라 에르네스토브나와는 '알지 못하는 사이'이기 때문에 두 번째 문장은 '낯모르는 아이'의 어머니가 한 말일 것이다. 세 번째와 네 번째 말은 아이 어머니에게 또는 우연히 모래판 옆에 멈추게 된 화자에게 대답한, '사랑스러운 슈라' 자신의 말일 수 있다. 아니면 결론을 내리는 저자 · 서술자의 것일 수도 있다. 단정적으로 말할 수는 없지만, 마지막 두 마디는 알렉산드라 에르네스토브나와 화자 사이

∶

32) Генис А. Указ. соч. С. 69~70.
33) 톨스타야는 기법의 많은 부분을 비토프에게서 계승했다고 볼 수 있다.

에 오가는 대화일 수도 있다. 이런 스타일의 서술 방법은 다음 텍스트에서도 쉽게 발견할 수 있다. "남겨진 두 명에게 미소를 짓고 잠시 생각에 잠기더니 경탄할 만한 미녀는 변덕을 부린다. 이것이 사랑스러운 슈라, 알렉산드라 에르네스토브나이다. 그렇다. 이게 나다! 모자를 썼건, 안 썼건, 머리를 풀어 헤쳤건. 아휴. 얼마나 예쁜지…… 두 번째 남편. 성공적인 선택은 아니었던 세 번째 남편. 이제는 뭐라고 할지…… 어쩌면 그때 이반 니콜라예비치에게서 도망쳤더라면…… 도대체 이반 니콜라예비치가 누구란 말인가? 여기에 그는 있지도 않은데……."(40) 이 부분에서 "아휴. 얼마나 예쁜지……" 또는 "도대체 이반 니콜라예비치가 누구란 말인가?"("모자를 썼건 안 썼건……"이나 "이제는 뭐라고 할지……"도 마찬가지로)는 사랑스러운 슈라의 발화로 또는 저자·화자의 목소리로 간주할 수도 있다. 그렇다면 다음과 같은 문제가 발생한다. "왜 톨스타야는 이런 '언어의 혼합'을 필요로 하는가?" 아마도 구체적인 상황, 상황에 따라 언어를 혼합시키는 기법은 다양한 기능을 수행할 수 있을 터이다. 그러나 톨스타야에게 언어 혼합의 기법은 '바빌론적인' 혼합이라거나 잘못된 오해라기보다는 오히려 반대로 등장인물과 자신 사이의 거리감을 줄여 근접성을 드러내고, 말을 통해 그들과 하나가 되고자 하는 시도이다.

등장인물의 목소리가 작가 목소리에 녹아들어 뒤섞임으로써 톨스타야의 텍스트에서는 '천갈이'가 발생하고 대단히 객관적이고 논리 정연한 작가의 서사가 의문문이나 감탄문, 다시 말해서 주관적인 감정의 여운을 담은 언어 수사법으로 교체되어, 톨스타야 소설에 서정적 분위기를 시종여일 부여해주고, 비토프에게서 '차용한' 자유시(верлибр)의 수준("산문과 서사시 사이"[34])으로 소설을 끌어올리게 된다.

「황금빛 계단에 앉아서……」에서는 다음과 같다. "가을은 파샤 아저씨에게 들어와서 그의 얼굴을 때렸다. 가을아, 뭐가 필요한 거야? 가만 있어봐. 너 뭐가 그리 심각한 거야? (…) 낙엽이 흩날렸고, 날은 더 어두워졌고, 마르가리타는 더 구부정해졌지. 흰 암탉들은 죽었고, 수컷 칠면조는 따뜻한 나라로 떠났고, 누렁이는 낡은 궤에서 기어 나와 파샤 아저씨를 안고는, 저녁마다 울부짖는 북풍(北風) 소리를 들었다. 아가씨들, 누가 파샤 아저씨께 인도 차(茶)라도 좀 가져다주세요! 우리는 다 자라버렸어요. 당신은 어쩜 그렇게 늙어버렸을까요. 파샤 아저씨! 당신의 손은 축 늘어지고 무릎은 구부러졌어요. 당신은 왜 그런 목쉰 소리로 숨을 쉬시나요? 알겠어요. 짐작이 가요. 낮에는 어렴풋하게, 밤에는 뚜렷하게 벽난로 아궁이에 있는 쇠뚜껑의 절그럭거리는 소리가 들리는 거죠. 사슬이 쓸려 끊어지나 봐요." (36~37) 의문문, 감탄문, 아포리즘, 그리고 의심을 담은 문장들은 텍스트를 주관화하는 기능을 하며, 등장인물들의 내적 담화 속에 작가의 직접적인 언술을 용해시키는 표현 수단이 된다.

시적 언어 기법은 톨스타야의 소설('여성적') 텍스트에서 거의 결정적인 특징이 된다. 앞서 인용된 예에서 분명히 두드러지듯이, 3회 반복이라는 유사한 문장 패턴을 지적할 수 있다. "낙엽들이 흩날렸고//날들은 더 어두워졌고//마르가리타는 더 구부정해졌지", "흰 암탉들은 죽었고//수컷 칠면조들은 따뜻한 나라로 떠났고//누렁이는 낡은 궤에서는 기어 나왔다." 첫 단어를 중복시키는 아나포라적 시작도 가능하다. "우리는 아무 것도 알아채지 못했고, 우리는 베로니카를 잊었고, 우리에게는 겨울이었다. 겨울. 겨울……"(33) 또는 동일한 소리를 갖는 단어들을 같은 줄에 나열하여 시작하고("여기서 떠나. 뛰어가. 악몽이야. 끔찍해. 차가운 악취(холодный

34) Битов А. Статьи из романа. С. 53.

смрад)-헛간(сарай), 축축함(сырость), 죽음(смерть)……"(31)〕 의성법으로 옮겨가기 등이다.

문장의 반복과 중복, 두음 맞추기와 모음 맞추기는 텍스트에 리듬적 구성을 "엮어놓으며", 시적 어조를 만들어낸다. 「마술사」에서 보면 다음과 같다. "그들은 필린의 집에서 그를 알게 되었고 그 노인에게 푹 빠져들었다. 안나 이오아노브나의 통치 시대에 대한 필린의 이야기들도, 파이도, 영국차(茶)의 연기도, 금박으로 장식된 파란색 명품 찻잔도, 어딘가 위쪽에서 조용히 흐르는 모차르트도, 메피스토펠레스 같은 눈으로 손님들을 보듬어 안는 필린도……"(197~198), "밝은 빛, 밝은 색채, 밝은 은빛 턱수염……"(212), "앞날에는 새로운 겨울, 새로운 희망, 새로운 노래……."(218) 음과 어휘의 중복은 개별 문장이나 텍스트 전체에 리듬감을 부여하는 기반이 된다.

단 하나의 언술 부분으로 문장 전체나 단락을 서술하거나, 독자에 대한 영향을 심화시키기 위해 압축된 형용사, 명사, 동사 또는 대명사로만 단락을 서술하거나 행동을 유발하는 톨스타야의 기법에 주의를 기울여야 한다. 예를 들어 I. 그레코바는 이렇게 말하고 있다. "형용사가 풍부하게 사용되고 있다는 점이 먼저 눈에 들어온다. 형용사들은 다량으로 축적되고 밀집되며 서로에게 덧놓이기도 하고, 어떤 경우에는 서로 모순되게 역설적으로 결합하여 명사와 충돌하기도 한다. 형용사들이 난무한다. 형용사들과 인접한 명사들도 익숙한 외형을 잃기도 하고 완전히 누락되기도 한다. 예를 들어 혐오감을 주는 사람에 대해서 '작고, 힘세고, 육중하고, 빠르고, 털북숭이에, 비인간적인 짐승'(「매머드 사냥」)이라고 한다. 또는 이 단편에는 다음과 같이 나온다. "화가는 낮은 탁자에 건들거리는 도자기 컵들을 늘어놓았고 색 바랜 공간을 팔꿈치로 휘저어 닦았다. 맛없이 마셨고 어제 남은 것 같은 무엇의 돌처럼 굳은 조각들을 씹어 먹었다."[35] 톨스타야의 단편소설에 그런 예들은 너무나 많다. 예를 들어 「오케르빌 강」에서는 다음과 같다. "아니다. 너를 사랑하는 것이 아니다! 이렇게도 열렬히! 내가! 사랑한다!"— 폴짝폴짝거리며 탁탁 소리를 내며 쉬쉬거리며 축음기 바늘 아래서 베라 바실리예브나가 빠르게 빙빙 돌아갔다. 쉬쉬 소리, 탁탁 소리, 회전이 검은 까마귀처럼 감돌았고, 축음기 나팔처럼 넓어졌으며, 시메오노프를 이긴 승리를 축하하면서 레이스 장식이 달린 난(蘭)에서 천상의, 어둡고, 낮은, 처음엔 레이스의, 먼지투성이의, 그 다음엔 수중 압력으로 부풀어 오른, 깊은 곳에서 떠오른, 변화되어 물 위에서 불꽃처럼 흔들거리는, 프쉬-프쉬-프쉬, 프쉬-프쉬-프쉬, 돛처럼 부푼 목소리, 점점 더 크게, 로프를 끊으며, 걷잡을 수 없이 내달리면서, 프쉬-프쉬-프쉬, 불꽃이 일렁이는 밤바다를 가르는 돛배처럼, 점점 더 강하게, 날개를 곧게 뻗고, 속도를 내서, 뒤에 남겨진 두껍게 생긴 흐름으로부터, 해변에 남겨진 작은 시메오노프로부터 유연하게 떨어져 나가는데, 시메오노프는 대머리가 되어가는 맨머리를, 엄청나게 거대해진, 빛나는, 하늘 절반을 가린, 확신에 찬 외침에 소진된 목소리 쪽으로 쳐들고 있었다.— 아니다. 베라 바실리예브나는 그를 그렇게 열렬히 사랑한 것이 아니었지만, 그래도 역시 그 한 사람만을 사랑한 것이었고, 그들은 서로를 사랑한 것이다. 흐-쉬-쉬-쉬-쉬-쉬."(333)

톨스타야의 작품들에서 또 자주 만나게 되는 것은 나란히 병렬된 명사들인데, 그녀는 명명문을 자주 사용한다. 다음을 참조할 것. 단편소설 「사랑스러운 슈라」의 처음에는 다음과 같은 문장이 나온다. "처음에 알렉산드

··

35) Грекова И. Указ. соч. С. 253.

라 에르네스토브나는 이른 여름날 아침에 내 옆을 지나갔다. 모스크바의 분홍빛 햇빛에 온통 휩싸여 있었다. 스타킹은 내려갔고, 두 다리는 널빤지 같고, 검은 정장은 기름때가 묻고 닳아 있었다. 대신에 모자는! (…) 철따라 까마귀밥 나무, 방울꽃, 벚나무, 매자나무 등이 핀처럼 잔머리에 꽂힌, 짚으로 된 밝은색의 받침 위에 말려 있었다."(39) 이런 문장의 어휘 선택이나 문장 구성의 성격 자체를 놓고 명명문이라고 규정할 수는 없겠지만, 톨스타야의 문장들은 명사를 압도적으로 많이 사용한다는 느낌이 들도록 구성되었다. 그러나 텍스트를 계속 따라가보면 실제로 명사와 명명문 구조가 열거된다. "공동 은신처—자질구레한 장식품들, 타원의 액자들, 말라버린 꽃들……"(40), "눈곱만한 방 두 개, 부각으로 장식된 높은 천장"(40), "가을. 비"(41), "티타임용 실로폰을 위한 단순한 소곡. 덮개, 덮개, 티스푼, 덮개, 형겊, 덮개, 형겊, 형겊, 티스푼, 손, 손"(44), "보석함이 잔다. 머리핀, 빗, 실크 끈, 연한 손톱용 다듬이 칼에 박힌 다이아몬드 조각. 작은 소품들"(46), "거기, 저 끝엔 녹슨 스프링 이빨들, 건물 벽에는 앙상히 드러난 붉은빛의 휘어진 철근들, 천장엔 담청색 하늘, 발밑엔 풀—이것이 그녀에게 적합한 장소다. 바로 그녀의!"(46), "사과나무가 꽃을 피울 시기다. 민들레, 라일락"(47) 등이다. 계절을 묘사하고, 방의 인테리어를 재현하고, 여자 주인공의 성격적 특징을 지시하기 위해 톨스타야는 정확하게 선별된 명사만을 사용하는 것으로 충분하다.

톨스타야에게서 이미지, 상황, 배경은 동사를 확장하는 것만으로도 재생될 수 있다. 예를 들면 「황금빛 계단에 앉아서……」에서는, "당신은 아무 생각 없이 텅 빈 집안을 거닐기도 하고, 정신을 가다듬다가, 기분 전환을 하고, 둘러보다가, 옛 생각을 떠올려보다가, 그 회상들을 쫓아버리고, 갈증을 내고, 집안일을 도와달라고 베로니카의 여동생 마르가리타에게 부탁한다"(33)라고 서술하고 있다. 또는 「사랑스러운 슈라」에서는 "저 멀리 남쪽에 있던 이반 니콜라예비치는 갑자기 불안해져서 행운을 믿지 못하고 철도역으로 내달렸다. 뛴다, 불안해한다, 흥분한다, 처리한다, 빌린다, 합의한다, 미쳐간다, 뿌연 열기가 둘러싸인 지평선을 유심히 바라본다"(44)라고 나온다. 동사는 매우 구체적이고 독자가 이해할 수 있는 등장인물의 행위들을 전달하는데, 거기에 흥분, 불안, 묘사, 긴장된 기다림 등을 전달해준다.[36]

대명사도 이와 유사한 기능을 담당한다. "그녀는 오지 않았다. 그녀는 오지 않을 것이다. 그녀는 거짓말했다."(「사랑스러운 슈라」, 45) 이 경우에 대명사를 중복 사용하여 첫 단어를 시작한 것은 주인공이 느끼는 절망감을 강화해주며, 어휘적으로 완성된 동사인 '거짓말했다'로 종결되고, 동일한 의미를 지니는 부정 형태의 의미론적 술어가 보충된다.

톨스타야가 하는 생생한 묘사의 기본은 미세한 사항들(디테일) 속에 표현된 단어의 정확성인데, 미세한 세부 항목들은 구체적인 동시에 생생하고, 섬세하고도 정확하게 제시된 것이며, 언어로는 간결하면서도 자주 '올바르지 못하게'(혹자의 견해에 따르면, 톨스타야의 소설은 "제멋대로고, 무질서하고, 약간 이상하기까지 하다"[37]) 구현된 것이다. 예를 들어 "붉은 페르시아 라일락이 핀 무더운 덤불숲에서 고양이는 참새를 망치고 있다"(「황금빛 계단에 앉아서……」, 30)에서 보듯이, 참새를 잡은 수컷 고양이를 그리면서 수컷 고양이가 참새를 "망치고 있다(портит)"라고 말하는 것은 올바른 언어

∴

---

36) 비토프를 참조할 것. "겨우 숨을 쉬며 그들은 자기 건물로 들어갔다. 그들은 그 안으로 뛰어 들어갔고, 날아들 듯 갔고, 떨어졌고, 넘어졌는데—꽝 하고 넘어졌다. 몸 전체가 하나의 연속된 맥박이었다."(「푸슈킨의 집」, 289)

37) Там же. С. 252.

표현은 아니다. 그러나 문맥상 이런 올바르지 못한 단어보다 더 올바른 단어를 찾기는 어렵다. 왜냐하면 그 뒤에 너무 먹여 키워 살이 피둥피둥하게 오르고, 게을러터진 데다, 배고프지도 않으면서 심심풀이로 새를 잡는 고양이 메메키(Мемеки)["전후(戰後)에" 태어난(30)]의 모습이 그려지고, 잠에 취한 여름 별장, 태양과 평안함에 지친 여름 별장의 실제 모습도 생생하게 느껴지기 때문이다.[38]

톨스타야 단편소설에 나타나는 환상과 현실의 공존, 어린 시절에 대한 향수, 텍스트의 시적인 특징과 시적 운율은 우리로 하여금 톨스타야 작품의 '동화성(сказочность)'에 주의를 기울이도록 만든다. M. 리포베츠키는 톨스타야 소설의 동화성을 '명시적 동화성'으로 정의한다. "톨스타야 작품의 시학적 특징은 어린 시절에 대한 이야기에서 확연히 드러난다. (…) 동화성은 끔찍하고 알 수 없는 것까지도 모두 미적 지배소에 복속시키며 어린 시절의 인상을 끊임없이 **미화한다**."(강조는 저자)[39]

톨스타야의 동화성은 동화 자체의 '민속적' 의미나 이미지보다 훨씬 더 광범위하다. '인정된 고전 텍스트들'의 기호들이 동화적 맥락에 들어간다(예를 들어, 「마술사」에 나오는 필린의 '이야기', 「오케르빌 강」에서 시메오노프의 '환상적 이야기', 그리고 「사랑스러운 슈라」의 '옛 이야기'). 다시 말해서 어린 시

..

38) 비토프 언술의 "시적 어긋남(поэтические неправильности)"에 대해서는 여러 번 언급되었다. 참새의 죽음과 '장례'에 대한 직접적 에피소드와 관련해서는 톨스타야의 다음을 참고하시오. "괴로워하는 참새의 얼굴. 우리는 레이스천으로 참새의 머리쓰개를 만들고 하얀 수의를 지어서 초콜릿 상자 속에 장사 지냈다."(30) S. 간들렙스키의 다음을 참고하시오. 유소년 시기 회상들의 유사성과 세대의 친족성에 대해 입증해주는 다음과 같은 표현의 '인용'이라고 볼 수 있다. "마당에 참새를 묻으면서……."(Гандлевский С. Конспект: Стихотворения. СПб.: Пушкинский фонд. 1999. С. 30)

39) Липовецкий М. Русский постмодернизм: Очерки исторической поэтики. Екатеринбург. 1997. С. 212.

절(어린이 세계)의 이야기는 문화(어른 세계)의 담론과 하나가 된다.

E. 고실로(Гощило)는 동화성 외에도 톨스타야 단편소설이 신화적 모티프로 가득하다는 사실에 주의를 기울였다. 그의 말에 따르면, "원칙적으로, 톨스타야가 단편소설에서 그리는 갈등은 동화적 세계관과 신화적 세계관 사이의 갈등이다." 왜냐하면 "신화는 기호 체계가 진실하다는 점을 확고하게 믿는 반면, 동화는 보란 듯이 기호 체계와 진지하지 않은 놀이를 벌이기 때문이다."[40] M. 리포베츠키는, 동화적 세계관과 신화적 세계관 사이의 '이중 구조'가 톨스타야 소설 속에 나타나는 '다성성'을 통해 구현된다고 지적한다. "이런 의미에서 어린 시절 이야기들을 끌어오는 것은 가장 간단한 방법이 된다. 여기서 신화적 관계는 주인공—화자(자신이 창조한 세계 안에 살며 그 세계의 진실성을 절대적으로 믿는 어린이)의 구역(зона)과 연관된다. 동화적 세계, 심각하지 않은 신비한 놀이로서의 동화적 세계에 대한 평가는 주인공 자신(예를 들어 단편 「황금빛 계단에 앉아서……」에서처럼), 또는 무인칭 서술자라는 어른의 시각으로 이루어진다."[41]

타티야나 톨스타야가 단편소설에서 보여준 '문화적 층위'는 톨스타야 작품의 상호 텍스트성, 다시 말해서 다양한 예술 텍스트 간의 '대화'라는 문제를 제기한다.

A. 졸콥스키의 분석은 톨스타야 소설들의 문학적 인유(因由)를 밝히려는 가장 흥미 있는 시도들 중 하나였다. 졸콥스키는 단편 「오케르빌 강」을 토대로 톨스타야의 소설과 A. 푸슈킨, N. 고골, F. 도스토옙스키, G. 플로베르, V. 나보코프, A. 플라토노프, A. 아흐마토바, B. 아흐마둘리나와의

∙∙

40) Липовецкий М. Указ. соч. С. 215에서 인용.
41) Там же. С. 216. 여기서 단편 「마술사」의 '이중 구조'에 대한 놀라운 분석도 참고할 것.

상호 텍스트적 연관을 지적하였고, 그렇게 함으로써 톨스타야의 단편소설에 나타나는 기본 주제와 갈등을 좀 더 깊게 이해할 수 있는 가능성을 보여주었다.[42]

톨스타야 소설과 '타자' 텍스트 사이의 상관관계는, 주제의 변형, 잘 알려진 슈제트의 차용, 인용, 환유, 석의(釋義), 모방, 패러디 등 다양한 층위에서 드러난다. 톨스타야 주인공들의 '인용 의식(意識)'은 의식되고 지각된 것이며, 톨스타야는 의도적으로 과거 문학과의 대화에 '나서는데', 톨스타야가 사용하는 이미지-기호, 언어-기호, 미세한 세부 사항(디테일)이 이를 증명해준다.

톨스타야 스스로가 자신의 출신과 교육, 그리고 문화 전통에 지대한 주의를 기울였다는 사실을 고려할 때, 앞선 작가의 텍스트에 대한 톨스타야의 관심과 호소는 상당 부분이 널리 알려진 재미있는 작품에 대한 무의식적 '반응'의 결과이자 자신의 개성을 최대한 줄이고 상호 텍스트성에 의지하려는 '무개성적 생산성'의 발로로 해석할 수 있다. 그래서 톨스타야 소설의 저변을 '관통하는 문학성'(M. 리포베츠키의 표현을 빌리면)은 무의식적 '이차성'이며, 소위 '잠자는 상호 텍스트적 의미와 연관'(J. 데리다)이 되는 것이다.

상호 텍스트성 문제와 관련해서 V. 쿠리친의 연구를 인용해보자. 쿠리친에 따르면, 포스트모던에서 상호 텍스트성은 '반드시 요구되는 것이나 의무적으로 수행해야 하는 것이 아니라', '선택적'이고 '우연적'인 것이다. "연구자에게는 텍스트들 간의 관계 설정에 대한 금기도 없으며, '역사적 사실'이나 작가의 이름과

∴

42) Жолковский А. В минус первом и минус втором зеркале: Т. Толстая и В. Ерофеев-
ахматовиана и архетипы // *Литературное обозрение*. 1995. No. 6. С. 25~41.

360

관련된 금기도 없다. 작가는 선행하는 텍스트들과의 확인된 연관성을 얼마든지 부인(否認)할 수 있다. 그러나 그런 연관의 발견이라는 측면에서 해설자의 권리가 저자의 권리보다 더 작지 않다. 이런 연관을 발견하는 것은 어떤 전문 요원을 요구하지도 않는다. 작품을 읽어가는 과정에서 그 연관성을 확인할 수 있으며, 작품 내에서 연관성을 '파악하는 것'이 옳다. (또한 문헌학에서는 이런 차용을 객관적으로 증명하는 것이 일반적이다. 작가의 서재에서 밑줄이 쳐진 어떤 책을 찾는다거나, 증언들을 채록한다거나 하는 것은 모두 객관적 증거자료의 수집을 위한 것이다.) 상호 텍스트성의 문제를 제기할 때, 인용되는 텍스트는 인용하는 텍스트보다 시간상으로 선행할 수는 있지만 그렇다고 반드시 두 텍스트 사이에 일 방향의 직선적인 모델들은 사용하지는 않는다. 연구자는 상호 텍스트적 연관을 추적하는 일에서 매우 자유롭다(몇몇 연구자들은 자유연상이라는 심리 기법과 상호 텍스트성을 비교할 수 있다고 간주하고 있을 정도다). "자유연상은 일종의 모험이며, 상호 텍스트적 연관의 범위는 '미학적 타당성'을 기반으로 정의되어야만 한다. 자유로운 상호 텍스트적 글쓰기에 확신을 줄 수 있는 모든 추론 과정이 (…) 가능하다." "정확할 필요도 없다. 사실은 아무리 멀리 놓인 것들도 인접시킨다."[43]

레프 톨스토이(톨스토이 가문 전체의 작품이 아니라고 한다면)의 유산이 톨스타야가 '애착을 갖는' 상호 텍스트였다는 점에 주의를 기울일 필요가 있다. 이런 상황을 고려하여 톨스타야의 소설과 그녀의 조상 가운데 가장 저명한 인물인 레프 톨스토이의 유산 사이에 창작의 접점들을 지적하는 것은 흥미로운 일이다.

톨스타야의 단편소설 「소냐」에 주의를 돌려보자. 톨스타야의 다른 작품

••
43) Курицын В. *Русский литературный постмодернизм*. М.: ОГИ. 2001. С. 203, 207, 210.

에서처럼, 「소냐」의 중심적인 갈등은 꿈과 현실, 허구와 실재, 정신과 물질 간의 대립이다.

이미 언급되었듯이, 「소냐」에서 톨스타야는 '바보' 여자 주인공의 초상을 그린다. "소냐는 바보였다"라는 언급은 여자 주인공 소냐의 정신적 잠재력이 민족적 정신세계와 민속적 전통을 기초로 하고 있음을 선험적으로 규정할 수 있는 단초를 제공한다. 이 단편에서 여자 주인공 소냐는 무한히 선량하고, 자기를 희생하면서도 인간에 대한 사랑을 놓지 않으며, 사람 사이의 관계는 항상 따뜻할 것이라고 순진하게 믿고, 어떤 보답도 바라지 않고 즉시 다른 사람을 도우려는 태도를 가지고 있다. 다시 말해서 한마디로 경건자적 특징(A. 솔제니친)이나, "괴짜"(V. 슉신)의 특징들, 더 정확히는 바보―성자의 특성을 가진 여성이다. 여기에 톨스타야는 깊고, 진실되며, 자기를 잊은 채 사랑하는 능력을 여자 주인공 소냐에게 덧붙인다. 여자 주인공은 자기를 희생하면서 진심으로 사랑한다. 그녀는 사람을 사랑하고, 아이들을 사랑하고("게다가 모든 사람을". 아이러니하게도 작가는 이렇게 지적한다), "막내 동생들"을 사랑하고, 모든 이들을 사랑하고, 결국은 니콜라이를 사랑한다. 그녀의 사랑은 모든 것을 감싸며, 이 사랑은 "가장 넓은 의미의", "천상의 사랑"이다.

여자 주인공의 이름("소냐라는 이름만 남았다"라고 작가는 우리의 주의를 환기시킨다)과, "천상의, 또는 "신적인" 사랑이란 개념은 레프 톨스토이의 이름과 그의 소설『전쟁과 평화』를 상기시키며, 이 경우에『전쟁과 평화』는 "원형 텍스트"로 검토될 수 있다.[44]

톨스타야가 여자 주인공의 이름을 소냐로 삼은 것은 어쩌면 우연일 수도 있다. 그러나 사랑에 대한 단편을 쓰면서 톨스타야가 소냐의 연인을 니콜라이라고 부른 것은 무의식적으로 다음과 같은 생각을 불러일으키게 만든다. 전공이 인문학이고, 엄청난 독서량에, 교양 있으며 똑똑한 여성 작가(게다가 성이 '톨스타야'이다)가, 자연스레 떠오르는 유사점을 눈치 채지 않을 수 없을 것이며, '실수'로 그런 일을 저질렀을(또는 우연히 허용했을) 리가 없다는 생각 말이다.

톨스타야가 여자 주인공에게 선사한 '천상의' 사랑이 갖는 본질적 속성은 『전쟁과 평화』의 주인공을 통해 이미 상당 부분 주어져 있다. 안드레이 볼콘스키는 '신적인' 사랑에 대해 이렇게 말한다. "그렇다. 사랑은(그는 또 다시 완전히 분명하게 생각했다), 무엇 때문에 또는 무슨 이유로 사랑하는 그런 사랑이 아니라, 내가 죽어가면서 적을 보았을 때 적인데도 그를 사랑하게 되었던 그때 처음으로 느낀 그런 사랑이다. 나는 영혼의 본질 자체로서 대상이 필요 없는 그런 사랑의 감정을 경험했다. 나는 지금도 이런 천상의 감정을 경험하고 있다. 가까운 사람들을 사랑하고 자신의 적들을 사랑하는 것 말이다. 모든 것을 사랑하는 것은 모든 사물 속에 발현된 신을 사랑하는 것이다. 선량한 사람을 사랑하는 것은 인간적 사랑으로 가능하지만 적을 사랑하는 것은 신적인 사랑으로만 가능하다. (…) 인간적 사랑으로 사랑하면 사랑에서 증오로 이행할 수 있다. 그러나 신적 사랑은 변할 수가 없다. 아무것도, 죽음도, 그 무엇도 그 사랑을 파괴할 수 없다. 그 사랑은 영혼의 본질이다."(제4권, 399)[45]

레프 톨스토이의 이 인용문을 근거로 하여 타티야나 톨스타야의 「소냐」

44) M. 스미르노바가 연구한 텍스트 분석이 이 경우에 분석의 기본이 될 수 있다. 다음을 참조할 것. Богданова О. Смирнова М. Интертекст в рассказах Татьяны Толстой // *Мир русского слова*. 2002. No. 3(11).
45) 여기와 이후에서 소설 『전쟁과 평화』의 인용은 Толстой Л. *Собр. соч.*: В 22т. М.: 1979-1981. T. 4~7을 따르며 본문에는 쪽수만 표기한다.

를 모델화하는('복구하는') 것은 쉽다.

첫 번째로, '대상이 필요 없는' 사랑에 대해서다. 바로 그렇게 '대상이 없이', 자신의 '가상의' 주인공을 톨스타야의 소냐는 사랑한다. 허구, 환상, 환영을 사랑하는 것이다. "소냐에게 쫓아다니는 사람들이 있다고?! (…) 멋진 생각이야! 환영은 즉각적으로 만들어졌고, 니콜라이라는 이름으로 정해졌고, 아내와 세 명의 아이를 부양하고 있으며, 거주 등록을 위해 아디노이에 있는 아버지 집에 살고 있는……."(9)

두 번째로, 톨스토이에 따르면, '신적인 사랑'은 단순히 가까운 사람들(안드레이 볼콘스키에 따르면 '소중한 사람들')에 대한 사랑 속에서가 아니라 자신의 적들에 대한 사랑 속에서 가능하다. 바로 그런 '적'을 소냐는 사랑한다. 소냐에게 관심을 기울이면서 그녀에게 마음을 바치던 사랑하는 이의 허구적 형상("미치도록 사랑하지만 무슨 이유에선지 그녀와는 개인적으로 결코 만날 수 없는 수수께끼 같은 연모자"(9))은, 소냐를 경멸하고 그녀를 비웃는, 앙심을 품은 소냐의 적인 '뱀' 같은 여자, 아다 아돌포브나에 의해 만들어졌다(텍스트의 화자는 아다 아돌포브나를 "예민하고 마르고 뱀처럼 우아하다"라고 묘사한다). 아다 아돌포브나는 '흉악한 계획'을 세우고 그것을 '총괄 지도'하고, 니콜라이의 역에 깊숙이 동화된다.("그녀는 자기 스스로가 조금은 니콜라이가 되어버렸고 때때로 저녁 조명 아래서 거울을 보면 그녀에겐 자신의 검붉은 얼굴에서 콧수염이 어른거리기까지 했다."(12)) 그러고는 '악의'와 '증오심'으로 가득 차서 자신이 사랑의 편지들을 '써주던'("증오를 담아 뜨거운 키스들을 편지 위에 (…) 구워내며"(12)) 바로 그 '증오스러운' 소냐가 "니콜라이를 위해 목숨을 바칠 것"(12)이라고 편지에 대고 맹세했듯이, 자신의 목숨을 구하게 될 것이라는 사실에 대해 조금도 의심치 않는다. 사실 "신적인 사랑으로만 적을 사랑할 수 있는 것이다."

톨스토이식의 바로 그런 사랑은 "영혼의 본질 자체"이고, 그런 사랑을 소유한 사람의 영혼이 성스럽다는 것은 최고의 증거가 된다. 톨스타야의 단편에서 '성령'의 '대체자'(또는 '대변자')는 '백치 바보' 소냐이며, 그것을 물질적으로 반영(기호, 상징)하는 것은 소냐가 옷을 바꿔 입으면서도 자신의 가슴에, 더 정확히는 "재킷 앞깃에 결코 떨어지지 않게"(7) 항상 달고 다니는 '에나멜로 만든 하얀색 비둘기'이다. 비둘기와 성경 간의 연상 작용이 강조되는 것이 분명하다.

　　(문학에서는 그 자체로 의미가 있고 중요한 사실로 간주되는) 이름으로 돌아가서, 이 경우에 타티야나 톨스타야의 여자 주인공이 좋아하는 사람의 이름인 니콜라이에게 관심을 돌려보자. L. 톨스토이의 『전쟁과 평화』 중에서 다른 니콜라이가 부르는 노래를 상기해보면,

　　　즐거운 밤에, 달빛 아래서,
　　　행복하게 상상해보라,
　　　세상에는 어떤 사람이 또 하나 있다는 것을,
　　　누가 너에 대해 생각하고 있다는 것을!(제4권, 86)

　　니콜라이가 부르는 노래는 「소냐」의 중심 에피소드들 중 하나와 완전히 유사한데, 정해진 시간에 여자 주인공이 별을 바라보며 자신이 사랑하는 사람도 바로 그 순간 하늘로 눈길을 향했다고 확신하는 장면이다.("물론, 저녁마다 니콜라이와 소냐는 정해진 시간에 같은 별로 눈길을 들어야만 했다. 그렇지 않다면 결코⋯⋯."(11))[46]

⋮

46) 이 에피소드는 S. 간들렙스키의 소설 *HRZB*에서도 상호 텍스트적 그림자를 던지는데, 그

별이 빛나는 하늘이라는 형상은 또 하나의 환유를 불러일으키는데, 바로 나타샤 로스토바가 여자 주인공으로 나오는『전쟁과 평화』의 별밤 무대 장면이다. 소냐가 아니라 바로 나타샤가 이번에는 톨스타야의 여자 주인공에 가깝다. 나타샤와 톨스타야의 소냐 사이의 유사성은 두 작품에서 여자 주인공이 처음 등장하는 에피소드들을 통해서 확인된다. 두 경우 모두 축제 음식을 나누는 자리였으며, 축제 음식이 분배되는 동안에 두 여자 주인공은 거기에 모인 사람들의 주의를 끌게 된다. 여자 주인공 나타샤는 어떤 아이스크림이 나올 것인지 너무나 알고 싶어한다. 그리고 톨스타야의 소냐는 음식에는 손도 대지 않고 "고추 양념을 기다리며"(6) 앉아 있다(바로 이 장면에서 다음과 같이 서술된다. "그녀는 얼음같이 차가운 윗입술로 엄격하게 대답했다."(6) 소냐의 '윗입술'은 이번에는『전쟁과 평화』의 리자의 '윗입술'과 연결되면서 의심의 여지 없이 또 하나의 연상 관계를 형성한다). 그리고, "타냐와 소냐와 섞어 빻았더니 나타샤가 되었다"[47]는 레프 톨스토이의 말을 기억한다면, 타티야나 톨스타야의 소냐는『전쟁과 평화』의 동명(同名) 여자 주인공에다, 나타샤와, 어쩌면 마리야 공작 영예까지 "다 빻아 만들어졌다"고 가정할 수 있다(두 경우 모두에서 작가들에 의해 특별히 강조되고 있는, 여자 주인공들의 아름답지 않은 외모를 기억하자. 톨스타야의 "어린" 소냐는 "말(馬)"로 묘사되는데, 그녀는 "말의 특징들"을 가지고 있으며, "프르제발스키[48]가 타고 다니던 말의 머리", "허옇게 드러난 말과 같은 이", "움푹하게 들어간 가슴, 마치 다

∙∙

소설의 여자 주인공들 중 한 명에 대해서 그녀가 "저 멀고 먼 곳 어딘가, 카라다그의 남쪽 절벽 (…) 트라팔리가르스카야 광장에서 (…) 텔레파시적인 만남"을 정하기를 좋아했다고 언급된다.(Гандлевский С. НРЗБ, Роман // *Знамя*. 2002. No. 1. C. 11)

47) Кузминская Т. *Моя жизнь в Ясной Поляне: Воспоминания.* М.: 1986. C. 350에서 인용.

48) (역주) Николай Михаилович Пржевальский, 1839~1888. 러시아의 탐험가로 중앙아시아를 연구하였고, 많은 산맥과 호수, 강 등을 발견하였다.

른 사람의 것인 듯한 너무 뚱뚱한 다리", "그녀는 어떻게 옷을 입었을까요? 맵시가 없어요. 친구들이여, 너무 꼴사납다고요!"(7) 등).[49]

마지막으로, 톨스토이와 톨스타야의 두 소냐는 "일가친척 없고", 어디서 왔는지 모르며(톨스타야의 소냐는 "누가 부모였는지, 어린 시절엔 어땠는지, 어디서 살았는지, 무엇을 했는지 모른다"(8)), 두 여자 주인공은 낯선 집에 "식객"이 되거나 거의 하녀가 된다(톨스타야의 작품에서는 "그녀에게 아이들과 아파트를 남겨두고 키슬로봇스크로라도 휴가를 갈 수가 있었고 (…) 돌아오면 모든 것이 훌륭하게 정돈된 상태를 발견할 수가 있었다. (…) 아이들은 그녀에게 착 달라붙어 다녔고, 그녀가 다른 가정으로 옮겨가게 되었을 때는 슬퍼하기까지 했다"(8)) 는 것을 언급하는 것으로 충분하다.

톨스토이적인 안티테제('전쟁'과 '평화', '진정한' 미(美)와 '허상적' 미, '이성'과 '심장', '칭호'와 '이름' 등)마저도 타티야나 톨스타야의 단편 시학에 반영된다.

이 모든 것은 타티야나 톨스타야가 단순히 동시대인의 형상(솔제니친의 '경건한 사람' 또는 슉신의 '괴짜'), 다시 말해서 그녀의 말에 따르면 '정상적인' 사람을 창조한 것이 아니라 19세기 문학의 정수에서 단지 끄집어낸 것이었고, 러시아문학의 주제, 문제, 그리고 형상 속에서 연관성을 드러내고 러시아문학 창조자들의 세계관을 계승하면서 '작은' 인간의 형상을 구현했으며, 또한 '같은 이름'을 부여한 인물을 창조하면서도 차이를 강조하였고, 어쩌면 레프 톨스토이가 그려낸 여자 주인공(또는 주인공들)의 유형이나 기질, 그리고 인생철학과의 불일치를 오히려 부각했을 수도 있다고 생각하게 만든다.

∙∙

49) 비토프 작품에서의 유사한 세부에 주의를 기울이자. 그의 알비나 역시 '말의 얼굴'이다.(『푸슈킨의 집』, 349)

단편 「소냐」에서 연상(聯想)을 여자 주인공의 이름으로부터 시작한 것 ("소냐라는 이름만 남았다")처럼, 단편 「페테르스」 역시 주인공의 이름인 페트루샤, 페테르-스로 시작한다.

타티야나 톨스타야의 단편 「페테르스」의 주인공의 이름과 외모는 또다시 레프 톨스토이의 장편 『전쟁과 평화』의 피에르 베주호프의 형상을 떠올리게 한다. 두 표트르(한 명은 프랑스식으로 피에르이고, 다른 한 명은 '독일식'으로 페테르스이다)의 유사성은 자명하다.

예를 들어, 주인공들의 외모상의 유사성, 특히 그들의 뚱뚱함이 먼저 눈에 띈다. 피에르는 "육중하고 뚱뚱한 젊은 사람이 들어왔다", "그도 뚱뚱한 손을 그녀에게 내밀었다", "당신은 계속 살이 찌네요"(제4권, 15, 87) 등으로 묘사된다. 그리고 페테르스는 "페테르스는 어린 시절부터 평발에 여자처럼 펑퍼짐한 배였다", "뚱뚱한 다리를 끌고", "뚱뚱한 코", "분홍색 배와 작은 눈", "배불뚝이", "비대한"(219, 222) 등으로 묘사된다.

이 외에도 몇 가지 공통점을 확인해볼 수 있다.

대화 중에 나타나는 주인공의 몸짓: 피에르는 "머리를 숙이고 커다란 다리를 쩍 벌리고 ~를 증명하기 시작했다."(4, 16) // 페테르스는 "손을 뒷짐지고 머리를 비스듬히 기울이고 대화를 들었다."(223)

의복: 피에르는 "갈색 연미복"과 "높은 와이셔츠 깃 장식"(제4권, 15) // 페테르스는 "우단 재킷"과 "나비 넥타이" 또는 "레이스 달린 칠면조 넥타이."(219)

주인공의 부모에 대한 정보: 레프 톨스토이의 피에르는, 잘 알다시피, "예카테리나 여제 시대의 유명한 고관대작이던 베주호프 백작의 사생아"(제4권, 15), "키릴 블라디미로비치(베주호프 ― 역자) 백작의 명성은 유명하다. (…) 자식들이 셀 수도 없이 많았다."(제4권, 50) // 타티야나 톨스타야는

"페테르스의 어머니는 할머니 딸이었을 때 불한당과 함께 따뜻한 지방으로 도망쳤고, 아버지는 경박한 처신을 하는 여자들과 시간을 보내느라 아들에 관심도 없었다"(220)고 묘사하고 있다.

혼자 있을 때의 행동: 피에르는 "하루 종일 위층에서 혼자 보냈다." 그는 "자기 방을 서성였고, 가끔씩 구석에서 멈춰서서, 마치 보이지 않는 적을 장검으로 찌를 듯이 벽에 대고 위협하는 제스처를 취했다."(제4권, 69) // 페테르스 역시 자기만의 환상의 세계에서 살고 있다. 그는 "저녁이면 털이 북실북실한 토끼 인형을 침대로 가져와서 (…) 미래의 자기 인생에 대해 토끼에게 이야기를 했고 (…) 토끼는 믿었다."(229)

같은 이미지 계열로 주인공을 곰에 비유하는 것: 톨스토이 작품에서 바실리 공작은 "나에게 이 곰을 키우게 해주시오"(제4권, 22)라고 안나 파블로브나 세레르에게 말한다. // 톨스타야의 페테르스는 "곰과 (…) 약간 비슷"(223)하다.

주인공들의 첫 등장: 둘 다 어쩌면 인형 극장처럼 매혹적인 세계로 '상류사회'를 인식한다. 피에르는 "마치 인형 가게에 온 어린아이처럼" "눈을 어디에 둘지 몰랐다."(제4권, 16) // 페테르스는 "구석마다 헝겊 인형들이 놓인 방을 향해 (…) 낡은 궤들을 지나쳐 단정하게 복도를 따라 걸었다. (…) 페테르스는 서랍장 위 인형들을 바라보면서 방을 서성였다."(219)

춤출 줄 모르는 것: 나타샤 로스토바야가 춤을 추자는 요청에 피에르는 다음과 같이 답한다. "사람들을 밟을까 봐 걱정돼요."(제4권, 87) // 페테르스는 "춤추는 곳에 다녀봤지만, 힘겹게 숨을 몰아쉬면서 우물쭈물했고, 아가씨들 발을 밟곤 했어요."(223)

비독립성, 두 주인공들의 '어머니'나 '유모'에 대한 의존성: 피에르의 경우, 죽어가는 아버지의 집에 그가 나타나는 장면은 매우 예시적인데, 거기서 '유모'의 역할을 한 것은 '모두의 숙모' 안나 미하일로브나 드루베츠카야이다. 마차에서 피에르는 "안나 미하일로브나 뒤"에서 나왔고, "안나 미하일로브나 뒤를 따라 지나갔고", "안나 미하일로브나 뒤를 고분고분 따라 갔다." 안나 미하일로브나는 "피에르를 자기 뒤에 데리고 갔고", 피에르는 "자기의 여자 대장을 바라보았다."(제4권, 97~98) 등 //페테르스는 "열다섯 살 때까지" "할머니 손을 잡고 산책을 했고"(221), 결혼 후에는 "커다란 다리를 가진 튼튼한 여인"이 "언젠가 할머니가 그런 것처럼 그의 손을 꼭 쥐고 어디나 피테르스를 데리고 다녔다."(235)

여성들이 생각하는 주인공들: 여자들은 피에르에 대해서 "그는 매력적이고, 성(性)적 구별이 없어요"(제6권, 225)라고 말한다. //페테르스에 대해서 "아─니에요, 우리 모임에는 여자들뿐이에요. (…) 누구요? 이 사람이요? (…) 이 사람은 남자가 아니라 아저씨(дюдя)예요. 내분비학적으로 무감각한 사람이죠"(226)[50]라는 의견이 지배적이다. 그런데 페테르스가 "뜻하지 않게 도중에" 결혼했다는 말은, 엘렌과 피에르의 결혼과 관련해서 피에르에도 충분히 적용될 수 있다.

톨스토이와 톨스타야 형상들 사이의 유사성(인유성)은 이렇듯 뚜렷하며 분명하고 설득력이 있다. 물론 주인공들의 '차이'는 근본적이다. 그것은 주인공들을 세계에 포함시키는 '정도와 수준'이 변화되었기 때문이다. 톨스토이의『전쟁과 평화』에 나오는 피에르는 어느 순간 자신을 "거대하고 조화로운 전체의 일부로", "하나의 고리"로, "하찮은 존재에서 고귀한 존재로

∵

50) 이 말은 페테르스의 동료이자 그가 좋아하는 파이나라는 여자 주인공이 한 말이라는 사실을 지적해야만 한다. 삶에서 그렇게 자주 접할 수는 없는 이런 비(非)러시아적 이름은 A. 비토프의『푸슈킨의 집』에서 의식적으로 그렇게 명명한(이에 대해서는 이미 언급되었다), 료바 오도옙체프의 연인의 이름에 대한 톨스타야의 무의식적인 지적 연상일 수도 있다.

가는 단계"(제5권, 123)로 인식한다. 반면, 타티야나 톨스타야의 페테르스는 부모로부터 버림받고, 조부모로부터 버려지고, 친구들도 없고, 현실을 알지 못하고 삶을 두려워하며, 참혹할 정도로 외로운 사람이다. 그는 외부 세계로부터 격리되었을 뿐만 아니라 자신의 고유한 내부 세계마저도 잃어버린 인간이다. 그래서 "삶은 마치 급류가 무겁게 버티고 있는 돌 더미들을 돌아가듯, 요란스럽게 그를 에둘러 지나가버렸다"(231)(첨언하자면, '표트르'는 그리스어로 '돌'[51]이다)라고 묘사된다.

페테르스의 형상을 읽는 열쇠는 포스트모더니즘 문학의 전통이라 할 수 있는 '놀이' 모티프를 유념하는 것이다. 삶-놀이, 카드놀이, 카드 한 벌, '검은 페테르(Черный Петер)' 놀이(주인공 이름과 놀이 이름의 유사성도 의미가 있다)는 페테르스의 형상과 직접적으로 관련된다. 톨스타야의 상호 텍스트적 대화에서 또 하나의 '문학적 목소리'를 담당하는, 단편 「악마(Черт)」 속 마리나 츠베타예바의 목소리는 '검은 페테르'의 본질을 이해할 수 있는 통로가 된다.

츠베타예바에 따르면, '검은 페테르' 놀이는 이렇게 묘사된다. "중요한 패를 빼고, 판돈도 걸지 않고, 킹이나 퀸, 잭도 빼버리고 카드 한 벌을 이루는 네 가지 무늬 중 오직 하나의 무늬로만 하는 카드놀이다. 한 장을 어떻게 처리하는가가 중요하다. 원하는 것을 가져오는 것이 아니라 넘겨주는 놀이다. 그래서 이 놀이의 특징은 마치 육체가 없는 것 같고, 두려움 때문에 지옥의 신 하데스 같은 무엇이 있었다는 것이다. 적으로부터 손을 거두어들이는 것. 마치 지옥에서 서로에게 웃기도 하고 떨기도 하면서 타는

: :

51) Тихонов А., Бояринова Л., Рыжкова А. *Словарь русских личных имен*. М.: 1995. С. 284.

석탄을 떠넘기는 것과 같다. 이 놀이의 의미는 심오하다. 모든 놀이가 짝으로 되어 있는데, 이것은 하나다. 왜냐하면 그의 짝은 놀이를 시작하기 전에 버려졌기 때문이다."[52]

이처럼 페테르스의 '짝'도 놀이(즉 삶)가 시작되기 전에 '버려졌다.' 할머니는 페테르스를 '독일식'으로 키운다. "우리는 지금 그를 독일식으로 가르치고 있어요." "할머니는 어떻게든 페테르스에게 독일어를 가르쳤다." "비스바덴, 카를스루에 등이 쓰인 색칠한 엽서들도 있었다." "할머니와 '오 탄넨바움, 오 탄넨바움!' 하면서 노래를 불렀어요." "이 모든 것이 독일어였다."(219, 220~221) 그러나 독일식 교육은 러시아 사고 체계, 특히 예술의 측면에서는 부정적 가치 평가 지표가 된다. '낯선', '나쁜', '무감정의', '생명력 없는'이란 뜻이 되는 것이다. 그래서 '훌륭한 행동 양식'을 소유한 "그를 밖에 나가 놀지 못하게 했다" 또는 "할머니 여자 친구들이 항상 그를 좋아했다"(219) 등은 이야기 맥락에서 보면 '비론의 반동 정치'[53]처럼 인식되며, '할머니 바깥에' 존재하는 상위 텍스트 층위에서는 매우 부정적으로 받아들여진다. 여섯 살 무렵 페테르스는 세계와 접촉하고, 세계 속으로 들어가 세계와 통합될 첫 번째(그리고 마지막이 되었지만) 기회(할머니가 "그를 크리스마스 행사에 데려갔다")를 가진다. "아름다운 인생이 시작되었다." 그러나 페테르스는 "무엇을 할지 알지 못했고" 그래서 "그는 한 자리에서 빙빙 돌면서 크게 소리치고 싶었고" 그는 "빙빙 돌면서 소리치기" 시작했다. 그러자 할머니는 "파란 더미에서" 그를 "끄집어냈다." "그들은 더 이상 그곳(살아 있는 커다란 세계—저자)에 결코 가지 않았다."(221) 세계와 통합되는 '사회

∙∙

52) Цветаева М. *Собр. соч.: В 7т.* М.: 1994. Т. 5. С. 41.
53) [역주] 비론의 반동 정치. 안나 여제 시대 때 총신이던 비론(Бирон)이 실시한 극단적 반동 탄압 정치(1730~1740)이다.

적응' 테스트를 페테르스는 "견뎌내지 못했다."

피에르 베주호프 형상과 잘 알려진 그의 인생 여정을 배경으로 할 때, 페테르스가 경험하는 고독의 문제와 주변 세계로부터 페테르스가 고립되는 '소외' 문제("그는 꿈속에서 살았다"(235))가 더 뚜렷하게 들리기 시작하고 더 비극적으로 울리기 시작한다. 상호 텍스트적 대화는 삶과 문학에서 주인공(더 넓게는 주인공의 개성)의 자리를 공고히 결정하는 기능을 한다. 주인공을 '다시 써가는 것'은 동명 주인공들을 설정함으로써 역설적으로 그들이 겪는 인생 여정에 '변화(또는 변이)'를 부여하고, 그들로 하여금 '어린 시절-청년 시절-성년기-노년기'의 각 상황들을 다르게(다른 '장소'와 '시대'에서) '연기할' 가능성을 제공하였고, 주인공이 왜소화해가는 과정, 그리고 '삶의 환경'의 변화를 드러내주었다.

그러나 레프 톨스토이와의 연관성만으로 타티야나 톨스타야 작품들의 상호 텍스트성이 종결되는 것은 아니다. 단편 「페테르스」는 고골의 『죽은 농노』(형상-기호인 '월귤나무 색'의 드레스), 도스토옙스키의 『죄와 벌』(찌는 듯한 '황색' 도시의 이미지 또는 엘리자베타 프란체브나를 죽이고 난 다음 이어지는 페테르스 자신의 내적 독백), 불가코프의 『거장과 마르가리타』(사랑의 모티프와 노란 꽃의 기호-형상) 등에서 상호 텍스트적 투영들을 살펴볼 수 있다.[54]

톨스타야(그리고 전체 포스트모더니스트들) 소설의 상호 텍스트성과 관련하여 "현대의 텍스트가 선행하는 문학과의 '대화'에 얼마나 의식적으로(또는 무의식적으로) '참가하고 있는가?', 상호 텍스트성은 의도적인 기법인가 아니면 포스트모더니스트 계열의 작가들의 주관성이 문화 전통에 용해되

∶∶

54) T. 톨스타야와 A. 비토프 텍스트들의 상호 텍스트적 연관들은 개별 연구를 위한 소재가 될 수 있다.

어 있다는 증거인가?" 등의 문제를 조밀하게 따져보아야 한다. 아마도 어떤 경우에서는 기법으로서 상호 텍스트성이 우세하고(예를 들어, V. 피예추흐의 『모스크바의 신철학』 또는 A. 비토프의 『푸슈킨의 집』 등), 어떤 경우에서는 상호 텍스트성이 '무의식적 생산성'의 결과이자 선행 텍스트들에 대한 무의식적 '반응'일 것이다. 타티야나 톨스타야의 경우는 두 경향 모두를 담고 있다. 비평가들에 따르면, 상호 텍스트성과 관련하여 톨스타야가 보여주는 이러한 특징은 두 가지 측면에서 해석 가능하다. 한편에서는 포스트모던 문학을 대표하는 여성 작가로서 톨스타야의 '인용 의식', 다시 말해서 선행 작가들의 텍스트에 대한 의식적(형상·기호와 언어·기호가 증명해주듯이) 지향성으로 해석한다. 다른 한편에서는 톨스타야 세계관을 '계통학적인 측면에서 인문학 소양의 풍부함', '문학성'과 연결지으면서 톨스타야 창작에 나타나는 무의식적 '이차성', '관통하는 문학성'(M. 리포베츠키에 따르면)으로 설명한다. 어쨌든 분명한 사실은 톨스타야의 상호 텍스트성은 여러 맥락에서 비평가들에 의해 평가되고 있다는 점이다.

예를 들어, P. 코롤렌코는 다음과 같이 말했다. "나는 수백 세대 모스크바 인텔리들의 관심과 기대를 표현하는 **문학적 문학**(литературная литература)(강조는 저자)이 마음에 든다. (…) 나는 수많은 손님들, 오랜 친구들과 지기들, 친척들과 아이들이 함께하는 (…) 시끌벅적한 생일 파티들과 신년 파티들이 있는 훌륭하고 조화로운 가정생활이 담긴 문학에 깊이 동감한다. (…) 1960~1970년대 진보적 철학 사상의 온갖 보고(寶庫)를 다 담고 있는 문학이 흥미롭다.[55]

그러나 V. 노비코프는 이렇게 말했다. "당신은 한 이야기에서 다른 이야

∴

55) Короленко П. *Кысь не читал но горячо одобряю* // www.guelman.ru/slava/kis/автор.htm.

기로 단번에 옮겨가지 못할 것이다. 그러나 나는 단번에 삼켜버리고, 주해를 달고, 계속 이동한다. 그런데 뭔가 다른 것이 느껴진다. 무엇일까? 그렇다. 갑자기 유사성이 발견된다. 아니다. 계속 같은 것이 아닌, 다른 것에 대한 이야기고, 모든 이야기들의 구조가 포괄적이고, 정교하게 다듬어져 있다. 하지만 한결같다. 물론 이것도 흔치 않은 기술이다. 하지만 그런 기술은 무성의하다는 인상, 즉 차례대로 똑같은 무대로 나오는 여러 인물들이 등장하는 같은 이야기를 창작한다는 식의 의구심을 불러일으키는 인상을 낳는다. 그래서 당혹스럽다. (…) 프로그래밍인 것 같다. (…) 톨스타야가 훌륭한 작가이자 왕성한 창작욕을 보여주는 작가라는 점은 인정한다. 그러나 그녀를 칭찬하고 싶지는 않다. 훌륭하지만, '그러나', '그러나', '그러나'가 붙는다."[56]

톨스타야의 문학 '생산량'은 거의 10년에 걸쳐 발표된 겨우 15편의 단편이 전부이다.[57] 그러나 그런 제한에도 불구하고 단편(때로는 중편이라고 하기도 한다) 「안개 속 몽유병자」는 톨스타야 창작에서 특별한 위치를 점한다. 첫 번째로는 포스트모더니즘의 시학적 특징들이 초기 단편들에서보다 더 많이 드러나기 때문이며, 두 번째로는 미학적으로 가장 완성된 톨스타야의 의미 있는 작품이기 때문이다.

「안개 속 몽유병자」의 슈제트는 두 개의 서술 차원으로 구성된다. 하나는 '실제의'(사건이 일어나는) 차원이며, 다른 하나는 '책의'(주인공이 상상으로 만들어내고 창조한) 차원이다. 톨스타야의 초기 단편들에 나타나는 '꿈과 현

••

56) Новиков В. [Предисловие] // Толстая Т. *Любишь-не любишь*. М.: 1997. С. 7.
57) 2000년 「키시(Кысь)」의 등장도 이런 상황을 결코 변화시키지 않는다. 왜냐하면 우리 시각으로 '소설' 텍스트 전체를 보면, 이 소설도 이후 자세하게 논의하게 될, 1980년대 중반~말에 속하기 때문이다.

실'의 갈등은 「안개 속 몽유병자」에서 구체화된다. 꿈은 책의 세계로, 문학 세계로, 예술적 허구의 세계로 치환된다. 책의 형상, 말, 말을 문자로 고정하는(즉 '물질화하는') 다양한 형태(시, 회상, 회고록, 기념판, 동상 등)는 서사에서 중요한 위치를 차지한다.

톨스타야가 단편소설을 내놓으면서 작품 활동을 하던 시기의 '주요한 책'은, 기억, 세대의 계승, 전통과 뿌리의 소중함 등의 모티프를 핵심적인 특징으로 삼아 작품 활동을 전개하던 '농촌문학' 작가들의 작품들이었다. "기억의 진리. 기억이 없는 사람은 인생이 없는 것이다"[58]라고 농촌소설 주인공들은 생각한다. 아마도 그래서였는지 처음에는 이상화되었지만(1970년대), 그 후 현대문학에서는 의의를 상실하게 된(1980년대), 기억의 모티프는 「안개 속 몽유병자」에서 아이러니하게 인용된 핵심 모티프 중 하나로 자리 잡는다("심연으로부터 걸어 나와, 씻지도 않은 채 착한 사람들한테서 얻어먹고 산다. 중요한 진리를 알기 때문이다"(313) 또는 "보다이보[59] 출신의 파프누티"나 "침을 뱉어 그를 믿는 사람들을" 치료해주는 "정말 무식하고 이상한 늙은 영감"(305)).

주지하다시피, 농촌문학(전체적으로 러시아 고전)의 '주요한 책'은 교훈적이고, 설교조에, 도덕적이며, '어떻게 살아야 하는가?'라는 질문에 대한 답(**중요한 진리**)을 잘 알고 있다. 바로 이런 '그렇게' 살고, '고양되게', '문학적으로' 살고자 하는 바람이 「안개 속 몽유병자」의 주인공 데니소프를 사로잡고 있다.

서사를 여는 첫 문장("지상의 삶을 중반까지 떠나보내고 데니소프는 생각에

••

58) Распутин В. Прощание с Матерой. Распутин В. *Избр. произведения: В 2 т.* М.: Художественная литература. 1990. С. 343.
59) 〔역주〕보이다보. 이르쿠츠크 주(州) 비팀(Витим) 강변에 있는 항구도시.

잠겼다"(253))은 이미 단테의 『신곡』과의 상호 텍스트적 지향성을 드러내면서, 인용을 통해 '책의' 슈제트를 엮어내려는 시도를 드러낸다. 『신곡』의 위계적 세계에서는 '수직적' 축을 따라 천국과 지옥(『신곡』에서는 **'천국'** 편과 **'지옥'** 편)을 세워놓고, 주인공은 위로, 영원성으로, 망각하지 않는 것(기억)으로의 이상적(톨스타야의 작품에서는 '책의') 방향을 선택한다.

이에 맞게 「안개 속 몽유병자」의 시간도 두 개의 구성 요소로 분리된다. 영원성과 순간성, 무한한 시간과 덧없는 시간, 소멸되지 않는 시간과 매 순간 사라지는 시간으로 "시간(время)"(299), "짜투리 시간(времечко)"(300), "영원히(вечно)"(296), "매일(каждый день)"(295)과 같이 표현된다.

'영원히'와 '지금'이라는 시간층의 결합 수단들 중 하나는 "녹슨 못(ржавый гвоздь)"(296)(그리스도 형상에 대한 분명한 연상)인데, 문의 "녹슨 빗장"(303), "온통 녹이 슨"(310) 선장의 수도관, 꿈속 "녹슨"(311) 자물쇠들에서도 이 점이 나타난다.

"녹"(『키시』에 나오는 말)을 물리적으로 발현하는 수단에는 '기억'의 의미와 관련된 대화체 표현도 덧붙일 수 있다. '나는 잊지 않는다'는 의미로 "나는 녹슬지 않는다"라고 표현하고 있는 것이다.

톨스타야는 데니소프의 형상에 '책의' 요소를 부여한다. 주인공은 "학자"(325)이다. 인용하는 능력을 고려해보면 그는 책을 많이 읽은 사람이다. "시와 산문('오스트리아의 존재 불가능성에 대한 저작'(296), '선장에 대한 중편'(310), 또는 마코프 전기(傳記)(320))을 쓰려고" 노력하고, "그리 많은 세력을 얻지는 못했지만 순수한 목적을 지닌 어떤 운동의 주도자가 되고자"("말하자면 진실함을 위한 운동"(308))[60] 시도하며, 박물관을 세우고(316), 기념관을 설립(328)하다가 죽은 동급생을 영원히 기억하자며 노력을 기울인다.

그러나 데니소프의 실재적 삶은 '쓰인 대로' 흘러가지 않는다. 천국을 지향하는 그는 지옥에 빠져 있다. 텍스트를 시작하는 문장은 두 '현실'의 갈등적 모순을 제공하고 있다. 주인공은 "인생에 대해, 그 의미에 대해, 이미 절반을 사용해버린 현세적 존재의 덧없음에 대해, 밤의 공포에 대해, 지상의 가증스러움에 대해, 아름다운 로라와 몇몇 다른 여인들에 대해, 습한 여름에 대해, 멀고 먼 나라에 대해, 그가 그렇게 믿지는 않은 것들의 존재에 대해 (…) 생각에 잠겨 있다."(293) 인생의 의미를 찾는 것은 덧없는 현세적 존재와는 모순되고, 여름은 습하고, 멀고 먼 나라들(꿈의 동의어)은 주인공에게 불신된다. 책은 "영속하라고", "기억하라고", "자신에 대한 기억을 남기라고"(295) 하지만, 현실 세계에서는 "모든 것이 이미 공개되고, 열거되고, 호명되어, 모든 것이 살아 있으면서도 죽었다. 바퀴벌레부터 혜성까지, 치즈 곰팡이부터 이해할 수 없이 애매한 나선형의 흐름까지."(295)

빛과 어둠의 대립을 통해 표현된, 천국과 지옥의 전통적인 상징의 종합('책의' 현실과 '실제의' 현실을 통해서 구체화된 서사의 범위 내에서)은 작품에서 온전히 현실화된다. 데니소프는 빛을 지향하면서, 어둠 속에 머문다. 「안개 속 몽유병자」의 사건은 "밤에"(294, 296, 318, 331), "깊은 밤에"(308), "어둑어둑한 7월 새벽녘에"(300), "어둠 속에서"(315, 318, 329, 330), "저녁 빛에서"(319, 307), "해 질 무렵에"(300, 319) 일어난다. 어둠과 밤은 "밤의 환영들"(302), "밤의 새들"(302), "부엉이들"(303), "박쥐들"(302)의 형상으로 심화되고, 가을("가을 잎"(312))의 형상으로 유지되며, 차가운("죽은") 달("달무

••
60) 진실한 행동들의 첫 번째가 "빌려 읽고 돌려주지 않은 모든 책들을 돌려주는 것"(308)이라는 사실은 중요하다.

리"(312), "떠오르는 달의 오렌지 빛 반원"(315), "푸른 달"(317), "자개 빛 달"(318), "흐릿한 달 사탕"(329), "달빛"과 "달의 식탁보"(329))의 형상과 안개의 라이트모티프로 보충된다.

「안개 속 몽유병자」에서 저녁-밤의 계열체에 대한 강조는 구체적으로 드러난다. 데니소프는 **"깊은 밤에**(강조는 저자) (…) 어떤 (…) 순수한 운동의 주도자가 되려는 (…) 생각을 키웠다."(308) 이런 문맥에서 출발해서 주인공이 **아침에** 이미 기본적인 생각을 시작했다고 자연스럽게 가정할 수 있다. 그러나 **"다음 날 저녁이면**(강조는 저자), 고기를 사러 줄을 서고······"(308)라는 문장이 이어진다. 톨스타야는 일부러 어둑어둑한 저녁의 경계 너머로 자신의 주인공을 이끌지 않는다.

두 슈제트가 존재한다는 사실로부터, 주인공의 행동과 정신은 그 두 슈제트 내부에서 서로 다르게 나타나리라는 점이 자연스럽게 유추된다. '책의' 슈제트 내부에서 데니소프가 활동적이고 능동적이고 '목표 지향적'이라면, '현실적' 슈제트에서 그는 소파에 누워 지내는 실업자인데다 '사회적으로 유익한' 무엇을 할 능력이 없는 사람이다. 그리고 두 슈제트는 다르게 종결된다.[61] "아버지가 길을 잃으셨어. 얼어 죽을 거야. 죽게 될 거야. (…) 아버지가 행방불명이야"(331)라고 말하는 로라의 지적에서 보듯이, '현실적' 슈제트는 데니소프의 극적이면서도 비극적인 실종으로 끝이 난다. 반면, '책의' 슈제트는 몽유병에서 "벗어난 다음 도망쳐서는," "사람들이 보지 못하는 것을 보고," "빛에 도달할 것이다"(331)라고 생각하는 데니소프의

61) 단편에 두 개의 결말이 존재한다는 것에 대해서는 비평가들이 여러 번 언급하였다(참조할 것. 예를 들어 Гощило Е. *Взрывоопасный мир Татьяны Толстой*/ Пер. с англ. Д. Ганцевой. А. Ильенкова. Екатеринбург: Изд-во Уральского ун-та. 2000. С. 127~133).

낙관적 믿음으로 끝이 난다.

「안개 속 몽유병자」의 사상과 이미지의 통일성은 와해되는 것이 아니라, 두 개의 '다른' 슈제트(그리고 두 개의 상응하는 결말들)가 존재함으로 인해 오히려 보장되는데, 두 차원 모두에서 나타나는 꿈의 형상이 사상과 이미지의 접점을 만들어낸다.

'책의' 차원에서 꿈의 형상은 상호 텍스트적 환유와 암시를 통해서 발생한다. 톨스타야는 데니소프가 매일 고독 속에서 "소파에 앉아 여위어가면서 불멸로 향한 길을 찾고 있었다"(303), "방에는 소파와 데니소프 외에 아무것도 없었다"(294)라는 문장을 통해 데니소프의 전반적인 상황을 소개한다. 여기서 '소파'("양 끝에 딱딱한 구식 베개가 달린, 스프링이 주저앉은"(293))는 포스트모더니스트 작가 톨스타야에 의해 '부활된', 수동적이고 반(反)사회적이며, 비현실적이고 비활동적인 반(反)주인공[62] 오블로모프[63]의 형상과의 연상 관계를 제공하는 언어-기호가 된다(상기하자면, 오블로모프의 형상은 현대 포스트모더니즘의 다른 작품들인 A. 비토프의 『푸슈킨의 집』, V. 피예추흐의 『비열한의 인생』 등을 연구할 때도 이미 목격했다. 앞으로 우리는 톨스타야의 『키시』와의 연관 속에서도 이를 보게 될 것이다).

'책의' 슈제트 내부에서 볼 때, 이상(理想), 기억의 보존, 행동을 지향하는 현대판 '오블로모프'는 아이러니하며, 해체적이기도 하다. 비활동적인 주인

··

62) 오블로모프의 "비둘기 같은 온화함"은 "비둘기 같은 우리의 온순함"(308)에서 느껴지며 "평화의 내 비둘기(애칭―역자)"(297)라는 표현과, "온순한 비둘기 눈"(296)의 동물학자-아첨쟁이(зоолог-популяризатор)와 바흐티야로프의 "내 비둘기들(애칭―역자)"이란 형상 속에서는 더 저속하고 희극적으로 들리게 된다. 여기서 '바보 소냐'(『소냐』의 재킷 앞깃에 있는 에나멜 비둘기)에 대해서도 떠올릴 수 있다. 이런 언급은 더 의미심장한데 이 단편에서 울리는 '봉쇄'(제2차 세계대전 때 레닌그라드 봉쇄를 말한다―역자)라는 주제로도 지지된다.
63) 〔역주〕 곤차로프 소설 『오블로모프』의 주인공이다.

공의 활동성은 그의 '순수한 의도들'에 대한 아이러니적이고 명예 훼손적인 태도를 낳게 되고 그의 행동들에 희극적 운명성을 부여하게 된다.

로라의 죽은 동급생의 성(姓)은 마코프다. 데니소프는 바로 그를 기념하기 위해 그의 성을 따서 학교 이름을 붙이고, 그에 대한 전기(傳記)를 쓰고, 매년 '마코프 낭독회'를 개최하고, '마코프의 정상'을 명명하고, "자원봉사를 하는 마코프 재단"(320)을 설립하는 것을 꿈꾼다.

마크(мак, 양귀비 씨)는 잘 알다시피, 흩뿌려지는 행위(양귀비 씨 = 꿈)라는 특징이 있다. 즉 톨스타야의 단편 내에서, 영구화되는 주체와 마크라는 그의 이름 사이의 아이러니한 모순은, 데니소프의 행동들과 의도들의 무의미성과 실패할 운명이란 느낌을 주게 된다.

'현실의' 차원에서 꿈은 밤에 데니소프가 리타 아주머니와 봉쇄[64] 당시 그녀의 동료 두 명을 환영으로 보는 것이다. 무의식적(더 정확히는 잠재의식적) 꿈을 통해서 데니소프 형상이 지니는 '책의' 허위성이 드러난다. 겉으로 감춰진 주인공의 행동에 대한 무능력을 폭로하는 것이다. 봉쇄당해 굶주린 이들에게 빵을 줄 수 있었는데도 주지 않았다는 것, 그리고 소심했던 것을 후회한다.

이전에 지적한 의미론적 계열에는, 망각되었지만 "기억해봐, 기억해봐!……" (311)라며 찾고 있던 봉쇄당한 사람들에게 데니소프가 꿈에서 준, 양귀비 씨가 덮인("양귀비 씨가 더 적었던 것"(299)) "맛나고 값비싼 노르스름하게 잘 구워진

..

64) 〔역주〕독소전쟁 당시 독일군에 의한 872일간의 레닌그라드 봉쇄를 일컫는다.

부블리크[65] 빵"(301)도 포함된다. 조금 이상해 보일지는 몰라도 외적 평행물인 "빵—기억"이 여기로부터 발생한다. "아마도 지금 네가 있는 그곳이 너는 싫은가 봐. 아니면 어째서 우리의 꿈에 들어와서 손을 내밀어 동냥을 하겠어? 빵을 달라고? 아니면 그냥 기억해달라고?"(311)

꿈은 현실보다 더 현실적이다. 꿈속에서는 모든 것이 더 확실하고 더 분명하며, 어투는 더 단정적이고 더 강하다("더 분명하게 세부들을 보았다"(300)). 바로 그렇기 때문에 중심적 등장인물이 아니라 부차적 주인공이자, 로라의 아버지인 몽유병 환자라는 이미지가 단편의 제목이 된다.

로라의 아버지는 데니소프처럼 '이중'생활을 한다. 그도 "학식 있는" "인텔리에 많이 아는"(297) 사람이고, "직장에서 쫓겨난"(317) "퇴직한 동물학자"(296)이다. (외적인 사건이 일어나는) '현실' 생활에서 그는, 데니소프와 마찬가지로, "집에 (…) 죽치고 있고, 울기도 하고, 먹고, 아첨한다." "그는 학술지에 실을 생물기후학 글을 쓴다. (…) 되는 대로 쓰는 것이 아니라 서정적 요소까지 곁들여 교양 있는 사람의 솜씨를 보인다."(297) 그의 '책의' (데니소프처럼) 활동은 능동적으로 보이지만 그의 작업실—신전은 죽어 있다. "서재는 고요하고 황량하며, 책 선반들은 말라 쩍쩍 갈라지고, 백과사전, 가이드북, 누렇게 된 잡지, 누군가의 논문 별쇄본이 담긴 파일들엔 먼지가 가득하다. 모든 것이 쓸모없어져 관심을 끌지 못하고 방치되어 있다. 커다란 능의 구석에는 외로운 작은 묘처럼 아버지의 책상, 종이 뭉치, 어린이 저널 묶음 등이 쌓여 있다. 아버지는 어린이들을 위한 글을 쓰고,

:•

---

65) 〔역주〕 бублик. 도넛처럼 동그랗게 안이 파이고 겉에 깨나 양귀비 씨를 뿌려 구운 약간 딱딱한 빵 종류이다.

다년간 자신이 익힌 지식들을 미숙한 소년단원들의 머리에 밀어 넣었다. 아빠는 적응이 되어, 무릎을 쪼그리고 앉거나, 네발로 엎드릴 수도 있었다."(297)[66]

로라 아빠의 진실한 삶은 밤에 진행된다. "그는 몽유병 환자다. 그는 밤에 돌아다닌다!"(317) 몽유병 환자 아빠는 꿈속에서(=안개 속에서) "보이는 사람들이 보지 못하는 것을 보고", "그들이 잊어버린 것을 알고", "낮에 잃어버린 것을 밤에 포착한다."(331) "바로 그들이다! 나는 그들이 보인다!―몽유병 환자가 울부짖었는데, 그 힘이 어디서 났는지 상상할 수조차 없었다. (…) 온혈동물들, 하―하! (흐느껴 울면서 노인네는 소리쳤다.) 그들은 자신을 온혈동물이라고 부른다! 가장 간단하고 더 이상 아무것도 필요 없다! 헛다리는 치워버리시오!"(318) 꿈속에서 아버지는 진리를 발견한다. 그는 빛을 보며, 안개 속에서도 길을 구별한다. "권한 (…) 밖에"(305) 있음을 본질적 성격으로 규정할 수 있는, 바실리 바실리예비치의 몽유병적인 불면의 꿈은 기억과 망각, 영원성과 역사성, 열망과 달성, '책'과 '현실' 간의 경계를 압축적으로 구현한 것이며, 진리와 평안이 선사해주는 영혼의 상태로서 고통과 슬픔으로부터 벗어나게 해준다.

「안개 속 몽유병자」에서 몽유병자 바실리 바실리예비치의 형상과 유사한 것은 "꿈처럼 하얗고, 황금빛이고 아름다우며, 연기처럼 날아가는" (293) 선장의 형상, "건장하고 예의 바른 위생병들"(321)이 등장하는 순간

∶∶
66) '책의' 디테일들은 작가에 의해 로라의 집 전체에 '뿌려진다'. 아버지의 서재 책들 외에, "몰리에르 서명이 있는"도, "농촌 작가의 (…) 선물인 책을 든 농부의 형상을 한 필리모노프의 독기 오른 분홍빛 인형"(313)도 그렇다. 밤이면 몽유병 환자 아빠는 "책 선반들 옆"(322)을 뛰어다닌다.

까지는 행복하고 평안하던, "수백 개의 종이배"(321)를 가진 광인(狂人)의 형상이다.

"비현실적인 파란 바다들"(293), "끓고 있는 대양(大洋)"(318), 씻어내는 파도들("잊었다"="물에 씻겨 흘러갔다"(320)), "단어가 씻겨 지워지는"(300) 해변의 모래라는 형상들은 꿈과 안개, 건망증과 망각의 형상들과 유사하다. "태곳적, 구식의"(293), 즉 '먼 옛날에 있던'이란 수식어도 이런 문맥에서는 원래의 고유한 의미를 획득한다.

데니소프가 몽유병자나 광인과 같은 유형의 주인공들과 유사하다는 것은 로라에 의해 지적된다. "당신은 미쳤어요, 데니소프……."(330)[67]

그러나 "환영과 의심으로 만신창이가 된"(318) 데니소프는 충분히 "미치지도 못하고" 충분히 꿈에 몰입하지도 못한다. 그는 (로라나 "잠자지 않는, 원기 왕성한" 다른 사람들처럼) "손을 뻗어 튀어나온 돌출부나 파인 틈을 더듬어 잡거나, 안개 속을 비틀거리면서 어림짐작으로 걸음을 옮기며 (…) 꿈속에서 갑자기 흠칫 놀라 몸을 움츠리기도 하고 (…) 떠도는 불빛 쪽을 향해 가서는, 서툰 손가락으로 촛불의 그림자들을 붙잡고, 물 위로 퍼지는 동심원들을 잡고, 연기 그림자를 따라간다."(307) 데니소프는 결정된 것 하

∵

67) 언급된 오스트레일리아는 A. 비토프와의 인유적 연관성을 낳는다. 톨스타야의 작품에서 소파 위에 걸린 지도에서 오스트레일리아가 뜯겨져 물('대양(大洋)의'='수도의')에 씻겨나가게 되는 것(307~308)과 유사하게, 비토프의 작품 『공개된 사람들(Оглашенные)』에서는 다음과 같이 언급된다. "나는 이 빛이 비칠 때(번개의 번쩍임—저자) 침대 위의 지도를 분간하게 되었다. 강과 철도의 모든 줄기들과 도시를 나타내는 동그라미들이 보였다. 번쩍했고 나는 '암스테르담'이란 무의미한 단어를 읽었다. 그런 도시는 더 이상 없다고 무심하게 나는 생각했다. 네덜란드도 이미 쓸려 사라져버렸는데……."(Битов А. Оглашенные: Роман-странствие. СПб.: Изд-во Ивана Лимбаха. 1995. С. 72~73)

나 없는 인생의 안개 속을 배회하며 "자신의 무의미한 삶을 애달파하고" (310), 생각해보려고 애쓰고, "오스트레일리아를 부정하고"(298) "당당하게 들리기"를(328) 바란다. "메스꺼운"(304) "고통, 벌레 먹은 생각들, 무거운 꿈들"(298)이 데니소프를 허물어뜨리며, 데니소프 자신은 "가슴앓이를 하듯 고통스러워하며"(298), 그의 가슴에는 "불쾌한 메스꺼움"(299)이 자리한다. 책의 현명함은 주인공을 구원하지 못하고 그를 고통으로부터 해방시키지 못하며 그의 존재에 조화를 가져다주지 못한다("당신은 평안을 알고 있는가?"(311)).

데니소프는 산에서 죽은 마코프를 질투한다. "차갑고도 아름다우며, 순수하고도 자유로운 그는 썩지도 않고, 늙지도 않고, 울지도 않고, 아무도 파멸시키지도 않으며 그 무엇에도 실망하지 않는다"(315~316), "그는 불멸이다"(316), "이보다 더 부러운 운명이 있을까?"(316) 데니소프는 "바로 그렇게 (…) 꿈속으로 사라지기를" 꿈꾼다.

마코프 역시 '책의' 사람이었다는 것을 지적하고자 한다. 로라는 그가 "최근 몇 년 동안은 화부(火夫)로만 일을 했는데, 책 읽기를 좋아했기 때문이었다"(316)라고 이야기한다.

'영원한 꿈'이라는 레르몬토프적 모티프("나는 영원히 그렇게 잠들길 원했다……"[68])는 「안개 속 몽유병자」에서 계속 반복된다. 꿈은 죽음의 유일한 대체자(레르몬토프적으로 표현하자면 "묘지의 차가운 꿈")가 되고, 여기로부터

∵

---

68) 톨스타야 단편은 레르몬토프의 시 "나 홀로 길 떠나네(Выхожу один я на дорогу)"를 인용의 수준에서뿐만 아니라(329), 사상적 내용과 형상적 구현의 차원에서도 매개로 하고 있다.

"스스로 죽음을 선택했다—그렇게 동지들에게 가르쳐라"(330)라는 데니소프적인 공식이 나온다. 현대적 '잉여' 인간 데니소프("은둔자"(312))는 레르몬토프 시대의 외로운 주인공 못지않은 고통을 당할 운명이다. 여기서 현대의 삶이 비극적인 게 아니라 부조리하다는 것은 다른 문제다. 원하는 평안과 행복은 쉽게 이루어지거나(로라), 안개등(시소예프)과 '실비야' 장(欌)(마코프의 친척들)을 얻는 것으로 달성될 수도 있다. 고통으로부터 벗어나는 것은 침을 뱉어버리거나(파프누티), "파 뿌리로 아파트에 연기를 피우거나"(빅토리야 키릴로브나), "동쪽으로 머리를 향하고 침대 위에" 누워 있는 것(루잔나)으로 해결된다. '금 세기'의 비극성은 '동 세기'의 우스갯소리로 바뀌었다. 고통은 숭고하지 않고 희극적이며("하늘은 웅장하고 신비로우며, 대지는 파랗게 빛나며 잠들어 있는데, 데니소프는 관목들과 감시초소들 사이에서 왔다 갔다 하다가, 쓰레기통 위에 쪼그리고 앉는다. 그러면 산사나무에서는 사각거리는 소리가 들릴 것이고……"(329)), '책의' 위대함은 '현실적' 실용성으로 교체되어 쓸려나가게 된다.

톨스타야는 단편 「안개 속 몽유병자」를 장편 『키시』(1986~2000)의 집필을 시작하면서 동시에 창작하였다. 그 결과 두 작품은 시학 체계, 언어의 형상성, **책과 말**(이것들이 보여주는 교훈성이나 연대성), **기억과 전통, 그때와 지금**(과거와 현재의 연인들)을 포함한 많은 문제를 공유하고 있으며, 모티프 역시 놀라울 정도로 유사하다.

우리의 견해로, 「안개 속 몽유병자」는 완성되었고, 반면에 『키시』는 미뤄진 채로 남아 있었다(『키시』로 다시 복귀한다는 계획은 없었던 것 같다)는 상황은 1980년대 말 톨스타야가 「안개 속 몽유병자」를 더 좋아했다는 증거이며, 앞서 언급한 여러 문제들을 더욱 용이하고 완벽하게 실현할 수 있는 것으로 선택한 것은 『키시』가 아니라 「안개 속 몽유병자」였음을 반증

해준다.

톨스타야가 주인공 성격의 한 극단을 다른 주인공에게 인위적, 강제적
으로 옮겨놓으려 하고 이것을 등장인물의 예술적 진화(또는 퇴화)의 유일한
과정으로 생각하려고 시도하는 『키시』와 달리, 단편 「안개 속 몽유병자」에
서 톨스타야는 주인공의 성격에 나타나는 대립적 구성 요소들을 결합하거
나 화해시키려 하지 않는다. 그 대신에 대립적 구성 요소들이 서로 아무런
상관없이, 서로 섞이거나 그 위에 쌓이거나 하지 않고, '자유롭게' 발전할
수 있는 기회를 제공한다. 데니소프 성격의 한 단면은 다른 면으로 변화되
지 않으며, 그의 대립되고 분산된 본성은 포스트모던 시대와 상통하는, 개
성의 '유기적 혼돈성'을 드러내준다. 『키시』에서는 문제가 다르다. 완결되
지 않은 『키시』 텍스트로의 복귀는 거의 15년이 지나서, 우리 의견으로는,
문학 외적인 일련의 계획된 요인 때문에 이루어지게 되었다.

"타티야나 톨스타야의 장편 『키시』는 인쇄본이 등장하기 전에 이미 명성
을 떨쳤다. 잡지 《깃발》은 오랫동안 『키시』를 실을 예정이라고 선전했다.
소설에 대해 인터넷이 떠들어댔다. 잡지 《서평》은 열렬하게 환호하며 정식
판본 사이에 끼워 넣기로 지면을 할애하여 소설의 첫 장을 찍어냈다. 문화
계를 주도하는 진보적 인사들 역시 소설을 대화의 주요 소재로 삼았다는
것은 말할 것도 없다."[69]

『키시』의 슈제트는 **폭발** 때문에 200년 전에 사라진, 과거 모스크바가 있
던 자리에 위치한 일곱 개의 언덕에 사는 어떤 공동체의 삶을 묘사하는 것
으로 이루어져 있다. "사람들은 아루지에(АРУЖЫЕ)와 놀다가 결국 끝장

..

69) Немзер А. Азбука как азбука: Татьяна Толстая надеется обучить грамоте всех буратин
   // www.guelman.ru/slava/kis/index.html.

이 났다."(18) "고향은 (…) 표도르-쿠지미츠스크로 불렸다. 그전에는 (…) 이반-포르피리이츠스크로 불렸고, 훨씬 전에는 세르게이-세르게이츠스크였다. 또 그전 이름은 유즈니예 스클라디였고, 아주 오래전에는 모스크바였다."(20) 표도르-쿠지미츠스크의 주민들은 "골룹치크"였는데 그들 중에는 **과거의** 골룹치크, **새로운** 골룹치크, 변절자들이 있었다. 각각의 '변종'은 자신들만의 **결과들**을 가지고 있었다. 배에서 불을 내뿜는 능력을 갖고 있거나 온몸 전체에 꼬리나 볏이 나 있거나 "털 달린 옆구리"(6)이거나, "네발로" 뛰는 것을 좋아하기도 한다.(6)[70] 주인공은 베네딕트라는 이름의 "새로운 골룹치크"이다. 그의 형상, 성격, 말은 서사의 모든 차원을 형성한다.[71]

톨스타야의 서사가 주는 첫 인상은 언어의 힘인데, 작가가 수행하는 폭

<hr/>

70) 참조할 것. B. 파라모노프(Парамонов)의 서평에서 "책의 주인공들은 사람이 아니라 고양이들이다"라고 언급되고 있다.(Парамонов Б. Русская история наконец оправдала себя в литературе//*Время-МН*. 2000. 14 окт.) 또는 N. 이바노바의 서평에서는 이렇게 언급된다. "베네딕트는 젊고, 기민하고, 탐구심 강한 사람(?)이다."(Иванова Н. И птицу Паулин изрубить на каклеты: О романе "Кысь"//*Известия*. 2000. 31 окт)

71) 베네딕트는 폭발 이후에 태어났다. "폭발 이후에 태어난 사람들에게는 여러 (…) **결과들**이 있다. 누구는 손에 마치 녹색 밀가루가 덮인 것 같았고, 누구는 아가미가 있었다. 누구는 수탉이나 다른 무엇의 볏 같은 것이 있었다. 또는 아무런 흔적도 없었는데, 늙어가면서 두 눈에서 부스럼들이 튀어나왔고 엉뚱한 곳에 수염이 나서 무릎까지 닿을 정도였다. 또는 두 무릎에서 콧구멍들이 불쑥 튀어나오기도 했다."(18). "베네딕트에게는 어떤 흔적들도 싹트지 않았고, 깨끗한 얼굴에, 건강한 홍조를 띠고, 건강한 몸집이어서 지금 당장이라도 결혼해도 될 것 같았다. 손가락을 그가 세어보았는데, 더 많지도, 적지도 않은, 있어야 할 만큼이었고 막도 없고, 비늘도 없었고, 두 발에도 없었다. 손톱은 분홍빛. 코는 하나. 두 눈. 이는 좀 많았는데 30여 개였다. 흰색이었다. 수염은 황금빛에, 머리카락은 약간 짙은 색에 구불거렸다. 배 위에는……" 등등.(36~37) 사실 후에 밝혀진 바로는 베네딕트는 격세유전 결과로 꼬리가 있었다.(165~166) 고골의 작품을 참조할 것. "이렇게 (…) 이반 니키포로비치는 뒤에 꼬리를 달고 태어났다는 말들이 있었다."(「이반 이바노비치와 이반 니키포로비치가 싸운 이야기」. Гоголь Н. *Собр. соч.* : В 8т. М.: 1984. Т. 2. С. 189)

넓은 실험적 언어가 갖는 언술의 힘이다. L. 루빈슈테인은 "아무리 봐도 여기서 중요한 것은 언어다"[72]라고 지적하고 있으며, B. 파라모노프 역시 『키시』는 뛰어난 언어 체계"이며, "그것의 힘은 고안된 것이 아니라 이야기된 것에 있다"[73]라고 말했다. B. 쿠지민스키는 『키시』에서 톨스타야는 어떤 독특하고 무한하게 복잡한 언어를 고안했다"[74]라고 평가했다. 비평가들은 "과장된 서사 스타일"(A. 아게예프), "조리 있는 문체"(E. 라비노비치), "장인 정신과 기교적 문체"(O. 카바노바), "스카스라기보다는 어떤 면에서는 동화 같은 장식적 문체"(N. 옐리세예프) 등을 언급했다.[75] L. 다닐킨은 『키시』를 '언어학적 판타지'와 '미래파적 서사시'라고 불렀다.

비평에서는 작품의 제목이 갖는 의미에 대한 문제가 곧바로 제기되었다.

톨스타야의 본문에서는 다음과 같이 밝혀져 있다. "일곱 언덕 위에 표도르-쿠지미츠스크 시(市)가 있는데, 도시 주위엔 아득한 들판과 미지의 땅이 펼쳐져 있다. 북쪽에는 산림이 울창하고, 꺾인 수목이나 가지들이 얽히고설키어 지나갈 수가 없었다. 가시 관목들이 옷에 달라붙고 가지들이 머리에서 모자를 잡아채 갔다. 그런 숲에 옛날 사람들은 키시가 산다고 말하곤 했다. 키시는 검은 나뭇가지에 앉아 있다가 야생의 소리로 애처롭게 '키-으시! 키-으시!' 하고 울곤 한다. 하지만 키시는 아무도 볼 수 없다. 사람이 숲으로 들어가면 키시는 사람의 목 뒤에서 확 달려들어 이빨로 척추를 와작 씹고는 발톱으로 중요한 힘줄을 더듬어 찾아서 끊어버린다. 그러면 사람은 온정신이 나가게 된다. 그렇게 돼서 돌아간다 하더라도 이미

••

72) Рубинштейн Л. [Рец. на роман "Кысь"]//www. guelman.ru/slava/kis/index.html.

73) Парамонов Б. Указ. соч.

74) Кузьминский Б. [Рец. на роман "Кысь"]//www. guelman.ru/slava/kis/index.html.

75) www.guelman.ru/slava/kis/index.html에서 인용함.

그는 이전 사람이 아니고, 눈도 이전 눈이 아니며, 길도 분간을 못한 채 숲에서 나오게 된다. (…) 그런 사람은 혼자서는 아무것도 못하고 (…) 매번 그에게 새로 알려줘야 한다. (…) 키시가 이렇게 만든 것이다."(7~8)

키시와 관련하여 N. 옐리세예프는 다음과 같이 말한다. "키시(КЫСЬ), 브리시(БРЫСЬ), 리시(РЫСЬ), 루시(РУСЬ), 키스(КИС), 키쉬(КЫШЬ)![76] 타티야나 톨스타야는 성공적으로 이런 말을 고안해냈다. '키스-키스(кис-кис)'라는 사랑스럽게 부르는 말과 '키쉬쉬쉬(кышшш)'라는 정떨어지게 내쫓는 말을 결합했다. 그리고 이런 고어(古語)에 맹수 스라소니와 혐오스러운 단어인 '쉬쉬(брысь)'를 연결했다(어딘가 저 멀리에서 옛 루시가, 슬라브주의자들과 대지주의자들의 꿈이 손짓했다). 고양잇과의 공포스러운 맹수가 탄생했다. 키스-키스와 같이 연약하고 키쉬(кышь)(참고할 것 — 저자)처럼 혐오스럽고, 스라소니 같은 맹수에, 스라소니처럼 재빠르고, 루시라는 단어에서 보듯이, 물론 러시아적인 맹수이다."[77]

주인공 베네딕트("개의 이름"을 가졌다.(19, 165) 베네딕트는 라틴어로 "축복받은"[78]이란 뜻이다)는 키시(кись)의 영향을 많이 받는다. 한 번도 키시를 본 적이 없으면서 그는 키시가 존재한다는 것과 자신에게 영향을 미친다는 것을 항상 느낀다. "베네딕트의 기질은 변덕스러운데 그 자신도 이런 사실을 이미 알고 있다. 오늘, 내일이 다르다. 어떤 때는 아침부터 미증유의 활기가 찾아와서 모든 혈관이 팽팽해지는 것 같다. 으훗! 세상의 절반이라도

●●

76) 〔역주〕 키시(고양이를 부를 때 하는 소리), 쉬쉬(고양이를 쫓을 때 하는 소리), 스라소니, 루시(러시아의 옛 이름), 키스(썩다, 의기소침하다), 쉬(새 쫓는 소리) 등의 뜻이다.

77) Елисеев Н. КЫСЬ, РЫСЬ, РУСЬ, КИС, КЫШЬ!//Там же.

78) Тихонов А., Бояринова Л., Рыжкова А. Указ. соч. С. 74. '베네딕트' 이름의 의미는 베네딕트 예로페예프의 『모스크바발 페투슈키행 열차』의 주인공과 관련해서 앞에서 언급되었다.

무릎 꿇릴 듯하다. (…) 어떤 때는 울고 싶도록 권태가 파고든다. 저녁 무렵에 더 그렇다. 특히나 가을에 그렇고 겨울엔 거의 매일이다. 여름에도 그렇긴 하다. (…) 마치 모든 것이 항상 그런 것 같다. (…) 베네딕트는 갑자기 답답해졌다! 마치 속에서 응어리가 타는 듯하고, 그 탄 주위는 둥그렇게 어쩐지 싸늘해진다. 등도 뭔가 불만족스럽다. 귀 뒤도 뭔가 늘어진 듯하다. 침도 씁쓸하다. 다음번에 이렇게 불평을 말하면 당신에게 '네 등 뒤에서 키시가 보고 있는 거야'라고 말할 것이다."(61~62)

사실 "어떤 (…) 키시도 없고, 사람들의 무지 (…) 뿐이었다"(32)라고 확신하는, **폭발** 전까지 여기에 살던 '과거 사람' 니키타 이바노비치의 말에 따르면, "속에서 무엇이 뒤틀린"(62) 베네딕트의 이미지는, 니키타 이바노비치의 정의에 따르자면 "칠학자(фелософ)"[79](62)로, "공상가이자 신경쇠약 환자(неврастеник)"(164)["뿌리박히지 못한 사람(не ВРАСТЕНИК)"(120)]로 톨스타야에 의해 창조된다. 베네딕트는 "사람이나 농군, 그리고 아낙네를 마치 처음 본 듯이 바라보던 당신은 완전히 다른 종(種)처럼 숲에서 방금 나온 것 같기도 하고, 반대로 숲으로 막 들어간 것 같기도 하다. (…) 물 위의 그림자처럼 흐릿하고 희미하게 가슴 속에서 무엇이 휘돌기 시작하고, 갑갑하고, 어디론가 부르는 것 같았는데, 어디로인지는 말하지 않는다. 등에서는 오한이 나는 게 눈물까지 글썽일 정도였다. 부하가 치밀어 오르기도 하고, 날고 싶기도 했다."(62~63) "오싹한 불안이 작은 발톱으로 심장을 건드리게 될" 주인공과 그(=당신)는 "움찔해서 주의를 예민하게 쳐다보게 되는데 당신 자신도 마치 낯선 사람처럼 느껴져서"(66), 영원한 문제를 제기하게

79) [역주] 철학자를 그렇게 쓴 것이다.

된다. "이건 무엇인가? 나는 누구인가? 나는 과연 누군가?!……"(66)[80] "내 삶이란! 아니면 내가 꿈을 꾼 것인가? 어쩌면 그럴지도. (…) 과연 우리가 삶에 대해 무엇을 안단 말인가? 생각 좀 해본다면? 누가 과연 삶에게 있으라 했는가? 왜 태양은 하늘을 따라 움직이고, 왜 쥐는 바스락거리고, 나무는 위를 향해 뻗고, 물의 요정은 강에서 철썩거리고, 바람은 꽃향내를 풍기고, 사람은 사람의 머리를 몽둥이로 때리는가? 왜 다른 때는 때리는 것도 싫고 어디론가 떠나고 싶은가, 여름에, 길도 없이, 여정도 없이, 어디론가, 해 뜨는 곳으로, 산뜻한 풀들이 어깨까지 자라 있는 곳으로, 푸른 강들이 일렁이는 곳으로, 강 위에는 황금빛 파리들이 떼 지어 날고, 이름 모를 나뭇가지들이 수면 위에 드리우고, 그 가지들에는 희고도 흰 공작새 파울린이 앉아 있다는……."(67) 니키타 이바니치[81]가 베네딕트에 대해 감탄하는 것은 우연이 아니다. "젊은이, 당신도 관계가 있다네! (…) 나는 자네 안에서 인류의 불꽃을 예견한다네! 보여! 자네에게 어떤 희망을 가진다네! 자네에게는 아무리 미약하더라도 지혜라는 것이 있어……."(170)

베네딕트의 슬픔에 잠긴 영혼(여기서 주인공 이름이 뜻하는 '선한 말'과 '필사가'라는 활동의 특성이 효력을 가진다)은 자신이 던진 질문에 대한 해답을 책에서, "모든 것이 기록되어 있고", "어떻게 살아야 하는지 말해주는"(375) **중요한 책**(「안개 속 몽유병자」를 기억하자)에서 찾는다.

주인공 형상의 지배소와 서사의 중심축이 그러하다.

그러나 「안개 속 몽유병자」에서 톨스타야는 이미 **책**과 **말**의 '교훈성(과 연결성)에 대한 전통적 관념으로부터 탈피한다. 『키시』의 주인공은 중요한

∵

80) "당신은 도대체 누구십니까?"라는 질문은 톨스타야의 첫 단편 「황금빛 계단에 앉아서……」(1983)의 에피그라프에 나왔다는 사실을 상기하자.
81) 〔역주〕 이바노비치를 구어체로 이렇게 말한다.

책을 찾을 수 없고, 성스러운 문제들에 대한 대답을 찾을 수 없다. 왜냐하면 그는 '인생의 알파벳'을 알지 못하기 때문이다. "너는 읽을 줄도 모르잖아. 책이 네게 무슨 소용이야. 공허한 소리고, 문자들의 단순한 모음일 뿐이지. 인생의, 인생의 알파벳도 못 익혔잖니!"(313) 게다가 **중요한 책**의 페이지들도 "모두 뒤엉켜 있다."(285) 인쇄된 말〔또는 **언어**(Слово)〕에 호소하고 그것을 지향하는 러시아 고전문학(과 러시아 정신 전체)의 언어 중심주의적 전통은 톨스타야에 의해 '극복된다.'

　러시아 민족의 삶의 저변에 흐르는 문학 중심성과 언어 중심주의라는 조건에서 '책을 읽지 못한다'는 작가의 중심 사상은 수많은 비평가들을 미로에 빠뜨렸다. 비평가들은 처음에는 서사의 기본 축을 이해하지도 정식화하지도 못했다. 책의 기본 사상을 정식화하려는 시도 대신에 비평가들은 다음과 같이 조언했다. "사랑스러운 독자 여러분, 책을 읽어보세요, 책장을 넘겨보세요. 보다 보면 무슨 말인지 알게 될 거예요. 보다 보면 알게 될 겁니다."[82] 또는 "소설을 해독하지 않겠습니다. 결국은 자명하니까요. 1986~2000년이란 이 시간을 살았다면, 모두에게 누가 누군지 분명합니다."[83]

　책과 **말**에 대한 사상은 텍스트 구조 전체와 문체적 뉘앙스를 매개로 한다. 전체 텍스트는 여러 장들로 쪼개지고, 각 장은 어떤 '고대 러시아어' 알파벳 문자에 따라서 이름이 붙여진다. 비평가들의 의견에 따르면, 알파벳은 '자기가 직접 고안해냈든지'(D. 올샨스키[84]), '민중의'(O. 카바노바) 설화에

∴

82) РубинштейлЛ. Указ. соч.
83) Иванова Н. Указ. соч.
84) 〔역주〕 Дмитрий Викторович Ольшанский, 1978~. 러시아의 사회 평론가, 기자이다. 저

따른 것이다.

비평가들은 각 장들이 "혁명 전(前) 러시아 자모를 이용하여 아즈[85]부터 이지차[86]까지"[87] 이름 붙여졌다고 말한다. 즉 키릴문자의 줄과 동일하다는 것이다. 그러나 톨스타야는 키릴문자의 문자 배열 줄을 따르지 않으며〔예를 들어 'Ща'가 (장의 의미를 심화시키기 위해) 'Ша'보다 훨씬 일찍 나온다〕, 표기법에 변형을 줄 뿐만 아니라('ша–шта', 'рци'–'рцы', 'цы'–'ци'), 현대 알파벳 글자인 '이크라트코예'(1735년 과학 아카데미가 도입)를 사용하여 문자 배열을 부정하기도 한다('земля', 'пси', 'кси', 'юсы' 대소문자 등). 톨스타야는 특히 '피타(фита)'[88]를 구분하는데, 니키타 이바노비치의 확신에 의하면 현대 알파벳에는 존재하지 않지만〔이 문자는, 톨스토야가 사용하고 있는 '야치(ять)'와 '이 데샤티리츠느(и десятиричный)'와 함께 1918년 10월 10일 인민위원회 법령으로 알파벳에서 제외되었다〕, 톨스타야는 '피타'를 '운명을 결정하는' 장들 중 하나(359)의 명칭으로 사용한다. 게다가 본문 자체에서 베네딕트는 그가 알고 있는 모든 알파벳 '저장고'를 발음하는데, 그것은 33개 문자로 된 현대 알파벳이다.(25)

••

널에 문학과 음악 비평가로서 논문들을 발표하기 시작했다. 신문 《오늘(Сегодня)》, 《독립신문(Независимая Газета)》, 《MN의 시간(Время MH)》, 《소식(Известия)》, 《저녁의 모스크바(Вечерняя Москва)》, 《대화 상대자(Собеседник)》, 잡지 《신세계(Новое Время)》, 《러시아 저널(Русский Журнал)》, 《결과(Итоги)》, 《전문가(Эксперт)》 등에 그의 글이 게재되고 있다. 2007년부터 2009년 6월까지 잡지 《러시아의 삶》의 편집장이었다.

85) 〔역주〕자모 'a'의 옛 명칭이다.
86) 〔역주〕교회 슬라브어 및 고대 러시아어 자모의 마지막 문자 'i'의 명칭이다.
87) Рубенштейн Л. Указ. соч. Е. 라비노치와 비교할 것. "각 장들은 아즈에서 이지차까지의 알파벳에 따라 표시된다.(호모 서사시의 랩소디처럼!)"(Рабинович Е. [Рец. на роман "Кысь"] //www. guelman.ru/slava/kis/index.html)
88) 〔역주〕1917~1918년 철자법 개혁에 의하여 폐지된 옛 러시아 문자 'θ, θ'의 이름이다(발음은 /ф/와 같다).

394

『키시』 본문은 알파벳을 이용해서 외적으로 조직성을 갖추고 있음에도 불구하고, 톨스타야의 장 구분은 매우 인위적이고 근거가 없으며 구분 원칙도 없다. 어느 장들은 독립적이고 충분히 가치가 있지만, 어느 장들은 '용량'의 원칙에 따라서만 구분되었고, 또 어떤 장들은 그 장 내부에 문자로 표시되지는 않았지만 가시적으로는 여백으로 구분된 '세부적인 장들'을 가진다. 특징적 예는 '부키'[89]와 '베디'[90] 장의 연관 관계이다. '부키' 장에는 상급 보일러공 니키타 이바노비치에 대한 이야기가 나오는데, 베네딕트는 그와 비슷한 일을 수행하고자 했다. '부키'에서 상당히 장황하게 진행된 상급 보일러공의 '형상에 대한 서론'은 갑자기 중단되고 '베디' 장은 "니키타 이바노비치는 크지 않은 키에……"(31)로 시작된다. 하나의 여백, 즉 두 부분으로 구별되는 내적 여백을 가진 장들은 '젤로'[91](71),[92] '류디'[93](138), '나슈'[94](168) 등 상당히 많다. 두 개의 여백을 가진 장들은 '포코이'[95](191, 192) '헤르'[96](245, 251)이고, 심지어 다섯 개의 여백을 가진 장 '슬로보'[97](206, 209, 210, 213, 218)도 있다.

∴

89) 〔역주〕 Буки. 자모 'б'의 슬라브 명칭이다.
90) 〔역주〕 Веди. 자모 'в'의 슬라브 명칭이다.
91) 〔역주〕 Зело. 자모 'з'의 슬라브 명칭이다.
92) 톨스타야의 장 제목은 이 장의 본문에서 이용되는 음성적 연상 계열을 다음과 같이 불러온다. "기둥을 보네, 형체가 없고, 가장 투명하며, 가장 무섭고, 우레와 같고, 눈이 100개나 되는……"(72) 원문은 다음과 같다. вижу стопп бестелесный, пресветлый, преужасный, громоподобный и стоочий….
93) 〔역주〕 Люди. 자모 'л'의 옛 명칭이자 '사람들'이란 뜻이다.
94) 〔역주〕 Наш. 자모 'н'의 옛 명칭이자 '우리의'라는 뜻이다.
95) 〔역주〕 Покой. 자모 'П'의 옛 명칭이자 '평안, 안정'이란 뜻이다.
96) 〔역주〕 Хер. 자모 'х'의 옛 명칭이자 '십자형'이란 뜻이다.
97) 〔역주〕 Слово. 자모 'с'의 옛 명칭이자 '단어'라는 뜻이다.

마치 "레스코프나 멜리니코프-페체르스키에게 물어봐야 한다는"[98] 식의 '스카스'에 대한 비평가들의 이런 정의도 명확히 서술할 필요가 있다. 『키시』의 서사는 스카스, 다시 말해서 등장인물의 직접적(주로 구술) 독백체로 조직되지 않고, 몇몇 목소리들의 교차 위에서 서사가 탄생한다. 객관화된 내적 저자의 서술(3인칭으로), 주관적(서정적) 저자의 서술, 주인공의 주관적(서정적 개인) 목소리들이 혼합되면서 서사가 구축된다.

"온전히 중립적으로 묘사하는 단어가 없이", "저자의 언술이 주인공들의 말로 의도적으로 치환된다"[99]는 N. 이바노바의 의견에 따른다면, 사실 저자 목소리 구역은 비록 제한적이긴 하지만, 쉽게 구별된다.

무엇보다도 객관화된(전통적인 '무인칭의') 3인칭 서술이 지엽적이지만, 시종일관 나타나고 있다. "베네딕트는 펠트 장화를 꽉 잡아당겨 잘 신었는지 발을 몇 번 쿵쿵 굴러보고 난 다음, 페치카의 입구를 살펴보고는 빵 부스러기를 마룻바닥에 털어냈다. (…) 베네딕트는 한숨을 내쉬었다. 직장에 나갈 시간이다. 윗옷을 여미고, 오두막의 문을 나무 빗장으로 채우고는 막대기로 또 틀어막았다."(5)

서정적 저자의 목소리는 『키시』의 서사에서 다채롭게 표현되고 자유롭게 울려 퍼진다. 묘사에서는 서정적 저자의 목소리가 (톨스타야의 초기 단편들에 비해) 쉽게 드러난다. "현관 계단으로 나왔다. 세상에나! 칠흑 같은 어둠이다. 북쪽이나 남쪽이나 황혼이나 여명이나 어둠, 끝도 없고 경계도 없는 어둠뿐이다. 어둠 속 어둠의 조각들처럼, 낯선 오두막들이 통나무들 같고, 돌 같고, 검은 어둠 속 네 개의 구멍 같고, 알지 못할 곳으로, 차가운

98) Ольшанский Д. *Что житие твое, пес смердящий?* // www. guelman.ru/slava/kis/index. html.
99) Иванова Н. Указ. соч.

정적으로, 밤으로, 망각으로, 죽음으로, 우물 속으로 한없이 오래 떨어지는 것 같다. (…) 머리 위에는 하늘, 그 역시 검고도 검은데, 하늘에는 무늬처럼 푸르스름한 반점 같은 별들이 때로는 더 짙게, 때로는 더 흐리게 마치 숨 쉬는 것처럼 흔들리다가, 또 마치 숨이 막히는 것처럼 움츠러들었다가 하면서 떨어지고 싶은데 그럴 수가 없고, 검은 하늘 지붕에 단단히 못 박혀서 꽉 눌린 채 꼼짝도 못하고 있다. (…) 등 뒤에는 차가워지는 오두막이 있다. 양배추 수프, 페치카 위의 온돌 잠자리, 그 잠자리 위에는 넝마 누더기들. 펠트 이불은 어머니 때부터 있던 것이고, 여름 윗옷으로는 발을 덮는다. 깃털 베개는 때에 절어 있다."(84~85) 「황금빛 계단에 앉아서……」를 참조해보자. "처음에 동산이 있었다. 어린 시절은 동산이었다. 한도 끝도 없이, 경계도 울타리도 없이, 떠드는 소리와 나뭇잎들의 사각거리는 소리 속에, 햇빛을 받으면 황금빛이 되고, 그늘에서는 연초록이 되는, 히스 나무부터 소나무 꼭대기들까지 수천 층 높이의 동산이 있었다. 남쪽에는 두꺼비들이 있는 우물이, 북쪽에는 하얀 장미와 버섯들이, 서쪽에는 딸기나무 숲이, 동쪽에는 들쭉나무 숲, 호박벌들, 낭떠러지, 호수, 통나무 다리들."(29) 두 텍스트를 비교해보면, 수많은 형용 어구들, "세 겹의 은유"(L. 다닐킨), 계속되는 반복, 역동적 동사, 명사문,[100] 서술의 리듬과 음악성 등을 확인할 수 있다. 어휘의 측면에서도 동일한 양상을 쉽게 발견할 수 있다. "계단", "우물", "남쪽에는 (…) 북쪽에는 (…) 서쪽에는(해가 저무는 서쪽) (…) 동쪽에는(해가 뜨는 동쪽)", "끝도 경계도 없이" 등은 『키시』가 언제 집필되었는지를 정확히 추정할 수 있게 한다.[101]

∷

100) 〔역주〕 예를 들면 '봄이다(весна)!' 또는 '비다(дождь)!' 등 한 명사로 이루어진 문장을 일컫는다.
101) 『키시』의 일부분은 다음과 같다. "이렇게 하루가 끝났고, 사라져버렸고, 다 타버렸고, 도

마지막으로, 이전 단편에서 주로 사건을 이끌어가는 주동적 인물이자 사건을 인식하는 중심 시점 기능을 하는 주인공의 목소리는 『키시』에서는 가장 강력한 서사의 중심으로 자리 잡고서 객관화되고 서정적인 작가의 목소리를 장악한다. "아니에요. 우리는 모두 도시에서 나와 해돋이를 보러 다니곤 해요. 그곳의 숲은 밝고, 풀들은 키가 크고 푸르싱싱해요. 풀 사이에 어여쁜 파란 꽃들이 피어 있는데, 꺾어서 적시고 짓이겨 빗질을 하면 실을 뽑아내서 천을 짤 수도 있어요. 돌아가신 어머니는 이런 부업에는 굼뜬 편이었기에 제대로 하지는 못하셨어요. 실을 꼬며 울고, 천을 짜면서 울어 눈물로 범벅이 되셨어요. **폭발** 전까지는 모든 것이 달랐다고들 해요. 사람들이 와서는 '모고진(МОГОЗИН)으로'라고 말해요. 원하는 것은 가져가고 마음에 들지 않는 것은 지금과는 맞지 않는다며 얼굴을 돌려버려요. 모고진이란 창고 비슷한 것이에요."(15~16) 인용된 부분에서 감정적인 감탄사 '아니에요'도, 1인칭('우리')도, 지소—애칭형 접미사가 붙은 단어('городок(도시)')도, 소리에 맞춰 의도적으로 왜곡되고 위장된 단어 'магазин(상점)'('МОГОЗИН')도 주인공 목소리가 반영되어 있다. 바로 이런 목소리 때문에 『키시』의 감정적—표현적 색채가 스카스가 아니라, 주인공의 의사 직접화법을 통해 전달된다고 말할 수 있다. 주인공의 목소리가 서사의 지배소인

∵

시 위로 밤이 떨어지면, 올렌카 마음은 저 구부러진 거리 어딘가로, 꾸며낸 것 같은 눈 덮인 공간들로 사라졌다. 잠시의 친구 둥근 빵은 먹어버렸고, 이제 베네딕트는 언덕을 기어오르고, 눈 더미들을 헤치며 발이 걸려 넘어져가면서 소매에 눈을 온통 뒤집어써가면서 겨울 한가운데의 오솔길을 더듬더듬 찾아가며 손으로 겨울을 헤쳐가면서 서둘러 집으로 돌아온다."(65) 어휘 구성으로도, 문체로도, 리듬으로도 단편 「황금빛 계단에 앉아서……」(31)와 단편 「마술사」(218)와 분명히 상관된다. 톨스타야의 첫 단편과는 『키시』의 일부분 「언덕에서 언덕으로(С горки на горку)」(139)나 「모든 것이 갑자기 분명해졌다……(Все друг стало ясно)」(339~340) 역시 형상적 계열(예를 들어, '궤', '마법의 동산' 또는 '알리 바바의 동굴' 등)에서 연관된다.

것이다. 『키시』는 베네딕트의 직접적 독백이 아니라 그에 대한 작가의 서사 위에 구성되어 있다. 그런데 인물의 자체적 성격과 자기 투영적 반향이 작가의 화법에 파고들어 작가의 목소리가 마치 주인공의 자기분석 영역과 사고 분야에 연결되어 있는 것 같다는 것, 그리고 작가의 말과 화법이 주인공의 말투와 화법에 익숙해져서 주인공의 세계관과 감정을 전달하고 주인공의 미시 세계와 거시 세계를 조형화하고 있다는 것은 다른 문제다. 의사 직접화법을 매개로 베네딕트는 작가에 의해 외부로부터 묘사되며 안으로부터 저절로 열린다.

서사의 성격, 서술 수법과 문체는 톨스타야 소설에서 가장 중요한 의미적 성분이다. 책에 대한 책은 정말 복잡한 언어학적 실험이다. 바로 이 때문에 슈제트 서사 축은 씻기고 약해진다. "책의 (…) 슈제트는 단어 무리의 움직임이다."[102]

'영원하고' '저주스러운' 문제들을 제기하는 주인공이 그 문제들에 대한 답을 찾으면서 '수천 권'의 책을 읽었다는 것, 그의 화법과 언어의 진화를 통해서 주인공 형상의 진화가 계속해서 반영된다는 것은 서사에서 자연스러운 일이다. 나아가 그것이 톨스타야의 실험적 텍스트인 『키시』에 반영되는 것 또한 자연스러운 일인 것 같다.

그러나 책을 읽을 줄 모르는 (현대) 사람에 대한 작가의 최종적 격언은 말이 책에 의존하고 있다는 논리, 즉 세계관이 문학적 영향에 의존하고 있다는 논리를 파괴한다. 그리하여 주인공의 언어는 전체 서사에 걸쳐서 '통조림통에 담겨' '냉동된 채로' 남는다. 작가의 생각으로는, 크라스니 저택의 장인과 표도르 쿠지미치의 엄청난 장서는 베네딕트의 유치한 '골룹치크'의

∙∙

102) Парамонов Б. Указ. соч.

식을 변화시킬 수 없을뿐더러, 지성의 성숙에 영향을 끼칠 수 없고, 나아가 주인공이 '자신 내부에 도덕적 법칙'을 발견하게 되는 토대가 되지 못한다. 주인공이 독서에 몰두하고 얻은 '결과'는, 자신의 내부에서 깨어나는 공격성, 서적 '특별 보관고'를 힘으로라도 어떻게든 키워보리라는 시도, 책의 획득과 보관을 위한 배신과 살인("자, 과연 불타는 집에서 누구를 구하지?"(370)[103]) 등이다.

그러나 작가의 그런 사상적 설정은 의심을 불러일으키며, (현실적으로) 동기화되지 못하고, 서사 텍스트에서 (문학적으로) 개연성을 얻지 못한다. 아마도 '이성'이 만들어낸 (톨스타야에게는 특징적이지 않은[104]) 반(反)이성중심주의에 대한 피상적 결론은 서사 논리를 파괴할 뿐만 아니라 테제의 작위성(또는 급조됨) 때문에 스스로 허물어져버리는 궤변 같다. 전통적이고 종합적이며 종교-의식적인 공식, "태초에 말씀이 있었다"(가장 좁게 또는 가장 넓게 해석 가능한 범위에서)를 극복하려고 시도하면서 톨스타야는, 내적으로 그 공식에 애착을 가지고 있음에도 불구하고(초기 단편 작품을 참조), 자기 자신과도 모순되고 고유한 창작의 지향과도 모순되는 길로 들어서게 된다.[105]

∴

103) 톨스타야의 소설에서 두 번 나오는 이 질문은 푸슈킨의 '두브롭스키'나 불타는 집의 고양이와의 분명한 상호 텍스트적 연관을 가진다. 참조할 것. Толстая Т. Кого спасать-кошку или Рембрандта?: Беседа с писательницей / Записала Е. Веселая // *Московские новости*. 1991. No. 30. 28. июля.

104) 비교할 것. "문학은 단지 종이 위의 문자들일 뿐이다.—오늘날 우리에게 이렇게 말한다. 아니다. 단지 그것만이 아니다."('Белые стены': Толстая Т. *День: Личное*. М.: Подкова. 2002)

105) 비교할 것. V. 쿠리친은 이렇게 말했다. "반이성중심주의 사상은 자신의 (…) 창작적 잠재력을 고갈시켰다."(Курицын В. (Рецю на роман "Кись") // www.guelman.ru / slava / kis / index.html)

그렇다면 "그토록 '비(非)정교회적인' 사상은 어디에서 기원한 것이며, '전통적인 톨스타야에 어울리는' 그토록 비전통적인 시각은 어디서 유래했는가?"라는 문제가 제기된다.

전 세계적인 차원에서 사회 변화가 진행되고, 톨스타야 개인의 차원에서도 근본적인 변화가 나타난 15년이란 세월의 간격을 두고 『키시』의 텍스트가 두 가지 기법으로 창작된 상황은 톨스타야가 '새로운' 사상을 만들어내고, 변화를 거치면서 그 사고 속에 '모순'이 잉태될 가능성을 촉발했다. 15년 동안에 하나의 국가가 무너지고 여러 국가들이 수립되면서 러시아의 사상적-정치적 내부 기후가 변화되었다. 러시아의 국가적 환경이 변화되었고, 개인과 국가의 관계가 변화되었다. 다시 말해서 하나의 텍스트가 사실상 다른 사회적(그리고 정신적) 시대를 배경으로 창작되었던 것이다.

『키시』 집필이 1980년대 초·중반에 시작되었다는 점을 고려할 때, 『키시』는 십중팔구 체르노빌 참사와 직접적으로 연관된다(본문에는 "방사능 야자열매"(109)를 이야기하고, "책에서 방사능이 나왔다"(145)고 서술된다).[106] 원자력발전소가 실제로 폭발함으로써 과거 추상적으로만 여겨지던 계시들을 '새롭게' 읽어내는 재해석이 무수히 태어났고, 성경이나 노스트라다무스를 비롯한 여러 유형의 종말론적 교리나 반(反)유토피아적 철학들의 요소가 만들어졌으며, 돌연변이에 대한 공상적 증거들(사람들 사이의 '결과'에 대해서만이 아니라 주로 닭과 버섯[107]에 대해서)과 연관된 현대 신화학이 출현했다.

체르노빌 원전 참사는 1970~1980년대 환경문제가 집약되어 밖으로 표출된 것이었고, 산림 파괴, 수질오염, 하천의 방향 전환, 수력발전소 건설,

∴

106) 『키시』 집필에 대한 문학적 전제들에 대해서는 이후에 서술하겠다.
107) 버섯은 "핵 세기의 가장 강력한 묵시록적 상징들 중 하나이다."(Тресиддре Дж. Словарь символов. М.: 1999. С. 65)

나무 침수, 핵폐기물 매몰, 대기오염, 그 결과로서의 기후변화와 같은 작은 규모로 나타났던 수많은 자연적(그리고 사회적) 참사의 사슬에서 마지막 고리였다. 원전 폭발의 이미지는 1970년대 말~1980년대 초 러시아 소설의 주도적인 모티프들 중 하나인 세상의 종말, 묵시록, 종교적 말세론의 모티프와 일치하거나 융합되거나 덧붙여졌다.

주로 농촌 소설(현대와 대립하는 과거를 지향하며, 농민의 천국과 자연적 민족적 존재로의 회귀를 그 특징으로 한다)에서 발전된 세상 종말 모티프가 「안개 속 몽유병자」에서는 기억, 세대의 계승, '뿌리' 찾기 모티프들과 결합되어 있다는 사실은 이미 언급했다.

바로 이런 배경 위에서 폭발, 세상의 종말, 문명 전(前) 과거로의 회귀, 기억과 세대 간의 단절, 간소화된 농촌의 생활, 문화유산 상실, 언어의 변화 등과 관련된 『키시』의 작품 구상이 시작된다. 그리고 이런 서사 구성 요소들을 『키시』의 본문에서 쉽게 찾아볼 수 있다("여기에 세상의 종말이 있다"(10), "기억이 남게 되길……"(33), "우리의 밝은 과거를 회복하는 일"(156), "원천으로의 복귀를 위해"(273), "마지막 나날들"(292), "기억되길!"(317~318) 등].[108]

그러나 1970~1980년대에 문학에서(예술에서도) 그런 유형의 문제들을 어떻게 해결할 수 있었는가(그리고 해결했는가)라는 질문을 제기해야만 한다. 확실하게 말할 수는 없지만, 분명한 것은 이 시기 문학이 체르노빌 참사를 표현하면서 본질적으로 가지고 있던 작가의 낙관적인 감정, 믿음과 희망이 1970~1980년대에 들어서면서 서서히 사라져갔다는 것이다(V. 아스타피예프의 『마툐라와의 이별(*Прощание с Матерой*)』, V. 라스푸틴의 『화재

••

108) 예를 들어, 도시의 명칭, 표도르-쿠지미츠스크는 B. 모자예프의 농촌 풍자소설 『지보이(*Живой*)』('살아 있는'이라는 뜻이다―역자)(1965)의 주인공 이름을 연상시킨다. 주지하다시피, 이 인물은 흐루쇼프 시대를 풍자하기 위해 작가가 의도적으로 만들어낸 존재이다.

(*Пожар*)』, Ju. 본다레프의 『유희(*Игра*)』와 『속죄(*Искупление*)』 등].

톨스타야는 『키시』를 집필하던 1980년대 초·중반에 언어, 책, 문화를 매개로 '세계를 바꾸는 것'이 불가능하다고 생각했을까(생각할 수 있었는가)? 그럴 수도 있었겠지만, 십중팔구는 아닐 것이다. 톨스타야의 초기 단편 작품들이 이에 대한 확증이 될 수 있는데, 거기서는 세계가 표면상 아무리 내용적·의미론적으로 '절망'적이라 하더라도, 그 절망을 극복할 수 있는 내적인 형식적·문체적, 작가적·감성적 가능성이 드러나 있다.

단편 「소냐」의 결말에서 여자 주인공·화자는 소냐의 삶과 슬픈 사랑의 역사를 다음과 같은 낙천적인 문구로 끝내고 있다. "내 생각에, 그녀는 거기서 흰 비둘기 한 마리만을 꺼냈어야만 했다. 불꽃이 비둘기들을 잡지는 않지 않는가."(4)

「마술사」의 결말은 다음과 같다. "어두워졌다. 가을바람이 종이를 날리고, 여러 유골함에서 (…) 퍼 올렸다. 어쩌겠는가, 손가락으로 눈물을 털어버리고 뺨을 범벅으로 만들고 성상화 아래에 놓인 등불에 침을 뱉어버리자. 우리의 신도 죽었고 사원도 텅 비어 버렸다. 안녕! / 자, 이제 집으로. 가깝지 않으면 어떤가. 앞에는 새로운 겨울, 새로운 희망, 새로운 노래가 있다. 어쩌겠는가. 변두리, 비, 낡은 집들, 어둠의 문턱에 온 기나긴 저녁들을 칭송하자. 황야, 갈색 풀들, 소심한 발아래 지층의 차가움을 칭송하고, 천천한 가을 여명을, 사시나무 몸통 사이 개의 울부짖음을, 연약한 황금빛 거미줄을, 첫 얼음을, 낯선 사람의 쑥 들어간 발자국 속에 낀 첫 번째 푸르스름한 살얼음을 칭송하자."(218)

「페테르스」의 마지막 문장은 이렇다. "나이 든 페테르스는 창틀을 밀었다. 파란 유리가 쩽그랑 울리기 시작하고, 수천 마리의 노란빛 새들이 빛나기 시작하고, 벌거벗은 황금빛 봄이 웃으면서 소리치기 시작했다. 따라

잡아라, 따라잡아라! 새로운 아이들이 양동이를 들고 물웅덩이에서 야단 법석을 떨고 있었다. 아무것도 바라지 않고 그 무엇에 대해서도 후회하지 않고 페테르스는 삶에 감사히 미소를 지었다. 옆에서 도망치고 있는 삶은 무관심하고, 배은망덕하고, 기만적이며, 조소적이며, 무의미하고, 낯설면서도 아름답고, 아름답고, 또 아름다웠다."(236)

이런 계열에서 단편 「안개 속 몽유병자」는 외견상 벗어나 있는 것처럼 보이지만, 「안개 속 몽유병자」는 『키시』 집필을 중단한 후에(!) 창작되었다. 다시 말해서 탈고하지 못한 '소설'의 완성본으로서 초기 단편들과는 관계가 없다는 것이다.

『키시』에서 작가의 '최초 낙관론'을 보여주는 '간접적' 증거는 소설의 도입부에서 제시된, 베네딕트의 진화적 도약을 설계하는 그의 성격의 발전 논리다. 주인공에 대한 전기적 정보는 주인공의 정신적 재탄생(도덕적 진화)에 대한 희망을 품게 한다. 그의 어머니는 인텔리 계층(집안에 세 세대의 인텔리들이 있었다.(25))[109] 출신이다. 그래서 어머니에게서 교육을 받은 그는 "자모를 (…) 확실히 배웠으며" 모든 글자의 "학문적 명칭"(25)을 알았고, "수천 권의 책을 읽었다"(25) "어렸을 때부터 (…) 돌도끼 만들기", "오두막 짓기", "벽난로 쌓기", "욕조 빨리 만들기"(21) 등 모든 일을 아버지한테 배워 습관이 되었다." "베데딕트는 털가죽을 정제하거나 토끼에서 생가죽 벨트를 자르거나 털모자를 만들 줄도 알았다. 그는 손으로 모든 것을 할 줄 알았다."(21) "간단히 말해서 모든 집안일을 할 수 있었다."(21) 공부를 마치고 베네딕트는 "노동의 집(Рабочая Изба)"에서 필사원으로 근무

∴

109) O. 카바노바의 서평에서 베네딕트는 "멀지 않은 첫 세대 인텔리(недалекий интеллигент первого поколения)"로 잘못 불린다.(Кабанова О. *Кысь, брысь*, Русь // www. guelman. ru/slava/kis/index.html)

하면서 "직장에 (…) 걸어서 다닌다"(25) 예전의 성향을 지닌 "기이한 노인"
(145) 니키타 이바노비치를 스승이자 조언자로 모신다. 그는 스스로를 분
석하는 경향이 있고 정신적 고통을 받기 쉬우며, 위에서 이미 언급한 '저주
받은' 질문들을 제기한다. 베네딕트가 목욕탕에서 씻는 것을 좋아하는 것
〔"아버지는 (…) 씻는 것을 좋아하지 않았다"(21)는 점과 비교〕도 그를 '골룹치크
들' 사이에서 유별난 존재가 되게 한다.

독서할 줄 모르는 것, 읽은 것을 이해하지 못하는 것, 삶의 자모를 알지
못하는 것에 대한 사상은 1990년대 중·후반에 쓰인 톨스타야의 평론에서
도 잘 나타난다.[110]

즉 『키시』를 '완성'하는 시기인 1990년대 말, 책을 통해서 인생의 의미를
포착하는 것이 불가능하다는 톨스타야의 사상은 1980년대 중반 베네딕트
성격의 본질과 형상의 핵심에 깔려 있는 것이라고 가정할 수 있다. 대립되
는 두 가지 다른 경향이 한 텍스트 내에서 인위적으로 결합되는 양상이 발
생한 것이다.[111]

또 다른 문제가 발생한다. 왜 거의 15년이 지난 후 톨스타야는 당대의
현실에서 잊힌, 진부해져버린 텍스트로 다시 돌아간 것일까? B. 쿠지민스
키는 다음과 같이 말한다. "15년 전 당면한 환상성과 풍자성은 오늘날 가
망 없는 시대착오로 받아들여진다."[112]

T. 톨스타야가 오래전 버려두었던 텍스트에 관심을 가진 이유는 그녀가

: :

110) 참조할 것. цикл "Русский мир": Толстая Т. День: Личное.
111) 비교할 것. "소설의 중간 어디쯤에서 작가의 말에 대한 실존적 의존성과, 문학 중심적 신화
   학에 대한 조롱적 태도 간의 모순이 해결될 수 없는 것이 된다. 그 결과로 슈제트는 공회
   전한다."(Липовецкий М. Указ. соч. С. 207)
112) Кузьминский Б. Указ. соч.

고국 러시아로 귀환한 것, 초기 단편들의 개정판 작업을 위해 시간을 넉넉하게 갖게 된 것, 자신의 창작에 대한 '출판계'의 관심이 새로운 단계로 들어선 것, 초기 단편들의 개정판 출간 시기에는 존재하지 않던 새로운 작품들을 출판하자는 충분히 납득할 만한 원고 청탁을 받은 것, 그 원고 청탁 때문에 오래전에 버려둔 텍스트에 억지로 관심을 가지게 된 것 등 문학 외적인 여러 요인이 작용했기 때문이라고 가정할 수 있다.

『키시』 창작의 역사를 둘러싼 이런 가정들은 텍스트에서 분명히 드러나는 서사의 모순, 터무니없는 실수, 부주의함 등을 설명하기 위해서 반드시 따져보아야 할 내용들이다. 그런 모순점들 중에서 원칙적이며 중요한 것은 앞서 언급한 『키시』 주인공의 성격이 발전해가는 논리가 어긋난다는 것이다. "가장 훌륭한 페이지들로"("처음 150페이지"를 V. 쿠리친은 이렇게 명명한다) 창조된 베네딕트는 이후 200여 페이지의 베네딕트에 의해 반박당한다.

『키시』의 사상적 구도를 처음 잡을 때 이미 배태된 내적(내용적) 모순은 형식적 불일치 및 언어와 문체의 불일치로 이어진다. 톨스타야의 '언어적 실험'이 너무 조잡하게 진행된 관계로 베네딕트의 성격이 보여주는 미개발성(미숙함, 미완성성)은 더 심해진다. 인물들의 언어는 '이상한 것'이 너무 많다.

톨스타야 '언어적 실험'의 중심적 구성 요소인, 『키시』의 언어 자체의 합리성에 대해서도 의구심이 발생한다. **폭발**이 일어난 후에 골룹치크들은 과거 러시아의 언어인 고대슬라브어도 아니고, 현대 러시아어도 아니며('골룹치크들'은 **과거** 시대와 변절자들의 아이들이다. 따라서 그들은 부모들의 언어로, 즉 다소나마 현대어에 가까운 언어로 말해야만 한다), 그 어떤 종류의 '에스페란토'도 아닌(톨스타야는 과거로부터 미래의 언어를 모델화할 수 있었다[113]), 어

중간한 언어로 왜 하필 말을 시작했는가? 《러시아 세계(*Русский мир*)》에 연재한 평론에서 톨스타야는 현대(진보적 현대) 언어의 멋진 예들뿐만 아니라 오데사어와 젊은이들이 쓰는 반(半)언어, 그리고 영어를 혼합한 여러 변종 언어들을 자주 인용하였다. 그러나 『키시』의 "저능한 세계"(L. 루빈슈테인의 개념에 따르면)에서 등장인물들은 평민들의 언어를 흉내 낸 기형적 방언으로 말을 한다(이런 점은, 현대에는 까맣게 잊힌 슬라브주의자와 서구주의자들 사이의 논쟁을 염두에 두고, 1970~1980년대 문단을 주름 잡던 농촌문학에 심취한 상태에서 톨스타야가 『키시』의 텍스트 작업을 시작했기 때문으로 설명할 수 있을지도 모른다. 니키타 이바노비치와 레프 리보비치라는 대비적 인물 쌍을 참조할 것(272~273)).

폭발 이후 세계라는 종말적 상황을 언어 개념의 상실 과정을 통해 모델화하면서, 톨스타야는 등장인물들로부터 단어의 의미를 빼앗아버린다. 좋은 예가 '말(馬)'이란 단어의 의미 박탈이다(말은 "삶의 연속성"의 상징이자, "사유의 속도성의 상징이기도 하다").[114]

서사가 거의 다 진행되는데도 '말'이란 단어는 주인공(주인공들)에게 알려지지 않는다. 이런 상황은 주인공(주인공들)의 미발달성과 삶을 완전하게 인식할 수 없는 주인공(주인공들)의 무능력을 드러내 보여주고자 하는 저자의 고의적 의도를 의미심장하게 텍스트에 주입한 결과이다.

노동의 집에서 이루어지는 "말 형상이 갖는 우월성"에 대한 '골룹치크들'과 표도르 쿠지미치 간의 대화는 시사적이다. 대화에서는 말에 대한 기지 넘치는 해석이 나온다. 말은 "커다란 쥐"(48)이고, "날개 있는 말"은 "박

··

113) 새 단어 '클렐(клель)'을 떠올리는 것만으로도 충분하다("가장 훌륭한 나무", "나무 위의 솔방울은 사람 머리만 하고 그 안의 열매는 너무나 맛이 좋다"(17)).

114) Тресиддер Дж. Указ. соч. С. 201~203.

쥐"(79)이다. 그러나 말에 대한 대화는 다음과 같이 식품 요리의 나열로 끝이 난다. "만약 수플레[115]나 블랑망제[116]를 만들기 위해 쥐를 가지고 거품을 내려고 한다면 당신은 그 쥐의 가죽을 전부 벗겨야 하지 않나요? 예를 들어, 만약 당신이 그 쥐를 가지고 땅콩 무스를 넣은 프티프리 아 라(пти-фри а ля)를 만들거나 크루통에 베샤멜[117]을 끼얹어서 빵을 굽는다고 생각하면 어떤가요? 아니면 당신이 생쥐들을 잡아서 페이스트리를 곁들여서 블린[118]으로 감싼 커틀릿을 먹는 건 어떨까요?"(79) 결국 '말[馬]'이라는 간단한 단어를 모르기 때문에 발생하는 문맥 속에서는, 아는 것이 없고 유치하며 발전 능력이라고는 찾아볼 수 없는 '골룹치크'의 입에서 이런 대화가 나온다는 것이 부조리하게 보인다.[119] 그러나 '말'이 존재한다고 하더라도 비논리성을 상실하지는 않았을 것 같은 이런 세계가 부조리한 것이 아니라, 정말 부조리한 것은 주인공들이 간단한 단어인 '말'의 의미는 이해하지 못하면서도 Е. 몰로호베츠[120] 요리 책에 쓰인 복잡한 프랑스식 명칭들이나 요리법 등은 알고 있다는 사실이다.[121] 비논리적 과장과 비정상적 그로테스크는 살티코프-세드린에 비견될 정도이다.

톨스타야의 『키시』에 단어 '말[馬]'에 동반되는 개념들이 존재한다는 사

∴

115) [역주] 달걀 흰자 거품에 다른 재료를 섞어서 오븐에 구워낸 요리 또는 과자.
116) [역주] 우유를 갈분 또는 우무로 굳힌 프랑스 전통 과자.
117) [역주] 진하고 흰 소스의 일종.
118) [역주] 러시아식 팬케이크.
119) 이와 같은 유의 지식과 용어 구사는 베네딕트도 드러내주고 있다.(272)
120) [역주] 엘레나 이바노브나 몰로호베츠(Елена Ивановна Молоховец, 1831~1918). 러시아의 유명한 요리 연구자이자 요리 책의 대가이며, 책 『젊은 부인들을 위한 선물 또는 집안 살림에서 지출 줄이는 수단(*Подарок молодым хозяйкам или средство к уменьшению расходов в домашнем хозяйстве*)』(1861)의 집필자이다.
121) 참조할 것. "Золотой век"(Толстая Т. *День: Личное*).

실은 흥미롭다. "중심 말(삼두마차의 가운데 말—역자)", "곁마들", "삼두마차", "말을 매는 띠"(28), "말을 매다"(54), "마구를 벗기다"(278), 같은 어근의 "기병대"(255) 등은 의미론적 '어군(語群)'을 형성하는 단어 없이는 어떤 언어학적 근거도 가질 수가 없다. 십중팔구, 인문학자인 톨스타야는 언어적 놀이 규칙과 구성 법칙들에 합당한 관심을 기울이지 않았을 것이다. 그리고 규칙에 따르지 않은 놀이는 텍스트를 막다른 길로 이끌었다. 단어 '말〔馬〕'의 남용은 좋은 반증이다. 반(反)이성주의 사상을 드러내기 위해 텍스트에 들어간 이 단어는 주인공에 의해 지각되어 그의 어휘에 올바른 사전적 의미(228, 255, 368)로 포함되며, 그의 진화가 가능하다는 증거들 중 하나가 되었다(의식과 정신의 차원은 아니지만 어휘 축적의 차원에서라도).

다음과 같은 대목도 책이 베네딕트에 끼친 "유익한 영향"의 증거가 될 수 있다. "이런 책들을 읽은 후에 심장이 두근거리게, 천연색으로 꿈을 꾸었다. 언덕은 더욱 푸르고, 어린 풀로 덮여 있었다. 그리고 길이 있는데, 마치 그 길을 따라 베네딕트가 가벼운 다리로 달리는 것 같았다. 자기 스스로도 놀라웠다. 달리는 것이 얼마나 가벼운지! 언덕 위에는 나무들이 있고 그 나무들의 그림자는 조각한 것 같고 흐르는 듯하다. 태양은 나뭇잎들 사이로 이글거리고 어린 풀 위에서 춤을 춘다. 그는 달리면서 스스로에게 미소 짓는다. 얼마나 가벼운지, 누구에게라도 말하고 싶다! 그런데 아무도 없다. 모두가 숨어버린 것만 같다. 그래도 괜찮다. 필요하면 나올 것이고 베네딕트와 함께 웃을 것이다! 그가 어디로 달리고 있는지 그도 모른다. 다만 누가 그를 기다리고 있고 기뻐하면서 그를 칭찬하고 싶어하는 것만 같다. 착한 베네딕트, 착하구나!"(230)

또는 책을 이야기하는 주인공의 독백("산문시")도 책과 주인공의 영향 관계를 확인할 수 있는 증거가 된다. "너, 책아, 내 순수, 내 청아함, 황금빛

선율, 약속, 꿈, 멀리서 부르는 소리, (…) 너, 책아! 너 혼자만이 속이지 않고 때리지 않고 모욕하지 않고 버리지 않는구나! (…) 조용하지만 미소 짓고, 소리치고, 노래하는구나. 순종적이지만 놀라게 하고, 약을 올리고, 유혹하는구나. 사랑스럽지만 네 안에는 많은 민족들이 살아 있구나. 글자는 한 줌밖에 안 되지만 어리둥절하게 하고, 혼란시키기도 하고, 얼떨떨하게 하고, 어렴풋하게 알 수 없게 하고, 눈물이 나게 하고, 숨이 멎게 한다. 바람에 나부끼는 천처럼 정신이 온통 물결치고 파도처럼 일어나고, 날갯짓을 친다! (…) 우리는 단어들이 없고 단어들을 알지도 못한다! 야생의 동물에게 (…) 말(단어들—역자)이 없는 것과 마찬가지다. 웅얼거림뿐이다! 책을 열면 거기엔 단어들이, 신기한, 날아다니는 그들이 있다."(263~264) 이 내용은 투르게네프의 시 「러시아어」[122]를 **책**으로 아이러니하게 슬쩍 바꿔놓은 것이다. 그런데 은근슬쩍 이루어진 이러한 교체가 본질상 부조리하거나 무의미한 것은 아니다. 하지만 흥분과 감동, 음절의 아름다움 등을 통해 정신과 의식이나 인물의 화법에 끼친 '글자들'의 분명한 영향을 확인할 수 있다. 첨언하자면 글자들은 인물의 입맛에도 영향을 미쳤다. 인용된 독백 이후에 베네딕트는 "걸쭉한 쥐 수프"를 상상하고는 "어떻게 그런 더러

••

122) 〔역주〕 1882년 6월에 발표된 투르게네프의 시 「러시아어(Русский язык)」는 이렇게 노래한
다. "의심의 날에, 내 조국의 운명에 대한 힘겨운 숙고의 날에, 너 하나는 나를 지탱해주
는 지주이다. 오 위대하고 강력하며 진실하고 자유로운 러시아어! 네가 없다면, 조국에서
벌어지고 있는 모든 것을 보고도 어떻게 절망에 빠지지 않을 수가 있겠는가? 하지만 그런
언어는 위대한 민족에만 주어지는 것이다!" 원문은 다음과 같다. "Во дни сомнений, во
дни тягостных раздумий о судьбах моей родины,- ты один мне поддержка и опора,
о великий, могучий, правдивый и свободный русский язык! Не будь тебя-как не
впасть в отчаяние при виде всего, что совершается дома? Но нельзя верить, чтобы
такой язык не был дан великому народу!"(И.С.Тургенев. *Избранное*. Классическая
библиотека Современника. Москва: Современник. 1979)

운 수프를 먹지, 역겹지도 않나?"(265)라고 소리친다. 비록 자신도 "막 잡은 쥐들로 만든"(135) 수프를 얼마 전까지도 좋아했으면서 말이다. 주인공이 내린 자체 평가의 주관성을 인정하고 과장성을 허용하면 그의 말을 사용하여 다음과 같이 말할 수 있다. 과거에 그는 "야만적이고, 비문화적이고, 교양 없는" 젊은이였고, 지금은 "교양 있고, 세련되고, 단련된 사람이라고 말할 수 있다."(283) 레프 리보비치는 그에 대해 "읽고 쓰기를 탁월하게 잘 아는 젊은 사람"(316)이라고 말한다.

새로 마주한 책에서 우연한 '말들'을 발견하고는 자신이 무엇이 되고 싶은가를 상상하는 대목에서 주인공의 박식함을 확인할 수 있다. "이란의 국왕, 이슬람 왕족, 술탄, 태양의 왕, 주택 관리소 소장, 지구의 의장, 티눈 치료 전문가, 서기, 대수도원장, 로마교황, 귀족 회의 서기, 8등 문관, 솔로몬 왕, 그는 이 모두가 되었다."(343)

톨스타야의 논문 「개인 기념일(Частная годовщина)」의 한 대목과 비교해보시오. "지도자의 상상의 빈곤이 (…) 과거 서기들을 하나같이 대표자로 명명하기로 결정했다는 것으로 밝혀졌다. 여러 개 중 선택할 수도 있었는데도 말이다. 게트만,[123] 에미르,[124] 지도자, 대공,[125] 아타만,[126] 샤힌샤흐,[127] 술탄, 목동, 너무나 많다!"[128]

∴

123) 〔역주〕 우크라이나에서 우두머리를 일컫는 말이다.
124) 〔역주〕 이슬람 왕족을 말한다.
125) 〔역주〕 오스트리아 황실의 황태자의 칭호이다.
126) 〔역주〕 카자크의 민병대장을 말한다.
127) 〔역주〕 이란의 국왕을 칭한다.
128) Толстая Т. *День: Личное*. С. 35.

베네딕트를 '상상력이 빈곤'하다고 비난할 수는 없다. 그의 상상력은 열등하지도 않으며, 여러 역할을 수행하는 저자·사회 평론가의 위상과 충분히 비견된다.

그러나 베네딕트가 풍부한 상상력을 갖고 있다는 점과 베네딕트가 단어의 의미를 모른다는 것은 별개의 문제이다. 톨스타야는 텍스트에서 베네딕트가 "수준"(319), "옮기다"(그 의미에 대해서는 270쪽 참조), "비틀다"(332), "고양된 삶"(332) "냄새를 풍기다"(314), "자유"(355)라는 단어의 의미를 알지 못한다고 주장한다. 톨스타야가 이런 식의 "알지 못함"에 집착한 것은 형식적 차원에서 유치한 동음이의어의 말장난을 구사하기 위해서였다는 것이 분명하다. "왜 정신적 삶을 고양한 삶이라고 부르는 것인가요?—왜냐하면 만약 집에 나쁜 놈이 숨어드는 그런 불행이 발생하면 보물을 더 안전하게 보호하기 위해서, 책을 더 높이, 위층에, 선반 위에 올려놓게 되니까요. 바로 그래서죠!"(332) 아이러니의 메커니즘은 단순하고 소박하지만 강하면서도 여러 번 반복된다.

주인공의 자기완성 능력(분명히 작가의 의도는 아니다)은 다른 예에서도 찾아볼 수 있다. 처음에 베네딕트는 단어 "뿌리박히지 못한 사람(не ВРАСТЕНИК)"(120)을 형태론적 성분으로 이해하지만 마지막에는 화법에서 동일 어근의 단어를 자유롭고 올바르게 사용한다. "순수하고 맑고 마음속이 얼음 같았다. 신경쇠약증은 없다."(343) 첨언하자면, (저자가 아니라 주인공의) 형상적 표현도 주의를 요한다. "마음속이 (…) 얼음 같다."

서사를 이끌어가는 핵심적인 요소 중 하나인 이미지—시적 계열 축도 톨스타야의 주인공들 세계 사이의 위계성, 즉 진화 능력의 증거가 된다. 쥐에서 파울린 새끼에 이르는 이미지의 계열 축은 주인공의 형상이 발전하는 힘의 방향을 결정한다.

표도르-쿠지미츠스크의 세계에서 쥐들은 광범위한 여러 음식을 요리하기 위한 식재료로 이용되기도 하고, 물물교환 시에 현물 '화폐'로도 사용된다. 바로 이 때문에 '골룹치크'들을 묘사하는 서사에서 "쥐는 우리의 지주다"(9. 또는 "쥐들은 우리의 지주다!"(225)) 또는 '푸슈킨은 우리의 모든 것이다'라는 모델에 따라서 "쥐는 모든 것이 아닌가!"(205)[129]라는 아포리즘이 존재한다.

주인공의 상상 속에서 파울린 새의 이미지는 도달할 수 없지만 갈망하는 아름다운 꿈의 상징이다. "왜 때로는 (…) 여름에 길도 도로도 없는 곳으로 떠나고 싶은지, 해가 떠오르는 곳으로, 산뜻한 풀들이 어깨까지 닿고, 푸른 강들이 넘실대며, 강물 위에는 황금빛 파리들이 날아다니고, 이름 모를 나뭇가지들이 수면 위에 늘어져 있고 그 가지 위에는 하얗고도 하얀 공작새 파울린이 앉아 있다. 공작새 파울린의 눈은 얼굴의 반이나 되고, 입은 사람 입 같고, 붉은색이다. 공작새는 얼마나 아름다운지 자기 스스로의 아름다움에 취해 안절부절못한다. 몸통은 하얀 조각 장식 같은 털로 덮여 있고, 5미터나 되는 꼬리는 엮은 그물같이 드리워져 있다가 레이스로 된 아지랑이처럼 쫙 펴지기도 한다. 파울린 새는 머리를 돌려서 자기 몸 전체를 둘러보더니 너무나 사랑스럽다는 듯이 자신에게 키스를 한다. 이 하얀 새는 사람들 중 어느 누구에게도 해를 끼치지 않았고 지금도 끼치지 않고 있고 앞으로도 그러지 않을 것이다."(67)

주지하다시피 쥐는 "예로부터 소심함을 상징한다", "유대교에서 쥐는 위선의 상징이고, 기독교에서는 악하고 파괴적인 활동의 상징이다", "민속신

129) 미국의 '민족적 쥐', '국민의 쥐' 미키 마우스의 형상은 톨스타야의 논문 「얼음과 불꽃(Лед и пламень)」(Там же. С. 140)에서 발생한다. 『키시』에서는 쥐의 형상과 함께 식료품으로 사용되는 '벌레들(구데기)'의 형상도 존재한다. 벌레는 "붕괴, 사망률(распад, смертность)"이다. (Тресиддер Дж. Указ. соч. С. 408)

앙에서 쥐는 죽은 사람의 입에서 뛰어나온 영혼이다."[130] 쥐는 "사람에게 해로운 세력과 악한 악마 영혼의 상징이다."[131]

공작새('파울린')의 형상은 도도함을 의인화한 것이라는 점과 함께 이 상징은 "부활 (…) 전일과 상호 결합"의 상징이고, "영원한 삶의 상징"[132]이다. "공작새의 꼬리는 몇몇 텍스트와 묘사에서 낮은 실체가 높은 것으로 변화된 것을 나타내는 표식으로 간주된다."[133]

인용된 예에서 확인할 수 있는 분명한 사실은, 작품을 처음 구상할 때 톨스타야는 주인공의 진화나 주인공의 발전 가능성을 염두에 두었다(또는 두어야 했다)는 것이다. 하지만 집필이 중단된 15년 동안 비관적(반(反)문학 중심적인) 분위기가 첨가되면서 이런 구상이 '수정되었다.' 다시 말해서 1980년대의 톨스타야의 텍스트는 2000년대 톨스타야의 텍스트와 모순되게 된 것이다. 구상을 수정하면서 톨스타야는 텍스트의 예술적 통일성을 파괴했고 세부 사항을 수정하지 않은 것이다.

처음 텍스트를 집필하던 시기의 언어적 특징들 중에는, 1970~1980년대 문학의 지향점이자 특징적 목표가 되었던 소위 "푸슈킨 문제"[134]가 있다. 바로 '푸슈킨은 우리의 모든 것'이란 확신(반복)과 함께 초기 포스트모더니스트들인 A. 테르츠, A. 비토프, 베네딕트 예로페예프 등이 '푸슈킨 문제'를 시작하였다.

톨스타야의 텍스트에서 '푸슈킨 문제'는 키시가 도대체 누구인가라는 질

••

130) Тресиддер Дж. Указ. соч. С. 232.

131) Бидерманн Г. *Энциклопедия символов*. М.: 1996. С. 174.

132) Тресиддер Дж. Указ. соч. С. 264~265.

133) Бидерман Г. Указ. соч. С. 195~196.

134) 더 자세히는 다음을 참조할 것. Санников В. *Русский язык в зеркале языковой игры*. М.: 1999. С. 441.

문의 형식("네가 키시인가. (…) 도대체 누구란 말인가? 푸슈킨이라도 된단 말인가?"(365))으로도 나오고, 이미 언급된 **Ap.** 그리고리예프의 공식의 형식으로도 나타난다. 그리고리예프 공식을 톨스타야는 하나의(비교적 크지 않은) 텍스트에서 네 번(또는 심지어 다섯 번까지) 사용한다(195, 269, 282, 347. 313쪽에서는 "너(푸슈킨—저자)는 우리의 모든 것이다"라는 변형으로).

푸슈킨이란 이름과 관련해서 『키시』에서는 '혼동'이 발견된다. 처음 푸슈킨을 언급하는 인물은 니키타 이바노비치이다. 그는 "푸슈킨 동상을 세우고 싶다."(161) 그리고 베네딕트는 비록 푸슈킨이 누구인지는 알지 못하지만, 이 이름이 고유명사(대문자로 된)란 것을 안다. "푸슈킨이 누구예요? 이 지역 사람인가요?"(161)라고 묻는다. 그러나 이후(텍스트에 있어서 예상치 못한 비논리적 형식으로) 베네딕트는 푸슈킨이란 이름을 보통명사(소문자로 된)로 사용하기 시작한다. "당신은 과거를 복구하고 싶으신 건가요, 나무에서 푸슈킨을 조각해서……." (166) 또는 "니키타 이바니치에게 다니면서 통나무에 푸슈킨을 조각했다"(187) "푸슈킨을 조각하던 돌칼……"(189)에서처럼(192, 193, 194("푸슈킨-뻐꾹새의(пушкин-кукушкин)"), 212, 213, 269, 284, 285, 305, 317, 347, 358, 372, 377) 베네딕트의 말에 따르면, 그는 푸슈킨을 "더할 나위 없이 너무나"(359) 좋아하고, 따라서 푸슈킨이 위대한 시인이라는 것을 알고 있고, 푸슈킨이 고유명사라는 것을 인식하고 있는데도 말이다. 어떤 순간에는 심지어 '보통명사'로 취급되어 '푸슈킨-베네딕트'라는 등가가 일어나기도 한다. "뭐야, 푸슈킨 형제야? 너도 물론 그렇겠지? 밤마다 괴로워하고 기진맥진해서 사방이 긁힌 마룻장을 무거운 다리로 힘겹게 걸어다니며 생각을 짜냈겠지?"(311) 작가의 '실수'라고 보는 것 외에는 푸슈킨의 이름에 대한 주인공의 '보통명사적인' 일관성 없는 태도를 설명하는 것이 불가능해 보인다.

『키시』가 1970~1980년대의 문학적 조류로부터 영향을 받았다는 사실은 베네딕트 예로페예프의 작품들과 맺고 있는 상호 텍스트적 영향 관계를 통해 감지된다. "암캐 내장"(116)은 예로페예프 칵테일의 유명한 명칭이며, "혁명을 들어라!"(344)는 블로크-예로페예프적 호소이고, "침묵할 수 없다! 예술이 파멸할 것이다!"(342)는 예로페예프적 어조이며, 주인공의 이름(베네딕트(Бенедикт) = 베네딕트(Венедикт))의 유사성 외에도, 톨스타야는 『키시』에서 예로페예프의 『모스크바발 페투슈키행 열차』를 읽으면서 인상 깊었던 예로페예프적 스타일의 대화를 '재현한다.' "사위! 음?/당신은 아직 『햄릿』도 안 읽었단 말이야?/아니요, 아직요./읽어봐. 교육에 공백이 있어선 안 되지. 『햄릿』은 반드시 읽어야만 해./좋아요. 읽어보죠./그리고 『맥베스』도 읽어봐. 아. 책은 참 훌륭해. 아. 유익한 책이야……/좋아요./「무무」[135]도 반드시 읽어봐. 구성이 아주 흥미진진해. 돌을 개의 목에 매달아서 물에다가……. 『둥글이 빵』도 읽어봐./『둥글이 빵』은 읽었어요./읽었다고? 대단한데, 응? 오호."(236) 예로페예프의 텍스트와 대비되는 것은 A. 블로크의 서사시 「꾀꼬리 정원(Соловьиный сад)」을 둘러싸고 벌어지는 작업반원들과 베니치카의 대화이다.[136]

아마도 톨스타야에게 가장 깊은 인상을 준 것은 예로페예프가 1985년 봄에 집필한 희곡 『발푸르기스의 밤, 또는 기사단장의 발걸음』의 텍스트인 것 같다. 예로페예프의 이 작품은 당시 '사미즈다트'를 통해 알려지기 시작하고 있었다. 톨스타야의 『키시』 창작에 대한 외적인 자극이 체르노빌 참사였다는 확신이 옳다면, 『키시』의 어조와 성격, 문체와 서사 방식 등에 영

..

135) 〔역주〕 무무. 투르게네프의 단편 「무무」를 말한다.
136) 참조할 것. Ерофеев Вен. *Москва-Петушки* / Коммент Э. Власова. М.: Вагриус. 2001. C. 33.

향을 끼친 문학적 원천이 『발푸르기스의 밤』이었음은 분명한 사실이다. 예로페예프의 희곡과 톨스타야『키시』의 텍스트적 상호 연관들은 확연하다. 그중에서 예로페예프로부터 톨스타야가 차용한, 베네딕트(Бенедикт) 집에 소장된 책들의 도서 목록을 '소리 연상' 원칙에 따라 배치한 것이 가장 두드러진다.

예로페예프의 『발푸르기스의 밤』에서 등장인물들의 화법을 구성하는 중요한 원칙들 중 하나는 이름과 개념들의 연상을 꿰어 연결해나가는 것이다. 구레비치: "엡톤 신클레르와 신클레르 리유이스, 신클레르 리유이스와 리유이스 케롤 (…) 베라 마레츠카야와 마이야 플리세츠카야 (…) 자크 오펜바흐와 류드비그 포이어바흐 (…) 빅토르 보코프와 블라디미르 나보코프 (…) 엔리코 카루소와 로빈슨 크루소……."[137] 또는 레즈비언 비탸와의 대화에 나타나는 연상 사슬: 『죽은 공주(Мертвая царевна)』 중 '일곱 용사'로부터 『루슬란과 류드밀라(Руслан и Людмила)』의 '33명의 용사'까지, 이후 '28명의 판필로프 부대 영웅들'[138]까지 쭉 연상 작용으로 이어지며, '26명의 바쿠 코뮨의 전권위원들'[139]도 예견된다.[140]

톨스타야의 『키시』에서 베네딕트 도서관의 책 배치는 이렇게 진행된다. "'붉은 것과 검은 것', '푸른 것과 초록색인 것', '푸른 찻잔', '선홍색 꽃' 좋은 것이지 (…) '선홍빛 닻', '노란 화살', '오렌지 빛 목', '돈 힐─초록색 바지', '하얀 배', '하얀 옷', '하얀 빔(Бим) 검은 귀', 안드레이 벨리('하얀'이란 뜻

∵

137) Ерофеев Вен. Вальпургива ночь: Пьеса и проза. М.: Вагриус. 2001. C. 28.
138) 〔역주〕제2차 세계대전 때 독일군의 침입을 막아낸 모스크바 방어군의 한 장군인 판필로프(Панфилов)의 부대 장병들을 말한다.
139) 〔역주〕1918년 4월 25일~7월 31일에 수립된 바쿠 코뮨의 전권위원들을 말하는 것으로 반혁명 정부에 의해 모두 체포되어 1928년 9월 20일 총살당하였다.
140) Там же. C. 45.

이다—역자), '하얀 옷의 여인', '자줏빛 섬', '검은 탑', '흑해 기선 항행, 시간
표', 사샤 초르니('검은'이란 뜻이다—역자), 여기에 '검은 원칙', 그리고 (…)
흘레브니코프, 카라바예바, 코르키야 (…) 콜바시예프, 시틴, 골로드니 (…)
나보코프, 코솔라포프, 크리불린 (…) 무히나, 세르세네비치, 주코프, 시멜
레프, 타라카노바, 바보치킨 (…) M. 고리키, D. 베드니, A. 포페레즈니, S.
비토보이, A. 베셀리 (…) '햄릿은 덴마크 왕자', '타슈켄트는 빵의 도시',
'빵은 명사', '우렌고이는 젊은이의 땅', '쏙독새는 봄 새', '우루과이는 고대
국가', '쿠스타나이는 스텝 변방', '뾰루지는 더러운 손에서 생기는 질병'."
(247~248)[141]

마이야 크리스탈린스카야[142]와 이리나 로드니나[143]라는 이름들은
1970~1980년대 포스트 예로페예프의 기호가 되었다.(278)

톨스타야 텍스트를 구성하는 물질계에서도 1970~1980년대의 흔적을
찾아볼 수 있다. "나의 천장은 거울로 되어 있었어……. 루빈 텔레비전[144]
에, 이탈리아 수도관이고……. 유고슬라비아 벽은 처남이 구해다 주었고,
목욕탕은 따로 떨어져 있으며, 벽지에 인쇄된 사진은 황금빛 가을이고."
(208) 또는 "토마토는 쿠반산(産)이고, 오이는 오돌오돌 도드라진 에스토니
아산(産)이고……. 알 주머니를 먹었는데, 알이 굵었다……. 12코페이카짜

••

141) 톨스타야의 유희는 문학가들 외에 조각가(무히나), 가수(A. 포페레즈니), 배우들(바보치
킨)의 소리·연상 계열에 포함된다는 것이 분명하다.

142) 〔역주〕 Майя Владимировна Кристалинская, 1932~1985. 러시아의 여자 가수이며 러시아
연방의 공훈배우(1974)이다.

143) 〔역주〕 Ирина Константиновна Роднина, 1949~. 소비에트의 유명한 피겨스케이팅 선수
이다. 올림픽 금메달을 3회 획득했으며, 세계 챔피언을 10회 차지했다. 러시아 사회와 국
가 활동가이고 러시아연방 국가 두마 의원이다.

144) 〔역주〕 Рубин 텔레비전. 러시아 텔레비전 상표들 중 하나이다.

리 호밀 빵……. 양파를 곁들인 청어리……. 코끼리 차……. 연한 분홍빛 제피르[145]……. 쿠이비세프[146]산(産) 술에 절인 버찌…… 사마르칸트산(産) 메론……."(209) 이렇듯, 몇 코페이카짜리 빵 가격에서부터 '구해다 주다'라는 동사의 의미적 뉘앙스까지 모든 것은 텍스트의 집필을 시작한 때와 관련된 시기의 일상적인 세부 사항들이다.

톨스타야는 1970~1980년대의 말과 삶의 현실을 텍스트 안으로 끌어들인다. "좋다(ништяк)"(343)라는 감탄사와 "나쁘다(абзац)"(371)라는 감탄사 역시 1970~1980년대의 자취를 물씬 풍긴다. 현대어의 빠른 발전(특히 은어의 발전)과, 얼마 전까지도 존재하던 개념들이 상실되는 것은 이런 단어들에서 오늘날은 받아들여지지 않거나 비유(기법)로 인식되지 못하는 사라져버린 낡은 어투를 만날 수 있도록 해준다.

1980~1990년대는 언어의 반복법을 매개로 해 텍스트에 존재한다. 양태 감탄사 "제기랄(блин)"(29)과 형용사 "운명을 결정하는(судьбоносное)"(89)을 비롯하여 V. 지리놉스키 이름에 대한 언급("너한테 지리놉스키 같은 면은 없어!"(280))과 지리놉스키[147]가 말해 당시 인구에 회자되던 출신에 관한 유행어의 변형인 "내 아버지는 치과 의사고 (…) 모계(母系)는 쿠반 강 출신이다"(321)라든가, 요즘도 쉽게 알아차릴 수 있는 M. 고르바초프의 "명령을 지금 작성했으니 며칠 있으면 받을 수 있을 것입니다. 물론 훌륭하고 흥미 있는 것이죠. '고맙습니다'라고 말하게 될 것입니다"(80)라는 화법 스타

∵

145) 〔역주〕 Зефир. 과일 엿이나 젤리 비슷한 먹거리를 칭한다.
146) 〔역주〕 Куйбышеф. 사마라 시(市)의 소련 시기 명칭이다.
147) 〔역주〕 Владимир Вольфович Жириновский, 1946~. 러시아의 정치가, 러시아 국가 두마의 부의장(2000~2011), 러시아 자유민주주의당(ЛДПР)의 창립자이자 당수. 러시아 대통령 선거에 다섯 번 출마(1991, 1996, 2000, 2008, 2012)했다. 달변가이자 기이한 행동을 많이 하는 정치가로 알려져 있다.

일은 1980~1990년대의 냄새를 담고 있다. V. 소로킨과 V. 펠레빈의 이름 및 작품 제목들 역시 1980~1990년대를 암시한다.

두 시대(1970~1980년대와 1980~1990년대)의 언어 사이에는 톨스타야가 언어 영역에서 감행한 '내부' 텍스트적 실험이 존재한다. 텍스트에서 톨스타야가 만들어낸 언어유희가 성공했다고 보기는 어렵다.

첫째, 톨스타야는 언어 실험을 행하면서 언어학적 표현이 매우 다양하다는 사실을 염두에 두었어야만 했다. 그러나 이런 기법의 수집이 매우 제한적이며 유한하다.

예를 들어, 주인공의 형상은 동음이의어를 통한 언어유희(каламбур)의 차원에서만 다루어진다. 섬세한 감성을 가진 주인공은 단어의 다양한 의미를 이해할 줄 모르며("수준", "고양된 삶" 등에 관해서만 앞서 언급했다), 단어를 매우 피상적으로만(작가의 의지에 따라) 파악한다.

문자가 아닌 특징적 소리나 단어 끝에 오는 자음의 무성음화(예를 들어 'ㄷ'(Д)이 'ㅌ'(Т)으로, 그리고 강세 없는 모음 '예'(Е)가 '이'(И)로, '오'(О)가 '아'(А)로 전환되는 것 등 주로 문자의 소리(фонописьмо) 원칙[예를 들어, "집안 살림은, 물론, 굳건히 서 있었다(хозяйство, конешно, крепше стояло…)"(31)] 을 세운 다음, 톨스타야는 자신이 염두에 둔 과제를 수행하면서 구체적 상황마다 그 법칙에서 벗어나 제멋대로 취사선택함으로써, 자신이 선택한 문자의 소리 기법을 다룰 줄 모르고 있다는 점을 여실히 드러낸다.

『키시』의 첫 페이지부터 톨스타야는 조어(造語)의 두 가지 원칙과 그것들을 도식적으로 반영한 문자를 멋대로 혼합한다. 무엇을 먹느냐는 베네딕트의 질문에 니키타 이바노비치는 "**꿀**을 먹는다(МЁТ ем)"(44)라고 대답한다. 니키타 이바노비치의 입에서는 의성어적인 조어가 울린다. 그리고 그것은 베네딕트에 의해서 인식된다. 단어 끝에 무성음화된 'Т'를 기준으로 소리가 대응하기 때문이다. 하지만 이 대화에서 베네딕트는 새로운 다비드(Давид)라는 이름을 인지한다. 그 이름 역시 니키타 이바노비치가 발음한다. 베네딕트는 소리로만 인식하는 것이다. 더구나 대화는 의사 직접화법으로 진행되면서 '다비드'란 이름은 단순히 인식되는 것이 아니라 베네딕트의 화법에 묻히게 된다. 그러나 이 경우에는 톨스타야가 단어를 서체로 구별하여 단어 끝에 자음을 무성음화하지 않는다(비록 이 경우에 이렇게 하는 것이 두 배나 더 논리적이었을 텐데도). 아마도 동음이의어를 통한 자음의 언어유희를 독자들이 인식하지 못할까 봐서 그런 것 같다. "거기엔 또 돌로 만든 남자(мужик) 거대한 다비드(Давид)도 설치되어 있었는데, 우리를 압박(давить)할 사람이 여기에 있다……(А еще будто там доложон быть мужик каменный, аномадный и сам ДАВИД. А у нас тут есть кому нас давить…)"(44)

문자를 소리에 따라 조어(造語)하는 '반(反)-원칙'은 '잠재(потенциал)'라는 단어를 둘러싼 묘사에서도 확인 가능하다. 부정확하게 발음된 단어가 주는 아이러니한 인상이 아니라, 독자들이 그것을 알아차리지 못할 봐 조바심 내는 톨스타야의 염려가 문제가 된다. 톨스타야는 단어의 왜곡된 형태를 독자들이 이해하지 못할 봐 처음에는 올바른 정서법 규칙대로 'потенциал'를 썼다가 그 후에야 '골룹치크'가 사용하는 "пуденциал"(135)로 바꾼다. "휘발유" 'бензин'-"пинзин"(290~291, 312, 361)도 마찬가지다. 언어유희가 작위적임이 드러난다. 자신이 선택한 문자의 원칙을 과감하게 쓰지 못함으로써 기대하던 아이러니한 효과는 사라지게 된다.

톨스타야는 문자의 소리 원칙을 단순하고 눈에 확연히 띄는 의성어[예를 들어 브람스(Брамс)라는 성과 연관해서]에도 적용한다. 통 바닥을 때리는 것으로서 '브람스(брамс)': "때려봐!!— 브람스가 나온다(хрясь!!-брамс и выйдет)."(161~162)

어떤 때는 톨스타야가 스스로 고안한(구상한) "폭발 이후" 단어들을 작가 자신도 "잊어버리곤 한다." '도브로' 장에서는 새로운 단어 "숟가락(ложица)"이 등장한다. 베네딕트는 "식탁으로 달려가서 두 자리를 닦았다. 그리고 숟가락들도 놓았다. 여기는 자리가 있다는 말이다."(46) 그러나 3~4단락이 지난 후에는 전통적인 단어가 사용된다. "이렇게 숟가락(ложица)으로 나르는구나……. 나르는구나……."(47) '지뵤체' 장에서는 또다시 "숟가락과 포크(ложица и вилица)"(65)가, 그 후에도 "숟가락(ложица)"(84), 그러다가 "숟가락(ложка)"(109, 142, 151), 그리고 또다시 "ложица"(189)가 등장한다. 첨언하자면, 'ложица' 다음 페이지에 나오는 '책(книжица)'(190)도 일관적이지 않게 사용되는 예가 된다. 다음 페이지(191)에서는 책(книга)이 '책(книга)'으로 정상적으로 표현된다. 결말에 가서는 "문자(буквица)"(344)라는 단어가 사용되는데, 앞에서는 'буква'로 표기되었다. 그리고 그 단어와 나란히 또다시 "книжица"(345)가 사용된다.

아주 드물기는 하지만 그렇게 "계속되는 비논리성"을 가지고 톨스타야가 고안한 단어 "쇠붙이(бляшки)"(104, 105. 이 페이지에서만 다섯 번 등)가 "돈(деньги)"과 나란히 사용되고, 한 번은 심지어 "금속으로 만든 얇은 돈(рубляшки)"(105)과 함께 사용되기도 한다.

그와 같이 계속되는 비논리성 속에서 비평가들에 의해 조명되어 열광적으로 받아들여진 새로운 단어 "작고 둥근 빵(хлебеда)"[148](18, 198. "빵으로 인한 고통"—17)이 전통적인 단어 "빵(хлеб)"(105), "빵 조각(кусок хлеба)"

148) 〔역주〕 'хлебеда'는 작고 둥근 빵으로 해석될 수도 있고 'хлеб(빵)' + 'беда(불행)'의 결합으로 해석될 수도 있다.

(184), "빵 같은(хлебный)"(5)과 나란히 사용되고 있다.

때로 톨스타야는 새롭게 단어를 조어하기도 한다. 비록 '숲(лес)'이 여러 번 텍스트에서 사용되고 있음에도 불구하고, "벌목공(лесорубы)" 대신에 "древорубы"(21)를 사용한다. 또는 "시작할 것이다(начнет)" 대신에 왜곡된 "учнет"(18), 중립적인 "국자(поварешка)"나 남러시아어 "국자(половник)" 대신에 "자루가 긴 국자(уполовник)"(36, 244), 오두막 (изба) 대신에 "изоба"(69), "의자(стул)" 대신에 "стуло"(168) 등이 사용된다. 그런 경우에 기법의 희극성은 의심을 불러일으킨다.

언어적 유희에 열중한 나머지 톨스타야는 (주인공들이 아니라) 단어들을 잘못 사용하기도 한다. 이렇게 단어 "물동이(ведро)"(13)와 나란히 단어 "뚜껑이 있는 단지(жбан)"(27)가 사용되는데 톨스타야는 그 단지를 마치 멜대로 옮길 수 있는 것인 양 사용한다. 그러나 '단지(жбан)'는 보통 손잡이가 하나("손잡이(ушком)")나 둘 달린 "둥근 테 식기(обручная посуда)"로서 손잡이와 주둥이가 있는 단지(кувшин)나 통(бочонок)의 변이형[149]이다. 그래서 단지 'жбан'를 멜대로 나르기 위해서는 멜대에 어떤 식으로든 '달아야만' 하며 단지 자체로는 멜대용이 아니다.

단어 '낯짝(морда)'에서 생산된 '못생긴 얼굴 또는 추물(мордоворот)'도 잘못 사용된 예이다. (단어 'мордовасия'도 마찬가지로) 이 단어들을 톨스타야는 '얼굴(лицо)'이라는 한 가지 의미로 사용한다. "네 얼굴을 까부셔버릴 것이다(разворотят тебе мордовасию)."(63) "한 눈이 파였거나 얼굴이 한쪽으로 쓸려 내려갔다(у того глаз выбит али мордоворот на сторону

••

149) 참조할 것. Даль В. *Толковый словарь живого великорусского языка*: В 4 т. М.: Русский язык, 1999. Т. 1. С. 528.

съехамши).”〔119. 그리고 4페이지 후에는 문자 그대로의 반복이지만 주인공에 대한 전혀 다른 언급이 나온다. “얼굴 전체가 마치 쓸려 내려간 것 같다(весь мордоворот как бы на сторону съехамши).”(123)〕 그러나 단어 ‘мордоворот’는 ‘морда’를 뜻하는 것이 아니라, 마치 그는 “얼굴을 망가뜨릴(морду своротить)”(형태론적 단어 구성을 참조할 것) 수 있다는 것을 가리키는 것처럼, 사람의 힘, 능력, 엄청난 크기에 대한 부정적 뉘앙스를 가지고 말할 때 사람 성격 전체에 적용해서 사용되는 것이다. 베네딕트 예로페예프의 소설과의 유사성으로 돌아오면, 『발푸르기스의 밤』 주인공들 중 한 명인, 비범하게 힘이 세고 “훈련된” 의료원·간호사 보렌카의 별명(прозвище)〔예로페예프에게서는 ‘별칭(кличка)’〕이 바로 모르도보로트(Мордоворот)이다.[150]

외국어 단어들의 의성법도 톨스타야에 의해 사용되는데, 희극성은 줄어들고, 아이러니하거나 또는 의미상의 효과를 가진다. 기법을 표현하기 위해 톨스타야는 서체로 다르다는 점을 구별한다. “대학 교육(ОНЕВЕРСТЕЦКОЕ АБРАЗАВАНИЕ)”(19), “상점(МОГОЗИН)”(20), “아스팔트(ОСФАЛЬТ)”, “인텔리겐치아(ЭНТЕЛЕГЕНЦЫЯ)”(25),[151] “전통(ТРОДИЦИЯ)”(25), “르네상스(РИНИСАНС)”(33)(20), “박물관(МОЗЕЙ)”(44) “명작(ШАДЕВРЫ)”(44), “칭찬(канплимент)”(303. 이 경우엔 소문자로) 등이 그것이다. 그러나 그런 ‘어음론’에 어떤 언어학적 논리를 밝히는 것은 불가능하며 거기엔 의심스러운 희극적 효과를 위한 과장과 왜곡 외에는 아무것도 없다. 게다가 희극성도 불분명하며 단어 ‘르네상스(ринисанс)’와 나란히 세 단어 이후에 “기술 문명(технологическая цивилизация)”(33), “부

∙∙

150) Ерофеев Вен. *Вальпургиева ночь*. С. 7.

151) “내 성(мое фамилие)”(79)이라고 말하는 표도르 쿠지미치는 간단하고도 자유롭게(오류 없이) 단어 “인텔리겐치아(интеллигенция)”(79)를 발음한다.

메랑(бумеранг)"(33), "주석(комментарии)"(201), "맹렬하고 공격적인 연설(филиппики)"(211, 373)이 나온다. 단어 표기 형식의 비논리성과 일관된("옳은 것"이든 "그른 것"이든) 법칙의 부재는 "도덕의 원칙(ИЛИМЕНТАРНЫЕ основы МАРАЛИ)"(34)이라는 예에서도 드러난다. 인용된 형용사에서는 하나의 단어에서조차도 법칙의 통일성이 없다. 첫 두 음절에서 강세가 없는 위치의 'Е'는 'И'로 논리적으로 이행되는데,[152] 세 번째와 여섯 번째 음절들에서는 불규칙적으로 (법칙이 없이) 'Е'로 소리 난다. 그것은 "현행 (러시아) 언어의 발음 규칙에 어긋나는 것이다."[153]

한 인물 목소리 내에서의 문체의 통일성에 대해서는 언급할 필요도 없다. 이미 지적하였듯이, 화법의 성격적 층위들은 적어도 셋(서사에 톨스타야가 묘사한 '골룹치크'들 유형(범주)의 숫자에 따르면)이 있어야만 했다. 문체의 혼합은 한 단락 내에서도 관찰된다. "문화 복구를 위해 힘에 맞는 업적(посильный вклад в восстановление культуры)", "르네상스(РИНИСАНС)", "염소처럼(аки козел)", "입을 (…) 열지 마라(рот… не раззявывай)"(33) 등이 그것이다.[154]

(차용된) 외국 단어들과 함께 톨스타야는 서민의 언어, 민중적(흔히 민중 고유의) 어원을 가진 단어도 사용한다. 예를 들어, 단어 "루살카(русалка)"(물의 정령)(61)과 함께 단어 "나무(древяница)"(61), "쐐기풀(крапива)"과 함께 "못뽑이 풀(дергун-трава)"(316)을 사용하는데, 이 두 경우에 '반(半)

••

152) 〔역주〕 현대 러시아어 발음 규칙에서는 '이카니에(иканье)' 법칙에 따라서 강세 없는 'Е'는 'И'로 발음된다.

153) Толстая Т. День: Личное. С. 33.

154) 이런 구체적 경우에서 의사 직접화법이 다양한 문체에 대한 '정당화'가 될 수 있을 수도 있다(그리고 일부분 그렇기도 하다).

학문적인' '명확한' 개념이나 주어-목적어의 정의는 아이러니하다. 몇몇 경우에는 일반적으로 통용되는 동의어들을 사용한다. "단결, 통일(консолидация)"-"지원(подмога)"(363), "간계(интриги)"-"간책(козни)"(372) 등은 사용되는 개념들에 내포된 '민중적' 의미를 희극성에 국한한다.

아마도 예전 모스크바의 일곱 언덕 지역에 살고 있는 민중의 역사적 과거에 대한 '상기'로서(타타르-몽골하에서 300년 이상), 톨스타야는 등장인물들의 화법에 "타타르 봉건영주(мурза)"(22), "운명(талан)"(56), "현물세(ясак)"(105. 그러나 한 페이지 전에는 그냥 "조세 налог"(104)) 등의 투르크족 용어들[155]을 사용하는데, 그 단어들에는 아이러니의 베일이 드리워진다. 그러나 의사 고대 러시아어와의 관계가 너무 심하게 일치하지 않고, 투르크족의 용어들은 '최소한도로' 사용됨으로써 텍스트에서 그런 유의 언어유희가 줄 수 있는 희극적 효과는 약화된다(없애버린다고 말하지 않는다면).

다음과 같은 여러 종류의 감탄사도 돌발적으로 보인다. "신이여, 보호하소서!(Господи, обереги!)"(42), "정말!(Ей-богу!)"(43), "양심을 가져라!(побойся Бога-то!)"(100), "다행이다(слава те, Господи)" 등이 대표적이다. "바란다고 해서 일이 되는 것이 아니다"(162), "오, 신이여, 성모마리아······ 우리의 죄가 엄중하도다······ 아. 신께서 데려갔으면······(Ох, Господи, царица небесная··· Грехи наши тяжки··· Ох, прибрал бы Господь···)"(304), "성모여······ 40인의 성스러운 순교자들이여······(Матушка небесная... и сорок святых мучеников...)"(305), "언제나 영원히(отныне и присно, и во веки веков)", "영원히, 아멘(На веки веков, аминь)"

··

155) 〔역주〕투르크족(친족어를 쓰는 족들인 타타르, 아제르바이잔, 우즈베크, 카자크, 키르기즈, 바시키르, 투르크메니스탄, 야쿠트, 카라칼파크, 티르키에 사람들)의 언어를 말한다.

등은 종교적 아포리즘의 기능을 하는데, 그 말들은 무신교적—이교도적 공동체라는 문맥에서 볼 때 생소하고 낯설다.[156] 정교회—기독교적 현상(교회, 사원, 성경, 복음서, 십자가, 성상화, 예배 등)이 없고(비록 언급이라도), 말씀(Слово)에 대해 저자가 제공한 정보가 정통적이지 않은 관계로 텍스트에 '하느님(Господь)', '신(Бог)', '성모마리아(Царица небесная)' 등이 쓰인다는 것은 논리적이지 못하다. 더구나 그 말들이 주인공들에 의해 대문자로(텍스트에 그렇게 쓰인다) '인식되는 것'이 이상하다(예를 들어, 이미 언급된 "뜨겁게 사랑받고", 한 인물로서 인식되지만 '소문자'로 쓰인 푸슈킨과는 달리).

톨스타야가 '개인적으로' 만들어낸 새로운 단어들("кукумаколки"와 "боботюкалки"(376), "잰걸음으로 뛰어가다(пешедралом трюхает)"(6)〕은 자체로 훌륭하다. 들판에 대한 "раззявые"(55)〔즉 "틈투성이의(щелястый)"〕은 페트루셉스카야식으로 창작된 것 같고, '페트루셉스카야로부터' 온 것 같다. 그러나 그 말들은 '한 번뿐'일 정도로 너무 드물고, 언어학적 실험으로 창작된 텍스트를 위해서도 너무 드문 것이다. K. 스테마냔은 『키시』의 언어에 대해서 "과거의 호화로움을 상기하는 불꽃들로 가끔씩만 반짝일 뿐인 무색(無色)의 언어"[157]라고 말했다.

기법으로 인식되지 못하고 예술적이지 못하며 우연적이고 작가가 포착하지 못한 반복들이 톨스타야의 텍스트에는 지나치게(조잡할 정도로) 많다. 이미[158]언급한 "모르도보로트(мордоворот)"라는 단어가 들어간 어구들이나, 일곱 언덕과 표도르—쿠지미치스크 도시에 대한 여러 번의 언

••

156) О. 카바노바의 서평과 비교할 것. "소설에서 신은 단 한 번도 언급되지 않는다."(Кабанова О. Указ. соч.).

157) Степанян К. Отношение бытия к небытию // Знамя. 2001. No. 3. C. 218.

158) Степанян К. Отношение бытия к небытию // Знамя. 2001. No. 3. C. 218.

급, '푸슈킨은 우리의 전부'와 '쥐는 우리의 지주' 등에 몇 단락에 걸쳐 (125~126) 반복적으로 나오는 어구 "난처한 일이 생겼다(конфуз вышел)", 만약 그 어구가 한 번만 말해졌다면 훌륭했겠지만, 우화에 대한 힘 있는 금언 "우화는 민중을 위해 간소화된 형태의 지도적 가르침이다(Притча есть руководящее указание в облегченной для народа форме)"(225)를 그 예로 지적할 수 있을 것이다. 이 금언은 안타깝게도 "우화는 민중을 위해 간소화된 형태의 지도적 가르침!"(335)이라고 또다시 반복되었기에 독창성을 상실해버렸다.

톨스타야의 텍스트에 폭넓게 사용되는 "쓰고 있는(пишучи)"(51), "지불하지 않은(не заплатимши)"(109), "손을 포갠(руки сложимши)"(141), "손가락을 닦지 않은(пальцы не обтеревши)"(262), "생각하지 않은(не подумавши)"(327) 등[159]에 대해서도 언급해야만 한다. 이 형태들은 서사에 아이러니하고 희극적인 뉘앙스를 의심의 여지 없이 부여해주지만, 텍스트에서 셀 수 없이 많은 횟수로 사용된 그 형태들은 표도르-쿠지미치스크 주민이 정말 '모스크바에 뿌리'를 두고 있는지 의심하게 만들며, '지명(топонимика)'에 의구심을 갖게 만든다. 나아가 서사의 예술적 · 언어적 전일성도 저해한다.

톨스타야의 책 제목 뒷면에는 "텍스트는 저자의 편집으로 출간된다"(2)라고 표기되어 있다. 그러나 이 편집은, 작가 자신이 자신의 텍스트를 위해서 고안해서 제정한 정음법인데도 불구하고 "정음법(орфоэпия)을 습득

⁝

159) 고대 러시아어 형동사 형태로 그것에 대해서는 현존하는 접미사들이 증명해주고 있다. L. 다닐킨은 이 형태를 "러시아어 완료(русский перфект)"라고 부른다.(Данилкин Л. Указ. соч) 몇몇 저서들에서는 이 형태를 아오리스트(미정 과거)로서 잘못 정의한 것이 나타난다.

428

하기가 정말 그렇게 어렵단 말인가?"(374)라고 등장인물 중 한 명이 한탄하듯이, 언어적 완성도가 취약하다. 톨스타야 텍스트에서 통일된 언어학적 '체계'가 없다는 것은 슬프게도 뚜렷하게 감지된다.

마지막으로 대화를 마치면서 『키시』의 장르 문제를 언급하고자 한다.

톨스타야는 『키시』를 광고하면서 작품을 장편소설(роман)로 정의하였고, 그것을 비평가들이 긍정적으로 받아들여 호응했다. 『키시』를 장편소설로 칭한 비평가들은, M. 리포베츠키, V. 쿠리친, A. 넴제르, D. 올샨스키, N. 이바노바, N. 옐리세예프 등이다. 하지만 이 비평가들은 모두 형태적 정의를 그 작품에 부여하면서 장르를 정확히 하려고 노력했다. 이런 과정에서 "러시아의 대(大)소설"(L. 다닐킨), "운명의 책"(V. 노보드보르스카야), "미래파적 서사시"(L. 다닐킨), "반(反)유토피아 소설"(K. 스테파냔, L. 다닐킨), "반(反)유토피아와 비슷한 무엇"(L. 루빈슈테인, E. 라비노비치), "겉으로는 반유토피아, 실상은 러시아 삶의 본격적 백과사전"(D. 올샨스키), "반유토피아가 아니라 (…) 고골적인 어떤 풍자"(O. 카바노바), "반유토피아가 아니라 (…) 그에 대한 패러디"(N. 이바노바), "복고적 반유토피아"(B. 쿠지민스키), "소설−펠레톤(풍자 기사)"(A. 아게예프, N. 옐리세예프), "풍자소설"(L. 다닐킨), "인형극(гиньоль)"(N. 옐리세예프) 등의 정의들이 등장했다. V. 쿠리친은 『키시』에서 풍자 기사, 캐리커처, 팸플릿의 요소를 지적했고, N. 옐리세예프는 "러시아적 사이비 전원시"의 특징들을 밝혔다. O. 카바노바는 "불분명한 장르의 책"에 관심을 돌렸다.[160] 다시 말해서 하부 장르 유형의 (학문적이거나 감정적인) 정의들은 많지만 『키시』를 장편소설로 칭한 것은 모든 서평들에서 불변이다.

∙∙

160) 인용된 이 모든 정의들은 www.guelman.ru/slava/kis/index.html에 나온 것이다.

그러나 사상의 성격("작가 구상의 개념적 투명성")[161] 슈제트 전개 방식("톨스타야의 슈제트 구성은 빈약하다"[162])도, 형상 구조 체계도, 서사를 구성하는 구조적 요소들도 『키시』에 적용해서 장편소설 장르라고 말할 수 있는 근거를 제공하지 못한다. (단편소설과 비교해서) 텍스트의 고무적인 양도 이 경우에 결정적이지 못한다. 러시아의 고전과 현대문학의 경험이 보여주듯이, 작가는 자신의 창작품에 어떤 장르적 정의도 자유로이 제공할 수 있다(A. 푸슈킨의 '운문소설'부터 베네딕트 예로페예프의 '서사시'까지). 장르의 본질적인 특징들에 상응하느냐는 다른 문제이다. 『키시』는 사상의 일방성, 형상 체계의 제한성, 슈제트의 비(非)역동성, 서사 구조의 비(非)확장성, 사건들의 시공간적 협소함 등으로 볼 때, 서사의 장편소설적 특징이 아니라 중편소설적 특징에 대해서만 언급할 수 있다. 사상의 차원에서도, 형식적 표현성('언어학적 실험')의 차원에서도, 협소한 장르적 해석의 차원에서도 『키시』는 "러시아의 대(大)소설"이 되지는 못했다.[163] V. 샤드로노프의 다음과 같은 의견에 동의할 수밖에 없다. "만약 『키시』가 10년 전에 등장했다면 쇼크였고, 발견이었고, 센세이션이었을 것이다. 그러나 소설은 늦어버렸다."[164]

••

161) Рубинштейн Л. Указ. соч.

162) Немзер А. Указ. соч.

163) 이 분석에서 전통에 대한 문제는 생략된다. 그러나 이런 간격을 보충하기 위해서, 『키시』에서 톨스타야가 '복구한' 유산에 대한 E. 라비노비치의 서평을 인용하지 않는 것은 불가능하다. 라비노비치는 "좀 싫증 나는 자먀틴, 끔찍스러운 필냐크, 수식 어구 많은(초기!) 레오노프, 특히 (…) 빡빡하게 조이고 순수하게 환상적이면서도 양식화된 슈제트를 가진 세라피온 형제들과" 톨스타야의 근접성에 대해 언급하고 있다.(Рабинович Е. Указ. соч.) 톨스타야에게 아부하려고 하면서 라비노비치는 이런 서사에서 상속된 전통들의 본질 자체를 사실적으로 반영하였다.

164) Шадронов В. "Кысь" Татьяны Толстой оставили без "Букера" // Комсомольская правда. 2001. 8. дек. С. 6.

약전

톨스타야, 타티야나 니키티치나(1951(레닌그라드)~). 소설가, 에세이스트.

물리학자 N. A. 톨스토이의 다자녀 가정에서 태어났다. A. N. 톨스토이와 N. 크란디옙스카야—톨스타야의 손녀이다. 외할아버지는 번역가이자 시인인 M. 로진스키다. 톨스타야의 말에 따르면 레프 톨스토이의 고손녀이다.

레닌그라드국립대학교 인문학부 고전과를 졸업(지도 교수는 A. I. 도바투르(Доватур))했다.

문학 창작은 1970년대 말에 시작했고, 1983년 단편 「황금빛 계단에 앉아서······」로 등단(잡지 《오로라》)했다.

1974년부터 모스크바에 살고 있다. 1989년부터 장기간 미국에 살면서 러시아문학과 창작 기법을 미국 대학교들에서 가르쳤다. 러시아와 미국에서 비평가와 에세이스트로 정기적으로 방송에 출연하고 있다.

러시아 펜클럽 회원이다.

그린자네 카부르상(이탈리아), '승리'상(2001, 소설 『키시』로 수상함)을 수상했다.

텍스트

Толстая Т. *На золотом крыльце сидели*. М.: Молодая гвардия. 1987.

Толстая Т. Любишь-не любишь / Предисл. В. Новикова. М.: Оникс: Олма-Пресс. 1997.

Толстая Т. *Река Оккервиль: Рассказы*. М.: Подкова. 1999.

Толстая Т. *Кысь: Роман*. М.: Подкова: Иностранка. 2000.

Толстая Т. *Ночь*. М.: Подкова. 2001.

Толстая Т. *Изюм: Избранное*. М.: Подкова. 2002.

사회 평론

Толстая Т. *День*. М.: Подкова. 2001.

Толстая Т. *День: Личное*. М.: Подкова. 2002.

Толстая Т., Толстая Н. *Сестры*. М.: Подкова. 1998.

Толстая Т., Толстая Н. *Двое*. М.: Подкова. 2001.

인터뷰

Кого спасать-кошку или Рембрандта?/Беседа с писательницей Т. Толстой: Записала Е. Веселая // *Московские новости*. 1991. No. 30. 28 июля.

Несется тройка. А ямщика у нее нет⋯/Интервью с Т. Толстой//*Голос*. 1995. No. 35.

Толстая Т. Тень на закате: Беседа с писателем//*Литературная газета*. 1986. 23 июля.

Толстая Т. Маленький человек-это человек нормальный//*Московские новости*. 1987. 22 февр.

Толстая Т. "Пойдите навстречу читателю⋯!": Беседа с писателем//*Книжное обозрение*. 1988. No. 1. 1 янв.

Толстая Т. В большевики бы не пошла⋯ : Интервью с писателем//*Столица*. 1991. No. 33.

학술 · 비평문학

Александрова А. На исходе реальности//*Грани*. 1993. No. 168.

Андрюшкин А. "Русская идея" против русской литературы//*Литературная газета*. 1993. No. 46. 17 нояб.

Бахнов Л. Человек со стороны//*Знамя*. 1988. No. 7.

Беневоленская Н. Лингвистический анализ рассказа Т. Толстой "Поэт и муза"//*Вестник ЛГУ*. 1990. No. 3.

Бондаренко В. Мой "бест"иарий//*День литературы*. 2001. No. 6(57). Май.

Булин Е. Откройте книги молодых//*Молодая гвардия*. 1989. No. 3.

Бушин В. С высоты своего кургана: Несколько нравственных наблюдений в связи с одним литературным дебютом: (О творчестве Т. Толстой)//*Наш современник*. 1987. No. 8.

Вайл П., Генис А. Городок в табакерке//*Звезда*. 1990. No. 8.

Веселая Е. Нежная женщина с книгой в руке//*Московские новости*. 1995. 10~17 сент.

Волков А. Территория стиля: Татьяна Толстая "Кысь"//office.fashionlook.ru/ style/default. taf? Function = Shoe Article & ID.

Володина Д. Татьяна Толстая, учительница жизни//*Час пик*. 2001. No. 9. 28 февр.-6 марта.

Габриэлян Н. Взгляд на женскую прозу//*Преображение*: (Русский феминистский журнал). М.: 1993. No.1.

Газарян К. "День" на "Ночь" - жизнь прочь//http://gazeta.ru.

Гений А. Рисунки на полях: Татьяна Толстая//Генис А. *Иван Петрович умер: Статьи и расследования*. М.: Новое литературное обозрение. 1999.

Генис А. Душа без тела // *Звезда*. 2002. No. 12.

Гесен Е. Интервью в жанре страданий: (По поводу интервью Т. Толстой "В большевике бы не пошла···" в ж-ле "Столица". 1991. No. 33) // *Столица*. 1992. No. 3.

Грекова И. Расточительность таланта // *Новый мир*. 1988. No. 1.

Гоцило Е. *Взрывоопасный мир Татьяны Толстой* / Пер. с англ. Д. Ганцевой, А. Ильенкова. Екатеринбург: Изд-во УрГУ. 2000.

Ефимова Н. Мотив игры в произведениях Л. Петрушевской и Т. Толстой // *Вестник МГУ*. Сер. 9. 1998. No. 3.

Ерофеев В. *Русские цветы зла* // Русские цветы зла: Сб. / Сост. В. Ерофеев. М.: Зебра Е: Эксмо-Пресс. 2001.

Жолковский А. В минус первом и в минус втором зеркале: Т. Толстая, В. Ерофеев-ахматовиана и архетипы // *Литературное обозрение*. 1995. No. 6.

Золотоносов М. Мечты и фантомы // *Литературное обозрение*. 1987. No. 4.

Золотоносов М. Татьянин день // *Молодые о молодых*. М.: 1988.

Золотоносов М. Кто в Букере сидит? // *Московские новости*. 2001. 4~10 дек.

Иванова Н. Намеренные несчатливцы // *Дружба народов*. 1989. No. 7.

Иванова Н. Неопалимый голубок: "Пошлость" как эстетический феномен // *Знамя*. 1991. No. 8.

Иванова Н. О романе "Кысь" // *Известия*. 2000. 31 окт.

Искандер Ф. Поэзия грусти // *Литературная газета*. 1987. 26 авг.

Калашникова О. Пушкин как знак в художественном коде Т. Толстой // *Русское слово в мировой культуре: Материалы X Конгресса МАПРЯЛ*. Санкт-Петербург. 30 июня-5 илюя 2003 г.: Художественная литература как отражение национального и культурно-языкового развития. В 2 т. СПб.: Политехника. 2003. Т. 1: *Развитие русского самосознания и история литературы XIX-XX веков* / Под ред. П. Е. Бухаркина. Н. О. Рогожиной. Е. Е. Юрковой.

Корсаков Д. Мясо черного зяйца не по зубам Букеровскому жюри? // *Комсомольская правда*. 2001. 8 дек.

Кузичева А. "Король, королевич. сапожник. портоной. Кто ты такой?": (Проза Т. Толстой) // *Книжное обозрение*. 1988. 15 июля.

Курицын В. Четверо из поколения дворников и сторожей // *Урал*. 1990. No. 5.

"Кысь": рецензии на роман / А. Володин, Л. Данилкин. О. Кабанова. П. Короленко, Б. Кузьминский. В. Курицын, А. Немзер. Д. Ольшанский. Б. Парамонов. Л. Рубинштейн // www.guelman. ru/ slava/kis.

Липовецкий М. "Свободы черная работа" // *Вопли*. 1989. No. 9.

Липовецкий М. А за праздник-спасибо! // *Литературная газета*. 1992. 11 нояб.

Липовецкий А. ПМС(постмодеризм сегодня) // *Знамя*. 2002. No. 5.

Михайлов А. О рассказах Т. Толстой // Толстая Т. *На золотом крыльце сидели*. М.: Молодая гвардия. 1987.

Насрутдинова Л. *"Новый реализм" в русской прозе 1980~90-х годов(концепция человека и мира)*: Автореф. канд. дис. Казань. 1999.

Невглядова Е. Эта прекрасная жизнь: О рассказах Татьяны Толстой // *Аврора*. 1986. No. 10.

Ованесян Е. Распада венок // *Литературная Россия*. 1991. 6 сент.

Ованесян Е. Творцы распада // *Молодая гвардия*. 1992. No. 3~4.

Парамонов Б. Русская история наконец оправдала себя в литературе // *Время-МН*. 2000. 14 окт.

Петухова Е. Чехов и "другая проза" // *Чеховские чтения в Ялте: Чехов и XX век*. М., 1997. Вып. 9.

Писаревская Г. *Реализация авторской позиции в современном рассказе о мечте: По произведениям Л. Петрушевской. В. Токаревой, Т. Толстой*. М.: 1992.

Пискунова С. Пискунов В. Уроки Зазеркалья // *Октябрь*. 1998. No. 8.

Прохорова Т. Пушкинские реминисценции в творчестве Т. Толстой // *Ученые записки Казанского ун-та*. Казань. 1998. Т. 136.

Старцева Н. Сто лет женского одиночества // *Дон*. 1989. No. 3.

Степанян К. Отношение бытия к небытию // *Знамя*. 2001. No. 3.

Трофимова Е. *Стилевый реминисценции в русском постмодерне 90-х годов* // *Общественные науки и современность*. М.: 1999. No. 4.

Трыкова О. *Отечественная проза последней трети XX века: жанровое взаямидействие с фольклором: Автореф. докт. дис.* М.: 1999.

Тух Б. Внучка двух классиков. Но дело не в этом: Татьяна Толстая // Тух Б. *Перая десятка современной русской литературы*: Сб. очерков. М.: Оникс 21 век. 2002.

Фатеева Н. Интертекстуальность и ее фунции в художественном дискурсе // *Известия РАН. Сре. литературы и языка*. 1997. Т. 56. No. 5.

Хворостьянова Е. Имя кыси: Сюжет. композиция. повествователь романа Татьяны Толстой "Кысь" // *Традиционные модели в фольклоре, литературе, искусстве*: Сб. СПб.: Европейский дом. 2002.

Шадронов В. "Кысь" Татьяны Толстой оставили без "Букера" // *Комсомольская правда*. 2001. 8 дек.

Шулежкова С. Метаморфоза концепта "память" в современном художественном тексте(по материалам произведений Т. Толстой) // *Русское слово в мировой культуре: Материалы X Конгресса МАПРЯЛ*. Санкт-Петербург. 30 июня-5 июля

2003 г.: Художественная литература как отражение национального и культурно-языкового развития. В 2 т. СПб.: Политехника. 2003. Т. 1: *Развитие русского самосознания и история литературы XIX-XX веков* / Под ред. П. Е. Бухаркина. Н. О. Рогожиной. Е. Е. Юркова.

6. 빅토르 펠레빈 소설의 주관적 세계

    S. 코르네프의 말에 따르면, "대륙의 한쪽 끝에서 포스트모더니즘이 오래 계속될 것인가, 포스트모더니즘을 대체할 무엇은 언제쯤 등장할 것인가에 대한 논쟁이 진행되는 동안, 방사능, 화학, 이데올로기 폐기물로 오염된 다른 끝에서는 포스트모더니즘이 별안간 무서운 돌연변이를 경험하게 된다. 괴물이 나타났다. 포스트모더니즘 문학의 모든 형식적 특징들을 역설적 형식으로 겸비하고 있고, 포스트모던 문학의 본성적인 특질인 파괴적 잠재력을 100퍼센트 사용하지만 그 안에는 포스트모던 문학의 나약한 회의주의적 철학이 하나도 남아 있지 않다."[1] 이것이 빅토르 펠레빈이다. "러시아와 서구에서 가장 인기 있는 신세대 소설가"이자, "포스트소비에트 문학의 특징을 가장 잘 보여주는 대표자"[2]이다.

    모스크바동력대학을 졸업한 후 M. 고리키문학대학에 입학한[3] 펠레빈은

..

1) Корнев С. Столкновение пустот: может ли постмодерн быть русским и классическим?: Об одной авнтюре Виктора Пелевина // *Новое литературное обозрение*. 1997. No. 28.

2) Генис А. *Иван Петрович умер: Статьи и расследования*. М.: Новое литературное обозрение. 1999. C. 82.

3) 주목할 만한 것은, 문학대학에 입학할 때 입학시험 작문 「S. 예세닌과 A. 블로크의 시에서 나타난 조국의 테마」에서 펠레빈은 이 두 시인의 서정시를 구성하는 본질적인 요소로서 신비주의를 강조하였다는 것이다(더 자세히는 다음을 참조할 것. Нехорошев Г. *Настоящий*

"컴퓨터로 쳤는데", "잘 써지지 않았고", 출판되지 않던 시들을 집필하면서 글을 쓰기 시작했다(펠레빈의 시 창작의 흔적들은 소설 『차파예프와 푸스토타 (Чапаев и Пустота)』에 나타난다).

1980년대 중반 펠레빈은 소설로 관심을 돌린다. 그의 첫 출판물은 단편 동화(сказка-рассказ) 『마법사 이그나트와 사람들(Колдун Игнат и люди)』[4] 이었다. 1980년대 말 펠레빈은 주로 환상 문학 작가로서 이미 유명세를 탔다. [5] 동시에 펠레빈은 카를로스 카스타네다(Carlos Castaneda)와 아서 매켄[6]의 번역에도 관심을 기울였다. 문학대학 재학 시절에 문학대학 출판사 '신화(Миф)'에서 펠레빈은 카스타네다의 세 권짜리 전집을 출판할 계획이었다. "기본 텍스트로 그는 '사미즈다트'에서 유명하던 막시모프의 번역본을 취했지만, 실질적으로는 바탕이 된 막시모프의 텍스트를 완전히 개작한 수준이었다. 정통한 사람의 말에 따르면, 막시모프의 번역은 매우 정확했지만, '읽기가 힘들었다.' 펠레빈의 교열을 거친 후에야 커다란 성공을

∷

Пелевин: Открывки из биорафии культового писателя // *Независимая газета*. 2001. 29~30 авг. С. 8).

4) Пелевин В. Колдун Игнат и люди // *Наука и религия*. 1989. No. 12. 이 단편으로 펠레빈은 문학대학에 입학하였다. 문학대학 세미나의 지도 교수 M. P. 로바노프(Лобанов)(G. 네호로셰프의 정의에 따르면 "상당히 정교회적인 시각을 가진 문학비평가")는 펠레빈이 "호감 가는 환상적 단편"을 현상 모집에 제출하여 입학하게 되었다고 회상한다(더 자세히는 다음을 참조할 것. Нехорошев Г. Указ. соч. С. 8).

5) 펠레빈은 모스크바 환상 문학 작가 세미나의 참가자였다(지도 교수는 V. 바벤코(Бабенко)). 펠레빈에게 환상 문학에 대한 관심은 장르적 지배소가 아니라, 자신의 관점을 비(非)위계적이고, 비논리적이고, 불합리한(현대적, 즉 포스트더니즘적) 현실에 내맡길 수 있도록 해주는 수단이다.

6) 〔역주〕 Arthur Machen, 1863~1947. 영국 작가이다. 영국의 네오낭만주의의 영향하에서 창작 활동을 했다. 작품으로는 『위대한 신 판(*Great God Pan*)』(1894), 『세 명의 참칭자(*The Three Impostors*)』(1895), 『환상의 언덕(*The Hill of Dreams*)』(1907) 등이 있다.

거두었다."[7]

출판사 '신화'에서 활동할 시기에 펠레빈은 알베르트 예가자로프(Альберт Егазаров)와 함께 신비주의, 신비론, 비밀 교리 등에 심취했고,[8] 그와 함께 공동으로 『붉은 마법(Красная магия)』의 집필 작업을 준비했다. 그들은 둘이서 자크 베르지에와 루이스 파벨의 책 『마법사들의 아침(Утро магов)』의 축약 번역본을 출간하였다. 당시 펠레빈은 고대 중국의 저작들(특히 노자와 장자)을 접하게 된다.

그때 《과학과 종교》 잡지에서 일하기도 한 펠레빈은 이 잡지에 논문 「룬문자 점치기 또는 랄프 블룸의 룬문자 신탁(Гадание на рунах, или Рунический оракул Ральфа Блума)」(1990)을 발표하였다.

1991년 펠레빈의 첫 번째 단편집 『푸른 등불(Синий фонарь)』이 출간되었지만 처음에는 비평가들의 관심을 끌지 못했다. 그러나 1992년 《깃발》에 중편 「오몬 라(Омон[9] Ра)」(단행본 출판은 1992년이다)가 등장한 후에 평단의 태도는 변했다. 「오몬 라」는 부커상 '쇼트 리스트'에 올라야 했지만, "그 대신에 『푸른 등불』이 수상작이 되었다"[10]라고 펠레빈은 기분이 상한다는 듯이 말했다. 사실, 1993년에 단편집 『푸른 등불』은 1992년의 가장 훌륭한

..

7) Там же. С. 8.

8) 이에 대해서 더 상세히는 다음을 참조할 것. Там же. С. 8.

9) 〔역주〕 ОМОН(Отряд милиции особого назначения)은 특수 경찰을 뜻하는데 이 작품에서는 사람 이름으로 사용하고 있다.

10) На провокационные вопросы не отвечаем: (Фрагменты виртуальной конференции с популярным писателем Виктором Пелевиным, опубликованные в ZHURNAL.RU) // *Литературная газета.* 1997. 13 мая. С. 8.

단편집으로 선정되어 '말라야 부커'상을 수상하였다. 중편 「오몬 라」는 1년 후 번역문학에 수여하는 영국의 '외국 독립 소설(Independent foreign fiction prize)'상의 '쇼트 리스트'에 올랐다(펠레빈은 "부커보다 조금도 뒤지지 않는다"[11]라고 말했다).

그 후(1993) 펠레빈의 두 중편 『벌레들의 삶(*Жизнь насекомых*)』[12]과 『노란 화살(*Желтая стрела*)』이 차례로 출간되고, 1996년에는 소설 『차파예프와 푸스토타』, 이후 소설 *Generation 'P'*(1999)가 엄청난 성공을 거두었다. 펠레빈의 최근 소설 「숫자(*Числа*)」는 『아무 곳도 아닌 곳에서 아무 곳도 아닌 곳으로의 전환기의 변증법(*Диалектика Переходного Периода из Ниоткуда в Никуда*)』이라는 작품 선집(2003)에 포함되었다.

자신을 작가로서 어떻게 생각하느냐는 질문에 펠레빈은 이렇게 말한다. "쓰는 것은 좋아하지만 작가가 되는 것은 마음에 들지 않는다. (…) '작가'가 자기 자신을 대신해서 살려고 할 때 아주 위험하게 되는 것 같다. 그래서 나는 문학적 접촉들을 특별히 좋아하지 않는다. 나는 무엇인가를 쓰고 있는 그 순간에만 작가이고 나머지 내 삶 전체는 아무도 건드릴 수 없다."[13]

펠레빈의 전통과 선행자들을 이야기하면서, S. 코르네프는 그의 위치를 이렇게 정의한다. "펠레빈은 (…) 러시아문학에서 지금까지 비어 있던 보르헤스, 코르타사르와 카스타네다, 부분적으로는 카프카와 헤세의 빈 구멍을 메워주었다. 그의 소설은 대중적이고, 매우 흥미 있고, 극히 분명한 철

:.

11) На провокационные вопросы…. С. 8.
12) 〔역주〕 한국에서는 이 작품이 『벌레처럼』이란 제목으로 프랑스어판에서 번역되었다. 참고할 것. 빅토르 펠레빈 지음, 이은빈 옮김, 책세상, 1998.
13) Там же. С. 8.

학소설이며, 신비주의와 내세주의를 포함하고 있고, 받아들이기에는 단순하지만 농축된 내용을 함축하고 있다. 그의 소설은 (…) 사람들에게서 (…) 가장 민감한 현들인 죽음, 자유, 사랑, 삶의 의미, 모든 것의 의미, 총체적 형이상학을 잡아당기고 있다."[14] 러시아의 문학 전통에 대해서 펠레빈 자신은 이렇게 말한다. "물론 러시아문학에는 매우 많은 전통들이 있었고, 어쨌든 반드시 그 무엇이라도 계승하게 마련이다."[15]

현대문학에서 펠레빈의 위치를 정의하면서 비평가들은 그를 '판타지(fantasy)'('일차적 이미지'), 풍자, '지적인 팝스'(A. 아르한겔스키[16]), '다른' 소설, '개념주의자', '포스트소비에트 초현실주의'의 대표자, '어떤 사이보그 스타일'(A. 나린스카야), 후기구조주의, 포스트모더니즘 등으로 간주한다. 그러나 펠레빈은 그런 정의들 중 어느 하나에도 사실상(전적으로도) 속하지 않는다.[17] 이 정의들 중에서 가장 가까운 것은 마지막 정의인 포스트모더니즘이지만,[18] 펠레빈은 포스트모더니즘과도 '외적 형식'만 부합하며, '새

••

14) Корнев С. Указ. соч.

15) На провокационные вопросы…. С. 8.

16) 〔역주〕 Александр Николаевич Архангельский, 1962~. 러시아의 문학 연구가, 문학비평가, 사회 평론가, TV 사회자, 작가이다. 1984년 모스크바국립사범대학 러시아어문학과를 졸업하였고 1988년 박사 학위를 받았다. 많은 문학 교과서를 집필하였고, 신문《소식(Известия)》에 발표한 논문들을 묶은 논문집으로는 『정치 교정(Политкоррекция)』(1998~2001), 『인문 정치학(Гуманитарная политика)』(2001~2005)이 있다. 작품으로는 『러시아문학에 대한 대화. 18세기 말~19세기 전반(Беседы о русской литературе. Конец XVIII-первая половина XIX века)』(1999), 『기본적 가치(Базовые ценности)』(2006), 『혁명 박물관(Музей Революции)』(2012) 등이 있다.

17) Н. 이바노바는 현 사조들 중 어느 하나에도 펠레빈이 '속하지 않는 특성'을 '비접촉 상황', '입장으로 천명된 작가의 고독'으로 정의한다. 그러나 그녀의 말에 따르면, "사실 (…) 이것 또한 문학적으로 전통적인데", "다만 예기치 못한 레르몬토프적 전통이다."(Иванова Н. Накопитель: Изобретательные впечатления // Дружба народов. 1997. No. 7. С. 89)

18) 펠레빈의 포스트모더니즘 시학적 특징들 중에서 V. 쿠리친은 다음을 지적한다. "대중문화

로운 작가들'과도 인간의 보편 이성과 현대적 형식의 인간적 생활 전반을 전면 부정한다는 점에서만 일치한다. 포스트모더니스트들이 주로 '니힐리 즘'과 외부 세계의 해체라는 인식을 기반으로 하는 반면, 펠레빈은 자기 세계를 구축한다. 포스트모더니스트들은 외부 세계의 파괴에 대해 말하면서 동시에 내적 세계의 완전한 파괴도 고려하는 데 반해서, 펠레빈은 인간의 어떤 긍정적 본질을 부정하거나, 주체의 내적─심리적 지각성을 부정하지 않는다(사람이든 동물이든, 벌레든, 식물이든, 햇볕이나 먼지든 간에).

A. 게니스는 이렇게 지적한다. "펠레빈은 파괴하는 것이 아니라 건설한다. 소비에트 신화의 파편들을 사용해서, 소로킨처럼 그는 그 파편들로부터 파불라와 개념적 건축물을 세운다. (…) 소로킨은 '부엉이'의 꿈을, 더 정확히 말하자면 악몽을 재현한다. 펠레빈의 소설은 예언적 꿈이고, 예언가의 꿈이다. 소로킨의 꿈들이 불명확한(이해할 수 없는) 것이라면, 펠레빈의 꿈은 이해되지 않는 것이다."[19]

S. 코스티르코[20]는 다음과 같이 말한다. "펠레빈은 소츠아트와 포스트모더니즘으로 개방된 질료를 재료로서만 사용한다."[21]

∴

와 가상현실로의 출구", "유치할 정도로 단순한 슈제트", "파불라의 비(非)복잡성과 비(非)고안성", "당면성의 문외한", "고안된 세계와 진짜 세계", 즉 "시뮬라크르─세계"와의 차이 부재", "'이중적 현존' 요소와 개성의 비통일성", "소비에트 신화의 해체" 등(참조할 것. Курицын В. Русский литературный постмодернизм. М.: ОГИ. 2001. С. 174~175).

19) Генис А. Указ. соч. С. 82.
20) [역주] Сергей Павлович Костырко, 1949~. 문학비평가, 에세이스트, 소설가이다. 모스크바국립사범대학교 인문학부를 졸업했다. 고등학교에서 교편을 잡았다. 1974~1980년에 잡지 《문학비평(Литературное обозрение)》과 협력했으며 1986년부터 잡지 《신세계》와 협력했고, 1996년부터 인터넷 사이트 '잡지 살롱(Журнальный зал)'의 문학 큐레이터이다. 비평집으로는 『정직한 독서(Простодушное чтение)』(2010), 소설로는 『이타카로 가는 길에서(На пути в Итаку)』(2009) 등이 있다.
21) Костырко С. Чистое поле литературы: Любительские заметки профессионального

K. 아자돕스키[22])는 이렇게 말한다. "펠레빈은 (…) 문학적 사람이고 이런 점에 펠레빈과 소로킨의 차이가 있다. 펠레빈은 독자의 관념에는 전통적 문학이 존재한다는 것에서 어쨌든 완전히 벗어나지는 않으면서, 어떻게 자신을 문학적 방법으로 표현할 것인지 생각한다."[23])

D. 올샨스키는 다음과 같이 언급한다. "무슨 포스트모더니즘이란 말인가 (…) 펠레빈의 경우에는 포스트모더니즘의 동료들과는 전혀 다르게 리얼리즘에 속한다."[24])

S. 코르네프는 펠레빈을 '러시아의 고전적인 반성적 포스트모더니즘' 경향으로 분류한다. "이에 대해서 교과서에는 이렇게 적혀 있다. '이 학파의 창시자는 베네딕트 예로페예프였고, 1980~1990년대에 가장 두각을 나타낸 대표자들은 세르게이 쿠료힌[25])과 빅토르 펠레빈이다. 펠레빈의 창작에서 반성적 포스트모더니즘은 독특하고 깊이 있게 외연을 획득하였다.'"[26])

∴

писателя // *Новый мир*. 1992. No. 12. С. 254.

22) 〔역주〕 Константин Маркович Азадовский, 1941~. 문학 연구가이다. 1958년 레닌그라드국립대학교 인문학부에 입학하여 독일 시인들의 작품을 왕성하게 번역하여 출간하였다. 1963년 우수한 성적으로 대학을 졸업하였다. 1980년까지 무히나 고등예술산업학교 외국어학과장으로 일했다. 1978년 KGB의 문서에 따르면 '반소비에트 선동과 선전' 활동에 연루되었고, 1980년 체포되어 거짓 증거(가택수색 중에 마약이 발견되었다)로 기소되어 마가단스카야 주(州) 수용소에서 2년을 복역하였다. 부인도 1년 반 수감되었다. 1989년 복권되었고 1993년 러시아 최고 소비에트 복권 위원회는 아자돕스키의 정치 탄압을 인정하였다. 1992년부터 독일 언어 문학 아카데미 객원 회원이며 1999년부터 상트페테르부르크 펜클럽 집행위원회 이사장이다.

23) Азадовский К. *Виктор Пелевин* // www.russ.ru/culture/99-05-07/aza dovsk.html.

24) Ольшанский Д. *Русская литература интересней секса: Пелевин и Сорокин*-Свадьба космонавтов // www.russ.ru/culture/99-07-07/ol shansk.html.

25) 〔역주〕 Сергей Анатольевич Курёхин, 1954~1996. 러시아의 아방가르드 뮤지션, 재즈 연주자, 작곡가, 편곡가, 배우. 그룹 '팝 메하니카'의 창시자이자 대표자이다.

26) Корнев С. Указ. соч. S. 코르네프의 의견에는 동의하지만, '펠레빈식' 포스트모더니즘이 베네딕트 예로페예프의 『모스크바발 페투슈키행 열차』보다 A. 비토프의 『푸슈킨의 집』을 원형

S. 코르네프의 생각에 따르면, "형식적으로 판단하자면, 펠레빈은 포스트모더니스트이고, 그것도 고전적 포스트모더니스트이다. 형식의 관점에서뿐만 아니라 내용상으로도, 첫눈에 그렇게 보인다. (…) 더 찬찬히 주시를 하면 (…) 펠레빈은 (…) 사상적으로도, 내용적으로도 결코 포스트모더니스트가 아니며 톨스토이나 체르니솁스키 같은 진정한 러시아 고전주의 작가-사상가이다. 러시아 고전주의 작가-사상가는 매우 읽기 쉬운 문학 생산품을 멋지게 생산해낼 수 있는 사람이면서도, 사상가, 즉 사회적으로나 종교적으로 능숙한 설교자이자 도덕가이기를 결코 그만두지 않는다. 그냥 사상가가 아니라, 집요하고 맹목적인 사상가로, 글자 그대로 매 줄마다 똑같은 도덕적-형이상학적 이론을 끈질기게, 공개적으로 곱씹어 독자의 머리에 가르치려 한다."[27]

전체적으로 보면 S. 코르네프의 확신은 옳은 것으로 인정될 수 있다. 그러나 펠레빈의 현대적 전통을 과연 베네딕트 예로페예프에게서 끌어와야 하는가는 별개의 문제이다. 펠레빈의 세계관이 비토프의 그것과 놀랍도록 정밀한 유사성을 보인다는 점은 창작의 유사성이나 계승성에 대한 논의에서 더 많은 근거를 가지고 더 많이 검토되어야 한다.

빅토르 예로페예프와 예브게니 네크라소프가 이끌어온, 현대문학에서의 펠레빈의 위치를 결정하는 두 가지 이설은 각각 독창적이고 특색 있다.

빅토르 예로페예프: "'메트로폴 동인'의 뒤를 이은 사람들 중에서 세대라고 부를 수 있는 사람은 없으며 단지 펠레빈만 있을 뿐이다."[28]

⠆⠆

텍스트로 삼는다는 사실은 지적해야만 한다.
27) Там же.
28) Ерофеев В. Странствие страдающей души//Глагол. 1993. No. 10. Кн. 2. С. 4.

예브게니 네크라소프: 펠레빈은 "그 자체가 경향이고, 흐름이고, '세라피온 형제'[29]이고 '초록 램프'이다."

이렇게, 펠레빈의 창작에 관한 자기 정의의 토대와 작가적 세계관의 형성은 단편 장르와 연관되었다는 것을 기억하자. 첫 단편집 『푸른 등불』에서는 몇 가지 상황이 관심을 끈다. 첫 번째로, 비평계에서 너무나도 폭넓게 논의되고 있는, 세계 질서를 가진 현대적 보편 이성을 분명하게 작가가 받아들이지 않고 있음을 고려한다 하더라도, 단편들에는 사회적 양상들이 전혀 존재하지 않는다는 것이다. 펠레빈의 소설에는 환경문제도 없고, 과학기술 혁명이나 '옥수수'의 문제도 없다. 마찬가지로 관습적 의미에서의 사회적 세계 질서에 대한 비판도 부재하고, 어떠한 사회 환경이나 그 구체화의 특징들마저도 존재하지 않는다. 주인공의 성격이나 사회 환경의 상황들을 결정하는 인자는 펠레빈 텍스트 경계 너머에 있고, 논의에서 부각

••

29) 〔역주〕 세라피온 형제들(Серапионовы братья). 초기 소비에트 정권의 혼란된 상황에서 1921년 결성된 러시아 청년 작가들의 그룹이다. 구체적인 강령은 없었지만 예술 작품은 반드시 그 자체로서 가치를 지녀야 하고, 삶의 모든 양상 또는 환상도 적절한 주제이며, 다양한 문체의 실험은 바람직하다는 믿음으로 결속되었다. 이 문학 청년들의 모임은 E. T. A. 호프만의 동명 소설 『세라피온 형제들(Die Serapionsbruder)』에서 단체 이름을 따왔다. 세라피온 형제는 작품에서 사회적 주제를 완전히 배제할 수는 없었지만 뒤얽힌 구성과 예상 밖의 결말을 신선하게 사용하는 방식, 미스터리와 서스펜스의 기교 등을 도입했다. 그들은 알렉상드르 뒤마, 로버트 루이 스티븐슨, 라이더 해거드의 낭만적 모험소설 같은 대부분의 서유럽 도피주의 문학이 무정형성의 전통적인 러시아 리얼리즘 문학보다 창작 기술과 기교 면에서 우월하다고 생각했다. 세라피온 형제는 막심 고리키가 페트로그라드(지금의 상트페테르부르크)에 창립한 문화 기관인 '예술의 집'에서 모였고 혁신적인 중견작가 예브게니 자먀틴의 문학 연수회를 통해 창작 기술을 터득했다. 회원은 대부분 20대 초반이었으며 미하일 조센코, 프세볼로드 이바노프, 베니아민 카베린, 콘스탄틴 페딘, 레프 룬츠, 니콜라이 니키틴, 니콜라이 티호노프, 블라디미르 포즈네르, 미하일 슬로님스키, 빅토르 슈클로프스키 등이다.

되지 않으며, 논쟁거리도 되지 않는다. 펠레빈의 단편들에는 환경이 있지만, 그것의 상징적 특징이나 평가는 부재하다. 펠레빈의 환경은 환경일 뿐이다.

이런 상황만으로도 펠레빈 서사의 주요 특징들 중 하나인 그의 '잡식성', 즉 모든 것을 있는 그대로 흡수하고 받아들이는 그의 능력에 이르게 된다. 이러한 작가와 주인공의 입장은, 현대문학에서 이미 잘 알려진 농촌 소설 주인공의 사회적 수동성이나 포스트모더니스트들의 시니컬하고 반(反)소련적 냉담이 아니라, 현존하는 현실의 불가피성과 객관성을 철학적으로 수용하는 것이다. A. 비토프의 『푸슈킨의 집』에 나오는 어구인 "모든 것이 거짓이고, 모든 것이 진실이다……"(186)[30]와 비교해보면 흥미로울 것이다.

두 번째로, 이미 초기 단편들에서 작가의 관찰력이나 날카로운 이성뿐만 아니라 현대문학에서는 거의 잊어진 '영원한 질문들'을 제기하는 능력이 사람들을 놀라게 했다. 아마도, 농촌 소설의 '영원한 질문들'에 대해서 바로 얼마 전에 평론에서 언급한 것 같지만, 농촌 소설에는 보통 '영원한' 질문들에 대해서, 무엇이 '좋고', 무엇이 '나쁘고', 어떻게 '해야 하고', 어떻게 '하면 안 되는지'에 대한 '영원한' 대답들이 존재한다. 펠레빈에게는 이런 대립들이 부재하고, 존재를 있는 그대로 수용하는 그의 능력은 그의 질문들을 '영원한 것들보다 더 영원하게' 만든다. 그 질문들은 도덕적 차원으로부터 존재의 수준으로 올라가고, 단의미적 대답들을(때로는 그냥 대답들도) 가질 수 없다.

●●

30) 여기와 이후에서 소설 『푸슈킨의 집』 인용은 다음을 따르고 텍스트에는 쪽수만 표기한다.
Битов А. *Пушкинский дом*. СПб.: Изд-во Ивана Лимбаха. 1999.

펠레빈의 질문들은 세계적이다. 『푸른 등불』과 『마르돈기(*Мардонги*)』[31]
에서는, 우리는 누구인가,[32] 우리들 중 누가 살았고, 누가 죽었는가를 실
제로 우리가 알고 있는가, 만일 알고 있다면, 이 지식은 어디서 온 것이며
그 지식은 믿을 만한 것인가[33] 하는 질문이 나온다. 단편 「중간 지대의 베
르볼로크 문제(Проблема верволка в Средней полосе)」에서 주인공은 다음
과 같은 문제를 제기한다. 호모사피엔스가 정말 지구 상에서 가장 고차원
적인 존재인가? 어쩌면 진정한 삶은 베르볼로크의 삶이 아닐까? 그리고
"베르볼로크는 과연 무엇인가?" 그리고 대답으로 다음의 질문이 나온다.
"그렇다면 과연 사람이란 무엇인가?"(373)[34] 무엇이 더 사실적인가, 꿈인
가 현실인가?(「여자 타잔(Тарзанка)」, 「우흐랴프(Ухряб)」, 「자거라(Спи)」 등) 무엇
이 일차적인가, 영혼인가 물질인가?(「베라 파블로브나의 아홉 번째 꿈(Девятый
сон Веры Павловны)」, 「종의 기원(Происхождение видов)」 등) 사람만이 의식을
부여받았는가? 우주는 어떻게 만들어졌는가? 우리의 세계는 무엇인가?
그 경계들은 어떠한가?

『노란 화살』: "뜨거운 태양 빛이 끈적거리는 얼룩들과 부스러기들로 덮
인 식탁보에 떨어졌고, 안드레이는 수백만의 태양 광선에게 이것은 진정한
비극이라고 갑자기 생각했다. 태양의 표면에서 여행을 시작해서 우주의 끝

••

31) V. 소로킨의 소설 『얼음(*Лед*)』과 연관해서도 언급될 것이다.
32) 포스트모더니즘에서 전통적인, 주인공·시뮬라크르 문제인 것 같다.
33) 포스트모더니즘에서 전통적인, 모든 지식을 '의심하기'라는 관점인 것 같다.
34) 여기와 이후에서(특별히 부언한 경우를 제외하고는) 펠레빈의 작품들은 다음 텍스트에서
인용한다(이것에 대한 형식적인 표기 없이도 사실상은 3권짜리 전집이다). Пелевин В. 1)
Омон Ра. Жизнь насекомых. Затворник и Шестипалый. Принц Госплана. М.: Вагриус.
2000; 2) *Чапаев и Пустота. Желтая стрела.* М.: Вагриус. 2000; 3) *Generation 'P'.*
Рассказы. М.: Вагриус. 2000. 작품 제목과 쪽수는 텍스트에 표기한다.

없는 빈 공간을 통과해 달려와서 수 킬로미터에 달하는 창공을 뚫고 온 이 모든 것이 단지 어제 수프의 역겨운 찌꺼기 속에서 꺼져버리기 위해서라니. 창에서 비스듬하게 떨어지는 이런 노란 화살들이 의식(!—저자)이 있거나, 더 나은 것에 대한 희망이 있거나, 이런 희망이 근거 없음을 충분히 이해하고 있을 수도 있지 않은가. 다시 말해서 사람처럼 고통을 느끼기 위해 필수적인 모든 성분들을 가지고 있을 수도 있지 않은가."[35](367)

또는 "이 시간에 나는 어디로 사라지는 것인가? 아무도 쳐다보지 않는 그때에 나무들이나 차단목은 어디로 사라지는 것인가?"(『노란 화살』, 392)

전능한 유물론의 전지적 확신이 아니라, 의심이 바로 펠레빈 소설의 추진력이 된다. 질문은 작품의 지배적 어조를 결정한다. 진리란 무엇인가라는 '영원한 질문'에 대한 답은 엄연히 상대적이며 수많은 '인식론적' 요소들에 좌우된다.

이런 의미에서 단편 「어린 시절의 존재론」은 매우 중요하다.

단편은 무엇에 관한 이야기이고 어디서 사건이 일어나는지 단번에 알 수 없는 형식으로 시작된다. 제목에서 드러나는 어린 시절의 테마, 선험성은 어떤 화해와 행복의 느낌을 프로그래밍한다. 단편의 시작도 이런 식으로 전개된다. 작가는 어린이의 지각에 있는 본성적이고 사소한 것들에 주의를 집중한다. 어린아이의 눈으로 두 벽돌 사이의 시멘트 이음 부분이

⁝

35) 이 인용구는 V. 소로킨 소설 『얼음』 분석과 연관해서도 인용될 것이다. 다음과도 비교할 것. F. 솔로구프의 단편 「작은 인간(Маленький человек)」에 나오는 주인공이 마법의 약을 마신 후, "햇빛 속에서 춤추는 먼지들과 뒤섞여버릴 때까지" 크기가 지극히 작아지기 시작한다.(Сологуб Ф. *Капли крови.* М.: 1992. С. 323) 또는 A. 비토프의 『푸슈킨의 집』에서 "료바는 달려가고, 도망치고 싶었고, 한 점으로까지 작아져서 사라져버리고 싶었다. 마치 시간상으로 뒤로 더 멀리 어디론가 물러나서, 아무것도 남기지 않게, 마치 다시 뒤로 배 속으로 빨려 들어가서 (…) 투명한 우윳빛 떨림 속에서 녹아버릴 수 있도록……."(86)

며, 창으로 보이는 벽에 비친 태양의 삼각형이며, 특별한 세계로서 태양 빛 속의 먼지들 등을 바라보며, 그것으로 주위를 바라보는 어린이의 세계로 우리를 빠져들게 한다.[36] 이 세계에서 모든 것은 익숙하고 평온하고 평범하다.

그러나 주위 세계의 세부들 중에서 방수포 장화의 자국이 찍힌 종이 묶음, 창문의 금속 창살, 판자 침대, 감방의 용변 통 등이 등장한다. 어린 시절에 대한 단편에서 예기치 못한 이런 디테일들은 어린 시절 지각의 순수함을 가로막지는 않지만, '무거운'('어른의') 디테일과 '가벼운'('어린이의') 디테일의 불일치에서 오는 어떤 긴장감을 낳으면서 서서히 이야기가 진행된다. 그리고 점차로 주인공은 어린 시절을 감옥에서 지내고 있다는 사실을 이해하게 된다. 그는 감옥에서 태어났다. 이것이 그의 세계이다.

'감옥의' 디테일들이 눈치채지 못하게 도입되는 것과 마찬가지로 단편에서는 자유의 느낌과 기대도 조용히 탄생한다. 자유의 개념은 처음에 대기중의 햇볕 줄기 속 가볍고 보드라운 먼지들과 관련해서 발생한다. "네 주위에 은폐된 완전한 자유와 행복의 영역들이 보인다." 그런 다음에는 독서와 관련해서 언급된다. "읽기 시작하게 되면 (…) 눈을 감고 상상하게 된다……."(378) 그 다음에는 감옥 복도를 뛰는 동안의 자유와 가벼움의 쾌락이 서술된다.

단편에서 묘사되는 사건들은 감옥에서 일어난다. 그래서 주인공이 자각하기 시작하는 자유의 개념은 감옥 밖의 육체적 자유에 대한 관념으로 이어질 듯싶지만, 작품에서 제기되는 자유는 자기 내부, 당신 자신이나 외부

:•

36) A. 비토프와 비교할 것. "방은 반씩으로 나뉘어 비춰지고 있었다. 불빛이 휘감아 도는 먼지 낀 곳과 봄 햇살에 씻긴 열린 곳……."(『푸슈킨의 집』, 23)

상황에 어떤 상관이 없는 자유의 느낌을 포함하는 것이다.[37] 그리고 여기서 펠레빈의 목소리가 들린다. 자유는 자유스럽다. 자유는 어떤 존재에도 의존하지 않으며 더구나 당신 자신이나 주위 공간(조건적으로 위에서 언급되는 환경)에는 더 상관이 없다. "사물은 변화되지 않지만 당신이 자라는 사이에 무엇인가는 사라진다. 실제로 이 '무엇인가'를 당신이 잃어버리고, 매일 가장 중요한 것 옆으로 되돌아올 수 없이 지나가고, 어딘가 밑으로 떨어지게 되는데 멈출 수가 없다.(!―저자)"(386) 다른 말로는, 어린이에서 어른으로 '성장하면서' 우리는 자유인에서 수인(囚人)이 되어간다. 어른들은 "네가 그들처럼 되기를 바란다. 그들은 죽기 전에 누군가에게 자신의 바통을 건네주어야만 한다."(379) 당신은 당신이 살아간다는 이유 하나만으로도 자유를 잃는다. 당신은 이 세계의 증인이었고 공범자였다는 이유만으로 이미 죄인이 된다.[38] "이 세계를 보는 것만으로도 이 세계의 모든 추잡한 일에 말려들고 가담한다는 의미가 된다."(386)[39]

그러나 펠레빈은 비극적 어조로 서술하지 않는다. "그러나 그것으로부터 무엇이 나오는가? 어차피 세계는 사람들이 고안한 것이 아니라는 것이

---

37) 비토프와 비교할 것. "어떤 의미에서는 사람에게서 가장 처음 시기들은 항상 동일한 의미로 흘러간다."(『푸슈킨의 집』, 137)

38) 비토프의 단편 「실업자(Безде́льник)」와 비교할 것. "내게도 행복한 시간들이 있었는데 그때 나는 어떤 특별한 것도 느끼지 못했고, 귀중히 여기지도 않았고, 이해하지도 못했다. 예를 들어 학교 다닐 때의 여름방학이 그렇다. 나는 점점 더 자주 어린 시절을 회상하게 되고 이렇게 슬퍼진다."(Битов А. *Империя в четырех измерениях*: В 4 т. Харьков: Фолио: М.: ТКО "АСТ". 1996. Т. 1. С. 51)

39) 이런 모티프는 수많은 현대 작가들의 작품들에서 이미 언급되었지만(А. 비토프, Т. 톨스타야를 상기하자), 그런 모티프가 펠레빈 자신의 최근 작품들에서도 등장한다(『오몬 라』, 『차파예프와 푸스토타』가 그 예이며 『차파예프와 푸스토타』의 경우에서는 특히 세르듀크(Серде́рюк)의 형상과 관련해서 특히 분명하게 나타난다).

문제다. (…) 사람들이 아무리 영리하다 해도, 그들은 최후 수인(囚人)의 삶을 경리부 부장의 삶과 조금도 다르게 만들 수는 없다. 무엇이 동기인지가 무슨 차이가 있는가, 만일 사람들에 의해 만들어진 행복이 동일하다면? 삶에서는 사람에게 정해진 행복의 규범이 있고 무슨 일이 벌어지든지 간에 이 행복을 빼앗을 수는 없다."(386)

단편 「어린 시절의 존재론」의 예에서 다시 한 번 확신할 수 있는 것은, 펠레빈이 가까운 주위 세계(예를 들어, 사회적 세계 또는 이 경우에는 감옥)에는 관심이 없고, 그는 세계, 우주, 코스모스를 지향하고 있다는 사실이다. 그의 예술적 공간에서 주위 세계의 '실천적 행위'는 철학적 삼라만상의 '이론'으로 꽉 차 있다.

검토된 '사회적 경향'을 포함하는 작품으로, 많지 않은 단편들 중에서는 「자거라(Спи)」(1991)를 들 수 있다.[40] 그러나 이 경우에도 유희적·아이러니적 경향이 사회적 경향보다 더 강하게 드러난다.[41]

단편 「자거라」의 주인공은 니키타 소네치킨인데, 서사의 초기에는 모 대학의 2학년생이다. "M-L 철학 강의에"(507) 등장해서 바로 니키타 소네치킨이라고 소개된 주인공과 그를 둘러싼 상황은 단편의 첫 줄부터 아이러니한 관점에서 제공된다(지각된다). 강좌의 제목(마르크스-레닌주의 철학)은 하찮은 듯 유쾌하게 'M-L……'로 표기되고 주인공 이름과 성의 첫 글자는 N. C. 흐루쇼프의 이니셜을 연상시킨다. 이 연상은 단편에서 필수적이지

••

40) 단편의 첫 번째 발표. НФ: Сб. *научной фантастики*. М.: Знание. 1991. Вып. 35. C. 189~204. 다음 출판들에서는 사라지게 된 'СПИ'라고 쓴 제목의 대문자서체 형식이 관심을 끈다.

41) 단편 「자거라」는 장편소설 *Generation 'P'*의 예술적 이데올로기와 어느 정도는 상통하며 일정 정도는 그 소설의 전주곡이었다.

는 않지만 주인공의 '족보'를 암시해주고 니키타의 가능한 연령, 더 정확히는 그의 탄생 시기인 '흐루쇼프 해빙기'에 대한 표시가 된다. 단편의 기본적인 서사 시간은 또 하나의 이름인 1991년의 주인공이자 지도자인 B. N. 옐친(525)과, 정치적·경제적 위기의 시기와, 이단적 운동의 전횡 시기를 둘러싸고 집중된다.

단편의 처음에 이미 작가는 주인공에게 "이해할 수 없는 일이 생겼다"고 알린다. "성물 모독적인 생각들을 떨쳐버린 신부와 비슷하게 생긴 키가 작고 귀가 큰 부교수가 강의실로 들어서자마자, 니키타는 너무나 졸리기 시작했고" "부교수가 말을 하기 시작하고 등불을 손가락으로 가리켰을 때 니키타는 도무지 주체할 수가 없어 잠들고 말았다."(507) 주인공은 성 '소네치킨(COH-ечкин)'[42]으로 정당화하지만, 작가는 주인공의 '잠'이 날 때부터 그런 것이 아니라 "어느 때"(507)부터 그를 사로잡았다고 강조한다.

예전에는("어느 때" 전, 바로 "3학기 시작 바로 전"까지(507)) '밤', '침대', '이불'의 경계 너머에서 니키타는 잠을 자지 않았고 그래서 그는 "처음에 (⋯) M-L 철학 강의에 **정상적으로**(강조는 저자) 앉아 있을 수가 없어 무척 상심했다."(508)

그러나 펠레빈의 단편에서 '정상'의 개념은 변형된다. '어느 때까지' 니키타에게는 잠을 자지 않는 것과 청강과 강의 노트를 열심히 메모하는 것이 '정상이었던 것'이었다면, 다른 사람들에게는 다르다. "이전에는 모두가 니키타를 정신병자로 생각했거나, 어쨌든 이상한 사람이라고 여겼고,"(511) 그가 졸기 시작하게 된 지금에야, "마침내 그가 완전히 정상이라는 사실이

∶∶

42) 〔역주〕손(COH)은 '잠, 꿈'이란 뜻이고 성에 이미 '잠'이란 낱말이 들어갔기에 주인공의 잠을 그렇게 정당화한다는 뜻이다.

밝혀졌다."(511) 강의 시간 동안의 잠(그리고 잠의 상태에 머무는 것 전체)은 펠레빈의 단편에서 깨어 있는 것보다도, 주위 모든 사람들에게는 더 자연스럽고 **정상적인** 상태이다.

I. 곤차로프의 소설『오블로모프』와 현대 포스트모더니즘 소설과의 상호 텍스트적 연관에 대해서는 여러 번 언급되었다. 이 경우에는 다음의 행들을 인용할 만하다. "일리야 일리치에게 누워 있는 것은 환자나 자고 싶은 사람들의 경우처럼 필수적인 것이 아니었고, 피곤한 사람의 경우처럼 우연한 것도 아니었고, 게으름뱅이의 경우처럼 즐거움도 아니었다. 이것은 그의 정상적인 상태였다."[43] 펠레빈의 주인공에게도 잠(또는 단편에 나타나는 대로, "잠의 상태")은 그렇게 "정상적인 상태"가 되어간다. 니키타 소네치킨은 현대적 오블로모프의 (또 하나의) 변형이 되어간다. 그러나 두 주인공들의 잠은 성질이 다르다.

펠레빈의 경우에는 서사의 처음에 '깨어 있음'이란 단어가 "몹시 놀란"(508)이란 형용사를 동반하는데, 자는 학생을 지적할 수 있는 강사에 대한 공포가 그것에 대한 간단한 설명이 된다. 곧 명사 '각성'(의미상 '깨어 있음'과 유사하다)과 나란히 부사 '위험하게'가 나온다. "니키타를 가장 놀라게 한 것은 잠 속에서 대화를 할 때 그의 목소리가 낸 그 깊이와 끈적함이었다. 그러나 이것에 신경을 쓰는 것은 가장 위험했다. 깨기 시작하는 것이었기 때문이다."(509)[44] 세미나 수업을 작가는 "그를 불렀을 때 그는 처음에는 자느라 놓쳐버렸기에 깜짝 **놀라서는** 단어들과 개념들을 헤매기 시작했

⋮

43) Гончаров И. *Обломов*. Л.: Художественная литература. ЛО. 1982. С. 11.

44) 목소리 톤에 대해서는 곤차로프도 주의를 기울였다. "일리야 일리치는 책임자가 방에 들어왔을 때 왜 그런지 자신도 모르는 채 갑자기 소심해져서는 목소리가 기어 들어갔고 가늘고 혐오스러운 다른 어떤 목소리가 나왔다."(Там же. С. 42)

다"(510)고 묘사한다. 이후(주인공이 "왜 우리는 모두 자는가"라는 질문을 깊이 생각하려고 시도할 때) "그는 이 테마가 얼마나 논의 불가능한 것인가를 알고는 **놀랐다**."(515) 즉 주인공 곤차로프의 잠은, 혁명 전 가부장제적 러시아에 깃들었던 조화, 행복, 평안의 반영이었다면, 펠레빈 주인공의 잠은, 한편으로는 위험을 마주한 육체의 방어적 반응이고, 다른 한편으로는 깨어 있고 사고하는 "동무들"을 "잠재우는 것"(518)이다.

소련 시대의 기본적 이데올로기 강좌인 마르크스-레닌주의 철학을 언급한 것, "성물 모독적 생각들을 떨쳐버린"[45] "신부"와 "귀가 큰" 조교수와의 비교, "기본 개념들"과 '원전 발췌들'(510)에 대한 참조, 제르진스키(509, 522)와 루나차르스키(510), 이미 언급된 옐친과 '은유적' 흐루쇼프 등의 이름들에 대한 주의는 서사의 시간적 경계들뿐만 아니라 단편의 사회적 정치적 좌표 체계("이데올로기 프로그램"(510))를 제공하고, 펠레빈이 가지고 작업하는 이데올로기소의 골조를 그려낸다. 마르크스-엥겔스-레닌 학설은 이런 체계에서 러시아 인구를 수면 상태로 빠지게 만드는 주된 수면제로서 읽힌다. "주위의 거의 모든 사람들이 자고 있었다"(508), "그들은 계속 잤다."(512)

펠레빈의 단편에서 잠은 다음과 같이 일정한 단계들(수준과 등급)을 가진다. "밤"과 "낮"의(514) 잠, "죽은 듯한" 잠과 "황홀한"(507) 잠, "완전히 세상모르는" 잠과 "선잠"(508), "일시적 비존재"와 "무기체적 무감각."(511)

∴

45) "국가로부터의 교회의 분리"라는 사회적 모티프(대립과 협조)는 펠레빈의 단편에서 세 번 나온다. 이미 언급된 부교수 외에, "어렸을 때부터 타락한 총주교를 니키타에게 상기시킨 인지학자 막심카 노인"(512)의 형상과, "깜박이 등을 단 길다란 '질'(ЗИЛ. 리하초프 자동차 공장―역자) 자동차에서" 쳐다보면서 "방송에서 만나자"라고 말하던 "대수도원장 율리안"(514)의 형상이 그것이다.

'밤'잠("침대 위에서 이불을 덮은"(507))은 단편에서 언급만 될 뿐이다.

주인공이 "어둠 속으로 떨어져버리고"(507), "주위의 모든 것으로부터 완전히 자신을 분리하는"(511) 잠은 서사의 후경으로 물러난다.

연구의 주된 대상은 주인공의 "새로운 상태"(508)이다. "예전에 그가 완전히 차단된" 상태에서 놀라서 깨는 상태(두 개의 극단적 지점들—저자)로 단숨에 바뀌었다면, 이제 이 두 상태는 결합한다. 그는 잠이 들지만, 완전히는 아니고, 어둠의 상태까지는 아니었다. 그에게 발생한 잠은, 모든 생각들이 움직이는 천연색 영화로 쉽게 바뀌고, 그 영화를 보면서 한 시간 빨리 돌려놓은 자명종 소리를 동시에 기다릴 수 있는, 아침 졸음을 연상시켰다. 그런 상태에서는 강의 시간에조차 주인공은 교수가 철학에 대해서가 아니라, "어린 시절에 있었던 무슨 일에 대해서 말하는 것 같았다."(507) 이런 '새로운' 상태에서는 "심지어 강의를 기록하기도 더 편하다. 교수의 중얼거림이 귀에서 바로 손으로 전달되어 그냥 손이 저절로 움직이도록 내버려두면 된다. 어떤 경우에도 뇌에 정보가 흘러들지 않도록 해야 한다. 뇌로 흘러드는 경우는 니키타가 잠에서 깼든지, 아니면 반대로, 일어나는 일에 대해 완전히 아무 생각이 없을 정도로 너무 깊이 잠들어버린 것이다."(508) 즉 펠레빈에게서 잠은 물리적 잠이라기보다는 '집단 무의식'으로 침잠하는 것이다.

'집단 무의식' 기법의 습득은 단편에서 점차적, 단계적으로 일어난다. 텍스트를 근거로 해서, 이 과정이 개인적인 것이며 다양한 시간에 다양한 상황에서 시작될 수 있는 것이라고 결론지을 수 있다. 가정에서,[46] 유치원에

••

46) 비교할 것. 단편 「어린 시절의 존재론」 중에는 다음과 같은 언급이 나온다. 어른들은 "네가 그들처럼 되길 원한다. 그들은 죽기 전에 누군가에게 자신의 바통을 건네주어야만 하는 것이다."(378)

서, 학교에서(아마도 니키타의 동급생 "공산 청년단장 세르게이 피르소프"에게 그렇게 일어났듯이(511)) 또는 주인공도 그랬듯이 늦게 발생해서 대학에서 그럴 수도 있다.

제3학기에 들어서서야 니키타 소네치킨은 집단 무의식이란 실재를 어느 정도 습득할 수도 있게 된다. "꿈속에서 듣고 쓰고 (…) 할 수 있다."(509) 그런 다음 그는 "일화(анекдот)를 이야기하는 것을 시도했다."(509) 그 후엔 "강의에서뿐만 아니라 세미나[47]에서도 자는 것"(510)을 배우게 되었고, 점차로 "그는 복잡하지 않은 행위들까지도 (…) 할 수 있게 되었다. 즉 그는 잠에서 깨지 않고 교수에게 인사하며 일어설 수도 있었고, 칠판으로 나가서 적힌 것을 지울 수도 있었고 심지어는 옆 강의실에 분필을 찾으러 가기까지 했고"(510), "꿈속에서 대답"할 수도 있었고, "그때부터 원전 발췌까지도 '그는' 잠에서 깨지 않고 할 수 있었다."(510) "점차로 그의 기술은 늘어갔고, 2학년 말쯤에는 아침에 전철에 들어서면서 잠이 들어서 저녁에 그 역에서 나오면서 잠이 깼고"(510), "외부 세계와 책임감 있게 연관되려는 쥐꼬리만 한 의식의 일부로 몇 가지 대상들에 동시에 관심을 기울일 줄 알게 되는 것을 그렇게 잠 속에서 습득했다."(508)

잠 상태에 체류하는 것은 '외부 세계'와의 접촉들을 완화할 뿐만 아니라 가정 내에서의 다툼과 불쾌한 일들로부터 벗어나게 해준다. 주인공은 "부모와의 관계에서 새로운 단계를 (…) 시작하였다"고 지적한다. "대화가 시작하자마자 잠이 들어버리면, 모든 스캔들이나 오해를 미연에 방지할 필요도 전혀 없었다."(512) 제때 잠에 빠져들 수만 있으면 스트레스로 인한

..

47) 〔역주〕 러시아 대학 교육은 다수의 학생들이 듣는 교양 강좌나 일반 전공 수업인 '강의(лекция)'와 소수가 참여해서 토론 형식으로 진행되는 전공 수업인 '세미나(семинар)'로 나뉜다.

지나친 감정 폭발을 피할 수도 있었다. 한번은 "어머니가 자기 발에 다리미를 실수로 떨어뜨려 타박상과 화상을 입고는 '구급차' 대원들이 도착할 때까지 (…) 슬프게 훌쩍훌쩍 울고 있었는데, 니키타는 이것을 참을 수가 없어서 잠들어버렸다."(512)

펠레빈의 단편에서는 주인공뿐만 아니라 그의 친구들(511)이나, 선생님들(509~510)이나, 부모도 동일한 형식으로 삶이나, 삶의 슬픔이나 불쾌한 일로부터 벗어난다. 이렇게, 니키타는 아버지를 깨어 있는 상태로는 '단지 한 번' 만나게 되었다. "안락의자에 앉아서 머리를 뒤로 젖혔는데 악몽을 꾼 것 같았다. 흐느끼기 시작했고 손을 내저으며 소리쳤고 잠에서 깼다. 니키타는 표정을 보고 알았다. 그러더니 욕설을 퍼붓고는" "다시 잠이 들었다."(512. 어머니에 관계된 잠의 '방어 기능'에 대해서는 단편에서 더 결정적으로 언급된다. 어느 날 저녁에 어머니는 "『이반 데니소비치의 하루』를 들고 끄덕끄덕 졸고 있었다."(이런 언급이 아이러니한 역설이라는 사실은 분명하다. A. 솔제니친의 소설은 '과도하게' 자극적이며 사회적이며 문제작이기에, 여자 주인공의 입장에서는 단편이 자신을 불안하지 않게 하는(방어하기 위한) 유일한 수단은 그 소설을 들고 조는 것이다.)) 사회적 정보로부터 자기를 방어하기 위해 '어려운' 책들이나 신문들을 들고 '자는' 능력을 주인공도 획득하게 된다. "잠 속에서 니키타는 이전까지는 결코 풀이할 수 없던 수많은 책을 읽어치웠고 심지어는 신문들을 읽는 법도 배웠는데, 그런 점은 결국 부모를 안심시켰다."(513)

펠레빈에 따르면 '외부 세계'나 보편 이성에서 개성에 작용하는 지렛대가 'M-L 철학', 즉 마르크스-레닌주의 학설과 공산주의적(집단적·무의식적) 공존 원칙들이라면, 집과 가정의 경계 내에서 사람의 의식에 작용하는 수단은, 펠레빈에 따르면, "우주를 향한 파란 창"(513)인 텔레비전이다.

아버지의 유일한 "깨어남"과 그의 놀람, 즉 "울기 시작했고", "손을 내저었고", "욕을 해댔다"에 대한 인용구는 이미 언급되었다. 그의 놀람을 가라앉히고 진정시키는 작용을 하는 것은 텔레비전이었다. 아버지는 "마침 어떤 역사적 합동 잠들기[소리 유희: 잠들기(засыпание) // 회의(заседание)(512)][48] 가 파란색으로 어른거리고 있던 텔레비전 가까이에 앉아" "잠이 들었다." (512) 니키타의 가정에 대해서는 "부모에게는 좋아하는 가정 방송 〈카메라가 세계를 바라본다〉가 있었다"(513)고 언급된다. 거실 텔레비전 쪽으로 나가는 아버지에 대한 묘사는 의미가 있다. "아버지는 편안하게 회색 줄무늬 파자마를 입고는 거실로 나가 안락의자에 웅크리고 앉아서"(513), "반쯤 뜬 눈으로" "홀린 듯이" "몇 시간씩" 쳐다보았다(513)라는 대목은 고양이와의 생태적 비교이자 세부들로 가득 차 있다. 이후에 펠레빈은 이 단편에서 다음과 같이 결론 내린다. "꿈의 내용(즉 인생의 내용—저자)은 화면으로 제공되었다."(514) 그런데 이 구절은 소설 Generation 'P'에서 되풀이된다. "우리 시대에 사람들은 그들이 무슨 생각을 하는지 텔레비전을 통해서 알게된다."(219)

텔레비전은 꿈과 현실 사이의 어떤 한계를 극복하고, 꿈-삶과 꿈-죽음 사이의 어떤 경계를 극복하도록 해준다. 전철(현실)에서 승객들의 깊은 잠 (꿈)을 관찰하면서, 주인공은 그들이 "일시적 비존재"(즉 죽음)(511)에 놓인다는 사실을 확인하게 된다면, 텔레비전을 매개로 해서는 이 경계(삶/죽음)가 극복되는 것이다. "푸른색 베레모를 쓰고 뜨거운 산골짜기에 서 있던" 어떤 소령은 화면에서 다음과 같이 말한다. "죽음이오? (…) 죽음은 처음에만, 처음 며칠만 두렵지요. 본질적으로, 여기서 근무하는 것은 우리들에

··

48) [역주] 아버지는 회의(заседание)를 잠들기(засыпание)로 잘못 발음하고 있으며 보그다노바는 그것을 '소리 유희'로 지적하고 있다.

겐 좋은 학교가 되었어요. 우리는 정신을 배웠고, 정신은 우리를 가르쳤습니다."(514) 죽음에는 지속성의 의미가 부여되고, 죽음은 지속의 의미론을 가진 단어들과의 문맥 속에 놓이기에 삶의 동의어로 인식된다. 삶＝죽음이다.

대략적으로 그런(현상들의 경계를 극복하는) 관점에서 텔레비전 화면에서는 "자신을 존경하는 '원탁'의 필수 참가자"(514)인 율리안 대수도원장의 "방송에서 만나요!"란 말도 나온다. '방송(эфир)'이란 말에는 '텔레비전 방송'과 '방송 – 공기, 우주, 하늘, 타(他) 존재'라는 의미를 부가할 수도 있다.[49]

'우리 동산' 같은 '순진한' 텔레비전 방송은 펠레빈에게는 잠재적인 형상과 매우 현실적인 현상 간의 '경계를 씻고 간극을 메우는' 거점이 된다. "'우리 동산' 프로그램을 보는 중에 니키타는 인기 있는 성(性) 편향의 창시자를 떠올리게 되었다. 프랑스 후작은 금줄이 달린 빨간색 친위병 제복을 입고 있었고, 그는 어떤 여성 기숙사로 초청되었다."(514. '후작'에 대한 언급과 '우리 동산(наш сад) – 사드 후작(де Сад)'[50]의 어음적/동음이의어적 자유 연상은 단편의 문맥에 시기를 정확히 규정하는 기호적 형상을 이끌어온다.)

이렇듯, 텔레비전은 현상들의 경계를 극복하고, 결합될 수 없는 것을 결합하고, 접목될 수 없는 것을 '정상적으로' 접목시킨다. 현실과 꿈, 꿈과 삶, 삶과 죽음, 꿈과 죽음 등.

•••

49) 율리안 형상의 문체와 "깜빡이등을 가진 긴 '질(ЗИЛ) 자동차'"(154)에 대한 언급은, *Generation 'P'*에 나오는 "긴 흰색 리무진"을 배경으로 화면에 등장하는 광고 슬로건 "품격 있는 귀하를 위한 품격 있는 하느님(Солидный господь для солидный господ)"(153)과도 상통한다.

50) 〔역주〕 '우리 동산'의 발음은 '나슈 사드'이고 '사드 후작'의 발음은 '드 사드'이므로 '사드'(동산)가 사드 후작을 연상시켰다는 것을 말한다.

그러나 펠레빈의 단편에서 M-L 철학과 텔레비전의 최면 행위는 절대적이지 않다. 주인공은 자신을 통제하고(꿈속에서 일화를 이야기하면서 그는 "맨 마지막에는 (…) 헷갈려서 제르진스키의 모제르총(мaузep) 대신에 드네프로페트롭스크의 중유(мaзут)[51]에 대해 이야기를 시작했다는 것을 알게 되었고"(509)], 잠의 상태에서 벗어나고(핀으로 찔러서), 자신을 분석할 수 있는 능력을 유지한다("사실, 마치 그가 자신을 핀으로 찌르는 것 같은 꿈까지도 꿀 수 있다는 새로운 공포가 나타났지만, 니키타는 이 생각을 참을 수 없는 것이라는 듯이 쫓아 버렸다"(511)].

주인공의 의식은 "어떤 시기까지는" 회귀 불능으로 완전히 퇴화하지 않는다. 그는 "왜 우리는 모두 자는가"(515)라는 "존재의 중요한 수수께끼"에 대한 문제를 제기한다. 비록 "이 테마가 얼마나 논의 불가능한가를 알고 있으며", "니키타가 읽은 책들 중에서 가장 철면피한 책들도 이에 대해서는 일언반구도 없었다는 것에 놀라워하면서도……."(515)

'존재의 수수께끼'의 변형(존재의 비밀에 대한 인식을 향한, 러시아인의 잘 알려진 지향성)으로서, 더 구체적인 문제인 "사람은 얼마나 외로운가"(514)가 펠레빈 주인공의 의식에는 제기되는데, 그것은 고독과 "무덤의 차가운 잠"이란 레르몬토프적 모티프들의 되풀이다. 여기서부터 니키타의 '이 테마에 대한 특별한 잠'이 시작되고 또 하나의 레르몬토프적 형상인 '생각'이 형성된다. 잠의 참여자들의 "얼굴에 나타난 표현할 수 없는 어떤 동일한 사색의 그림자"[52](515)가 형성된다.

단편의 맨 처음에 이미 분명하게 드러나는 것은, 서사 전체가 대조로 이

••

51) [역주] 여기서도 모제르총(마우제르)과 중유(마주트)의 소리 유희가 발생한다.
52) 어구 "~에 대한 사색" 구조에는 푸슈킨의 "사람의 사색"도 그림자를 드리우고 있다.

루어졌다는 것, 전기장(기호적·상징적 장)을 생성하는 극단적이고 대립적으로 충전된 양극으로 조직되었다는 것, 그리고 그 내부에 주인공들이 체류하고 있다는 것이다. 이런 양극화된 점들의 충위와 그 중요성은 서로 다르다. 견고하지 않고 확정되지도 않아 자신의 본질과 극성을 바꿀 수도 있다. 그럼에도 불구하고 펠레빈은 '그때 / 지금', '정상 / 비정상', '자신 / 타자', '꿈 / 현실', '죽음 / 삶', 단편에서 집요하게 전개되는 '캐비아 / 다시마', "신(523) / 악마(520)", '진리를 추구하는 사람들 / 평안하게 잠자는 이들', '아버지 / 아들', '이성적인 사람들 / 미친 사람들' 등처럼 양극적 대조를 명확하게 표시한다. 이런 대조들 중에서 특별한 위치를 차지하는 것은 "당(黨) 근무원들(가장 폭넓은 의미에서는 마르크스-레닌주의 이데올로기의 신봉자들, 예를 들어 강의하는 교수)과 성직자들"(이미 언급된 "신부", 막심과 대수도원장 율리안)이다. 교회와 국가의 대립(분리) 표어는 이런 대립 쌍에서 아이러니하고 코믹하게 읽히지만, 그 표어는 "유일한 진리"(515)를 찾고 있는 주인공이 따라 행동하게 되는 철학적·이데올로기적 규범을 형성한다.

이런 여정에서 첫 번째는 은밀한 비밀을 포착하려는 희망을 몰고 온 **"특별한 잠"**이었다. 이런 특별한 잠을 자는 사람들은 당대회장 실내("아치형 복도", "포도송이들과 들창코 여성 얼굴 부조 장식이 있는" 천장, "레드 카펫 길"이며 이런 계열을 표시하는 기호인 "색칠된 창문"으로 끝나는 "복도 골목"(515))에서 회원들 중에서 "3인 위원회"를 선발하는, "서로서로가 상당히 비슷하고" "머리가 벗겨진" "중년의"(515) 사람들이다. 첨언하자면, "3명의 전권 위임 위원들"이 갖는 의미는 "파란색 트리플 양복"(516)을 입은 남자들이라고 세부적으로 묘사되는 그들의 외모 때문에 강화되고 강조된다. 그러나 이 세 명은 다음과 같이 (니키타의 질문에 대한) "대답을 회피한다." 그들로부터는 "축축한 자리"만이 남고("커다란 웅덩이"와 "내부가 그을린 세 벌의 텅 빈 양복"

(517)), 마지막 어구의 구조에서는 위협이 감지된다("이것은, 물론, 농담이죠, 하지만……"(517)). "몇몇 참을 수 없는 동무들의" "기본 주장들"(518)로 잠을 재우는 M-L 철학의 이데올로기는 비밀의 해답을 제공하지 않으며, "사람들의 삶이 돌아가는 접철"(517)을 인식할 수 없도록 하고, 심지어 이런 과정에서 도래하는 위험에 대해 경고까지 한다.

"의심의 그림자"(515)를 흩어버리고 존재의 "수수께끼"를 풀어내려는 니키타의 또 다른 시도는 '국가/교회'라는 대립의 다른 극에서, "팔에 완장을 차고, 천사처럼 보이게 하는 똑같은 하얀 잠바를 입은"(522) 두 명의 민병 대원들인 가브릴라와 미하일[53] 간의 대화 속에서 실행된다. 이 인물들의 '천사 계급'과 그들의 천사 같은 위엄은 다음과 같이 강하게 강조된다. 그들은 그리스도의 군대, '친위병'인 천사 가브리엘과 미하일이라고 명명되는 것이다. 미하일의 손목에 있는 문신은 다니엘 선지자의 책(『다니엘서』10:13, 21:1)에 나오는, 하늘로부터 사탄의 추방과 미하일의 승리("말 다리 밑에 있는 무엇을 창으로 찌르고 있는 기사"(524))라는 에피소드를 재현하고 있다. 병을 열기 위한 도구로 미하일은 "작은 장검 모양의 장식물"(523. 장검은 잘 알다시피 '천사장' 미하일의 무기이다)을 이용한다. 그들은 친위병처럼 밤 산책에서 실제로 니키타를 수행한다("미하일과 가브릴라는 술에 취해서는 엄격한 태도로 거리를 둘러보면서 양옆에서 걸어갔다"(525)). 니키타가 직접적으로 제기하지는 않은 질문("어쩌면 그들에게 물어봐야 할까?—니키타는 생각했다. (…) 무섭긴 했지만. 어쨌든 두 명 아닌가……"(523))에 대해 이 경우에는 다음과

••

53) 천사 가브리엘의 이름은 의도적으로 풍자되었고 I. 일프(И. Ильф)의 『12개의 의자(Двенадцать стульев)』와 E. 페트로프(Е. Петров)의 『가브릴리아다(Гварилиада)』에 나오는 "프롤레타리아적" 서사시의 주인공 이름처럼 들린다. "가브릴라는 우편배달부였다……."

같은 답이 주어진다. '특별한 모스크바의(Особая московская)'[54]라는 상표에서 주인공은 '자거라(СПИ)'를 읽어내는데, 술 마시고 잊어버리는 것밖에 "아직까지는 사람들에게 아무런 가망이 없다"(524)라고 신의 사도는 명확하게 말한다. 비록 본질상으로 잠자는 존재의 비밀을 니키타가 인식하는 것과 직접적으로 연결되지는 않는다 하더라도, 미하일이 언급한 결론적 대답이 지니는 철학적 깊이와 슬프고도 심오한 사상은 당 근무자들이 말한 마지막 말 속의 매우 위협적인 어조와 대립적이다. 꿈의 상태처럼 술 취함의 상태는 방어 수단이자 자기 보존 수단이며 현대인이 '정상적' 존재로 설수 있는 유일한 수단이 된다. 펠레빈은 주인공이 차차 나이 들어가는 과정을 통해 운명과 불가피성, 세계와 존재를 불가피하다고 객관적으로 지각하는 것('자유'가 된 '의식적 불가피성') 등을 슈제트상에서 독자들이 눈치채지 못하게 점차적으로 강조한다. 단편의 결말에서 주인공은 결혼하고, 딸 안누시카가 태어난다. "피곤에 지친 주름진 얼굴"과 "듬성듬성한 대머리"(526)가 되어간다.

펠레빈은 이와 같은 존재의 연극성(또는 비극성)을 무대에서 주인공의 얼굴(더 정확히는 전철 창문에 비친 주인공 얼굴 그림자)이 '사라지는 것'으로 표시한다. "갑자기 얼굴이 사라졌고, 얼굴이 있던 자리에는 검은 공동이 생겼다"(526), "터널이 끝났고, 전철은 얼어붙은 강 위 다리로 내달렸으며", "높은 건물 지붕 위 소비에트 사람의 영예가 보이기 시작했다"(526)에서 보듯이, '사라짐'은 현실적으로 동기화된다. 사람들의 텅 빔, '나'의 사라짐, 잠의 완전하고 최종적인 승리는 '신비적으로' 동기화되고, 그때 "끝에 초록색 물방울 무늬가 있는 핀"(526)도 쓸데가 없어서 버려진다.

∴

54) 〔역주〕 최초의 보드카 상표이다.

여름의 활기찬 생활은 잠에 취한 겨울로 바뀌고(526), '소비에트 사람의 영예'는 슬로건과 플래카드로 나타나지는 않지만, 단일한 문학적 문맥 속에서 비슷해지며, 베들레헴의 별은 "신호등 별"(521)로 변하고, 큰곰자리별 국자는 현대화된 명칭, 즉 "주걱(совок)"(526)의 형상을 가진다. 이런 형상·개념[55]을 끌어들였다고 해서 시간과 주인공은 주관성, 개인적 의식, 깨어 있는 것 등이 현존하고 있음을 프로그래밍하지는 못한다. 하지만 개인의 입장에서는 "어떠한 참여도 할 수 없는" "잠의 상태"(513)를 나타내는 유일하게 믿을 만하고 정확한 기호를 획득하게 된다. 제르진스키의 형상을 묘사하는 서사(509, 522)는 국가가 사람에게 '행복을 강제적'으로 주입한 증거가 되고, 미하일의 "아직까지는 (…) 아무런 다른 희망이 보이지 않는다"는 말은 고립무원과 신적 간섭의 운명성에 대한 증거가 된다. 명령형 약어 "자거라(СПИ)"는 결국 당의 지시로도, 신의 언약으로도 인지된다.

마지막, 세 번째로, 펠레빈의 초기 단편들의 특징은 슈제트 측면에서는 두드러지지는 않지만 충분히 감지할 수 있는 구성의 정연성이다.[56] 현대문학의 문맥 속에서 놀랍도록 단순한 형식과 순수한 문체(시학에 낯설지 않은 유희와 아이러니), 형식과 내용을 조화시키고 이것들을 조직화하여 예술·미학적으로 일치시키는 탁월한 능력을 펠레빈은 보여준다.

∷

55) '주걱(совок)'의 형상은 잠 속에서 캐비아의 무게를 재는 장면에서 종종 등장한다("게으른 판매원 아줌마가 주걱으로 통에서 캐비아를 꺼내 저울에 500그램을 달아 당신에게 준다" (519)).

56) S. 추프리닌에 따르면, "펠레빈은 (…) 어쩌면 오늘날 우리들 중에서 가장 훌륭한 (…) **구성작가**이다."(강조는 저자)(Чупринин С. Сбывавшееся несбывшееся // *Знамя*. 1993. No. 9. C. 182) 또는 A. 게니스에 따르면 "그와 같은 가장 진부한 슈제트에서 숨겨진 의미가 드러난다. 슈제트가 진부하면 할수록 그 안의 내용은 더 분명하고 예기치 못한 것이 된다." (Генис А. Указ. соч. C. 90)

언뜻 보면, 펠레빈이 단편들을 구성하는 것은 상당히 전통적으로 보인다. 예를 들어 소로킨과는 달리 슈제트의 어떤 '붕괴'도 일어나지 않는 것이다. 펠레빈 단편들이 조직화하는 그런 예술 세계의 요소들은 마치 '객관적으로'나 '자체적으로'는 존재하지 않는 것 같다. 그런 요소들이 인식 주체의 의식에 의해 중개되거나, 자기 세계를 '모델화하는' 개인의 능력에 의해 완전히 좌우된다는 사실은 다른 문제다.[57] 펠레빈 단편들에 나타나는 '현실'은 현존하는 세계의 모든 사실의 총체가 아니라, 주체가 구별하는(알아차리는, 이해하는) 것들만의 총체이다.

그때(어느 경우들에서는) 펠레빈 단편들이 그려내는 '주관적' 세계는 '객관적으로' 현존하는 사물들의 제 요소와 주인공 의식의 특징들이 빚어낸 비현실적 실체들의 제 요소를 '혼합'하여 형성된다(「중간 지대의 보로볼로크 문제」, 「천상의 작은 북(Бубен Верхнего мира)」 등). 다른 경우들에서 주관적 세계는 신비적·환상적 장막이 사라지고 '엄격하게' 리얼리즘적인 성격을 띠는, 하지만 비현실적 층위로 읽히는 구성 요소들로 만들어진다(「니카(Ника)」, 「카페의 지그문드(Зигмунд в кафе)」 등).[58] 이렇듯 단편 「중간 지대의 보로볼로크 문제」와 「천상의 작은 북」에서는 '현실적' 주인공들과 함께, 둔갑하는 괴물들이나 다시 살아나는 죽은 사람들이 등장하는 데 반해, 단편 「니카」와 「카

∴

57) 비토프와 비교할 것. "질주를 잠시 멈추고, 우리가 다시 한 번 강조하고 싶은 것은, 우리에게 문학적 현실은 이 현실의 참가자의 관점에서만 현실로 지각할 수 있다는 사실이다. 이런 의미에서 최고의 리얼리즘으로 간주되는 것은 바로 이것이다. 모든 것이 '있었던 대로', 마치 작가가 없는 것처럼 비공개적이며 신뢰를 불러일으키지 않는 형식적으로 형식주의적인 가장 높은 수준의 조건이다. 그때서야 우리는 리얼리즘을 문학적 형식이나 규범들의 하나의 습성이 아니라, 현실에 대한 지향으로 간주할 것이다.(『푸슈킨의 집』, 64~65)
58) 펠레빈 단편들의 '두 번째' 현실은 오래가지 못할 수도 있지만(잠깐 빛났다가 사라진다), 예술적 서사의 경계에서 그 현실은 자신의 특징과 공간을 필연적으로 획득한다.

페의 지그문드」에서 서술자의 관점은 이리저리 돌아다니는 고양이를 낭만적인 은밀한 사랑의 대상으로, 또는 앵무새를 비이성적 철학자로 '변화시키는 것 같다(변형시키는 것 같다).' 펠레빈의 예술적 보편 이성의 크기는 **외부 세계**의 세부들(특징들)로 창조되는 것이 아니라, 내부에서 발생하며, 펠레빈 단편 세계(우주)의 중심에 놓이는 그 개성의 **내부 세계** 크기에 전적으로 좌우된다.

단편 「니카」는 I. 부닌의 매우 유명한 단편 「가벼운 숨결(Легкое дыхание)」[59] 중에서, 젊고, "경망스럽고", "무사태평한"(95)[60] 김나지움 여학생 올랴 메세르스카야를 묘사하는 장면이나, 그녀의 가벼운 숨결, 그녀의 사랑, 비극적 죽음에 대해서 서술하는 대목을 거의 정확하게 인용하면서 시작된다.

부닌(단편의 결말): "지금 이 가벼운 숨결은 또다시 세계에, 이런 구름 낀 하늘에, 이런 차가운 봄바람 속에 흩어져버렸다."(98)

펠레빈: "그녀의 가벼운 숨결이 또다시 세계에, 이런 구름 낀 하늘에, 이런 차가운 봄바람에 흩어져버린 지금, 내 무릎 위에는 규토 벽돌처럼 무거운 부닌의 책이 놓여 있고, 나는 때때로 책 페이지에서 눈을 떼서, 우연히 보관하게 된, 그 책 사진이 걸려 있는 벽을 바라본다."(527)

펠레빈이 반복하고 있는 이런 부닌의 말들이 이미 첫 소리에 위치하면서 러시아 고전에 대한, 러시아문학의 영원한 테마인 사랑의 테마에 대한 작품의 방향성을 결정한다. 올랴 메세르스카야의 형상은 펠레빈의 여자

..

59) 〔역주〕 부닌(1970~1953)의 1916년 단편 작품으로, 한국에서는 부닌의 단편들을 모은 『사랑의 문법』(이반 부닌 지음, 류필화 옮김, 소담, 1996)에 포함되어 번역되었다.

60) 여기와 이후에서 I. 부닌의 단편 「가벼운 숨결(Легкое дыхание)」에 대한 인용은 Бунин И. *Собр. соч.*: В 6т. М.: Терра. 1996. Т. 4를 따르며, 본문에는 쪽수만 표기한다.

주인공에게 원형으로서 기능을 하며, 부닌의 여자 주인공이 소유한 보이지 않는 특징들은 니카의 외모에 반영된다.

　　의도적으로 부닌을 인용함으로써 펠레빈은 부닌의 단편을 읽지 않은 독자들이 반복되는 인생 상황에 주의를 기울이기를 원했으며, 다른 한편으로는 문학 전통에 대한 관심을 환기하도록 종용한다.

　　부닌의 단편을 읽은 독자들에게는 펠레빈은 부닌의 단편을 언급한 것이 결코 우연이 아님을 역설한다. 펠레빈이 부닌을 언급한 것은 한편으로는 독자를 의도적으로 기만하려는 바람(왜냐하면 「가벼운 숨결」에 대한 호소를 통해서 펠레빈은, 서사의 마지막 어구까지 그 어디에서도 여자 주인공의 '애니미즘'을 언급하지 않으면서(밝히지 않으면서), 고양이에게 벌어진 사건들을 인간 삶의 충돌로서 받아들이도록 '강요하고 있기 때문이다')에서 비롯된 것이며, 다른 한편으로 이 인용을 통해 서사는 아이러니적 · 유희적 특징을 가진다. 왜냐하면 그 인용은 텍스트를 기만할 뿐만 아니라 해독하기도 하기 때문이다. 부닌의 단편을 집요하게 강조한 세 번의 지적[61]은 독자의 관심을 유발하며, 3회성은 묘사되는 사건들에 대한 환상('이야기성')을 부인(박탈)한다. 그리고 규토 벽돌과 부닌 책 간의 비교(524)는 가벼운 유희적 · 아이러니적 뉘앙스를 서사에 부여한다.

　　그러나 이런저런 경우 모두 부닌의 텍스트에 대한 연관성은 분명하며, 상호 텍스트성이 성립한다. '텍스트로서의 세계와 세계로서의 텍스트'라는 포스트모더니즘적 테제가 효력을 발휘하는 것이다.

　　펠레빈은 부닌의 텍스트를 재편성한다. 부닌의 서사에서 그려지는 결말

∵

61) 펠레빈이 단편의 시작에서 인용한 문구에서는 부닌의 문장들만이 아니라 그것의 사물 세계의 세부 사항, 특히 사진(부닌에게서는 "사진 초상화"(94))이 반복 등장한다. 단편을 쓴 저자의 이름(부닌—역자)도 명시된다.

은 펠레빈의 서사에서는 처음이 된다. 단편 「가벼운 숨결」의 결말은, 테마(사랑)와 서사의 톤(서정적·주관적 고백) 층위에서뿐만 아니라 인물 체계(펠레빈에게서는 우선적으로 부닌적 여자 주인공)에서도 독특한 고리(또는 나선형)를 형성하면서 단편 「니카」에서 기능을 한다.

올렌카 메세르스카야의 특징은 다음과 같다. "우아함, 화려함, 기민성, 선명한 눈빛", "놀라울 정도로 생생한 눈", 모든 것을 "밝고 생동감 있게" 바라보는 능력, "가장 무사태평하고, 가장 행복하게" 되는 힘, 모든 움직임을 "가볍고 우아하게" 하는 재능(94~95). "15세에 이미 그녀는 미인으로 정평이 났다."(94) 펠레빈의 니카 또한 "젊고 활력이 넘치고"(534), "자연스러운 우아함"(530)과, "부드러운 곡선을 가진"(527) "유연한 (…) 몸"(530)을 선사받았고, 그녀의 "초록빛 눈"은 "신비로움"(533)을 발산했으며, 그녀의 존재는 "최고의 조화로운 광채"로 가득했다. "그녀는 (…) 자체로 완벽한 예술 작품 같았다."(539)

올랴에 대해서는 "무도회에서 그 누구도 올랴 메세르스카야처럼 춤추지 못했고, 그 누구도 그녀처럼 스케이트를 타지 못했다"(94)고 하고, 니카에 대해서는 "그녀는 한 번도 엘리베이터를 타고 내려오지 않았고, 조용하고 빠른 발걸음으로 계단을 따라 밑으로 내달렸다. 내 생각에 이런 점에는 운동선수다운 애교가 하나도 없었다. 그녀는 (…) 관 모양의 웅웅거리는 상자[62]를 기다리는 데 시간을 허비하는 것보다, 계단을 따라 3분 정도 달려가는 것이 더 편했다. 전혀 힘들지 않을 만큼 실제 젊었을 뿐이다"(534)고 한다.

여자 주인공들의 외적 유사성은 그들의 내적 친족성으로 강화된다. 올

··

62) 〔역주〕엘리베이터를 말한다.

렌카가 "얼굴에 어떠한 표정도 띠지 않고"(95) 듣는 것처럼, 니카도 그렇다. "그녀가 무슨 생각을 하는지 도무지 알 수가 없지만, 내 말은 그녀의 작고 아름다운 머릿속으로 침투하지 못했다. 그녀는 앉아 있는 소파와 얘기하는 것만 같았다."(530) 이와 관련하여 올렌카는 "학급 주임이 그녀에게 한 훈시들을 매우 등한히 했다"(94)라고 묘사된다. 니카 역시 이와 유사하다. "내가 이야기하는 모든 것을 그녀는 완전히 무시하였다."(533) "니카는 내게서 고작 50센티미터 떨어져서 앉아 있었지만, 구세주 탑[63] 꼭대기처럼 도달할 수가 없었다."(533)

자기를 좋아하는 추종자들을 대할 때 경박하고 변덕스러운(95) 올렌카와 비슷하게, 니카도 좋아하는 감정은 일시적이다. "내 가슴에 그녀가 머리를 감추었을 때, 나는 천천히 손가락으로 그녀의 목을 쓰다듬었고, 그렇게 부드러운 굴곡이 있는 손바닥, 가늘고, 하얗고, 작은 해골이 있는 반지를 낀 손이나, 또는 거칠게 털이 나고 파란색 도장과 날짜가 찍혀 있는 손이나, 밑으로 천천히 흘러내리는 손을 상상했고, 이런 변화가 그녀의 마음을 전혀 감동시키지는 못했을 것이라는 사실을 느꼈다."(527~528) 그리고 니카의 정부(情夫)에 대한 주인공의 언급은 다음과 같다. "나는 니카가 동물이란 단어가 가진 의미 그대로 동물인 사람들을 좋아하며, 그녀는 자신과 전혀 닮지 않았던 그에게 항상 끌리게 될 것이라는 사실을 오래전에 짐작했다."(539)

여자 주인공들뿐만 아니라 그들이 선택한 사람들도 유사성을 가진다는 점을 비교해볼 수도 있다. 올랴 메세르스카야는 기차 플랫폼에서 "올랴 메세르스카

••
63) 〔역주〕 크렘린의 성벽 탑들 중 하나다.

야가 속한 계층과는 아무런 공통점이 없는 못생기고 야비한 외모의 카자크 장교"(96)가 쏜 총에 맞았다. 니카의 정부 역시 중립적 어조로 다음과 같이 묘사된다. "그는 표정 없는 눈, 저속하고 흐릿한 색의 콧수염, 자존심으로 가득 찬 외모를 가지고 있었고"(539), "한 번은 이런 외모를 하고서 쓰레기통을 파헤치는 그를 나는 본 적도 있다."(539) 다시 말해서 니카가 속한 계층의 사람이 아닌 것이다.

니카는 자연스럽게 "고양이같이 유연한 몸"(530)을 부여받았으며, 부닌이 올렌카 내부의 고양이적 본성(특징)을 그려내고 있다(지적하고 있다)는 점도 흥미롭다. 학생주임("손에 뜨개질거리를 들고 책상에 앉아 있던"(95))과의 대화에서 다음과 같은 대목이 나온다. "학생은 내 얘기를 잘 듣지 않을 거예요. 안타깝게도 나는 이 점을 확신해요. 학생주임은 **실을 길게 잡아당겨 반들반들한 마루 위에 있는 실꾸리를 돌리면서 말했고, 메세르스카야는 흥미롭게 실꾸리를 바라보다가**눈을 들었다."(강조는 저자)(95) 강조된 말들은 올렌카 역할 행동의 '고양이 같은' 요소, 실꾸리에 대한 그녀의 관심, 고양이처럼 실꾸리를 가지고 놀고 싶은 바람 등을 전달해준다.

펠레빈 단편 텍스트에서 이해 불가능하고 비동기화되었다고 생각되는 니카의 일기에 대한 언급이나("어느 때 나는 그녀가 나에 대해 어떻게 생각하는지 알고 싶었지만 그녀로부터 답을 얻어낸다는 것은 부질없는 일이었고, 일기라도 몰래 읽어볼 수 있었을 텐데 그녀는 일기라곤 쓰지를 않았다"(531)), "책을 들고 있는 그녀를 한 번도 본 적이 없다"(530)는 것에 대한 지적은, 올렌카 메세르스카야가 일기도 쓰고 있었고(96~97) 책들("아버지의 책을"(98))도 읽고 있었던 것을 기억하면 쉽게 설명된다. 즉 여자 주인공들의 상이점('일기를 썼다 / 쓰지 않았다'와 '책을 읽었다 / 읽지 않았다')을 통해서 펠레빈에 의해 계산되고 재구성된, 두 여자 주인공의 연관·대립이 드러나는 것이다. 서사가 진행됨에 따라 올랴 메세르스카야의 매력은 뚜렷해지고 니카 형상의 매력(과 비극성[64])을 보충하며, 선험적으로 주어진 니카에 대한 호감을 강화한다.

펠레빈의 의도는 니카에 대한 '인식 가능성'을 보장하는 것이다. 「가벼운 숨결」의 올렌카와 니카 간의 '유사성'은 개별적이고 사소하게 보이는 세부적 반복들에서 잘 드러난다. 부닌이 언급하는 "도자기 화관"(94)과, 젊은 김나지움 여학생의 무덤에 있는 사진 초상화가 그려진 "볼록한 원형 도자기 장식"(94)이란 표현은 "오래된 쿠즈네츠 도자기 설탕 그릇"(529)이라는 언급에서 그 그림자를 찾을 수 있다. 여기서는 '도자기'뿐만 아니라, 단편 「가벼운 숨결」의 사건이 일어나는 시간과 그 단편의 창작 연도(1916)를 나타내주는 19세기 말과 20세기 초 상트페테르부르크에서 유명하던 도자기 공장 사장인 쿠즈네초프의 이름도 유희적 역할을 담당한다. 도자기는 "천년의 어둠에서 나와 미래의 소비에트 간이식당들을 배회하는 작은 도자기 매머드 떼"(532)에 대한 언급에서 다시 한 번 나타난다. 서사가 진행됨에 따라 "도자기" 화관이라는 정의를 "죽은 화관"(98)으로 교체한 부닌의 뒤를 이어, 펠레빈은 "쿠즈네츠 도자기 설탕 그릇"을 과거의 "사라져가는" "폐물"의 저장소, 즉 "평생 동안 수집한 존재의 현실성에 대한 증거들이 보관되었던 저금통 같은 것"(529)으로 만들어버린다는 점도 첨언할 필요가 있겠다.

니카와 올렌카의 연관성은 다른 소재, 다른 상황 속에서 언급되기도 한다. 부닌의 올렌카는 얼굴에 걸친 "실크 스카프"를 일기에 쓰고(97), 펠레빈의 「니

64) 비극적 결말이 있기 훨씬 전에 펠레빈은 "나는 한 번도 그녀의 죽음을 생각해보지 못했다"(535)는 표현을 넣어두었다. 일정 기간 설명이 되지 않는 그 말은 부닌의 단편에 대한, 올렌카 메세르스카야의 비극적 죽음에 대한 인유로 받아들여진다.

카」에서는 손님들 중 한 명이 그녀가 "실크처럼 부드러워지도록"(528) 니카를 더 엄격하게 대하라고 제안한다.

펠레빈은 올렌카와 니카 간 대조·비교의 연관성을 강화하기 위해 「가벼운 숨결」의 상황들에 일치하는 "붉은 머리에 말괄량이인 마샤라는 이름의 여자 친구"(537)를 등장시킨다. 올랴 메세르스카야에게는 "좋아하는 여자 친구" "뚱뚱하고 키가 큰 수보티나(Субботина)"(98)가 있었다.

부닌의 "분홍빛 저녁"(95)과 "연분홍빛 머리의 노파"(540)를 "마른 장미와 비슷한" 노파로 바꿔버린 다음 펠레빈은 이를 이용하여 여자 주인공들 중 한 명에게 독특한 특징을 부여한다.

「니카」에서는 「가벼운 숨결」의 '자연환경'이 감지된다. 다시 말해서 두 경우 묘사되는 계절은 봄[부닌에게서는 "4월, 회색빛 날들"(94), 펠레빈에게서는 3월 ("3월의 어느 날이었다")(536)]이다. 그뿐 아니라 '기온'도 유사하다. 부닌에게서는 "태양이 빛났다. (…) 완전히 추워지긴 했지만."(97) 그리고 펠레빈에게서는 "곧 여름이다. (…) 그런데 여전히 추웠다."(538)(문장 구조마저도 비슷하다.)

올랴 메세르스카야 형상을 특징짓는 자연스러운 신체적 지배소("그녀의 여자 친구들은 얼마나 꼼꼼히 머리를 빗었는지, 얼마나 말쑥했는지, 얼마나 행동이 절제되었는지! 그런데 그녀는 아무것도 두려워하지 않았다. 손가락에 묻은 잉크 반점도, 새빨개진 얼굴도, 헝클어진 머리도, 뛰다 넘어져 드러난 무릎도 아무런 상관을 하지 않았다. 아무 신경도 쓰지 않고 노력도 하지 않는데도 어쩐지 알 수 없이 그녀는 자연스럽게 두드러졌다"(94))는 니카의 신체적 특징과 연결되면서 강화된다. 펠레빈은 니카의 형상에 자연적−본능적 요소뿐만 아니라 의도적인 생리적 요소들까지도 부여한다("생리학 용어를 이용한다면, 그녀에게 나는 반향과 반응을 불러일으키는 단지 흥분제였을 뿐이다"(527), "사실상, 그녀는 아주

속물적이었고, 그녀의 요구도 대부분 순전히 생리적인 것들이었는데, 배를 채운다든가, 잠을 실컷 잔다든가, 소화를 위해 필수적인 환대를 받는 것 등이었다"(530)). 그런 무례함은 이런 말들이 젊은 아가씨가 아니라 고양이에 대해 언급되고 있다는 사실이 밝혀지는 단편의 결말에서 '용서받는다.'

올렌카 메세르스카야의 행동 모델(과 형상의 매력)에는 늑대소년 모글리 타잔의 여성적 유형에 가까운 '자연인'의 행동 모델 요소들도 추가할 수 있다(참조할 것. 니카에 대한 주변의 태도는 다음과 같다. "내가 아는 사람들은 (…) 그녀가 곁에 없을 때 경멸을 감추지 않았다. 그들 중 누구도 그녀를 동등하게 생각하지 않았다"(528)).

형상과 행동의 몇몇 혐오스러운 특징들에도 불구하고,[65] 니카의 **세계**(부닌의 단편에서도 나타나는 정의어(96, 97))는 주인공에게 유혹적이고 매력적인 것으로 작가에 의해 모델화된다. 니카 세계의 자연성과 유기성, 단순함과 분명성이 그에게는 "어떤 환상적 감동성"(530)으로 충만되고, "그녀의 동물적 모습에는 조화가 섬광처럼 빛나고, 예술이 가망 없이 뒤쫓는 자연스러운 숨결이 있어서, 나는 그녀의 단순한 운명이야말로 진실로 아름답고 의미심장하게 느껴지기 시작했다."(530) 니카 성격의 천진성과 독립성, 그리고 밤 산책("그녀가 밤마다 어디론가 잠시 나갔다 온다는 것을 나는 이미 오래전에 눈치챘다"(537))[66] 그뿐 아니라 문화적(즉 "타자의"(530)) 지식을 부러워하

..

65) 예를 들어 다음과 같다. "그녀에게 주변은 말하는 장롱과 비슷한 무엇이었고 (…) 나를 찾아왔을 때 그녀는 일어나서 부엌으로 가는 일이 가장 잦았다."(528)
66) 자기 스스로 산책하는 키플링의 고양이와 비슷하다.
   (역주) 키플링의 고양이는 『정글북』의 작가 키플링의 단편 「고양이는 왜 혼자 다닐까(The CAT that Walked by Himself)」에 등장하는 길들여지지 않은 고양이를 말한다.

지 않는 것에서도 드러나는 그녀의 내적 자유(예를 들어, "니카는 쓰레기통의 불길을 1737년 모스크바 화재와 비교하는 것이나, 우니베르사모프 까마귀의 까악 까악거리는 소리를 '율리안의 변절자'에서 언급되는 고대 로마의 징조와 연결하려는 모욕적인 필요성으로부터 완전히 자유로웠다."(532))는 서술자-주인공이 잘 아는 사람들과 그녀가 완전히 다른 존재임을 드러내면서 단순함과 자연스러움으로 서술자-주인공을 매혹한다. "갑자기" 주인공은 그가 "진실로 그녀의 세계에 흥미를 가지고 있다"(530)는 것을 알게 된다. 주인공 안에서 "그녀의 영혼은 (…) 과연 무엇인가?"(532)를 알고자 하는 바람이 생긴다. 그는 "그녀의 단순한 노선들"(534)을 납득하고 싶어진다.

그러나 니카의 행동(과 생각)에 나타나는 특징과 이미지를 납득하기 위해서는 그녀의 세계에서 주인공의 세계로, 니카에게 향하던 방향을 "반대로" 자기에게 돌려 자기 자신으로부터의 인식으로 사실상 관심을 전환(단편의 공간 내에서)해야 한다. '지적 구조' 위에 쌓은 주인공의 세계가 대위법적으로 드러나는데, 그 구조는 "파리처럼" 주인공 "눈의 (…) 망막에 있는 모든 대상의 묘사"(532)에 들러붙는다. 그 세계 속에서 "계속해서 체로 걸러진 (…) 생각들이 바퀴를 굴려나갔고 그 바퀴로부터 그들은 이미 벗어날 수가 없다."(532) 그 세계로 인해 주인공은 "어지간히 피곤했고" 그 세계로부터 그는 "벗어날 곳이 없었다."(532) 이 세계에서는 "이미 오래전부터 새로운 일이라곤 일어난 적이 없었기에", 주인공은 "니카와 나란히 있으면서 **느끼고 살아가는** 어떤 미지의 방법들을 발견하기를" 희망했다.(강조는 저자)(533)

마지막에 강조된 동사들은 푸슈킨의 "산다는 것은 재촉하는 것이며, 느낀다는 것은 서두르는 것이다"[67]에 대한 반향으로서 간접 인용으로 읽힐 수 있으며, 이런 식으로 "러시아의 우울증", "새로운 것에 대한 애수"(535),

"영원한 문제"(이미 인용된 "그러나 그러면 그녀의 영혼은 무엇인가?"(532)) 등과 결합해서 러시아 고전문학의 전통적 주인공 유형으로서 '잉여 인간' 유형을 명백히 노정한다.

이에 대한 확증은 펠레빈 주인공이 스스로 하는 말에서도 발견할 수 있다. 그는 자신에 대해 말하면서 그가 "**또다시**(강조는 저자) 자신의 어깨 위에 아주 가볍지만 견딜 수 없는 고독의 무게를 느꼈다"(533)고 말하고 있다. 이 문맥에서 '또다시'는 오늘날(얼마 전에) 주인공에게 발생한 무엇뿐만 아니라 언젠가(매우 오래전에) 그 혼자에게만 일어난 일이 아닌 그 무엇으로 이해된다.

주인공의 상태를 '고독'으로 정의한 것은 주지하다시피, 주로 레르몬토프적 기질의 '잉여 인간' 주인공을 명확히 정의하기 위한 기호이기도 하다. 이 문장으로부터 멀지 않은 곳에 서술되는 "나는 그녀의 사회에 끌리기 시작했다"(534)는 페초린적 유형의 주인공이 갖고 있던 특징을 더욱 두드러지게 한다. 레르몬토프의 벨라의 형상을 떠올리게 하는 "야생적"[68] 여자 주인공의 "거무스레한 젊은 매력"(527)도 이런 논의에 포함될 수 있다. 페초린이 성격을 특징짓는 대비적 상황은 '아주 가볍지만' '견딜 수 없는'(페초린의 대조적 초상, 웃는 매너, 걸음걸이 등을 떠올려보자[69]) 등의 형용 어구에서 분명히 드러난다. 마지막으로 펠레빈의 텍스트와 직접적으로 연관이 없는 페초린의 성격도 드러난다. "당신은 영국산 말에 대해서 말하듯이 아름다운 여인에 대해 말한다."[70](펠레빈의 텍스트에서 시암 고양이에 대해서 말하는

⁘

67) 『예브게니 오네긴』 제1장의 에피그라프로, P. 뱌젬스키의 책에서 인용한 것이다.
68) Лермонтов М. *Полн. соч.*: В 1т. Калининград. 2000. С. 765.
69) Там же. С. 800.
70) Там же. С. 783.

것과 유사하다.)

'잉여 인간' 주인공과 더불어 '사랑스러운 이상형'은 러시아 고전문학의 전형적 유형이다. 보통, 시골이나 지방의 검소하고("야생적이고, 애수에 차고, 조용하며/숲의 암사슴처럼 겁이 많은"[71]), 순수하고 남을 쉽게 믿으며, 순진하고 솔직한 아가씨의 형상으로 표현된다. 서사에서 사랑스러운 이상형의 역할 기능은 주로 영원한 사랑과 '영원한' 충실성으로 귀결된다(타티야나-오네긴, 벨라, 메리, 베라-페초린. '새로운' 주인공들이 있는 마지막 열에는 충실한 투르게네프적 아가씨들이 서게 된다).

그러나 펠레빈의 단편에서는 고전문학에서와는 다른, 전통하고는 거리가 먼, 다시 말해서 19세기 전반기의 '잉여성'과는 어울리지 않는 여성 유형이 '잉여 인간' 유형을 동반하고 있다. 현대 단편, 특히 포스트모던 단편에서는 전통적인 '의미의 전위'가 발생한다.

푸슈킨이나 레르몬토프의 여자 주인공들과는 달리 펠레빈은 자연 그대로이기는 하지만 조용하거나 유순하지 않고, 검소하거나 순종적이지도 않다. 반대로 생생하고 독립적이며 자존감이 강하고, 어느 정도는 거만하기도 하고 특히 자존심이 세며, 감정의 기복이 심하고 안정적이지 않으며 일정 정도는 순진하고 '인공적 지식'에 부담을 느끼지 않는 여성 유형이다.

러시아 고전문학의 전통에서 이와 (일부분) 유사한 유형은 나타샤 로스토바의 형상에서 발견된다.[72] 그녀는 주위 세계를 직접적으로 지각하며, 자신을 사로잡는 감정에 열광적으로 몰입하고, 그녀야말로 "지적일 필요

71) Пушкин А. *Соч.: В. 3 т.* СПб.: Золотой век-Диамант. 1997. Т. 2. С. 231.
72) L. 밀러가 비교했다. 참조할 것. Миллер Л. Конфликт рассказа В. Пелевина 「Ника」в контексте национальной эстетической традиции//*Мир русского слова*. 2001. No. 1. С. 65~69.

가 없었다."[73] L. 톨스토이는 소설의 에필로그에서 그녀를 "강하고, 아름답고, 다산(多産)할 수 있는 암컷"[74]이라고 부른다. 이런 연상은 부닌의 단편들이 톨스토이의 전통을 간직하고 있다는 잘 알려진 사실로 인해 더욱 설득력을 지니게 된다.

이와 같은 여성 유형에서 또 다른 문학적 평행들은 이 단편에서 펠레빈 자신에 의해 지적된다. I. 부닌의 올렌카 메세르스카야 외에 V. 나보코프의 롤리타("넘어질 때 드러나는 올렌카의 무릎"은 "옆집 창문의 살진 사회민주당원 팔꿈치를 죽어가는 매력적인 소녀의 무릎이라고 생각한"(540) 험버트의 언급에서 상기된다), G. 가즈다노프의 "천성적으로 절제된"(536)[75] 여자 주인공, 이런 계열에서는 낯설게 생각되는 A. 블로크의 여자 주인공(사실, "미지의 여인"을 언급하는 것이다. "술 취한 사람들 사이를 천천히 지나면서 항상 동행자 없이 혼자서"(537)) 등도 있다.

그러나 러시아 고전('이성 중심적') 문학에서는 그런 유형의 여자 주인공이 등장하는 범위가 협소하며 국지적이고 매우 제한적이다. 러시아 여성의 '사랑스러운 이상형'은 남성 주인공으로 가리게 되고 활동 범위가 좁아지며 단지 슈제트상에서 남성 주인공과 동행하면서 남자 주인공의 내적 세계를 뚜렷하게 보여줄 뿐이다. '여성의 세계'(아무리 그 세계가 완전한 의미를 지니고 완벽하다고 할지라도)는 보통 '남성의 정신세계'의 그림자이다. 타티

··

73) Толстой Л. Война и мир // Толстой Л. *Собр. соч.: В 22 т.* Т. 4~7. М.: 1979~1981. Т. 5. С. 322.

74) Там же. Т. 7. С. 278.

75) C. 가즈다노프의 소설 『알렉산드르 볼프의 환영(*Призрак Алексадра Вольфа*)』에 나오는 엘레나 니콜라예브나이다. 펠레빈 텍스트(536)에 인용된 상세한 인용문은 정확하다(참조할 것. Газданов Г. *Возвращение Будды. Призрак Александра Вольфа. Ростов-на-Дону*: Феникс. 2000. С. 292).

야냐가 아니라 오네긴이, 베라나 메리가 아니라 페초린이, 올가가 아니라 오블로모프가, 소냐가 아니라 라스콜리니코프가 강조된다. 따라서 대부분 펠레빈의 여자 주인공 유형은 서유럽의 전통과 연관된다고 볼 수 있다. 다양한 형태의 예술에서 가장 선명하게, 수없이 재해석되는 카르멘의 형상은 남자 주인공(주인공들)의 세계만 잊게 만드는 것이 아니라 남자 주인공의 이름도 거의 잊게 만들었다.[76]

펠레빈의 단편에서는 고전적 러시아의 전통뿐만 아니라 서구 전통의 고전과도 단절이 드러난다. 펠레빈에게서는 완전하면서도 같은 크기의 두 세계가 충돌한다. 여자 주인공의 세계는 남자 주인공의 세계로 인해 범위가 좁아지지 않을 뿐만 아니라 완전한 권리를 가지고 (그리고 성공적으로) 그들과 경쟁한다.

여자 주인공의 이름도 그녀의 능력과 내적 힘을 표상하고, 여자 주인공의 세계에 담긴 에너지를 드러내려는 목적으로 작가에 의해 선택된다. '베로니카'는 그리스어로 "승리를 가져오다",[77] 즉 승리를 가져오는 여자 또는 승리 자체를 의미한다. 남자 주인공의 이름은 여자 주인공의 이름을 축약한 니카인데, "머리가 없고 날개 돋친 동명(同名)의 여신"(528)에 대한 반영이다. 이런 문맥에서 "머리 없고" "날개 돋친" 여신(!)에 대한 언급은 중요한 의미를 가진다. 니카·고양이로 전위된 "머리 없는"이란 정의는 "그렇게 똑똑하지는 않은" 또는 "교육을 받지 못한"(많은 것을 "그녀는 알지 못했다"

..

76) 흥미로운 것은, 바로 이런 여자 주인공의 형상이 이미 언급된 G. 가즈다노프의 소설 속에서 등장한다는 것이다.(Там же. C. 236) 카르멘의 이름은 잘 알려져 있다시피, V. 나보코프의 롤리타의 형상과 연관되어 발생하기도 한다.

77) Тихонов А. Бояринова Л., Рыжскова А. *Словарь русский личных имен*. М.: 1995. C. 439.

(528)]의 동의어로 읽힐 수 있지만, "날개 돋친", 즉 "높은, 고결한", "영감이 충만한"(죽은 이성으로가 아니라 생생한 자연으로)이라고 읽힌다.

이런 식으로 단일(의미적) 중심성으로서 고전적 전통은 파괴되고 포스트모던적 탈중심, 즉 해체적 경향이 드러난다. 펠레빈의 단편에서는 분명히 독립적이고 분명히 대립적인 두 세계가 충돌한다. 그러나 잘 알려져 있다시피, 두 세계의 문제는 낭만주의의 문제이다. 여기에서 단편의 예술적 공간을 형성하는 낭만주의 모티프들("낭만적 말"(531))과 형상들이 파생한다. 게다가 윤리-미학적 낭만주의는 혼합되어 모험주의적 낭만성 위에 쌓인다[이 단편에서는 해적 생활의 거의 모든 특징적 소도구들이 어른거린다. "파란 닻"(528, 529), "돛대"(531), "즐거운 로저"("반지에 작은 해골(528)) 등]. 낭만주의와 낭만성의 혼합은 펠레빈의 창작을 방해하는 것이 아니라 변화무쌍하다. 여러 요소의 짜깁기를 가능하게 하고, 포스트모던적으로 (비)조직된, 상호 배제적인 모순들과 대립들이 카오스적으로 공존하게끔 구성된 세계의 풍경을 드러내준다.

'낭만적 두 세계'는 이 단편에서 처음부터 이미 주어져 있다. 여자 주인공의 '거무스름한 젊은 매력'은 "굶주린 북쪽 나라"(527)에 '지리적으로' 대립된다. 북쪽 나라의 일기·기후적 모순은 다음의 어구에 묘사된다. "3월의 어느 날이었다. 그러나 날씨는 레닌 혁명 때 같았다."(536) 즉 11월의 날씨였다('봄'/'가을'의 대립). 여자 주인공은 "생명으로 응축되어 있었고, 그녀의 모든 것은 '죽음'이란 단어의 의미에 대립되었다."(535) 니카에 대한 주변의 태도는 내적으로 모순적인데 그 문장 구조 자체에 반영되고 있다["외적으로 나의 지인들은 그녀를 거칠게 대하지 않았지만 그렇다고 경멸을 감추지도 않았다"(528)]. 단편의 주인공들은 "**매일**(каждый день)"같이 있었지만 진실로는 **결코**(никогда)' 가까워질 수 없다는 것을 깨달았다."(530) 여자 주인공은

'단순한 운명'이었지만, 주인공에게는 "단순한 허구들"(530)뿐이었다. 여자 주인공에게는 "자유"가 있었지만, 남자 주인공은 '타자의' 상황들에 좌우되었다.(532) 니카의 세계는 열려 있고 무한하지만(그녀가 산책하는 숲처럼, 그 세계는 "먼지 낀 기나긴 황야" 너머에서 시작된다(534)), 남자 주인공의 세계는 폐쇄적이다("그녀는 우리 삶의 폐쇄성에 끌리고 있다"(533)). 대립은 "무게를 느낄 수 없는"–"견딜 수 없는"(533) 등의 형용사들 층위에서도 표현된다(이미 언급되었듯이). 등장인물이 쓰는 개별적 표현들 속에 양극적 대립 요소가 부재한다 하더라도 현존하는 의미적 대립이 제거되지는 않는다. "그녀는 나보다 훨씬 젊었다"(527)(즉 그녀는 젊고 나는 늙었다). 니카의 "태곳적 고향"(527)에 대한 언급은 현대 세계의 비(非)태고성을 투영한다. 두 문장 내에서 두 번이나 이웃해서 발음된 부사 "우연히"(527)는 습관적인 인과적 법칙성에 대립하는 기호가 된다.

그러나 펠레빈의 두 세계는 낭만적 과거가 아니라 포스트모던적 현대이다. 주변에 대한 니카 시선의 독특함들은 작가에게 비이성적 세계 인식의 출발점이 된다. 니카에게 "물건들은 (…) 그녀가 사용하기 전까지만 존재했고 그 다음엔 사라졌고"(529), 반면 남자 주인공은 "과거의 파편들"이 있는 "저금통"마저도 "현실 존재의 증거"(529)로 보관했다. 그에게 "금이 간 안경을 버린다는 것은 그 안경을 통해 보던 세계 전체가 영원히 등 뒤에 남게 되었거나, 반대로 바싹 다가온 비존재의 왕국에 놓였다"(529)는 것을 인정하는 것이다. 니카의 세계는 주관적이고, 불안정하고, 유동적이고, 비이성적이고, 인식 불가능한 것이다(그녀의 의식 속에서 그 세계가 그러하기 때문이 아니라 "니카에게 그 세계를 이해한다는 것이 너무 어렵기 때문이다"(538~539)). 반대로 남자 주인공의 세계는 객관적이어야만 하고 유한하고 안정적이고 이성적이고 인식 가능한, 즉 현실적인 것이다. 그러나 주인공이 세계를 인식하는 논리적으로 현실적인(처음에는 그렇게 여겨지는) 수단과, 니카가 지각하는 자연적이고 순결한 문명들의 대립은 점진적으로 일어나지는 않는다. 니카의 외적인 대립에도 불구하고 남자 주인공은 세계관의 주관적 차원으로 쉽게(그리고 눈치채지도 못하게) 이행하며, 이런 단계에서 주관성과 비이성성은 인식하는 주체의 동물적 본성으로가 아니라 인식되는 객체 자체, 즉 현대 세계의 사고하는 의식이라는 특징들과 성격으로 동기화된다. 여기서 "주위 세계는 단지 다양한 굴곡을 가진 거울들의 체계일 뿐이고"(539), "세계에서는 모든 것이 얽혀 있고, 인과관계들은 불가역적이며"(535~536)라는 주인공의 전형적인 포스트모던 공식이 나온다. 또한 "우리의 예측과 책임의 영역은 너무나 협소해서 모든 원인들은 결국 미지의 세계로 떠나가버린다"(536)[78]라는 아포리즘으로 끝을 맺게 되는, "전철에서 어떤 심술궂은 노파에게 자리를 양보한다고 해서 잔지바르 아이들의 굶주림을 우리가 막을 수 있는 것도 아니지 않은가"(536)[79]라는 생각도 유래하는 것이다.

'세계-거울'의 형상은 단편에서 '세계-책'의 형상으로 강화되고 그것의 윤곽은 구체적이고 큼직한 디테일들로 창조된다. 책의 형상은 단편의 첫 단락에서 이미 발생하는데, "규토 벽돌"(527)처럼 묵직한 부닌의 책이 언급

∴

78) 니카와 비교할 것. "그녀에게 주위 세계는, 알 수 없는 원인으로 그녀 옆에 등장하였고 똑같이 알 수 없는 원인으로 사라져버린 말하는 장롱과 비슷한 그 무엇이었다."(528)

79) 인용된 문구에 나오는 '잔지바르'라는 명칭은 유희적 시학의 요소로 받아들일 수도 있다. 왜냐하면 그 명칭은 어린 시절부터 K. 추콥스키의 '아이볼리트'(러시아 아동문학 작가 코르네이 추콥스키의 작품 『의사 아이볼리트』를 일컫는 것으로, 한국에는 2010년 양철북 출판사에서 이항재 번역으로 소개되었다 ─ 역자)의 다음과 같은 문장을 통해서 의식에 기록되었기 때문이다. "우리는 잔지바르에, / 칼라하리와 사하라에, / 페르난도-포 산에 산다, / 거기는 기포-포가 / 드넓은 림포포를 돌아다닌다."(Чуковский К. *Сказки*. М.: Росмэн. 1999. C. 83)

된다. 니카에 대해서는 그녀가 책을 읽지 않는다(530)고 서술된다. 남자 주인공은 그가 읽은 G. 가즈다노프(537)의 책에서 인용을 한다. 텍스트에서는 V. 나보코프와 N. 체르니솁스키의 이름들이 언급된다(주인공은 어떤 순간에 자신이 "젊은 체르니솁스키와 닮았다"(541)는 것을 알아챈다). 몇 줄 사이에 A. 푸슈킨, M. 레르몬토프, I. 투르게네프, A. 블로크 등의 이름들이 나열된다. 스스로를 주인공은 다음과 같이 말한다. "나는 책과 함께 잠이 들었다"(537) 또는 "나는 손에 책을 들고 깼다."(538) 책의 내용에 대해서는 그는 "거의 모든 책, 거의 모든 시가 (…) 니카에 대한 것이었다"(536~537)라고 결론짓는다.

체르니솁스키의 이름은 펠레빈 단편의 주제와 연관된 논문 「랑데뷰의 러시아인 투르게네프의 중편소설 『아샤』 읽기에 대한 성찰(Русский человек на rendez-vous: Размышления по прочтении повести г. Тургенева "Ася")」을 떠올리게 만든다. 흥미로운 사실은 체르니솁스키의 이 논문 텍스트는 펠레빈의 속이기 기법을 파헤칠 수 있는 특별한 열쇠 기능을 한다는 것이다. 왜냐하면 펠레빈이 실행한 거의 모든 구조−구성적 수단들의 메커니즘을 거의 정확하게 묘사하고 있기 때문이다.

체르니솁스키는 『아샤』에 대해서 다음과 같이 언급한다. "여기에는 강압이나 뇌물 수수 등의 사기 행위도, 추잡한 협잡꾼도, 세련된 언어로 그들이 사회의 은인이라고 설명하는 공식적인 악한들도, 소시민들도, 농부들도, 하급 관리들도, 이런 끔찍하고 혐오스러운 사람들에 의해 고통받는 사람들도 없다. 행위는 (…) 우리의 일상적 관습의 나쁜 상황들로부터 떨어져 멀리에서 일어난다. 중편의 모든 인물들은 우리들 중 가장 나은 사람들로, 매우 교양 있고, 지나치게 인도주의적이고, 고귀한 사상으로 충만한 사람들이다. 소설은 순수 시학적이고 이상적인 경향을 가지며, 소위 삶의 어두운 이면들 중 어느 하나도 전혀 다루지 않는다. 이렇게 나는 휴식을 취하고 영혼을 맑아지게 할 거라고 생각했다. 그리고 실제로 소설이 결정적 순간에 이를 때까지는 이런 시적인 이상들로 맑아졌다. 그러나 소설의 마지막 페이지들은 처음 페이지들과 비슷하지 않았다." (194~195)[80] 체르니솁스키가 언급한 인상은 펠레빈의 단편에도 충분히 적용될 수 있다. 서사의 주제도, 주인공들의 평가도, 물론 서사의 맨 처음에 분명하다고 여겨지던 모든 것을 결말이 뒤바꾸고 뒤집는 단편의 슈제트도 그러하다.

이후 체르니솁스키는 『아샤』의 중심축을 나눈다. "한 사람이 있는데, 그의 심장은 모든 숭고한 감정에 열려 있고, 그의 정직성은 흔들리지 않으며, 그의 사상은 우리 시대가 고결한 지향의 세기라고 부르는 모든 것을 수용하였다. (…) 그는 그를 사랑하는 여자에게 가장 강하고 순수한 호감을 느끼고 있다. 그는 그 여자를 보지 않고는 한 시간도 살 수가 없다. 그의 생각은 온종일, 온밤 내내 그녀의 아름다운 모습을 그려내고 있는데, 당신은, 심장이 더없는 행복 속에 빠져 있다면 그에게 사랑의 때가 도래했다고 생각하는가."(195) 펠레빈의 단편을 끝까지 읽은 사람에게는 주인공의 상태가 바로 그렇다고 생각된다.

체르니솁스키의 논문에서 "각 사람은 모든 사람과 같고, 각자의 내부에는 다른 사람들에게 있는 것과 똑같은 것이 있다"라는 유명한 대목이 있음도 흥미롭다. "차이는 단지 그렇게 느껴질 뿐이고, 표면적인 것이며 눈에 띄는 것이다. 외면적이며 피상적인 차이 아래에 완전한 동일함이 숨겨져 있다. 그런데도 왜 사람은 모든 자연의 법칙에 모순되는가? 자연에는 잣과 히솝풀이 자라고 꽃을 피우며, 코끼리와 쥐가 움직이고 뛰어다니며, 동일한 법칙에 따라서 즐거워하고

:•

80) 여기와 이후에서 체르니솁스키 논문은 Чернышевский Н. *Избр. литературно-критические статьи*. М.: 1953에서 인용하고 텍스트에서는 쪽수만 표기한다.

화를 내지 않는가. 원숭이와 고래, 독수리와 닭은 형식의 외면적 차이 아래에 생물체라는 내적 동질성이 있지 않은가. (…) 각 사람의 도덕적 삶 속 기본 법칙들과 원동력을 인정하지 않음으로써 다른 존재들과의 유사성이 파괴되었을 뿐만 아니라 물리적 삶과의 유사성도 파괴되었다."(204) 마지막 문장은 펠레빈이 사용한 기법을 가장 잘 반영하고 있다. 즉 사람의 특성들을 고양이에, 또는 그 반대로 이동시킨 것이다.

위에서 인용된 체르니셉스키의 논리들은 포스트모더니즘 세계관의 법칙들의 관점에서도 자유로이 해석될 수 있다. '코끼리'와 '쥐' 사이, 도덕적 주체와 '잣' 사이의 차이가 부재하다는 것은 위계적 보편 이성의 해체를 보여준다.

체르니셉스키의 논문에는 펠레빈의 단편과의 연상적 관계를 불러일으키는 '사소한' 세부들이 수없이 많다. 죄의 모티프(펠레빈: "니카, 나를 용서해, 응?"(541)), 기만의 모티프(효과)("그는 당신을 기만했고, 작가를 기만했다"(196)), "페초린 취향의 결말"(197)에 대한 언급 등이 그것이다.

마지막으로, 체르니셉스키의 논문에서는 "악한 세력에 대항한 불교 주문"인 "옴 마니 밧 메 훔"(205)이 인용되는데 그것은 뜻밖의 형식으로 체르니셉스키의 텍스트와, 불교에 호감을 가졌던 펠레빈의 텍스트를 더욱더 연관시키며 논문과 단편의 영향들(인상들)이 우연이 아니라는 인상을 강화하게 된다.[81]

덧붙이자면, 체르니셉스키의 논문에서는 보통 담화에서는 그렇게 자주 사용되지는 않지만, 펠레빈에 의해서 언급되는 '환영'(205)이라는 단어도 나온다.

펠레빈이 단편을 창작할 시기에 의심할 여지 없이 알고 있었던, L. 비고츠키의 「가벼운 숨결」에 관한 논문도 연상 작용을 통해 「니카」와 '간접적으로' 관련

---

81) Выготский Л. *Психология искусства*. СПб.: Азбука. 2000. С. 199~222.

을 맺는다.

비고트스키 논문의 마지막 결론은 다음과 같다. "단편이 '가벼운 숨결'[82])이라고 명명된 것은 잘못되지 않았다. 독서의 결과로, 이야기되거나 그 자체로 취해진 사건들이 제공하는 인상에 완전히 대립된다고 규정할 수밖에 없는 인상이 우리에게 발생한다는 사실을 발견하는데, 그렇게 오래 살피거나 특별히 주의 깊게 연구할 필요도 없다. 부닌은 반대의 효과를 달성했고, 지방 김나지움 여학생의 뒤엉킨 삶의 이야기가 아니라 가벼운 숨결이 그의 단편의 진정한 주제를 형성한다. 이 단편은 올랴 메세르스카야에 대한 이야기가 아니라 가벼운 숨결에 관한 이야기다. 그것의 기본적 특징은 해방감, 경박함, 삶에서의 이탈감과 완전한 투명감이며 그런 감정은 그 기반에 놓여 있는 사건 자체에서는 결코 이끌어낼 수 없다."[83])

비고트스키가 제안한 부닌 단편의 '가벼움'에 대한 해석은 펠레빈의 단편에서 유희적으로 발전한다. 펠레빈 단편의 '가벼움'은 단편의 비극적 여자 주인공이 여자가 아니라 고양이라는 사실만으로도 이미 아이러니하게 프로그래밍된다. 비록 더 넓은 의미에서는 펠레빈 단편의 주인공의 주인공(메타주인공)이 직접적으로 부닌의 단편 텍스트 자체라고 말할 수도 있겠지만.

또 하나의 '우연한' 상황에 주의를 기울이자. 펠레빈의 텍스트에서 블로크의 시구가 '낯설고' '우연하게' 등장하는 것처럼, 비고트스키의 논문에서는 부닌 텍스트 중에서 갑자기 '우연하게' 블로크 작품이 인용된다.[84])

∴

82) Там же. С. 212.
83) Выготский Л. Указ. соч. С. 220.
84) 참조할 것. "V. 펠레빈의 단편 「니카」에서는 성의 상호 관계라는 무한하고 영원한 테마의 변형들 중 하나가 러시아의 예술적 세계를 서술하는 장면에서 전통적인 방식으로 현실화된다."(Миллер Л. Указ. соч. С. 66)

푸슈킨의 "거짓 때문에 눈물로 젖는다"는 단편 텍스트에서 거의 그대로 유입되는데(그리고 텍스트에서 정확히 읽히고), 이에 따라 남자 주인공, 여자 주인공, 상황, 갈등, 개별적 충돌 등의 이미지가 어디에서 유래했는가 하는 문학 발생성이 구체화되며, 주인공을 창조하는 데 일조하는 문헌이 표면화되면서 타자 텍스트의 의존성이 부각된다. 펠레빈 주인공의 세계는 확장된 텍스트이고 게다가 단번에 형성된 것이 아니라 수정되고, 기록되고 다양하게 읽힐 준비가 된 텍스트다. 그와 똑같이 그 텍스트를 기반으로 창조된(방금 쓰인) 새로운 텍스트는 유동적이고, 움직이며, 변형된다. 그 안에서는 올랴 메세르스카야를 니카로, 아가씨를 고양이로, 니카 자체를 어느 누구로도("그녀가 어떻게 불리든 어떤 모습을 취하든", 537) 교체(또는 슬쩍 바꾸기)할 수 있고, 오네긴-페초린을 단편의 서술자-주인공으로, 남자 주인공-정부(情夫)를 수컷 고양이로, 사랑의 정사를 동물 훈련으로(528), 현실적 삶을 환영으로(529) 바꾸는 것이 가능하다. 펠레빈의 세계-텍스트에서 가치를 획득하는 것은 "내가 찾아보고 전화를 건 적도 없으며, 이미 오래전에 존재하지 않는 전화번호 수첩의 페이지", "검표원이 뜯지도 않은" "사용하지 않은 '환영' 극장표", 다 기입하지도 않은 쓸모없는 몇몇 "약 처방전"(529) 등이다. 그러면 비극적 지각은 그리 참혹해지지 않는다. 니카의 죽음마저도 "나(주인공―저자)에게 특별한 인상을 주지 않았고", "우리 모두는 살인 대중의 공범자였으며", "새로움에 대한 애수는 러시아에서 자살 콤플렉스를 낳는 가장 평범한 형식 중의 하나이다."(535)

처음에 중요하다고 생각되던 거의 전통적이고 고전적인 "성(性)의 상호 관계"(L. 밀러)의 충돌은 본질적으로 변형되고, 세계관적 문제라는 특징을 획득하며, 주위 세계를 인식하는 데 있어 철학적 독창성의 문제를 제1차원으로 끌어올린다. 남성과 여성의 상호 관계라는 가장 폭넓은(동시에 가장 협소한) 문제는 다양한 인간 유형들(자연적·문화적)의 상관관계의 충돌로 변형되어 드러나는데, 그 충돌은 우선적으로 다양한(낭만적/사실적, 주관적/객관적) 세계관의 충돌로 발전하고, 그 결과 다양한 본성들(남성/여성, 인간/동물, 이성/본능, 현실적/낭만적, 이성적/비이성적, 고대의/새로운, 남/북, 봄/가을, 살아 있는/죽은 등)의 포스트모더니즘적 전일성의 문제로 제기된다. 거기서 대립의 양극성은 사라지며, 쌍('2')의 대조는 '3'이나 그 이상으로 변화되는(증가되거나 세분되는) 경향을 가진다.[85]

단편 「니카」는 단순히 '이중적 코드화'의 예가 아니라 '다중적 코드화'의 전례이고, 다양한 관점에서 텍스트를 지각하는 변형들이 된다. 모든 줄거리(주제 차원에서)와 그것의 가상성(아이러니한 유희-속임수의 차원에서)은 예술 텍스트를 지각하는 데서 가장 표면적이고 가장 가벼운 것이다. 펠레빈은 단순히 포스트모더니즘적 법칙들에 따라 연기하는 것이 아니라 현대사회의 철학적 청사진을 창조하고 그것을 배경으로 시간과 상황에 따라 변화된, 러시아문학의 고전적 주인공(들)의 초상을 그려내며, 민족적 유형의 내적 지배소들을 보존하고 있는 탈현대적 변형을 그려낸다.

이렇게, 펠레빈의 초기 창작 단계에 관한 대화를 마치면서 알 수 있는 사실은, 펠레빈이 현실적이고 객관적으로 존재하는 현실보다는, 의식(사람이나 동물 또는 어떤 객체의), 의식의 여러 형식들, 의식의 변형된 상태들(전위·꿈·환각), 무의식, 잠재적 세계나 대안적 세계, 컴퓨터의 마이크로우주 등에 더 큰 관심을 표명한다는 것이다. 세계관의 차원에서 펠레빈은 지식의 객관적 내용을 부정하거나 받아들이지 않는 주관적 이상주의자의 관점을 자주 드러내는데, 인간 인지의 상대성이나 주관성에 대한 의견들을 지

⁖

85) 그 예로는 '낭만주의'가 '낭만성'으로 세분화하는 것을 들 수 있다.

지하며, 지각하는 개별적 주체만의 현실을 옹호한다. 이와 같은 사실은, 현존하는 사회 체계에 대한 외부적 비판이 표현되지 않고 있을 때, 왜 펠레빈의 소설이 그런 점을 폭로하는 것으로서 받아들여졌는지를 설명해준다. 세계의 유물론적 이해 원칙들을 거부하는 것 자체가 이 경우에는 반대 입장이 되는 것이다.

1960년대의 비토프를 유아론자(唯我論者)나 융의 추종자로 부를 수는 없을 것이다. 그러나 그의 단편이나, 특히 『푸슈킨의 집』에서 비토프는 자신의 비(非)객관성을 의도적으로 초지일관 강조하는 명백한 주관론자이다('주인공의 직업', '아킬레스와 거북이', '저자 강조-A. B.' 등의 장들을 기억해보자). 『푸슈킨의 집』의 많은 대목들이, 펠레빈의 후기 사상의 '선구자들'로 여겨지며, 이후 그의 창작에서 모습을 보인다. 다음에 인용되는 비토프의 『푸슈킨의 집』의 한 대목과 비교해보라. "시대가 있는 것이 아니지 않은가. (…) 그 시대에 대한 우리의 태도만 있는 것 아닌가?"(331) 또는 다음과 같은 료바의 유아론적 판단도 그런 예다. "그는 자신의 차이를 기뻐할 줄 알았고 이렇게 판단했다. 나를 못 알아본다면 아무것도 알 수 없을 것이다. (…) 이 사람이 아니라 전혀 비슷하지 않은 그 사람이 모든 것을 했다고 생각한다면, 오늘날을 반영한 이 사람 료바에게도 어떤 불만이 있을 수 없다."(332) 또는 료바 역시 이렇게 생각한다. "만약 그가 함께 대화를 나누는 상대자를 보지 못한다면, 그 사람이 존재하지 않는 것일 수도 있는 것이다."(264) 또는 료바는 미티샤티예프에게 이렇게 말한다. "어떤 수준에서는 우리 둘이 함께 있다는 것을 확신하지 못하듯이, 나는 섬에 사람이 살고 있다는 것을 확신하지 못하겠어요."(307) 이런 점에서 "아무 데로도"(никуда)와 "아무 데서도"(нигде)(73~75)라는 말, 즉 이후 '펠레빈의 공허'에 대한 판단도 첨언할 수 있다.

이미 언급되었듯이, 초기 단편들 이후에 펠레빈은 더 큰 장르인 중편과 장편소설로 옮겨간다. 이런 의미에서 보면 펠레빈의 창작적 진화 과정에서의 향후 행보에 대해 말할 수 있다.

펠레빈이 보편 이성을 인지하는 초이성적 수단들에 의지하는 것은 다음과 같이 귀결된다. 그가 따르기 시작한 전통들 중에는 종교적 신비주의, 고풍적 신화 등이 있으며 그런 사상들 중에서 지배적 위치를 차지하는 것은 명상적 동양 사상, 특히 '선종'의 해석에 충실한 대승불교 사상이다. 펠레빈은 자신의 관념론적 사유 경향과 반대되지 않을 뿐만 아니라 세계 인식의 포스트모던 철학의 특징들을 상당 부분 반영하는 불교의 신비적·비이성적 사상을 접하게 된다.[86] 맹아적 형태로나마 불교 철학을 해석하려는 첫 번째 시도는 「오몬 라」에서 이미 발견되기 시작한다.[87]

첫눈에 중편 「오몬 라」에서는 (모든) 사회적 신화의 해체라는 포스트모던 사상이 현실화하고 있음을 발견하게 된다. 이 텍스트에서 소련의 우주

∷

86) 이런 점에서 펠레빈이 '신화' 출판사 및 《과학과 종교》지와 협력하던 시기에 이미 동방의 비이성적 철학에 '심취'해 있었음을 다시 한 번 상기할 필요가 있다. 거기서 펠레빈은 동방의 신비주의에 관한 자료를 모으고 논문 「룬문자로 점치기 또는 랄프 블룸의 룬문자 신탁 (Гадание на рунах, или Рунический оракул Ральфа Блума, *Наука и религия*)」(1990. No. 1)을 준비했다. 후에 문학대학 학기 논문으로 제출하고, 이후엔 룬문자 수집에 대한 지침서로서 협동조합들 중 한 곳에 판매하는 등 펠레빈은 독특하고도 다양하게 이 논문을 활용한다(더 자세한 사항은 다음을 참조할 것. Нехорошев Г. Указ. соч. С. 8).

87) 이 중편소설이 출판될 수 있도록 도운 사람은 미하일 움노프(Михаил Умнов)였는데, 그는 문학대학 졸업의 실습을 《깃발》지에 소개하는 등 소설 분과 편집장인 빅토리야 쇼히나 (Виктория Шохина)와 친했던 인물이었다. 움노프의 추천으로 펠레빈은 《깃발》지에 「오몬 라」의 초고를 보냈고, 1992년 3월 인쇄되었다. V. 쇼히나는 다음과 같이 말했다. "펠레빈은 당시 환상소설 기관을 거쳐갔다. 그런데 그는 진정한 소설의, 러시아에서 그렇게 간주하듯이 오락적인 경계를 넘어서고 싶어했다. 그는 스트루가츠키 형제처럼 성공할 수도 있었지만 더 큰 것을 원했고, 내가 이해하기론, 그가 옳았다."(이에 대해 더 자세히는 다음을 참조할 것. Там же. С. 8)

비행학은 그 규모로 볼 때 희대의 기만·미스터리·사기로 제시되며, 우주 비행학의 '기술적 업적' 뒤에는 체제(또는 이상)에 대한 사람들의 희생적이고 충성스러운 삶이 놓여 있다. 즉 슈제트의 기반에는 끔찍한 전체주의(사회주의)의 기만적 역사가 놓여 있는데, 당시 소련 정부 기관들은 특히 이후 달 착륙에 성공한 우주로켓의 비행을 모방해서 모든 분야에서 '진보적 인류를 오해하게 만들었다.'

「오몬 라」의 행위는 맨 처음부터 1960년대의 전통적·관습적인 사회주의리얼리즘 소설의 궤도 위에서 전개된다.[88] 이 소설의 처음에서 이미 작가는 쉽게 알 수 있는 '우주 시대 시작' 시기의 세부 사항들을 다음과 같이 면밀하게 그려놓는다. 영화관의 이름인 '코스모스', 소년단 야영소 '로켓', 담배 '비행', 우주 업적관이 있는 민족경제 달성 전시관, 청년들의 비행 모델 제작 취미, 모두가 우주 비행사가 되려는 희망 등이 그것이다. 그럼으로써 독자는 펠레빈이 오래되지 않은 과거의 공식 이데올로기를 야유하고, 그에 대립하는 차원에서 소츠아트의 방식에 따라 서사를 이끌어가려 한다는 인상을 받는다.

소설의 주인공들은 크리보마조프 형제들[89]인데 그들의 이름은 오몬과 오비르다. 그 이름들은, "악하지 않은 영혼을 가진 사람"(7)인 아버지가 아들 중 한 명은 경찰이 되는 것을 보고 싶어서 "의미론적으로 중요하게"(즉 작가에 따르면, "의미론적으로 아이러니하게"), 소련 독재의 첫 "황금기"에 유

••
88) А. 돌린(А. Долин)은 "펠레빈은 타자의 판에 박힌 도식들을 능숙하게 활용하며 장갑처럼 바꿔 끼기도 한다"(Долин А. Виктор п-левин: новый роман//www. russ.ru/journal/krug/ 99~03-11/dolin.htm)라고 말했다.
89) 이 말은 도스토옙스키(『카라마조프가의 형제들』—역자)를 아이러니하게 연상시키는데, 주인공들의 정신적 탐구를 나타내면서도 분명 이를 비하하고 있다.

행하던 약어로 이름 짓는 스타일을 따라서 오몬(Омон)〔오몬(ОМОН)은 특수 임무 경찰의 약어〕이라고 이름 지은 것에서 유래한다. 또 한 명은 외교관으로서 출세하기를 바라면서 오비르〔오비르(ОВИР)는 '비자와 거주 등록처'의 약어이다〕라고 이름 지은 것이다.

오몬은 경찰이 되지 않고 마레시예프 항공학교(Лётное училище им. Ал. Маресьева)에 입학하였는데, 그 학교는 모든 학생을 명예로운 영웅과 똑같은 '진정한 인간'으로 만들어내는(의미론적으로 함축적인 단어)[90] 곳이다. 그리고 이런 과정에서 중요한 단계는 역사적·문학적 원형에 비견되는 두 발을 절단하는 것이다〔예를 들어, 마트로소프 보병 학교(Пехотное училище им. Ал. Матросова)에서도 그런 식으로 영웅들을 양육했다. 사격 연습장에서 계속해서 울리는 기관총 소리는 호명된 영웅이 '총구'로 이룬 업적을 연상시킨다〕.

펠레빈은 새로운 개념의 '이상적' 업적을 제안한다. 자기희생적 격발이나 정신력의 앙양이 아니라 보육·교육 이론과 실제(공학)가 업적이 된다. 영웅(주인공)들을 '만들어내고', 영웅성을 학교에서 가르친다. 텍스트에는 '영웅은 태어나는 것이 아니라 영웅이 되어가는 것이다'라는 소련 시대의 유명한 공식이 현실화된다. 이때 '다음에 계속'이라는 말처럼 실제로 사람뿐 아니라 개[91]까지도 모두(육군 소장 '라이키 동무'의 형상, 매우 '인간적인 얼굴'을 한 첫 번째 우주 비행사) 영웅이 된다.

∷

90) N. 티호노프의 다음 말과 비교할 것. "이 사람들로 못도 만들어낼 수 있다/세계에서 못보다 더 강한 것은 없다."〔"Баллада о гвоздях"(1919~1922)〕

91) 이런 차원에서 "만들어짐"과 "개의 인간화" 모티프(또 다른 의미적 전환은 인간의 삶이 '개의 삶'이다)는 G. 블라디모프의 중편소설 『충직한 루슬란, 보초견 이야기(*Верный Руслан. История караульной собаки*)』의 모티프와도 분명히 결합한다. 이에 대해서 더 자세히는 다음을 참고할 것. Богданова О. *Тема лагеря в современной русской литературе. (1950~1990-е годы)*. СПб.: филол. ф-т СПбГУ. 2003

포스트모더니스트들에게 매우 인기 있는 M. 고리키의 "인생에는 항상 업적을 세울 자리가 있다"라는 말을 체현하면서, 펠레빈 텍스트의 예술적 공간에서의 업적은, 특별한 사건들의 범주에서 일상적·평범한 차원으로, 단일한·개인적 범주에서 대중적·집단적 차원으로, 개별적·무의식적 차원에서 계획적·프로그래밍된 차원으로 이동한다. 영웅주의는 '권리'가 아니라 '의무'가 되고 업적은 '자유'가 아니라 '강제'(펠레빈 소설 철학에서 중요한 카테고리들)가 된다.

작품 슈제트 측면에서 오몬은 KGB 시절에 우주 비행사 부대로 선발되고 달 비행 준비를 시작한다. '정치지도원' 우르차긴 대장이 오몬의 교육을 지도하는데, 우르차긴 대장은 오몬과 같은 군사 교육기관 코르차긴 군사 정치학교를 졸업한 사람이다. 두 이름의 운(우르차긴–코르차긴)은 작품에서 '생활' 환경의 유사성에 힘입어 더욱 강화된다. "우르차긴은 (…) 군복을 입은 채로 허리까지 이불을 덮고 (…) 침대에 비스듬히 누웠다. (…) 가구가 별로 없는 방, 위에 덧댄 마분지에 작은 구멍들이 있는 편지 쓰기용 평판, 탁자 위에는 진한 차가 담겨 있는 언제나 똑같은 찻잔, 하얀 커튼과 무화과나무……"(47~48)란 대목은 니콜라이 오스트롭스키의 매우 유명한 사진이 담긴 초상화의 세부들과 방의 가구 모습을 거의 그대로 재현한 것인데, 니콜라이 오스트롭스키[92]는 소비에트 고전의 창조자–설립자이자 유명한 주인공의 전형이기도 했다.

작가의 외적 심각성과 묘사되는 상황의 극성(비극성)에도 불구하고, 약어 오몬이나 오비르, 그리고 사회주의리얼리즘의 고전 『강철은 어떻게 단

..

92) 〔역주〕Николай Алесеевич Остроский, 1904~1936. 『강철은 어떻게 단련되었는가』의 작가이며, 이 작품은 '사회주의리얼리즘'의 대표작으로 평가받고 있다.

련되었는가』와 A. 마트로소프(A. Матросов)의 『진정한 인간에 대한 소설』 등 사회주의리얼리즘적 현실을 분명히 표시해주는 문화적·역사적 기호(형상·신호)들의 등장은 소츠아트 시학에서 특징적인 허례허식, 부조리, 감출 수 없는 아이러니 등의 감정을 자연스레 낳게 된다.

형상적·문체적 부조리는 사건·서사적 부조리로 보충된다. 슈제트가 전개되면서 우주 분야의 모든 '기술적 달성'이 순전히 허구이고, 우주선의 모든 메커니즘들이 군사학교 학생들의 영웅적 노력으로 달성된다는 사실이 분명해진다. 즉 '궤도의 단계들'이자(펠레빈은 또 하나의 의미론인 소련식·스탈린식의 '사람—나사'와 '국가—메커니즘'에 대한 메타포를 '삶에 도입하거나' 예술적으로 뒤집어놓고 있으며, '사람—나사'의 형상은 이미 언급된 1920년대 '못'('망치'는 국가)과 함께 1970년대 '인간적 요소'로 우리를 이끌고 간다), '이름 없는 인간들의 견인으로', 즉 과제 수행 후에 자살로 생을 마감한다는 명령을 받은, 죽음을 각오하고 훈련을 받은 결사대원들로 이런 기술적 업적이 작동하고 있다는 사실이 밝혀지는 것이다. 바로 그런 운명이 서사의 주인공 오몬을 기다리고 있다.

그러나 마지막 명령을 실행할 때 오몬의 권총은 불발되고 주인공은 거의 처음으로 주위를 둘러보고 독자적으로 결정을 내리게 된다. 계획에도 없었고 예상하지도 못한, (규칙으로부터) 자유로운 시간의 편린들은 주인공에게 주위를 둘러보게 만들었고 비행이 단지 허상일 뿐이며, 로켓들은 어디로도 날아가지 않았고, 달 기구는 "달에 어떤 흔적도 남기지 않았으며", 동무들의 죽음은 지구 위 높은 곳에 있는 다른 행성에서가 아니라 바로 땅속 깊은 곳, 지하철 터널의 버려진 탄광에서 이루어진 것이라는 사실을 알게 되는 기회를 제공한다.

피할 수 없이 계속되는 혹독한 국가적 메커니즘의 영향하에서 소련 사람들의('인간적 요소') 자기암시(자기기만) · 집단적 가시화의 끔찍한 풍경이 발생한다. S. 코스티르코는 이렇게 말한다. "사람들에 의해 창조된(우르차긴과 유사하다) 그림자 극장, 진정한 삶의 가시적 대안은 바로 현실에서 불가능한 것을 창조하려는 시도다."[93] 가짜 현실, 즉 포스트모더니즘 시대의 용어로는 가상현실이 발생한다. 사망한 우주 비행사들의 생명은 그런 기만과 허상, 더 간단히 말하면 속임수에 대한 대가이며, 텔레비전 스크린용 '장엄한 볼거리'를 위해 바쳐진 것이다.

이 모든 것은 함께 펠레빈 소설에서 "사회주의 신화의 박탈", "모든 것을 깡그리 밝힘으로써" "사회주의 (…) 달성에 대한 신용 상실", "소비에트 국가성의 사회적 폭로", "개별 인성의 자기 가치와 자존의 선전"[94]을 볼 수 있는, 즉 소츠아트 문학의 범주에서 펠레빈을 검토할 수 있는, 그 유명한 기반들을 제공한다.

그러나 소비에트 신화의 해체, 바로 얼마 전까지의 과거 이데올로기(신화)에 대한 아이러니하고 비판적인 부정, 사회주의리얼리즘 문학의 사상과 문체에 대한 그로테스크하고 비속화된 패러디 등 이 모든 것은 작품의 외면적이고 표면적인 차원일 뿐이며 작가의 예술적 · 철학적 과제의 본질을 이해하는 데 그렇게 중요하지 않은 것이다.

전체적으로는 작품의 파토스에 상반되는 소설 텍스트에 대한 이런 '소츠아트적' 관찰은 사실 소설의 본질을 반영하지 않는다. 왜냐하면 펠레빈의 유아론적 결말을 고려하지 않기 때문이다. 결말에서 작가는 또 하나의 속이기 기법을 노출한다. 소설의 행위가 작품의 예술적 공간에서가 아니

••

93) Костырко С. Указ. соч. С. 253.
94) Нефагина Г. *Русская проза второй половины 80-х-начала 90-х годов XX века.* Минск. 1998. С. 195.

라, 주인공들의 상상(의식)에서 전개된 것으로 밝혀지기 때문이다. 펠레빈은 객체에 대한 주체의 우위, 존재에 대한 의식의 우선성, 지각하는 인성에 존재가 의존하고 있다는 생각을 예술적 수단으로 확신한다. 그래서 이제는 이미 소비에트 국가가 단순히 위대하고 가장 훌륭한 모방자의 형상 속에서 제시되는 것이 아니라, 그 권력이 '조국'의 집단 무의식의 형태로 비치고 있다.

작가(그리고 그의 인물들)의 주관적 입장은 많은 부분이 드러나지 않는다. 그래서 E. 네크라소프는 펠레빈과 인터뷰를 할 때 다음과 같이 말한다. "나는 「오몬 라」를 읽었을 때 내 자신을 깨뜨려야만 했습니다. 우주는 논쟁의 여지가 없는 소련 시대의 몇몇 업적들 중 하나인데, 갑자기 이런 야유라니요." 그러자 펠레빈은 '야유'라는 말에 이렇게 반응했다. "저는 「오몬 라」에 대한 그런 반응이 놀랍습니다. 이 책은 우주 프로그램에 대한 것이 아니라 소련 사람의 내적 우주에 대한 것입니다. 그래서 이 책은 '소련의 우주 영웅들에게' 헌정된 것이기도 합니다. 아마도 대기권 밖의 소련의 우주는 없다는 것을 추측할 수 있었을 겁니다. 개성의 내적 공간이라는 시각에서 보면 소련의 모든 계획은 우주적이지만, 소련의 우주가 과연 업적인가는 커다란 의문입니다."[95]

소련 현실의 가상적 속성은 작가의 철학적 사상에서는 별로 본질적이지 않다. 소련 우주 프로그램은 단지 배경일 뿐이고, 중요한 것에 대해 생각해보기 위한 동기일 뿐이다. 즉 인간적(반드시 소련의 인간은 아닌) '우주'·의식에 대한 가상적 본성을 생각해보기 위한 동기일 뿐이다. 오몬은 이렇게 말한다. "자기 자신의 시선으로 바라볼 수 있다. 마치 비행기에서 보듯

∙∙

95) 참조할 것. www.guelman.ru / slava / pelevin.

494

이. 사실 어디에서 바라보느냐는 별로 중요하지 않다. 중요한 것은 본다는 것이다."(11)

펠레빈은 진실과 환상, 진짜와 위조가 차이가 없는 현실을 모델화한다. 실재하는 세계 존재의 객관적 절대는 의구심을 불러일으키고 우주의 전일성은 상대적이게 된다. 소설의 예술적(통일적) 세계는 개별적이고, 상당히 독자적, 독립적이고, 서로 닮지 않았고, (거의 모든 부분에서) 일치하지 않는 세계들로 모델화된다(구성되고 이루어진다). 그 세계들은 다음과 같다.

– 어쩌면 (펠레빈에 따르면) 객관적으로 존재하거나, 주위 현실의 실재 세계에 맞춰진 세계.

– 펠레빈에 의해 소련의 국가성, 소련 이데올로기와 정신성의 세계를 명백히 드러내주는 특징들이 부여되었으며, 소설의 예술적 공간에서 더 현실적인 세계.

– 주인공의 주관적 의식의 세계.

– 소설의 개별적 인물들(의식)의 수많은 미시 세계와 거시 세계들.

전반적이고 모든 것을 통찰하는 상대성 사상은 철학적으로는 관념론적이고(G. 융에 따르면), 이론적으로 포스트모더니즘적(V. 쿠리친에 따르면 "모든 현실은 가상적이다"[96])일 뿐만 아니라, 어느 정도는 불교적이기도 하다('세계는 나의 인상일 따름이다'라는 불교의 유명한 공식과 비교할 것).

또다시 '나는 도대체 누구인가? 나의 외부와 나의 내부는 과연 무엇인가?'라는 펠레빈식 질문이 나온다. 또다시 사회의 정치적 조직에 따라서가 아니라, 모든 보편 이성이나 모든 사회적 구성 형태의 차원에서 인간적 의식의 참여 수준에 따른, 자유/부자유에 대한 사상이 발생한다. 단편 「어린

∙∙

96) Курицын В. Указ. соч. С. 174.

시절의 존재론(Онтология детства)」에서와 마찬가지로, 사람의 성장 과정은 개인적 자유를 상실하고 사회적 의존성을 획득하는 과정이 된다.

이런 식으로 「오몬 라」의 문제는 "사회적인 것이 아니라, 형이상학적이며, 일시적인 것이 아니라 영원한 것이다."[97] 바로 그렇기 때문에 소설의 결말에서 주인공의 이름은 새롭게 해석된다. '오몬'은 이제 '특수 임무 경찰'의 약어나 '러시아 군대'를 말하는 것이 아니라, 이집트 신화 최고신의 이름인 '아몬 라(Амон Ра)'의 동음이의어가 된다. 그리고 이름에 대한 두 해석은 주인공 인성과 본질의 두 측면을 반영한다. 두 가지 인성이란 사회적 의존성(보편 이성에 대한 부자유)과 그의 개인적('신적') 자유이다. "소설 제목의 의미는 현대적 연상 계열에서 형이상학적이고 영원한 차원으로 옮겨간다."[98]

시간상으로 그 다음에 나온 펠레빈의 소설 『차파예프[99]와 푸스토타[100]』는 또 하나의 소련 신화(좁은 의미에서 V. I. 차파예프에 대한 신화)[101]를 보여 줄 뿐만 아니라 작가의 '관념적 · 불교적 · 포스트모더니즘적' 철학을 가장 완전하게 표현한 것이다.

잘 알려졌다시피, 예술적으로 해석된, 전설적인 적군 사령관 바실리 이

∴

97) Костырко С. Указ. соч. С. 257.
98) Нефагина Г. Указ. соч. С. 196.
99) 〔역주〕Чапаев Василий Иванович, 1887~1919. 내전 시기의 러시아 영웅이다. 1917년 소련공산당원이었고, 1918년부터는 여단장, 사단장으로 복무했다. 1919년 여름 콜차크 백군 격파에서 큰 역할을 한 제25보병사단장이었다.
100) 〔역주〕푸스토타(Дустота)는 '공허'라는 뜻이다.
101) "하나로 합쳐진 차파예프에 대한 소설과 영화 텍스트는 처음에 빅토르 펠레빈이 파괴하고 그 후에 새로운 모습으로 재생시키는 기본 텍스트-신화가 되었다."〔Беневоленская Н. Восток и Запад в романе Виктора Пелевина 『Чапаев и Пустота』: Доклад на международной конференции. Оломоуц. 23~26 августа 1999(рукопись)〕

바노비치 차파예프의 사후 존재 이야기는 D. 푸르마노프[102]의 소설 『차
파예프』(1923)에서 시작해서, 바보치킨[103]이 주연을 맡은 바실리예프 형
제[104]의 영화 시나리오를 거쳐, 바실 이바니치(Василь-Иваныч), 페티카
(Петька)와 안카(Анка)에 대한 수많은 현대적 일화들로 끝이 나는 것만 같
았다.

그러나 1990년대에 차파예프는 러시아문학으로 '재림'했다. A. 렙킨[105]
과 V. 악쇼노프,[106] 그리고 펠레빈의 '변형'이 등장했던 것이다.

형상 체계의 예술적 구조라는 관점에서 보면 펠레빈 소설의 주인공은

..

102) 〔역주〕Дмитрий Андреевич Фурманов, 1891~1926. 소련의 작가, 소설가, 혁명가, 군사
정치 활동가이다. 본래 성은 푸르만(Фурман)이다. 나중에 푸르마노프라는 필명으로 활
동했다. 소설 『차파예프』에는 푸르만으로 서명했다. 작품에는 『붉은 낙하 부대(Красный
десант)』(1922), 『폭동(Мятеж)』(1925) 등이 있다.

103) 〔역주〕Борис Андреевич Бабочкин, 1904~1975. 소련의 배우, 영화와 연극 감독, 교육자
이다. 소련 인민배우(1963), 사회주의 노동 영웅(1974), 스탈린상 수상자(1941, 1951), 소
련국가상 수상자(1975)이다.

104) 〔역주〕Братья Васильевы. 바실리예프라는 동성의 소련 영화감독, 시나리오 작가인 게오
르기 바실리예프(1899~1946)와 세르게이 바실리예프(1900~1959)가 작품 활동을 하면서
사용한 필명이다. 〈차파예프〉(1934)를 공동으로 작업해서 영화화하는 등 많은 작품을 남
겼다.

105) 〔역주〕Андрей Викторович Левкин, 1954~. 라트비아와 러시아의 작가, 사회 평론가이
다. 안드레이 벨리상 '소설' 부분(2001)을 수상했다. 중단편집으로 『조용한 사건들(Тихие
происшествия)』(1991), 『쌍둥이들(Двойники)』(2000), 『검은 공기(Черный воздух)』
(2004) 등이 있다.

106) 〔역주〕Василий Павлович Аксёнов, 1932~2009. 러시아의 작가이다. 1956년 레닌그라드
제1의과대학을 졸업했으며 1960년대부터 직업 작가로 활동했다. 무크지 《메트로폴》의 참
가자이다. 1980년 미국 초청으로 미국으로 출국한 후 1981년 소련 국적을 상실했고 2004
년까지 미국에 거주하다가 러시아로 돌아왔다. 작품으로는 영화화된 『동료들(Коллеги)』
(1959)과 『별의 티켓(Звёздный билет)』(1961) 〔〈내동생(Мой младший брат)〉(1962)이란
제목으로 영화화됨〕, 장편으로는 『화상(Ожог)』(1975), 『크림 섬(Остров Крым)』(1979),
『모스크바 크바-크바(Москва Ква-Ква)』(2006) 등이 있다. 2004년에 그의 작품 『모스크
바의 전설(Московская сага)』(1992)이 텔레비전 시리즈로 방송되었다.

표트르 푸스토타(Петр Пустота)라는 이름의 주인공이다. 그러나 소설의 슈제트상으로는 선생(차파예프)의 제자이기 때문에 제목에서도 푸스토타는 차파예프의 뒤에 온다(접속사 '와(и)' 이후에).

주인공 차파예프는 누구이며 어디서 사건이 발생하는가? 이 문제들에 대해 답하는 것은 그렇게 간단하지 않다. 왜냐하면 작품은 형식과 구조에서 기묘하기 때문이다(의도된 포스트모더니즘적 서사 혼란 효과).

소설의 행위는 1918~1919년과 1990~1992년이라는 두 개의 시간 차원에서 주로 발생한다. 그러나 이것이 전부는 아니다. 소설 마지막에 있는 날짜에 따르면 '회상'은 카프타-유르트 1923~1925년에 집필되었다. 게다가 제17모범 정신병원 출신 정신병자들의 환각적 의식은 자유자재로 영원의 상태에, 즉 소설에서 표현한 말로는 "아무 데로나(никуда)" "아무 때로나(никогда)"에 빠져든다.

A. 게니스는 다음과 같이 말한다. "펠레빈은 시인이자 철학자이며, 경계 지역의 풍속을 포착하는 소설가이다. 그는 여러 현실들 사이의 접합점들을 만들어간다. 그들이 만나는 장소에서 간섭과 선을 잇댄 선명한 예술적 효과들이 발생한다. 한 세계 풍경이 다른 풍경 위에 겹쳐서 처음 두 개의 풍경과는 또 다른 세 번째의 풍경이 창조되는 것이다."[107]

그래서 표트르 푸스토타에게는 몇 개의 인성이 동시에 존재한다. 가장 간단한 인성들은 사단장 차파예프(대략 1918~1919년)와 제7호실의 정신병자이다.[108] 그러나 그는 또한 브류소프, 블로크, 알렉세이 톨스토이, 마야

..

---

107) Генис А. Указ. соч. С. 83.

108) 이 경우에서는 첫 번째로 체호프식의 병실 번호(체호프의 단편 「제6호실」과 비교할 것), 두 번째로 포스트모더니즘에서는 고전적인 정신착란 모티프(비토프와 관련해서 이미 언급되었듯이, M. 푸코 철학 체계의 기본 개념)라는 점에서 중요하다.

콥스키, 부를류크와 '뮤지컬 담배 케이스'[109]를 통해 아는 사이인 데카당트 시인이기도 하다. 그는 출판되는 소설[110]의 작가(또는 서문에 나오듯이 편집자)이기도 하다. 게다가 주인공의 이런 모든 인성은 포스트모더니즘적으로 동일하다(소설에서는 표트르 푸스토타만 이런 상황에 놓이는 것이 아니다. 안나, 코톱스키, 같은 병실 인물들, 그리고 차파예프 등은 자기 자신과 같지 않은 주인공—시뮬라크르들이다).

표트르 푸스토타에 대해서는 정신병원 병력에 가장 잘 나타난다. "어린 시절에 정신적 이상행동을 호소한 적은 없다. 활발하고 다정하고 사회성이 강한 소년이었다. 공부를 잘했고, 미학적 가치는 드러나지 않는 시 창작에 몰두했다. 첫 번째 병리학적 정신 이상행동은 열네살 쯤에 나타났다. 외적 요인들과 관계없는 신경 과민성과 폐쇄성이 표출된 것이다. 부모의 표현에 따르면, '가족으로부터 이탈했고', 감정적 소외 상태였다. 친구들과의 만남을 중단했는데, 친구들이 '**푸스토타**'라는 그의 성을 가지고 놀렸기 때문이다. 그의 말에 따르면, 그를 '속 빈 사람'[111]으로 여러 번 부르면서 지리 과목 여자 선생도 똑같이 장난을 쳤다. 성적이 갑자기 떨어졌다. 이와

∙∙

109) "신기한 카페 '뮤지컬 담배 케이스'는 (…) '음울한 낭만주의자' V. F. 오도옙스키의 중편 동화 『담배 케이스 도시(*Городок в табакерке*)』를 연상시키는데, 그 동화는 음악적 재능이 없는 악한인 망치 아저씨(дядьки-молоточки)들이 권력을 잡은 후 불행한 '예술가들'인 무방비 상태의 작은 종들을 괴롭힌다는 내용이다. 슈제트는 러시아혁명 상황을 쉽게 투영하고 있다."(Беневоленская Н. Указ. соч.)

110) 이 경우에 더 일찍 집필된 『차파예프와 푸스토타』와, 펠레빈이 별로 좋아하지 않는 V. 보이노비치(B. Войнович)의 소설 『모스크바 2042』 사이의 유사성도 발견할 수 있다. 이 소설에서 주인공·작가는 그가 집필한 소설의 공간에 놓인다. "마치 내가 소설을 쓰기 전에 이미 그 소설을 읽었던 것 같은 일이 일어났다. 그래서 이 모든 이야기가 저절로 구성된 것만 같았고, 내 스스로도 이미 그 속에서 무엇이 일차적이고 무엇이 이차적인지 분간할 수가 없게 되었다."(Войнович В. *Москва 2042*. М.: Вагриус. 2000. С. 373)

111) 〔역주〕'푸스토타'가 빈 곳, 공허, 무익 등을 뜻하기 때문에 이렇게 부르는 것이다.

함께 융, 버클리, 하이데거 등의 저작을 위주로 철학 서적을 탐독하기 시작했는데, 그 서적들은 이런저런 형식으로 모두 공허와 비존재의 철학적 양상들을 논의한 것들이었다. 결과적으로 '삶의 업적 만들기에 과감'했던 이유로 동갑내기들보다 자기가 더 우위라고 말하면서 가장 단순한 사건들을 '형이상학적으로' 평가하기 시작했다. (…) '속세인들'에게는 허용되지 않는 것을 보고 느낄 수 있다고 가정한다. (…) 자신을 과거 위대한 철학자들의 유일한 계승자라고 간주한다. (…) 정신병원에 입원했다고 괴로워하지는 않는다. 왜냐하면 거주 장소에 상관없이 '올바른 노선'에 따라 그의 '자기 발전'은 계속될 것이라고 확신하기 때문이다."(118~119)

가장 훌륭한 의사인 티무르 티무로비치에 따르면 이런 병력이 생긴 이유는, 주인공한테서 자신의 '성'과의 '동일시' 현상이 발생했기 때문이다. 그것은 실재 인성이 "거짓 인성"으로 "바뀌어버렸거나" "거짓 인성이 실재 인성을 완전히 교체하거나 거의 제거해버린 것이다."(103) 그의 "정신이상은 (그가) 자기 인성을 처음부터 끝까지 꾸며낸, 전혀 다른 것으로 교체해버린 뒤, 자기 인성의 존재를 부정하는 것과 연관"(103)되며, 표트르의 "정신병적 활성도"는 "거짓 인성이라는 측면에서 심각한 검열을 받아야 한다."(105) 다시 말해서 주인공의 성은 단순히 '유아론적 텍스트의 상징'이 아니라 공허라는 푸코의 포스트모더니즘 철학을 표현하는 형식적-내용적 형상(과 수단)이다.

이런 식으로, '1990년대'의 정신병자 푸스토타에게는 자신이 직접 참여했던 것 같은 과거(1918~1919년)의 사건들이 보이게 된다. 그러나 우리는 회상 소설 전체가 표트르 푸스토타에 의해 1923~1925년에 쓰인 것이라는 사실을 알고 있기에 푸스토타는 십중팔구 차파예프주의자라는 것이 가장 현실적인 본질이라고 생각하게 된다.

그러나 1920년대 출신의 주인공을 창조함으로써 과거의 사건〔내전(內戰)〕이 아니라 미래의 사건(1990년대)이 깨어나고, 이런 1990년대 사건들이 충분히 알아챌 수 있는 특징들로 쓰였다는 사실은 흥미롭다. 즉 주인공은 자신의 과거 생활이 아니라 미래를 '회상한다.' 또는 더 정확히 말하면, 1925년의 푸스토타는 '현실성'이란 측면에서 이런 두 시대 중 어느 하나에도 치우치지 않으면서, 자신의 과거(1918~1919년)로 빠져들기도 하고 미래(1990년대)로 쉽게 옮겨가기도 하며, 또는 티무르 티무로비치가 환자들을 치료하는 시간에 같은 병실 사람들·분신들로(그냥 마리야[112]로, 세르듀크, 볼로딘 등으로) 변신하기도 한다. 공허라는 형상은 시간과 공간을 제한하고 경계짓는 범위를 제거하며, 주인공이 자유롭고도 조직적으로, 시간과 공간이 구체화되어 나타나는 모든 곳에 존재할 수 있도록 해준다(1920년대이든 1990년대이든, 로조바야 역 또는 모스크바나 페테르부르크이든, 현실 또는 꿈이나 환상이든, 표트르 또는 그냥 마리야든). 즉 공허라는 형상은, '보이지 않는' 하얀색이 무지갯빛의 모든 감마를 지켜주는 '수호자'인 것과 마찬가지로, 주인공을 한정하고 구체화하는 모든 변형의 유일하고 종합적이며 보편적인 불변소가 된다.

그런데 표트르 푸스토타는 소설에서 단지 **제자**일 뿐이다. 슈제트 측면과 예술─구조적 의미에도 불구하고 이 드라마에서 그의 역할은 '이차적'이다. 소설 제목에서처럼, 첫 번째의 역할을 하는 것은 차파예프이다(소설의 처음 제목들 중 하나는 '바실리 차파예프'였다).

펠레빈은 민중 구전문학에서 우스꽝스럽고 희극적인 주인공을 가져왔고, 유치한 일화들에서 공개적으로 패러디된 인물의 성격과 행동이 심도

112) 〔역주〕 등장인물들 중 한 명인데, '그냥 마리야(просто Мария)'라고 불린다.

있고 신비스러운 '본질'을 가진다는 점을 '발견했다.'

A. 민케비치는 다음과 같이 언급했다. "펠레빈의 일화는 우화로 발전한다. 그 일화는 원초적 의미의 현대 신화학과 사회적 의식 속에 존재하는 신화들을 포함하고 있다."[113]

N. 베네볼렌스카야는 이렇게 말한다. "차파예프의 마술적 형상은 소비에트 의식 속 신화의 구성 요소 계열에서 신화의 진정한 인물로 옮겨가며, 차파예프는 자신을 창조한 자들의 통제에서 벗어나 자기 삶을 살고 있다. 이것은 작가가 만들어낸 가장 중요한 진전들 중 하나이며, 그는 처음의 위대함을 잃지 않으면서도 자신의 의지로 신화를 변형했다."[114]

펠레빈은 일화적 형상을 숭배의 주체로 변화시켰고, **서한**의 소유자로 만들었다. 펠레빈과의 인터뷰에는 다음의 내용이 나온다. "무슨 서한이죠?/부처의 서한이죠./정말요?/그럼요."[115]

N. 베네볼렌스카야는 이렇게 언급한다. "데카당트 시인 표트르 푸스토타는 페테르부르크에서 모스크바로 온다. 모스크바는 '아시아적' 수도이고, 페테르부르크는 '유럽적' 수도인 두 수도는 러시아문학에서 공간적 지점만을 의미하는 것이 아니라, 전통적으로 러시아인의 의식에서 쉽게 결부되는 동방과 서방의 기호들을 의미한다. 즉 동쪽으로 향한 벡터(공간적, 정신적)가 소설의 첫 페이지부터 나타난다."[116]

펠레빈의 차파예프는 부처이자 **선생**이다. 그에 대해 안나는 다음과 같이 말한다. "차파예프는 (…) 내가 과거에 알던 가장 심오한 신비주의자들

..

113) Минкевич А. Поклонение Пелевина//www.guelman.ru/slava/pelevin.

114) Беневоленская Н. Указ. соч.

115) На провокационные вопросы… С. 8.

116) Беневоленская Н. Указ. соч.

중 한 명이다. 나는 그가 당신의 얼굴(표트르의 얼굴—저자)에서 감사히 여기는 청중을, 어쩌면 제자를 발견했다고 생각한다."(137) 차파예프와 부처의 직접적인 대조는 결말에서 나타난다. 붕대를 감은 사령관의 손("겹겹이 두른 거즈 붕대 밑 새끼손가락 자리에는 아무것도 없다는 것을 짐작할 수 있었다"(359))은, 겨누는 모든 것을 아무 곳으로, 즉 허공으로 향하게 하는 능력을 가진 부처의 새끼손가락이 묻힌("숨겨진") "진흙 기관총"(328~329) 이야기를 떠올리게 만든다.

차파예프의 불교적·동양적 본성의 '확대기'는 소설에 나오는 그의 전우들이다. 예를 들어 안나와 코톱스키의 외모, 더 정확히 말해서 머리 모양("그녀(안나—저자)는 바람으로부터 머리를 보호하려는 듯이 손바닥을 들어 올렸다가 바로 내렸다. 그녀의 머리 모양은 이 모든 행동에 아무런 의미가 없었기 때문이다. 나는 바로 얼마 전까지 그녀가 전혀 다른 머리 모양을 하고 있었던 것이라고 생각했다."(97) "코톱스키는 어쩐지 이상한 제스처를 취했다. 마치 보이지도 않는 머리카락을 이마에서 올리기라도 하듯이 손가락을 펴서 자기 머리 위로 훑어 올렸다. (…) 거의 똑같이 안나도 잘라버린 머리카락을 단정히 바로잡았다"(163))은 주인공에게 "두 사람 모두 어떤 이상한 종파에 속하며 (…) 이런 민머리가 그들을 종교의식과 연관시켰다"(163)는 생각을 불러일으킨다. 장갑차 운전자이며 바티[117]라는 별명을 가진 바시키르 사람의 외모도 본성적인 '동양성'을 나타낸다. 이미 언급된 차파예프가 아는 사람들 중에는 중국인 공산주의자 채주안과 "붉은 나비넥타이를 맨"(224) 그의 아들이 있다. 세르튜크 '꿈'의 중심인물은 유명한 일본 작가[118]와 '동성인'이며 '타이라 인코르포레

••

117) 〔역주〕 바티 또는 바투(1208~1255), 칭기즈칸의 손자로 금장한국의 왕이었고, 1236~1242년간 러시아의 동북부, 남부, 폴란드, 헝가리, 아드리아해까지 침입하였다.

118) 〔역주〕 가와바타 야스나리(川端康成, 1899~1972)를 말하는데, 『설국』 등의 작품으로 유명

이티드' 사(社) 사장인 예시추네 카바바타이다.[119] 윤게른 남작은 행동뿐만 아니라 '검은'[120]이란 형용사로도 동양 출신이라는 연상을 불러일으킨다. 장갑차의 '겉모습' 또한 동양적 특징을 가진다. "밝은 앞 전등 두 개가 달린 모터의 뭉툭한 주둥이가 앞으로 튀어나왔다. 약간 뒤로 기울어진, 단단하게 튀어나온 정면이 부처의 반쯤 감은 눈을 오만하게 바라보고 있었다." (80~81) 좀 더 '넓은 문맥'에서 차파예프와 얼마쯤 '떨어진 먼 곳' 동양에 대해서는 티무르 티무로비치도("그래, 중국. 만약 당신이 기억한다면, 그들의 모든 세계관은, 세계가 그 어떤 금 세기로부터 어둠과 침체기로 이동하면서 퇴보한다는 생각 위에 세워진 것이다"(45)), 볼로딘도, 세르튜크도("동양의 현인들은 세상이 환상이라고 말하였다."(122) 그는 전철에서 "더러운 솜 가운을 입고 녹색 페인트 자국이 묻은 찰마[121]를 쓴 (…) 이상한 모습의 남자를 만나는데", 그는 "하일 히틀러!"라고 소리친다(169))[122] 이런 점을 언급한다.

소설의 기반이자 첫 자극이 된 것은 바실 이바니치와 페티카에 대한 유

∴

하며, 1968년 일본 최초로 노벨문학상을 받았다. 노벨상을 수상하고 3년 후에 가스를 마시고 자살한다.

119) "10월의 별 훈장을 카바바타는 순진한 세르튜크에게 보여주면서 차파예프와의 관계를 독자에게 드러내준다."(Там же)

120) [역주] 러시아어에서 '검은(черный)'이란 형용사가 사람에게 쓰일 때는 머리칼 색이 검은 사람들, 즉 캅카스, 그루지야, 아르메니아, 터키계 등 동양인들을 뜻한다.

121) [역주] 회교도가 쓰는 머리 수건을 말한다.

122) 소설 『차파예프와 푸스토타』의 또 하나의 '동양적' 요소도 흥미롭다. 소설 창작과 거의 동시에 대통령 선거(1996) 전야에 펠레빈은 컴퓨터 프로젝트를 수행한다. 대통령 후보 순위들을 기초로 해서 그는 컴퓨터 프로그램 'Elastic Reality'의 도움으로, 6명의 가장 인기 있는 후보자들로 이루어진, 러시아 대통령의 일반화된 초상을 창조하였다. 가상 대통령에겐 'Ultima 툴레예프(실제 '동양' 대통령의 성)'라는 이름이 붙었다. 소설에서는 '울티마 툴레'라는 이름의 '신(新)러시아' 회사가 등장한다. 또한 V. 나보코프의 단편 소설 제목 'Ultoma Thule'와 '일치하는 것'도 흥미롭다.

명한 '어린이' 일화였음을 상정할 수 있다. 그 일화는 소설에서 인용된다. "간단히 말해서, 페티카가 바실리 이바니치와 앉아서 술을 마시고 있다. 갑자기 군인이 뛰어 들어와 '백군들이다!'라고 말한다. 페티카가 '바실리 이바노비치, 일어서야죠'라고 말한다. 그런데 차파예프는 두 잔을 더 따르고는 '마셔, 페티카'라고 말한다. 페티카가 마셨다. 또다시 군인이 뛰어 들어온다. '백군들이다!' 그런데도 차파예프는 또 두 잔을 따른다. '마셔, 페티카.' 또다시 군인이 뛰어 들어와서 백군들이 이미 집 쪽으로 다가오고 있다고 말한다. 그런데 차파예프는 '페티카, 너는 내가 보이냐?'라고 말한다. 페티카는 '아니오'라고 대답한다. 그러자 차파예프는 '나도 네가 안 보여. 은폐를 아주 잘 했는데!'라고 말한다."(335)

이 일화가 펠레빈 소설에서는 다음과 같이 또 다르게 변형된 결말을 가진다는 것도 흥미롭다. "백군들이 들이닥쳐서 방 안을 둘러보고는 '에이, 또 도망쳤네!'라고 말한다."(335)

이미 우리에게 잘 알려진 펠레빈 관점의 편에 서서, 이성적 사고의 범위를 넘어서는 그의 비이성적 직관 철학의 원칙들에 입각한다면, 이 일화에는 비논리적이거나 우스운 점이 전혀 없다. '나'와 '나의' 감각만이 있을 뿐이고, 따라서 내가 당신을 보지 못한다면, 당신은 없는 것이다. 왜냐하면 주위의 모든 것은 나의 감각일 뿐이고, 주위 모든 것은 나를 통해서만 존재하기 때문이다.[123] 즉 이것은 이미 펠레빈 단편들에 의해 익숙해진 유아

••

123) A. 비토프와 비교할 것. "항상 가장 자연스럽게 여겨지고, 틀림없다고 여겨지는 것, 전혀 이해할 필요가 없다고 생각되는 것 때문에 미치겠다! 우리가 지금 앉아 있는 이 자리도 십중팔구는 세상에 없는 것이고 있을 수가 없는 것이다. 비(非)존재의 섬(остров небытия)이다."(『푸슈킨의 집』, 73)

론 철학이고, 그 철학은 소설에서는 우르간 잠본 툴쿠 VII[124]의 '서문'에서, 티무르 티무로비치가 정신병자들을 치료하는 방법과 연관해서 텍스트 자체에서 언급된다("내가 계발해서 적용하는 방법은 조건부로 '터보 융 방식'이라고 부를 수 있어요. 당신은 물론 융의 견해는 알고 계시겠죠"(105)).

소설의 개별 에피소드에서 주인공의 주위 세계도 '유아론적으로' 탄생된다.[125] "주사는, 의심의 여지 없이, 계속 효력을 가졌다(사실적인 동기화지만 이후에 나타나는 감각적 특징은 관념론적 '편향성'으로 옮겨간다─ 저자). 주위 세계의 요소들은 그것들에 내 시선이 닿는 순간에만 등장하였고, 그래서 내게는 바로 내 시선이 그것들을 창조한다는 어지러운 감정이 자라났다." (107)[126] 그와 같은 철학은 병원 질문서 중 문제 No. 102("우주를 누가 창조했는가?")에 대한 답에서도(343) 나타나며, "왠지 톨스토이 백작을 떠올리게 한 수염이 덥수룩한 남자"[127](349)와의 대화에서도 드러난다. 모든 지식의 상대적 요소들은 안나의 말에서도 검토된다. "안나가 말했다. 도시 대부분은 적군에 의해 점령당했지만, 그 안에는 백군도 있다. 또는 도시는 백군에 의해 점령당하였고 그 안에 적군도 있었다고도 말할 수 있다."(135)

•♣

124) 이 이름은 펠레빈에 의해 소설 *Generation 'P'*에서 다시 한 번 사용된다.(156)

125) A. 쿠프린의 『결투』와 비교할 것. "이렇게 또 20~30년이 흐를 것이다. 내 전에 있었고, 내 후에 있을 시간에서는 1초일 뿐이다. 1초! 나의 나는 심지를 틀어 낮춘 등잔불처럼 사그라질 것이다. 그러나 등잔불은 다시 켤 수 있지만, 나는 이미 없을 것이다. 이 방도, 하늘도, 연대도, 군대 전체도, 별도, 지구도, 내 손과 다리도 없을 것이다. (…) 왜냐하면 내가 없기 때문이다. (…) 그렇다. 내가 죽는다면, 조국도, 적도, 명예도 더 이상 없을 것이다. 그것들은 내 의식이 살아 있는 동안만 살아 있다."(Куприн *А. Собр. соч.*: B. 5 т. СПб.: 1994. Т. 2. С. 62~63)

126) M. 리포베츠키는 펠레빈 주인공의 의식에서 "현실과 환상의 등가성"에 대해 언급한다.(Липовецкий М. Паралогия русского постмодернизма // *Новое литературное обозрение*. 1998. No. 30)

127) 더 정확히 말하면 A. I. 솔제니친이다.

결국 모든 것은 시각에 달린 것이다.

"객관적 세계의 칸트적 비실재성"[128) 이론을 참고하는 주인공들의 판단과 소설의 상황들은 부처의 언급과도 직접적으로 상관된다. "사상이 있으면 문제도 있는 것이고, 사상이 없으면 문제도 없는 것이다." 즉 일화지만 (단순히 차파예프, 페티카, 안나 또는 코톱스키에 대한 일화가 아니다), 가장 넓은 의미의 일화가 펠레빈에게서는 우화로 전개되고 전체 소설 시학에 대한 열쇠가 된다. 널리 알려진 일화들에서 발췌된 이런 우화들은 부처의 우화, 즉 동양의 지혜가 되며, 펠레빈에게서 그런 지혜의 소유자이자 설교자는 차파예프이다. 어쩌면 그래서 한 비평가는 소설『차파예프와 푸스토타』를 '불교 입문서'라고 불렀는지도 모른다.

자신의 '긍정적' 프로그램을 위해서 펠레빈이 그토록 예기치 못한 장르를 선택했다는 사실은 전통에 모순되지 않는다. S. 쿠즈네초프는 다음과 같이 말한다. "펠레빈이 선택한 '신성한 패러디'라는 방법은 서한을 저속화하지 않으면서 신비적 서한을 전달하는 거의 유일한 기회이다."[129) 불교의 전통은 부처의 이름 또는 부처에 대한 묘사에 대해 불손하다는 태도를 가지고 있고 그런 점은 그의 교훈에 대한 충실성만을 강조하는 것이다. 그래서 불상들의 소각은 불교의 본질에 대한 가장 훌륭한 설명이다.

펠레빈은 인터넷 회의 참가자들 중 한 사람이 던진 "당신의 작품들은 선(禪) 사상을 얼마나 코드화한 서술입니까? 당신에게 불교는 구체적으로 무엇입니까? 문화적 전통입니까 아니면 종교입니까?"라는 질문에 다음과 같이 답한다. "첫 번째로, 나는 선 사상을 코드화한 서술이란 것이 무엇인지

∴

128) Долин А. Указ. соч.

129) Кузнецов С. Василий Иванович Чапаев на пути воина // *Коммерсантъ-Daily*. 1996. 27 июля. с. 53.

모르겠습니다. 선 사상에는 어떠한 서술도 없으며 선 사상은 서술되지 않습니다. 불교는 주위 세계와 자기 자신에 대한 태도의 체계입니다. 그리고 불교에도 다양한 전통들이 존재합니다."[130] 그러나 그 자신의 말에 따르더라도 펠레빈은 A. 게니스가 그의 소설에 부여한, "러시아의 첫 번째 선-불교 소설"[131]이란 정의를 매우 자랑스러워했다(I. 로드냔스카야의 말도 이 정의와 비슷하다. "펠레빈은 자신의 판타지 속에서 스릴러와 러브 스토리를 티벳식으로 합성해서 불교 선전물을 집필했다."[132] 또는 A. 민케비치의 의견도 그렇다. "나는 '차파예프' 속에서 선(禪)을, 가장 오래 기다린 러시아식 선을 보았다. 그것은 종교적 위선에 실망하고, 저열한 정신세계에 유혹받은 러시아의 문화적 토양이 그렇게도 고대한 것이다. 종교가 아니면서 기독교와도, 불교와도, 무신론과 범신론과도 결합하는 유일한 종교적 세계관이다"[133]).

그러나 불교나 유아론으로부터 추상화한다면, 본질상 다음과 같이 말할 수 있다. 펠레빈은 '러시아 영혼의 순례'에 대한 소설을 썼는데, 구체적 차원에서는 러시아 역사에서 중요한 두 시기를 대조하고 상호 연관시키며, 전체적 · 종합적 · 철학적 차원에서는 "존재의 무기력한 업적"(119)을 다시 한 번 되풀이함으로써 '자유사상의 특별한 비상', '인생의 아름다움', '황금빛 성공' 등을 달성할 기회를 제공하고 있다. 비평가들이 올바르게 지적했듯이, 차파예프 **선생**은 자신의 **제자** 표트르 푸스토타에게 세계의 진정한 본성을 밝혀준다.

소설 『차파예프와 푸스토타』가 낳은 전통이나, 유사성과 인유들에 대한

130) На провокационные вопросы… С. 8.
131) Кузнецов С. Указ. соч. С. 52에서 인용함.
132) Роднянская И…. И к ней безумная любовь//*Новый мир*. 1996. No. 9. С. 223.
133) Минкевич А. Указ. соч.

문제는 매우 흥미롭다.

서구 전통에 관해서라면, 무엇보다도 먼저 사상의 계승성(비록 펠레빈 자신은 "사상들은 저작권에 해당하지 않는다"[134]라고 말했지만)에 대해 언급해야만 하며, 가능한 이름들 중에서는 보르헤스(펠레빈 소설의 다른 가제 "흩어진 페트카의 동산"은 직접적으로 보르헤스를 나타낸다), 마이링크[135](바시키르 사람(골렘)의 형상은 "서쪽 창의 천사"에 대한 전조가 된다), 카스타네다 등을 명명할 수 있고, 이들의 사상은 이들의 번역 작품들과 함께 펠레빈의 의식에 '인입되었다.' 구조의 차원에서 가장 가까운 모델은 불가코프의 『거장과 마르가리타』이다.

비평가들도 『거장과 마르가리타』와의 연관성을 지적하였고, 펠레빈도 이에 대해서 다음과 같이 말했다. "모든 하이퍼텍스트가 그렇듯이 『거장과 마르가리타』도 그와 같은 특징을 가지는데, 무엇인가를 썩 잘 쓰기는 어렵고, 잘 쓰면 『거장과 마르가리타』와 비슷해지지 않을 것만 같다. 아마도 원인은 텍스트들이 똑같은 상황하에서 똑같은 결정을 내린 데 있는 것 같다. 왜냐하면 다른 결정은 자연스럽지 않을 것이기 때문이다."[136]

만약 소설의 구성적 구조를 비교한다면 두 소설 모두가 3차원적이다.

불가코프	펠레빈
『거장과 마르가리타』	『차파예프와 푸스토타』

∵

134) На провокационные вопросы… С. 8.
135) 〔역주〕 Gustav Meyrink, 1868~1932. 오스트리아 출신의 표현주의적 경향의 작가, 희곡작가, 번역가, 은행가이다. 소설 『골렘』이 20세기 첫 번째 베스트셀러들 중 하나가 되면서 전 세계적 명성을 얻게 되었다.
136) Там же. С. 8.

제1차원: 현대성

1930년대의 모스크바   1990년대의 모스크바
이반 베즈돔느이의 라인과   표트르의 라인과
베를리오즈의 라인 등   파네르니(Фанерный)의 라인 등

제2차원: 역사

볼란드와 그 추종세력의 라인   차파예프와 안나, 코톱스키, 지도자의 라인

제3차원: 영원성

이예슈아의 라인   윤게른 남작의 라인

이런 연관 덕분에 다음과 같은 형상들의 유사성을 밝힐 수 있다. 베즈돔
니/푸스토타, 볼란드/차파예프("당신(차파예프 — 저자)은 영혼을 악마에게 팔았
다"(318)),[137] 이예슈야/윤게른 등이 그것이다. 또한 상황의 유사성도 발견
된다. 두 상황들에서 진리는 정신병과 병원을 '매개로 해서' 달성된다. 표
트르의 환상·꿈들은 거장의 소설처럼 현실적이다(예를 들어, 볼로딘은 표트
르와 같은 병실 환자일 뿐만 아니라 초르니 남작이 등장하는 무대 주인공들 중 한
명이다 등).[138]

∙∙

137) "중국 검(劍)은 차파예프의 외모에서 확인되는 동양의 기호이다. 이것은 '혁명의 검'의 물
    질화된 은유이기도 하며, 중국 군인 신분에 속한다는 상징이기도 하다. 불가코프의 볼란
    드에게도 이와 같이 검이 있다는 사실을 기억하자."(Беневоленская Н. Указ. соч.)
138) '러시아'문학의 다른 선행자들 중에서 연구자들은 V. 나보코프의 『루진의 방어(Защита
    Лужина)』와 K. 바기노프의 『스비스토노프의 노동과 나날들(Труды и дни Свистонова)』
    을 꼽는다.(см. Там же)

510

『차파예프와 푸스토타』에 대한 대화를 마치면서 다음과 같은 S. 코르네프의 말을 인용할 수 있다. "이 소설은 러시아문학에서 유일한 위치를 차지한다. 어쩌면 도스토옙스키 시대 이후 처음으로 완전하고 성공적인 철학소설이 등장했으며 그 소설은 결합하기 어려운 세 개의 특성들을 가지고 있다.

첫 번째로, 이 소설은 실제로 철학소설이다. 소설의 주인공들은 끊임없이 철학적 사고를 할 뿐만 아니라 소설의 모든 움직임이 상당히 추상적이고 복잡한 형이상학적 사상의 설명에 매이기 때문이다.

두 번째로, 형식 면에서 놀라운 완성도를 보여준다. (…) 그런 완성도는 장편소설에서도 이제는 드물게 마주치게 되는데, 이 소설에서는 처음부터 끝까지 유지되고 있다.

세 번째로, 가장 놀라운 사실은 (…) 이 소설이 인기 있다는 것이다."[139]

펠레빈을 일정 부분 규정하는 현대 포스트모던 철학과 시학의 범주에서는 '철학적'(간단히 말해서, 사상이 풍부한) 소설을 언급할 수는 없을 것 같다. 그러나 M. 리포베츠키의 '객관적' 관찰들도 S. 코르네프의 어느 정도는 '주관적인' 평가를 확증해주는데, 리포베츠키는 다음과 같이 확신한다. 『차파예프와 푸스토타』의 인물들은 "'러시아 남자들'처럼 집요하게 '현실이란 무엇인가?'라는 문제를 풀기 위해 골몰한다. (…) 펠레빈은 현실이 가상으로 변화하는 것에 관심을 가지는 것이 아니라 그 반대의 과정인 가상에서 현실이 탄생하는 것에 흥미를 가진다. 따라서 펠레빈의 의도는 그 본질상 포스트모더니즘 철학의 기본 공식들에 직접적으로 상반되는 것이다."[140]

∴

139) Корнев С. Указ. соч.
140) Липовецкий М. Указ. соч. С. 290.

펠레빈 소설 *Generation 'P'*(1999)에 대해서 글을 쓴 거의 모든 비평가들은 무엇보다 먼저 이 소설의 제목의 의미가 무엇인지 살펴보려고 시도했다. A. 돌린은, "작가는 제목에 대해 어떠한 주해도 하지 않았고 책에서도 해명하지 않는다"[141]라고 했지만, 펠레빈은 소설 처음에 이미 "여름, 바다, 태양에 미소 지었고 '펩시'를 선택한 '무사태평한 젊은 세대'"(9)에 대해 언급하고 있으며, 서사의 결말에서는 "개의 세대"라는 정의 쪽으로 기울고 있다(이슈타르 여신의 "다섯 개의 발을 가진 절름발이 **개**"(278)의 이름을 딴 것으로, 죽음과 악의 화신).[142] "이런 식으로 작가는 책 처음에 문자 'P'에 대한 하나의 해석을 던져주며, (…) 끝에서 또 하나의 해석을 (…) 제공한다. 첫 번째 해석부터 두 번째 해석 사이에 완전한 서사가 존재한다."[143] "소설은 한 글자를 세 가지의 다른 의미로 해석할 수 있는 토라와 비슷하게 변화한다."[144]

L. 루빈슈테인은 다음과 같이 말한다. "책 제목인 *'Generation 'P'*"는 어떤 유인책으로 고안된 것이다. 'P'가 도대체 뭐지 하고 말하곤 한다. 'P'는 '새로운 세대'에 의해 무조건적으로 선택된 '펩시'라는 사실을 첫 페이지부터 알 수 있다. 파국적 감정의 모든 스펙트럼을 묘사하는 내용이 풍부한

••

141) Долин А. Указ. соч..

142) 펠레빈이 소설에 인용한 범문화적 원형과 비교할 것. "상스러운 말들은 기독교 시대에만 욕설이 되었고, 이전에는 전혀 다른 의미를 가지고 있었으며 그 말들은 믿기 어렵게도 고대 이교도 신들을 의미했다. 이런 신들 중에 다섯 개의 발을 가진 절름발이 개 피즈데츠도 있었다. 고대 문헌에 그 이름은 따옴표가 있는 대문자 'P'로 쓰여 있다. 전설에 따르면, 그 개는 눈 속 어딘가에서 자고, 개가 자는 동안에는 삶이 어느 정도 정상적으로 흘러간다. 그런데 잠이 깨면 개는 공격을 한다. 그래서 우리의 대지는 생산을 하지 못한다, 옐친 대통령 등등."(278) 첨언하자면, 소설의 표제에 'generation'은 바로 'P'로 쓰여 있다.

143) Минкевич А. Указ. соч.

144) Рождественская Кс. Игра в Identity//www.guelman.ru/slava/pelevin.

이 러시아 단어는 결말에 가까워지면서 이해가 되기 시작한다. 틀림없이, 이 말은 'post'라는 접두사가 붙은 모든 개념이기도 하다. 물론 잊지 말아야 할 것은, 모든 '신세대(New Generation)'가 선호하는 현대 작가인 펠레빈 자신의 성[145]도 아주 섬세하게 암시하고 있다는 사실이다. 결국 총체적으로 다의적이다."[146]

A. 민케비치, Ks. 로즈데스트벤스카야, B. 파라모노프, 존 코울리, A. 넴제르, S. 쿠즈네초프, I. 로드냔스카야 등도 유사한 견해를 밝히고 있다.[147]

"그러나 'P' 글자의 모험은 이것으로 끝나지 않는다. 그 글자는 담배 케이스 속 꼬마 도깨비처럼 수없이 튀어나온다. 바빌렌은 수첩을 꺼냈는데, 수첩은 물론 'P' 글자 위에서 펼쳐진다. 바빌렌이 '콘돔(Презерватив)이 작다. 성기가 그렇게나!'라고 읽는다. 그가 탐내는 PR에 관한 책(또다시 P!)인가? 그만하면 됐다. 승리의 세대(Поколение Победителей)란 말인가? 어쩌면 승리란 패배가 아닌가(Победа-это Поражение)? 또는 일반적으로 포스트모더니즘의 세대(Поколение Постмодернизма)인가? 후기구조주의(Постструктурализм)인가? 후기 산업(정보)(Постиндустриальное)사회인가? 포스트(Пост)……? 우리가 사는 가상현실(꿈의 꿈속 꿈)의 상징으로서 사방으로 뻗친 거미줄(Повсеместно Протянутой Паутины, WWW)인가? 그냥 텅 빈 세대(Пустое Поколение)인가, 또 하나의 '잉여 인간들'의 세대인가? 그럴 것 같지는 않다. 어쩌면 표트르 푸스토타(Петр Пустота)에 대한 이전 소설 속 절대자인 공허의 세대(Поколение Пустоты)인가? 부처가 손가락으

••

145) 〔역주〕 'Pelevin'이란 성의 'P'를 말한다.
146) Рубинштейн Л. Когда же придет настоящий 'P'?//Итоги. 1999. No. 17. 26 апр. С. 57.
147) 언급된 작가들의 논문을 참조할 것. www. guelman.ru/slava/pelevin.

로 가리킨 후에 남은 공허(Пустота)가 남게 될 미래 세계인가?(책 속 브랜드 'No name'이 우연이 아니다!) 또는 (⋯) 펠레빈의 세대(Поколение Пелевина)인가?!?"(강조는 저자)[148]

몇몇 비평가들은 소설 제목에서 'P' 글자의 의미뿐만 아니라 '세대'라는 단어의 영어식 표기 'Generation'에도 관심을 기울였다. "'Generation'은 '세대'란 뜻이 전혀 아니다. (⋯) 'Generation'은 창조, 발생을 말한다. 국회 3인조의 발생, '펩시' 세대의 창조, 광고 슬로건들의 생산, 사상의 세대, 개의 창조(создание Пса), 전체적으로 커다랗고 최종적인 글자 'P'의 확고한 형성이다."[149]

소설의 제목과 더글러스 코플런드(Douglas Copeland)의 소설 제목 *Generation X*(New York, 1991)와의 연관도 지적된다.[150]

더글러스 코플런드와 펠레빈 소설 제목 간의 형식적 연관을 검토한 비평가들의 무제한적(또는 반대로 제한적?) 판타지는 매우 기지 있는(또는 부조리한) 개념들을 탄생시켰다. 이 중에서 괴상하면서도 존재할 권리를 가진다고 할 수 있는 것이 M. 셸리가 제안한 '이설(異說)'이다. 그녀의 의견에 의하면, 펠레빈 소설의 제목에서는 더글러스 코플런드의 '남성 생식기의 상징'(X)에 반대되는, '여자 생식

⋮

148) Минкевич А. Указ. соч.

149) Рождественская Кс. Указ. соч.

150) 이 제목은 러시아 독자들에게는 잘 알려지지 않은, 미국 청년 문화 문제를 다룬 서구의 소설 *Generation X*의 패러프레이즈이다. 그러나 더글러스 코플런드가 'X'에 몇 가지 의미(방정식에서 미지수 x, 'ex' 즉 '이전의, 과거의' 등)를 삽입하였다면, 펠레빈은, A. 돌린의 의견에 따르면, "어떠한 추가적 의미도 포함시키지 않고 표제의 도식을 그냥 복사할 뿐이다."(Долин А. Указ. соч.) 실제로 펠레빈은 앤디 워홀의 유명한 코카콜라 형상-글자들과 의도적으로 상관되는 선택을 한, 러시아의 새로운 세대와 캐나다의 '네오비트'라는 '미지의' 세대를 대조하면서 코플런드에게서 멀어진다.

기의 상징'(P)에 대한 표시가 제공된다.[151]

펠레빈 소설의 상징이 바빌론 도시의 형상을 기반으로 한다는 사실도 이런 가정을 심각하게 받아들이도록 한다. 그러나 "모든 도시는 신화 체계의 변형이고, 말로 표현된 텍스트로도 옮겨질 수 있는 세계의 설명"이며, "도시는 육안으로 표현된 텍스트"이고 "약 6000년 전에는 텍스트를 대하듯이 도시를 대했고 그런 태도를 실현한 수메르인들이 (⋯) 도시를 고안한 것이다."[152](수메르인들에 대한 언급은 소설 텍스트에도 존재한다.)

V. 토포로프에 따르면, 바빌론이 바로 소설의 중심적 상징 형상이고 "여성 · 도시이며 매음부 · 도시이다."[153]

그 외에도 펠레빈 소설의 텍스트에 짐승의 숫자인 666이 등장하고 그에 대해서는 아래에서 언급된다. 앞으로 넘어가서 떠올릴 수 있는 것은 짐승 · 악마의 아내에 대해 묵시록 텍스트에 다음과 같이 언급된다는 점이다. "당신이 본 아내는 지상의 왕들 위에 군림하는 위대한 **도시**다."[154]

제목의 양식은 (미국 문학을 잘 알고 있었던) 펠레빈이 실제로 더글러스 코플런드를 모방했을 것이라는 가정을 뒷받침할 수도 있지만, V. 악쇼노프 (텍스트에서 언급되는 이름)의 소설 제목 『모스크바의 전설(*Московская сага*)』

● ●

151) 참조할 것. Шэлли М. // www.guelman.ru/slava/pelevin.

152) Курганов Е. *Анекдот. Символ. Миф: Этюды по теории литературы*. СПб.: Изд-во журнала "Звезда". 2002. C. 7.

153) 참조할 것. Топоров В. Текст города-девы и города-блудницы в мифологическом аспекте // Топоров В. О мифопоэтическом пространстве. *Studi Slavi*. 1994. No. 2. C. 245~259.

154) *Энциклопедия символов, знаков, эмблем* / Сост. В. Андреева и др. М.: Локид: Миф. 1999. C. 190에서 인용. 이 백과사전을 출간한 출판사 '신화(Миф)'와 펠레빈은 대학 시절부터 관계가 있었다는 사실을 기억하자.

이 미국에서는 『겨울 세대(*Generation of Winter*)』라는 제목으로 출간되었다는 사실도 언급해야만 한다.

그러나 비평가들 중 어느 한 사람도 또 하나의 중요한 제목의 해석에는 관심을 기울이지 않았음을 짚고 넘어가야 하겠다. 소설의 마지막 장에서 펠레빈은 '시편 14편의 시구'[155]를 인용한다. 그 시구에서는 "의인(義人)의 세대"(289)라는 단어결합이 나오는데, 이는 "사람을 찾고"(11), "자기로의 길"(77)을 찾아가고, "삶의 약동을 느끼도록"(146) 노력하는 주인공에 부합하는 서사의 의미를 지닌다.[156]

펠레빈 소설의 장르적 정의에 관해서도 비평가들이 제안한 명칭은 너무나 각양각색이며, 놀라울 정도로 불명료할 뿐만 아니라 제각각이다. '풍자적 판타지'(I. 로드냔스카야), '일화'(A. 민케비치), '팸플릿'(I. 로드냔스카야), '풍자'(L. 루빈슈테인), '패러디와 자아 패러디'(A. 민케비치), '악한소설'(I. 로드냔스카야), '우화'와 '현대 신화'(A. 민케비치), '격동 소설, 또는 예언 소설'(I. 로드냔스카야), '안티유토피아'('비(非)-안티유토피아')(L. 루빈슈테인), '디스토피아'(S. 쿠즈네초프), '반(反)전체주의 디스토피아'(I. 로드냔스카야), '상업적 베스트셀러'(A. 민케비치), '공장 소설'(E. 고두노프) 또는 단순히 '산만한 서사'(L. 루빈슈테인)[157] 등이다.

소설의 중심인물은 바빌렌(바바(Baba), 바반(Baван)) 타타르스키(Baвилен

••

155) [역주] 더 정확히는 '시편 14편 5절'을 말하는데 "그러나 거기서 그들은 두려워하고 두려워하였으니 하느님이 의인의 세대에 계심이로다"라는 구절이다.

156) 바빌렌 타타르스키의 형상과 관련해서는 또 다른 견해도 존재한다. 다음과 비교할 것. "*Generation 'P'*에는 긍정적인 주인공들이 없다. (…) 타타르스키의 예에서 펠레빈은 인텔리가 소위 '중간 계층', 즉 우리 시대의 경제적 가스 중독으로 탄생한 괴물의 대표자로 재탄생하는 과정을 보여준다."(Долин А. Указ. соч.)

157) 참조할 것. www.guelman.ru / slava / pelevin.

Татарский)[158]다. "가슴속에 공산주의에 대한 믿음과 1960년대 사람들의 이상을 결합하던" 주인공의 아버지가 이상한 이름을 "수여해주었다." "그 이름은 '바실리 악쇼노프'와 '블라디미르 일리치 레닌'이라는 단어로 구성된 것이었다."(12) A. 넴제르는 다음과 같이 말한다. "여기서는 합해진 이름들(바실리-바실리우스, 왕. 블라디미르-세계를 지배하는)의 의미가 중요하다."[159] 그러나 주인공은 "1970년대 소련의 아이"(9)이고 "가능한 한 자기 이름이 보바[160]인 척하면서 자기 이름을 매우 부끄러워했다." "그 다음에 그는 친구들에게, 아버지가 동양의 신비주의에 심취해서 고대 도시 바빌론을 염두에 두었던 것이고 그 도시의 비밀스러운 학설을 바빌렌 즉 자신에게 계승해야만 해서, 자신을 그렇게 이름 지었다고 거짓말을 하기 시작했다."(12)[161]

••

158) G. 네호로세프가 관찰한 바로는, 타타르스키의 원형은 문학대학 시절 펠레빈의 친구들 중 한 명인 율리 구골레프라고 간주할 수 있다(이에 대해 더 자세히는 다음과 참조할 것. Нехорошев Г. Указ. соч. С. 8). L. 루빈슈테인의 의견과 비교할 것. 소설 주인공 속에는 "자전적 특징들이 어른거리며", 그는 "단번에 모든 앵글로·색슨 문학의 냉소주의자—서정 시인들을 굉장히 연상시키는데, 그런 서정시인들은 처음에는 자신의 잔존하는 인텔리겐성에 대한 반성으로 괴로워하다가 점차 더 밑으로 추락하는 인물들이다."(Рубинштейн Л. Указ. соч. С. 57) 또는 A. 돌린과 비교할 것. 주인공은 "분명히 작가와 상관된다."(Долин А. Указ. соч.)

159) Немзер А. "Как бы типа по жизни": Роман Виктора Пелевина *Generation 'P'*как зеркало отечественного инфантилизма//*Время MN* / 1999. 26(30) марта.

160) [역주] 블라디미르의 애칭이다.

161) A. 돌린의 논문은 펠레빈에게서 '이상한' 이름들이 발생하는 원인에 대해 기지가 넘치는 해석을 제공하고 있다. 주인공의 이름은 "펠레빈의 첫 번째 소설「오몬 라」의 오몬과 오비르 형제들을 떠올리게 하며, 작가 스스로가 어린 시절에 심리적으로 상처를 입었으며, 이런 상처는 이름들과 별명들과 연관 있는 것이었을 것이고, 어쩌면 학교에서 그가 놀림을 받았을 수도 있고, 어쩌면 실제로 펠레빈이 빅투아르나 빅닉소르 또는 더 망측한 이름으로 불렸을 수도 있다"(Долин А. Указ соч)는 것이다. 그러나 '어린 시절'에 대한 추측을 변형하여, 펠레빈이 실제로 '트라우마를 겪었을 수도 있다'고 가정할 수도 있지만, 자기의

주인공 이름이야말로 서사를 단일한 기호-상징의 공간(다양한 고리들, 수많은 원들, 다의미적인 나선들)[162] 속에 가둬놓고, 그의 성격의 논리와 슈제트의 발전 방향을 제공한다. 바빌론(바빌론탑)의 형상은 소설의 사상적-구성적 구조를 매개로 소설의 중심적 상징 형상이 된다.[163] 현실(광고)과 가상(영혼)의 지구라트의 계단을 따라서 "도시의 이름을 가진 사람"(283)인 주인공은 올라가야만 한다. 주인공은 새로운 바빌론을 건설하지 않고, 현대적 삶, 즉 바빌론의 정상 위로 올라간다. "바빌론탑을 볼 수는 없다. (…) 그 위로 오를 수 있을 뿐이다."(147)

펠레빈 소설에서 바빌론탑이라는 형상이 가지는 변화적 대표성과 다층성에는 다음과 같이 수많은 비평가들이 관심을 가졌다.

A. 돌린: "바빌론탑은 여러 번 몇 가지 형태로 등장한다. 주인공의 꿈속에서 그 탑은 신비한 낚시 도구로 사람을 낚아 모으는 '살아 있는 신'으로 나타난다. 타타르스키가 숲 속을 여행하는 도중에 '알 수 없는 목적의 버

⋮

이름 때문이 아니라 소련 시대의 약어 이름들인 킴(국제 공산주의 청년 조직—역자), 페르보마이(5월 1일—역자), 코민테른(국제공산당—역자), 빌로르(블라디미르 일리치 레닌은 혁명의 창시자—역자) 등의 이름 때문이었을 것이다.

162) 예를 들어, 작가가 직접 암시한 첫 번째 상징적 고리들 중 하나는 '다비도프' 담배에 대한 언급으로 폐쇄되는 원이다. "왜냐하면 바로 그 담배로부터 (…) 주인공의 출세가 시작되었기 때문이다."(58) 또는 주인공이 '팔러먼트' 담뱃갑 위 '지구라트'(54)에서 처음으로 발견하게 되며, 그 다음에는 하닌의 서재 벽에 걸린 사진의 형태로 "완전히 똑같이 반복된"(78), 세 손가락이 있는 홀로그램-고리이다. 탑, 지구라트, 복권, '골든 아이', 거울, 마스크, 독버섯, 세르무그 새 등(후세인(Гусейн)과 같은 부차적 주인공들까지도)의 언급이 텍스트에 너무나 많으며, 그래서 펠레빈의 뒤를 이어 다음의 사실을 되풀이해서 말할 수 있다. "신비주의적 힘(또는 작가?—저자)은 그(주인공—저자)의 놀란 가슴에 나타나는 교시가 많아질수록 어느 정도는 열성적이게 되었다."(87)

163) 반대자의 의견은 다음과 같다. "고대 바빌론 사람들의 신앙 영역에서의 과학적 탐구를 무시하고 펠레빈은 그런 부분을 독자적으로 고안하기를 선호한다. (…) *Generation 'P'*에서 '바빌론 장면'의 실제적 기능은 (…) 불명료하다."(Там же)

려진 건물'로 나타나는데, 거기서 그는 무엇에 쓰는 것인지 짐작할 수 없던 세 가지 물건(이슈타르[164]의 세 수수께끼)을 발견한다. 마지막으로 끝이 없는 '은행 간의 위원회'로 나타난다. (…) 그러나 탑은 타타르스키를 둘러싼 언어들과 의미들의 혼합이 아니라 위로 끝없이 올라가는 것이다."[165]

A. 스타르치코프: "펠레빈에게서 바빌론탑은 어느 곳으로도 이르지 못하고, 결국 '노비 루스키'[166]가 자신의 별장을 위해 구입하게 되는, 거대한 나선 형태의 소비에트 시대의 미완성 건축이기도 하다. 또한 이것은 소비 사회이기도 하다. 이것은 또한 부유와 행복의 정상을 향한 타타르스키 자신의 여정이기도 하다."[167]

그러나 "텍스트의 기호적·신화적 풍부함은 (…) 놀랄 만하며"(A. 민케비치), 바빌론탑의 형상과 함께 그에 수반하는 형상들인 이슈타르 여신, 마르두크 신(이슈타르 여신의 남편), "복권 수호신"(41. 또는 바알, 또는 발루) 엔키두 신, 이슈타르 여신에서 죽음을 구성하는 요소의 화신인 다섯 개의 발을 가진 개, 바빌론탑의 "파수꾼" 시루프(147), 바빌론의 "완전 반대"로서 카르타고 광산(지옥)(147), "할데이 사람들"[168](39) 등과, 종교 예식적 물건들인 "거울과 마스크"(39), "성스러운 눈"(281), 두 개의 M 형태인 지그재그형 상징, "황금의 방들" 등이 등장한다. 즉 선행하던 경우들에서와 마찬가지로 펠레빈은 또다시 동양의 비이성적 철학의 형상적·상징적 계열에 관

••

164) 〔역주〕 이슈타르. 아시리아와 바빌로니아의 여신으로 미, 연애, 풍요, 다산, 전쟁, 금성 등을 상징한다.

165) Долин А. Указ. соч.

166) 〔역주〕 '신(新)러시아인'이라는 뜻이다.

167) Старчиков А. *"Книга освещает… наше личное движение к истине…"*: (По прозе 70-90-х годов XX века)//www.guelman.ru/slava/pelevin.

168) 〔역주〕 샘족의 한 분파.

심을 돌리고 있다.

펠레빈 소설의 구성적 구조는 복잡하고 기묘하다. 그리고 서사가 뒤엉키면서 소설의 구조가 형성된다. 서사적 카오스[169]란 느낌이 생기는 것이다. 하지만 텍스트는 "놀랍도록 유식하게 구성되었으며"[170] "책은 에피그라프에서 마지막 한 줄까지 글자 그대로 수학적 정확성을 가지고 계산되었다."[171] 슈제트 – 파불라 차원은 철학적 – 상징적으로 강화되고 보충된다. 소설 텍스트에서는 역사적 지구라트에 오르는 것에 대해 다음과 같이 언급된다. "무엇을 고려한 것인지 알 수 없다. 바빌론의 실제 건축물에 종교의식적으로 오르는 것인지, 환상적 경험인지."(40) 그리고 소설 속 현실에서는 동일한 사건들이 다양하게, 즉 일상적(슈제트상으로 구체적인) 차원과 존재적(철학적으로 추상적인) 차원에서 읽힌다.

그러나 주인공을 여정에 오르게 하는 '자양분'은 다양하다.

소설 슈제트상에서 출발점, 즉 '바빌론 전(前)'은 후세인 집권 초기에 상업적 매점의 소상인으로서 주인공의 삶이다. "'펩시'를 선택하던"(9) "'P'세대에 자동적으로 들어가게 된"(11) 주인공은 바로 이 "г..."[172]〔상품의 색깔로 조건 지어진 "고전적인 프로이트적 연상을 쫓아서"(10)〕 장사로부터 자신의 삶의 출세를 시작하게 된다.

소설의 텍스트에는 이런 면(지구라트의 밑부분, 바빌론탑의 토대)에서의 주인공의 존재는 오래 지속되지 않지만 중요하며, '우연적'인 동시에 '합법칙적'이다.

∴

169) 『푸슈킨의 집』의 비토프적 서사 · 구성적 '카오스'와 비교할 것.

170) Рождественская Кс. Указ. соч.

171) Долин А. Указ. соч.

172) 〔역주〕 гадость. 추잡한 것, 더러운 것 등으로 읽힐 수 있다.

바로 이런 현실성의 경계 내에서 그의 세계관이 각성되고, 그가 세계를 인식하는 의식성(=주관성)이 형성되기 시작한다. 집-학교-대학의 보호 범위 밖에 놓이게 되자(주인공의 정의로는 "영원성"의 경계 너머에(16)), 바빌렌은 "그가 최근 몇 년 동안 자기 주위에서 발생하던 세계에 대해 전혀 모르고 있다"는 사실을 처음으로 깨닫게 된다. "이 세계는 매우 이상했다. 외부적으로 그 세계는 별로 변하지 않았다. 과연 거리에 거지들이 더 늘어나기라도 했단 말인가. 그런데도 집, 나무, 거리의 벤치들과 같은 주위의 모든 것이 어쩐지 갑자기 단번에 낡고 텅 빈 것 같았다. 세계가 본질적으로 다른 세계가 되었다고 말하는 것도 안 되었다. 왜냐하면 그 안에는 어떠한 본질도 이제는 없었기 때문이다. 조금은 두려운 비(非)확정성이 모든 것을 지배하고 있었다."(16).

바로 이런 수준에서 '우연'(즉 작가)은 주인공을 미지의 바빌론탑 '건설자-창조자'들 중 한 사람인 문학대학 동기생 세르게이 모르코빈과 만나게 한다.(18)

여기서 주인공은 '우연히' 학창 시절부터 보관해오던 이슈타르 여신에 대한 학술 리포트, 즉 「바빌론: 할데이인들의 세 가지 수수께끼」(39)라는 논문이 있고 "뒤표지에 '티하마트'라고 큰 글씨가 쓰인 서류철"(37)을 발견한다.

(환상과 현실의) 이 단계에서 주인공은 동급생 안드레이 기레예프의 집에서 멀지 않은, 라스토르구예보 마을 근처 모스크바 근교 숲에서 채 준공되지 않은 '소비에트 바빌론', 즉 "꼭대기에 크지 않은 회색 탑이 있고 위로 비스듬히 올라간 나선형 경사대"(254) 구조물과 맞닥뜨리게 된다.

여기서부터 그의 존재론적 나선형, 즉 '탑에 오름'이 시작된다. "태어날 때 주어져서 성년이 되었을 때 거부되던 이름이 그를 따라잡았다."(39) 그리고 "바빌론에 대한 회상과, 가능할 수 있는 유일한 바빌론이 존재한다는 사실이 그에게는 분명해졌다. 바빌론에 대해 생각하자 그는 그것으로 바빌론을 현실로 불러내게 되었다."(51)

출발점에서 멀어져서, 즉 밑부분에서 나와서 주인공은 바빌론 지구라트의 계단이 있는 단으로 걸어간다. 이 순간부터 주인공의 인생-존재의 나선형들이 분리되기 시작한다.

슈제트-일상적 차원에서 주인공은 광고 제작자로서의 출세로 나아가는 첫 걸음을 내딛는다. 개별 광고 제작을 시작으로 주인공은 대규모 광고 에이전시 대표의 지위까지 오르게 된다.

광고 에이전시 '드라프트 포디움'은 광고 지구라트의 정상을 향한 여정에서 바빌렌의 출세 단계들이다("몇 분간의 긴장된 정신노동 후에 타타르스키는 이것이 무엇을 의미하는지 이해하려는 노력을 그만두었다"(22)). 거기서 주인공은 광고 영화의 시나리오작가 역할을 맡게 되고(24~25), 그것을 매개로 "666"의 길에 들어가게 되며(25), 그 후에 드미트리 푸긴에게 "고용"되고(30), 그가 죽은 후인 하닌 초기의 "프라브다" 콤비나트의 예전 "사상 분과"(78)이던 "타이니 소베트니크[173]"(255) 에이전시에서 크리에이터로서 일하게 되고, 'P' 세대의 또 한 명의 대표자인 료냐(레기온) 아자돕스키가 소장으로 있는 "양봉(養蜂) 연구소"(172)를 통해서 미지의 정상에 도달하게 된다.[174]

· ·

173) 〔역주〕 3등 문관이라는 뜻이다.
174) 비교할 것. A. 돌린은 블라딜렌 타타르스키를 'P' 세대의 유일한 주인공으로 인정한다. "아, 안타깝게도, 설득력이 약하고 부차적인 주인공의 동급생-동기생들 중에서는 어느 한 명도 이 세대를 대표할 만한 사람을 만날 수가 없다."(Долин А. Указ. соч.)

'드라프트 포디움' 지구라트의 첫 단계에서 이미 펠레빈이 두 개의 전통적인 범문화적 상징들인 바빌론의 나선형(더 넓게는 삶의 나선형)과, 서체상으로 나선형의 요소인 바퀴를 떠올리게 하는, 짐승의 숫자 666을 연관시킨다는 사실이 흥미롭다.

짐승의 숫자, 악마의 숫자, 안티그리스도의 숫자인 "666"의 상징성은 잘 알려져 있다.[175] 이런 식으로 바빌론으로의, 바빌론탑으로의 길은 고유한 내적 의미 외에도 짐승의 숫자에 첨가된 의미로 보충되어, 사소하고, 눈에 띄지는 않지만 집요하고, 가치 평가적인 표식이 찍히게 된다.

텍스트 전체를 관통하는 문제이자 주인공의 중요한 문제인 "누가 또는 무엇이 세계를 다스리는가?"("누가 과연 실제로 이 모든 것을 다스리는가?"[176](285) 변형으로는 "그러나 도대체 어떤 놈이 이 시나리오를 썼단 말인가? 이 화면을 보면서 피자를 처먹는 관객은 도대체 누구란 말인가?"(214))는 이 숫자의 상징적 의미를 통해 읽힌다. "짐승의 숫자를 헤아리는 사람은 **안티그리스도의 이름**을 알게 된다."(강조는 저자)[177]

상기하자면, 주인공(주인공들) 이름의 비밀은 소설의 맨 처음에 이미 펠레빈이 제공한다.

사상적 차원에서 주인공의 정신적 · 지적 본질의 진화(또는 퇴화)가 일어난다.

••

175) 참조할 것. *Энциклопедия символов, знаков, эмблем*. C. 189~194.
176) 아마도 동사 "다스린다(правит)"는 이 인용구에서 우연히 등장한 것이 아닌 것 같다. 왜냐하면 바로 이 형태로 그 동사는 유명한 오페라의 문장 "사탄이 무도회를 다스린다"에도 나오기 때문이다.
177) Там же. C. 190.

이 소설에서 (중편 「오몬 라」에서와 마찬가지로) 펠레빈은 '해석의 권력'을 쟁취하기 위해서 현대 세계에서 벌어지는 '지배 이데올로기'와의 투쟁에 대해 M. 푸코의 이론 공식이 만든 예술적 환상을 따르는 것 같다.

M. 푸코에 따르면, '문화 산업'을 점유한(우선적으로 대중매체인 텔레비전, 라디오, 신문, 사진, 플래카드, 광고 등을 이용하여) '지배 이데올로기'는 개인의 의식에 자신의 언어를 주입한다. 즉 사고 형식 자체를 강요하고, 자기 삶의 경험(푸코에 따르면 "물질적 존재")을 인식하는 개인의 능력을 제한하고, 그렇게 함으로써 자신과 주위 세계를 이해(=해석)하는 대응 방법을 가지지 못하게 하여 개성을 잃어버리게 만든다.

그러나 펠레빈 주인공의 경우에는 진화 또는 퇴화의 문제가 그렇게 분명하지 않다. 운동의 함수는 주관적 의식에 객관적 세계가 의존한다는 인식, 정신의 일차성과 물질의 이차성의 인정, "우리의 정신과 세계는 동일하다"(47)는 결론 등으로 귀결된다. 지구라트의 정상에서 주인공("도시 이름을 가진 사람"(283))은 "인생에 대한 완전하고도 최종적인 승리"(214)를 거두고, 현실 세계는 존재하지 않으며, 그 세계는 프로그래밍된 텔레비전용으로, 광고-가상으로 바뀌었으며, "수치화되고 만화영화화"하였으며, "세계의 모든 것은 똑같이 유지되고"(214), "우리의 모든 개념은 뒤집혔고"(214), "이 세계에 대해서 그 누구도 아무것도 진실로 이해하지 못한다"(231)[178]는

∴

178) 이것에 대한 변형(거의 도블라토프식이다)은 다음과 같다. "우리의 세계 전체는" "뒤엉켰다."(282) 덧붙이자면, 텍스트에 대한 저자의 머리말도 도블라토프식이라고 부를 수 있다. "텍스트에서 언급된 모든 상표는 존경하는 그 상표 주인들의 소유이고 모든 권리는 유지된다. 상품의 이름과 정치가들의 이름들은 현실적으로 존재하는 시장 상품들을 나타내지 않으며 개인적 지능의 대상물로서 강제로 유도된 상업적-정치적 정보공간의 산물이다. 작가는 그것들을 이런 특성으로만 파악해줄 것을 당부한다. 다른 일치 사항들은 우연적

이해에 도달하게 된다.

대단히 셰익스피어적인(이 경우엔 영국적이라는 사실도 적지 않게 중요하다) '인생은 유희다'는 또다시 현실화되어 광고 브랜드 "This Game has no Name(이 게임은 이름이 없다)(52)"에서 최초로 변형되고, 점차로 묵시론적 "Game Over(게임은 끝났다)"(278)로 변해가는데 그 세계에서는 아무것도 이름을 가지지 못한다("No Name"(279))][179]

지구라트 '밑부분'의 의미론적으로 중요한 이름들(세르게이, 안드레이, 드미트리, 레나)과, 상징적으로 충만한 이름들(바빌렌, 말류타, 레기온)로부터, 펠레빈은 지구라트 정상의 "이름을 버린 사람의"(284) 이름으로 옮겨간다. 파르세이킨은 다음과 같이 말한다. "나는 볼가강변의 독일인 출신이다. 대학교를 졸업했을 때 텔레비전에서 지령서가 한 토막 도착했다. 워싱턴에 특파원으로 가라는 것이다. 나는 콤소몰 서기였다. 다시 말해 미국으로 갈 수 있는 첫 번째 순위였다.

∴

인 것이다. 작가의 의견은 그의 시각과 일치하지 않을 수도 있다."(7) S. 도블라토프의 『수용소(Зона)』와 비교할 것. "이름, 사건, 날짜 등 여기의 모든 것이 진짜다. 나는 본질적이지 않은 것들만 고안해냈을 뿐이다. 그래서 책의 주인공들과 살아 있는 사람들 간의 모든 유사성은 악의적이다. 그리고 모든 예술적 추측은 예상 밖의 우연적인 것이다."(Довлатов С. Собр. соч.: Сост. А. Арьев. СПб.: Азбука. 1999. Т. 2. С. 7) A. 비토프의 『공시된 사람들(Оглашенные)』과 비교할 것. "이 책에는 작가 외에 아무것도 고안된 것이 없다."(Битов А. Оглашенные: Роман-странствие. СПб.: Изд-во Ивана Лимбаха. 1995. С. 1) 이미 인용된 펠레빈의 말은 도블라토프에 대한 반영이 될 수 있다. "유명한 라틴어 표현은 '만인에 대한 만인의 늑대와 같은 투쟁의 상태(Homo homini lupus est)'(토머스 홉스의 『리바이던』에 나오는 말이다—역자)'라고 했다. 그러나 사람은 사람에게 이미지 메이커도, 딜러도, 킬러도, 현대 사회학자들이 가정하듯이 독점 기관도 아니다. 훨씬 더 끔찍하고 더 단순하다. 사람은 사람에게 늑대다. 그리고 사람에게가 아니라 똑같은 늑대에게 늑대인 것이다. 그래서 현대적 문화지표들의 체계를 반영하면 이런 라틴어 금언은 다음과 같이 들린다. 우 우 우 우!"(113)

그래서 루뱐카에서 내 이름을 바꾸었다."(284)

이슈타르 여신도, 그녀의 죽음의 반쪽인 발 다섯 개의 개도 이름을 상실한
다. "언젠가 오래전에 그녀를 이슈타르라고 불렀지만 그때부터 그녀의 이름은
수없이 바뀌었다. 그런 브랜드를 아십니까, 'No Name'이라고? 절음발이 개와도
똑같은 광경이다."(279)

주인공의 정신적 · 지적 탐색은, 이미 탑의 밑부분에 있을 때 그가 발견
한 세계에 대한 지식(무지)의 차원으로 되돌아가면 커다란 나선형으로 폐
쇄된다. "그(세계―저자) 안에는 어떠한 본질도 없었다."(16) 그러나 주인공
이 원이 아니라 나선형을 따라 움직인다는 사실이 중요하다. 잘 알려져 있
지만, 더 높은 의미의 수준으로 귀환하는 효과가 있다.

이렇듯 중편 「오몬 라」와 소설 『차파예프와 푸스토타』의 주인공들은 현
존하는 세계의 주관성을 인식하는 것으로 그쳤다면, *Generation 'P'*의 주
인공들은 더 멀리 나간다. 세계의 상대성을 인식하는 능력만 부여받은 것
이 아니라, 이슈타르 여신의 남편인 마르두크라는 "살아 있는 신"의 역할
도 "수여된다."(285) "이것은 (…) 신화의 공통 요소이다. (…) 위대한 여신
에게 남편이 있고 그도 신인데, 신들 중에 가장 중요한 신이다. 그녀는 그
에게 사랑의 음료를 먹였고, 그러자 그는 자신의 지구라트 정상에 있는 신
당에서 잠이 들었다. 그는 신이었기 때문에 그의 꿈도 그렇듯…… 자, 대
체로 보면, 모든 것이 뒤엉켜버렸지만, 우리 모두와 이 여신까지도 함께 있
는 세계 전체가 그에게는 마치 꿈을 꾸는 것만 같다."(282) 바빌렌은 '인생

∙∙

179) 언어의 바빌론적 혼합의 표현들 중 하나와 같다. 그림―글자는 "지금 의미하는 것을 항상
의미한 것은 아니다."(280)

은 꿈', '세계는 아무것도 아니다'라는 공식을 단순히 수용하기만 하는 것이 아니라, 그 자신이 이런 '꿈'과 '아무것도 아닌 것'을 발생시키는 의식이 된다.[180]

바빌렌의 예언 의식을 매개로 한 신탁-기구는 소비·분배 사회, 소위 오라누스의 모델을 묘사하는데, 거기서 프로그래밍된(주로 텔레비전에 의해서) 집단 무의식은 개별적-주관적 개인의식을 치환하고 대신하게 된다. 광고-텔레비전 사업을 매개로 하여 바라는 것이 현실적인 것처럼 되고, 허구적인 것이 현존하는 것의 모습을 띠게 되며, 가상이 현실인 것처럼 지각된다. 사람은 신이 되고, 크리에이터는 창조자[181]가 되며, 바빌렌은 마르두크가 된다. 바빌론의 정상에서 소설의 현실적(슈제트-구성적), 이상적(사상적-의미적) 축선들은 이중성을 상실하면서 또다시 합쳐진다.

본질상 주인공은 또다시 어떤 (출발점과 매우 유사한) 점에 놓이며, 거기서 세계는 또다시 "불분명하고"(16) "이해되지 않는 것이 된다."(231) 그는 새로운 지구라트의 밑부분에 위치하는데, 그 지구라트를 그는 통과해야만 한다. 그의 여정은 끝나지 않으며 그는 새로운 바빌론의 토대에 있게 된다.

그렇기 때문에 소설 서사의 범위 내에서 바빌렌의 성격이 고갈되고 완결된다고 말하는 것은 불가능하다.[182] 그의 성격이 어떤지 단의미적 평가를

∴

180) 소설의 현실에서 역사적, 신화적 '꿈'의 동의어는 TV-컴퓨터적 가상의 '아무것도 아닌 것'이 된다.

181) 하닌과 타타르스키의 대화와 비교할 것. "내 직원이 되겠나?/무슨 일을 해요?/크리에이터./창조자인가요?/타타르스키가 재차 물었다. (…) 하닌은 온화하게 웃었다./여기 우리에겐 창조자들은 (…) 필요가 없지./그가 말했다./크리에이터지, 바바(Вава)(바빌렌 타타르스키를 말한다―역자), 크리에이터란 말이야."(87)

182) А. 스타르치코프와 비교할 것. "펠레빈 주인공은 (…) 불완전하며, 항상 타협할 준비가 되어 있는 완충주의와 독특한 '이중 신앙'의 경향을 가진 세대에 속한다."(Старчиков А. Указ. соч.)

내리기도 불가능하다. 주인공은 바빌론의 가시적인 높이들 중 한 곳을 통과했을 뿐이다. 그는 자신의 삶의 고리를 폐쇄하지 않았으며, 존재적 나선형의 새로운 바퀴를 시작하게 되었을 뿐이다. 주인공의 정신적 추구는 끝나지 않았고 그의 진화는 종결되지 않았다.

펠레빈의 소설이 현대 러시아 작가 및 해외 작가들의 작품에 일정 부분 의존하고 있다는 문제는 개별적으로 지적할 만하다. A. 돌린의 말에 따르면, "주인공의 '정신적 여정' 캔버스는 (…) K. 카스타네다의 신비주의적이고 예술성이 부족한 책들 중에서 직접적으로 차용되었다. 그리고 사회적 슈제트는 미국인 레프 구르스키의 범죄소설 『자리바꿈』에서 분명히 훔친 것이다. 그 소설에서 탐정 야코프 시테른은 모든 현실적 정치인들을 그 분신들인 배우들로 교체하려는 음모를 밝혀냈다. 이때 주인공은 대통령, 두마, 오늘날 다른 권력 기구들의 배역들의 컴퓨터 모형들을 창조하는 과제를 수행하는 시스템에 직접 침투한다."[183]

그러나 K. 카스타네다의 소설과 펠레빈 창작의 가시적 연관은 *Generation 'P'* 의 경우에서는 부분적으로 반박될 수도 있고, 오히려 더 확증될 수도 있다. 문제는 이 소설의 경우에 펠레빈이 서구 문학의 모델들을 탈피했다는 것이 아니라, 러시아 대통령 선거 전야인 1996년에 시작된 자신의 고유한 계획으로부터 멀어졌다는 데 있다.[184] 대통령 후보들의 순위에 기반을 두고, 전(全) 러시아 사회 여론조사 센터의 설문 조사 결과를 토대로 하여, 펠레빈은 컴퓨터 프로그램 'Elastic Reality'의 도움으로 가장 인기 있는 후보자 6명의 특징들로 구성된 러시아 대통령의 전형적인 초상을 창조하였다. 가상 대통령은 울티마 툴레예프란

••

183) Долин А. Указ. соч.
184) 이에 대해서는 소설 『차파예프와 푸스토타』와 연관해서 이미 언급되었다.

이름이 붙여졌다. 선거 전야에 이 프로젝트는 텔레비전을 통해 방송되었고 《독립 신문》에 발표되었다.[185] 이런 식으로 소설 *Generation 'P'*는 펠레빈의 선거 전(前) 컴퓨터 프로젝트를 현실적으로 전개한 것이 되었고, 인간 의식 조작과 존재의 환상성이란 사상을 예술적으로 구현한 것이 되었다.

그 외에도 소설 *Generation 'P'*의 원천들(교차점들)은 「국가계획 위원회의 왕자(Принц Госплана)」와 같은 펠레빈의 단편들에서도 찾아볼 수 있다. 거기서 단편의 주인공은 두 차원의 현실에 존재한다. 국가계획 위원회의 기사 사샤 라핀으로, 컴퓨터 게임 상황에서는 왕자로서 존재하는 것이다. 단편의 제목은 이 두 본질을 결합하고 있다. *Generation 'P'*의 바빌론탑의 선구자는 단편 속에 나오는 '미로'라는 풍부하고 용량이 큰 상징적 형상이다. 「국가계획 위원회의 왕자」에 나오는 컴퓨터게임 용어(영어식 용어들)는 *Generation 'P'*에서 오라누스의 TV-컴퓨터 가상 용어 계열과 상관되고, 멋진 해커식-민속 용어("7개의 불행에 한 번의 리셋(reset)")는 타타르스키의 광고 카피와 상통한다. 단편의 주인공 중 한 명의 성(이타킨)은 소설 여자 주인공의 이름(이슈타르—역자)과 비슷하고 신화적 인유(이타카 섬-오디세이)를 떠올리게 하며, 펠레빈의 '순례하는' 주인공들의 삶의 미로(=나선형)와 동일하게 비견된다.

러시아 현대 작가들과 관련해서 A. 돌린은 다음과 같이 지적한다. "비토프와 함께 최근 수십 년간 러시아 소설에서 가장 두드러진 대가인 예로페예프(베네딕트 예로페예프—저자)는, 펠레빈의 새로운 소설에서 지나가는 듯이 언급된다. 그렇지만 직업상 '경쟁자'에 대한 젊은 작가의 혐오감을 고려한다면 분명히 이는 우연이 아니다."[186] 마지막 발언은 매우 논쟁적이다. 왜냐하면 예로페예프

185) Пелевин В. Ultima Тулеев. или Дао выборов // *НГ-сценарии* (*Приложение к* 《*Независимой газете*》). 1996. No. 3. 29 июня.
186) Долин А. Указ. соч.

와의 연관은 고갈되려면 아직 멀었으며 "상스러운 욕설의 방법으로 (…) 집중 공격"[187]을 받을 근거가 없기 때문이다. 비토프의 작품들과의 연관은 좀 더 섬세하고 우아할 수도 있다. 소설 구성의 세련미, 구성의 '수학적 계산성', 신화적 상호 텍스트에 대한 호소, 형상 체계의 개별 요소들의 유사성 등은 이 두 작가들의 창작 체계의 깊은 연관성에 대해 말해주고 있다(이에 대해 더 자세히는 펠레빈의 다른 작품들과 연관해서 앞에서 이미 언급되었다).[188]

Generation 'P'에 대해 학술적, 탐구적 차원에서보다는 감정적, 평가적 차원에서 언급한 L. 루빈슈테인의 의견에 따르면, "펠레빈의 문화적 역할은 스트루가츠키 형제가 예전에 담당한 역할과 거의 같다. 사고하는 일부 과학기술 인텔리 계층의 과학적 오리엔탈리즘과 반(反)전체주의적 지적 경향에 힘입어, 죄로부터 더 멀리(국가 문학 위원회와 KGB로부터 멀리) 다른 은하계로 옮겨간, '소비에트 초현실주의'는 제때에, 상업적으로 성공을 거두면서, 곰팡이와 스펀지, '신(新)러시아적' 구비문학의 언어적 성취와 컴퓨터 영어 슬랭, 유식한 욕설과 100퍼센트 도덕적 상대주의로 바뀌었다.[189]

그러나 펠레빈 소설의 주관적인, 즉 비과학적 지각(불인정)으로부터 벗어나서 침착한 연구자들의 의견에 관심을 돌리면, 예를 들어 I. 로드냔스카야의 말에 따르면, 펠레빈은 "거짓된 존재의 소용돌이로부터 어떻게 빠

∵

187) Там же.
188) 이 소설(또는 펠레빈의 창작 전체)과 V. 나보코프의 작품들 간의 연관도 분명하다. Generation 'P'에서는 나보코프적인 모티프들과 형상들이 선명하게 추측된다. 그것들 중에서는 이슈타르 여신의 삼위일체적 상징 기호의 세 개의 구성 요소들 중 하나인 야자수를 지적할 수 있다. 나보코프와 비교할 것. "야자수들은 신기루에만 알맞다."(Набоков В. Взгляни на арлекинов. Нью-Йорк. 1974. С. 12)
189) Рубинштейн Л. Указ. соч. С. 57.

져나오는가에 대한 우화를 창작하기 시작하였지만, 막상 소설이 체현되자 러시아에 대한 소설을 집필한 것이 되었다."[190] 이 소설에 대한 그와 같은 인식은 '러시아의 고전적 포스트모더니즘'의 대표자로서 펠레빈을 정의하는 것이며, 진실에 더 가까운 것 같다.

2004년 현재 가장 최근의 작품인 소설 「숫자(Числа)」(2003)는, 비록 사이트 지면을 통해 새로운 작품이 "예전에 집필된 모든 것과는 질적으로 다르다"[191]라고 펠레빈이 언급하였지만, 선행 작품들에서 작가가 보여준 여러 특징에 그렇게 많은 것을 첨가하지는 않은 것 같아 보인다.

펠레빈의 최근 작품에 대한 그런 평가는 구조적으로 새로운 작품 「숫자」가, "아무 데도 아닌 곳에서 아무 데로나로 가는 전환기의 변증법(Диалектика Переходного Периода из Ниоткуда в Никуда)"이라는 뜻을 가진 제목 *DPP(nn)*가 붙은 좀 더 복잡한 구조의 핵심으로 빠져들기 때문이라고 가정할 수 있다.[192] 이 소설은 '애가(哀歌) 2'(책 전체에 대한 독특한 운문 에피그라프), 본격적인 장에 속하는 '위인의 힘'(여기에는 소설 「숫자」와 함께 중편 「프랑스 사상의 마케도니아 비평(Македонская критика французской мысли)」과 단편들 「어느 보크(Один вог)」, 「알리코(Алико)」, 「마술 단체(Фокус-группа)」가 포함된다), 그리고 세 번째 장 '위대한 사람들의 삶'으로 이루어지는데, 이 장은 두 개의 단편들 「축제의 손님(Гость на празднике)」과 「바람의 탐사에 관한 수기(Запись о поиске ветра)」로 구성된다. V. 오코추르스카야는 다음과 같이

••

190) Роднянская И. Указ. соч. С. 226.

191) http://newizv.ru.

192) 제목 표기는 Пелевин В. *Диалектика Переходного Периода из Ниоткуда в Никуда: Избр. произведения.* М.: Эксмо. 2003. С. 2를 참조할 것. 이후에 소설 「숫자」의 인용은 이 출판물을 따르며 텍스트에는 쪽수만 표기한다.

말했다. "층층이 이루어진 케이크가 만들어졌다. 장편소설, 중편소설, 단편들로 구성된 완전히 가상적인 케이크다."[193]

전통적으로는 이전에 독자에게 알려진 작품들에 붙이는 제목인 '선집 (Избранные произведения)'이라는 부제(副題)가 관심을 끈다. 비록 이 경우에는 책이 첫 번째로 발표된 작품들로 구성되어 있다고 하더라도, 그 작품들의 '선택성'은 작가 자신의 선택(선별)으로 동기화되었을 수 있다.

소설 「숫자」는 장르의 차원에서도, 내용성의 측면에서도 DPP(nn)의 핵심 고리이다.[194] 비록 소설이 "질적으로 다른"이라고 선포되었지만, 그 이데올로기의 근간에는 현실 세계의 비현실성, 가시적이고 느껴지는 것의 교체 가능성, 인간 의식의 종속성 등에 대한 작가의 사상이 놓여 있다. 즉 "이성적인 해명을 찾는 것이 (…) 쓸데없다"(22)는, 펠레빈에게는 (초기 창작 시기부터) 익숙한 주관적 관념론이 펼쳐지는 것이다. D. 트카초프의 말에 따르면, 펠레빈은 "현실의 인공적이고 환상적인 본성에 대한 자신의 기본적 테제를 다시 한 번 확인하였다."[195]

작가 자신은 자기 소설의 구상에 대해서 다음과 같이 말한다. "이 소설은 비록 주위 사람들에게는 보이지 않지만 소유자에게는 완전히 현실적인, 자기 주위 세계를 수집하는 인간 이성에 대한 전기(傳記)이다. (…) 현실성이란 당신이 100퍼센트 믿고 있는 모든 환상이다. 가시성이란 당신이 그

••

193) Окочурская В. "ХР не С" // www.guelman.ru/slava.
194) М. 졸로토노소프(М. Золотоносов)는 자신의 (학술적·문학 이론적이지 않은) 비평 논문에서 「숫자」의 장르를 '문학적 헛소리'라고 정의했다(Золотоносов М. Из пустоты в никуда // www.guelman.ru/slava 참조). А. 가브릴로프도 대략 그와 같은 스타일로 이 소설을 '사이비 인텔리적인 아브라카다브라'라고 정의했다.(Гавлилов А. Диалектика пустоты // Книжное обозрение. 2003. 2 сент)
195) Ткачев Д. Бред Lavel // МК-Бульвар(Москва). 2003. 8 сент. С. 58~59.

속에서 환상을 인식하는 모든 현실성이다."[196] 소설의 주인공은 스테파 미하일로프로 서사의 처음에는 젊은이였다가 결말에는 마흔 살의 남자가 되는데, (불완전하게 발달한) 성격의 관점에서 보면 눈에 띄지도 않고, 충분히 동기화되지도 않은 채 늙어버린 사람이다. 말하는 태도, 세계를 인식하는 특징들, 주인공의 내적 기질 등은 전체 서사에 걸쳐서 (성인이 되어감에도 불구하고) 한번 제공된 대로 변하지 않는다.

주인공의 특징은, 그가 "조금씩 독서를 하면서 성(性)의 차이에 대해 생각하기 시작한 때부터"(6) 그에게는 "숫자와 조약을 체결하고자"(8)하는 생각이 형성된 것이다. 처음에 이 숫자는 7이었는데, 후에 그 7은, 숫자들의 합이 마술적인 7("모두의 선택자"(11))이 되었던 숫자 34로 변형되었다. "숫자의 세계에서 보호자를 (…) 가지게 된" 스테파는 "평생을 이 숫자로 충만되고 그 숫자와 하나가 되려고"(13) 노력하며, 그렇게 함으로써 그의 "따뜻한" 비호를 얻어내려고 한다. "스테파는 자신의 수호천사로 '34'를 의식적으로 선택했다."(20) 후에 숫자 34에게는 "동맹자들"인 숫자 17과 68 및 "적들"인 숫자 29와 43이 등장하게 된다("'34'가 스테파의 인생에 있었던 좋은 모든 것을 포함하고 있었다면, '43'은 정반대였다"(20)).[197]

처음에 숫자 유희는 주인공에게 "그가 다른 사람들의 인생과는 다른 독창적 노선을 따라가고 있다"(14)는 느낌을 주게 된다. 그러나 "학교 친구들을 관찰하면서" 스테파는 점차 "그들 중 많은 사람들이 그가 하듯이 숫자

---

196) *Пелевин и Диалектика переходного периода*: Интервью от 01. 09. 2003 // www. topnews.ru / details.

197) A. 돌린은 펠레빈의 숫자 유희 속에서 나보코프의 『루진의 방어(*Защита Лужина*)』의 반향들을 보았다.(Пелевин: pro и contra // www.guelman.ru/slava) M. 졸로토노소프는 펠레빈이 M. 웰벡의 『소립자』를 공개적으로 모방했다고 말하고 있다.(Там же)

들에 의미를 부여한다는 사실을 알아채기 시작했다."(18) 그래서 "스테파
는 자신을 비정상적이라고 생각하지 않게 되었다."(18) 주인공은 그의 여자
친구 뮤스, 그리고 그의 "달 친구" 스라칸다예프도 숫자 놀이를 한다(또는
숫자로 살고 있다)는 것을 알게 된다.[198]

　숫자 유희에 참가하는 것, 즉 소설의 범위 내에서 숫자들로 사는 삶은
주인공의 운명과, 그 운명 속의 좋은 것과 나쁜 것을 모델화하고 프로그
래밍하기 시작한다. "그의 모든 결정을 두 숫자인 '34'와 '43'이 통제하였
다. 첫 번째 숫자는 파란불을 켰고, 두 번째 숫자는 빨간불을 켰다."(27)
스테파는 다음과 같이 문제를 제기한다. "그가 직접 잠재의식적으로 불행
을 만들어낼 수 있는 것은 아닐까?"(21) 펠레빈에게서 이 문제에 대한 대
답은 확실하다. 주인공의 주관적 '나'는 그를 둘러싼 객관적 세계를 형성
한다("스테파는 만약 잠재의식이 숫자를 거꾸로 배치할 수 있다면 논리와 상식
도 무엇이든 고안할 수 있다는 사실을 의심하지 않았다"(22~23)). 그리고 펠레빈
의 이전 소설들과 비교해서 이런 수법에서는 무엇인가 새로운 것을 발견
하는 것은 불가능한 것 같다. 이 소설에서 단순히 주관적인 것의 변형으로
간주되는 것은 불교(『차파예프와 푸스토타』, 「오몬 라」)[199]도 아니고, 컴퓨터

∵

198) 마지막 대목은 이전에 검토한 단편 「꿈」에서 주인공이 자신을 의식하는 순간과 의미상·
　　문체상 매우 비슷하다. 그래서 「숫자」가 "사회에 대한 국가의 전체적 통제라는 테마"
　　(www.smena.ru)를 다루고 있다는 것, "이 책의 풍자 대상이 특수 기관과 러시아의 현대
　　정치적 삶"(www.gay.ru)이라는 사실이 너무 분명하다는 것에 대한 비평가들의 의견에 동
　　의할 수 있다. 비록 소설의 이런 측면들이 주요한 것도 아니며 이 테마가 현대적이라고 생
　　각할 수도 없지만 말이다.
199) 책 광고에서 공표한 대로, 펠레빈은 「숫자」를 집필하던 시기에 네팔과 부탄을 여행했다.
　　"펠레빈과 전환기의 변증법"(www. top-news.ru) 인터뷰에서 불교의 본질에 대한 질문에
　　대답하면서 다음과 같이 말한다. "무엇이 불교인지 아십니까? 나는 눈을 듭니다. 내 앞에
　　는 벽이 있습니다. 하얀색 벽입니다. 내 말이 당신들에게 어떤 인상을 주리라고 생각하지

현실(『국가계획 위원회의 왕자』)도 아니고, TV나 매스미디어(*Generation 'P'*)
도 아니고, 꿈(『꿈』)도 아니다. 그것은 숫자다. 하나의 텍스트 구성 요소에
서 다른 요소로 거의 기계적인(=‘수학적인’) 교체가 발생하였고, 이미 발견
되고 이전에 시도된 것들이 반복되었다. E. 스타피예바는 다음과 같이 말
한다. “『(Ниоткуда에서 Никуда[200]로의) 전환기의 변증법』에서는 펠레빈 공장
의 대표 제품들의 다양한 목록이 제시된다. (…) 지구라트와 여신 이슈타르
의 신관들 대신에, 다양한 숫자들이 세계를 통치하는 숫자 미신학일 뿐이
다.”[201] 펠레빈이 “러시아문학의 주인공을 그의 정신적 본성으로 되돌려놓
았다”라고 과거에 언급했던 스타피예바는 최근 소설(『숫자』—저자)과 관련
해서는 주인공 안에 “그 어떤 내면적 내용도 없다”고 지적한다.[202]

슈제트 구조 차원에서 펠레빈 소설은 너무나 단순하다. 처음에 숫자가
있었고, 숫자 밑에 “활동의 장이 형성되었으며”(25), 일상의 사건 사슬로부
터는 이후에 두 개의 날짜 34년과 43년이 두드러지는데(상당히 인위적으로),
43년은 주인공에게 치명적 날짜가 된다.

∷

않습니다만 이것은 세계의 중요한 비밀입니다. (…) 불교는 일상적 이성입니다. 그래서 첫
글자부터 마지막 글자까지 불교적이지 않은 텍스트는 하나도 없습니다. (…) 그러나 이제
야 나는, 진정한 불교 책에는 불교에 대한 통일된 단어도 없어야만 한다는 것을 이해하기
시작했습니다. 진정한 불교적 실행에 대해서도 똑같이 생각할 수 있습니다. 그 속에는 벽
앞에 앉는 것도, 절하는 것도, 향취도 없습니다. ‘얽매는 것’이 아무것도 없습니다. 복합적
사상으로부터 멀리 떨어져 하루하루 살아가는 것입니다.” 『숫자』에서는 실제로 “불교에 대
해서” 아무것도 없지만, “하얀 벽”이 있고 “하루하루”가 있다. 그러나 펠레빈이 독자들 앞
에 세워놓은 불교의 “벽”은 소설에서 세계의 우주적 비밀의 구현이 되지 못하고 의미의 부
재라는 꽉 막힌 벽으로만 남은 것 같다.

200) 〔역주〕저자는 펠레빈 소설 제목 중 'из Ниоткуда(아무 데도 아닌 곳)에서 в Никуда(아무
 데도 아닌 곳)으로'에서 러시아어 자모 'Н'을 영어 자모 'N'으로 바꾸어 표기했다.
201) Стафьева Е. *Матрица Пелевина: "ДПП(NN)". или "ГП"* // www. guelman. ru/slava.
202) Там же.

슈제트의 단순성은 천리안을 가진 "불가리아 여자 예언자" 빈가의 예언으로 "보완된다."(30~33) 불분명하고 이해할 수 없는 것같이 여겨지는 그녀의 예언에도 불구하고("나 자신도[203] (…) 그 의미를 항상 알 수 있는 것은 아니다"(33)), 이후 소설의 슈제트는 그녀의 말과 정확히 일치해서 정렬된다. "나는 세 가지 색깔로 당신의 미래를 본다. (…) 내가 파란색 유리를 보면 성경 이야기가 보인다. 당신은 운명의 창을 들고 짐승의 숫자를 알아내서 이 짐승과 싸움을 하게 되고 그 짐승을 찌르게 된다. 그러나 짐승도 당신에게 공격을 가하려고 한다. 누가 이기는지는 보이지 않는다. 짐승과 당신 둘 다 나락으로 떨어져서 사라지는 것 같다. (…) 녹색 유리는 훨씬 더 분명하게 말해주는데 (…) 당신에게는 달의 형제가 있으며 그를 만나게 될 것이다. 이 달의 형제가 짐승이기도 하다. (…) 붉은색이 말해주는 것은 너무 음탕해서 나를 도와주는 천사들을 모욕하지 않고서는 내가 입 밖에 내서 말할 수가 없을 정도다. 그러나 이것은 음탕할 뿐만 아니라 우습기도 하다." (33) 소설을 읽은 사람들에게는 이후 슈제트가 나타내는 것이 무엇인지 뚜렷해지고, 예언이 그것에 정확히 일치한다는 것도 분명해진다. 소설의 '일반화' 사상이 이후 구체화되는 과정은 작가에 의해서 최소화되고 간결해진 형식으로 제공된다. D. 트카체프는 이렇게 말한다. "역사와 우화의 신화적 크기로 제작된 슈제트 형성 기계가 망가져버렸다."[204]

펠레빈 텍스트에 이전에 실재하던 철학성이 이 소설에는 존재하지 않는다. 고대에 상징적으로 충만하던 숫자는, 우주 법칙의 조화를 표현할 수 있었고, 신적 세계 질서의 기호였으며, 신비주의 의식적-피타고라스적-이

••

203) 〔역주〕 여자 예언가를 말한다.
204) Ткачев А. Указ. соч. С. 58~59.

슬람적 전통의 근간이었고, 거대한 의미 표현 가능성을 가지고 있었다.[205] 소설의 다의미적 읽기를 위한 폭넓은 장을 제공할 수 있는 이런 숫자가, 소설 「숫자」에서는 나타나지 않으며 작동하지 않고 있다. 서사의 표면적이고 가벼운 아이러니마저 심화시키지도 못한다. 펠레빈이 예전에는 "예언자적 임무를 가진 소설"을 창작했다면, 이번 경우에는 "그 핵심에 투명한 철학적 표상이 조금도 없는"[206] 소설을 집필하였다고 되풀이할 수 있다.

소설 「숫자」는 펠레빈의 이전 소설에 일정 부분 의존("부자유")하고 있으며, 특히 소설 *Generation 'P'*와 본질적·형식적으로 매우 유사하다. 이런 유사성은 말류타 또는 타타르스키(139)라는 '공통된' 주인공들 차원이나 슬로건 창작(134~138) 차원에서뿐만 아니라, 세계 구조라는 사상 자체, 주인공의 성격과 언어, 소설 서사 스타일 속에서도 감지된다. *Generation 'P'*와 비교해보면 소설 「숫자」는 *Generation 'P'* 텍스트에 포함되지 못한, 다 쓰지 못한 것들을 간단한 형식을 빌려 투사한 것처럼 여겨진다. A. 가브릴로프의 말에 따르면 "소설은 (…) *Generation 'P'* 속편을 살짝 바꾼 것이다."[207] A. 스테파노프의 견해로는 "이 모든 것이 어쨌든 존재했다."[208] A. 넴제르는 좀 더 명확히 "패러디적 복제"[209]라고 규명했다.

∴

205) 숫자의 상징에 대해서는 다음을 참고할 것. Плотин. Соч. СПб.: М.: 1995: Кириллин В. *Символика чисел в литературе Древней Руси(XI-XVI вв.).* СПб. 2000: Топоров В. Числа // *Мифы народов мира.* М.: 1982: Садов А. *Знаменательные числа.* СПб. 1909: Гомперц Т. *Греческие мыслители* / Пер. с нем. Д. Жуковского, Е. Герцык: Научн. ред. А. Цыб. СПб.: 1999 и многое другое.

206) Ткачев А. Указ. соч. С. 58~59.

207) Гавлилов А. Указ. соч.

208) Степанов А. *Уроборос: плен ума Виктора Пелевина* // www.guelman.ru / slava.

209) Немзер А. Еще раз про лажу // *Время новостей.* (М.) 2003. 11 сент.

펠레빈, 빅토르 올레고비치(1962. 11. 22(모스크바~)), 소설가.

군인 집안에서 태어났다. 아버지 올레크 아나톨리예비치는 바우만 모스크바고등기술학교 군사학과 교사고, 어머니 지나이다 예프레모브나 세묘노바는 고등학교 영어 교사다. 어린 시절은 모스크바 근교의 돌고프루드노예에서 보냈다.

1979년 No. 31 중학교(대부분의 과목을 영어로 교육하는 학교)를 거의 '5점'(러시아어만 4점이었다)으로 졸업하고 모스크바동력대학 산업운송전기설비자동화학부에 입학했다. 1985년 대학을 우등으로 졸업하고는 전기운송학과에 기사직으로 들어가서 1987년부터 1989년까지 대학원 과정을 수료하였다(논문 주제는 비동력 발동기 트롤리버스의 전선 설계와 관련된 것이었는데 논문 심사는 하지 않았다. 전공을 바꾸기로 결심했기 때문이다).

1998~1990년 M. 고리키문학대학 비출석과정(M. P. 로바노프의 세미나)에서 공부하다가 2학년에 학업을 중단하였다. 왜냐하면 그의 의견에 따르면, 문학대학 공부가 그에게 아무것도 가져다주지 못했기 때문이다.[210] 이 시기에 문학대학 출판사 '신화'의 부편집장이자 잡지 《과학과 종교》의 정직원(동양 신비주의에 대한 책 출간을 준비했다)으로 일하면서 다른 여러 잡지들과 신문들에서 일했다.

컴퓨터로 시를 쓰면서 문필 활동을 시작했지만 잘되지 않았고 출간하지 않았다. 카를로스 카스타네다(펠레빈은 "이 작가를 20세기의 최고의 작가"[211]라고 말했다)와 아서 매켄의 번역에 전념했다. 보르헤스, 그로프, 마이링크, 피싱의 숭배자이다.

1984년부터 소설을 쓰기 시작했다. 1989년 첫 번째 단편 「마술사 이그나트와 사람들」이 잡지 《과학과 종교》에 발표되었다. 첫 번째 단편집은 『푸른 등불』(1992)이다. 소설 작품으로는 「오몬 라」(1992), 「벌레들의 삶」(1993), 「노란 화살」(1993), 『은둔자와 육손이(*Затворник и Шестипалый*)』(1993), 「국가계획 위원회의 왕자」(1993), 『차파예프와 푸스토타』(1996), *Generation 'P'*(1999), 「숫자」(2003), 『프랑스 사상의 마케도니아식 비평』(2003) 등이 있다. 에세이 『존 라울스와 러시아 자유주의 비극』(1993)이 있으며, 다른 에세이로는 『좀비피카치야(*Зомбификация*)』, 『익스틀란-페투슈키』, 「룬문자로 점치기 또는 랄프 블룸의 룬문자 신탁」, 『테트라그라마톤으로서의 국가비상 사태위원회(*ГКЧП как тетраграмматон*)』 등이 있다.

작품들은 영어, 프랑스어, 일본어, 덴마크어 등 10개 언어로 번역되었다.

•••

210) 이 시기 2학년 학생으로서의 펠레빈에 대해 1990년 3월 M. 로바토프는 이렇게 말했다. "빅토르 펠레빈의 단편들 속에는 일상적 관찰이 있긴 하다. 그것은 때로는 신빙성이 있지만 때로는 과장된다. 마지막 단편에서는 어떻게 죽음이 도래하는지에 대한 '초현실주의적' 서사를 시도한다. 아직은, 내면적이고 정신적인 경험의 진실성에서 나오는 것이라기보다는 추상적 '철학성'에서 나온 작가적 탐구일 뿐이다."(Нехорошев Г. Указ. соч. С. 8)

211) Немзер А. *Еще раз про лажу*. С. 6.

창작에서는 주관적 관념론과 불교의 철학적 기반을 신봉하는 것이 드러난다.

작가의 개성은 비밀로 둘러싸여 있으며 소문이 무성하다. 그것들 중에서 가장 유명하면서도 변치 않는 것들은 다음과 같다. "마약중독자이자 코카인 장사꾼", "세베르니 체르타노프 지역 천막 주점들의 관리자",[212] "전문적인 해충구제자", "펠레빈이라는 사람은 없으며 그 이름으로 몇 명의 사람들이 창작을 하는 것이다", (빅토르가 아니라 빅토리야라는) "여자다" 등이다.

모스크바의 체르타노보에 살고 있다.

'위대한 고리(Великое кольцо)'(1990년, 단편 「재건자(Реконструктор)」로 수상, 1991년 중편 『국가계획 위원회의 왕자』로 수상, 1993년 「상류 세계의 소고(Бубен Верхнего мира)」로 수상), '황금 공(Золотой шар)'(1990년 단편 「은둔자와 육손이」로 수상), '말라야 부커(Малый Букер)'(1993년[213] 단편집 『푸른 등불』로 수상), '청동 달팽이(Брозовая улитка)'(1993년 중편 「오몬 라」로 수상), '인터프레스콘(Интерпресскон)'(1993년 2개의 중편 「오몬 라」와 『국가계획 위원회의 왕자』로 수상), '순례자(Странник)'상(1995년 에세이 『좀비피카치야』로 수상, 1997년 장편소설 『차파예프와 푸스토타』로 수상) 등을 수상했다. 1996년 최고의 작가로 선정되었다(잡지 OM과 《불꽃》의 평가에 의함)

텍스트

Пелевин В. Колдун Игнат и люди // *Наука и религия*. 1989. No. 12.

Пелевин В. *Синий фонарь*. М.: Текст. 1991.

Пелевин В. Омон Ра // *Знамя*. 1992. No. 5.

Пелевин В. *Омон Ра: Повесть. Рассказы*. М.: Текст. 1992.

Пелевин В. *Соч.: В 2 т*. М.: Терра. 1996.

∴

212) 이런 신화는 "현실 속에 그 뿌리가 있다." "빅토르 쿨레의 부인 올가는 법률가로 일하고 있는데, 1991년 인디라 간디 광장에 천막 주점을 열었다. 장사는 잘되었고 곧 천막 주점은 두 개가 되었다. 속이지 않는 판매원들을 고용하고 싶었다. 그래서 빅토르 쿨레는 문학대학 친구들에게 이 일을 하게 했다. 이 천막들에서 문학가 유리 구골레프(Юрий Гуголев), 드미트리 수츠코프(Дмитрий Сучков), 빅토르 오부호프(Виктор Обухов) 등이 장사를 했다. 쿨레가 말하는 바에 따르면, 빅토르 펠레빈이 '그냥 앉아서 얘기하러 오거나 맥주나 보드카를 마시러 상당히 자주 들렀다'고 한다."(Там же)

213) 이 상에는 상금 외에도 영국 여행이 포함되었다. 펠레빈은 친구들에게 유명한 영국 작가 존 파울스의 집에서 체류하게 될 것이라고 말했다. 그러나 실제로는 부커상 위원회 위원장의 요청으로 그는 런던의 망명 예술학자 이고리 골롬슈토크(Игорь Голомшток)의 집에서 머물렀다(이에 대해서 더 자세히는 다음을 참조할 것. Нехорошев Г. Указ. соч).

Пелевин В. Чапаев и Пустота//*Знамя*. 1996. No. 4~5.

Пелевин В. *Жизнь насекомых: Романы*/Предисл. В. Курицына. М.: Вагриус. 1997.

Пелевин В. *Омон Ра. Жизнь насекомых. Затворник и Шестипалый. Принц Госплана*. М.: Вагриус. 2000.

Пелевин В. *Чапаев и Пустота. Желтая стрела*. М.: Вагриус. 2000.

Пелевин В. *Generation 'P'. Рассказы*. М.: Вагриус. 2000.

Пелевин В. *Диалектика Переходного Периода из Ниоткуда в Никуда*: Избр. произведения. М.: Изд-во Эксмо. 2003.

사회 평론

Пелевин В. Гадание на рунах, или Рунический оракул Ральфа Блума//*Наука и религия*. 1990. No. 1.

Пелевин В. Зомбификация советского человека//*Новый журнал* = The New Rev.(Нью-Йорк). 1990. Кн. 179.[или: День и ночь://*Литературный журнал для семейного чтения*(Красноярск). 1994. No. 4]

Пелевин В. ГКЧП как тетраграмматон//*Независимая газета*. 1993. 20 янв.

Пелевин В. Джон Фаулз и трагедия русского либерализма//*Назависимая газета*. 1993. 20 янв.(или: Волшебная гора. М. 1994. Вып. 2: или: *Открытая политика*. 1997. No. 10).

Пелевин В. Икстлан-Петушки//*Независимая газета*. 1993. 20 янв.(или *Волшебная гора*. М. 1994. Вып. 2)

Пелевин В. Ultima Тулеев. или Дао выборов//*НГ-сценарии*. 1996. No. 3.(Приложение к "Независимой газете". 29 июня)

Пелевин В. Имена олигархов на карте Родины//*Новая газета*. 1998. 19 окт.

Пелевин В. Последняя шутка воина//*Общая газета*. 25 июня-1 июля.

인터뷰

Виктор Пелевин: Ельцын тасует правителей по моему сценарию!: Интервью с писателем //*Комсомольская правда в Украине*. 1999. 26 янв.

Виктор Пелевин: Продолжатели русской литературной традиции не представляют ничего. кроме своей изжоги//*Вечерний клуб*. 1997. 9 янв.

На провокационные вопросы не отвечаем: (Фрагменты виртуальной конфененции с популярным писателем Виктором Пелевиным. опубликованные в ZHURNAL.RU)//

Литературная газета. 1997. 13 мая.

Пелевин В. Миром правит явная лажа: Интервью журналу "Эксперт"/Корр. А. Наринская //*Эксперт*. 1999. No. 11.(или: guelman.ru/slava/pelevin)

Транскритт IRC-конфенеции с Пелевиным//zhurnal.riner.ru:8084/slova/pelevin/psyhat.htm.

학술 비평

Азадовский К. Виктор Пелевин//www. russ.ru /culture/99-05-07/azadovsk.htm.

Алексадров Н. Новая эклектика//*Литературное обозрение*. 1997. No. 3.

Антоненко С. Постпостмодерн?//*Москва*. 1998. No. 8.

Антонов А. Внуяз: Заметки о языке прозы В. Пелевина И А. Кима//*Грани*. 1995. No. 177.

Арбитман Р. Предводитель серебристых шариков//*Литературная газета*. 1993. 14 июля.

Арбитман Р. Решение проблемы зомби средней полосы//*Фантакрим-MEGA*(Минск). 1993. No. 2.

Арбиман Р. Барон Юнгерн инспектирует Валгаллу//*Книжное обозрение*. 1996. No. 28.

Арбитман Р. Виктор Пелевин: Чапаев и Пустота//*Урал*. 1996. No. 5~6.

Архангельский А. Обстоятельства места и времени//*Дружба народов*. 1997. No. 5.

Архангельский А. До шестнадцати и старше//*Известия*. 1999. 24 марта.

Бавильский Д. Все мы немного···//*Независимая газета*. 1993. 31 июля.

Бавильский Д. Сон во сне: Толстые романы в "толстых" журналах//*Октябрь*. 1996. No.12.

Бавильский Д. Школа нового романа//*Независимая газета*. 1997. 7 сент.

Басинский П. Из жизни отечественных кактусов//*Литературная газета*. 1996. No. 22. 29 мая.

Басинский П. Новейшие беллетристы: Виктор Пелевин И Алексей Варламов: не правда ли. крайности сходятся?//*Литературная газета*. 1997. 4. июля.

Берг М. Деконструированный постмодернизм и поле массовой культуры: (Виктор Пелевин и Тимур Кибиров))//Берг М. *Литературократия: Проблема присвоение и перераспределения власти в литературе*. М.: Новое литературное обозрение. 2000.

Борохович Я. Виктор Пелевин в зеркале русской литературное традиции//www.agama.ru/ journal/lit~/borohov.html.

Быков Д. "Синий фонарь" под глазом Букера//*Столица*. 1994. No. 7.

Быков Д. Побег в Монголию//*Литературная газета*. 1996. 29. мая.

Володихин Д. Один из первых почтительных комментариев к мардонгу Пелевина// *Книжное обозрение*. 1999. 2 марта.

Вяльцев А. Заратустры и Мессершмидты//*Независимая газета*. 1993. 31 июля.

Вяльцев А. Он воссоздает советскую действительност//*Огонек*. 1993. No. 23~24.

Вяльцев А. *Вторичный текст как компонент художественного текста(на материале романа В. Пелевина "Generation 'P'"*: Автореф. канд. дис. Барнаул, 2002.

Гаврилов А. Страшный Суд как страшный сон//*Независимая газета*. 1999. 11 марта.

Гаврилов А. Страшный суд как страшный сон: Виктор Пелевин написал свои "Мертвые души"//*Ex Libis НГ*. 1999. No. 9. Март.

Генис А. Границы и метаморфозы: (В. Пелевин в контексте постсоветской литературы)// *Знамя*. 1995. No.12.

Генис А. В сторону дзэна//*Обшая газета*. 1996. No. 19. 16~22 мая.

Генис А. Поле чудес: В. Пелевин//*Звезда*. 1997. No. 12.

Генис А. Машина вычитания//*Общая газета*. 1999. No. 16(298). 22~28 апр.

Генис А. Поле чудес: Виктор Пелевин//Генис А. *Иван Петрович умер: Статьи и расследования*. М.: Новое литературное обозрение. 1999.

Годунов Е. Поколение "G"//www.guelman.ru/slava/pelevin.

Гордович К. Проблематика и поэтика романов В. Пелевина//Гордович К. *Пособие для изучающих русскую литературу XX века*: Практикум. СПб.: Петербургский ин-т печати. 2001.

Долин А. Виктор π-левин: новый роман//russ.ru/journal/krug/99-03-/dolin.htm.

Егорунин А. На пути к разрушенному мосту//*Московская правда*. 1993. 18 сент.

Емельяненко В. Настоящий Чапаев (Ч. II)//*Общая газета*. 1998. No. 46(963). 22~29 нояб.

Закуренко А. Искомая пустота//*Литературное обозрение*. 1998. No. 3.

Зотов И. Восторг внезапный ум пленил···//*Независимая газета*. 1993. 22 июня.

Зотов И. Сорок лет пустоты//*Ex libis НГ*. 1998. No.1.

Иванова Н. Накопитель: Изобретательные впечатления//*Дружба народов*. 1997. No. 7.

Камянов В. Космос на задворках//*Новый мир*. 1994. No. 3.

Кожевникова М. Буддизм в зеркале современной культуры: освоение или присвоение?// *Буддизм России*(СПб.). 1996. No. 27.

Колесова Д. Харитонов А. "В ее маленьком теле гостила душа"//*Мир русского слова*. 2001. No. 1.

Корнев С. Столкновение пустот: может ли постмодерн быть русским и классическим?: Об одной авантюре Виктора Пелевина//*Новое литературное обозрение*. 1997. No. 28.

Корнев С. Блюстители дихотомий: Тридцать сребреников за рецепт бестселлера: Кто и почему не любит у нас Пелевина//sampo.karelia.ru/madr/blust.html.

Корстырко С. Чистое поле литературы//*Новый мир*. 1992. No. 12.

Кузнецов С. Василий Ивановчи Чапаев на пути воина//*Коммерсантъ-Daily*. 1996. 27 июня.

Кузнецов С. Самый модный писатель: (Виктор Пелевин: тот. кто управляет мир)//*Огонек*.

1996. No. 35.

Куллэ В. Красная магия, или Девять способов написания иероглифа "дерево" // *Литературное обозрение*. 1998. No. 2.

Курицын В. Великие мифы и скромные деконструкции // *Октябрь*. 1996. No. 8.

Курицын В. Текст пулемета // *Независимая газета*. 1996. 20 июня.

Курицын В. Группа продленного дня // Пелевин В. *Жизнь насекомых*: Романы // Предисл. В. Курицына. М.: Вагриус. 1997.

Курицын В. Генис считает "Generation 'P'" осечкой, а Рубинштейн говорит "читать можно" // *Курицын-weekly*. 1999. Вып. 18. 29 апр.

Курицын В. В. Пелевин: Только оборотни настоящие люди // Куницын В. *Русский литературный постмодернизм*. М.: ОГИ. 2001.

Лапина А. Вокруг Пелевина и около Букера // *Новая Сибирь*.(Новосибирск) 1997. 13 окт.

Лещевский И. Поезд идет в никуда // *Инженерная газета*. 1993. No. 14. Окт.

Липовецкий М. Голубое сало поколения. или Два мифа об одном кризисе // *Знамя*. 1999. No. 11.

Лямпорт Е. 10000 фунтов лиха // *Независимая газета*. 1993. 30 сент.

Максимова О. Пародия. ее место и функции в современной отечественной культуре и литературе (на материале творчества Виктора Пелевина) // *Русская литература XX века: итоги столетия*: Международная конференция молодых ученых. СПб. 2001.

Миллер Л. Конфликт рассказа В. Пелевина "Ника" в контексте национальной эстетической традиции // *Мир русского слова*. 2001. No. 1.

Минаев Б. Захватывающее чтение романа // *Огонек*. 1996. No. 51.

Минкевич А. Поколение Пелевина // www.russ.ru/krug/99-04-08/minkev.htm(или: www. guelman.ru/slava/pelevin).

Наринская А. Миром правит явная лажа // *Эксперт*. 1999. No. 11.

Насрутдинова Л. *"Новый реализм" в русской прозе 1980~90-х годов(концепция человека и мира)*: Автореф. канд. дис. Казань. 1999.

Некрасов Е. В. Пелевин. Синий фонарь // *Октябрь*. 1993. No. 5.

Некрасов С. Героем становится любой // *Независимая газета*. 1992. 2 июля.

Немзер А. Возражения господина Ломоносов на этимологической штудии господина Пелевина // Немзер А. *Литература сегодня*: О русской прозе 90-е. М.: 1998.

Немзер А. "Как бы типа по жизни": Роман Виктора Пелевина "Generation 'P'" как зеркало отечественного инфантилизма // *Время MN*. 1999. 26(30) марта.(или: www.guelman.ru/slava/pelevin)

Нехорошев М. Фантастика в ожидании прозы // *Звезда*. 1998. No. 9.

Нехорошев Г. Настоящий Пелевин: Отрывки из биографии культового писателя //

Независимая газета. 2001. 29~30 авг.

Новиков Вл. Ноблесс оближ: О нашем речевом поведении//*Новый мир.* 1998. No. 1.

Новиков М. "Что такое вечность? Это банька···"//*Коммерсантъ-Daily.* 1999. No. 35. 6 марта.

Ольшанский Д. Русская литература интересней секса: Пелевин и Сорокин-свадьба космонавтов//www.russ.ru/culture/99-07-07/olshansk.htm.

Павлов М. Generation 'P' или 'P' foever?//*Знамя.* 1999. No. 12.

Парамонов Б. Пелевин-муравьиный лев//www.radio-svoboda.ru.(2000)

Пророков М. Как живой с живыми говоря//*Эксперт.* 1998. No. 15.

Роднянская И. ··· И к ней безумная любовь//*Новый мир.* 1996. No. 9.

Роднянская И. Этот мир придуман не нами···//*Новый мир.* 1999. No. 8.(или: www.guelman.ru/slava/pelevin)

Рождественская Кс. Игра в Identity//www.guelman.ru/slava/pelevin.

Ройфе А. Душа Пелевин: Рец. на роман В. Пелевина "Generation 'P'"//*Книжное обозрение.* 1999. 13 апр.

Рубинштейн Л. Когда же придет настоящий "П"?//*Итоги.* 1999. No. 17. 26 апр.

Руднев В. "Читал бы суры, знал бы прикул"//*На посту: Культура/Искусство.* 1998. No. 1.

Рыклин М. Просветление препарата//*Искусство кино.* 1998. No. 5.

Соломина А. Свобода: надтекст вместо подтекста//*Литературное обозрение.* 198. No. 3.

Старчиков А. "Книга освещает··· наше личное движение к истине···."(по прозе 70~90-х годов XX века//www.guelman.ru/slava/pelevin)

Степанян К. Реализм как спасение от снов//*Знамя.* 1996. No. 11.

Тух Б. Новое поколение выбирает "П": Виктор Пелевин//Тух Б. *Первая десятка современной русской литературы*: Сб. очерков. М.: Оникс 21 век. 2002.

Ульянов С. Пелевин и Пустота//www.russ.ru/journal/kritic/98-04-13/ulyan.htm.

Ф. О. Кто автор текстов, подписанных "В. Пелевин?"//*Огонек.* 1993. No. 23~24.

Филиппов Л. Horror vacul: О маленьких хитростях дурацкого дела//*Знамя.* 1998. No. 10.

Халымбаджа И. Библиография Виктора Пелевина//*Фантакри-MEGA*(Минск)ю 1993. No. 2.

Чупринин С. Сбывшееся несбывшееся//*Знамя.* 1993. No. 9.

Эпштейн М. Русская культура на распутье: Секуляризация и переход от двоичной модели к троичной//*Звезда.* 1999. No. 1.

Яценко И. Интертекст как средство интерпретации художественного текста(на материале рассказа В. Пелевина "Ника")//*Мир русского слова.* 2001. No. 1.

7. 류드밀라 페트루솁스카야 소설의 '암흑'의 테크놀러지

포스트모던 현대문학의 콘텍스트에서 류드밀라 페트루솁스카야의 소설, 시, 드라마는 특별한 위치를 차지한다. 주로 1970년대에 집필된(작가는 "아이들을 피해 욕실에서 문을 잠그거나 전철의 군중 속에 꽉 끼어서" 그 작품들을 "창작하였다"(『유행성 감기(Грипп)』, 212[1])), 페트루솁스카야의 '너무나 어두운' 작품들은 거의 1980년대 중반에 발표되었다(1984년 잡지 《오로라》에 단편 「들판을 지나(Через поля)」가 발표되었고, 1987년 잡지 《오로라》와 《네바(Нева)》에 각각 세 개의 단편으로 이루어진 작품선들이 발표되었다).

페트루솁스카야가 창작의 길로 들어선 맨 처음부터 이미 비평가들은, 페트루솁스카야가 '어둡고', '엄혹하고', '남성적인' 재능을 가지고 있으므로, 개인숭배의 희생자들에 대해, 탄압의 시기들에 대해, 압제와 압제의 집행에 대해서 글을 써야 한다고 언급하기 시작했다(이런 주제는 모스크바 예술 극장(MXAT)에 올릴 목적으로 희곡 『모스크바의 합창(Московский хор)』을 집필한 후인 1989년에 페트루솁스카야가 관심을 기울이게 된 테마다). 그러나 페트루솁스카야의 주제는 현대 생활에 맞추어져 있었지만, 그녀 작품의 대부

∴

1) 여기와 이후에서 페트루솁스카야의 작품들은 다음의 출판물에서 인용하며 본문에는 쪽수만 표기한다. Петрушевская Л. *Дом девушек: Рассказы и повести*. М.: Вагриус. 1999.

분은 내용상 여전히 '어둡고' '무거웠다.' 「유행성 감기」는 자살에 대한 작품이고, 「불멸의 사랑(Бесмертная любовь)」은 정신이상에 대한 것이고, 「크세니야의 딸(Дочь Ксеннии)」은 매춘, 그리고 중병, 살인적인 무관심, 가정생활의 불행, 철면피함, 개인적 운명의 혼란스러움, 인간 존재의 절망성 등을 다루고 있다.

페트루솁스카야의 작품에서 주인공들은 삶에 지치고, 운명에 기만당하고, 이해할 수 없고 사랑받지 못하는 '작은' 인간들이며, 무딘 감정을 가진 주인공들은 종종 꿈속에서처럼 살거나 마약을 하거나, 개인적 감정들을 분명히 표현하지 않은 채 살아가는 사람들이다. 그들은 주로 여성들로서, 엄혹하고 무정한 세계 속에서 고통을 받아 종종 스스로가 엄혹하고 무정하게 되어가는 나약하고 불행한 여성들이다.

페트루솁스카야 창작의 지배적인 모티프들 중 하나는 고독, 삶으로부터의 이탈, 버려짐과 안착되지 못한 불안정성 등이다. 즉 고독한 여자 주인공의 '비(非)안착성'과 '이탈'이 주요 모티프가 된다. 그래서 페트루솁스카야 소설에서 추상적 개념들은 철학적·존재적인 성격이 아닌 낮아진·일상적인 성격을 띠게 된다. 존재적인 것은 일상적인 것으로까지, 보편적인 것은 표준적인 것으로까지, 사회적인 것은 공공의 것으로까지 낮아진다.

이런 면에서 페트루솁스카야의 중편(단편) 「밤 시간(Время ночь)」은 매우 특징적이다. 작품의 장르는 작가가 정확히 지적하지 않았다. "초고는 빽빽하게 메운 수많은 종이 뭉치들, 학교 공책들, 심지어 전보용지들까지 들어 있는 먼지 낀 서류철이었다. 부제는 '책상 가장자리의 수기(Записки на краю стола)'(349)였다."

「밤 시간」의 주인공들은 한 가정의 네 세대이다. 세계에 대한 실재적 관념을 상실하고, 노망이 들어 친척들에 의해 '만성 병자들을 위한 집'에 보내진 고립무원의 병든 노파 세라피마, 육친들에 의해 버려져 궁핍하게 생활하고 있는 중년의 여류 시인 안나 안드리아노브나 등이 등장하는데, 이 안나 안드리아노브나가 서사를 이끈다(자신에 대해서 여자 주인공은 다음과 같이 말한다. "나는 시인이다. 몇몇 사람들은 '여류 시인'이란 말을 좋아하지만, 우리에게 마리나[2]와 나와 같은 이름의 안나[3]가 무엇을 말하는지 보시길. 안나 아흐마토바와 나는 거의 신기할 정도로 이름이 똑같고 몇 글자만 다를 뿐이야. 그녀는 안나 안드레예브나이고, 나는 안나 안드리아노브나이거든"(353)). 그녀의 아이들인 딸과 아들 중에서, '사랑하는 아들'(371) 안드레이는 주정뱅이에 쓸모없게 되었고, 감옥에서 막 출소했으며, 집에서 부인한테 내쫓겨, 어딘지 모르는 곳에 살고 있고, 계속해서 사람의 이미지를 상실하는 인물이다. 딸인 "분별없는 알료나"(389)는 동거인 남자들을 끝없이 바꾸고 아이들을 많이 낳았고(티모페이, 카탸, "너무 어린 니콜라이"(363)), "아무도 모르게" 매우

∶

2) 〔역주〕 Марина Ивановна Цветаева, 1892~1941. 20세기 최고의 러시아 여류 시인들 중 한 사람으로 츠베타예바의 아버지는 모스크바국립대 교수이자 '모스크바 푸슈킨 조형 미술관'의 설립자였고, 피아니스트였던 어머니는 안톤 루빈슈테인의 제자였다. 츠베타예바는 1912년 세르게이 에프론과 결혼하여 그해에 큰딸을 낳았다. 그녀는 남편을 사랑했음에도 1914~1916년까지 여류 시인이자 번역가이던 소피아 파르녹과 동성애를 경험하였다. 1917년 작은딸이 고아원에서 굶어죽는 고통을 겪었고, 백군이던 남편이 러시아혁명 후 프라하대학으로 유학을 떠나자, 1922년 남편을 따라 러시아를 떠나 베를린, 프라하, 파리 등에서 1939년까지 머물렀다. 이 시기에 보리스 파스테르나크와 편지를 주고받았으며, 그의 소개로 라이너 마리아 릴케와 인연을 맺은 뒤 1926년 릴케가 사망할 때까지 서신을 교환했다. 마리아 츠베타예바 가족은 1939년에 러시아로 귀국했지만 남편은 체포되어 1941년 총살당했으며, 그해에 같이 체포된 큰딸 아리아드나는 1955년에야 복권되었다. 마리아 츠베타예바는 감옥살이를 하진 않았지만 그녀의 시는 한 편도 출판되지 못했다. 그녀는 '작가' 레스토랑에서 설거지를 하며 겨우 삶을 꾸려나갔으나, 작가 부인들로부터 독일 스파이라는 모함을 받아 레스토랑을 나온 뒤, 소도시 엘라부가로 가서 지방 유지의 집에서 허드렛일을 하며 생계를 유지했다. 결국 심각한 경제난과 당국의 압박을 견디지 못한 채 목을 매어 자살하는 것으로 생을 마감했다.
3) 〔역주〕 안나 아흐마토바를 말한다.

싫어하는(증오하는) 어머니에게 아픈 장남 팀을 "슬쩍 버린" 인물이다(첨언하자면, 서사의 결말에서는 할머니가 열렬히 사랑하는 이 손자마저도 그녀를 버린다). 여성 화자 안나 안드리아노브나의 가족 구성원들 중에서 알료나의 전(前)남편이자, "기식자에 흡혈귀"(361)이던 전(前) 사위 사샤가 희미하게 어른거리는데, 그가 나간 후에 딸 알료나의 "분별없는 삶"이 시작되었다. 불행하고, 기형화되고, 병들고, 빈곤하고, 가련하고, 버려지고, 고독한 이 모든 사람들의 운명은 긴밀하고 엄혹하게 얽혀 있다. 그들 모두는 대가족의 일원들으로서 불화, 증오, 멸시, 질투, 서로에 대해 소홀한 상태 속에 있으며, 이 모든 불행으로부터의 유일한 구원은 죽음인 것처럼 여겨진다. 노파 세라피마는 "목매달아 죽을 작정이었고"(410), "수면제 포장지"는 안나 안드리아노브나의 가까워진 죽음에 대한 생각이 문득 떠오르게 만들고, 할머니와 어머니가 겪은 '여자의 운명'의 외형을 '거울처럼' 반영하는 알료나도 그와 같은 결론에 이를 수도 있다.

중편 「밤 시간」의 인물들이 처하게 되는 상황들과 주인공들 자체도 실생활과 대단히 유사하며 극히 현실적이고 바로 알 수 있는 것으로 인식된다(페트루솁스카야의 다른 단편들이나 중편들과 마찬가지로). 모든 개별적 상황 속에서 페트루솁스카야는 한없이 정확하고, 그녀의 문체는 극도로 세밀화되었으며, "그녀의 시각은 입체음향적이며"[4] 그녀는 "현실 생활의 소리들을 거의 그대로 속기한다."[5] 작가가 재현하는 구체적 장면들과 에피소드들은 일상 세태적 신빙성과 진실성에 대한 의심을 불러일으키지 않는다.

그러나 다음과 같은 문제가 제기된다. 인물들에게 발생하는 끔찍함과

..

4) Пруссакова И. Погружение во тьму//*Нева*. 1995. No. 8. C. 190.
5) Невзглядова Е. Сюжет для небольшого рассказа//*Новый мир*. 1988. No. 4. C. 256.

불행들이 그토록 응축되고 '농축'되는 원인은 과연 무엇인가. 주인공들에게 발생하는 갈등의 비극성과 문제의 비해결성이 압축되는 것의 의미는 무엇인가. 페트루셉스카야의 주인공들에게 배분되어 있는 악과 증오의 원천은 무엇인가?

빅토르 예로페예프의 말에 따르면, "류드밀라 페트루셉스카야는 두 문학 세대의 접점에 위치하여, 죄악이 사회적으로 동기화되던 1960년대 작가들의 확신과, 악의 원천이 인간 본성 자체에서 드러나던 '다른 문학'의 절망 사이에서 괴로워하고 있다."[6] 그러나 페트루셉스카야의 소설이나 희곡은, 이 작가가 N. 고골, F. 도스토옙스키, F. 솔로구프(비평가들은 페트루셉스카야의 소설이 이들의 전통을 따르고 있다고 지적한다) 등 러시아문학 고전 작가들과 유사하게 악의 원천과 근본 원인을 탐구하는 것에 전념한다고 간주할 수 있는 근거를 제공하지는 않는다. 포스트모던 문학의 궤도에서 페트루셉스카야는 원칙적으로 태연자약한 증인, 세부적으로 정확하게 일상을 묘사하는 풍속소설가의 역할을 담당하며 불간섭의 입장을 준수한다. 왜냐하면 포스트모던 철학에서 이와 다른 입장은 객관적으로 비동기화되며 의미를 상실하고 실패할 운명이기 때문이다.

'작가의 위치'는 페트루셉스카야 창작의 독창성을 이해하기에는 불충분하다. 왜냐하면 객관화된 작가의 시각은 가상적 성격을 지니기 때문이다. 페트루셉스카야의 작품들에서 그려지는 페이지들에 집중된 끔찍함, 비극, 불행, 질병, 배신, 혐오스러움, 사랑하지 않는 것 등은 러시아문학에서 선행한 10년 동안의 총량과 거의 같은 크기이다. 작가는 개별 인물에 가능한

••

6) Ерофеев В. Русские цветы зла // *Русские цветы зла: Сб.* / Сост. В. Ерофеев. М.: Зебра Е: Эксмо-Пресс. 2001. С. 15.

결함과 불완전성에 과장되게 집중하며, 매우 불행하고 아름답지 못한 시기에 놓인 주인공들의 인생을 묘사한다. 아마도 페트루솁스카야는 악이라고 사회적으로 확정된 것뿐만 아니라 인간 본성의 불완전성으로 동기화된 악을, 자신의 주인공들과 상황들에서 '터뜨리는 것'이 아니라, 압축하고 집중한다고 말하는 것이 더 옳을 것이다.

그리고 이런 경우에 페트루솁스카야 소설(전체적으로 포스트모던 문학)의 또 하나의 중요한 특징인 조건적 · 유희적 특징이 제1차원으로 등장하게 된다. 페트루솁스카야 창작에서 유희는 긴장 완화제의 성격을 띠지 않고, 사건을 의도적으로 연극화하고 서사의 긴장을 의식적으로 강화하는 데 쓰인다.

유희는 (가장 넓은 의미에서) 저자의 위치, 소재에 대한 작가의 관계, 성격 구성 조건들부터 서사의 문체까지 페트루솁스카야 예술 텍스트의 모든 차원들을 매개한다. A. 바르자흐는 페트루솁스카야 소설에서는 "행동의 범위 밖에 위치하여, 주인공들에 대해서나, 자신에 대해서나, 동시에 문학성이란 사실 자체에 대해서도 맘껏 **방탕하게 구는**(강조는 저자) 전지적 작가"[7]의 환상이 발생한다고 말한다. 페트루솁스카야는 문학을 "유희하고" 문학 속에서 "유희한다." 본질상, 페트루솁스카야의 창작을 관통하는 유희적 특징에 대한 확신은, M. 리포베츠키가 그녀 소설의 "문학성"[8]이 무엇인지 지적한 것과 유사하다.

비평가들은 페트루솁스카야의 소설이 심리적이지 않은 대신 "탈심리적이고 반(反)심리"(A. Барзах)이며, 그녀의 작품들에는 성격의 심리적 기

··

7) Барзах А. О рассказах Л. Петрушевской: Заметки аутсайдера // *Постскриптум*. 1995. No. 1. C. 253.
8) Липовецкий М. Трагедия и мало ли что ещё // *Новый мир*. 1994. No. 10. C. 229~232.

반이 부재한다는 사실을 오래전에 지적하였다. E. 세글로바는 다음과 같이 말한다. "그녀는 성격들을 창조하지 않는다. 그녀의 예술 세계에서 그런 성격들은 그냥 존재하지 않을 뿐이다."[9] 페트루솁스카야의 형상 체계의 특성을 분석하면서, M. 리포베츠키는 외적 특징들은 가지지만 동기화가 없으며, 발전하지 않으며, 개별 텍스트 내에서 그 자체로 소멸하는 "원형,"[10] 어떤 기호, 공식(公式)으로 그 형상 체계를 지적하였다. E. 세글로바는 이것을 "형상의 개요"[11]라고 지칭했다.

중편 「밤 시간」으로 돌아가보자. 실제로 이 소설에서 어느 한 등장인물도 '과거사'를 가지지 않는다는 사실에 주의를 기울일 수 있다. 비평가 T. 세글로바는 이에 대해 수많은 문제들을 제기한다. "알료나의 행동 뒤엔 어떤 비극이 있는가. 협박의 압력을 받아 강제로 그녀와 결혼했지만, 이후에 그녀를 버린 사람에 대한 사랑인가. 아니면 다른 무엇인가? 우리에게 전혀 알려지지 않은 그녀의 남편 사샤는 도대체 어떤 사람이었는가. (…) 어떤 근거로 (…) 어머니에 대한 알료나의 강하지만 잿더미가 되어버리는 증오가 커져갔는가. 어머니와 달리 그녀가 사랑했을 수도 있었던(아니면 아닐 수도?) 자신의 남편 때문에 모욕을 받아서였을까, 아니면 또다시 다른 어떤 이유인가? 딸을 낳은 불우한 '부사장'에게 그녀가 끌렸던 이유는 무엇인가. 성공하지 못한 인생에 대한 치명적 모욕감이었는가, 자신의 곁에 살아 있는 영혼을 얻고자 한 시도였는가, 또는 다른 무엇인가? 술에 빠진 불행한 그녀의 오빠 안드레이는 과연 누구인가? (…) 그리고 안나 안드리아노브나는 '여류 시인'이라는데 과연 여류 시인인가? 소설에는 그녀 시에 대

••

9) Щеглова Е. Во тьму-или в никуда?//*Нева*. 1995. No. 8. C. 193.
10) 참조할 것. Липовецкий М. Указ. соч.
11) Щеглова Е. Указ. соч.

한 어떤 흔적도 없으며 그녀의 내면세계(사물의 논리에 따르면 시적이라고 간주되어야 할)에 대한 어떤 흔적도 없다. 소설에서 그녀는 시를 창작하지 않고는 살 수도 없다고 말하고 있는데 말이다. 도대체 어떤 시란 말인가? 아니면 말다툼을 격렬히 벌일 때 알료나가 그녀에게 소리쳤듯이 진짜 글에 미친 사람이란 말인가?" 그리고 비평가 세글로바 자신이 다음과 같이 결론을 짓는다. "그러나 이 소설은 이런 것을 (…) 이해할 수 있는 어떤 재료를 제공하지도 않는다."[12]

「밤 시간」에서 인물 성격들은 페트루셉스카야의 다른 작품들에서와 마찬가지로 도식적이고, 기호적이고, 상징적으로 나타난다. 그것들은 기호의 내용에 대한 관념을 제공하지만 그 성격의 다양한 측면들, 원천들과 그 형성 조건들을 제공하지는 않는다. 구체적 인물은 구체적 상황들 속에서 구체적 자료와 구체적 충전물로 작가에 의해서 그려진다. 과거나 이후 주인공의 공간적·시간적·심리적 입장들은 작가의 관심을 끌지 못한다. 작가의 관심은 가장 선별된 상황에 있게 되고, 거기서 선택된 상황들에 대한 등장인물의 직접적 반응이 어떠한지에 쏠리게 된다. A. 바르자흐는 이렇게 말한다. "이 소설을 심리학적 소설이라고 부를 수는 없다. 이 소설은 상황 소설에 가까운 것 같다. 이 소설은 '성격들의 드라마'라기보다는 '상황의 드라마'이다."[13]

이런 의미에서 페트루셉스카야를 끌어당기는 것은 (그녀의 '일상적-세태소설'에 대해서는 아무리 이것이 이상하게 들릴지라도) 예외적이고, 비정상적이고, 감정적 차원에서 그냥 지나갈 수 없는, 가장 강하고, 예민한 상황들과

••

12) Щеглова Е. Во тьму-или в никуда? // Нева. 1995. No. 8. C. 193.
13) Барзах А. Указ. соч. C. 256.

사정들이다. M. 리포베츠키는 다음과 같이 언급한다. "심지어 완전히 하찮은 상황을 그려내면서도 페트루셉스카야는 첫 번째로는 어쨌든 그 상황을 한계적으로 만들어내며, 두 번째로는 그 상황을 우주적 흐로노토프에 놓이게 한다."[14] 그녀의 슈제트 충돌은 현실의 개별적 "조각들"과 "자율적 파편들"이며, 그것들로 구성되는 삶의 풍경은 "세분되고" "앞뒤 연관성이 없다."[15] 그러나 바로 그런 예외적이고, 일상적이지 않고, 평범하지 않고, 익숙하지 않은 상황들과 사건들을 페트루셉스카야는 하나의 긴 사슬로 배열하는데, 그 상황들을 연거푸 일어나는 익숙한 사건들로 변환하고 그 상황들에 평범함의 모습을 부여하여 여느 때처럼 흘러가는 생활이라는 환상을 만들어낸다.

인간의 운명들로부터, '백(白)'과 '흑(黑)'을 스스로 안에 결합하고 있는 사람들의 "줄무늬 인생들"로부터 페트루셉스카야는 '흑'만을, 가장 긴장되고 극도로 흥분되고, 극적인 '줄무늬들'만을 의도적으로 선별한다. '대안'이 부재한 조건에서, '흑-백' 대립으로부터 양극들 중 단지 하나만이 분출되는 상황에서, 그 반대를 가지지 않는 '어둠'은 이미 '매우 어둡게' 보이지 않는다. 색채 스펙트르를 상실하였고 다른 감마로 나타나지 않으며, '백'과의 대조를 피해버린 '흑'은 유일하게 믿을 만하고 가능한 것으로 보이며, '이미 그렇게 검지 않고' 회색으로 보이고, 평범하고 일상적으로 보이게 된다. N. 레이데르만과 M. 리포베츠키에 따르면 페트루셉스카야는 실생활과 유사한 것에 문체의 문학성을 제공하여, 전후 연관이 없는 파편들의 카오스를 시종일관 '소설화한다.'[16] 작가는 독자와 '유희한다.' 그녀는 평범하지

∴

14) Липовецкий М. Указ. соч. С. 221.
15) Там же.
16) Лейдерман Н. Липовецкий М. Между хаосом и космосом: Рассказ в контексте

않은 것을 평범한 것으로, 특별한 것을 보통의 것으로, 예외적인 것을 익숙한 것의 범주로 의식적으로 옮겨놓는다. 페트루솁스카야는 능숙하게 성공하고 있는데, 한편으로는 문체에서 강한 감정적 작열을 달성하는 사건들의 '특수성' 덕분이고, 다른 한편으로는 텍스트에서 '습관의 징후'를 불러일으키고 그 덕분에 묘사되는 것의 신빙성과 실생활과의 유사성을 보존할 수 있게 하는 것들이 양적으로 '증가'하기 때문이다.

묘사되는 주인공들과 상황들의 특수성 효과는, 비전형적인 것의 엄청난 '양'이 '질적으로' 다른 것으로, 즉 이미 전형적이고 위험하지 않은 익숙한 것으로 인식되는, '양질 전환' 법칙 덕분이기도 하고, 텍스트를 극도로 세부화하고, 구체적 사실을 끌어당겨 첩첩이 쌓이는 공포들의 가식으로부터 멀어지게 하는, 일상의 사소한 것들로 텍스트를 포화하는 것(E. 세글로바는 '일상적 자연주의'라고 부른 것) 덕분이기도 하다. 이때 페트루솁스카야의 '세부화'는 특별한 성격을 띤다. 구체적 세부는 개성화된 세계의 구체적 사실의 표식이 아닌, 비개성화된 세계의 특징이다. 세부는 일정한 사회계층 전체의 성격적 특징이지, 구체적 인물의 개성화된 세계의 특징은 아니다. 바로 이 때문에 대도시풍 경치의 특징들도, '지형학적' 징후들도, 지역의 '좌표'도 페트루솁스카야의 단편들에는 부재한다. 페트루솁스카야의 단편들에서 사건의 장소는 종합적–전형적–사회적–보편적이게 되는 것을 방해하지 않는 만큼만 '구체적'이다.

페트루솁스카야의 단편들에서 '배경'과 '문맥'(사건에 대해서도, 주인공에 대해서도)은 너무도 약화되어서 완전히 부재한다고 말할 수 있을 정도다. 사건들의 주위 환경은 쓸려 사라져버렸고, 공간의 경계들은 '비공개적이

••

времени//*Новый мир*. 1991. No. 7. C. 240~257.

며', 주인공들의 수는 최소화된다. 페트루솁스카야에게 '잉여의' 주인공들은 없다. '배경'의 부재는 페트루솁스카야 단편들에서 '거대한 구상'을 심화한다. 배경에 대한 세부 사항이 부족한 것은, 날을 세우는 듯한 섬세함, 뚜렷한 윤곽 묘사, 전체 풍경을 창조하는, 많지 않은 보편화된 세부들의 대립적(어두운/밝은, 검은/하얀, 선한/악한, 신의/악마의 등) 표현 등으로 보충된다.

소재를 의식적 · 선택적으로 선별하려는 접근 태도는 페트루솁스카야 작품들에서 슈제트 구성의 특수성과 단조로움도 설명해준다. V. 본다렌코는 "도식이 항상 똑같다"[17]고 말한다. I. 프루사코바는 "페트루솁스카야의 주인공들이 보여주는 '위대한 길의 단계들'은 항상 똑같이 '사랑, 사랑하지 않음. 고독, 파멸'이다"[18]라고 말한다. A. 미하일로프는 다음과 같이 언급한다. "흔히, 중심에는 **그녀(ОНА)**가 있다. 이 여인은 '눈이 크고 검은, 평범하고 예절 바른 유럽식 여인'(「알리-바바(Али-баба)」)이거나, '자신의 어린 아이와 함께 술을 마시는 조용한 성격에, 방 한 칸짜리 아파트에서도 어느 누구한테도 눈에 띄지 않는 여인'(「나라(Страна)」)이다. 그런 범위이다. 이런 극단성 사이에 수많은 변이들이 있다. 그 다음에 그(ОН)가 나온다. 그는 '그녀와의 사이에 아이가 태어나자마자 외도하기 시작하였고 술을 많이 마시며 때로는 싸움질을 한 사람'(「클라리사 이야기(История Клариссы)」)이거나, 지식인 실패자며, 그의 '꿈은 실현될 수도 있었고 그는 사랑하는 여인과 결합할 수도 있었지만, 그 길은 요원했고 아무것에도 다다르지 못한' 사람이다.(「너를 사랑해(Я люблю тебя)」) 그녀와 그에게 이차적 등장인물들인, 어떤

∶∙

17) Бондаренко В. Музыка ада Л. Петрушевской//*День литературы*. 1998. No. 10. С. 1.
18) Пруссакова И. Указ. соч. С. 190.

이웃 남자(이웃 여자), 직장 동료(여자 친구), 맥주 바에 들어가기 위한 줄에서 옆에 서 있는 사람이나 병원 침대에 누워 있는 우연한 술친구 등이 합류할 수 있다. 그들은 정해진 대로 자신의 불길한, 또는 긍정적인 보조 역할을 감당한다. 이후에는 상황 자체, 슈제트가 온다. 슈제트는 주로 다음과 같이 귀결된다. 서로가 힘겨운 격투 훈련을 거친 고집 센 두 명은 '적어도 한 파트너에게는 이제 아무것도 필요 없고 아무것도 소중하지 않게 되어, 이 모든 것에 침을 뱉고 싶어질 때까지는 공동의 노력으로 도달한다. 그리고 나서, 바로 이 순간을 노리고 있던 더 집요하고 더 완강한 반대자는 무관심하다는 상대 파트너의 제스처에 대한 답으로 승리의 외침을 내뱉지만, 저 멀리로 떠나가는 상대 파트너는 여전히 무관심하게 받아들이고는 멀리 떠난다.'"[19]

페트루솁스카야 슈제트의 기본 줄기는 이렇듯 고정되고 불변적이지만, "흔히 이런 슈제트는 주어진 현실의 범위 너머로 벗어나기"[20]도 한다. 흔히 서사의 처음에 행위와 슈제트는 주인공들의 회상과 '개인적 고백'이라는 회고적 방법을 통해 부분적으로 '전개'된다(「밤 시간」, 「자신의 원(Свой круг)」, 「유대인 여자 베로치카(Еврейка Верочка)」). 슈제트는 "어떠한 공허한 것도 없을 정도로" 의식적으로 "축소되고", "농축되고", "압축되고", "응축된다."[21] 페트루솁스카야에게서 '공허'의 역할을 담당하는 것은 위에서 언급된 사람의 운명 속에서 "하얀" 줄무늬들이다.[22]

∴

19) Михайлов А. Ars Amatoria, или Наука любви по Л. Петрушевской // *Литературная газета*. 1993 No. 37. 15 сент. С. 4.

20) Там же. С. 4.

21) Михайлов А. Указ. соч. С. 4.

22) 〔역주〕 위에서 사람의 운명을 흑과 백의 줄들로 언급한 것을 말한다.

페트루솁스카야가 한 등장인물의 인생을 모델화하여 모노 주인공적인 단편을 창작하는 경우에는, 주인공이나 여자 주인공의 인생에서 '어두운' 상황들 중 하나(예를 들어, 사랑하는 사람과의 결별, 질병, 죽음 등)를 묘사한 후, 의도적으로(고의적으로) '밝은', 즉 페트루솁스카야에게는 '공허한' 등장 인물의 인생과 관련된 페이지들은 '대충 훑고 지나친다.' 이때 작가는 슈제 트에서 인간 존재의 이후(이전과 똑같이) '어두운' 상황들을 집중적으로 농 축하기 위한 '과학적·심리적' 근거, 정신생리학적 동기화를 가진다. 왜냐 하면 '불행은 혼자 오지 않는다'라는 모두가 아는 지혜에 의거하며 모든 것 이 '어둡게 보이는' 상황에 기대고 있기 때문이다. 페트루솁스카야의 주인 공들이 보여주는 **오늘의** 어두운 분위기와 상태는 **미래**에 대한 침울한 생각 을 불러일으키며 **과거**에 대한 고통스러운 회상들을 몰고 온다. 그런 식으 로 페트루솁스카야 주인공들의 전체 인생은 예술적 타당성을 근거로 '어두 운' 톤으로 윤색되고 '완전한 어둠'으로 덮인다.

도식적으로 다음과 같은 형태로 나타낼 수 있다.

주인공들(여자 주인공들) 인생의 '흑백 줄들'

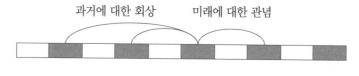

단편 슈제트에서 현재점

중편(단편)에서 주인공들이 여러 명인 경우에는, 공통의 유일한 메타-슈 제트가 등장인물들 각자의 인생 파불라 라인들 중 '검은 줄들'로 구성된다.

제1주인공의 파불라 라인

제2(제3, 제4, 제5, ……)주인공의 파불라 라인

단편의 슈제트 라인

　이런 식으로, 슈제트는 특별히 선택된, '캄캄하게 어두운' 사건들 때문에 파편적으로, 에피소드적으로, 선택적으로 구성된다. 슈제트는 순차적으로, 직선형으로 전개되지 않고 "무질서한 파불라 부분들로부터 발생하며"[23] 개별적이고 '어두운' 사건들과 에피소드들 주위에 집중된다. 사실들은 작품 속에서 분명한 논리적 순차성과 조직성 없이(예술적 순차성과 조직성을 갖추었지만) 분산된(비록 동기화되었다고는 하더라도) 형태로 제시된다. 의미는 행위가 전개됨에 따라서 발생하는 것이 아니라 작가나 등장인물들의 언술 속에서 반복이나 부인, 지적, 실언 등으로부터 발생한다. 이렇듯, 예를 들어 단편 「나라」에서 술에 빠져 타락한 여자 주인공의 '슈제트 이전' 인생의 모든 이야기는 간단히 스케치되고, 많은 부분이 하나의 단일한 어구(단어합성)인 "전(前)남편"(37)으로 동기화되며, 이 어구 뒤에는 그녀 결혼 생활(필경 그녀에게는 행복했다) 이야기와, 그녀와 그녀 딸을 현재 상황에 이르게 한 그녀 남편의 극적인(만약 비극적이라고 말하지 않는다면) 가출이 놓

23) Невзглядова Е. Указ. соч.

558

여 있다.

페트루솁스카야 소설의 감정적 긴장은, 한편으로는 선명하게 극적이고 때로는 비극적이며, 작가에 의해 의식적으로 섬세하게 선별되어 '빈 것 없이' 묶인, 중요 사건들의 의미적 작열로 형성되기도 하고, 다른 한편으로는 고의적으로 중립적인 서사의 문체 기법과 그 사건들이 분명하게 대립되는 것으로 형성되기도 한다. 이렇듯, 이미 언급된 단편 「나라」에서는 작가가 묘사하는, 어머니와 딸의 운명이 보여주는 비극적 연극성에도 불구하고 전체 서사 동안에 화려한 표현도 없고, 감정적 고양도 없는 '평범한 이야기'의 톤이 유지된다. 몇몇 경우에서 페트루솁스카야 소설의 대립 강화와 감정적 긴장을 촉진하는 것은, 가정적으로 모델화된 주인공들에게 부여된 '예견된' 운명과 '현재' 슈제트상에서 그 운명들이 현실화된 것 사이의 반립성·반향성이다. 예를 들어, 단편 「유대인 여자 베로치카」는 여자 주인공이 행복한 운명을 맞을 것이라는 기대에 대한 '기만된 예상' 위에 창조되며, '슈제트의 현실'에서는 그 운명이 비극으로 귀결된다.

페트루솁스카야는 자신의 텍스트를 **구성하고 배열하며**, 이런 수준에서는 최고의 경지에 이르렀고 문학성의 모델이 되었다. 어쩌면 그녀는 솔직했을 수도 있다. 희곡(과 시)으로 '전환'한 원인이 된 것이 '소설에서는 모든 것을 할 줄 안다'는 상황이었다고 언급한 것이다. 단순화와 도식화를 통해서 현실의 해체 쪽으로 분명하게 기우는 경향을 가지며, 텍스트의 높은 기술 공학적 조직성을 가지며, '완성성' 면에서는 묘사되는 성격들과 상황들의 배합성과 변형성이 완벽함에까지 이른(그리고 결과로서 미학적 원시주의를 드러낸다), 페트루솁스카야의 '실용주의적' 문체는 소로킨에 가까운 상태이다(이에 대해서는 이후에 언급될 것이다). 페트루솁스카야의 유일하고도 매우 조건적인 차이는 그녀의 단편들이 보여주는 텍스트 구조의 가시적-'피상적' 의미론이다(소로킨은 단지 최근 소설들에서만 그런 것에 '접근해가고' 있다).
페트루솁스카야 소설의 구성적 배열성과 기술 공학적 완성성을 이유로 몇
몇 연구자들이 그녀의 작품들을 개념주의에 포함시키고 있다.[24]

••

24) 참조할 것. *Russian Postmodernism: New Perspectives on Post-Soviet Culture*. Michail
    Epsstein, Alexander Genis and Slobodanka Vladiv-Glover. New York; London: Berghahn
    Books. 1999.

약전

페트루셉스카야, 류드밀라 스테파노브나(1938. 5. 26(모스크바)~). 희곡작가, 소설가, 시인. 조부(N. F. 야코블레프)는 대(大)언어학자였다. 부모는 철학·문학·역사 대학에서 수학하였다.

괴로운 전쟁 기간에 반기아 상태의 어린 시절을 보냈다. 친척들에게 유숙하거나 우파 근처 고아원 등을 거쳤다. 전쟁 이후에 모스크바로 귀환했다. 1961년 모스크바국립대학교 언론학부를 졸업하였다. 모스크바의 신문들의 기자로 일하였고 출판사들에서 협력하였고 중앙 텔레비전에서 라디오 기자와 편집자로 있었다.

일찍 시를 쓰기 시작했다. 대학교 문학의 밤 행사용 시나리오를 집필하였다. 1963년에 문계에 입문했다. 첫 단편들 「클라리사 이야기(История Клариссы)」, 「여자 이야기꾼(Рассказчица)」은 잡지 《오로라(Аврора)》(1972. No. 7)에 발표되었다. 그때 바로 희곡을 쓰기 시작하였고 1970년대 중반부터 그 희곡들 중 많은 것들이 비전문 연극단의 무대에 올려졌다. A. 아르부조프(Арбузов) 연극단 회원이다. 희곡 『음악 수업(Уроки музыки)』(1973. 1983년 첫 출판)은 모스크바국립대학교 학생 극장과, 문화궁전 '모스크바보레치에'의 극장(1979)에서 R. 빅튜크에 의해 공연되었다. 1981~1982년 U. 류비모프(Любимов)는 『사랑(Любовь)』(1974. 1979년 《극장(Театр)》지, No. 3에 발표됨)을 타간카 극장에서 상연하였다. 극장 '현대인(Современник)' (1983)에서 희곡 『콜롬비나의 아파트(Квартира Коломбины)』(1981)로 만든 연극으로 널리 인정을 받았다. 그 뒤를 이어 연극 〈푸른 옷의 세 아가씨(Три девушки в голубом)〉(1983), 〈희망의 작은 관현악단(Надежды маленький оркестрик)〉(1986)(A. 볼로딘과 S. 즐로트니코프와 공동으로), 〈20세기의 노래(Песни XX века)〉(1987), 〈막간 휴식 없는 이탈리아 베르무트 술(酒), 또는 친자노(Итальянский вермут без антракта, или Чинзано)〉(1986) 등이 나왔다.

어린이를 위한 희곡으로는 『두 창문(Два окошка)』(1975), 『헛소리 가방, 또는 빠른 것은 좋지 않다(Чемодан чепухи, или Быстро хорошо не бывает)』(1975), 『황금빛 여신(Золотая богиня)』(1986) 등이 있다.

첫 번째 소설집은 『불멸의 사랑: 단편들(Бессмертная любовь: Рассказы)』(1972. 집필된 지 16년 후에 출간됨)이다.

러시아 펜클럽 회원이다.

국제 A. S. 푸슈킨상(1991, 함부르크). 부커상(1992, 중편 「밤 시간」으로 수상함), '모스크바–펜네상'(『마지막 사람의 무도회(Бал последнего человека)』로 수상함)을 수상했다.

1997년 바이에른 예술 아카데미(Bayersche Kunstakademie) 바바리야 회원으로 인정되었다. 모스크바에서 살고 있다.

텍스트(소설, 시)

Петрушевская Л. *Бессмертная любовь*: Рассказы. М.: Московский рабочий. 1988.

Петрушевская Л. *Свой круг*. М.: 1990.

Петрушевская Л. *По дороге бога Эроса*. М.: 1993.

Петрушевская Л. *Тайна дома*. М.: 1995.

Петрушевская Л. *Бал последнего человека*. М.: 1996.

Петрушевская Л. *Сказки*. М.: 1996.

Петрушевская Л. *Собр. соч.: В 5 т.* Харьков: Фолио: М.: ТКО "АСТ". 1996.

Петрушевская Л. *Настоящие сказки*. М.: 1997: М.: 1999.

Петрушевская Л. *Дом девушек: Рассказы и повести*. М.: Вагриус. 1999.

Петрушевская Л. *Карамзин: Деревенский дневник*: Стихи. СПб.: Пушкийнский фонд. 2000.

에세이

Петрушевская Л. Бессмертная любовь // *Литературная газета*. 1983. 23 нояб.

Петрушевская Л. Небольшое путешествие // *Домовой*. 1997. No. 11.

인터뷰

"Я люблю то, что люблю" / Беседа Д. Мишуровской с Л. Петрушевской // *Книжное обозрение*. 1997. No. 49. 9 дек.

학술 비평

Абровимова А. Шут—приятель роз: Мания Людмилы Петрушевской // *Назависимая газета*. 2001. 3 нояб.

Бабаев М. Эпос обыденности: О прозе Людмилы Петрушевской // *День за днем*. 1994. 20 сент. (или: www.zhurnal.ru/staff/Mirza/petrush.htm)

Бавильский Д. Новые сведения о старых знакомых // *Уральская новь* (Челябинск). 1999. No. 4.

Бавин С. *Обыкновенные истории*: Л. Петрушевская: Бибиографический очерк. М.:

1995: М. 1998.

Барзах А. *О рассказах Л. Петрушевской: Заметки аутсайдера* // *Постскриптум*. 1995. No. 1.

Бондаренко В. Музыка ада Л. Петрушевской // *День литературы*. 1998. No. 10.

Борисова М.(Послесловие) // Петрушевская Л. *Бессмертная любовь. Рассказы*. М.: 1988.

Бочаров С. *"Карамзин" Петрушевской* // Бочаров С. Сюжеты русской литературы. М. 1999.

Быков Д. Рай уродов // *Огонек*. 1993. No. 18.

Васильева М. Так сложилось // *Дружба народов*. 1998. No. 4.

Вирен Т. Такая любовь // *Октябрь*. 1989. No. 3.

Вяльцев А. "Пирожено" и другое // *Независимая газета*. 1993. No. 81.

Гощило Е. Художественная оптика Петрушевской: ни одного луча света в "темном царстве" // *Русская литература XX века: Направления и течения*. Екатеринбург. 1996. Вып. 3.

Данилкин Л. Книги на AFISHA. ru: Информация о книге: Людмила Петрушевской "Найди меня, сон···" // www.AFISHA.ru/knigi–review.

Дедков И. Чьи же это голоса? // *Литературная газета*. 1985. 31 июля.

Дедков И. *Метаморфозы маленького человека, или Трагедия и фарс обыденности* // Последний этаж. М.: 1989.

Демин Г. Пророческий лейбл. или Исчезновение Петрушевской // *Современная драматургия*. 1994. No. 1.

Дручинина Г. "Смерть важная вещь": "Реквиемы" Людмилы Петрушевской // *Проблематика смерти в естественных и гуманитарных науках*. Белгород. 2000.

Дюжев Ю. Русский излом // *Север*. 1993. No. 2.

Ефимова Н. Мотив игры в произведениях Л. Петрушевкой и Т. Толстой // *Вестник МГУ. Сер. 9: Филология*. 1998. No. 3.

Желобцова С. *Проза Людмилы Петрушевской*. Якутск. 1996.

Золотоносов М. Какотопия // *Октябрь*. 1990. No. 7.

Золотоносов М. Второй конец романа: Петрушевская и другие // *Стрелец*. 1994. No. 1.

Зорин А. Круче, круче, круче··· // *Знамя*. 1992. No. 10.

Иванова Н. Пройти через отчаяние // *Юность*. 1990. No. 2.

Иванова Н. Неопалимый голубок: "Пошлость" как эстетический феномен // *Знамя*. 1991. No. 8.

Казачкова Т. "Маленький человек" в творчестве Людмилы Петрушевской // *Пушкин в меняющемся мире*. Курган. 1999.

Канчуков Е. Двойная игра // *Литературная Россия*. 1989. 20 янв.

Касаткина Т. "Но страшно мне: изменишь облик ты···": (Заметки о прозе В. Маканина и Л. Петрушевской)//*Новый мир*. 1996. No. 4.

Комышкова Т. Постмодернистские тенденции в рассказе Л. Петрушевской "Свой круг" //*Синтез культурных традиций в художественном произведении*. Нижний Новгород. 1999.

Костюков Л. Исключительная мера//*Литературная газета*. 1996. No. 11.

Крохмаль Е. Размышления у разбитого корыта···//*Грани*. 1990. No. 157.

Куралех А. Быт и бытие в прозе Людмилы Петрушевской//*Литературное обозрение*. 1993. No. 5.

Кутлемина И. Опыт прочтения сказок Л. Петрушевской в контексте ее творчества// *Классика и современность*. Архангельск. 1999.

Лебедушкина О. Книга царств и возможностей//*Дружба*. 1998. No. 4.

Лиловидов В. Проза Л. Петрушевскойи проблема натурализма в современной русской прозе//*Литературный текст: проблемы и методы исследование*. *Тверь*. 1997. No. 3.

Липовецкий М. Трагедия и мало ли что еще//*Новый мир*. 1994. No. 10.

Мавлевич Н. "Карамзин" и розы//*Русская мысль*(Париж). 1999. No. 4263.

Мартыненко Н. Сказки Людмилы Петрушевской//*Московские новости*. 1993. 28 февр.

Марченко А. Гексагональная решетка для мистера Букера//*Новый мир*. 1993. No. 9.

Медведева Г. Проза Л. Петрушевской И проблем натурализма в современной русской прозе//*Литературный текст: проблемы и методы исследования*. Тверь. 1997. No. 3.

Мильман Н. *Читая Петрушевкую: Взгляд из-за океана*. СПб. 1997.

Михайлов А. Ars Amatoria. или Наука любви по Л. Петрушевской//*Литературная газета*. 1993. 15 сент.

Мòлчанова Н. Динамика жанра: Малая проза Л. Петрушевкой//*Вестник СПбГУ. Сер.* 2: *история. языкознание. литературоведение*. 1997. Вып. 4.

Морозова Т. Скелеты из соседнего подъезда: Почему Людмила Петрушевская так не любит своих героев//*Литературная газета*. 1998. No. 36.

Морозова Т. Мы увидим небо в полосочку: Галина Щербакова и Людмила Петрушевкая: две дороги, которые ведут к читателю//*Литературная газета*. 2000. No. 18.

Муравьева И. Два имени: (Л. Петрушевская и Т. Толстая)//*Грани*.(Франкфурт0на Майне) 1989. Т. 43. No. 152.

Найденко С. Роль вставных конструций в прозе поздней Петрушевской//*Русский постмодернизм*. Ставрополь. 1999.

Насрутдинова Л. *"Новый реализм" в русской прозе 1980~90-х годов* (концепция человека и мира): Автореф. канд. дис. Казань. 1999.

Невзглядова Е. О последних рассказах Л. Петрушевской//*Аврора*. 1987. No. 2.

Невзглядова Е. Сюжет для небольшого рассказа // *Новый мир*. 1988. No. 4.

Ованесян Е. Распада венок // *Литературная Россия*. 1991. No. 36. 6 сент.

Ованесян Е. Творцы распада: (Тупики и аномалии "другой прозы") // *Молодая гвардия*. 1992. No. 3/4.

Панн Л. Вместо нитервью, или Опыт чтения прозы Людмилы Петрушевской вдали от литературной жизни метрополии // *Звезда*. 1994. No. 5.

Панн Л. Портрет двумя перьями // *Нева*. 1995. No. 8.

Панн Л. *Вместо интервью, или Опыт прочтения прозы Людмилы Петрушевской вдали от литературной жизни метрополии*. Якутск. 1996.

Петухова Е. Чехов и "другая проза" // *Чезовский чтения в Ялте: Чехов и XX век*. М. 1997. Вып. 9.

Писаревская Г. Реализация авторской позиции в современном рассказе о мечте: (По произведениям Л. Петрушевской. В. Токаревой. Т. Толстой) // *Проза 80~90-х годов*. М.: Московский пед. ин-т. 1992.

Писаревская Г. Роль литературной реминисценции в названии цикла рассказов Л. Петрушевской "Песни восточных славян" // *Русская литература XX века: образ, язык, мысл*. М. 1995.

Птерсон К. Of circle and crowds: "Свой круг" Людмилы Петрушевской в английских переводах // *Россия и США: формы литературного диалога*. М. 2000.

Прохорова Т. Иванова О. Хронотоп как составляющая авторской картины мира в прозе Л. Петрушевской // Учен. зап. Казанского гос. ун-та. 1998. Т. 135.

Пруссакова И. Поргужение во тьму // *Нева*. 1995. No. 8.

Пруссакова И. Литературный календарь // *Нева*. 1996. No. 8.

Ремизова М. Теория катастроф, или Несколько слов в защиту ночи // *Литературная газета*. 1996. No. 11.

Ремизова М. Вычитание любви: О творчестве Людмилы Петрушевкой // *Литературная газета*. 1997. 9 апр.

Рындина О. О некоторых особенностях соотношения реального и ирреального в рассказах Л. Петрушевкой // *Вестник Научно-практическойлаборатории по изучению литературного процесса XX века*. Воронеж. 1999. Вып. 3.

Савкина И. "Разве так суждено меж людьми?" // *Север*. 1990. No. 2.

Савкина И. *Говори, Мария!*(Заметки о современной женской прозе) // www.a-z. ru // women/texts/savkana.

Свободин А. Как быть с Петрушевкой // *Московские новости*. 1989ю 12 марта.

Серго Ю. Жанровое своеобразие рассказа. Л. Петрушевкой "Свой круг" // *Кормановские чтения*. Ижевск. 1995. Вып. 2.

Славинкова О. Людмила Петрушевская играет в куклы // *Урал*. 1996. No. 5~6.

Славникова О. О повести Петрушевской "Маленькая Грозная" // *Новый мир*. 1998. No. 10.

Славникова О. Петрушевская и пустота // *Вопросы литературы*. 2000. Вып. 2.

Слюсарева И. В золотую пору малолетства все живое счастливо живет. Дети в прозе Ф. Искандера и Л. Петрушевской // *Детская литература*. 1993. No. 10~11.

Соколинский Е. Маленькие притчи для взрослых и детей // *Смена*. 1979. 20 дек.

Строева М. Мера ответственности // *Смена*. 1980. 20 дек.

Строева М. Песни XX века // *Литературная газета*. 1987. 1 июля.

Тесмер Б. "Песни запедных славян" А. С. Пушкина и "Песни восточных славян" Л. С. Петрушевской: К вопросу о восприятии цикла Л. Петрушевской в литературной критике // *Вестник МГУ. Сер. 9: Филология*. 2001. No. 3.

Топоров В. Шокотерапия Людмилы Петрушевкой // *Литератор*. 1992. No. 7.

Топоров В. В чужом пару похмелье // *Звезда*. 1993. No. 4.

Трыкова О. *Отечественная проза последней трети XX века: жанровое взаимодействие с фольклором*: Автореф. докт. дис. М. 1999.

Черняева Е. Безупречный расчет "святого" неведения // *Литературная газета*. 1992. No. 14. 1 апр.

Шорэ. Судьба трех поколений, или От очарования к разочарованию: По произведениям А. Коллонтай "Любовь трех поколений" и Л. Петрушевской "Время ночть" // *Преображение*(М.) 1997. No. 5.

Щеглова Е. Во тьму—или в никуда? // *Нева*. 1995. No. 8.

8. 블라디미르 소로킨 소설의 해체(구조)적 파괴

블라디미르 소로킨은 현대 포스트모던을 대표하는 또 하나의 분명한 작가이다. 소로킨 소설을 이해하기 위해서는 그가 단순히 포스트모더니스트가 아니라 개념주의자[1]라는 사실로부터 출발해야만 한다.

D. 프리고프가 언급하듯이 "모든 시인(개념주의 시인―저자)의 창작을 이해하기 위해서는, 직접적으로 시인이 상호 대화적 관계를 형성하는 영역과 분야의 특수성 속에서 문화와 전통의 일반적 문맥뿐만 아니라, 직접적인 생활상이나 문화적 환경의 문맥을 이해하는 것이 중요하다."[2] 또는 좀 더

∴

1) "개념주의는 1970~1980년대에 형성된 현대 예술의 아방가르드 경향으로, 작가적 개념을 의도적으로 보여주듯이 제시하는 것, (⋯) 인식 가능한 문제, 틀에 박힌 언술, 대중 의식, 일상적 행동, 그리고 대중문화의 도식과의 적극적 유희를 특징으로 한다. 개념주의 예술가는 익숙한 기호와 그것이 의미하는 현실 간의 단절, 불일치를 극단적으로 드러내며, 세계의 광경을 왜곡하는 거짓 개념을 밝혀내려고 한다. 독창성이 인용 또는 판에 박힌 문구로 대체되는 대중문화의 대상들에 의거하여, 개념주의자는 여러 현상의 본질을 재현하지만, 본질상으로는 총체적 인용인 작품을 창조한다. 개념주의자는 의식적으로 형상을 가장 단순한 이데올로기적 도식으로 귀착시키며 그 도식으로부터 '예술성의 가면'을 벗겨낸다. (⋯) 분석 대상에 대한 공정한 '서사적' 관계를 위해서 작가적 '나'를 부인하는 것은 개념주의 예술가에게 높은 수준의 일반화를 달성할 수 있도록 해준다."(*Краткий словарь литературоведческих терминов*. М.: Просвещение. 1988. C. 471)

2) Пригов Д. Что надо знать // *Молодая поэзия-89*: *Стихи. Статьи. Тексты*. М.: 1989. C. 416.

권위 있는 원천에 의거하여 "시인들 스스로가 자신들보다 우월하다고 인정한 기호들에 따라서 작가를 판단해야만 한다."[3] 그리고 비록 개념주의 예술의 범위에서는 전통적 분석 기법들이 충분히 '작동하지는 않는다' 하더라도, 소로킨이 '무엇을', '어떻게', '왜' 쓰는가 하는 문제는 과거처럼 적지 않은 관심을 끈다.

소로킨은 굽킨모스크바석유가스산업대학을 졸업한 뒤 전공을 살려 일하지 않고, 서체와 회화에 전념하면서, 개념주의 예술 경향의 수많은 전시회들에 참여하였다.

소로킨은 다음과 같이 말한다. "1970년대 중반에 나는 모스크바의 예술 언더그라운드 사회에, 일리야 카바코프,[4] 에릭 불라토프,[5] 안드레이 모나스티르스키[6] 등의 개념주의자 그룹에 들어가게 되었다. 그때는 소츠아

..

3) Пушкин А. *Собр. соч.: В 10 т.* М.: Терра, 1997. Т. 9. С. 129.
4) 〔역주〕 Илья Иосифович Кабаков, 1933~. 러시아와 미국의 화가이며 가장 유명한 모스크바 개념주의 예술가들 중 한 명이다. 2008년 부인과 함께 일본 황제의 예술상을 수상했다. 1988년부터 뉴욕에서 거주하며 활동하고 있고, 1989년부터 부인이자 조카인 에밀리야(1945~)와 공동으로 작업하고 있다. 그의 그림은 '트레티야코프 갤러리', '에르미타주 미술관', '러시아 박물관' 등에 소장되어 있다.
5) 〔역주〕 Эрик Владимирович Булатов, 1933~. 러시아의 화가이며 소츠아트의 창시자들 중 한 명이다. 1958년 수리코프예술대학을 졸업하였고 1957년부터 모스크바에서 전시 활동을 시작하였으며 1973년부터는 해외 전시를 하였다.
6) 〔역주〕 Андрей Викторович Монастырский, 1949~. 본래의 성은 숨닌(Сумнин)이다. 러시아의 시인, 작가, 화가, 예술 이론가이며 모스크바 개념주의 대표자들 중 한 명이다. 모스크바국립대학교 인문학부를 졸업했다. 모스크바 문학 박물관의 편집장으로 일했다. '러시아문학 발전을 위한 특별한 공로 부분'에서 안드레이 벨리상을 수상(2003)했고, 2008년 '전우(Соратник)'상을, 2009년에는 '혁신(Инновация)'상을 '예술 이론' 분야에서 수상했다. 1976년부터 현재까지 개념주의 경향의 단체 '집단행동(Коллективные действия)'의 참가자이며, 2008년부터 그룹 '카피톤(КАПИТОН)'의 참가자이다(자하로프(В. Захаров), 레이데르만(Ю. Лейдерман)과 함께). 『신예술의 모스크바아카이브(*МАНИ*)』(2010)의 편찬자이자 작가이다. 작품으로는 『시 선집(*Поэтический сборник*)』(2010), 『미학 연구(*Эстетические*

트의 절정기였고 불라토프의 작품들은 나에게 강한 인상을 주었으며 많은 부분에서 그들은 미학 전반에 대한 나의 태도를 변화시켰다. 이전까지 나는 역사적·문화적 과정들이 1920년대에 중단된 것으로 인식하였고 계속 과거에(미래주의자들, 다다이스트들, 오베리우[7] 회원들로서) 살았다. 그런데 이때 갑자기, 기괴한 소비에트 세계가, 자신의 법에 따라 존재하며, 문화 과정 사슬에서 완전히 동등한 권리를 가지며, 발전을 이끌어내기가 매우 용이한, 고유하고 유일무이한 미학을 가지고 있다는 것을 발견하였다. 역설적이지만 바로 이런 예술가들이 소설 집필을 하도록 내 옆구리를 찔렀다."(『자화상(*Автопортрет*)』(119))[8]

1978년부터 소설을 쓰기 시작해서[9] 장편소설 『줄(*Очередь*)』(1982~1983, 첫 출간은 1985년), 『네 사람의 심장(*Сердца четырех*)』(1993), 『노르마(*Норма*)』

⁝

исследования)』(2009) 등이 있다.

[7] 〔역주〕 ОБЭРИУ: Объединение Реального Искусства(현실 예술 연합). 1927년부터 1930년대 초 레닌그라드의 작가와 문화 인사들이 참여한 단체이다. 다닐 하름스, 니콜라이 자볼로츠키, 알렉산드르 베젠스키, 콘스탄틴 바기노프, 유리 블리디미로프, 이고르 바흐체레프, 도입베르 레빈 등이 회원으로 활동했다. 니콜라이 올레이니코프, 예브게니 시바르츠, 철학자 야코프 드루스킨, 레오니드 리팝스키 등이 이 단체와 가깝게 지냈고, 화가인 카지미르 말레비치, 파벨 필로노프 등도 이 단체에 동조했다. '오베리우' 예술가들은 전통적 예술형식을 거부하고 그로테스크, 알레고리, 부조리 시학을 숭배했다. 이 단체에 속한 많은 회원들이 탄압을 받았으며, 유형 중에 죽어갔다.

[8] 여기와 이후에서 소로킨의 『자화상』에 대한 인용은 Сорокин В. *Сборник рассказов* / Предисл. Д. Пригова. М.: Русслит. 1992에 의거하며 텍스트에는 쪽수만 표기한다. 인터뷰들 중 하나에서 소로킨은 다음과 같이 덧붙인다. "나에게 미친 영향에 대해 말하자면 문학보다는 영화와 조형미술이 나에게 더 많은 영향을 끼쳤다."(Интервью Т. Восковой с Владимиром Сорокиным // *Русский журнал*. 1998. 3 апр)

[9] 소로킨은 스스로 다음과 같이 인정하고 있다. "나는 맨 처음부터 자신을 예술가로 생각했지만 소설은 열네 살이 되어서야 시도하였고 매우 잠깐이었다. 그때는 어쩐지 모든 것이 너무 쉽게 되는 것처럼 여겨졌다. 그래서 흥미가 없었다."(『자화상』, 119)

(1994),[10] 『로만(*Роман*)』(1994),[11] 『마리나의 서른 번째 사랑(*Тридцатая любовь Марины*)』(1995), 『푸른 비계(*Голубое сало*)』(1999), 『향연(*Пир*)』(2000), 『얼음(*Лед*)』(2002) 등과 단편소설집, 희곡집, 시나리오 등을 집필하였다.

서구에서 소로킨은 안정된 인기를 누리고 있으며, 그의 작품들은 여러 나라에서 폭넓게 출판되고 있다. 러시아에서 소로킨은 "국제적 명성을 가진 작가가 된, 러시아 개념주의 소설의 유일한 대표자"[12]이다.

『러시아 악의 꽃(*Русские цветы зла*)』에서 빅토르 에로페예프는 소로킨에 대해 이렇게 언급한다. "사회주의리얼리즘의 쓰레기들" 위에 구축된, "그의 극단적으로 긴장되고 압축된 농축 텍스트"는 "성적 병리학, 식인, 시체 강간에까지 이르는 전체적 폭력" 등으로 구성되며, 소로킨의 "죽은 언어"는 "언어의 주술, 틀에 박힌 문구, 초현실적인 세계의 존재를 깊게 암시하는 신비주의적 방언들로 인광을 낸다."[13] "이 소설은 말 그대로 인분뇨, 식인, 사체 강간, 프로이트주의로 얼룩져 있다. 이것은 인간에 대한 75년간의 '공산주의적 양육' 이후 인간이 도달한 일종의 논리적 완성으로서의 사회주의리얼리즘이며 (…) 그는 사회주의리얼리즘을 계속해서 거의 자연스럽게 이런저런 추잡한 것으로 '흙칠을 하고 있다.'"[14]

∙∙

10) 〔역주〕Норма. '규범, 표준, 기준'이란 뜻인데, 여기서는 식품의 이름으로 쓰인 고유명사이므로 '노르마'라고 표기하도록 한다.

11) 〔역주〕Роман. '소설, 로맨스'라는 뜻인데, 여기서는 주인공 이름으로 쓰였기 때문에 '로만'이라고 표기하도록 한다.

12) Руднев В. Конец поствыживания // *Художественный журнал*. 1996. No. 9. С. 195~196.

13) Ерофеев В. Русские цветы зла // *Русские цветы зла: Сб.* / Сост. В. Ерофеев. М.: Зебра Е: Эксмо-Пресс. 2001. С. 28.

14) Гареев З. Они не требуют, чтобы их читали // *Огонек*. 1993. No. 1. С. 16.

그러나 감정적인 단어나 형용구들로부터 벗어나면, 가장 넓은 의미에서 소로킨의 창작 대상으로 여전히 남아 있는 것은, 모든 본질적인 결점과 격발, 사상과 이상, '열정과 철면피한 얼굴'을 가진 현대적 조건 속에서의(다소라도) 현대인, 현대사회, 현대 생활이다.[15] "소로킨의 책들에서 다루는 테마들은 무한하다. 아이들의 양육, 대학생 문제, 부부 생활, 섹스, 문학, 축구, 음악, 민족문제, 갈등, '아버지와 아들'. (…) 그러나 소로킨의 테마는 삶의 자아 인식이 아닌 문학의 자아 인식이다."[16]

실제로 소로킨은 삶을 '현실적으로·거울처럼' 반영하는 것이 아니라 포스트모더니즘적 세계관의 '굴곡들'을 가지고 개념주의의 수많은 거울 시스템(소위 '거울 너머 세계') 속에서 삶을 반영한다. 또는 D. 프리고프의 말로 하자면, "대상과 묘사하는 언어가 맺는 상호 관계의 연극"을 통해서, "대상 너머 다양한 언어들의 결합"을 통해서, "대상 언어로 교체하거나, 흡수하는 것"을 통해서, 따라서 "이런 연극의 범위 내에서 발생하는 문제와 효과들의 총합"을 통해서 반영한다.[17] D. 프리고프의 말에 따르면, 개념주의의 특징은 "한 (…) 텍스트 안에서 몇 개의 언어들을 종합하는 것인데 (…) 각각의 언어는 문학의 범위 안에서 정신세계와 이데올로기를 대표한다." 즉 "한 공간 내에서 이런 언어들이 종합되고 그 언어들은 상호의 야망을 허용하고 그 언어들 중 개개 요구의 불합리성을 비춰내서 자신들의 용어에 의해 특별하고 전체적인 세계의 묘사로 제한하며 (…) 불가능한 장소들로 보

..

15) 소로킨은 다음과 같이 말한다. "인간에 대한 폭력은 항상 나를 끌어당기던 현상이다."(T. 보스코바(Воскова)와의 인터뷰)
16) Вайл П. Генис А. Поэзия банальности и поэтика непонятного: (О прозе В. Сорокина) // Звезда. 1994. No. C. 189~190.
17) Пригов Д. Указ. соч. C. 417.

이는 삶의 예기치 못한 영역들을 비춰내며", "개념주의적 인식은, 그들의 범위 내에서 (…) 공리적으로 진실성을 미리 가정하여, 어느 한 언어에 대한 선호나 우월의 기호를 달아놓지 않는다."[18] 간단히 말해서 개념주의자들의 창작에서는 '무엇을' 창조했느냐가 아니라 '어떻게' 창조했느냐가 더 본질적이고,[19] 창작의 윤리적 측면보다는 미학적 측면이 더 중요하다. 소로킨은 이렇게 말한다. "나는 러시아 작가가 느끼는 것과 유사하게는 아무것도 느끼지 못했고, 내게는 러시아의 정신성에 대해서도, 러시아의 민족에 대해서도, 러시아의 미래에 대해서도 아무런 책임감이 없었다. 내게는 내 텍스트들에 대한 책임감만 있을 뿐이다."(『자화상』, 12)[20]

소로킨의 인터뷰 중에서

"기자: 당신이 펜을 든다는 것은 당신이 말할 것이 있다는 뜻 아닙니까.

소로킨: 문제는 상처 입고 세계와의 접촉을 찾지 못하던 아픈 사람들이 펜을

∵

18) Пригов Д. Указ. соч. С. 418.

19) 상기하자면, 포스트모더니스트들도, 개념주의자들도 1920년 형식주의 사조와의 계통적 친족성을 표명하였다. 비교할 것. В. 에이헨바움, 『고골의 「외투」는 어떻게 만들어졌는가』 (1919)(Эйхенбаум Б. *О прозе. О поэзии*. Л.: Художественная литература. 1986).

20) 이런 생각의 연속으로, 그의 "**글쓰기**(강조는 저자)는 그에게 '심리적으로'(그리고 '물질적으로') 존재할 수 있도록 해주는 테라피일 뿐이다"라는 소로킨의 말을 인용할 수 있다(참조할 것. *Образ без подобия: Сорокин В. Г.-Сорокин В. В. / Беседу ведет Л. Карахан // Искусство кино*. 1994. No. 6. С. 40). 비교할 것. К. 바기노프. "Козлиная песнь(염소의 노래)." "**글쓰기**(강조는 저자)는 물리적 과정이자 일종의 육체 정화와 유사한 무엇이라고 생각한다. 나는 내가 쓰고 있는 것을 좋아하지 않는다. 왜냐하면 진정한 작가라면 자신에게 결코 허용하지 않을 사실, 즉 그런 요구를 가지고, 은유를 가지고, 시적 교태를 담아 쓰고 있다는 사실을 분명히 알기 때문이다."(Вагинов К. *Соч.* М.: 1990. С. 212) 첨언하자면, 인용된 비교에서 바기노프의 주인공 목소리가 실제 작가 소로킨의 인터뷰에서 울려 나오는 포스트모더니즘적 상호 텍스트성의 독특한 발현도 발견할 수 있다.

든다는 것입니다. 건강한 사람은 현존하는 세계의 광경에 덧붙일 것이 아무것도 없습니다. 그는 그냥 살아가죠. 그런 사람에게는 존재하지 않는 세계들을 생각해낼 필요가 없습니다. 그에게는 이 세계도 아름답기 때문이죠. 세계와 타협점을 찾지 못한 사람, 이 세계가 위협하는 사람이 펜에 끌리는 겁니다.

그러나! 문학은 사람들에게 아직 필요합니다. 작가가 생산해내는 마약을 맞을 준비가 된 사람들이 있습니다. 그런 사람들이 수백만입니다. (…) **나는 나 자신을 위해서 씁니다.**(강조는 저자) 나는 자신이 마약중독자이기 때문에 마약을 생산하는 화학자와 같습니다. 나는 처음에 자신이 먼저 빠져들어 마약을 붙잡습니다. 그런 후에야, 원하는 사람도 해볼 수 있는 거죠."[21]

소로킨의 다른 인터뷰 중에서

"기자: 어떤 작가와 시인들이 당신의 창작에 영향을 미쳤나요?

소로킨: 내 어린 시절의 상처들이 첫 번째로 영향을 미쳤지요. 그런 상처들은 내게 충분했어요. (…) 나는 상당한 자폐아였고, 나는 몰입하여 있었고, 환상의 세계와 현실 세계라는 마치 두 세계에 동시에 살고 있는 것 같았어요."[22]

이런 의미에서도 소로킨은 실제로 "전통적 개념주의자"(V. 포타포프의 정의에 따른 것이고, 단순히 '다른' 소설가가 아니라 '전혀 다른' 소설가이다[23])이다. 그런 소설가는 주로 대상이 아니라 예술(회화, 그래픽, 문학, 영화[24]) 속에서

••

21) "Россия - это снег, водка и кровь"/ С В. Сорокиным беседовала Ю. Щигарева // *Аргументы и факты.* 2001. 15 дек.
22) Т. 보스코바와의 인터뷰중에서.
23) Потапов В. На выходе из "андеграунда" // *Новый мир.* 1989. No. 10. С. 253.
24) 소로킨 창작에서 회화(그래픽)와 문학적 개념주의의 '연관'은, 예를 들어 장편소설 『네 사람의 심장』에서, 예술 전시회 때 유리 밑에 전시되던, 타이프 친 페이지들의 출품 사실

대상의 구현 가능성을 가지고 집필하며, 인생 자체가 아니라 인생이 구현되는 수단들을 반영한다. 소로킨 텍스트의 '말하는 디테일들'은 묘사의 주체나 객체가 아니라 서사의 언어와 스타일, 양식과 성격이 된다.

그러나 주지하다시피, 포스트모더니즘(개념주의) 시학에서 언어와 스타일은, 개별적 존재가 아닌 집단적 존재의 카테고리들이다. 창작 수법의 개별적 양식의 특징들은 당면성을 상실하고 구별성은 '스타일 전체'를 표현하는 능력을 획득한다. "소유의 부재는 화자의 관점을 규정하는 특징이며", "개성은 유일무이하거나 독창적인 발명이나 창작으로 표현되는 것이 아니라, 개성은 주어진 공식들의 조합이나, 단지 가끔 이름을 알 수 있는 유명인들의 떠도는 문구들의 조합으로 귀착된다." "독창성은 위조의 완성도에 있거나, '다른 것' 즉 타자의 것을 고유의 것으로, '자신의 것'으로 변형하는 완성도에 있다."[25] 이런 의미에서 소로킨은, 어쩌면 모든(타자의) 스타일, 슈제트, 형상, 사상, 파토스를 재능 있게 재생산할 수 있는 가장 훌륭한 '조합가'이고 '위조자'이다. '타자의 확산'은 작가의 의도된 기법이 된다.

소로킨은 다음과 같이 말하다. "'정상적인' 작가는 개념주의자와 어떻게 다른가? 정상적 작가는, 나보코프나 카프카를 알아볼 수 있듯이, 독자에 의해 파악될 수 있는 문학적 스타일을 가지고 있다는 것이 다른 점이다. 그러나 내게는 한 번에 영원히 선택된 스타일이 없다. 나는 단지 다양한 스타일과 문학적 기법들을 이용할 뿐이며 그런 것의 밖에 머물러 있다.

∵

에서 나타난다(이에 대해서는 다음을 참조할 것. Курицын В. *Русский литературный постмодернизм*. М.: ОГИ. 2001. С. 113).

25) Хансен-Леве А. Эстетика ничтожного и пошлого в московском концептуализме // *Новое литературное обозрение*. 1997. No. 25. С. 230.

내 스타일은 이런저런 양식의 창작 수법들을 이용하는 것이다. (…) 내 모든 책은 텍스트와의 관계일 뿐이고, 고양된 문학적 언술 층위로부터 시작해서 관료주의적이거나 상스러운 언술 층위로 끝나는 다양한 언술 층위들과의 관계일 뿐이다."(『자화상』, 120~121)

P. 바일과 A. 게니스는 이렇게 말한다. "블라디미르 소로킨은 소비에트 문학의 모든 스타일을 구사하며 불안한 분위기를 자아낼 줄 아며, 확신 있는 대화를 만들어내고, 장면들과 성격들을 생동감 있게 묘사할 줄 안다. 즉 보통 아방가르드 예술가들에 대해 생각하는 것과는 달리, 소로킨의 경우에는 피겨스케이팅에서처럼, '규정 동작'을 통과할 필요가 없으며, 그는 그 동작을 세부까지 알고 있다. 이 때문에 소로킨에게는 고유한 스타일이 없다. 그는 '타자의 언어'를 건설자재처럼 사용하면서 자유자재로 조합한다."[26]

S. 코스티르코는 다음과 같이 언급한다. "소로킨은 정말 재능이 있다. 그에게는 보기 드문 스타일 감각과 언어 감각이 있다. 그가 문학에서 행하고 있는, '소츠아트'라고 불리는 작업은 사산된 문학 스타일들 또는 언젠가는 살아 있었지만 시간이 흐르자 죽어버린, 다양한 해석의 '사회주의리얼리즘'부터 소위 1960~1970년대 '청년-고백' 소설에 이르기까지 온갖 문학 스타일들의 독특한 뒤집음이다. 소로킨은 문학 스타일들의 까다로운 냄새에 아주 민감하다."[27]

Z. 지니크는 이렇게 언급한다. "소로킨은 (…) 혁명 전 진부한 문구들을 젊은 프롤레타리아 국가의 새 언어(Новоречь)와 대비하던 '오베리우' 회원

••

26) Вайль П., Генис А. Указ. соч. С. 190~191.
27) Костырко С. Чистое поле литературы: Любительские заметки профессионального писателя// *Новый мир*. 1992. No. 12. С. 254~255.

들이 맨 처음에 한 러시아 부조리주의의 오래된 전통을 계승한다."[28]

『러시아 악의 꽃』에서 빅토르 예로페예프에 의해 정의된 소로킨 소설의 주된 기법은 "서사의 돌발적 붕괴"[29]이다.

V. 루드네프는 다음과 같이 말한다. "처음에는 평범하고 약간 지나치게 풍부한 패러디를 담은 소츠아트 텍스트가 나온다. 사냥, 콤소몰 모임, 당위원회 회의에 대한 서사가 이어지다가, 갑자기 전혀 예기치 못하게 근거 없이, 어떤 끔찍하고 무서운 것으로의 실용주의적 붕괴가 일어나는데, 그것이 소로킨에 따르면 진정한 현실이기도 하다. 마치 부라티노[30]가 난로가 그려진 캔버스를 자기 코로 꿰뚫자, 거기서 작은 문이 아니라, 현대 공포 영화들에서 보여주는 것과 비슷한 것을 발견했던 것과 같다."[31]

S. 코스티르코는 이렇게 언급한다. "처음에는 익숙한 냉혹함들을 절묘한 스타일로 그려낸다. (…) 그리고 부조리한 결말은 인용된 스타일의 내적 부조리함, 부자연스러움, 출발 상황에 비해서 더 믿을 만한 대립성으로 동기화된다."[32]

V. 쿠리친은 다음과 같이 말한다. "그가 그려내는 서사는 보통 이런 과정을 따른다. 이런저런 추론을 순수하게 있는 그대로 묘사함으로써 서사를 시작하여, 이해할 수 없는 언술이 계속해서 증가하거나 (…) 믿을 수 없는 폭력이 나오거나, 이 두 방법들 중 하나로 그 서사를 종결한다."[33]

••

28) 『자화상』, 130쪽에서 재인용.
29) Ерофеев В. Указ. соч. С. 28.
30) 〔역주〕부라티노. A. N. 톨스토이의 동화 『황금 열쇠, 또는 부라티노의 모험』(1936)의 주인공인 나무 인형이다. 부라티노의 원형은 카를로 콜로디의 동화 속 주인공 피노키오이다.
31) Руднев В. Словарь культуры XX века: Ключевые понятия и тексты. М. 1999. С. 138.
32) Костырко С. Указ. соч. С. 244~255.
33) Курицын В. Указ. соч. С. 96.

M. 리포베츠키는 이렇게 언급한다. "사회주의리얼리즘의 비독창적 서술에서 피가 낭자하고 구역질 나는 대단한 인형극, 또는 (…) 무의미한 것들의 나열, 단순한 글자들의 모음으로 갑자기 이행한다."[34]

S. 카시야노프는 다음과 같이 말한다. "이런 기법은 마르코프–알렉세예프 짜깁기 통일 기법의 표본 직물인데, 소위 꼿꼿한 시베리아 버드나무와, 준비되지 않은 독자들의 눈에는 너무나도 무자비하게 보이는 공포 영화의 병리학을 충돌시키는 것이다."[35]

인용된 '정의들'이 부정확하다고 하더라도(소로킨은 항상 '콘셉트'로서 사회주의리얼리즘 문학의 텍스트를 선별하는 것은 아니다[36]), 소로킨 소설의 기본적이고도 거의 유일한 기법(빅토르 예로페예프에 따르면 "기법의 반복성은 처음의 인상을 점차로 약화시킨다"[37])은, 이미 오래전에 잘 알려진 것에 대해 새로운 관념들을 낳게 하는 서사의 '파괴', '뒤집음', '변형' 등을 통한 다양한 예술 스타일들의 '모방'과 '조합', 그것들의 충돌, 혼합, 겹치기, 대립이라고 결론 내릴 수 있다.

이렇게 단편들에서 소로킨은, 소츠리얼리즘의 "이데올로기적 구성과 심리적 도식의 불합리성과 내적 빈약성을 보여주기 위해서", "서사의 돌발적 붕괴"로 그것을 보충하여, 전통적인 러시아와 소비에트 사회주의리얼리즘

..

34) Липовецкий М. *Русский постмодернизм: Очерки исторической поэтики.* Екатеринбург. 1997. С. 257.

35) Косьянов С. Размышления об одиноком прохожем // *Юность.* 1994. No. 3. С. 83.

36) 예를 들어, 엡슈테인은 소로킨의 창작과 관련해서 소츠아트 외에도 '루스아트(рус-арт)'나 '프시흐아트(псих-арт)'에 대해서 언급하고 있다(참조할 것. Эпштейн М. *Постмодерн в России: Литература и теория.* М.: Изд-во Р. Элинина. 2000. С. 83).

37) Ерофеев В. Указ. соч. С. 28.

소설의 슈제트 전개의 전통적 특성을 재능 있게 "모방한다."[38]

"직접화법의 소설"[39] 『줄』에서 소로킨은 구두-언술 말투와 인물이 '조합'하는 것을 보여주고 있는데, 이때 줄은 "사회적 현상으로서가 아니라 특수한 언술 실천의 구현자로서, 문학 외적인 다음성적 몬스터 같은 존재로서" 소로킨의 흥미를 끈다.(『자화상』, 121) 독자에게 "줄은 현실의 상징이고 현실의 세계 형상"인데, 거기서는 "조화로운 합창으로 하나가 되지 않으며, 개별적 목소리들이 울려 퍼지며, 대답과 대화들이 교차하는데", G. 네파기나가 지적하듯이,[40] 단순히 "카오스를 소리의 이미지"로 만드는 것이 아니라, 슈제트나, 서사의 내적 갈등의 캔버스를 섬세하고도 세련되게 이루어낸다.[41]

장편소설들에서 (A. 게니스의 말에 따르면) 소로킨은 독자에게 '테마의 의미성'을 버리게 만들며, 책에서 '내적 사유'를 배제하며, 문학에서 '도덕적 방향성'을 삭제하며, 그 대신에 '형식적 원칙들의 모음', 즉 '언어들의 상관관계, 텍스트적 용량들의 분배, 스타일적 관점들의 유희'를 제안한다. 즉 "저자는 **그것의 의미 너머에서**(강조는 저자) 서사 구조를 조정한다."[42]

'의미 너머에서' '조정'을 수행하는 소로킨의 탁월한 예는 장편소설 『네

••

38) Нефагина Г. *Русская проза второй половины 80-х-начала 90-х годов XX века*. Минск. 1998. С. 170. 소로킨 단편들에서의 '소츠리얼리즘의 원형 슈제트' 분석은 다음을 참조할 것. Липовецкий М. Указ. соч. С. 252~274.〔глава "Контекст: мифология абсурда: (Поэтика соц-арта)"〕

39) Добренко Е. Преодоление идеологии: Заметки о соц-арте//*Волга*. 1990. No. 11. С. 175.

40) Нефагина Г. Указ. соч. С. 166.

41) 이 경우에 소로킨의 소설과 L. 루빈슈테인의 '어구·대화적' 서사시(фразо-диалогичные поэмы)와의 '개념주의적' 유사성에 대해 언급할 수 있다.

42) Генис А. *Иван Петрович умер: Статьи и расследования*. М.: Новое литературное обозрение. 1999. С. 79.

사람의 심장(*Сердца четырех*)』이다. 이 작품은 초고의 형태로 1992년 부커상의 최종 심사까지 올랐다.

소설 『네 사람의 심장』에서 소로킨은 탐정소설적·모험적 서사 방법의 장르적·스타일적 특징들을 재능 있게 '위조하여', 흥미진진한 모험 스릴러의 특징들을 재현하지만, 전체적으로는 그런 특징들의 최종적(익숙하게 이해되고 설명되는) 의미와 동기화를 박탈한다. 사실주의적 기법을 이용하여, 소로킨은 서사의 사상적·의미적 요소를 소멸시킨다.

슈제트의 차원에서 소설은 네 명의 영웅('네 사람의 심장들') 결사가 보여주는 끔찍한 '모험'의 사슬이다. 열세 살짜리 소년 세료자(Сережа), 불구 노인 겐리흐 이바노비치 시타우베(Генрих Иванович Штаубе), 젊은 여인 올가 블라디미로브나 표스트레초바(Ольга Владимировна Пестрецова), 그룹의 지도자 빅토르 발렌티노비치 료브로프(Виктор Валентинович Ребров), 이렇게 네 명은 숭고하고 중요하고 결말에서야 달성되는, 그들만 알고 있는 어떤 목적을 위해서, 폭력, 범죄, 악행을 저지르며, 스스로 멸시를 당하고 모욕을 감수하고 고통을 자처한다. "『네 사람의 심장』은 행동들로 포화된 소설이지만, 일어난 사건의 의미를 독자에게는 숨긴다. (…) 슈제트는 모든 법칙들에 따라 구성되고, 그것을 설명하는 모티프들은 제외된다. (…) 소로킨은 모험소설의 골격을 노출하면서, 의도적으로 모티프들 없이 파불라를 남겨둔다. 슈제트 진행은 비밀스러운 방향에서 불분명한 형식으로 행위를 발전시킨다."[43] 다시 말해서 소로킨은 "슈제트를 완전히 불명료한 모티프들을 가진 매우 명료한 사건들의 순차성으로서 이루어낸다."[44]

••

43) Там же. С. 74.
44) Курицын В. Указ. соч. С. 114.

실제로, 주인공들은 "가슴이 섬뜩하도록 상세하게" 묘사되는 수많은 살인을 저지르는데, 그중에는 극진히 사랑하는 것 같은, 료브로프 어머니를 살해하는 것도 포함된다. 소설의 결말에 가서야 그런 살인들을 저지른 이유가 드러나는데, 그것은 "정교한 자살"을 감행하기 위한 것이었거나, 아니면 "특별한 사후 존재"로 이행하기 위한 것이었으며,[45] "큐브에 압착되고 냉동된 네 사람의 심장은 롤러에 떨어졌으며, 거기서 놀이 주사위로 상표가 붙여졌다."[46]

외적 사건의 차원에서 내용은 분명히 '의미 너머에' 위치한다. 텍스트의 '수사학적' 성격은 소로킨의 아직 집필되지 않은 다음 작품들 없이는 예측되지 않는다. 그런데 A. 게니스는 소설의 숭고하고, 텍스트 외적인, 즉 '형이상학적인' 의미를 살펴보는데 그 의미는 소로킨이 '왜' 그렇게도 '이상하고 끔찍한' 작품을 집필했는지를 설명해준다.

A. 게니스는 이렇게 말한다. "소로킨의 테제는 다음의 형식으로 나타낼 수 있다. 사람이 '송장에 의해 무거워진 영혼'이라고 한다면 작가는 가장 독창적이고 혐오스러운 방법들을 통해 영혼을 육체로부터 해방시킨다. (…) 소로킨은 자신의 소설을 통해 독자에게 다음과 같이 독살스럽게 물어본다. 정말 당신은 삶이라고 불리는 이런 빈곤한 공포 영화가 진정한 존재라고 믿고 계십니까? 당신은 내가 벌여놓은 도살장의 모습에 갑자기 불안해지셨습니까? 영원한 삶, 불멸의 영혼에 대한 당신의 믿음은 도대체 어디있습니까? 변신의 기적에 대한 믿음은? (…) 주인공들의 영혼은, 마침내, '그들에게 짐처럼 지워진 송장들'로부터 해방되었다. 그 송장들로부터 심

••

45) Кузнецов И. Жидкая мать, или Оранжерея для уродов // Литературная газета. 1994. No. 16 марта. С. 6.
46) Сорокин В. Сердца четырех. М.: Ad Marginem. 2001. С. 128.

장만, 다른 말로는 신의 불꽃들만 남았는데, 그것으로부터 모든 것이 시작되었고 그것으로 모든 것이 끝이 났다. 이제 그들은 신만이 알고 있는 법칙에 따라 놀음 한판을 하게 되는 새로운 주사위의 모습을 취한 후 태초 어머니의 세계로, 존재의 대양(大洋)으로 되돌아갔다. 거짓 모험들, 가짜의 진행들, 유사 행동들과 사이비 고통들로 채워진 소설은 현세적 인간 삶의 패러프레이즈이다. 소로킨에 따르면, 인간의 영혼을 기다리고 있는 영원함을 염두에 둔다면 삶은 영혼에게 아무런 의미를 가지지 않는다."[47]

소설의 사상은 게니스에 의해 '끝까지 숙고된 것 같지만' 소로킨의 실제 구상과는 조금도 관련이 없는 것 같다. 소로킨의 실제 구상은 오히려 "부정의 긍정"(Ju. 크리스테바), 위와 아래의 뒤집음을 통한 체계의 탈위계화('모래시계의 원리')의 방향을 따라 진행하고 있다. 그러나 개념주의적(정의에 따르면 '무의미한') 텍스트 속에서 '의미'를 찾는 포스트모더니스트 비평 자체는 포스트모던의 '러시아식 이설'에서 매우 특징적이고 시사적이다. 이론의 차원에서 게니스는 포스트모던의 가정들을 의식적으로 신뢰하며, 그런 가정들을 공유하고 있는 것 같지만, 예술적 경험과 러시아의 전통은 그런 가정들의 보편성과 포스트모더니즘에 대한 '러시아적 이본'의 적응성을 무의식적으로 의심하게 만든다.

한 출판사에서 동시에 출간되고,[48] 동일한 형식으로 인쇄되고(사실상 2권으로 된 책이라고 말할 수 있다), 소설 제목들이 알파벳을 바꾸는 기법으로 만들어진(똑같은 글자인 'a', 'н', 'o', 'p' 'м'으로 이루어졌다), 소로킨의 장편소설 『노르마』와 『로만』은 독특한 2부작이다. 두 소설은 모두 고전소설, 즉 노벨

••

47) Генис А. Указ. соч. С. 75~76.
48) Сорокин В. 1) *Норма*. М.: Obscuri Viri; Три кита. 1994; 2) *Роман*. М.: Obscuri Viri; Три кита. 1994.

라의 연작들(예를 들어 D. 보카치오의 『데카메론』)이나, 동일하게 순차적으로 전개되는 슈제트를 가진 소설(예를 들어 I. 투르게네프의 소설들)의 '모범적' 형식에 대한 개념주의적 패러디이다.

『노르마』의 제1부는 고전(이 경우에는 사회주의리얼리즘)소설에서 익숙하게 접하는 짧은 노벨라-스케치들을 엮는 것으로 구성된다. 그 노벨라들은 처음에는 충분히 분명하게 드러나지 않지만 점차적으로 그리고 소로킨식으로 예기치 않게 밝혀지는 공통의 주제와 연관된다. '노르마'라 불리는 특별한 식품의 식용에 대한 것인데, 그것은 공장 제조 방식에 의해 셀로판으로 정교하게 포장된 압착물의 형태로, 유치원들이 국가에 공급하는 배설물들이다.[49]

소설의 사건들은 사회주의리얼리즘의 유명하고 불변하는(상황적으로도, 문체적으로도) 진부한 문구들의 조합으로 구성되며, 서사의 등장인물들이 유기적으로 빠져드는 소비에트 생활양식·실재의 익숙하고 관습적인 모델을 재현한다. 유일한 '위반'은 이미 언급된 '노르마'인데, 소설의 예술적 공간의 경계 안에서 주인공들은 그 노르마에 대해 전율을 느끼며, 경건하고, 고결하게 대한다. 이렇게 제1부의 마지막 노벨라들 중 하나에서 주인공(건설 노동자)은 사고로 두 손이 절단되고, 병원에 누워서 그는 애수와 갈망으로 외투 주머니 안에 넣어두었다가 잊어버렸던 '노르마'에 대해 떠올린다. 누이는 '조금도 주저하지 않고' 그에게 자청해서 '노르마'를 가져다주겠다고 할 뿐만 아니라 그것을 먹도록 도와주겠다(숟가락으로 떠서 먹여주겠다)

..

49) 배설물 식용 모티프는 소로킨의 많은 작품들에 특징적이다. 특히 그런 모티프는 '단편적으로' 『네 사람의 심장』에도 존재한다. 비록 다른 '내용적' 충만함을 담고 있다고는 하지만 유사한 모티프('이차적 식품')는 V. 보이노비치(B. Войнович)의 『모스크바 2042(Москва 2042)』에서도 발견된다(Войнович В. Москва 2042. М.: Вагриус. 2000. С. 215 등).

고 약속한다. 소로킨의 유희적 희극성은 또다시 '뒤집음', 부정의 긍정화, 전혀 이상적이지 않은 것('폐기되는 것')을 이상의 수준으로까지 높이는 것 등을 분명하게 기초로 하고 있다. 저자는 다른 것을 대신해서 하나의 위계적 정점을 세우고, 냉소주의로 슬쩍 교체하여 뒤흔들어놓으면서 유쾌하게 '속이기' 놀이를 하고, 그런 놀이의 법칙들을 받아들이지 않았거나 인정하지 않던 비평가들과 독자들을 당황하게 만든다.

『노르마』의 제2장에는 '정상적'이라는 한정어를 가진 수많은 합성어들이 나오는데('정상적 인간'과 '정상적 삶'부터 시작해서 '정상적 대변'과 '정상적 궤양'을 거쳐 '정상적' 옐친, 주가노프, 바사예프, 레베디 등에 이르기까지), 이들은 탄생에서 죽음에 이르기까지 소비에트 인간의 '정상적' 삶을 상징하며, 현대적(포스트소비에트) 상황을 너무나 정확히 특징짓는 '전체적 평균화, 사회적 · 문화적 우월권의 완전한 부재'에 대한 증거가 된다.[50]

2부작의 또 다른 소설 『로만』은 '슈제트를 기반으로'(전공은 법률가이고 정신은 예술가인 주인공 로만은 회화에 전념하기 위해서 수입 좋은 변호사라는 직업을 버리고 시골의 아저씨[51]를 찾아간다. 거기서 한가하게 대화로 시간을 보내고 숲을 거닐고 사냥을 하고 매력적인 아가씨 타티야나를 사랑하게 되고 결혼하게 된다 등) 구성되어 있고, 비평가들이 인정하는 바로는 '좀 더 세련된' 텍스트

..

50) Руднев В. *Словарь культуры XX века*… C. 198.
51) "손님을 환대하기 좋아하는 아저씨 안톤 페트로비치(Антон Петрович)는 왕년에 배우였다. 지주가 된 배우, 또는 배우였던 영지의 상속인 젊은이…… 전형적이지 않은 경우다. 배우가 영지를 살 수 있을 정도로 돈을 많이 벌 수 있었을 리가 없고, 좋은 집안의 귀족이 친척들과 단절하고 상속 박탈을 대가로 하여 배우가 될 리도 없기 때문이다. (…) 여기서 소로킨은 무엇인가 이상하다는 것을 독자들이 알아차리게 하기 위해 이것이 필요했던 것이 분명하다."(Тух Б. *Первая десятка современной русской литературы: Сб. очерков*. М.: 2002. C. 293)

이다.[52]

『로만』의 제1부 슈제트 전개에서는 거의 모든 모티프가 러시아의 소설들로부터, 즉 A. 오스트롭스키, I. 투르게네프, I. 곤차로프, F. 도스토옙스키, L. 톨스토이, K. 악사코프의 작품들에 들어 있는 단편(斷片)들로부터 인용한 것인데, '19세기 전통적 소설 사상의 종말'[53]을 보여준다.

제2부는 장르적 관계에서 좀 더 '섬세하다.' 여기서는 삽입 노벨라, 서간체 소설, 소비에트 시와 노래의 단편들, '아브라카다브라'로 끝나며 '러시아소설과 모든 예술 창작수법 전체의 종말'을 상징하는, '상호 텍스트'라는 테마의 콜라주가 등장한다.[54]

소로킨 소설의 마지막 문구는 다음과 같다. "로만(구체적 경우에는 로만이라는 이름의 주인공이고 전의적·일반적 의미로는 소설 장르—저자)은 죽었다."[55] 비교할 것. A. 비토프: "소설은 끝났지만 삶은 계속된다."[56]

비평가들의 의견에 따르면, 소로킨은 설명하기 어려운 다양한 사건들이 빈번하게 발생하는 것을 서술하는 소설에서, 작품들의 주인공이 '강제적 언술 행위'[57]가 되고 그것으로 단순히 세계의 복사가 재현되는 것이 아니라 세계의 구두 모델이 형성되는 쪽으로 진화한다.

소설 『마리나의 서른 번째 사랑(*Тридцатая любовь Марины*)』(1984)도 '구

∴

---

52) Руднев В. *Словарь культуры XX века*··· С. 198.
53) Тух Б. Указ. соч. С. 197.
54) Руднев В. *Словарь культуры XX века*··· С. 196~197.
55) Сорокин В. *Роман*. С. 219.
56) Битов А. *Статьи из романа*. М.: Советский писатель. 1986. С. 154.
57) Рыклин М. *Террорологики*. Тарту: Эйдос. 1992. С. 206.

조적' 차원에서 매우 대표적이며 시사적인 것으로 간주할 수 있는데, 이 작품에는 소로킨 시학의 수많은 특징과 창작 기법 특징들이 반영되어 있다.

소설의 행위는 1980년대 초를 시간적 배경으로 한다. 여자 주인공은 젊은 여자 마리나(이후에는 알렉세예바 동무)다.

"마리나는 커다랗고 약간 사시인 갈색 눈, 부드러운 얼굴 윤곽선, 균형 잡히고 날렵한 몸매를 가진 아름다운 서른 살의 여인이었다.

그녀의 생글거리는 약간 통통한 입술, 재빠른 시선과 재빠른 걸음걸이는 돌발적이며 불안정한 성격을 내비쳐주었다. 피부는 부드럽고도 거무스름했으며 두 손은 우아했고 손가락은 가늘고 길었고, 손톱은 이 봄에 맞게 진주 빛 매니큐어가 칠해져 있었다."(34)[58]

마리나는 "모스크바 근교 단층짜리 마을"(34)에서 태어났다.

그녀의 아버지는 "화학 공장에서 엔지니어로 일했다."(35) 그는 "딸과 놀기를 좋아했고, 버섯 따는 것을 가르쳤고, 두 그루의 소나무 사이에 매달아둔 그물 침대에서 흔들거리며, 작은 얼굴을 찡그려가면서, 우습고 시시한 말들을 들려주었다."(34)

어머니는 "직장에 다니지 않았고, 동네 아이들에게 음악 수업을 해주었고, 타자 원고를 집에 가져왔으며", "그녀는 두 발을 겹치고 베개에 아름다운 머리칼을 흐트러뜨린 채 계속해서 담배를 피우면서 대부분의 시간을 커다란 메탈 침대에 누워서 보냈다"(36).

어머니 덕분에, 그 후엔 할머니 덕분에 마리나는 음악교육을 받았고("다섯 살 때 마리나는 이미 게디케[59]의 왈츠와 연습곡들을 연주하였다"(37)], 지금은

..

---

58) 여기와 이후에서 소설 『마리나의 서른 번째 사랑』은 Сорокин В. *Тридцатая любовь Марины. Очередь.* М.: Б. С. Г.-Пресс. 1999에서 인용하며, 텍스트에는 쪽수만 표기한다.

59) [역주] 모스크바 출신의 작곡가인 알렉산드르 게디케(1877~1957)의 작품들을 일컫는다.

소형 압축기 공장의 문화궁전에서 "노동자의 자녀들에게 포르테피아노 연주를 가르치고 있다."(34)

마리나에 대한 서사는 3인칭을 통해 외적·객관적 방식으로 진행되지만 ("마리나는 한숨을 쉬었다", "마리나는 들어왔다", "그들은 껴안았다"(7)), 여자 주인공이 언술하는 의사 직접화법의 주관적·서정적 어조를 띠고 있으며, 그녀의 의식과 세계관이 보여주는 개인적·개성적 인상들로 채색되어 있다 ("그가 오랫동안 문을 열지 않았던 것과, 그의 짙은 체리 색 비로도 가운 주름 속에 남아 있던, 약간 감지되는 대변 냄새로 판단해보건대, 마리나의 벨 소리를 그는 화장실에서 들었던 것이다"(7)).

개념주의 예술에서는 선험성이 '개념주의적 복사'가 창조되는 '원본 텍스트'의 존재를 전제로 한다는 사실을 고려한다면, 『마리나의 서른 번째 사랑』에서도 '원천 텍스트'(들)이 존재해야만 한다.

소로킨의 말에 따르면, "'마리나'(즉 자신의 작품—저자)는 주인공의 구원에 대한 소설 장르로 창작되었다. 이 경우에는 개인주의화로부터의 구원에 대한 것이다. 이것은 뒤집힌 톨스토이의 『부활』과 비슷한 그 무엇이다." (『자화상』, 124~125)

전체적으로 (시작을 위해서) 이 소설의 그런 '모델'을 받아들인다면 좀 더 유사하고 구체적이며 지배적인 모델들에 대해서도 말할 수 있는데, 그런 모델들 중에서 첫 번째는 '여성 소설'이다(그것도 이 소설에서 묘사되고 있는 시대인 1980년대의 여성 소설인데, 즉 바네예바와 나르비코바부터 톨스타야와 페트루솁스카야까지다). 이미 이러한 점에서 작가 소로킨이 제시한 텍스트 해석에서 '벗어나게 된다.'

소로킨에 따르면, "전체주의 사회에서는 개인주의화가 끔찍한 장애"이고 그래서 결말에서 마리나는 "개인주의화로부터 해방되어 무개성의 '집단'으로 합류한다면"(『자화상』, 124~125), 즉 마리나를 한 인성으로 검토하는 것이 제안된다면, 텍스트가 보여주듯이 그의 여자 주인공은 개인으로 존재한 것이 아니었다. 오히려 그녀는 현대적(1980년대 소설 속) 젊은 아가씨에 가깝고, 그런 아가씨에게는 모든 것이 '적당하게', 모든 것이 '약간씩'이다.

소로킨은 실제로 (**내용의 차원에서**) 적당하게 젊고('님프'지만 '님펫'으로 보기에는 이미 '다 커버렸다'(129)), 적당하게 아름답고, 적당히 교양 있고, 적당히 지적이고, 적당히 감수성 있지만, 깊이는 없는 현대적 여성의 '평균적으로 전형적인' 형상을 창조한다.

소로킨의·묘사에서 마리나는 '전형적으로 여성답게' 조리 없고, 돌발적이고, 비논리적이다. 그녀는 사랑하지도 않는 사람(발렌틴(7~27))과 행복하게 시간을 보낼 수 있다. 그녀는 오래된 남자 친구(토니(207~217))와 쉽게 다툴 수도 있다. 그녀는 정열적인 사랑의 장면 이후에 거의 곧바로 거칠게 자신의 '거대한 사랑'(사샤(186~190))을 내쫓아버릴 수 있다. 다시 말해 '여성답게'(남성들과의 관계에서 여성처럼) 마리나는 표면적이고 깊지 않다.

그녀는 음악적 교양이 있다. 주인공들 중 한 사람의 말에 따르면 "쇼팽의 기질"을 예민하게 느끼며, 그녀에게는 "도-마이너의, 서른 살 그녀 인생의 전부를 불기둥으로 꿰뚫는 그녀의 녹턴"이 있다.(28) 그러나 그녀는 이런 녹턴을 연주할 줄 모르며("나는 그 녹턴을 어떻게 연주해야만 하는지는 알고 있다. 그러나 연주할 줄 모를 뿐이다"(31)) '초보적인' 연습곡 외에는 다른 진지한 음악도 연주할 줄 모른다. 문제는 그녀의 부러진 다섯 번째 손가락에 있는 것도, 음악 선생님에게는 그 자체로도 이상했던, 그녀의 진주 빛나는 길고 '새같이 가는 손톱'(27)에 있는 것도 아니며, 그녀가 (그녀 자신의 표현에 따르면) "단지 악보로만"(25) 음악을 받아들일 수 있다는 데 있었다.

아마도 그녀는 신을 믿는 것 같다. 첫 장면에서 이미, 마리나는 식탁에 앉아서 "성호를 그었다"(23)라고 언급되고 있다. 그녀의 오래된 상자에는 성경과 기도 책이 보관되어 있다.(150) "공연히" 또는 "진정으로" 마리나는 다음과 같이 말한다. "이 모든 것은 내 죄 때문이에요. 평생 죄를 지었고, 이제 벌을 받는 거죠. 하느님, 저를 용서하세요."(201) 또는 (거의 차에 치일 뻔했을 때) 이렇게 말한다. "이렇게 신에게 더 빨리 갈 수도……."(145) 또는 열정적으로 기도에 몰입할 수도 있다.(218) 그러나 이때에 그녀 자신도 "교회에는 한 100년은 가지 않았다"고 인정하였다. 문제는 물리적으로 "가지 않은" 것에 있는 것이 아니라, 종교와 교회에 대한 그녀의 관계 전부가 표면적이고 외적 행위적인 성격만을 띤다는 것에 있다.

마리나는 '위대한 사람들의 인생'(시리즈 문고 『위대한 사람들의 인생』)을 책으로만이 아니라 '삶으로도' 알고 있다.

다음과 같은 언급들을 보면 그녀는 다독했어야만 한다. "어린 시절에 이미 나는 화형당한 중세 주인공들에 대한 책들을 읽고는 눈물을 하염없이 흘렸다."(121) "17세에 마리나는 히피들과 접하게 되었다. 그들은 그녀에게 주위 세계에 대한 눈을 열어주었고 그녀에게 책들을 주기 시작했다." (121) 18세에 그녀는 "아그니-요기,[60] 스베덴보르그,[61] 샴발라,[62] 물속으로 사라진 키테주 도시, 즈벤타-스벤탈라(Звента-Свентала), 야로스베트

··

60) 〔역주〕 종교철학의 혼합적 교리로, 동방의 밀교(密敎)와 서구의 신비주의적 종교가 혼합된 형태를 말한다. 이 교리의 창시자는 니콜라이 레리흐(НиколайРерих)와 엘레나 레리흐(Елена Рерих)이다.
61) 〔역주〕 Эммануил Сведенборг, Emanuel Swedenborg, 1688~1772. 스웨덴의 학자이자 신학자이다.
62) 〔역주〕 몇몇 고대 역사서에서 언급되는, 티베트에 있는 신화 속 나라이다.

(Яросвет), 네베스나야 러시아(Небесная Россия)[63]의 신봉자"(227)였다. 지금 열쇠가 채워진 그녀의 오래된 상자에는 "세 권짜리 묵직한 『수용소군도』, 나보코프의 『선물(Дар)』, 『마센카(Машенька)』, 『업적(Подвиг)』, 블라디모프의 『충성스러운 루슬란(Верный Руслан)』, 오웰의 『1984』, 추콥스카야[64]의 두 권의 책"과, "다음과 같은 시가 정성스레 한 묶음으로 놓여 있다. 파스테르나크, 아흐마토바, 만델슈탐, 그리고 브롯스키의 『말의 일부(Часть речи)』와 『아름다운 시대의 종말(Конец прекрасной эпохи)』, 코르자빈,[65] 사모일로프,[66] 리스냔스카야[67]의 선집들."[68](150) 그녀의 핸드백에는 방금 구입한 책, 사샤 소콜로프 소설 『개와 늑대 사이』[69]의 "복잡한 무늬"

∵

63) 〔역주〕 이런 예들은 모두 신비주의적이고 신화나 전설에 등장하는 내용이다.

64) 〔역주〕 Лидия Корнеевна Чуковская, 1907~1996. 러시아의 여류 작가, 편집장, 시인, 사회 평론가, 회상록 작가, 반체제 인사이다. 동화 작가 추콥스키의 딸이다. '자유의 상'(프랑스 아카데미, 1980), 사하로프상(1990), 러시아 국가상(1995)을 수상했다.

65) 〔역주〕 Наум Моисеевич Коржавин, 1925~. 러시아의 시인, 소설가, 번역가, 희곡작가이다. 1974년 미국으로 망명해서 보스턴에 거주하고 있다. 시집으로는 『세기의 탄생(Рож-дение века)』(1962), 『시대(Годы)』(1963), 『모스크바에 보내는 편지(Письмо в Москву)』(1991), 『세기의 경사에서(На скосе века)』(2008) 등이 있다.

66) 〔역주〕 Давид Самойлович Самойлов, 1920~1990. 소련의 시인이다. 본래의 성은 카우프만(Кауфман)이다. 모스크바 철학, 문학, 예술대학에서 수학했다. 시집으로는 『두 번째 고개(Второй перевал)』(1963), 『파도와 돌(Волна и камень)』(1974), 『소식(Весть)』(1978), 『언덕 너머 목소리들(Голоса за холмами)』(1985) 등이 있다.

67) 〔역주〕 Инна Львовна Лиснянская, 1928~. 러시아의 여류 시인이다. 립킨의 부인이다. 1948년부터 자작시와 아제르바이잔 시를 번역해 출간하기 시작했다. 1979년 무크지 《메트로폴》에 참여했다. 잡지 《사수》(1994), 《아리온》(1995), 《인민의 우호》(1996), 《깃발》(2000) 등의 시 부분상을 수상했으며, '러시아 국가상'(1998), '알렉산드르 솔제니친상'(1999)을 수상했다. 작품으로는 『정절(Верность)』(1958), 『음악과 강변(Музыка и берег)』(2000), 『메아리(Эхо)』(2005), 『늙은 이브의 꿈(Сны старой Евы)』(2007) 등이 있다.

68) T. 톨스타야 『키시』의 베네딕트 도서관의 책 목록과 비교할 것.

69) 〔역주〕 *Между собакой и волком*. 러시아 작가 사샤 소콜로프가 1980년 미국에서 집필한 장편이다. 비평가 I. 안드레예바의 의견에 따르면 이 작품은 '공포와 카오스의 세계에 대한

(234)가 있다. 그러나 마리나의 행동에도, 사고방식에도, 언술이나 언어에도, 열거된 책들을 접한 결과이어야만 하는 문학, 역사, 철학 영역에서의 폭넓은 지식은 전혀 드러나지 않는다.

문학에 대한 그녀의 판단은 이렇다. "너는 『바보들을 위한 학교』[70]를 읽었니?/ 그럼. 네가 승차하기 전에 주었잖아./ 좋은 책이야?/ 괜찮던데./ 맘에 들었어. 왜 그런지는 모르겠지만 맘에 들더라고. 물론 그로스만이 더 친근하긴 하지만."[71](128~129)

그녀의 외국어 실력은 다음과 같다. "나는 아무 말도 몰라, 좋은 말도, 나쁜 말도."(16)

그녀의 언술은 이렇게 표현된다. 말투는 "끔찍했다. 은어나 욕설 어휘를 포함해서 '지금(щас)' '몹시 울다(обревусь)' '근근히 살아가다(перебьешься)' '허튼소리(херовенько)' 등의 혀가 짧은 불명료한 발음, 욕, 거친 감탄사, 은어가 그 속에서 단단히 감긴 실몽당이로 뒤섞여 있었다."(123)

마리나는 그녀가 운 좋게 함께 있을 수 있었던 사람들에 대해 회상한다.

⁝

소설'이다. 사샤 소콜로프가 볼가강에서 사냥꾼으로 일한 자전적 내용을 담고 있다.

70) 〔역주〕*Школа для дураков*. 러시아의 포스트모더니즘 작가 사샤 소콜로프의 첫 번째 장편 소설이다. 1973년에 완성했으며 사미즈다트를 통해서 보급되었다. 사샤 소콜로프가 미국으로 망명한 후 1976년 미국 출판사 '아디스'에서 처음 출판되었다.

71) T. 톨스타야의 『키시』 중에서 베네딕트 에로페예프의 『모스크바발 페투슈키행 열차』 중 대화와 유형학적으로 유사한("읽었다/안 읽었다 - 읽어야 한다"(читал/не читал - надо прочесть)〕 대화를 비교할 것(이 책에서 '타티야나 톨스타야 창작에서의 상호 텍스트적 연관' 장을 참조할 것).

볼로댜 부콥스키,[72] 델로네,[73] 로이와 조레스 메드베데프 부부,[74] 보이노비치, 사하로프, 에트킨드,[75] 추콥스카야, 다니엘,[76] 시냐프스키, 블라디모프, 코펠레프[77] 등.(216, 219) 그러나 여기서도 이런 그룹은 여자 주인공의 형상에도, 행동에도, 성격에도 흔적을 남기지 못했다. 마리나 자신도 다음과 같이 놀라워한다. "어쨌든 이상해. 그 사람들과 친했고, 도와주었어. 그때 나는 생동감 있고, 건강했고, 모스크바를 돌아다녔지. 그런데도 시시한

••

72) 〔역주〕 Владимир Константинович Буковский, 1942~. 러시아의 작가, 정치 활동가, 신경 생리학자이다. 소련 시대 반체제운동 조직자들 중 한명이다.

73) 〔역주〕 Вадим Николаевич Делоне, 1947~1983. 러시아의 시인, 작가, 교육자이다. 1968년 소련군의 체코슬로바키아 침공에 반대하는 붉은 광장 시위에 참여했다가 2년 10개월 수용소 수감을 선고받았다. 1971년 형기를 마치고 출소한 후 1973년에는 부인이 체포되었다. 1975년 11월 부인과 함께 망명해서 파리에서 거주했다. 13세 때부터 시를 쓰기 시작했고 초기 시들은 사미즈다트로 보급되었다. 첫 번째 해외 출판은 잡지 《경계(*Грани*)》(№ 66, 1967)를 통해서였다. 시집으로는 『시. 1965~1983(*Стихи. 1965~1983*)』이 있다.

74) 〔역주〕 Жорес Александрович Медведев, 1925~. 러시아의 작가, 반체제운동가, 생물학자이다.

75) 〔역주〕 예핌 그리고리예비치 에트킨드(Ефим Григорьевич Эткинд, 1918~1999). 러시아의 인문학자, 문학사학자, 유럽 시 번역가, 번역 이론가이다. 1960~1970년대에 반체제운동을 하였다.

76) 〔역주〕 Юлий Маркович Даниэль, 1925~1998. 러시아의 시인, 소설가, 번역가이다. 필명은 니콜라이 아르자크(Николай Аржак)이다. 대조국 전쟁에 참가해서 부상을 입었다. 모스크바주립사범대학 인문학부를 졸업했고 칼루가 주(州)에서 선생으로 일했다. 1957년부터 시 번역가로서 등단했다. 1958년부터 해외에서 소련 정부에 비판적인 중편과 단편을 니콜라이 아르자크라는 필명으로 발표하기 시작했다. 1965년 체포되어 1966년 수용소 5년형이 선고되었다. 1970년 풀려난 후 칼루가에서 살았고 유리 페트로프(Юрий Петров)라는 필명으로 번역가로 활동했다. 그 후 모스크바로 돌아와서 두 번째 부인과 의붓아들들과 함께 살았다. 그의 장례식에는 프랑스에서 온 시냐프스키 가족이 참여했다. 작품으로는 『모스크바가 말합니다(*Говорит Москва: Повесть*)』(1962년 미국 출간, 1991년 모스크바 출간), 『속죄(*Искупление: Рассказ*)』(1964) 등이 있다.

77) 〔역주〕 Лев Зиновьевич Копелев, 1912~1997. 소련의 비평가, 문학 연구가(독일 문학), 반체제 인사이다. 부인은 여류 작가 라이사 오를로바(Раиса Орлова)이다.

호출조차도 없었어. 수색도 아무것도 없었어."(200)

마리나는 일에 몰두할 줄 모른다. 그녀는 아이들에게 음악을 가르친다. 문화회관의 디렉터는 그녀를 "가장 훌륭한 선생"(237)으로 규정하지만, 아마도 그녀는 그런 유의 평가에 대해 불만을 가진 듯하다. 그녀는 다친 '새끼손가락' 때문에 "직업에 맞지 않는다는 것" 외에도, 가르친다는 것 자체와 그녀가 가르쳐야만 하는 '프롤레타리아의 자녀들(прол)'까지도 증오한다. 음악 수업에서 마리나의 감정들을 전달하는 여러 감정적 단어들은 매우 심리적이다. "성이 나서", "신경질적으로", "성가시게 굴었다"(70) 그리고 "소리들이 부아를 돋우었고, 아이들도 마찬가지였다", "참지를 못했다", "쫓아냈다", "아프게 뒤통수를 때렸다."(236) 게다가 음악이나 아이들이 마리나의 마음을 붙잡고 있는 것이 아니라, 사셴카나 마리야에 대한 회상이나, 어린 시절의 취미에 대한 회상이나, "열두 살의 아도니스"(74) 등에 대한 회상이나, 마치 "사각거리는 소리가 나는 금박지에 쌓인 사탕 '미시카'"(71, 78)를 먹는 과정과 똑같은, 개인적 회상들이 마리나를 사로잡고 있는데, 이 수업 과정의 묘사가 이런 심리 묘사에 첨가될 수 있다.

마리나는 자신의 확신을 쉽게 바꾼다. 아마도 작가가 지나치면서 던져놓은, "한 달 동안 그녀의 세계관은 몰라보게 바뀌었다"(122) 또는 "일주일 동안 마리나 인생에서는 많은 것이 바뀌었다"(331)는 유의 '우연한' 지적들은 여자 주인공의 변화에 담긴 지향성에 대해서보다는 "모든 이가 말하는"(247) 지주나 견고한 개인적 확신들의 부재에 대해서 증명해주고 있는 것 같다.

여자 주인공 형상에 나타나는 '모순들'과 그런 모순들의 산술적 합계가 너무나 커서, 개성의 완전성이나 그녀 개인의 표현성에 대해서는 언급할 수 없게 된다. 그보다는 오히려, 기자와의 인터뷰에서 보듯이 소로킨은 질문의 매력에 빠져서, 또는 순간의 논리에서 출발해서 소설의 본질을 규정한 것으로 가정할 수 있다.[78] 텍스트가 분명하게 보여주는 것은, 작가가 완전한 개성의 형상을 창조하는 것에 목적을 두지 않고, 형상의 '분열' 특성들을 의식적으로 한데 모으지 않았으며, 그와는 반대로, 여자 주인공의 성격 속에 존재하는 각각의 '플러스'에 어떤 '마이너스'를 부여하였다는 사실이다.

마리나에 대한 서사를 '여성 소설'의 콘텍스트에 넣은 후, 소로킨은 그것의 주된 '문화적 코드'(**형식적 차원에서**)로 '여성적 스타일'(주로 '톨스타야로부터')을 선택하였다. 그러나 바로 '여성적 글쓰기 기법'이 이 소설에서 여자 주인공의 '여성적'(즉 모순적, 이중적, 따라서 진정이 아닌, 깊지 않은, 진지하지 않은) 성격에 '부적합'하다는 인상을 강화한다. 서사의 '객관적' 스타일은 '여성적 화법'의 특징들로 '남성적으로'('작가에게서 나온') 포화되었으며, 그런 화법은 묘사되고 있는 것과 일어나는 일을 지각하는 데 아이러니한 뉘앙스를 불러일으켜서, 이런 평가의 진실성에 의구심이 일게 만든다.

타자 스타일을 아이러니하게 복사하는 것은 언급된 쇼팽의 제13번째 녹턴, 즉 "**그녀의** 녹턴(EE ноктюрн)"에서 이미 드러난다. 강조된 서체 자체('**그녀의**')에서 '여성의' 그치지 않는 열정, 정열, 환희가 엿보이며, 이후 묘사에서는 "불타는 핵심으로 찔렀다", "녹턴은 연주되었고 영혼의 거울과 음차로 남았다", 또는 세 번의 특징적인 "여성의"(3인칭 단수 여성 대명사 '그녀의(ее)')라는 반복구가 있는, "이것은 그녀의 녹턴, 그녀의 삶, 그녀의 사랑이었다"(28~29) 등은 녹턴의 본질은 전혀 없는, 감정의 반복일 뿐이고, 아마추어적인 습관일 뿐이다. 이 경우에 녹턴의 넘버도 어떤 조롱으로 들

∷

78) 참조할 것. 『자서전』, 124.

린다.

또는 "마리나는 (…) 문 뒤로 나와서, 삶이 그녀를 기다리고 있던 곳으로 갔다. 평온하고, 얼근하게 취하고, 격렬하고, 사정없고, 선하고, 기만적이고, **물론**(강조는 저자) 놀라운 삶이었다."(33)[79] 그런 유의 황홀하고 격동적이며, 한껏 감정적인 진부한 묘사 스타일 자체는 서술의 의미에 대한 '믿음을 상실하게 만들고', 그것의 의미적 잠재력을 '감소시키고', 묘사된 것의 평가를 아이러니와 조롱의 수준까지 '내려가게 한다.'

개별적 에피소드들에서 '여성 소설'과의 유사함은 사실 정확한 이름과 주소, 즉 '타티야나 톨스타야의 소설'을 지시한다. 풍부한 형용사들(소로킨의 작품을 참조할 것. 60, 133, 201, 269 등), 형용사 술어(123 등), 부사와 명사(218, 228 등), 반복되는 한정어들(122 등), 대문자들(198, 201 등), 표현적 수사법(123, 203 등) 등이 등장하며, 논리적('남성적')이지 않고, 감정적 · 감성적('여성적') 지각을 전달하는 수많은 부정대명사들(261, 270 등)을 가진다. 여자 주인공의 어린 시절에 대한 회상(34~35)은 거의 완벽하게 '톨스타야식'이고, 그녀의 단편 「황금빛 현관 계단에 앉아서……」에 따라서 '만들어졌다.' 아마도 두 여자 주인공의 어린 시절은 똑같은 장소에서 흘러간 것 같다. 소로킨은 풍경뿐만이 아니라 톨스타야 소설의 분위기도 재현한다. 두 '어린 시절' 풍경의 의도적 유사성은 한편으로는 그런 풍경을 소츠리얼리즘식으로 전형화하고, 다른 한편으로는 포스트모더니즘식으로 묘사되는 삶의 '비진정성'이란 느낌을 강조하며 여자 주인공에 대한 진지하지 않은 (아이러니하고 냉소적인) 작가 태도의 양상성을 드러내준다.

∵

79) 톨스타야 「페테르스」의 구절과 비교할 것. "페테르스는 옆에서 흘러가는, 무관심하고, 배은망덕하며, 조롱하고, 무의미하고, 낯선, 그러면서도 아름답고, 아름답고, 아름다운 삶에 감사하며 웃었다."(Толстая Т. *Река Оккервиль: Рассказы*. М.: Подкова. 1999. С. 236)

개별 에피소드들에서 '여성의 심리'와 '여성의 시각'으로 빠져드는 수준이 너무 커서 이런 문체가 심지어 객관적 작가의('남성적') 서사에 침투하기도 한다. 작가 언술의 개별적 형상·은유들(의심할 바 없이 '소로킨 자신의')은 너무나 아름답고 지나치게 화려하다. 즉 진정으로 '여성적이다'("발렌틴은 일어나서, 아이에게 너무 시달린 노랑나무의 날개처럼 해진 책 페이지를 우아하게 넘겼다"(26), "재떨이의 크리스탈 주둥이에서 푸르스름한 셀로판테이프가 위로 길게 뻗어 나왔다"(28), "타들어가는 성냥개비가 검은 전갈의 꼬리처럼 구부러졌다"[80](172) 등).

그러나 여자 주인공 형상의 '모순성'은 형상의 발전에 불안정한 요소, 다양성, 상이함 등을 첨가한다. 마리나 형상의 분명하고 고의적인 '양극성'은 여성적 본성의 '이중성'에 대해서뿐만 아니라 소로킨이 묘사하는 현대적 삶의 '위선'에 대해서도 숙고하게 한다. 여자 주인공 형상의 수많은 '모순적' 특성들은 '여성적 본성'의 차원에서가 아니라 '보편 이성'의 차원에서 읽히기 시작한다. 소설의 다음성적 푸가(위에서 이미 언급되었듯이 어느 정도 수준에서 여자 주인공은 음악가이다)에서 기본 음악 테마 속에, 다른 음악적 목소리가, 이 경우에는(문학적 서사의 틀에서) 다른 스타일, 다른 '근거 모델', 즉 사회주의리얼리즘의 이데올로기적 경향의 소설이 파고들기 시작한다.

사회주의적 도식은 여자 주인공의 전기 자체에서, 기관들의 사회적 성격을 의도적으로 강조하는 것에서 이미 고의적으로 간과된다. 처음에는

••

80) 비교할 것. A. 비토프의 소설 『푸슈킨의 집』에서 전갈의 형상은 여러 번 사용되지만, 비토프의 텍스트 구조에서 이 형상의 기능은 다양하다. 소로킨에게 이 형상은 순수하고 아름다운 형식, 윤곽, 외형이라면, 비토프에게는 본질이다. 즉 스스로를 찌르는 전갈의 형상 속 삶과 죽음의 고리이다(참조할 것. Битов А. *Пушкинский дом.* СПб.: Изд-во Ивана Лимбаха. 1999. C. 14, 219, 245).

공공 주택, 유치원, 학교〔여자 주인공에게는 학교가 '처음부터 마음에 들지 않았다'(54)〕, 소년단 캠프, 그 다음엔 '히피', '반체제운동', '포르차', '레스보스' 등이다. 하나가 다른 것에 대립하면서 사회적 경향이 자리를 잡고, 소로킨이 강조하지는 않았더라도 굳이 은폐하려고도 하지 않았던, 이데올로기적 도식 속에 형상이 국한된다.

경향성의 '폐기물들'을 소로킨은, 외적으로는 다양하지만 본질적으로는 매우 유사하고 한결같이 선전·선동에 몰두하는 여자 주인공 행동들이 발현되는 예들에서 분명하게 보여주고 있다. 소비에트 체제에 대한 증오심(121), 소비에트 삶의 빈곤함(122), 소비에트 인간들의 따분함(123)[81] 등에 대한 발언들에서부터 **'우리의 것**(НАШЕГО)'(217)[82]을 옹호하기 위한 열렬한 문구들에 이르기까지 여러 예들이 제시될 수 있다.

형식적 관점에서 보면, '텍스트-선조들'의 '모델들'을 설정해볼 수 있다는 것이 확립되는 게 이해가 된다. 당시 1980년대 '여성 소설'의 내부에서는 소츠리얼리즘 소설의, 더 정확히는 서사의 제2부에서 폭넓게 개화되는 1930~1950년대 '공장 소설'의 맹아들이 뚫고 나오기 시작한다.

여자 주인공의 모든 성격이 드러날 때 이제는 단순히 의구심이 느껴지는 것이 아니라 대안적 접미사 '허상의(мнимо)-', '사이비(псевдо)-' 등이 나타난다. 마리나에 대한 모든 지식은 '여성적으로' 거짓이 되며, 소츠리얼리즘식으로 의심을 불러일으키고, 전통적인 소로킨적 '파괴'를 서사에서 예

∴

81) E. 옙투센코의 말과 비교할 것. "따분한 사람들이란 세상에 없다……."(Евтушенко Е. *Собр. соч. : В 3 т.* M.: Художественная литература. 1983. T. 1. C. 323)

82) 이와 유사한 '대립적·병행적인' 선언적-역선전 경향을, 이단자 미탸와 3MK 정치 위원회 서기 S. N. 루미안체프(245~258)의 이데올로기적 반대자들의 언술(137)에서도 발견할 수 있다. 그와 같은 경향은 미국인 토니의 아이러니한 위협과 진지한 비난에서도 나타난다.(212~217)

고하면서 포스트모더니즘식으로 상대적인 것이 되는데, 그때 슈제트는 이전과는 다른 법칙들에 의해 발전하며 맨 처음과는 다른 방향에서 전개되기 시작한다.

소설의 제1부에서 마리나에 대한 서사의 지배소는 그녀의 비전통적 섹스 성향인, '레즈비언적 열정' 즉 'rose love'이다. 제1부(1~30장(조진상 그렇게 명명한다)) 슈제트의 전개가 그녀 존재의 바로 이런 측면에 전적으로 맞추어져 있다. 소설을 여는 장면에서 이미 마리나에 대해 "전문 매춘부"(14)(하지만 여자 주인공의 성적 성향을 규정하는 것이 아니라 아직은 정도만을 정의하고 있다), "병적인 남자 배척자"(19)라는 정의가 등장하며, 마리나는 "남자들과 한 번도 오르가즘을 느낄 수 없었다"(16)라고 밝혀진다.

소설 제1부의 슈제트 구조는 여자 주인공 삶의 성적 측면에 완전히 맞추어져 있다("나르비코바로부터", 그리고 "바네예바로부터" 차용한 것이다). 기술적으로 여성의 운명을 모델화하면서, 소로킨은 '페트루솁스카야식' 슈제트 '구조'를 솜씨 있게 재현한다. 이미 언급되었듯이, 여자 주인공의 '흑 – 백'('줄무늬')의 삶에서 슈제트를 위해서 '검은' 줄들만을 선별하는 페트루솁스카야와 유사하게, 소로킨의 마리나에 대한 모든 슈제트(심리적으로는 그녀의 자의적 회상들로 동기화되고, 그녀 기억의 선택성으로 동기화된)는 오직 그녀가 성적으로 형성되고, 성숙하고, 경험하는 에피소드들을 기반으로 해서만 만들어진다(즉 그녀의 '선택'은 다른 이분법적 논리를 기초로 한다. 즉 '흑/백'('좋은 것/나쁜 것')이 아니라 'love/기타 모든 것'을 기반으로 한다).

서른 살 마리나 인생이 보여주는 일련의 파불라 사건들 중에서 슈제트를 구성하기 위해 소로킨은 'love-슈제트성'에 들어가는 에피소드들만 선별한다. 여섯 살 때 마리나는 유치원에 들어가는데 거기서 그녀는 "처음으로 **이것**에 대해 알게 되었고"(37) "그때 그녀 안에서 무엇이 깨어났으며 달

크무레한 비밀로 심장을 두드렸다."(39) 마리나의 어린 시절 중 이 시기의 가장 분명한 사건은 "바로 그 **밤**"(41), 즉 그녀의 어머니와 아저씨 볼로댜의 밤 정사였다. "이 밤에 그녀는 거의 잠을 못 잤고"(48), 이 밤과 이후에 그와 같은 일이 일어나는 밤에는 "그녀가 선명한 컬러 꿈들을 꾸게 되었다."(52) 여덟 살에 "나치카는 그녀에게 수음하는 것을 알려주었다."(55) "2년 후", 즉 열 살 때, "아버지는 마리나를 바다에 데려갔는데"(55), 거기서 아버지와 함께 그녀의 '처녀막이 파열'되었고, 바다 거품에서 비너스-마리나의 탄생이 이루어졌다(첨언하자면, '마리나'는 라틴어로 '바다의'란 뜻이고, 사라의 여신을 꾸며주는 형용어이다).[83] 14세에 마리나는 소년단 캠프 '고르니스트(신호 나팔수라는 뜻이다—역자)'에서 여름을 보내는데, 거기서 연상인 소년단 지도원 볼로댜와의 전혀 플라토닉하지 않은 관계가 그녀 회상의 뜨거운 페이지를 채우게 된다. 15세에 "첫 사랑이 마리나를 덮쳤고"(96) 그 사랑은 '**그녀**' 즉 마리야였다. "첫 연인과의 첫날밤. (…) 그 밤은 열다섯 살 존재를 사랑의 불꽃같은 총상화로 피어나게 하면서 영원히 심장 속으로, 몸속으로, 영혼 속으로 들어갔다."(110) 'natural'[84]인 발렌틴(Валентин), 미탸(Митя), 레오니드 페트로비치(Леонид Петрович), 또는 스타시크(Стасик), 삼손(Самсон) 등을 제외하고도, 30세까지 마리나에게는 29명의 'rose' 연인들이 있었다.(150~165)

바로 육체적인('rose'도 'natural'도) 사랑이 소설 전반부의 전체적이고도 유

∵

83) 은유-형상 '마리나-바다의'는 우연이 아니며 그것은 매번 마리나와 남성의 육체적 접촉 장면을 수반하면서 이 소설에서 세 번 나타날 것이다.(69, 95, 263) 마리나에게 침투해서 그녀의 '신과 흡사한' 매력적인 총아-제자의 '집게' 손으로 변화하는 '게'의 형상도 '친족적-바다의' 형상이자 '남성적' 형상이 된다.(65, 75)
84) 〔역주〕 이성애자들을 일컫는다.

일한 본질이다. 마리나가 어디(아파트, 여름 별장, 상점, 문화궁전, 빈 계단, 욕조, 거리, 버스, 택시, 배 등)에, 누구(발렌틴, 볼로댜, 사센카, 미탸, 상점 여점원, 버스에 탄 아가씨, 마리야, 숫처녀 같은 어린 남학생 제자, 니나, 클라라 등)와 함께, 어떤 상황(생일, 이단 문학 낭독회, 언더그라운드 음악 감상, 데이트, 상점에서 나올 때, 음악 수업, 사업 미팅, 우연한 만남 등)에 있든지 간에, 소설의 전반부를 이루는 모든 사건은 한결같이 "그 후 모든 것은 성관계로 끝이 날 것이다"(230)로 반드시 종결된다.

그러나 소로킨 소설의 'rose love'는 58장 중에서 30개 장(조건적으로 이렇게 부르자)밖에, 즉 (거의) 절반밖에 차지하지 않는다. 저자에게 원칙적으로 중요한 소설의 나머지 절반은 (사센카와 결별 전에 이미) "마리나가 그렇게도 꿈꿔오던"(149) '중요하고' '진정한' '서른 번째' 사랑의 묘사이다.

마리나가 서른 살이 되는 순간부터, 31번째 장부터 시작하면서 예고되던(소설 제목 '마리나의 서른 번째 사랑'에서 이미 예견된) 서사의 '파괴(слом)'와 여자 주인공의 '새로운 탄생'이 발생한다.

'처음에' 마리나는 1953년 봄에 태어났다("스탈린은 죽고, 마리나는 태어났다"(34)). 그녀의 '두 번째' 탄생은 정확히 1983년으로 표시되어 있는데 그때 "국가안전국 장관(안드로포프 — 저자)이 국가의 수장이었고"(136), '국가기구'가 이전처럼 의심할 여지 없이 "이미 오래전부터 자신의 법칙에 따라서 일하고 있었다."(136)[85]

바로 이 시기가 마리나 삶에서 경계선이 되며, 그녀의 미래(서른 번째 사랑의 꿈과 현실의)를 위한 기준점이 되며, '서사의 변화점'이자 소설 전체의

∴

[85] 이 인용문에 나오는 단어 '기구(машина)', '나사(винтик)'는 위에서 언급되었듯이 스탈린의 1950년대 어휘 표현에 정확히 부합한다.

대칭점이 된다.

```
              회상                      꿈과 현실
1953년                          1983년
_____6세___8세___10세___14세_15세_____30세_____
제2장                            제30장              제58장
            29개의 사랑        30번째의 사랑
```

    이렇게 여자 주인공의 30세에 상응하는 30번째 장은 소설의 거의 '중심'을 형성하고(위에서 이미 언급되었듯이 58개 장에서 30개), 바로 여기서부터 '서른 번째 사랑'의 계산이, 즉 마리나의 새로운 삶이 시작된다. 이때 (내용과 스타일 차원에서) 여자 주인공은 또다시 1950년대로 '되돌아간다.' 이데올로기적으로는 '소비에트적'이고, 스타일적으로는 '소츠리얼리즘적'이며, 코체토프[86](비교할 것. '루미안체프 동무'와 '알렉세예프 동무')와 숄로호프(비교할 것. '사실')의 공장 소설식으로 '무갈등'의 파토스적이고, '인민 영화' 〈아가씨들〉[87] 스타일(332, 336)이다. 쿠리친의 정의를 이용하면, 저자는 '메

..

86) 〔역주〕 브세볼로드 코체토프(1912~1973). 전형적인 사회주의리얼리즘 소설을 쓴 작가이다. 조선소 노동자들의 삶을 그린 『주르빈 가문의 삶(*Журбины*)』(1952)으로 사회주의리얼리즘 작가로서의 명성과 권위를 인정받았으며, 또 다른 소설 『예로쇼프 가문의 형제들(*Братья Ершовы*)』(1958)은 두딘체프(В.Дудинцев)의 『빵만으로 살 수 없다(*Не хлебом единым*)』에 대한 안티소설이라 할 수 있다. 마지막 작품인 『원하는 것이 도대체 뭡니까?(*Чего же ты хочешь?*)』(1969)에서는 서구 문화의 퇴폐성을 통렬하게 비판하고, 전형적인 스탈린 우상화의 일면을 보이고 있다. 1973년 자살로 생을 마감했다.

87) 〔역주〕 1961년에 상영된 소련의 코믹 영화이다. В. 베드니의 동명 소설을 원작으로 한 작품이다. 감독은 유리 출킨(Юрий Чулкин), 주연은 나제즈다 루뱐체바(Надежда Румянцева)가 맡았다.

타파블렌코'와 '메타코체토프'의 형상이 푹 배어 있다.[88]

한편으로, 소로킨은 자신의 주요한(그리고 거의 압도적으로 유일한) 기법인 '파괴', '뒤집기', '변신'을 기술적으로 보여주는데, 독자를 특정 분위기(스타일과 문제)에 젖어들게 한 후, 저자는 스타일, 음조, 서사 열의 방향을 급격하게 근본적으로 바꿔버린다(이 경우 에로틱한 장면들과 마리나의 29개의 사랑에서 그녀의 서른 번째의, **'진정하고'**, 이데올로기적이며, 노동을 기초로 한, 국제적인 사랑으로 바뀐다). 다른 한편으로 소로킨은 포스트모더니스트들이 사랑하는 '푸코의 추' 행위를 '철학적'으로 보여주는데, '서른에서 멀어지면 멀어질수록 제로(0)에 가까워진다.'

이런 '등급'의 철학적 내용은 다시 한 번 주장되는 평행적인 것이다("달 아래 새로운 것은 없다").

a) 시간의 평행(1950년대 / 1980년대, 1920년대(형식주의) / 1990년대(포스트모더니즘), 고대성 / 현대성)

b) 이름의 평행(안드로포프 / 스탈린, 마리나 / 사포, 구밀료프 · 아흐마토바 · 만델슈탐 등 / 사냐프스키 · 보이노비치 · 추콥스카야 등)

c) 모든 것을 완성하는 **원**(круг) — 영원성, 반복성, 불변성의 상징(빅토르 예로페예프에 따르면 "러시아 악의 꽃", "지친 반복성", "움직임의 고갈성", 더 넓게는 "공허한 부산함"[89]).[90]

⁝

88) Курицын В. Очарование нейтрализации. Что же такое соц-арт? // *Литературная газета*. 1992a. No. 11 марта. С. 4.

89) Ерофеев В. Указ. соч.

90) '푸코의 추'에 가까운 반복적 형상은 원을 따른 이동, 시간의 계산, 반복 등의 내용을 담은 시계 이미지이다(예를 들어, 몇 번 언급되는 '스파스카야 탑' 시계). 시계의 형상은 (여자 주인공 자신의 형상과 유사하게) '이중적 본성'을 드러낸다. 시계는 기계적으로 살아 있는 시간을 빼나가야만 한다. 즉 (푸슈킨식으로) "산수로 조화를 말한다"('마리나의 서른 번째(~

바로 이런 관점에서, 작가에 의해 비록 독자가 신용하기 어렵도록 위장되었더라도, 소설의 사상들 중 중요한 한 가지를 검토할 수 있다.

소설의 에피그라프는 다음과 같다. "왜냐하면 내 친구 **사랑**(Любовь)은 **성령**(Дух Святой)처럼 어디든 원하는 곳에 살고 숨 쉴 수 있기 때문이다. 미셸 몽탕, 사적인 대화 중에서."(7)[91]

첫 순간에 마리나의 구체적 삶을 매개로 '동성애의 백과사전'이 사랑이 정주하는 '거기'(Там)'에 있다는 것을 보여줄 수 있다. 그러나 마리나의 동성애는 서사의 2분의 1만을 차지하며 여자 주인공 스스로는 동성애의 비진정성, 죄성(처음에는 소설에서 두 번 언급되는 프로이트식으로 하면 잠재의식 차원의 꿈속에서, 그 다음엔 좀 더 의식적으로)을 느끼며, "진정한 사랑에 대한 은밀한 가능성"(149)을 희망하면서 자신을 위로한다.

사랑의 감정은 소로킨의 소설에서 수많은 '거기'에 '살고 숨 쉬며', 그들 중에는 육체적인 사랑과 플라토닉 사랑('그(Он)'), 'rose'와 'natural' 사랑, 자기애('나르시스')와 사람들에 대한 사랑, 가족애와 조국애, 신에 대한 사랑과 문학에 대한 사랑, 음악에 대한 사랑 등이 있다. 에피그라프를 기초로 하여 이런 '사랑들' 각각은 'rose love'에 대해 '경쟁력을 가질 수 있다.' 왜냐하면 주인공들 중 한 명의 말에 따르면 "모든 것이 이것, 즉 사랑을 기초로 하기 때문이다."(253) 그러나 저자의 의지와 포스트모더니즘적 개념주의 예술의 기묘한 논리에 따라, 이상에 대한 사랑, 집단적 존재(작업반)에 대한 사랑, 전 세계의 억압받는 계급에 대한 국제적 사랑의 감정과 전 세계 평화와 정의를 위한 투쟁의 희망에 사로잡혀 있는, 노동(스타하노프적 노동)

∴

산수) 사랑(~조화)'이라는 제목을 붙인 작가도 이와 유사한 형상이다.]

91) 서사의 시작 전에 이미 이 출처('사적인 대화 중에서')에 대해 정확히 한 것은 소심하면서도 명확하게 아이러니한 톤을 드러내준다.

에 대한 사랑은, 'rose love'에 등가적이게 된다. 바로 여기에 마리나의 서른 번째, 그녀의 진정한 사랑이 '살고 숨 쉬며, 아마도 평생 동안(제2부(서른 번째 사랑)의 크기) 중에서 지금에야 여자 주인공이 살아온 이전 삶의 크기에 등가적이게 된다. "세상에 이렇게 좋을 수가……"(305), "나는 예전에는 산 것이 아니라 그냥 존재한 것이다. (…) 오늘에야 나는 살아 있다고 느낀다"(39), "마음이 따뜻하고 평안하다."(335)

소로킨은 마리나의 **진정한 사랑**(Настоящая Любовь)과 진정한 행복을 집단 노동의 '**거기**'에, 즉 돌격대 공산주의 노동 속에 옮겨놓지만, 소로킨은 마리나로 하여금 수녀(비록 이것이 너무나 '전통적'이라고 할지라도), 모범적인 아내나 어머니(너무나 소츠리얼리즘식이었겠지만), 전투적인 애국주의자나 슬라브주의자(러시아문학의 도덕적 경향이라는 전통 속에서)의 '역할'을 똑같이 성공적으로 수행하게 할 수 있었고, 작가에겐 마리나가 "무슨 역을 하든 마찬가지였다."[92] 개념주의 작가에게 가치 측면적 범주의 위계는 부재한다. 이 경우(노동과 집단)에도, 여타의 가능한 경우(수도원, 가족, 조국 등)에서와 마찬가지라는 것이 중요하다. **진정한 사랑**은 '승리하였고', 마리나는 **그 사랑**(EE)을 통해서 마침내, 전 세계와, 사람들과, 이전에 무시한 '프롤레타리아들(прол)'과 연결되었고["예전에 그녀는 무시하면서 그들을 흘겨보았다. (…) 그러나 이제는 (…) 너무나 새로웠다"(279, 303)], 그들의 관심, '염원', 의향["집단의 도움 없이 나는 아무것도 할 수 없었을 것이다"(365)] 등과 친숙해졌다. 마리

••

92) 서사 텍스트에 나타나는 ('여성적' '소츠리얼리즘적 − 공장적' 외에) 다른 목소리·문체들이 이에 대한 증명이 될 수 있다. 민중 격언들(306)의 종교적 −고여투와 엄격히 도덕적인(255) 언어에서부터 선동적 −플래카드, 신문 −사회 평론적, '영화 −언어', 정부 문서나 '색정적 −허위적' 언어를 거쳐, 프리고프(205), 키비로프(205), '줄(Очередь)'의 소로킨 자신(252, 256) 등의 '개인적' 언어까지 등장한다. 그들 각각의 언어는 서로에게 독립적 −자주적이며 동등하고 등가적이다.

나는 **사랑**을 통해서 예전에 알지 못한 세계와 결합되었다.

그러나 포스트모더니즘 철학 체계에서는 '해피엔드(happy end)'가 가능할 수 없다. 모든 결과의 상대성을 전제로 하는 개념주의 이론, 여자 주인공의 '여성적 이중적 본성', 묘사되는 보편 이성의 '사이비(псевдо)' '양면성', 아이러니하고 저속하고 믿을 수 없는(불명예스러운) 서사 스타일("**왼쪽으로 돌아선 후 소비에트식으로**[93]) 갔다"(강조는 저자)(199)] 등, 이 모든 것은 결합되어 결과의 최종성을 의심하게 만들며, 사랑의 승리보다는, 현대적 세계에서는 **진정한 사랑**으로도 사이비 세계관, 사이비 이상, 사이비 삶의 형상을 극복할 수 없다는 것에 대해 말하고 있는 것 같다. 처음에는 명확하게 표현된 개성적 토대를 가지지 못하던[94] 마리나는 소설의 결말에서 실제로 탈개성화되고("순조롭게 개성을 잃게 된다"), 집단적 존재의 비존재로 빠져들어 '구원되거나' '파멸한다.'[95]

인터뷰 수준("주인공의 구원에 대한 소설")에서 나타난 소로킨의 예술적 개념의 완결성은 텍스트에서는 명확하게 종결되지 못하며, 개념주의적 작품의 '자유'와 '공개성'에 대한 증거이자 확신이 되었으며, 포스트모던에서는 예술적 전일성과 통일성에 대한 요구가 부재한다는 것을 보여준다.

소로킨의 소설 『푸른 비계(Голубое сало)』(1999)가 등장하자 언론은 소란

∴

93) 〔역주〕 왼쪽이란 의미는 '외도, 다른 길' 등을 의미하고, '소비에트카야'는 뒤에 'улица(거리)'가 생략되어 '소비에트 거리'를 따라서 갔다는 의미도 되지만, '소비에트의, 소비에트식의'라는 뜻도 되므로, '외도로 돌아선 후엔 소비에트식으로 갔다'로 해석 가능하다.

94) E. 도브렌코와 비교할 것. "그녀가 경험하는 사랑의 엑스터시는 그 후에 그녀의 **개성**(индивидуальность)(강조는 저자)을 무인칭적 이데올로기적 진부한 문구들 속에 용해하게 된다. 즉 유토피아적이고 사회적 엑스터시로 옮겨가게 된다. 레즈비언적 정열은 공장 여성 작업반의 구성원으로서 돌격대 작업으로 승화된다."(Добренко E. Указ. соч. C. 175)

95) T. 라스카조바의 인터뷰를 참조할 것. Сорокин В. *Сборник рассказов*. C. 124.

스럽고 떠들썩한 '재판 과정 진행에 의한 광고'를 주목하였다. 이 소설은
러시아 인터넷 저작권 문제에 대한 첫 갈등의 원인이 되었던 것이다.[96]

L. 피로고프의 관찰에 따르면, "『푸른 비계』 텍스트에서 '콘서트'라는 제
목으로 언젠가 예고되던 서사 장면의 일부가 나온다"[97]는 것이다.

『푸른 비계』에서 소로킨은 이전처럼 자신의 창작 원칙들을 따른다. "이
소설의 문학적 직조물은 꿈과 유사하다.(…)『푸른 비계』를 읽는 것은 남의
꿈을 보는 것과 마찬가지다."[98] 그 안에는 순차성이나 서사 논리가 부재
하며, 폭풍같이 사로잡는 슈제트는 연관성이 상실되어 있다. "가장 다양한
스타일과 장르를 패러디하는 개별적인 파편들은 서로서로 힘겹게 붙어 있
다." 폭력의 장면들은 또다시 카니발리즘의 에피소드들로 교체된다.

"'푸른 비계'는 주인공이고 그것이 책의 모든 시간적 영역을 결합하지만
꿈의 메커니즘에 따라 우리가 그것에 대해 알면 알수록 그것이 왜 필요한
지 이해할 수 없게 된다. (…) 처음에는 어떻게 그것을 얻을 수 있는지 우리
에게 자세하게 이야기해준다. 푸른 비계는 문학적 과정의 정수이다. 그것

∵

96) 이 스캔들은 1999년 6월에 저자와의 합의 없이 소설 텍스트가 인터넷의 몇몇 사이트에 동
시에 등장함으로써 발생하였는데, 이와 관련해서 루넷(Рунет)의 '아버지이자 창조자'인 A.
체르노프(Чернов)는 소로킨과 출판사 'Ad Marginem'(한 달 전 이 소설을 출간했다) 사장
A. 이바노프(Иванов)로부터 저작권법 위반으로 고소당하였다. 이 사건은 모스크바의 바부
시킨스키 지방자치 기관 간 재판에 이전되었고(심의는 1999년 10월 28일로 정해졌다), 양
측으로부터 커다란 소동과 욕설이 동반되었다. 이에 대해 더 자세히는 다음을 참조할 것.
Кузнецов С. 1) *Суд над салом* // www.guelman.ru ; 2) *И вновь продолжается бой* // Там
же ; 3) *Сало попало в сеть* // Там же ; 4) *Идолы и реальные вещи* // Там же; Кузнецов
О. *Ветеран Сети стащил "сало"* // Там же ; Гурызунов Н. *"Голубое сало": До встречи в
суде* // Там же; Гаврилов А. *Тысяча философских МРОТ* // Там же 등.
97) Пирогов Л. Приятного аппетита!: Новый роман В. Сорокина "Голубое сало" //
Литературная газета. 1999. 14-20 июля. С. 10.
98) Генис А. Указ. соч. С. 78~79.

은 이런 목적을 위해 특별 양성소에서 전문적으로 양육된 복제 인간—작가들의 몸으로부터 획득된다. 이런 식으로 소로킨의 악몽 속에서 러시아문학은 무너진 제국의 마지막 유용광물이다. 그런 과정은 저자에게 그가 가장 잘하는 것을 제안할 기회를 제공하는데, 그것은 고전 작가들에 맞춘 탁월한 스타일화이다. 그러나 러시아문학의 이런 불구자들이 슈제트에서 어떤 역할도 하지 않는다는 사실을 지적하는 것이 중요하다. 그들은 공장의 폐기물일 뿐이다. 소로킨은 이렇게 말한다. 200년 전에는 우리에게 목적으로 여겨지던 것이 실제로는 수단일 뿐이고 왜 그런지는 알 수가 없다. 나머지 소설 전체는 우리에게 푸른 비계로 무엇을 하는지 설명하고 있지만, 왜 그런지는 말하지 않는다. (…) 소로킨의 소설은 그의 독자들에게 잘 알려진 의미의 폐허 위에 써졌다. 그는 '무엇을' 말하지 않고 '어떻게' 이야기한다."[99] 즉 소로킨은 과거처럼 '스타일들의 의미의 경계 너머'에 위치하면서 스타일들을 가지고 '유희한다.'

소로킨의 최근 소설들 중 하나인 『향연(Пир)』(2000)은 2000년 '내셔널 베스트셀러'상 후보작이었다. 소로킨은 다음과 같이 언급했다. "이것은 음식, 음식 과정, 음식의 형이상학 전체를 의식한 최초의 책이다. 이전의 책들에서 나는 이 문제를 건드리기만 했지만, 『향연』은 이 문제만을 의식적으로 다룬 첫 번째 책이다. 그 책은 다양한 음식 테마와 연관된 여러 노벨라로 구성된다." 이 테마에 관심을 가진 것은 "철학도, 러시아문학도 음식을 무시했다"[100]는 사실 때문이었다.

『향연』의 서사는 분명하게 유희적 성격을 가진다. 소로킨의 '수사학적

..

99) Там же. С. 80.
100) Сорокин В. Смирнов И. *Диалог о еде*//www.guelman.ru.

반(反)인도주의'는 더 이상 놀라운 일이 아니다(노벨라 「나스탸(Настя)」). 왜냐하면 이전처럼 윤리적 '뒤집기', '부정의 긍정화'를 기초로 하기 때문이며, 이때 플러스는 '원칙에서 출발하여' 마이너스와 자리를 바꾼다. 소설은 소로킨 창작에서 '새로운 방향 전환'을 보여주지 않으며, 작가의 문학적 구상은 상당히 순차적이고 단조롭게 보인다. L. 루빈슈테인의 말에 따르면 "이것은 새로운 책이 아니고, 익숙한 소로킨적 모티프들로 가득한 소로킨에 대한 간단한 안내서인 또 하나의 책일 뿐이다."[101]

그러나 소로킨의 '기법의 반복성'에서도 그의 입장은 구별된다. 포스트모더니즘의 비(非)고갈성과 기법의 무궁무진함이라는 철학이 그것이다. "포스트모더니즘에는 고갈성의 메커니즘이 없다. 내 생각에 포스트모더니즘에는 그런 메커니즘 자체가 존재하지 않는 것 같다. 포스트모더니즘은 자신에 대해 말하는 모든 것을 견뎌내는 것 같고 (…) 발전하지 않을 것이고, 이미 발전할 방향이 없기 때문이다. 그러나 내가 보기에, 포스트모더니즘은 오래갈 것이다. 왜냐하면 포스트모더니즘은 과정이 아니라 상태이기 때문이다. 그 안에는 역동성이 없다. (…) 그리고 과정들의 시대는 이미 완성되었고, 그 다음에 오는 것은 상태의 시대가 될 것이다."[102]

그것을 증명하고 그 증거가 되는 것은 블라디미르 소로킨의 가장 최근 소설 『얼음(Лед)』(2002)이다.

슈제트의 근간은 우주를 탄생시킨 **신의 세계**에 대한 신화 · 전설이지만, 그 핵심에서 파괴("오류")가 발생했고, 그 결과로 천상의 빛 · 양자를 삼켜서 '죽은 자들'의 고향이 된 행성 지구가 생겼다. "우리 지구 사람들의 절

..

101) *Авторская колонка Льва Рубинштейна* // www.arcadia.ru/content/books_rubinstein.
102) Т. 보스코바(Воскова)의 인터뷰.

대적 다수는 걸어 다니는 죽은 이들이다. 그들은 죽은 채로 태어나고, 죽은 이들과 결혼하고 죽어간다. 그들의 죽은 아이들은 새로운 죽은 이들을 낳는다. 이렇게 한 세기에서 다음 세기로 이어진다."(205)[103] 얼음, 즉 "살아 있는 사람들을 깨우기 위해 우주로부터 우리에게 보내진 얼음"(265)은 '살아' 있지만 그 시간까지 '잠자고 있는', 들을 수 있고, 가슴으로 말할 수 있는 2만 3000명의 인간·양자들을 위한 구원이 될 수 있다. "우리가 2만 3000명이 될 때, 우리의 심장들은 23개의 영혼의 말을 23번 토해낼 것이고 우리는 **태초의 영원한 세상의 빛**으로 변할 것이다. 그리고 (…) 죽은 세계는 해체될 것이다. 그리고 그 세계로부터는 **아무것도** 남지 않을 것이다."(265) '잠자는 사람들을 깨우고' 세상을 획득하는 사건은 소로킨 소설의 슈제트를 형성한다.

B. 소콜로프와의 대담에서 『얼음』에 대해 소로킨은 이렇게 말했다. "'얼음'은 현대적 주지론에 대한 환멸에 관한 반응이다. 문명은 파괴된다. 사람들은 어찌할 바를 모른다. 그들은 음식에서부터 사랑에 이르기까지 모든 것에서 외부적 테크놀러지의 형상들이 된다. 일차적이고 직접적인 것에 대한 애수가 느껴진다. 우리는 중개의 거미줄 안에 살고 있다. 나는 내 할아버지를 회상한다. 매우 적은 이들만 오늘날 가슴으로 말할 수 있다. 잃어버린 천국에 대한 애수도 있다. 천국은 직접적인 것이며, 본능이다. '얼음'은 전체주의에 대한 소설이 아니라, 잃어버린 정신적 천국에 대한 소설이다." 그리고 이것은 "스타일이 아니라 의미가 지배적이게 되는, 그의 첫 번째 소설이라고 부언하였다."[104]

•·

103) 여기와 이후에서 소설의 인용은 Сорокин В. *Лед*. М.: Ad Marginem. 2002를 따르고 텍스트에는 쪽수만 표기한다.
104) V. 소로킨과 B. 소콜로프와의 인터뷰. www.grani.ru.

실제로 소로킨의 스타일적 모방과 불변하는 기법에 '익숙한' 비평가들에게는, 소로킨의 구상('의미')이 명확하게 읽히는, 엄격하게 슈제트적인 서사가 특이하게 여겨졌는데, 그것은 소로킨의 과거 개념주의적 텍스트들에는 의식적, 의도적으로 상실된 부분이었다. D. 바빌스키가 『얼음』을 "새로운 위상(즉 모방자가 아니라 작가라는 위상―저자)에서 창작된 '본질상' 첫 번째의 독립적인(즉 고유하게 소로킨적인―저자) 소설"[105]이라고 평가한 것도 우연이 아니다.

소설은 4부로 구성된다.

제1부는 『네 사람의 심장』의 도식에 따라서 '우랄(Урал)', '디아르(Диар)', '모호(Мохо)'의 잠자고 있는 심장을 깨우는 것과 연관되어 선명하게 그려진 슈제트적 서사('의미의 경계 너머'에 위치한 범죄·탐정소설적인 비동기화된 서사)이다.

제2부는 제1부의 '의미'를 폭로하고, 독백체의 형식으로 고유한 운명과 꿈에서 깨어나는 '살아 있는' 광선―인간들의 운명에 대한 신전을 제공한다. 이 부분으로 (사실상) 소설의 슈제트는 고갈된다. 왜냐하면 주인공들의 행동들은 필수적인 동기화를 획득하고 슈제트적 변화는 '의미'를 부여받기 때문이다. D. 바빌스키가 소설의 마지막 두 부분이 '불필요함'을 언급하는 것은 우연이 아닌 것이다.[106]

제3부는 소설의 슈제트 장들과는 시간상 멀리 떨어져 미래로 이동되어 있으며, "건강 증진 시스템 '얼음(LËD)'의 첫 번째 이용자들"(290)이 쓴 16개의 개인적 평가들로 이루어진 독특한 에필로그다. 여기서 소로킨은 이전

••

105) *Бавильский Д. Голем, русская версия* // www.russ.ru/krug/20020402_bavil.html.
106) Бавильский Д. Указ. соч.

작품 『줄』에 나타난, 개인적 성격들을 언술적·스타일적으로 모방할 수 있었던 가능성들을 탁월한 방식으로 보여주고 있다.

마지막으로 제4부는 금발의 어린이가 아침에 깨어나고 그가 새날을 시작하는 것에 대한 미니어처식 스케치인데, 현실주의적으로 서정화된 톤으로 절제되어 있다.

첫눈에 소로킨의 『얼음』은, 이 작가에게는 새로운 방식으로 진행되어, 소로킨의 진화에 대한 새로운 관념을 낳게 해주는 사실상 새로운 서사인 것처럼 보인다. 텍스트의 차원에서도, 대담에서도 소로킨은 소설을 '새로운'-'의미적' 풀이 속에서 읽어달라고 완강하게 '조언한다'('강요한다'). 그러나 실제로 개념주의자 소로킨은 이 소설에서도 자신과 자신의 기법들에 충실하였고 단지 이것을 이전보다 좀 더 기교 있게 완수하고 있을 뿐이며, 슈제트 텍스트를 모방하고, 순진한 독자들뿐만 아니라 의심을 잘하는 비평가들까지 속이고 있다. 소로킨의 유희는 계속되고 있는데, 단지 이 소설에서는 타자의 텍스트가 아니라 고유한 소로킨적 텍스트가 (주로) 유희의 대상이 되었을 뿐이다. 타자 스타일의 확산은 자신의 고유한 스타일의 모방으로 바뀌고 작가는 의식적으로 자신을 반복하여 일부러 자신의 텍스트들로 돌아온다. 즉 '자기 반영'과 '자기 반복'을 보여주며, 그것들을 통해서 '자기 아이러니'를 보여주고 있는 것 같다.

이미 언급되었듯이, '비밀' 기호들, 숫자, 이해할 수 없는 단어들, 주인공들의 설명되지 않는 행동들과 경험들로 이루어진 소설의 제1부는 모험소설적 서사이며 『네 사람의 심장』을 지향하고 있다.

제1부의 각 장에는 '우랄 형제(Брат Урал)', '메르(Мэр)', '디아르(Диар)' 등의 제목이 붙어 있는데, 그 장들 중 많은 장들이 제목 외에도 각각의 코드를 가진다. 예를 들어 '우랄 형제'는 숫자 기호 '23, 42', '디아르'는 '8.07',

'쥐똥'은 '03.19' 등이고, 어떤 숫자들은 날짜를, 어떤 숫자들은 시간을, 또 다른 숫자들은 (소설에서) 마술적 숫자 23과 "심장의 모임"(27) 지속 시간인 42분을 떠올리게 한다. 그러나 이 소설의 작가 소로킨에게 이런 것들은 본질적인 의미를 가지지 않는다. 소로킨은 흥미를 유발하려는 필요성 외에는 어떤 특별한 의미를 부여하지 않으며, '개념적으로' 이런 숫자들을 유희하고 있을 뿐이다.

'숫자화된' 장들이 보여주는 정밀성을 통해 흥미가 유발되고, 주인공들이 향하게 되는 주소의 정확성과, '광고 포스터적'(희곡적) 방법으로 제시되는 다양한 인물들의 외모 묘사가 세밀하게 심화된다.

그러나 소로킨의 '정확성'은 허상적이다. 왜냐하면 첫 번째 주소는, "포드모스코비에. 미티시. 실리카트나야 거리. d. 4. str. 2(Подмосковье. Мытищи. Силикатная ул., д. 4, стр. 2)"(9)를 의미하며, "d."(즉 번지) 뒤의 축약어 str.(만약 이것을 오타가 아니라고 간주한다면)[107]가 '건물(строение)'의 축약어일 수 있기 때문이다. 그렇다면 "모스크바 주(州)전화국(Мособлтелефонтрест)"(9)의 창고 건물들을 뜻하는 것이거나 작가의 유쾌한 속이기이다(좀 더 그럴듯하다).

교통수단 유형의 이름 "갓길 주행자(Внедорожник)", 즉 러시아식의 나쁜 도로를 따라 이동하는 어떤 수단, 또는 '도로-밖의'라는 뜻이기에 유희에 대한 생각과 마주치게 된다.

이런 계열에는 다음과 같이 세밀하고도 '정확한' 주인공들의 초상들도 포함된다.

∷

107) 이 단행본에는 분명한 오타들도 존재한다. "도착하다(придти)"(16) 또는 "손과 손가락의 끝마디들이 마지막으로 항복했다.(последними сдалить руки и кончики пальцы)"(268).

"우라노프(Уранов): 30세. 큰 키, 좁은 어깨, 초췌하고 똑똑한 얼굴, 황갈색 우비.

루트만(Рутман): 21세. 중키, 마른 체형, 평평한 가슴, 유연함, 창백하며 눈에 띄지 않는 얼굴, 짙푸른 잠바, 검은색 가죽 바지.

고르보베츠(Горбовец): 54세. 턱수염이 많음, 크지 않지만 다부진 체형, 힘줄이 불거진 농민의 손, 구부러진 가슴, 거친 얼굴, 짙은 노란색 무스탕 잠바."(10)

인물들의 특징 묘사는 첫눈에는 정말 세밀하고 상세하게 제공되는 것 같지만 실제로는 소설의 기본적 '의미'('구상'과 '사상')와는 거리가 멀다. 왜냐하면 그 특징 묘사들은 '살아 있는 인간들'의 주된 특징인 '밝은색 머리칼과 푸른 눈'에 대한 지적을 포함하지 않고 있기 때문인데, 그런 점은 작가 소로킨에 의해 여러 번 유희될 것이다. 소로킨은 중요하지 않은 사항("구부러진 가슴" 등을 참조할 것)에 주의를 끌게 하면서 '본질적인' 것을 의도적으로 감추고 있다.

유희적 특징은 첫 번째(설명적 등장 이전) 루트만과 '성'의 속이기와의 연관이다. "우르노프와 루트만은 차에서 나왔다(Уранов и Рутман вылезли из машины)"(9)에서 '여성' 루트만이 '남성' 우르만과 함께 동사의 복수형으로 표현되어 여성이라는 점이 의식적으로 은폐된다.

저자 소로킨의 유희는 주인공들이 서로를 부르는 것에서도 드러난다. "롬(Ром), 네가 해봐. 나는 이미 오래전부터 운이 없어" 또는 "롬, 한 번 더, 하지만 더 정확히 해봐"(10)에서 호칭형 "롬"은 로마(Рома)라는 이름의 일상·언술적 형태로 받아들여질 수 있다. 그러나 다음 열에서 주인공의 이름이 로마(Рома)가 아니라 롬이라는 사실이 분명해진다.

그런 음모적·유희적 풀이 속에서 "의사에게 타진되는" 유라 '심장의 이름'이 등장하는 문제도 풀이된다. "이름을 말해! 이름을 말해!"(14)라는 요구에, 구타를 당해서 의식을 잃어가는 주인공은 무엇인가 불분명한 목 쉰 소리를 냈고, 그를 괴롭히던 사람들은 어음 관계에서 '유라'와 분명하게 상관되는 '우랄'이란 소리를 듣게 된다. 즉 '심장의' 이름 우랄은 소로킨에 의해서, 진정으로 '핵심적' 이름인 우랄이거나, 유라라는 이름을 음향적으로 '잘못 들은 것'이라는 이중 의미를 허용하는 것을 근거로 구상된 것이다.

우랄의 병실로 들어가던 미지의 여인이 말한 "나는 메르[108]예요(Я Мэр)"(27)라는 문장은 "시장이라고요? 어디 시장이오?"(27)라는 저자가 미리 예견한 아이러니한 질문을 받는 것이다. 이런 유희의 의식성(완전한 소리나 표기법적 동음이의어를 기반으로 한)과 관련한 점을 이 경우에는 인물 제시 방법으로 확인할 수 있다. 이전 장들에서 저자는 "고르보베츠는 대문을 밀었다. (…) 우라노프와 루트만은 차에서 나왔다"(9) 등과 같이 단번에 주인공들의 이름(성)들을 호명했다면, 메르의 경우에는 저자가 이렇게 말한다. "하얀색 타월 가운을 입은 여자(강조는 저자)가 들어왔다."(26) 그리고 이 문장 뒤에 우랄과 메르 사이의 '오해의 대화'가 나온다. "나는 메르예요"라는 문장 대신에 텍스트의 명확성을 위해서는 "내 이름은 메르예요"라는 문장이 나올 수도 있었다는 사실이 분명하고, 이름 자체를 변형할 수도 있었지만 작가는 상관하지 않았다. 바로 유희, 계획된 오해, 속이기 등은 작가가 자신이 끌고 가는 텍스트를 아이러니하게 지각하고 있다는 사실을 드러내주면서, 소로킨에 의해 첫 번째 차원으로 부각된다.

∴

108) 〔역주〕 мэр. 시장이라는 의미이다.

본질과 형식상 이와 유사한 상황은 보르(Bop)[109]라는 이름의 주인공과 관련하여서도 발생한다. "나는 보르예요. / 뭐라고요? / 이해할 수 없다는 듯이 그녀가 쳐다봤다. / 법적인 의미로요? / 무슨 말인지 모르겠네요. 디아르. 나는 도둑이 아니라 보르라고요. / 보통의? / 아니요. / 그가 웃음을 터뜨렸다. / B. O. R. 세 글자요. 이게 내 이름이에요. 도둑질은 한 번도 해본 적이 없어요."(55~56)

흐람(Храм)[110]이라는 이름의 여자 주인공과도 이런 사건이 벌어질 수 있다고 가정할 수 있는데, 만약 그녀의 이름을 듣는 사람들이 반실신 상태에서 그녀가 말한 것을 인식했다면 그럴 수 있었다.(159) 세 경우 모두에서 아이러니한 효과는 완전한 동음이의어나 그 단어들의 발음이 일치한다는 사실을 기반으로 하고 있다.

마지막으로 알라 니콜라예바의 '심장' 이름에서도 유희적 특성이 검토된다. 영어를 잘 구사하는 것처럼 소로킨은 영어를 텍스트에 쉽게 삽입한다.(13, 86, 88) 아름다운 성(姓)의 (제1장에서 깨어난 인간들 중) 유일한 여자 대표자에게 그는 디아르라는 이름을 부여하는데(즉 영어의 'dear'(귀중한, 소중한)), 그것은 그녀에 대한 '구술'('소리만 듣고' 지각되는) 호칭어들 "디아르, 안녕"(54)[111]으로도 짐작된다. 여자 주인공 이름을 이중적으로 지각할 수 있는 가능성은 아이러니하게 느껴진다.

비평가들은, 서사 제2부에서 흐람의 형상과 관련하여 소로킨이 훌륭하게 실현했듯이, "인물의 진화를 그 인물의 언술의 진화와 상관시키고 있

..

109) 〔역주〕 вор. 도둑이란 뜻이다.
110) 〔역주〕 храм. 사원이란 뜻이다.
111) 〔역주〕 'dear'가 호칭어라는 점을 말하는 것으로, 'dear, 안녕'이라고 해석될 수도 있다는 말이다.

다는 것"[112]을 이미 지적하였다. 이렇듯, (작가의 의도에 따라서) 점차적으로 변모하는 여자 주인공은 (짧은 기간에) 똑같은 행동들을 하거나 다른 인물의 행동을 되풀이하지만, 그 행동들(대상의 행위에 인입된 행동들)을 다른 말로 부르고 있다. 첫 번째에서는 "나는 커튼(занавеска)을 약간 들어올렸다"(191), 두 번째에서는 "창 가리개(шторы)를 창문에서 옆으로 잡아당겼고 바라봤다"(193), 또는 첫 번째에서는 "침대(кровать)에 눕히고 이불을 씌웠다(покрыть). 벌떡 일어나서는 (…) 문을 열어젖히고 도망쳤다"(191), 두 번째에서는 "그는 일어났고 옷을 입었다. 나를 침상(постель)에 눕혔고, 이불로 덮어주었다(накрыл). 그리고 나갔다."(193) '창 가리개(шторы)'는 '커튼(занавеска)'과, '침상(постель)'은 '침대(кровать)'와, '덮었다(накрыл)'는 '씌웠다(покрыл)'와 비교해서 더 문학적으로, 어느 정도는 세련되게(교육받지 못한 농민의 단순화된 언술이라는 점에서) 들린다.

그러나 이미 언급된, '깨어나서' 다른 사람들을 '깨워'주어야 하는, 우라노프와 고로베츠의 언술에 주의를 기울인다면, 소로킨의 또 하나의 속이기가 분명하게 드러난다. 작가 소로킨은 고로베츠의 언술을 의도적으로 미숙하게 만들고, 오류가 있고(발음상으로 '옮겨 쓴' 단어들을 포함해서) 상스럽게 시작한다. "좀 줘봐(Дай-кось я е…)(생략은 저자)"(11), "관둬(Путой, мать его)"(12), "그러지 마(Не полошись, милой)"(12), "왜 그런지 알 게 뭐야(Чивоито…и не знаю)"(13), "좀 진정해, 천천히 하라고(Полегшей… не гони)"(16) 등. 그 단어들을 소리 나는 대로 적으면서 작가의 의지에 따라서 의미가 불명료해지고 (아직은 내용상 밝혀지지 않은) 주인공들 생각의 높이가 일정 수준까지 하락한다. 소로킨은 (소설의 결말까지) 동기화되지 않고

••

112) Постнов О. *Дневник писателя* // www.russ.ru / krug / 20020408_post.html.

정당화되지 않은 '네 사람의 심장'(두 경우에서 '심장'의 강조는 본질적이고도 중요하다)의 범죄들에 대한 회상을 불러일으키면서, 인물의 언술을 의도적으로 무례하게 만든다(그것을 통해서 그들이 하는 행동들의 지각까지도).

우라노프, 루트만, 고로베츠, 메르 등이 하는 활동이 '범죄적 뿌리'와 연결되는 연상 작용은 제1부에서 기둥서방 파르바스(Парваз)와 '음성적 사업가' 다토(Дато)의 형상들과 연관된 슈제트적 충돌들로도 지지된다(기만된다). 다토 보조자들의 '별명'인 솔로마(Солома)와 롬(Лом)도 이런 방향에서 일하고 있다.

이미 언급되었듯이, 소설의 제2장은 이전까지 충분히 해명되지 않은 '심장' 주인공들의 행동 모티프들을 밝히고 있으며, '살아 있는 사람들의' 가장 오래된 여자 대표자의 독백체로 구성되는데, 그녀는 흐람(Храм)이라는 이름을 가졌으며, 23개의 모든 '중요한' 단어들을 알고 있다. 흐람은 자신의 인생사와 꿈에서 깨어난 것을 서술하며 '심장' 운동의 열성분자들에 대해서, 그리고 **천상의 얼음**(Небесный Лед)의 은밀한 특성들과, 2만 3000명의 광선–인간들의 '범주'에 가입하는 행운에 대해서 말한다. 여자 주인공은 자신의 "형제자매들"(이미 깨어난 사람들과 막 깨어난 사람들)과 함께 **위대한 변용**(Великое Преображение)까지 살아남아"(279) **최초의 빛**(Свет Изначальный)"(245)을 달성하기를 갈망하고 있다.

단순화된 속어에서 점차로 결정화되는 흐람 언술의 고양된 문체는 그녀의 숭고한 낭만성과 '얼음' 운동의 이상에 대한 확고한 충성심의 증거가 되며, 그녀가 담당한 임무의 중요성과 의미성에 대해 말해주고, "새로운 삶"을 위해 "죽은 사람들"을 일깨우려는 진정한 갈망을 보여주고 있다.(209) O. 포스트노프가 "언술의 진화"와 "인물의 진화"의 상관성에 대해 언급할

때 바로 이것을 염두에 둔 것이다.[113]

그러나 이 경우에도 소로킨은 유희한다. '고양된' 추상적 이상에 심취하여 그녀 존재의 '하찮은' 구체적 행동으로부터 탈선하도록 하는 것이다. 소로킨은 언술적 · 문체적 차원에서 본질적으로 혁명적인(즉 갱신하는) 운동의 목적과 임무의 '고양성'에 대한 관념을 기교 있게 입증하고 지지해주면서도, 그 운동의 이면적(반대적) 반인간적 본질을 교묘하게도 흐릿하게 만들고 있다(부인하고 있다).

이상의 '비−진정성'과 그것을 실현하는 구현자 · 탐구자들의 신호들은 끈질기지는 않지만 확고부동하다.

소설의 첫 번째 형상인 얼음의 이미지가 이미 '심장' 주인공들의 이중적 본질의 증거가 된다. '심장'과 '얼음'은 연상 차원에서는, 예를 들어 안데르센의 동화『눈의 여왕』중에서 케이의 심장을 연상시키거나, 또는 더 폭넓게는 "동정도, 자비도 할 줄 모르는 사람들의 '얼음으로 된 심장'"[114] 등의 '얼음 같은 심장'의 이미지를 불러일으킨다.

이미 지적된, 제2부에 나타난 여자 주인공 언술의 '변화'는 그 자체가 '진짜가 아닌', 유희적인 것이다. 왜냐하면 이야기하는 순간에 "젊고 영민하고 강하게" 빛나는 "커다란 푸른 눈을 가진" "강마른 노파"(159)라는 똑같은 인물이 처음부터 끝까지 이 독백을 말하고(유지하고) 있기 때문이다.

기술적으로 훌륭하게 수행된 문체의 변형은 현실적으로 진행되는 과정을 반영하지 않는다. 문체의 숙련성은 상황의 인위성을 은폐하는데, 벌어지는 일을 '정확히 반대로' 지각하게 하는 유희적 시학을 낳는다. 게다가

⁑

113) Постнов О. Указ. соч.
114) Бидерман Г. *Энциклопедия символов*. М. 1996. С. 146.

언술의 변형·변화는 한 번만 일어나는 것이 아니다. 처음에는 과장된 일상적('낮은') 문체가 고양된 문체로 발전해간다면, 곧이어 여자 주인공의 고양된('생생한') 문체는 혁명적 민주주의자들이나 평민화된 혁명가들의 간명하고 절제된 언술과 비슷하게 의식적으로 양식화된 회의록 보고서로 거의 변화되었다가, 독백의 결말에서는 1960년대, 1970년대, 1980년대, 1990년대 주요 사건들을 전보식으로 요약한 열거와 완전히 흡사해진다.

예를 들면 다음과 같다. "1936년까지 우리는 개별 원정대를 조직하였다. 그리고 그들을 은밀히 이끌고 갔다. 매번 우리는 시베리아 사람들을 고용하였고 그들은 추락 장소까지 늪지들을 헤매어 걸었으며, 최악의 조건에서 얼음을 톱질해서 비밀 장소로 옮겼다. 거기에선 내무 인민 위원부 비밀경찰 장교들이 그들을 기다리고 있었다. 얼음은 기차역으로 옮겨졌고, 값비싼 화물처럼 냉각기에 담겨 모스크바로 향했다. 얼음을 해외로 배달하기는 훨씬 더 수월했다. 그러나 그런 방법은 극도로 위험하고 믿을 수가 없었다. 두 원정대가 그냥 사라져버렸고 어떤 경우에는 우리에게 보통의 얼음을 속여서 가져다주기도 했다. 그래서 나는 얼음 조달 수단을 완전히 바꾸기로 결심했다. 내 발의에 따라서" 등.(219)

또는 다음과 같다.

"안드로포프와 체르넨코가 사망하였다.

고르바초프가 등장했다.

글라스노스트와 페레스트로이카의 시대가 시작되었다.

소연방은 붕괴되기 시작했다. 경제 상호 원조 이사회가 해체되었다. 그리고 거의 곧바로 레치(Леч)가 사망했다. 이것은 우리에게는 커다란 손실이었다. 우리 심장들은 위대한 레치와 뜨겁게 작별하였다. 형제애를 위해서 그는 매우 많은 것을 행했다."(278) 연대적 서술과 러시아에서 발생한 주요한 사건들의 열거와, 그것에 희극적으로 덧붙여진 동료의 죽음에 대한 추도("커다란 손실", "우리 심장들", "뜨겁게 작별했다", "많은 것을 (…) 행했다") 외에도, 이 인용문에서는 작가의 아이러니한 언술이 다음과 같이 분명하게 느껴진다. "레……가 사망했다"와 "위대한 레……"를 나란히 세워놓음으로써, 소로킨은 잘 알려져 있는 관용구가 된 "레닌은 지금도 살아 있는 모든 사람들보다 더 살아 있다"라는 어구와 일률적으로 '이차적' 연상이 일어나게 만든다.

이렇듯, 쉽게 변형되는 흐람의 언술은 형상의 진화와 그녀의 사회적 정체성의 증거이자, 연극적·가면적 인물 '변화'의 기호이다. 그렇기 때문에 여자 주인공의 변장 장면들에 대한 묘사는 다음과 같이 너무나도 상세하고 세밀하다.

"이후 이 여인들은 나를 치장하기 시작했다. 가운을 벗겼고, 옷장과 서랍장에서 갖가지 옷, 원피스, 여러 가지 속치마들, 리넨 속옷과 가슴 가리개 등을 죄다 꺼냈다. 그러고는 펴놓았다. 모든 것이 너무 아름답고 깨끗하고 하얗다!

처음에 내게 (…) 가슴 가리개를 입혀보았다. (…) 그들은 가장 작은 가슴 가리개를 꺼내서 입혔다.

그 다음에는 새하얀 리넨 속옷을 입혔다. 짧고 예쁜. (…) 속옷 위에 스타킹을 신기고 호크를 채웠다. 그리고 그 위에 바로 짧고 새하얀 속치마를 입혔다. 얼마나 예쁜 속치마인지! 온통 레이스가 달리고 달콤한 향수 냄새가 풍겼다! 너무 아름다워 이루 말할 수가 없었다. 그 위에 원피스를 입혔다. 하얀 깃이 달린 파란 원피스였다. 그런 다음 내게 맞는 신발을 고르기 시작했다. 그들이 구두 상자들을 열어젖혔을 때 내가 무엇을 보았는지. 어머나 세상에! 단화도 아니고 부츠도 아니고 온통 반짝반짝 빛나는 진짜 구두였다! 그들은 내게 골라보라고 세 개의 구두 상자를 가져왔다. 나는 거의 머리가 어지러울 지경이었다. 손가락으로 툭 하고 가리켰더니 발에 구두를 신겨주었다. 굽 높은 멋진 구두!

그들은 내 입술에 립스틱을 칠했고 뺨에 분을 발랐다. 목에는 진주 목걸이를 드리워주었다. 나는 일어서서 거울을 바라보았다. 눈을 다시 떠보았다! 바르카 삼시코바(Варька Самсикова)가 아닌, 어떤 미녀가 서 있었다!"(203~204)

노래하는 듯한 동화적 언술 표현, 억양적 특징(풍부한 감탄사), 어순전환("립스틱을 그들이 칠했다(накрасили они…)", "일어난 것은 나였다(встала я…)"), 문체적 뉘앙스를 가진 접속사 'да(~와)'("옷장들과 서랍장들에서(из шкафов да комодов)"), 농노들이 쓰는 문장들("(…) 꺼냈고(повынимали) (…) 그러고는 펴 놓았다(И разложили)"), 지소·애칭형 접미사들을 가진 형용사들("너무 작은(коротенькие)", "너무 작고 예쁜(хорошенькие)", "너무 하얀(беленькую)"), 어휘적·의미론적 어휘("레이스(кружева)", "진주알(жемчуга)") 등 이 모든 것은 '인생'이 아닌 '동화'의 증거이자, 현실이 아닌 연극성의 증거이다.

그런 수법으로 여자 주인공의 (슈제트상) 마지막 옷 입는 장면도 끝이 난다. "나는 감청색 실크 원피스, 푸른색 베일을 두른 푸른 실크 차양 모자, 반짝거리는 푸른색 구두, 푸른색 터키석으로 된 귀고리와 팔찌를 골랐다."(281. 유사한 묘사는 159)

아직 완전히 깨어나지 않은 우랄라(Урала), 디아르(Диар), 호로(Хоро)는 부분적으로만 옷을 갈아입는다. 예를 들어 라핀(Лапин)을 참조할 것. 그는 "청바지를 끌어당겼다. 청바지 밑에 팬티가 놓여 있었다. 새것이었다. 그의 것이 아니었다(!―저자) (…) 검은색 러닝셔츠를 집어 들었다. 러닝셔츠도 새것이었다."(28)

또는 보렌보임(Боренбойм)은 다음과 같다. "다 떨어진 러닝셔츠가 아닌 새것이
었다."(83)

흐람의 연극적 변장(가장)은 그녀를 인형과 비교함으로써 강조된다. "그
들은 나를 마치 인형처럼 노끈에서 끄집어내주었다"(189), "나를 인형처럼
조심스럽게 세워놓았다"(198), "그 다음에 새하얀 리넨 속옷을 입혔다. 너
무 작고 예쁜 속옷을 인형한테 입히듯이."(203) 그리고 어떤 순간에 아름답
고 우아한 인형의 형상이 천하고 거친(그러나 본성에는 모순되지 않는) 자루
의 형상으로 슬쩍 바뀐다. "자루처럼 들어 올려서 날랐다."(202) 여자 주인
공과 인형의 비교는 형상의 패러디적 방향성[115]에 대해 신호를 주는데 그
것은 소설 전체도 마찬가지다.

여자 주인공의 언어의 변형과 관련해서 그녀 언술의 형상·은유 계열들의 변
화에 주의를 기울이는 것은 흥미롭다. 흐람은 자신을 '넓적다리 고기'로 비유한
'처음의' 선명한 민중적·농민적 비교에서("처음에는 모든 것이 이해가 되지 않
았고, 나를 마치 창고 안의 넓적다리 고기처럼 매달아놓았기에 불안해하기 시작
했다"(192)), 중성체적·문학적으로 인형과 비교하는 것으로 옮겨간다.
바랴의 또 다른 비교도 언급할 가치가 있다. "내 머릿속은 어쩐지 텅 비어갔
다. 마치 머리가 아니라 봄의 마른 풀 간 같다. 짚도 없고 풀도 없는."(190)
언어를 매개로 소로킨은 흐람의 주관적 의식의 약화 과정, 흐람 형상의 개인
적 요소의 폐기 과정, 기계적으로 무생물적(중립적으로 인형 같은) 화신으로 추락

∴

115) 서사의 인형극적이고 부자연스러운 특징 때문에 소로킨 텍스트의 장르를 인형극(гиньоль)
(프랑스어 'guignol')(여러 가지 공포스러운 장면과 악행으로 가득한 인형극)으로 정의할
수 있다.

하는 과정을 드러내준다.

'형제자매들'의 '공동 식사' 장면도 소로킨에 의해서 격조 높으면서도 연극적으로, 부자연스럽고도 인위적으로 묘사된다.

"나를 내 자리에 앉혔다. 모두가 친자매 대하듯이 나에게 웃었다. 그리고 바로 그 노인, 브로(Бро)가 이렇게 말했다.

'흐람, 우리의 자매여, 우리와 함께 식사를 듭시다. 우리 가족의 법칙은 이렇습니다. 살아 있는 것을 먹지 않기, 음식을 끓이거나 튀기지 말기, 음식을 자르거나 찌르지 말기. 왜냐하면 이 모든 것은 음식의 **우주**(Космос)를 위반하기 때문입니다.'(204) "그리고 음식은 너무나 아름답고 다양하다. (…) 나는 식탁을 보았다. 고기는 없고, 생선도 없고, 달걀도 없고, 우유도 없다. 그리고 빵도 없다. 그 대신에 다양한 열매들이 그대로 쌓여 있다. 배뿐 아니라 수박, 참외, 토마토, 여러 가지 오이, 사과, 심지어 체리까지! 그리고 또 수많은 갖가지 열매들이 있었다. 내가 한 번도 보지 못한 것들이었다."(204) 과일과 채소 이름들을 열거하는 것(거의 올바른 알파벳 순서로)은 동화적이고 그 자체로 아이러니하다. "제철 과일"(온상이 아닌) 수박, 참외와 나란히 "심지어 체리까지도"라는 정확한 표현은 '기적'적이고 (희극적으로) 믿을 수 없다는 인상을 강화한다.

"모두가 손으로 먹는다", "나이프도, 포크도, 숟가락도 없다"는 음식 소비 방법은, 한편으로는, 반(反)문명성 즉 자연성과 천연성, 빛·인간들의 고결성의 표식이 되고, 다른 한편으로는, "저열한 미개성"과 그들 행동의 아이러니한 선사시대성을 대위법적으로 나타내준다.

'옷을 입히는' 장면이 소설에서 두 번 반복되는 것(흐람의 이야기 처음과 끝에서)과 마찬가지로 부자연스러운 공동 식사 장면도 선명하게 두 번 반복되는 것은 흥미롭다. 독백의 결말에서 (발견된 곳으로 떠나기 전에) 흐람은 "금제 식기로 차려진 식탁"에 "위엄 있게 앉았고" 그녀에게는 "열대 과일이 든 접시"(281)가 제공된다. 고리 같은 틀은 흐람이 하는 독백의 구성적 형식이 될 뿐만 아니라 빛이 된 '삶' 이미지의 무미건조한 기계성과 부자연성이란 인상을 강조해준다.

(작가에 의해 사상적으로도 슈제트상으로도 근거를 가지며 동기화된) 개명(改名) 역시 인물 '가장'의 기호가 된다. 제2부의 여자 주인공도 두 번 이름을 바꾼다. 바랴(Варя)를 흐람(Храм)으로, 마지막에는 삼시코바(Самсикова)란 성을 코로보바(Коробова)로 바꾼다.

'흐람(Храм)'/'사원(храм)'('메르(Мэр)'/'시장(мэр)', '보르(Вор)'/'도둑(вор)')이란 말의 동음 및 동자이의어는 이미 언급되었다. 여자 주인공의 고유명사(이름)는(다른 주인공들의 이름들도) 주체를 '동일시하고', 그 안의 개인적 특징들을 의미할 수 있어야만 한다("호랑이도 제 말 하면 온다"는 속담처럼). 그러나 소로킨 주인공들의 경우에는 반대의 과정이 나타난다. 보통명사로 인식되는 경향을 가진 고유명사는 인물의 개인적 본성을 강조해주지 않고 오히려 개성을 잃어버리게 하며 갈피를 못 잡게 하며 주인공 개성의 표준화와 자아 상실의 증거가 된다.

사실, 서사 과정에서 소로킨은 이름과 본성의 직접적인 의존성을 드러내지 않지만, 인유를 성경적 형상성과 문체로 능숙하게 이동시킨다. "그리고 그들은 무릎을 꿇고 있다가 일어났다. 그리고 나에게 한 노인이 다가왔다. 그리고 손을 뻗었다. 그리고 완전한 노어로 말했다. '우리에게 돌아오라, 자매여. 그리고 나는 그 돌에서 나왔다.'"(199) 성경적 어조의 무게감은 개명의 장면(즉 개성의 상실과 배우 역할로 이행하는 것)에서 비도덕적 면을 은폐하며 세속적 이름에서 교회적 이름으로 바꾸는 것에 비교되기까지

한다. 교회 사원(храм)과 여자 주인공 이름의 동자이의어적 연관은 이런 차원에서 의미적 연관성으로 증대된다. 첫 번째(203)와 특히 두 번째(159, 281) 변장에서 의복의 지배적인 색이 푸른색, 즉 고결한 색인 것도 이 때문이다.[116]

가장의 요소는 하(Xa)라는 인물의 '이중 언어 사용'도 포함한다. 주인공의 배우적 본성은 그가 두 언어, 즉 인텔리적·표준화된 언어와 난폭한 욕설 언어(222)를 말할 줄 아는 능력을 통해 소로킨에 의해서 드러나고 있다.

일정한 순간까지 작가에 의해 '은폐되는' '깨어난' 사람들의 이중적(마스크적) 본성은 결말에 가서, 더 정확히는 슈제트가 고갈되는 순간(제2부의 끝)에 가서 소로킨식 주인공들의 형상들 속에서 더 분명히 드러나기 시작한다. 이렇듯, 인물의 외적(초상화적), 내적(도덕적) 특성의 심리적 불협화음은 우프(Уф)의 형상을 통해서 두드러지게 된다.

"레닌그라드에서 1970년대 말에 획득한(사람을 물건처럼 '획득한'이라고 표현한 것임) 우프 형제는 2년 동안 기술경제대학의 조교수에서 러시아 정부의 부총리에 이르기까지 환상적 커리어를 이룩할 수 있었다. 그는 경제개혁과 국가 소유의 민영화를 지도하였다. 수백 개의 공장과 제작소의 판매는 우프의 손을 통해서 이루어졌다. 사실상 1990년대 전반기에 그는 러시아 부동산의 주인이었다."(278) 우프에 대한 전기적 정보는 주인공 외모의 구체적 특징들로 보충되며("주근깨투성이 손을 가진" "붉은 머리"(279, 280)), 현실적 인물에 대한 풍자적 인유를 불러일으킨다. '우상' 흐람에 대한 황홀과 숭배와, 작가가 그려내고 있는 "잿빛─푸른 눈", "크지는 않지만!(─ 저자) 격렬한 심장"(279~280)과 같은 이미지·인상 간의 대립은 사상의 고결성과

∷

116) 소로킨에게서 나타나는 색의 의미론에 대해서는 아래를 참조할 것.

"그토록 이기적인"(280) 본성 간의 숨겨진 모순을 반영한다.

언술의 유연한 인위성, 엄격한 기질의 표면적 고결성, '심장' 활동 분자들의 형상 속 사이비 이상들의 허상적 숭고성 뒤에는 진짜 얼음처럼 차가운(또는 돌같이 딱딱한) 심장과 죽은(인형의) 영혼이 작가에 의해서 숨겨져 있다(그 후에는 드러난다). 그러나 소로킨은 주인공들의 명예를 훼손하거나 비난하지 않고, 어떤 의도도 없이 서사를 슈제트의 끝까지 끌고 가면서 이런 인형들과 유희한다. 배우 가면을 쓴 것 같은 탈심리화된 인물들을 대하는 것은 일어난 사건에 대한 작가 태도의 유희적 중립성을 나타내주며, 저자의 평가가 진지하지 못하다는 것과 표식이 없다는 것을 보여준다.

바로 이런 서사적 관점에서 다음과 같은 소로킨식 유형의 대목들이 정당화된다. "대장 라피츠키(Лапицкий)를 목 졸라 죽인 후 우리는 이틀 동안 심장 교제에 몰두했다."(274) '보통 사람들' 중 한 명의 강제적 죽음에 대해 스쳐 지나가고, 부수적이고 매우 직접적인 지적(부동사적 표현으로)과 그 다음에 오는 '살아 있는' 심장들의 대화에 대한 정보가 인접한 것은 너무나도 시니컬하고 아이러니하면서도 희극적으로 보인다.

또는 다음과 같다. 유스(Юс)는 방 다섯 개짜리 공동주택에 살았다. "그러나 방 네 개는 봉인되어 있었다. 나중에 하(Xa)가 내게 설명한 바에 따르면, 그는 유스의 자매들이 이웃들을 체포당하게 만들었다는 것이다. 그렇게 하는 것이 회동을 갖기가 더 수월했기 때문이었다."(226) 비정상적인 사건(체포)에 대한 동기의 평범함("그렇게 하는 것이 더 수월했기 때문이었다")은 서사에 아이러니한(일정 정도는 냉소적인) 뉘앙스를 부여한다.

이와 관련해서 보통 사람들의 인간·양자들을 "고기 기계"(245)나 (연상 차원에서) "커틀릿"(141), "살아 있는 송장들"(205), 또는 "걸어 다니는 죽은 자들"(205)로 부르는 것이나, 그들의 집을 "관"(283)으로 명명하는 것이, 소로킨의 주인공들이 "어떠한 도덕적 규범으로부터도 자유로운" 사람들이라는 것을 증명하는 것은 아니다.[117] 소로킨의 주인공들은 사람이 아니라 인형이나 장난감이다.

유희로서의 텍스트에 대한 접근 태도는 소로킨에게 문자적 의미 그대로의 메타포를 드러내고 현실화하도록 해준다. "서명하지 않으면 저 세상으로 가게 될 것이다"라는 예심의 위협에 여자 주인공은 "진지하게" 다음과 같이 대답한다. "내 인생의 목표는 저 세상으로 가는 것이다"라며 더 정확하게 "우리의 세상으로……"(262)라고 말한다. 이런 생각을 직선적이고 직접적으로 발언하는 것은 한편으로는 "깨어난 사람들의" 구체적 목표를 반영하는 것이고, 다른 한편으로는 말을 가지고 하는(이 경우엔 "죽다"라는 의미가 담긴 불변의 관용구로) 작가의 아이러니한 언어유희이다. 소로킨은 비유적인 표현을 문자적 표현으로, 사건 조서적인 표현을 수사적 표현으로 이동시킨다.

언어유희의 거울에서는 "행복해서 죽다(умереть от счастья)"라는 관용구도 '이중적 의미로' 읽힌다. 여자 주인공의 비유적, 전의적·은유적 발언 "나는 그냥 행복해서 죽었다(я просто умерла от счастья)"(207)는 글자 그대로 텍스트에서 현실화되며, 여자 주인공의 변화, 한 상태에서 다른 상태로의 그녀의 이행, 바랴에서 흐람으로, 평범한 아가씨에서 아름다운 인형으로, 즉 활동적 주체에서 비활동적 객체로의 변화에 대한 신호가 된다. 이런 발언의 이중적·통합적 의미는 이 장면의 아이러니한 뉘앙스를 야기하며 텍스트 전체의 유희적 장막을 드러내준다.

예술적 시각은 소로킨이 색깔과도 유희하도록 만들어준다. 소츠아트

••

117) Бавильский Д. Указ. соч.

의 전통 내에서는 소설의 '색깔' 일화들에서 절대적으로 압도적인 색채 (257~270)가 붉은색이다. 그 색채의 등장은 "크고 위협적인"(254) 무엇에 대한 흐람의 예감과 연관된다.

소로킨의 주인공들에게서 무엇으로도 동기화되지 않은 색깔이 의미론적 뉘앙스를 가진다는 사실은 흥미롭다. "우리에게 커다랗고 위협적인 무엇인가가 밀려오고 있어요. (…) / 도대체 무엇과 비슷합니까? (…) / 붉은 파도 같아요. / 그렇다면 행동해야겠군요."(254) 마지막 문구는 또다시 작가의 아이러니한 유희의 증거가 된다. 왜냐하면 다른 색이었다면 '행동'을 연기할 수도 있다는 듯이 들리기 때문이다.

붉은색은 사회적 결정성을 설명해주며, "붉은 파도"라는 표현은 "붉은 테러"라는 개념의 대체자가 된다. 주인공들은 숙청과 체포의 파도에 휩싸인다.(255)

'붉은 파도'라는 표현의 비결정성은, 흐람이 생각하기에 심문 중에 고문과 구타를 당할 때 그녀의 몸을 휘감는 것 같던 '붉은 뱀들'의 형상들 속에서 색채적·형상적으로 구체화된다. 고통은 "개별적으로 존재했다. 나는 붉은 뱀의 모습으로 그 고통을 심장으로 느꼈다. 뱀이 나를 휘감아 기어올랐다."(260)

소로킨의 소설에서는 붉은 액자(이 경우에는 이데올로기적으로 낙인찍힌)에 넣은 레닌의 초상화가 벽에 걸려 있다.(261)

그러나 소로킨은 '이데올로기적' 붉은색의 본성에 집중하지 않고 색조를 바꾸면서 그 붉은색의 사회성을 아름답게 중립화한다. "두 마리의 붉은 뱀이 나를 휘감아 기어올랐다. 그 뱀들은 오렌지색이 되었다. 그 다음에는 눈부신 노란색이 되었다. 내 머릿속에서는 노란 태양이 노래하기 시작했다."(261) 무지갯빛 스펙트럼의 조화에 따라서 소로킨은 붉은색을 오렌지색과 노란색으로, 그 다음엔 보라색으로 예술적으로 이동시키며, 의미적(색깔의) 차원에서 여자 주인공의 의식 상태의 변화를 반영하고 있다. 무지갯빛 파장이 시각적인 장면의 외적인 미를 획득하는 것은 "결혼반지들"처럼 감긴 "호박색의 뱀들"(261)이라는 이미지 속에서다. 그러나 의미론적(내용적) 요소는 형식적 요소로 보충되는데, 그것은 무지개의 시적 이미지 뒤에서 어떤 엄격하고 불변적인 순차성의 색깔 법칙을(알파벳 줄로 과일들과 채소들을 열거하는 경우에서와 마찬가지로), 즉 살아 있는 유기체가 아닌 죽은 골격을, 활동하며 변형되는 비결정성이 아닌, 정적으로 예견된 배열성을 보여준다. 생명 없는 인형들의 유희 세계의 법칙은 상황을 프로그래밍한다.

의미론적 내용이 아닌, 주로 미학적 내용을 함유하는 소로킨의 색깔 이미지들은 현대적 메타포와 결합하는 것처럼 보인다. "그녀가(고통이―저자) 너무 오랫동안 휘감아 기어올랐을 때 심장은 보랏빛으로 빛나면서 죄어들었다. 그리고 나는 의식을 잃었다."(260) 보랏빛은 무의식의 기호가 된다. 즉 심리적·물리적 차원에서의 고통은 무감각한 상태의 기호가 된다. 다음과 비교해보자. 현대 사전에서는 다음과 같은 표현이 존재한다. "그에게는 모든 것이 보랏빛이다(ему все фиолетово)"는 상관없다, "전혀 상관없다(по фигу)"는 뜻이며, 소로킨은 자신의 소설에서 이런 것을 선명하게 반영(묘사)할 수 있었다.[118]

유희적 '이중 의미'는 색채 스펙트럼에 주관적으로 '개입하기'에서도 알 수 있다. 처음에 "학대자들"에 고정되던 붉은색은 "평범한"(260) 사람들의 소유만이 아니게 된다. 왜냐하면 이 장면의 결말에서 "우리의 심장들은 붉

⋮

118) 소로킨 소설에서 푸른색과 파란색의 상징에 대해서는 위에서 언급되었다.

은 구석들(성소들)로 타올랐다"(269)가 나오기 때문이다.

　이 일화에서 뱀의 형상이 흐람의 의식에서가 아니라, 형리인 고문자 페도토프(Федотов)의 감정적인 언어적 평가에서 처음으로 발생한다는 사실은 흥미롭다. "국가 안정성에 독사의 둥지를 틀었고 기어 다니는 뱀들이 엉켜 있었다!"(259) 이 인물에게도 다음과 같은 위협을 한다. "나는 너를 갈아 커틀릿(отбивная)을 만들겠다."(259. 141쪽의 깨어난 사람들로 만든 "커틀릿(котлеты)"과 비교할 것.) 즉 소로킨은 '선택된 사람들'과 '평범한 사람들'의 형상 계열의 '순수성'을 의식적으로 유지하지 않으며, 형상들에 대한 평가를 한 계열에서 다른 계열로 자유롭게 이동시키고, 그렇게 함으로써 어떤 경향성, 어느 누구, 그리고 그 무엇에 대한 작가의 선호로부터 소설을 자유롭게 한다(벗어나게 한다).

　'이중 의미성'이 지니는 그런 목적을 소로킨도 견지하고 있으며, 흐람을 심문하는 장면에서 그는 세 번 반복해서 "말ー해! 말ー해! 말ー해!"를 사용하고, 구타도 동반되는데(이 경우에는 뺨 때리기), 이는 제1부에서(예를 들어, 12), 자고 있는 사람들을 깨우는 장면과 거의 똑같다. 그렇게 함으로써 소설의 유희적 특징은 다시 한 번 확인되고 견고해진다.

　　작가가 이용한 뱀의 형상 역시 쌍방향적이다. 뱀은 현명함의 상징이기도 하고, 다른 한편으로 뱀은 '혐오스러운' 파충류이다. 소로킨은 이 형상의 낮은 의미를 더 많이 사용하는 것 같지만 '깨어난 사람들에' 적용해서는 '심장의' 고양된 현명함에 대해서도 말할 수 있다.

　예술적 표기법 영역에서의 소로킨의 능력은 이 소설에서도 반영된다. 텍스트의 제목과 핵심적 단어들의 표기법 형식은 유희적 시학의 기호들이 된다. 이런 과정에는 여러 가지 예가 들어간다. 이 경우에는 'LËD'라는 단어에서 키릴문자와 라틴문자 두 표기법 체계의 혼합, 즉 러시아와 외국의 혼합(다른 차원에서는 이미 언급되었다)이며, '얼음(Лёд)', '우랄 형제(Брат Урал)', '블라디미르 소로킨(Владимир Сорокин)' 등의 단어들에서 소문자와 대문자 등 다양한 활자의 혼합이다. 다시 말해 단어 표기(묘사, 형상)는 소설 전체가 그렇듯이 두 개의 다른 체계로('두 가지로', 이중 의미로, 양가적으로) 유희적으로 형성된다.

이 소설의 유희적 구상은 텍스트의 마지막 두 부분(제3부와 4부)에 반영되어 있다.

이미 언급되었듯이, 제3부는 "보건 시설 'LËD'의 사용 지침서"(287~289)와, 가정에서 '죽은 자들'의 심장을 일깨울 수 있는 시스템의 최초 이용자 230명 중 16명의 평가서이다. 작가는 자신이 선택한 언어·문체 유희의 법칙에 따라 인물들의 언술 특징을 통해서 훌륭하게 성격을 재생하며 그들 각각에게 독창적·개인적 특징들과 성질을 부여한다. 작가의 '자기 패러디'에 대한 생각으로 되돌아가거나, 소설 『얼음』과 소로킨의 이전 소설과의 연관에 대한 설정으로 되돌아가보면, 언술적·문체적, 어휘적·언어적 문체화의 높은 수준은 소로킨의 『줄』과 비교될 수 있다. 평가 제안서라는 소(小)장르적 크기와, 개인적·주관적 인물의 모방적 스타일화의 높은 수준 간의 '모순'이 너무나 현저해서, 일화적 가장성(소장르의 특성과 개별적인 성격적 디테일의 발췌 수준에 따라서), 즉 가상성(텍스트와 그 안에 반영된 현실의)과 희극적 아이러니가 자아내는 유희(유희 구성의 기본적 원칙으로서)의 감정을 불러일으킨다.

첫눈에 이 소설에서는 장들의 수가 혼란을 일으킨다. 숫자 '4'의 정적인 성질과 4부 구성이 어느 정도의 무게감을 느끼게 하기 때문이다. 그러나 관찰들이 보여주듯이, 형식적, 구성적 차원에서 소로킨은 이 소설의 기본적(유희적) 구상에 상응하는 순차성을 견지하고 있다. 제1, 2, 3부는 각각 자신의 법칙(모험적 탐정소설, 독백-고백, 평가 제안서)에 따라 구성되었지만, 이 장들은 모두 장르의 법칙에 상응해서 구성되고 창조되었으며, 고의적이고 분명하게 유희적이다. 그러나 제4부는 조건적·유희적이지 않은 현실적 소설 시학을 매개로 한다.

제4부 전체는 아침에 깨어나는 어린아이의 습관적인(매일의 평범한) 행동들로 이루어진다. 창문을 통해 뚫고 들어오는 태양 빛 때문에 밤잠에서 깨어남("봉제인형 공룡"과 함께(313)), 어머니가 남겨놓은 메모를 읽음("곧 올게"(314)), 화장실, 세수와 이 닦기(수돗물 줄기 아래서 장난을 치면서), 전화 받기, 개 짖는 소리에 창문 쳐다보기, 공룡들과 변신 로봇들과 놀기. 습관적 세계로부터 벗어나는 유일한 상황은, 방구석에 있는 "커다랗게 하얀색으로 'LED'라고 써진 파란색 마분지 상자"와 그 안에 있는 "단 하나의 둥근 얼음 조각"(314~315)의 등장이다. 그러나 "차가운 얼음"(316)은 소년의 장난감 세계와 쉽게 익숙해진다. 어린아이는 얼음을 한 번 핥더니, 두 번째에 "아이스크림이 아니잖아"(315), "얼음이 얼었네. 데워야겠어"(315)라며 얼음을 전화 수화기에 몇 번 두드려보았고, 얼음을 플라스틱 수퍼맨, X맨, 변신 로봇과 인사를 시키더니("에이, 이봐, 내가 왔어. 나는 얼음이야!"(316)), "나 좀 도와줘, 너무 추워!"(316)라는 부탁에 대한 답으로 "얼음아, 여기는 따뜻할 거야"(317)라며 얼음을 공룡과 함께 나란히 침대에 눕힌다. 어린애의 착한 마음은(태양 빛도 마찬가지로) 성에가 낀 차가운 얼음 조각을 데워주며, 얼음은(직의와 전의에서) "녹는다." "햇볕은 얼음의 축축한 표면에서 반짝였다."(317)

소로킨은 이렇게 말한다. "어린아이는 천진함 덕분에 아직은(또는 이미)

천국에 살고 있고, 천국을 얻기 위해 노력을 할 필요가 없으며 얼음 망치로 가슴을 때릴 필요도 없다."[119]

O. 포스트노프의 말에 따르면, "어린 소년의 삶에서 아침은 (…) 본질이며, 그 본질을 모른다는 것은 너무나 황홀하고 순진한 것이고, 결국 복잡한 텍스트 구조를 문학으로 변화시킨다."[120] 제4부의 축은 어린아이의 천진하고 생생한 얼음과의 놀이로 구성되는데, 바로 이 제4부의 존재가 처음 1, 2, 3부의 인형극적 조건성과 유희적 연극성을 강조하고 있다. 그렇게 함으로써 제4부는 첫 세 부와는 모순되지만 소로킨 소설의 구성적 구조는 숫자 '4'의 정체성이 아닌, '3+1'이라는 역동성으로 고려된다.

현대문학에서 소로킨마저도 그의 지도적 역할을 무시할 수 없었던 펠레빈의 창작이 소로킨에 미친 영향도, 소설의 유희적 본질의 반영으로 간주될 수 있다. 아마도, 그래서 자기 반영과 자기 아이러니 외에 소로킨은 펠레빈의 텍스트를 사용하고 패러디하고 있는지도 모른다. 아래에 인용된 관찰들은 본질적이거나 객관적으로 인정되지 않을 수도 있지만 그런 면들을 드러내줄 수는 있다.

우선 펠레빈의 창작과 연관해서 소로킨 소설의 중심 형상인, 선택된 광선-인간 형상의 '어원'에 대한 문제를 제기할 수 있다.

펠레빈의 중편 『노란 화살』에서는 광선-'노란 화살'에 대해서, 그 광선의 발생에 대해서, 그 광선들의 존재에 대해서, 그 광선이 이성적 본성이 있을 가능성 등에 대해서 사고하는 주인공의 (외적으로는 우연적인, 그러나 사실은 중편의 사상적·구성적 구조에서 가장 중요한) 생각이 다음과 같이 인용된다. "끈적거리는 얼

∶

119) B. 소콜로프가 한 V. 소로킨의 인터뷰 중에서.
120) Постнов О. Указ. соч.

룩과 빵 부스러기들이 덮인 식탁보에 뜨거운 태양 빛이 떨어졌고 안드레이는 수백만의 광선에게 이것은 진정한 비극이라는 생각이 갑자기 들었다. 태양의 표면에서 여행을 시작해서 우주의 끝없는 빈 공간을 통과해 나와 수 킬로미터의 하늘을 뚫고 온, 이 모든 것이 어제 수프의 혐오스러운 찌꺼기 위에서 사그라지기 위함이라니. 그런데 충분히 가능한 일이 아닌가. 창문에서 비스듬히 떨어지는 이런 노란 화살들이 의식이 있고 더 좋은 것에 대한 바람을 가지고 있으며, 이런 바람이 덧없다는 것을 인식하고 있을 수도, 즉 사람처럼 고통에 필수적인 모든 성분을 가지고 있을 수도 있지 않은가.(367)[121]

바로 이런 펠레빈의 질문에 대답하고, 광선들이 인간으로, 그리고 그 반대로 인간이 광선으로 이성적으로 변화하는 가능성에 대한 가설을, 다만 펠레빈처럼 비극적 이데올로기적 관점에서가 아니라 아이러니하고, 진지하지 않으며, 패러디적이고 유희적인 관점에서 말하고자 하는 소로킨의 바람이 소로킨 소설 『얼음』에 자극이 되었다는 가정이 탄생한다. 소로킨의 작품에는 다음과 같은 말이 나온다. "이 전설은 구전으로만 남아 있으며 문서로는 존재하지 않는다. (⋯) 처음에는 **최초의 빛**만 있었다. 그리고 빛은 **절대 공허** 속에서 빛났다. 그리고 빛은 **스스로** 빛났다. 빛은 2만 3000개의 빛을 발산하는 광선들로 이루어졌다. 그리고 이것이 우리들이었다. 우리에게 시간은 존재하지 않았다. **영원**만이 있었다. 이런 영원한 공허 속에서 우리는 빛났다. 별들이 나타났다. 별들은 공허를 채웠다. 이렇게 우주가 태어났다. (⋯) 그리고 어느 날 우리는 새로운 세계를 창조했다. 그리고 그 세계의 일곱 행성들 중에서 하나가 물로 뒤덮였다. 이것이 지구였다. 이전에 우리는 결코 그런 행성들을 창조하지 않았다. 이것은 **빛의 위대한**

∴

121) 여기와 이후에서 펠레빈의 작품은 Пелевин В. 1) *Чапаев и Пустота. Желтая стрела.* М.: Вагриус. 2000; 2) *Generation 'П'. Рассказы.* М.: Вагриус. 2000에서 인용하며 작품 제목과 쪽수는 텍스트에 표기한다.

실수였다. 왜냐하면 지구 행성 위에서 물은 구형의 거울을 형성했기 때문이다. 그 속에 우리가 비치기만 하면 우리는 햇볕으로 변화했고 살아 있는 존재로 체현되었다. 우리는 가없는 대양에 살고 있는 원시 아메바가 되었다. 물은 우리의 작고 작은 반투명 몸체들을 실어 날랐지만, 우리 몸속에는 여전히 **최초의 빛**이 살고 있었다. (…) 우리는 **지구**에 살고 있는 다른 생명체들과 함께 진화하였다. 우리는 사람이 되었다."(210) 소로킨의 광선들(лучи)은 "어제 수프의 찌꺼기"가 아니라 물에 의해 파멸한다. 사실, 그들의 진화 전망은 낙관적인 것 같다. "**지구**의 세계는 사라지고, 빛 속에서 용해된다. 그리고 우리의 지상의 몸들도 지구 세계와 함께 용해된다. 그리고 우리는 다시 최초의 빛의 광선들이 될 것이다. 그리고 **영원**으로 돌아갈 것이다."(213)

만약 펠레빈과 소로킨 사이의 연관을 인정하자면, 소로킨의 패러디성은, 소설 『얼음』에서는 아이러니한 요소가 연극적인 요소에 비해 우세하며, 유희적 특징이 철학적 요소에 비해 압도적이라는 점에서 발견된다. 펠레빈의 고양된 유아론적 사상은 소로킨에 의해 낮아지고 풍자화된다.

'펠레빈으로부터 나온' 인간—광선들의 형상들은 소로킨의 소설에서는 "누가 지구 위에서 산 자이고, 누가 죽은 자인가?", "선택된 자들"이며 "개명된 자들"이 그들인가, 아니면 그들에 의해 멸시당하는 "걸어 다니는 죽은 자들"인가(205)라는 질문의 보유자들이 된다. 펠레빈의 작품들과 친숙한 사람들에게 분명한 것은, 이것이 펠레빈의 초기 단편들과 후기 장편소설들에 나타나는 중심적·세계관적 문제들 중 하나라는 사실이다.

예를 들어, 펠레빈의 단편 「푸른 등불」에는 다음과 같은 질문이 나온다. "어떻게 알겠는가, 누가 죽은 자이고, 누가 산 자인지?"(413) 단편 「마르돈기(Мардонги)」에는 각자의 "내면적 죽은 자"(417)에 대한 언급이 나온다. 단편 「중간 지대 베르볼로크의 문제」는 "베르볼로크는 과연 누구인가?"와 "실제로 사람들은 과연 누구인가?"(373)라는 문제의 의미와 연관된 것이다.

장편소설 『차파예프와 푸스토타』에서 펠레빈은 진정한 삶과 거짓 삶에 대한 문제들, 지상에서 인간의 진정한 위치의 인식, 외부와 내부의 고유한 '나' 자신을 찾는 것 등에 관심을 돌린다. 펠레빈 소설에 중심이 되는 사상의 형상은 공허의 이미지다.

위에서 인용된 소로킨의 광선 이야기(210)에 대한 것에서 '공허'라는 단어가 나온다는 사실을 지적하고자 한다. 현재(펠레빈 소설의 등장과 시끌벅적한 성공 이후 직접적으로) '공허(пустота)'는 표식이 찍힌 단어가 되며 연상 차원에서 우선적으로 펠레빈이란 이름이 떠오르게 한다. 이 단어가 소로킨의 소설에서는 다른 연관 속에서 등장하며, 강조된 서체가 다시 한 번 펠레빈 소설과 그 단어를 상관시킨다는 사실은 다음과 같이 흥미롭다. "나는 고개를 돌렸고 테라스의 맞은편 끝에 완전한 크기의 나의 반영을 발견하였다. 이것은 그림도 아니고 사진도 아니었으며 정말 놀라운 그 무엇이었다. 나의 완벽한 복제물이었다. 나는 내 분신에게 다가갔다. 그러나 내가 다가가면 갈수록 나는 더 강하게 내 복제물 내부의 **공허**(ПУСТОТА)를 느꼈다. 이것은 나의 몸을 비춰놓은 순수한 반영, 표면일 뿐이었다."(244) 분신성의 모티프(소설 『차파예프와 푸스토타』에 존재하며 개성의 분신성 모티프로 변형되는)는 공허의 이미지와 더 가깝게 접하여 특히 중요한 의미를 지닌다.

이미 언급되었듯이, 펠레빈의 소설은 A. 게니스에 의해서 러시아 "최초의 선불교적 소설"로 명명되었다. 하지만 불교 요소들은 이 소설에 앞서 등장한 펠레빈의 단편들과 중편들에서도 나타났다. 펠레빈적 불교의 뿌리는 소로킨에게서는 "인간이 존재하면 문제도 존재하는 것이고, 인간이 없다면 문제도 없다"(39)라는 고전적이지만 풍자적인 명언 속에 표현된다. 이 어구를 이에 앞서 등장한 "모든 것은 무의식과의 투쟁이다"(39)라는 문구와의 문맥 속에서 검토한다면,

이상주의자이자 주관적 관념론자인 펠레빈을 향한 패러디적 특징이 좀 더 분명해진다.

펠레빈의 『벌레들의 삶』 이후 '인터걸'이라는 사회적 정의를 가지는, 너무나 잘 알려진 질문 "너는 누구냐, 밤나방이냐"라는 질문과, 그 질문에 대한 "밤나방이라기보다는 낮 나비죠. (…) 큰 흰나비요"(60)라는 특히나 소로킨적인 대답은 특별한(이 경우에는 인유적·패러디적) 뉘앙스를 획득한다. 큰 흰나비라는 나비종의 확인은 펠레빈에게서 나온 아이러니적 복사로 읽힌다.

이런 식으로 펠레빈의 텍스트에 대한 소로킨의 의식된 '지향성'을 주장하지 않더라도 펠레빈 텍스트와의 관계(상호성)가 존재한다는 것에 대해서는 말할 수 있다.

블라디미르 소로킨의 소설 『얼음』에 대한 대화를 마치면서 확신할 수 있는 사실은, 이 소설이 장르적 자기 반복(『네 사람의 심장』, 『줄』), 이미 실험하고 연마한 기술적 기법들(우선적으로 유희의 시학과 스타일화)의 사용, 현대 문학에 정통한 상호 텍스트적 배경 등으로 구성된, 소로킨의 또 하나의 훌륭한 속이기였다는 점이다. 다른 배열로 맞춰진 '낡은' 입방체 퍼즐 조각들은 소로킨이 새로운 구조를 창조할 수 있도록 해주었다. 그리고 이것은 20세기 말에서 21세기 초 문학의 고전적 모델이 되어야만 할 포스트모더니즘적 텍스트의 또 하나의 예이다.

약전

소로킨, 블라디미르 게오르기예비치(1955. 8. 7(모스크바 주(州) 비코보 마을)~). 소설가, 희곡
작가.

소설 장르에서 모스크바 개념주의 학파의 지도적(만약 '유일한'이라고 말하지 않는다면) 대표
자이다.

1977년 굽킨모스크바석유화학가스산업대학을 졸업했다. 전공상 엔지니어 기술자이지만 책을
위한 서체 분야에서 예술가이자 도안가로 일했다. 책 표지를 만들면서 생계를 유지했다. 수많은
개념주의 예술 전시회들에 참가했다.

14~15세에 소설에 관심을 가졌다(중고생 시절에 그의 첫 번째 단편은 '영어에서 번역된 것'으
로 간주되었다). 오랫동안 '책상 속 보관용' 글을 쓰거나 많지 않은 친구들을 위해 글을 썼다.

다음과 같은 단편들과 장편소설들의 저자이다. 『줄(*Очередь*)』(1982~1983년. 첫 번째 출
간은 1985년), 『네 사람의 심장(*Сердца четырех*)』(1993년, 첫 번째 출간은 1994년), 『노
르마(*Норма*)』(1994), 『로만(*Роман*)』(1994), 『마리나의 서른 번째 사랑(*Тридцатая любовь
Марианы*)』(1984년 프랑스어 첫 번째 출판은 '신탁시스', 파리, 1987. 러시아어 출판은 1995
년), 『푸른 비계(*Голубое сало*)』(1999), 『향연(*Пир*)』(2000), 『얼음(*Лед*)』(2002).

희곡으로는 『만두(*Пельмени*)』(러시아어 출판, 1989년), 『콤플렉스(*Дисморфомания*)』(러시아
어 출판, 1990년), 『러시아 할머니』(러시아어 출판, 1995년), *Dostoevsky-tryp*(1997) 등이 있고,
시나리오로는 『모스크바(*Москва*)』(A. 젤도비치(Зельдович)와 공동으로, 1997년)이 있다. 소
로킨의 텍스트들은 L. 도딘(Додин)의 연극 〈폐소공포증(Клаустрофобия)〉에서도 사용되었다.
2002년 V. 소로킨의 연출대본에 따라 볼쇼이 극장에서 '새로운 현대 오페라' 공연 계획이 발표
되었다(작곡가는 L. 데샤트니코프(Десятников)).

그의 작품은 세계 여러 언어로 번역되었으며, 서구에서는 대중적 인기를 누리고 있어서, 폭넓
게 출판되고 있다. 언론은 그의 작품들에 대해 공통된 관심을 기울이고 있다.

러시아 펜클럽 회원이다.

부커상(1992년 장편소설 『네 사람의 심장』), 안드레이 벨리상(1999년에는 장편소설 『푸른 비
계』. 2001년에는 '러시아문학 발전을 위한 특별 공로'상)을 수상했다.

모스크바에 거주하고 있다.

텍스트

ЁПС: Сб. *рассказов и стихов* / В. Ерофеев. Д. Пригов. В. Сорокин. М.: Зебра Е. 2002.

Сорокин В. Очередь // *Синтаксис* (Париж). 1985.

Сорокин В. Дисморфомания // *Театральная жизнь*. 1990. No. 24.

Сорокин В. *Сборник рассказов* / Предисл. Д. Пригова. М.: Русслит. 1992.

Сорокин В. *Видимость нас*. М.: 1993.

Сорокин В. *Норма*. М.: Obscuri Viri; Три кита. 1994.

Сорокин В. *Роман*. М.: Obscuri Viri; Три кита. 1994.

Сорокин В. Сердца четырх // Конец века: *Альманах*. 1994. No. 5.(또는 М.: Ad Marginem. 2001)

Сорокин В. *Тридцатая любовь Марины*. М. 1995.

Сорокин В. *Dostoevsky-tryp*. М.: Obscuri Viri; Три кита. 1997.

Сорокин В. *Голуьое сало*. М.: 1999.(또는 М.: Ad Marginem. 2000)

Сорокин В. *Тридцатая любовь Марины*. *Очередь*. М.: Б. С. Г.-Пресс. 1999.

Сорокин В. *Пир*. М.: 2000.(2-е изд. М.: Ad Marginem. 2001)

Сорокин В. *Лед*. М.: Ad Marginem. 2002.

Сорокин В. *Собр. соч.* : В 3т. М.: Ad Marginem. 2002.

Сорокин В. *Утро снайпера*. М.: Ad Marginem. 2002.

Сорокин В. Зельдович А. Москва: Сценарий // *Киносценарий*. 1997. No. 1.

인터뷰

Интервью Т. Восковой с Владимиром Сорокиным // *Русский журнал*. 1998. 3 апр.

Прошай. концептуализм! / Интервью А. Неверова с Владимиром Сорокиным // *Итоги*. 2002. 19 марта.

"Россия-это снег. водка и кровь" / С В. Сорокиным беседовала Ю. Шигарева // *Аргументы и факты*. 2001. Дек.

Сорокин В. Г.-Сорокин В. В.: Образ без подобия / Беседу ведет Л. Карахан // *Искусство кино*. 1994. No. 6.

Сорокин В. Через. "второе небо" // *Искусство кино*. 1994. No. 1.

"Текст как наркотик": Владимир Сорокин отвечает на вопросы журналиста Т. Рассказовой // Сорокин В. *Сборник рассказов*. М.: Русслит. 1992.

학술 비평 서적

Беляева-Конеген С. Хорошо забытое. или Расстрелять без суда: (О прозе Владимира Сорокина) // *Стрелец*. М.: Книга. 1992. No. 2.

Вайль П. Консерватор Сорокин в конце века // *Литературная газета*. 1995. No. 5. 1 февр.

Вайль П. Генис А. Поэзия банальности и поэтика непонятного: (О прозе Сорокина) //

Звезда. 1994. No. 4.

Генис А. Мерзкая плоть: В. Сорокин // *Синтаксис.* (Париж) 1992. No. 32.

Генис А. Чузнь и жидо: Владимир Сорокин // Генис А. *Иван Петрович умер*: *Статьи и расследования*. М.: Новое литературное обозрение. 1999.

Генис А. Душа без тела // *Звезда*. 2002. No. 12.

Гиллеспи Д. Гласность и русский постмодернизм: Владмир Сорокин // *Русский зяык и литература в современном диалоге культур*: VIII Международный конгресс МАПРЯЛ. Регенсбург(Германия). 22~26 авг. 1994г.: Тезисы докладов. Регенсбург. 1994.

Гундлах С. Персонажный автор // *А—Я*. 1985. No. 1.

Давыдов О. Совок. который всегда с тобой // *Независимая газета*. 1993. 14 сент.

Деготь Е. Другое чтение других текстов: Московский концептуализм перед лицом идиоматического документа / *Новое литературное обозрение*. 1996. No. 22.

Добренко Е. Преодоление идеологии: Заметки о соц-арте // *Волга*. 1990. No. 11.

Зиник З.(О. В. Сорокине) // Сорокин В. *Сборник рассказов*. М.: Русслит. 1992.

Кенжеев Б. Антисоветчик Владимир Сорокин // *Знамя*. 1995. No. 4.

Кокшенева К. В путах зла // *Советкая Россия*. 2001. 24 февр.

Костырко С. Честое поле литературы // *Новый мир*. 1992. No. 2.

Кузницин О. После смерти он обрадовался···: (Опыт посттеоретического комментария к "Заседанию завкома" В. Сорокина) // *Новое литературное обозрение*. 1999. No. 39.

Курицын В. Свет нетварный // *Литературная газета*. 1995. 1 февр.

Курицын В. *Русский литературный постмодернизм*. М.: ОГИ. 2001.(глава "В. Сорокин, репрессированный письмом")

Лаврова Л. Апофигей Кота Мурра // *Дружба народов*. 1999. No. 10.

Левинин И. Этико-эстетическое пространство Курносова—Сорокина // *Новое литературное обозрение*. 1993. No. 2.

Лекух Д. Владимир Сорокин как побочный сын социалистического реализма // *Стрелец*. 1993. No. 1.(71)

Липовецкий М. Голубое сала поколения, или Два мифа об одном кризисе // *Знамя*. 1999. No. 11.

Маккозленд Д. Поэтика Владимира Сорокина: К постановке проблемы // *Русская литература XX века: направления и течения. Екатеринбург*. 1996. Вып. 3.

Неверов А. Большой эксперимент // *Итоги*. 2002. 18 июля.

Новиков В. Топор Сорокина // Новиков В. *Заскок*: *Эссе, пародии, размышления, критика*. М. 1997.

Новиков В. Точка. поставленная вовремя // *Знамя*. 1993. No. 2.

Пирогов Л. Приятоного аппетита! Новый роман В. Сорокина "Голубое сало" //

Литературная газета. 1999. 14~20 июля.

Потапов В. На выходе из "андеграунда" // *Новый мир*. 1989. No. 10.

Рубинштейн Л. (Предисловие к пьесе В. Сорокина "Пельмени") // *Искусство кино*. 1990. No. 6.

Руднев В. Конец поствыживания // *Художественный журнал*. 1996. No. 9.

Рыклин М. Роман Владимира Сорокина: "Норма", *которую мы съели* // *Коммерсант-Дэйли*. 1995. No. 180. 29 сент.

Сергеева О. Пелевин—Верников—Сорокин и Великая Русская Литература // *Урал*. 1998. No. 10.

Скоропанова И. *Русская постмодернистская литература*. 2-е изд., испр. М.: Флинта. Наука. 2000. (главы "Шизоанализ Владимира Сорокина". "Театра без спектакля": "Дисморфомания" Владимира Сорокина)

Смирнов И. "О друзьях ··· пожарищах ···": (О прозе Вл. Сорокина и картинах И. Захарова—Росса) // *Новое литературное обозрение*. 1994. No. 7.

Смирнов И. Оскорбляющая невинность: (О прозе Владимира Сорокина и самопознании) // *Место печати*. 1995. No. 7.

Смоляницкий М. Убить метафору // *Независимая газета*. 1994. 12 нояб.

Трое на одного / И. Кузнецов. Жидкая мать, или Оранжерея для уродов: А. Василевский. Вот, что я думаю о Сорокине: П. Майоров. Есть идея! // *Литературная газета*. 1994. No. 11. 16 марта.

Тух Б. Бумага все стерпит: Владимир Сорокин // Тух Б. *Первая десятка современной русской литературы*: *Сб. очерков*. М.: Оникс 21 век. 2002.

Шаталов А. Владимир Сорокин в поисках утраченного времени // *Дружба народов*. 1999. No. 10.

찾아보기

주요 개념

지은이

:: O. V. 보그다노바 Olga Bogdanova

올가 블라디미로브나 보그다노바는 인문학 박사이며 상트 페테르부르크 국립대학교 인문학부 러시아문학과의 조교수이다. 러시아 현대문학에 관한 다수의 논문과 연구서의 저자이다.
현재진행형인 올가 보그다노바의 학문적 방향과 그 성과는 크게 두 부분으로 나누어진다. 하나는 V. 예로페예프, A. 비토프, S. 도블라토프, V. 피에추흐, T. 톨스타야, L. 페트루셉스카야, V. 펠레빈, V. 소로킨 등을 중심으로 한 개별 작가 연구이며, 다른 하나는 1960년대부터 현재까지 러시아 문학사의 전개과정과 핵심개념들을 고찰하는 것이다. 따라서 올가 보그다노바의 연구 향방은 개별과 보편, 구체와 통합이라는 축 위에서 현대 러시아문학의 모습을 그려내는 것으로 수렴된다. 올가 보그다노바에게 있어 현대 러시아문학은 포스트모더니즘이라는 범세계적 조류로 설명된다. 포스트소비에트 시기, 문학의 본류는 포스트모더니즘이라는 것이다. 이에 대해 보그다노바는 환원론적 연구방법을 단호히 거부하자고 말한다. 다시 말해서 포스트모더니즘의 중요 개념들과 그것들이 내포한 사상적 배경을 곧이곧대로 수용하고, 그것을 일방적으로 개별 작가의 작품 분석틀로 활용하는 도식을 걷어내고 있는 것이다. 개별 작가들의 작품에 대한 정치(精緻)한 독해를 바탕으로 낱낱의 특징을 가려낸 다음 이것들을 종합하면서 포스트모더니즘의 특징과 흐름을 연구하고 있다.
주요 저서로는 『현대 문학의 과정: 1970-90년대 러시아문학과 포스트모더니즘의 문제에 대하여』(상트 페테르부르크, 2001), 『러시아 포스트모더니즘의 원형텍스트로서 베네딕트 예로페예프의 '모스크바발 페투시키행 열차'』(상트 페테르부르크, 2002), 『A. 비토프의 '푸슈킨의 집': 러시아 포스트모던의 '변형과 이설'』(상트 페테르부르크, 2002) 등이 있다.

옮긴이

:: 김은희

한국외국어대학교 노어과와 같은 대학원을 졸업하고 모스크바국립대학교에서 알렉산드르 솔제니친에 대한 연구로 박사학위를 받았다. 문학과 명화에 나타난 스토리텔링에 관심을 두고 있다. 청주대학교 연구원으로서 시베리아 소수민족들의 원형이야기를 발굴, 번역하는 프로젝트를 수행하면서 한국외국어대학교에서 강의하고 있다.
역서로는 『금발의 장모』, 『나기빈 단편집』, 『겨울 떡갈나무』 등이 있으며, 저서로는 『러시아명화 속 문학을 말하다』, 『그림으로 읽는 러시아』, 『나는 러시아 현대작가다』(공저) 등이 있다.

한국연구재단총서 학술명저번역 563

현대 러시아문학과 포스트모더니즘 ❶

1판 1쇄 찍음 | 2014년 3월 11일
1판 1쇄 펴냄 | 2014년 3월 20일

지은이 | O. V. 보그다노바
옮긴이 | 김은희
펴낸이 | 김정호
펴낸곳 | 아카넷

출판등록 2000년 1월 24일(제2-3009호)
100-802 서울 중구 남대문로 5가 526 대우재단빌딩 16층
전화 | 6366-0511(편집) · 6366-0514(주문) / 팩시밀리 | 6366-0515
책임편집 | 김일수
www.acanet.co.kr

ⓒ 한국연구재단, 2014

Printed in Seoul, Korea.

ISBN 978-89-5733-356-3 94890
ISBN 978-89-5733-214-6(세트)

이 도서의 국립중앙도서관 출판시도서목록(CIP)은 서지정보유통지원시스템 홈페이지(http://seoji.nl.go.kr)와
국가자료공동목록시스템(http://www.nl.go.kr/kolisnet)에서 이용하실 수 있습니다. (CIP제어번호 : CIP2014006408)